ÄNEMARK
Arkona
Rügen
Ranen
Kolberg
Pomoran
Wagrier
Lübeck
Kessiner
Mecklenburg
Zirzipanen
Peene
Abodriten
Warnow
Hzm. Pommern
Schwerin
Warnower
Ukranen
Stettin
Polaben
Lutizen
Havel
Netze
Lüneburg
Elbe
Prignitz
Havelberg
Oder
achsen
Nordmark
Köpenick
Lebus
Posen
Aller
Ostfalen
Spandau
Brandenburg
Süpplingenburg
Hillersleben
Zauche
Warthe
Obra
Königslutter
Magdeburg
Sorben
Hzm. Pole
Halberstadt
Gröningen
Aschersleben
Goslar
Elbe
Spree
Quedlinburg
Bernburg
Lusizer
Bober
Ballenstedt
Plötzkau
Gerbstedt
Anhalt
Petersberg
Mark Lausitz
Neiße
Oder
Mansfeld
Wettin
Mulde
Querfurt
Merseburg
Leipzig
Mark Meißen
Mark Bautzen
Breslau
Burgwerben
Pegau
Meißen
Bautzen
Goseck
Groitzsch
Lgft. Thüringen
Naumburg
Creuzburg
Weimar
Altenburg
Erfurt
Chemnitz
Eisenach
Saale
Weiße Elster
Pleißenland
Schwarzburg
Werra
Vogtland
Eger
Elbe
Prag
Egerland
Bamberg
Würzburg
Sazawa
Hzm. Böhmen
Olmütz
Mähr
Sulzbach
Moldau
Nürnberg
Luschnitz
March
Altmühl
Regensburg
Thaya
Vohburg
Donau
Passau
Mark
Wien
Donau
Österreich
Freising
Hzm. Bayern
Augsburg
Isar
Wolfratshausen
Salzburg
Salzach
Hzm.
Kärnten
UNGARN
Lech
Breitenwang

KNAUR

SABINE EBERT

Schwert und Krone

MEISTER DER TÄUSCHUNG

ROMAN

KNAUR

Besuchen Sie uns im Internet:
www.knaur.de

FSC
www.fsc.org
MIX
Papier aus verantwortungsvollen Quellen
FSC® C014496

Originalausgabe März 2017

Ein Imprint der Verlagsgruppe
Droemer Knaur GmbH & Co. KG, München

Ein Projekt der AVA International
Autoren- und Verlagsagentur
www.ava-international.de
Redaktion: Silvia Kuttny-Walser
Covergestaltung: ZERO Werbeagentur, München
Coverabbildung: FinePic®, München / shutterstock
Landkarte: Verantw. Redakteur: Prof. Dr.-Ing. Andreas Kowanda;
Kartograph: M. Eng. Thomas Zimmermann
Stammtafeln: Verantw. Redakteur: Stefan Auert-Watzik
Satz: Wilhelm Vornehm, München
Druck und Bindung: GGP Media GmbH, Pößneck
ISBN 978-3-426-65412-5

2 4 5 3 1

Dramatis Personae

Historisch belegte Personen der Handlung:

Staufer

Konrad von Staufen, einst Gegenkönig, dann Thronanwärter, dann König

Gertrud von Sulzbach, seine Gemahlin

Graf Gebhard II. von Sulzbach, Bruder Königin Gertruds und einer der Vertrauten des Königs

Friedrich II. von Staufen, Herzog von Schwaben (der Einäugige), Konrads älterer Bruder

Agnes von Saarbrücken, seine zweite Gemahlin

Friedrich III., sein Sohn aus erster Ehe mit der Welfin Judith (später als Kaiser Friedrich I. Barbarossa)

Leopold von Babenberg, Konrads Bruder, Markgraf von Österreich (später Herzog von Bayern)

Heinrich von Babenberg, ebenfalls Konrads Bruder und Leopolds Nachfolger als Herzog von Bayern (Heinrich Jasomirgott)

Weltliche Verbündete:

Diepold von Vohburg, Markgraf auf dem Nordgau und Herr über das Egerland

Kunigunde von Beichlingen, seine Gemahlin

Adela, Diepolds Tochter und Kunigundes Stieftochter

Markwart von Grumbach, Vertrauter Konrads

Bernhard Graf von Plötzkau

Kunigunde, seine Gemahlin

Graf Heinrich von Wolfratshausen

Graf Sizzo von Schwarzburg

Sven, Sohn des Königs von Dänemark

Welfen

Heinrich der Stolze, Herzog von Sachsen und Bayern und Markgraf der Toskana, Thronanwärter

Gertrud, Tochter des Kaisers Lothar von Süpplingenburg und der Kaiserin Richenza

Heinrich, ihr Sohn (später Heinrich der Löwe)

Weltliche Verbündete:

Richenza von Northeim, Kaiserinwitwe, verwitwete Gemahlin Lothars von Süpplingenburg, deutscher Kaiser und König von Rom, Schwiegermutter Heinrichs des Stolzen

Bruno von Haigerloch, ehemals Bischof von Straßburg, Gelehrter und Ratgeber Richenzas

Friedrich von Sommerschenburg, Pfalzgraf von Sachsen

Graf Siegfried von Boyneburg

Graf Adolf II. von Holstein

Graf Rudolf von Stade

Askanier

Albrecht von Ballenstedt, Markgraf der Nordmark, Graf von Ballenstedt, zeitweise Herzog von Sachsen (später Markgraf von Brandenburg)

Sophia von Winzenburg, seine Gemahlin

Otto, Hermann, Adalbert, Dietrich, Siegfried, Heinrich und Bernhard – beider Söhne

Hedwig, beider Tochter

Eilika von Ballenstedt, Mutter Albrechts

Weltliche Verbündete:

Hermann Graf von Winzenburg, Sophias Bruder

Otto Graf von Hillersleben, getreuer Vasall Albrechts

Wettiner

Konrad von Wettin, Markgraf von Meißen und der Lausitz (später Konrad der Große)

Luitgard von Ravenstein, seine Gemahlin

Otto, beider ältester Sohn (später Otto der Reiche)

Dietrich, ihr zweitältester Sohn (später Dietrich von Landsberg)

Dedo, Heinrich, Friedrich (weitere Söhne)

Oda, Bertha, Gertrud, Adela, Agnes, Sophia (seine Töchter)

Mathilde von Seeburg (seine Schwester)

Werner von Brehna, sein Marschall

Radebot von Meißen, Ministerialer

Ludowinger

Landgraf Ludwig I. von Thüringen

Landgraf Ludwig der Eiserne, sein Sohn

Slawen

Niklot, Fürst der Abodriten auf der Mecklenburg

Pribeslaw, genannt Heinrich, Fürst (ehemals König) über Brandenburg und Spandau

Petrissa, seine Frau

Jacza, sein Neffe (künftiger Fürst von Köpenick)

Geistlichkeit

Albero von Montreuil, Erzbischof von Trier

Otto, Bischof von Freising, Halbbruder Konrads von Staufen

Abt Wibald von Stablo, Leiter der königlichen Kanzlei (später auch Abt von Corvey)

Anselm, Bischof von Havelberg

Konrad von Querfurt, Erzbischof von Magdeburg

Arnold, Domprobst von Köln, Kanzler

Erzbischof Arnold von Köln, Erzkanzler Italiens

Bernhard von Clairvaux, Abt von Clairvaux und Kreuzzugsprediger

Beatrix II. von Winzenburg, Äbtissin des Stiftes Quedlinburg, Halbschwester von Sophia, der Gemahlin Albrechts des Bären

Godebot (gest. 1140) und Reinward (ab 1140), Bischöfe von Meißen

Adalbert von Saarbrücken, Erzbischof von Mainz (gest. 1141)

Markolf, Erzbischof von Mainz (1141–1142)

Wichtige fiktive Personen:

Lukian, Spielmann, Spion und Schreiber in Meißen

Hanka, seine Frau

Christian, ihr Sohn

Josefa, Heilerin in Meißen, genannt »die alte Muhme«

Ulrich von Lauterstein, Vertrauter des Königs

Edwin, meißnischer Truchsess

ERSTER TEIL

ZWEI KRONEN, EIN THRON

Die Kaiserinwitwe

Richenza von Northeim; Breitenwang in Tirol, 4. Dezember 1137

»Der Kaiser ist tot!«

Seit Stunden hatten sie in Schnee und eisigem Wind auf diesen Ruf gewartet. Hunderte Männer in Rüstung, viele der Edelsten des Reiches, versammelt vor der erbärmlichen Hütte, die zum Sterbeort Lothars von Süpplingenburg geworden war.

Reihe um Reihe knieten sie nun nieder, die Schwerter vor sich in den Schnee gerammt, senkten die Köpfe und beteten. Einige weinten. Doch auf den meisten Gesichtern stand nicht Entsetzen oder Trauer, sondern Verbitterung.

Hatte Gott sie verlassen? Obwohl sie doch für Ihn in diesen Krieg geritten waren, für Ihn und Seinen Stellvertreter auf Erden, den Papst?

Geschlagen musste sich ihr Heer aus Italien zurückziehen, sich im tiefsten Winter über die Alpen quälen, mit all den Verwundeten und Kranken. Eine Seuche wütete unter den Männern. Und um das Scheitern dieses Feldzuges vollständig zu machen, war nun auch noch der Kaiser gestorben. In diesem vom Schnee begrabenen Dorf Breitenwang, inmitten der Wildnis der Berge.

So dachten die meisten der Knienden.

Bis sich ihnen unweigerlich die nächste Frage aufdrängte: Wer wohl Lothars Nachfolger würde.

Drinnen in der Kate saß Kaiserin Richenza, in einen mit Eichhörnchenfellen gefütterten Umhang gehüllt und dennoch vor Kälte zitternd, neben dem Leichnam ihres Gemahls. Mönche hatten den hünenhaften Körper Lothars auf einen grob gezimmerten Tisch gebettet. Sturmböen tosten und fauchten um die kärgliche Hütte, Hagelkörner prasselten gegen das Gebälk. Die Fensteröffnungen waren zum Schutz gegen Frost und Wind mit Stroh zugestopft und ließen keinen Lichtstrahl herein. Doch die Kerzenflammen flackerten im Luftzug und warfen wild tanzende Schatten.
Auch Richenza war von Entsetzen erfüllt. Der Tod ihres Gemahls schmerzte sie so sehr, dass sie am liebsten schreien, weinen und sich das Haar raufen wollte. Doch ihr Grauen rührte vor allem von den abscheulichen Dingen, die sie heute noch tun sollte.
Vergeblich versuchte sie, die schrecklichen Bilder zu verbannen, die sie im Geiste sah: wie der nackte Leichnam des Mannes, mit dem sie ihr Leben zugebracht hatte, in einen riesigen Kessel mit kochendem Wasser gestopft und gesiedet wurde, bis sich das Fleisch von den Knochen löste …
Fort, fort mit diesen Bildern! Jetzt brauchte sie alle Kraft, um ihrem Schwiegersohn den Thron zu sichern.
Sie wusste, wer sich gegen ihn wenden würde, vielleicht sogar mit Waffengewalt. Einige von ihnen standen direkt neben ihr in dieser winzigen Kate, und die anderen sammelten sich zweifelsohne schon draußen wie Aasgeier, um nach der Krone zu greifen.
Steif vor Kälte und mühsam wegen ihrer Körperfülle stemmte sie sich hoch. Ihre Stimme klang fest, als sie sich an die Männer wandte, die dem Todgeweihten in seinen letzten Stunden beigestanden hatten, darunter ein halbes Dutzend Bischöfe und Erzbischöfe.
»Unverzüglich sollen Reiter ausgesandt werden, die die Kunde verbreiten, dass Lothar, von Gottes Gnaden Römi-

scher Kaiser, Mehrer des Reiches, nach zwölf Jahren, drei Monaten und zwölf Tagen segensreicher Herrschaft am vierten Dezember im Jahr des Herrn 1137 zu Gott gerufen wurde.«

Nur der Gedanke an die Heimkehr hatte den mehr als Sechzigjährigen aufrecht gehalten. Doch der Weg über den Brenner und die im Heer wütende Seuche raubten ihm alle Kraft. Heute hatte er seinen letzten Atemzug getan – in dieser Hütte, wo der Wohlgeruch des reichlich verbrannten Weihrauchs vom Gestank des Ziegenbocks verdrängt wurde, der im hinteren Verschlag hauste und durchdringend schrie.

Richenza von Northeim richtete sich hoheitsvoll auf, obwohl ihre Gelenke schmerzten.

»Glocken sollen im ganzen Land läuten, Gebete für das Seelenheil des erlauchten Toten gesprochen werden!«, befahl sie. »Kein Untertan muss fürchten, es könnten unsichere, bedrohliche Zeiten anbrechen. Nach dem Willen Unseres geliebten Kaisers Lothar tritt der Herzog von Sachsen und Bayern und Markgraf der Toskana seine Nachfolge an. Ihr edlen Herren wart Zeugen, als mein kaiserlicher Gemahl die Reichsinsignien an seinen Erben und Schwiegersohn aus dem Hause Welf übergab: an Heinrich den Stolzen.«

Gebieterisch sah Richenza von einem Gesicht zum nächsten, um Widerspruch gar nicht erst aufkommen zu lassen. Sie durfte keine Schwäche zeigen.

Vor einer Stunde noch war sie Kaiserin gewesen, eine mächtige und für ihre Klugheit geachtete Frau, als Fürsprecherin gefragt und umschmeichelt.

Doch jetzt war sie Kaiserin*witwe;* fast fünfzig Jahre alt, fett und schmerzgeplagt. Und sehr bald, vielleicht schon heute, würden Menschen auf den Plan treten, die ihr die Stimme verbieten wollten – weil Frauen nichts galten.

Nur Lothar verdankte sie es, dass sie an seiner Regentschaft teilhaben durfte. Jetzt lag er tot auf diesen rauhen Brettern.

Wem durfte sie nun noch trauen? Und würde ihr unbeherrschter, hochfahrender Schwiegersohn im Machtrausch noch mehr Fürsten verprellen, statt um ihre Stimmen zu werben?
»Wir brechen morgen auf und geleiten den erlauchten Toten in die Heimat«, fuhr Richenza fort. »Es ist Wille des Kaisers, im Kloster Königslutter zur letzten Ruhe gebettet zu werden. Die Benediktiner sollen benachrichtigt werden, damit sie die Zeremonie vorbereiten.«
Sie atmete tief durch, rasselnd und mit jähen Stichen in der Brust.
»Jetzt geht – alle! Ich wünsche, eine Weile allein von meinem Gemahl Abschied zu nehmen.«
Mit Verbeugungen und leisen Gebeten verließen die Männer die Kate, die zum Sterbeort eines Kaisers geworden war. Als der letzte von ihnen die schief an den Lederscharnieren hängende Tür erreichte, rief Richenza ihn zurück.
»Magister Bruno, Ihr bleibt!«
Das Gesicht des dürren Gelehrten mit dem schütteren Kinnbart zeigte keinerlei Regung. Er verneigte sich, kehrte zurück in den finstersten Winkel der Kate und wartete geduldig.
Bruno von Haigerloch war einer der verhasstesten Männer des Kaiserreiches. Dennoch hatte Richenza ihn zu ihrem Vertrauten und Berater erwählt. Sie hatte sogar dafür gesorgt, dass er das Amt des Bischofs von Straßburg zurückerhielt, als es ihm aufgrund diverser Verfehlungen entzogen worden war. Bald verlor er es jedoch erneut nach Anklagen wie Gewalttätigkeit und unrechtmäßiger Weihe.
Doch der Magister wusste, die Kaiserinwitwe brauchte ihn. Und gleich würde sie ihn mehr denn je brauchen. In einer unaufschiebbaren Angelegenheit, die nicht nur äußerste Diskretion verlangte, sondern zu der sich wegen ihrer Abscheulichkeit niemand sonst bereitfinden würde.

Jäh erstarb das Heulen des Windes. Vom Schnee gedämpft, drangen nun Geräusche in die Kate, die vom Aufbruch Dutzender Boten kündigten. Pferde wieherten, Metall klirrte, Befehle wurden erteilt.
Alles geschah so, wie es die Kaiserinwitwe angewiesen hatte.
Richenza zog sich den Umhang noch enger um den massigen Leib und sank auf einen Schemel. Still betrachtete sie den entseelten Körper des hochgewachsenen, selbst im Tod noch stattlichen Mannes, mit dem sie fast vier Jahrzehnte verheiratet gewesen war.
Nie hatte Lothar von Süpplingenburg ihr einen Vorwurf gemacht, als die ersten fünfzehn Jahre ihrer Ehe kinderlos blieben. Weder zeugte er Bastarde, noch verstieß er sie wegen Unfruchtbarkeit, was andere Männer an seiner Stelle bedenkenlos getan hätten. Er ließ sie sogar an seiner Herrschaft teilhaben, und ihr Wort wurde auch von den Großen des Reiches geachtet.
Als die Herzöge von Schwaben gegen ihren Gemahl rebellierten und sich Konrad von Staufen zum König ausrufen ließ, obwohl das Reich bereits einen König hatte, vermittelte sie nach Jahren erbitterten Krieges und brachte die Aufständischen dazu, sich zu unterwerfen.
Wehmütig erinnerte sich Richenza an den Tag vor mehr als zwanzig Jahren, als ihr der Leibarzt zu jedermanns Erstaunen doch noch eine Schwangerschaft bestätigte. Es musste ein Wunder geschehen sein; sie und Lothar hatten die Hoffnung auf einen Erben längst aufgegeben.
Doch anstelle des ersehnten Sohnes gebar sie ein Mädchen. Und wieder kam kein Wort des Vorwurfs über die Lippen ihres Gemahls. Stattdessen vermählte er seine einzige Tochter mit dem mächtigsten Fürsten des Reiches, dem Welfen Heinrich dem Stolzen. Nun würde ihr Schwiegersohn Kaiser und ihre Tochter Gertrud Kaiserin werden.

Aber zunächst hatte sie einen anderen letzten Willen Lothars zu erfüllen.
Schaudernd wandte Richenza den Blick von dem Toten ab und starrte auf das rußende Talglicht, das die Familie des Dorfschulzen hinterlassen hatte, bevor sie unter vielen Verbeugungen ihr Heim für die hohen Herrschaften räumte.
Die feinen Wachskerzen des kaiserlichen Haushalts brannten um das Haupt des Verstorbenen. Doch den Anblick des vertrauten Gesichts ertrug sie nicht in dem Wissen, was gleich mit ihm geschehen würde.
Lothar war ein Kaiser des deutsch-römischen Reiches und König von Rom gewesen. Angesichts seiner mehr als sechzig Lebensjahre, der Strapazen eines Feldzuges und der Überquerung der Alpen im Winter hatte er Vorkehrungen und Entscheidungen für den Fall seines Todes getroffen.
Er durfte sich seine Sünden vergeben lassen und Erlösung finden. Seine Gemahlin, sein Schwiegersohn, sein Beichtvater, seine Vertrauten weilten in seiner letzten Stunde bei ihm. Das war es, was man einen *schönen Tod* nannte.
Und er wünschte, in der Abtei Königslutter östlich von Braunschweig bestattet zu werden. Seit Jahren ließ er die Klosterkirche von italienischen Baumeistern nach dem Vorbild der Kathedralen in Aachen und Quedlinburg zu einer prachtvollen Grablege für seine Familie ausbauen. Noch war die Kirche nicht fertig, aber eines Tages würde auch sie, Richenza, dort an seiner Seite die letzte Ruhe finden.
Nur waren bis Königslutter Hunderte Meilen zurückzulegen, auf unwegsamen Gebirgspfaden und in tiefem Schnee. Die üblichen Methoden des Einbalsamierens konnten die Verwesung des Leichnams selbst im Winter nicht so lange aufhalten.
Das hatte sich auf schauderhafte Weise vor zwei Jahren beim Tod des englischen Königs Heinrich gezeigt, dem jüngsten Sohn von Wilhelm dem Eroberer. Nicht nur an den Höfen

erzählte man sich immer noch schreckliche Geschichten über den bestialischen Gestank, den der Kadaver auf dem Weg von der Normandie bis zur Grabstätte nahe London verbreitete. Spielleute zogen von Dorf zu Dorf, gaben makabere Gesänge darüber zum Besten und fanden stets ein sensationslüsternes Publikum.

Um solcher Schmach zu entgehen, hatte Lothar geheime Befehle für den Fall hinterlassen, dass ihn der Tod fern von Königslutter ereilte.

Sie mussten mit der Prozedur beginnen, jetzt gleich, noch ehe die Leichenstarre einsetzte.

»Magister Bruno.«

Diensteifrig glitt der Gelehrte und vormalige Bischof von Straßburg heran und verneigte sich.

»Ist alles vorbereitet?«

»Gewiss, Majestät«, versicherte er und schob die Hände in die Ärmel seines Gewandes. »Aus Gründen der Pietät werden wir den Körper nicht zerlegen, sondern im Ganzen kochen. Sechs Stunden lang, bis sich das Fleisch von den Knochen löst. Hier in dieser Hütte, mit wenigen verschwiegenen Helfern.«

Brunos Stimme klang so gelassen, als rede er über das Wetter. Doch Richenza war starr vor Entsetzen.

»Ist das Fleisch abgekocht, werden die Gebeine mit den üblichen Ingredienzen balsamiert und in der naturgegebenen Anordnung aneinander befestigt«, fuhr der Magister ungerührt fort. »Den Kopf verhüllen wir mit feinem Leder, das Skelett wird mit prächtigen Gewändern und Schuhen bekleidet, wir legen ihm Sporen an und setzen ihm eine bleierne Grabkrone auf. Niemand wird bemerken, dass wir nur die Gebeine überführen. Die Würde Eures kaiserlichen Gemahls bleibt gewahrt. Wie er es wünschte.«

Der Gelehrte steckte die Hände noch tiefer in die Ärmel seines Gewandes und verneigte sich erneut.

»Dann beginnt!«, befahl die Kaiserinwitwe.
Wieder versuchte sie vergeblich, das Bild zu verdrängen, wie ihr toter Gemahl stundenlang gesotten wurde. Woher wollte der Magister in dieser Einöde überhaupt ein ausreichend großes Gefäß finden, um den Leichnam *nicht* zerstückeln zu müssen?
Nein, keine Bilder, keine Einzelheiten!
Hastig erhob sie sich, was die Kerzen noch stärker zum Flackern brachte. Der Ziegenbock in seinem Verschlag schrie nun ohrenbetäubend.
Jäh von Angst durchflutet, hämmerte Richenza gegen die morsche Tür. Kaskaden von Staubkrumen und feinen Holzsplittern rieselten herab.
Der Anführer der kaiserlichen Leibwachen öffnete. Vor der Tür warteten wie befohlen ihre Hofdamen, schweigend und vor Kälte zitternd.
»Begleitet mich zum Gebet in die Kirche!«, befahl Richenza, wobei ihr Atem zu weißen Wolken gefror.
Sie musste dringend fort von hier eingedenk dessen, was gleich in dieser Kate geschehen würde – und ihr Hofstaat ebenso.
Sollten sie beten. Vielleicht half es.

Der Königsmacher

Albero von Trier und Konrad von Staufen;
Heerlager in Breitenwang, 4. Dezember 1137

Mit lässig gespreizten Beinen, die Daumen unter den Gürtel gehakt, stellte sich Herzog Heinrich der Stolze vor den im Schnee wartenden Fürsten auf.
»Unser dahingeschiedener Kaiser bestimmte mich zu sei-

nem Nachfolger und Erben. Als Zeichen dessen übereignete er mir die Reichsinsignien. Ich erwarte Eure Huldigung!«, forderte er schallend.
Das löste ein leises, aber zorniges Raunen aus. Nur mit Rücksicht auf den Toten protestierte niemand laut. Und eingedenk dessen, dass eintausendfünfhundert Ritter den Welfenherzog auf diesem Feldzug begleiteten, weit mehr, als jeder andere Fürst hier mit sich führte.
Der hagere Bischof von Havelberg durchbrach das Raunen und rief für alle vernehmlich: »Huldigen sollten wir als fromme Christen in dieser traurigen Stunde dem Andenken unseres Kaisers. Beten wir für sein Seelenheil. Dem neuen König huldigen wir nach seiner Wahl. So, wie es Brauch und Sitte gebieten.«
Dass ausgerechnet Anselm von Havelberg ihm offen widersprach, bewies die Maßlosigkeit von Heinrichs Forderung, denn der Bischof war einer der Berater der Kaiserin.
Mit aufloderndem Zorn starrte der Herzog von Sachsen und Bayern den Rufer an. Mühsam unterdrückte er einen seiner gefürchteten Ausbrüche. Auch wenn er vor Wut fast platzte – solch einem frommen Einwand durfte er nicht widersprechen. Vor allem, wenn er von einem Bischof kam, der gerade erst für Lothar in Konstantinopel Bündnisverhandlungen mit dem Kaiser von Byzanz geführt hatte. Wollte Heinrich unangefochten herrschen, brauchte er Frieden mit dem Oströmischen Reich.
Eine zynische Entgegnung lag dem Welfen auf der Zunge: Was wohl das Wort eines Bischof wert sei, der sein Bistum noch nie betreten hatte, weil heidnische Slawen es vor zwei Jahren zurückerobert hatten und sich dort unangefochten hielten? Vielleicht sollte er dafür sorgen, dass das so blieb, wenn er erst König war.
»Dann betet für das Seelenheil meines Schwiegervaters! Und nach meiner Krönung werde ich Eure Huldigung mit

besonderer Aufmerksamkeit und Freude entgegennehmen, Anselm von Havelberg!«, höhnte er stattdessen und stapfte mit wehendem Umhang davon.
Vielsagende Blicke wurden getauscht, zögernd löste sich die Ansammlung vor der Hütte auf. Da und dort bildeten sich wie zufällig Grüppchen und bahnten sich den Weg zu ihren Zelten durch von Tausenden Füßen zertretenen Schnee.

Der kleine Talkessel, in dem das Dorf Breitenwang lag, bot kaum Platz, um das heimwärts ziehende Heer aufzunehmen. Die meisten Edlen verzichteten lieber darauf, sich in einer der Bauernkaten einzurichten, um das Quartier nicht mit den Haustieren und dem Ungeziefer teilen zu müssen. Auf jedem freien Platz standen daher Zelte, die bald im Schnee begraben sein würden, sollten die Flocken weiter so dicht vom Himmel fallen. Schon bogen sich die Leinenbahnen unter der schweren Last.
Betont beiläufig wandte sich der überaus prächtig gekleidete Erzbischof von Trier an den hellblonden, etwa vierzigjährigen Mann neben ihm, dessen Miene sich bei den Worten des Welfen in Stein verwandelt hatte.
Konrad von Staufen, der jüngere Bruder des Herzogs von Schwaben und Herrscher über das östliche Franken, war gerade äußerst übel gelaunt.
Was der Erzbischof genüsslich ignorierte.
»Ließt Ihr Eure Zelte nicht ganz in der Nähe errichten, Durchlaucht?«, fragte der Geistliche beschwingt. »Mein Lager steht fast eine Meile entfernt, will mir scheinen. Habt die Güte und gewährt einem gebrechlichen alten Mann einen Platz am Feuer und einen Becher mit heißem Würzwein!«
Konrad neigte höflich den Kopf und wies einladend in Richtung seines Lagers. Leibwachen bahnten ihm und dem Erzbischof einen Weg durch das Gewühl aus Rittern, Reisigen,

Pferdeknechten und Tieren. Links und rechts verneigte sich jeder vor ihnen.
Zum Glück lag das staufische Lager wirklich ganz in der Nähe, was dem Vorwand des Erzbischofs einen Hauch von Glaubwürdigkeit verlieh.
Albero von Trier war zwar beinahe sechzig Jahre alt, doch ein sehr weltlicher und kämpferischer Mann und alles andere als gebrechlich, obgleich er sich beim Gehen gelegentlich stützen ließ, wenn der jähe, wiederkehrende Schmerz im Rücken ihn heimsuchte. Er hatte mehr als fünf Dutzend Ritter samt Knappen und Knechten in diesen Feldzug geführt und trug häufiger Rüstung als Ornat, doch beides stets gleichermaßen prächtig. Er liebte die Tafelfreuden und geistreiche Gespräche, bei denen er durch Humor glänzte.
Die bevorstehende Unterredung würde allerdings gewiss nicht heiter werden.
Konrad von Staufen führte den Gast in sein Prunkzelt, in dem ein Kohlebecken glühte und Felle auf dem Boden lagen, um die Kälte von den Füßen fernzuhalten. Er ließ heißen Wein einschenken, der mit Honig und kostbaren Gewürzen verfeinert war. Die Diener schickte er nicht fort, um keinen Verdacht zu wecken. Albero stammte aus Montreuil und sprach Französisch. Die Bediensteten würden nichts von ihrer Unterhaltung verstehen.
»Haltet jegliche Lauscher von meinem Zelt fern!«, wies der Staufer den Anführer seiner Leibwache an. Der nickte und ging hinaus, nachdem er sich vor seinem Herrn und dem hohen Gast verneigt hatte.
Seinem engsten Vertrauten, einem Ritter mit ergrauendem Haar, bedeutete Konrad mit einem Blick, am Zelteingang zu wachen.
Albero trat zum Feuer, streifte die hirschledernen Handschuhe ab und spreizte seine Finger über den glimmenden Kohlen.

»Die Begeisterung, den herrschsüchtigen Welfen als König vor die Nase gesetzt zu bekommen, war eben fast mit Händen greifbar«, eröffnete er voller Sarkasmus das Gespräch. »Der Welfenherzog wird Euer bester Fürsprecher, ohne es zu merken. Dieser Auftritt eben!«

In gezierter Missbilligung schüttelte der Erzbischof den Kopf. »Habt Ihr die finsteren Blicke der anderen Fürsten bemerkt? Oder wart Ihr zu sehr mit Eurer eigenen Entrüstung beschäftigt?«, fragte er spitz.

»Selbst wenn er der beste Mann auf dem Thron wäre, so müsste er doch *gewählt* werden für diese Würde!«, entgegnete Konrad finster auf Französisch. »Gewählt von vierzig Edelleuten der wichtigsten Stämme. Zehn Franken, zehn Schwaben, zehn Sachsen, zehn Bayern. Hat nicht Lothar selbst diese Sitte wieder eingeführt – auf Kosten meines Bruders? Das Prinzip der freien Königswahl anstelle des Erbrechts? Überdies kann ein Vater den Titel nur dem Sohn, nicht dem Schwiegersohn vererben. Doch Lothar scherte sich nicht darum, bestimmte seinen Nachfolger allein und schuf noch mit seinem letzten Atemzug Tatsachen!«

Wütend starrte der Staufer in seinen Becher, ohne einen Schluck zu trinken.

»*Wir* werden Tatsachen schaffen«, versicherte der Erzbischof von Trier gelassen, während er auf einem mit Schaffell bedeckten Stuhl Platz nahm. Er kostete von dem dampfenden Würzwein und schloss genüsslich die Augen. Gleich darauf jedoch richtete er jäh und fordernd den Blick auf sein Gegenüber.

»Vorausgesetzt, dass Ihr Euch endlich entschließt, unserem Plan zu folgen! *Ihr* seid der rechtmäßige Anwärter auf den Thron. Und *Ihr* seid der aussichtsreichste Kandidat für die Wahl. Euer Bruder kommt dafür nicht mehr in Frage.«

Friedrich von Staufen hatte im Krieg gegen Lothar ein Auge

verloren. Nach uraltem Brauch musste ein König körperlich unversehrt sein.
»Vor zwölf Jahren brachte Lothar von Süpplingenburg Euren Bruder durch eine List um seinen rechtmäßigen Anspruch. Niemand kann uns verübeln, wenn auch wir zu einer List greifen. Diesmal wird es gelingen. Alles liegt nun bei Euch!«, beschwor Albero den Staufer. »Entscheidet Euch jetzt, Durchlaucht, und ich beginne sofort damit, in aller Diskretion Verbündete für Euch zu sammeln. Außerdem schicke ich noch heute einen Vertrauten nach Würzburg, wo all jene Fürsten auf die Rückkehr des Kaisers warten, die nicht mit uns nach Italien gezogen sind. Noch weiß keiner von ihnen, dass sich die Lage soeben drastisch verändert hat.«
Konrad von Staufen verharrte stehend. Nur das nervöse Trommeln der Finger am Becher verriet seine Unruhe.
Nichts an der Rede des Erzbischofs war neu oder unerwartet für ihn. Jedermann hatte in Betracht gezogen, dass der betagte Kaiser diesen Feldzug nicht überleben könnte, Lothar selbst eingeschlossen. Und ebenso die Partei jener, die einen Staufer auf dem Thron wünschten.
Heute musste er sich entscheiden. Jetzt und hier, in diesem Zelt.
»Die Krone liegt zu Euren Füßen. Ihr müsst Euch nur bücken und sie aufheben. Oder fürchtet Ihr Euch?«, provozierte der Erzbischof, als sein Gastgeber schwieg.
Konrad galt als mutiger und erfahrener Kämpfer, deshalb erfüllte sein Zögern Albero mit Ungeduld. Muss ich wirklich den Hund zum Jagen tragen, nur weil er nicht durch den Schlamm waten will?, dachte er grimmig, ohne sich etwas von seiner Anspannung anmerken zu lassen. Ich weiß, was für das Reich das Beste ist, und *ich* werde nicht zögern, alles zu tun, was dafür getan werden muss.
»Seht mich an!«, forderte Konrad den verblüfften Erzbischof von Trier auf und breitete die Arme aus.

»Ginge es nach der Erblinie, hätte niemand größeren Anspruch auf den Thron als ich. Geht es nach den Eigenschaften, die ein König und Kaiser vorweisen muss: Ich bin aus edlem Haus, bewährt als Herrscher und Kämpfer, Gott treu ergeben. Ich pilgerte ins Heilige Land. Neun Monate nach der Hochzeit gebar mir meine Gemahlin einen Sohn. Einen Sohn! Sie wird mir weitere schenken. Bei meiner Wahl zum König – fast auf den Tag genau vor zehn Jahren – stimmten die meisten Fürsten des Reiches für mich. Und doch wurde ich als Usurpator geächtet und gebannt. Unsere Rebellion scheiterte, mein Bruder und ich mussten uns unterwerfen. Barfuß und im Büßergewand vor dem gesamten Hof.«

Konrad ließ die Arme sinken und blickte dem Geistlichen ins Gesicht.

»Ihr seid ein weiser Mann, ein Vertrauter des Papstes. Sagt mir, Albero von Montreuil: Ist es Ehrgeiz, der mich treibt? Oder Rachsucht? Was eine Todsünde wäre. Ja, ich gestehe: Seit Jahren will ich die Schmach tilgen und meinem Haus endlich zu seinem rechtmäßigen Platz verhelfen.«

Er zögerte und legte die Stirn in Falten. »Doch ist es auch zum Besten des Reiches, was wir planen? Provozieren wir nicht einen erneuten Krieg? Riskiere ich eine zweite Niederlage?«

Ungeduldig schwenkte der Erzbischof die Hand, an der ein auffällig geformter goldener Ring mit einem dunkelblauen Saphir prangte.

»Krieg ist unausweichlich. Die Frage ist lediglich, wie lange und wie blutig er wird. Glaubt Ihr allen Ernstes, unter Heinrich dem Stolzen könnten friedvolle Zeiten anbrechen?«, fragte er zynisch. »Dann wäret Ihr ein Narr, und ich sollte sofort dieses Zelt verlassen.«

Verächtlich verzog Albero das Gesicht.

»Dieser Mann prahlt bei jeder Gelegenheit, sein Besitz reiche von Meer zu Meer, von Dänemark bis Sizilien, nachdem ihm sein Schwiegervater auch noch das Herzogtum Sachsen und die Toskana zuschanzte. Kein Fürst sollte über so viel Land herrschen. Zudem ist er erst siebenundzwanzig, unbeherrscht und maßlos. Vor allem aber war er so dumm, auf diesem Feldzug nicht nur die meisten der hochedlen Herren tödlich zu beleidigen, mich eingeschlossen, sondern sogar Seine Heiligkeit den Papst. Nun sagt frei heraus, Konrad von Staufen: Wünscht Ihr dem Reich einen solchen Mann auf dem Thron?«

Da keine Antwort kam, fuhr der Erzbischof unerbittlich fort: »Galt nicht sogar Lothar als *Friedenskönig*? Und wie viele Kriege haben wir unter seiner Regentschaft geführt? Seht Euch um!«

Mit dem rechten Arm beschrieb er einen Halbkreis, um das Heerlager im Schnee anzudeuten.

»Wir kommen gerade aus Apulien, wo wir die Normannen bekämpften, unsere Feinde erschlugen oder ihnen Ohren und Nasen abschnitten. Trotzdem konnten wir König Roger von Sizilien nicht in den Süden zurücktreiben. Dieser selbsternannte *angebliche* Papst Anaklet hält immer noch Rom besetzt und verwehrt dem wahren Papst den Zutritt zur Heiligen Stadt. Also müssen wir bald erneut über die Alpen ziehen.

Und an den östlichen Grenzen wird es stets Kriege mit den Slawen geben. Gerade erst sind Wirikinds Söhne in die Nordmark eingefallen. Sie haben ihren zum Christentum konvertierten Vater gestürzt, weshalb nun in Havelberg weiterhin Götzen angebetet werden. Der Bischof von Havelberg kann sein Bistum seit Jahren nicht betreten. Die Slawen werden jede Unruhe nutzen, um sich zu erheben. Vielleicht sogar mit einem großen Aufstand wie vor hundertfünfzig Jahren, als sie sich zum Lutizenbund zusammenschlossen und uns besiegten. Dafür muss sich nur ein

Anführer finden, der alle Stämme eint. Sie herrschen doch längst wieder in einem breiten Landstrich zwischen unserem Reich und Polen, an Havel, Spree, Oder und Müritz. Dies zu Eurer ersten Befürchtung. Krieg ist unausweichlich. Doch unter Heinrichs Herrschaft wird er viel blutiger werden. Die Liste seiner Gegner ist endlos. Und er ist zu anmaßend, um Frieden zu schließen, weil das nicht ohne Zugeständnisse geht.«

Albero trank einen Schluck von dem immer noch dampfenden Würzwein und lächelte zynisch.

»Aber es ehrt Euch, dass Ihr Euch um den Frieden des Reiches sorgt. Was nun Eure andere Befürchtung betrifft: Zweifellos war es für Euch und Euren Bruder außerordentlich demütigend, sich dem Kaiser zu Füßen zu werfen. Doch vertraut mir: Dergleichen wird von den Betroffenen überbewertet.«

Der Erzbischof strich sein welliges graues Haar zurück und begann genüsslich aufzuzählen.

»Vor Euch musste sich Lothar dem Kaiser Heinrich dem Fünften zu Füßen werfen und um Vergebung flehen. Heinrich wiederum, nachdem er seinem Vater den Thron geraubt hatte, war gezwungen, dem Papst so große Zugeständnisse einzuräumen, dass er sich vermutlich lieber vor ihm in den Staub geworfen hätte. Und von Kaiser Heinrich dem Vierten, Eurem Großvater mütterlicherseits, und seinem Bußgang nach Canossa werden die Menschen wohl noch in vielen Jahren reden. Also befindet Ihr Euch in äußerst erlauchter Gesellschaft. Und Ihr musstet nicht einmal drei Tage barfuß im Schnee stehen. Was einzig zählt: Mit dieser Geste, so unerfreulich sie Euch in jenem Moment auch vorgekommen sein muss, habt Ihr die Macht und die Ländereien Eures Hauses bewahrt. Womit *Ihr* der Gewinner des Handels seid.«

Albero von Trier trank seinen Becher leer.

»Der Papst will *Euch* als König sehen. Dessen könnt Ihr

sicher sein nach all den Unverschämtheiten, die sich der Welfe gegen Seine Heiligkeit herausgenommen hat. Papst Innozenz ernannte mich zu seinem Legaten in deutschen Landen und wünscht, das ich *mit allen Mitteln* für Eure Inthronisierung sorge. Euer ärgster Feind, der Erzbischof von Mainz, hat unlängst das Zeitliche gesegnet, ebenso der Erzbischof von Köln. Das räumt uns einige … spezielle Möglichkeiten ein.«

Das joviale Lächeln auf Alberos Gesicht wich grimmiger Entschlossenheit.

»Vertraut auf Gott, und vertraut auf meinen Plan! Er ist so fein gesponnen, dass der vermeintlich nächste König längst im Schach steht, ohne es zu ahnen. Wir dürfen nur der Kaiserinwitwe keine Gelegenheit geben, die Fürsten des Ostens auf ihren Schwiegersohn als Herrscher einzuschwören. Also muss die Fürstenversammlung in Quedlinburg um jeden Preis verhindert werden. Und dann schaffen *wir* Tatsachen.«

Alles war sorgfältig geplant und vorbereitet, seine Verbündeten und Mittelsmänner warteten nur auf sein Zeichen.

»Um *jeden* Preis?«, widersprach Konrad heftig. »Soll ich meine Herrschaft auf eine solche Schurkerei gründen, wie Ihr sie plant? Ist das etwa mit ritterlicher Ehre vereinbar?«

Der Geistliche stieß einen ungeduldigen Laut aus und verdrehte die Augen.

»Durchlaucht, sagt mir eines: *Wollt* Ihr auf den Thron?«

Er legte eine bedeutungsschwere Pause ein, doch es kam keine Antwort.

»Dann blickt der Tatsache ins Auge, dass noch niemand im Stande reinster Unschuld dorthin gelangt ist. Ausgenommen Kindkönige, denen höchst selten ein langes Leben beschieden ist, geschweige denn eine lange Regentschaft. Wer herrschen will, der muss es auch wirklich wollen – und zwar *wollen um jeden Preis.* Der muss sich den Thron erkämpfen, mit allen Mitteln. Tut es, tut es zum Besten des

Reiches! Oder geht unter in welfischer Vorherrschaft. Dann allerdings rate ich Euch zum Exil. Und ich fürchte, selbst dort könnte Euch ein plötzlicher Tod ereilen.«

Er studierte Konrads Miene und meinte sarkastisch: »Wenn Ihr jetzt den Kampf aufnehmt, müsst Ihr Euch nicht einmal selbst die Hände schmutzig machen und erneut Acht und Bann riskieren. Das nimmt der Markgraf der Nordmark mit Freuden auf sich.«

»Albrecht der Bär.«

Der Erzbischof von Trier verzog spöttisch die Mundwinkel. »Ein Recke vom alten Schlag. Der Bär ist der Einzige, der keine Scheu hat, sich offen mit dem mächtigsten Fürsten des Kaiserreichs anzulegen. Er hasst den Welfen. Und er will das Herzogtum Sachsen. Das könnt nur Ihr ihm geben, sobald Ihr König seid.«

... und es dem Welfen wegnehmt ... unter einem Vorwand, den wir schaffen werden, dachte Albero den Satz zu Ende.

»Wir brauchen die Reichsinsignien«, brachte Konrad als letzten Einwand vor.

Da wusste Albero, dass er gewonnen hatte. Doch er verbarg seinen Triumph und zuckte gespielt gleichgültig mit den Schultern.

»Der Welfe wird sie schon herausrücken, wenn es so weit ist. Und falls nicht: Was ist eine Krone? Ein Klumpen Gold, eine Handvoll Edelsteine ... Jeder halbwegs begabte Goldschmied wird Euch gern eine neue fertigen, eine schönere.«

Konrad von Staufen fuhr zusammen und starrte ins Leere, als habe er einen Geist gesehen. Sein Vertrauter am Eingang des Zeltes bemerkte das, und nun wirkte auch er höchst besorgt.

Konrad atmete tief durch und traf seine Entscheidung.

»Schickt Euern Boten zum Bären, Exzellenz! Und tut hier und in Würzburg, was Ihr für unsere Sache zu tun vermögt. Gott steh uns bei!«

Der Erzbischof von Trier erhob sich lächelnd zum Gehen. »Das wird er, mein Freund. Das wird er.«

Reglos und grübelnd sah Konrad dem Gottesmann nach. Dieser Entschluss konnte ihm und seinem Haus größten Ruhm oder völlige Vernichtung bringen. Was hatte ihn getrieben? Ehrgeiz? Der Wunsch nach Rache? Oder die Überzeugung, der bessere Mann auf dem Thron zu sein?
Auf sein Zeichen trat der grauhaarige Ritter näher, der am Eingang des Zeltes gewacht hatte: sein engster Vertrauter und Ratgeber, langjähriger Kampfgefährte in Siegen wie Niederlagen. Ein Mann aus bescheidenen Verhältnissen, den er für seinen Mut in den Ritterstand erhoben hatte – auch für den Mut, ihm gegenüber unangenehme Wahrheiten auszusprechen. Sein Gesicht war schmal und beherrscht, seine Augen graugrün. Einer alten Verwundung wegen zog er sein rechtes Bein leicht nach.
»Vertraut auf Gott!«, ermutigte Ulrich von Lauterstein seinen Fürsten. »Vertraut auf Gott und den Erzbischof von Trier; ein mächtiger Mann und ein ...«, er suchte nach einem passenden Wort und formulierte vorsichtig, »... äußerst einfallsreicher Diplomat. Sogar der Papst steht auf Eurer Seite!«
Doch dann furchte Ulrich die Stirn und fragte skeptisch: »Was wird er dafür fordern? Wenn Euch die Kirche auf den Thron bringt, dann nicht um Gottes Lohn, sondern für Zugeständnisse. Land und Macht und Unterwerfung.«
»Das habe ich durchaus bedacht!«, entgegnete Konrad scharf.
»Ich werde kein Pfaffenkönig wie Lothar. Königtum und Kirche müssen gleichberechtigt sein. Doch die Kirchen brauchen den Schutz des Königs, und dafür werde ich sorgen.«
Der Lautersteiner nickte bedächtig, dann räusperte er sich. »Um des Eides willen, den ich Euch leistete: das schützende

Schwert im Kampf zu sein und der Ratgeber, der mahnt, wo andere schmeicheln …«
»Welche Mahnung wollt Ihr diesmal aussprechen, Ulrich, welche von vielen?«, fiel ihm Konrad sarkastisch ins Wort.
Nun senkte der Lautersteiner die Stimme.
»Ich beschwöre Euch: Vertraut auf Gottes Gerechtigkeit und auf Euch selbst. Doch verbannt die letzte Nacht aus Euren Gedanken!«
Er sah in das Gesicht seines Fürsten und rief bestürzt, aber immer noch leise: »Ihr werdet doch nichts geben auf die Einflüsterungen einer Hexe, die für einen halben Pfennig sagt, was immer Ihr hören wollt? Ihre Worte sind Lug und Trug. Und es könnte Euch den Vorwurf heidnischen Aberglaubens einbringen, wenn es sich herumspricht.«
»Ist nicht sogar dem berühmten, heiligmäßigen Bernhard von Clairvaux eine große Zukunft vorhergesagt worden?«, widersprach Konrad.
»Von einem Seher, einem Mann der heiligen Mutter Kirche, dem die Gnade einer göttlichen Vision zuteil wurde«, erinnerte Ulrich heftig. »Und nicht von einer Hexe, die im Tross mit den billigsten Huren zieht und Männern ein langes Leben vorhersagt, die noch am gleichen Tag im Kampf fallen.«
»Ich will davon nichts hören. Lasst mich allein!«, wehrte Konrad ab.
Widerstrebend ging Ulrich von Lauterstein hinaus, nachdem er sich verneigt hatte. Er wusste, dass er jetzt nichts ausrichten konnte. Nun war er doppelt froh, vorige Nacht der Alten gefolgt zu sein. Er hatte ihr ein paar Hälflinge gegeben und gedroht, ein einziges Wort über diesen Vorfall wäre ihr Tod.
»Sind das Feuer niedergebrannt und die Runen aufgesammelt, so sind auch die Worte verhallt und vergessen«, hatte sie völlig unbeeindruckt gekrächzt.
Hätte er sie besser töten sollen? Die Alte wirkte schlau

genug, sofort zu verschwinden und zu schweigen, selbst ohne seine Drohung …
Doch Konrad würde ihre Worte nicht vergessen. Jetzt nicht mehr, nicht nach dieser Bemerkung des Erzbischofs.

Natürlich wusste Konrad, dass Ulrich mit seiner Mahnung recht hatte. Es war Ausdruck seiner tiefen Verunsicherung vor dem schicksalhaften Entschluss gewesen, dass er gestern Nacht heimlich diese halbblinde Frau in sein Zelt bringen ließ, von der man im Heerlager munkelte, ihre Prophezeiungen würden stets in Erfüllung gehen, wenn auch manchmal anders als erwartet. Ein dürres Weib, in Lumpen gehüllt, die nach Schweiß und beißenden Kräutern stanken. Nie zuvor wäre ihm jemals in den Sinn gekommen, so etwas zu tun oder auch nur zu erwägen.
Sie hatte ein paar Knochen mit eingeritzten Runen auf den Boden geworfen, sie lange betrachtet und ihn dann mit stechendem Blick gemustert. Eines ihrer Augen war milchig trüb, das andere leuchtend blau.
Und dann hatte sie jene rätselhaften Sätze gemurmelt, nach denen er die Frau nur noch loswerden wollte. Er bot ihr Silber zum Lohn, doch sie lehnte ab.
»Was soll ich mit Silber, edler Herr?«
Stattdessen erbat und erhielt sie eine tote Taube.
Kaum war sie fort, hatte er sich einen Narren gescholten.
Bis eben.
Bis zu jenem Augenblick, als Albero von Trier verkündete: »Dann fertigen wir Euch eine neue Krone, eine schönere.«
Ein Schauer lief ihm über den Rücken, weil die Worte der Alten seitdem erneut durch sein Gehirn loderten:
»Ihr werdet eine Krone tragen, doch nicht Lothars.«
Konnte sie tatsächlich in die Zukunft blicken?
Wider Willen musste Konrad auch über ihre beiden anderen Vorhersagen nachgrübeln.

»Ihr werdet ein Heer zum Mittelpunkt der Welt führen und doch Euer Ziel nicht erreichen«, lautete die zweite.
Welchen Sinn sollte das ergeben? Jerusalem war der Mittelpunkt der Welt. Seit fast vierzig Jahren befand es sich in christlicher Hand. War die Heilige Stadt in Gefahr?
Und zum Schluss hatte sie gekrächzt: »Viele Jahre werdet Ihr herrschen, länger als Lothar. Aber der junge Falke, den man Rotbart nennen wird, wird dereinst all Euren Ruhm überstrahlen. Um seinetwillen wird man Euch vergessen.«

Die Purpurgeborenen

Sven und Friedrich – der Sohn des Königs von Dänemark und der Sohn des Herzogs von Schwaben; Heerlager in Breitenwang, 4. Dezember 1137

Die Knappen des staufischen Heereskontingentes übten seit Stunden unter den strengen Blicken ihres Lehrmeisters das Entwaffnen eines Gegners nach Angriff mit dem Schwert. Trotz der Kälte rann jedem von ihnen unter dem dicken Gambeson der Schweiß den Rücken hinab. Mancher hielt sich vor Erschöpfung kaum noch auf den Beinen. Und so hofften all diejenigen erleichtert auf eine Pause, die aus dem Augenwinkel beobachteten, wie ein Vertrauter Fürst Konrads zu ihrem Waffenmeister trat und ihm mit ernster Miene leise etwas ausrichtete.
Der schloss für einen Moment die Augen und bekreuzigte sich. Dann wandte er sich wieder seinen Schützlingen zu und brüllte donnernd: »Senkt die Waffen und kniet nieder!«
Sofort gehorchten die Burschen, die zwischen vierzehn und zwanzig Jahre alt waren.
»Unser Kaiser Lothar, Kaiser von Gottes Gnaden und Meh-

rer des Reiches, ist gestorben. Gedenkt seiner in stiller Trauer und mit einem Gebet für das Heil seiner unsterblichen Seele.«

Die Jungen senkten die Köpfe, falteten die Hände und beteten stumm, bis der Waffenmeister »Amen!« sagte und sie im Chor die beiden Silben wiederholten.

Dann erhoben sie sich auf das Zeichen des ergrauten Kämpfers.

Der fuhr nun wieder in seiner üblichen Schroffheit fort: »Bevor ihr Dummköpfe euch die Mäuler zerreißt über Dinge, von denen ihr nichts versteht, sollt ihr Folgendes wissen: Der Kaiser – Gott sei seiner Seele gnädig – hat noch auf dem Totenbett seinen Schwiegersohn Herzog Heinrich aus dem Hause Welf zum Erben des Throns bestimmt.«

Diese Ankündigung bewirkte, dass sämtliche Knappen schlagartig den Blick auf einen Sechzehnjährigen mit rotgoldenen Haaren richteten; fragend, schadenfroh oder betroffen.

Doch der Schwertmeister unterband jede weitere Reaktion, indem er sofort und sehr bestimmt weitersprach:

»Wenn ein Kaiser stirbt, verharrt die Welt ihm zu Ehren für einige Zeit. Deshalb werdet ihr Burschen diesen Tag dem traurigen Ereignis angemessen verbringen, und zwar mit Beten und Fasten. Das heißt: kein Waffengeklirr, kein dummes Geschwätz und vor allem keine heimlichen Besuche bei den Trosshuren! *Beten und Fasten*, habe ich mich klar ausgedrückt?«, wiederholte er, als er die Reaktionen auf seine letzte Anweisung in den Gesichtern der Älteren sah.

Ein einstimmiges, wenn auch zurückhaltendes »Ja, Herr!« kam als Antwort.

»Sollte ich jemanden erwischen, der sich nicht daran hält, wird er bis zu unserer Rückkehr nach Franken Tag und Nacht Rost von den Kettenhemden scheuern«, fuhr der Schwertmeister fort. Eine schlimme Drohung, denn im

Schnee war es unmöglich, die Kettenhemden und alles andere aus Eisen Gefertigte frei von Rost zu halten.
»Da jedoch die Pferde und die Pferdediebe nichts davon wissen, dass die Welt stillsteht, wenn ein Kaiser stirbt, werden die *Purpurgeborenen*« – das sagte er ironisch und deutete auf zwei Knappen, deren Kleider und Waffen von auffallend guter Qualität waren – »die Wache an der südlichen Koppel übernehmen.«
Die beiden Abkommandierten, der Bursche mit den Locken in Rotgold und einer mit glattem blondem Haar, verneigten sich, nahmen ihre Waffen auf und liefen los.

Schneeballen fielen klatschend von den überladenen Ästen und überstäubten die zwei künftigen Ritter weiß, als sie zur Koppel am Rande des Lagers gingen. Keiner von ihnen verlor ein Wort über das spöttische *purpurgeboren.* Sie waren es, und sie trugen die Namen ihrer mächtigen Väter.
Der hochgewachsene Blondschopf von siebzehn Jahren war der Sohn des Dänenkönigs Sven, der Sechzehnjährige mit dem rötlichen Haar der Sohn eben jenes Herzogs von Schwaben, der dreizehn Jahre zuvor König werden sollte. Außerdem war der junge Friedrich der Neffe Konrads von Staufen und des Welfen Heinrich, der *nun* König werden sollte.
Der Waffenmeister forderte sie noch härter als alle anderen, denn als künftige Herrscher mussten sie in der Schlacht an der Spitze reiten und überleben. So hatten sie noch mehr Beschimpfungen als die übrigen Knappen ob ihrer vermeintlichen Unfähigkeit zu erdulden. Trotzdem konnte er ihnen einen gewissen Respekt nicht verwehren.
Erst als sie außerhalb seiner Sicht- und Hörweite waren, sagte Sven aus dem Hause Estridson: »Der alte Schinder will uns von den anderen trennen und verhindern, dass Gerüchte aufkommen.«

»Kann er verhindern, dass die Sonne auf- und untergeht?«, spottete Friedrich.
»Ihm traue ich das zu«, meinte der junge Däne grinsend. »Seit Tagen plage ich mich mit diesem Entwaffnungsmanöver. Bei ihm sieht das so aus, als wäre es nichts weiter als eine Bewegung aus dem Handgelenk.«
»Ist es auch«, versicherte der junge Staufer. »Ich würde es dir ja zeigen, Bruder Ungeschickt …«
Sie sprangen über einen Bach, der zwischen eisverkrusteten Rändern strudelte.
»Ungeschickt?«, fiel ihm Sven ins Wort. »Dich möchte ich sehen, wie du ein Schiff steuerst!«
»Wir wissen alle, das liegt dir im Wikingerblut. Doch ich habe nicht vor, unter die Seeräuber zu gehen«, spottete sein Freund weiter. »Ich könnte dir diese Entwaffnung im Nu beibringen. Aber Waffenübungen sind uns heute ausdrücklich verboten.«
Im Lager ging es tatsächlich ungewöhnlich still zu: kein Schwertergeklirr, keine Streitereien, kein Gebrüll bis auf die Schmerzensschreie der Verwundeten. Abgesehen von den Wachen ließ sich kaum jemand blicken.
»Ja, Kämpfe, Weiber und Geschwätz«, zählte Sven auf und rollte die Augen. »Glaubst du, dass sich alle daran halten und den Trosshuren fernbleiben?«
Friedrich stieß einen belustigten Laut aus. »Wie oft denkst du hier an ein hübsches junges Mädchen, an ihre Brüste und wie du bei ihr liegst?«
»Jeden Morgen beim Aufwachen, jeden Abend beim Einschlafen und die ganze Zeit dazwischen.«
»Da hast du die Antwort.«
Sven prustete verächtlich. »Was jetzt noch an Trossweibern übrig ist … Lieber schwöre ich Enthaltsamkeit, bis wir wieder in einem Ort mit einem Hurenhaus sind.«
Friedrich befürchtete schon, der Freund würde ihm nun

zum hundertsten Mal von der Frau seiner Träume vorschwärmen, die unbedingt schwarze Locken haben sollte. Die hübschen Mädchen in Italien hatten es dem hochgewachsenen Dänen angetan.
Er selbst ersehnte sich eine zierliche Schönheit mit rotgoldenem Haar wie seines. Doch beide würden sie einmal irgendeine reiche Erbin heiraten müssen, die ihre Väter ohne Rücksicht auf ihre Wünsche für sie bestimmten. Deshalb verspürte er nicht die geringste Lust auf dieses Thema.
Inzwischen hatten sie die kleine, mit Seilen abgetrennte Koppel erreicht, auf der ein paar Pferdeknechte striegelten, fütterten oder mit Holzschaufeln den Schnee beiseiteräumten. Die Stallburschen verneigten sich tief vor ihnen und erwarteten Befehle, doch die hochgeborenen Knappen ließen sie einfach ihre Arbeit machen.
Entlang der Koppel schlängelte sich ein weiteres Bächlein mit eisverkrusteten Rändern.
Die Knappen suchten sich eine Erhebung, von der sie einen guten Überblick über das Gelände hatten. Inzwischen schneite es nicht mehr, die Luft war klar und kalt. Sie konnten von weitem sehen, wenn sich jemand näherte, der nichts bei den Pferden zu suchen hatte. Wer von den Bergen hinabstieg, löste unweigerlich eine Lawine aus, die ihn verriet. Und selbst die hungrigsten Wölfe würden um so eine Menschenansammlung einen großen Bogen machen.
»Hier können wir unbelauscht reden«, konstatierte Sven zufrieden, nachdem sie die Umgebung geprüft und Stellung bezogen hatten.
»Genau deshalb hat er uns als Wache eingeteilt«, versicherte Friedrich.
»Er will dich schützen«, meinte sein dänischer Freund. »Es wird eine Menge Tumult geben nach dieser Ankündigung, nicht nur im staufischen Lager.«
Sven sog tief Atem ein und witterte übertrieben. »Kannst du

es riechen? Veränderung liegt in der Luft. Nicht jeder wird hinnehmen, dass Kaiser Lothar den hochmütigen Welfen zum Nachfolger erklärte. Sicher werden längst Pläne geschmiedet, um deinen Oheim Konrad auf den Thron zu bringen. Aber was auch geschieht und wie es auch ausgeht: Jedermann sieht, du bewachst hier die Koppel und bist nicht daran beteiligt.«

»Ja, er will mich schützen«, stimmte Friedrich zu. »Dich übrigens auch. Und ehe du fragst: Ich bin *nicht* in die Pläne meines Oheims einbezogen. Falls er überhaupt beabsichtigt, Lothars Entscheidung anzufechten.«

»Natürlich wird es Krieg um den Thron geben!« Sven prustete. »Und das nur, weil ihr euern König wählen wollt! Das gibt es bei uns Dänen nicht. Mein Vater wurde im Herbst getötet, und da ich noch zu jung bin, übernahm mein Oheim Erik als ältester lebender Verwandter den Thron. Aber sobald meine Zeit gekommen ist, werde ich König. Mein Vetter Knud wird das natürlich anfechten und wieder einmal behaupten, ich sei ein Bastard und kein Estridson. Doch solange ich nicht morgen sterbe oder ins Kloster eintrete – und ich versichere dir, keins von beidem liegt in meiner Absicht –, werde ich Vater auf dem Thron folgen. Das ist so sicher wie das Amen in der Kirche.«

»Ist die Welt bereit für einen Dänenprinzen?«, spottete Friedrich.

»Die Frage scheint mir derzeit eher: Ist sie bereit für einen Stauferkönig?«, konterte Sven.

Sein Freund schwieg; er wollte ganz offensichtlich nicht über dieses Thema sprechen. Doch der Ältere ließ nicht locker.

»Du hast mir nie erzählt, warum dein Vater vor dreizehn Jahren nicht König wurde.«

»Es weiß doch jeder«, antwortete Friedrich, der ewige Spötter, ungewohnt schroff.

»Was *jeder* weiß, ist Gossengeschwätz«, meinte Sven verächtlich und prustete erneut. »Ich kenne ein Dutzend Versionen der Geschichte, ganz abgesehen von der offiziellen, die von den Feinden eures Hauses erzählt wird und der man deshalb nicht trauen darf.«

Friedrich versank in Gedanken. Dann endlich gab er sich einen Ruck.

»Wir reden nicht darüber in der Familie. Es ist … zu demütigend. Und ich war noch Kind, als es geschah. Jahre später, kurz bevor ich als Knappe an den Hof meines Oheims ging, rief mein erlauchter Vater mich zu sich. Er sagte: ›Ich werde dir diese Geschichte nur einmal erzählen. Also präge sie dir gut ein!‹«

Vater fühlt sich immer noch gedemütigt, dachte Friedrich. Und als er ein Auge verlor, musste er die letzte Hoffnung auf den ihm gebührenden Platz aufgeben.

Er richtete den Blick auf eine Krähe, die laut krächzend von einem Ast aufflog, sich am Rand der Koppel niederließ und auf etwas einhackte, während er scheinbar gleichmütig erzählte, als ginge ihn die Geschichte nichts an.

»Vor dreizehn Jahren starb kinderlos Kaiser Heinrich, der fünfte und letzte aus dem Geschlecht der Salier. Mein Vater war sein Neffe und rechtmäßiger Erbe. Heinrichs Witwe übergab die Reichsinsignien dem Erzbischof von Mainz. Doch Adalbert von Mainz intrigierte und präsentierte zu aller Erstaunen plötzlich zwei weitere Kandidaten. Von jedem Thronanwärter verlangte er den Eid, sich dem anderen zu unterwerfen. Mein erlauchter Vater weigerte sich, und in seiner Abwesenheit wählten die Fürsten Lothar, der sich so demütig gegeben hatte, wie sie es wünschten.«

»Ich hörte von üblen Tumulten bei dieser Wahl«, warf Sven ein.

»So übel und würdelos, dass mein erlauchter Vater den Saal verließ. Das kostete ihn den Thron. Das und der Seitenwechsel meines welfischen Großonkels, des Bayernherzogs

Heinrich des Schwarzen. Zum Lohn durfte Heinrich seinen Sohn mit Lothars Tochter Gertrud vermählen. Als Schwiegersohn des Kaisers erhielt dieser dann noch Sachsen und die Toskana. Und jetzt die Krone.«
»*Noch* sitzt er nicht auf dem Thron, den ihm sein Vater mit Verrat erkaufte«, widersprach der künftige Dänenkönig.
Eine Weile herrschte Stille.
Bis der junge Staufer bitter fragte: »Sollten wir heute nicht ein paar ehrende Worte für den toten Kaiser finden? Ich kann es nicht. Nicht nur, weil er meinen Vater um seinen legitimen Anspruch brachte. Lothar hat sich dem Papst unterworfen, und das ist unverzeihlich. Weltliche und geistliche Herrschaft müssen gleichberechtigt nebeneinander stehen. Als Lothar freiwillig das Pferd des Papstes am Zügel führte und ihm sogar den Steigbügel hielt, befleckte er seine Ehre und die des Reiches.«
»Er bezeichnete es als Geste der Höflichkeit«, erinnerte Sven, obwohl er die Meinung seines Freundes teilte.
»Es wird immer als Unterwerfung interpretiert werden. Kein Kaiser darf sich so entwürdigen.«
»Und wenn der Papst mit Exkommunikation droht? Was würdest du als Kaiser dann tun?«
Nun grinste Friedrich. »Einen Gegenpapst einsetzen lassen.«
»Wird dein Oheim Konrad gegen den Welfen antreten und auf einer Wahl bestehen?«, bohrte Sven weiter.
»Ich bin Knappe, er weiht mich nicht in seine Pläne ein«, wiederholte Friedrich streng. »Und mein Vater ist in Schwaben, er beteiligt sich nicht an diesem Feldzug.«
»Keiner kann deinem Vater verübeln, dass er sich von dem Süpplingenburger fernhält. Dein Oheim wird den Welfen herausfordern. Es wäre eine Schande, wenn er es nicht wagte«, sinnierte der Ältere. »Die Fürsten haben ihn doch schon einmal gewählt.«

»Zum König, der gegen einen bereits gekrönten Rivalen antreten musste! Das ist etwas anderes. Lothar geriet mit meinem Vater schnell in Streit über Ländereien, die er als Reichsgut an den König abzugeben hätte. Als Vater Verhandlungen ablehnte, schlug ihn Lothar von Süpplingenburg in Acht und Bann. Also wählten die Anhänger unseres Hauses meinen Oheim Konrad zum rechtmäßigen König, der gerade erst von einer Pilgerfahrt ins Heilige Land zurückkam und Lothar noch keinen Eid geschworen hatte. Nach zehn Jahren erbitterter Kämpfe mussten sie sich Lothar unterwerfen.«
Ganz unmissverständlich wollte er das Thema abschließen. Doch Sven wagte noch einen Vorstoß. »Du warst fünf oder sechs Jahre alt, als der Krieg begann. An einiges musst du dich doch erinnern.«
»Und dass sich mein Vater unterwerfen musste, ist erst drei Jahre her. Ich hab's nicht vergessen«, meinte Friedrich grimmig. »Wie sie dir nachreden, ein Bastard zu sein, war ich erst der Sohn eines Geächteten, dann der eines Besiegten und Gedemütigten. Auch wenn uns der alte Schinder höhnisch *die Purpurgeborenen* ruft.«
Er starrte auf die feinen Schneewirbel, die der Wind in den Böschungen aufwehte.
»Ich erinnere mich noch an Speyer. Lothar belagerte die Stadt vor acht Jahren, und mein erlauchter Vater hatte Mutter und mich dort zurückgelassen, damit Speyer den Staufern die Treue hielt. Wir hungerten. Ich zwar kaum, denn meine Mutter schob mir fast jeden Bissen zu, der für sie bestimmt war. Doch sogar sie als Herzogin litt und magerte ab bis auf die Knochen. Sie hat sich nie davon erholt. Ich denke, letzten Endes starb sie daran. Daran ... und an der Demütigung ihres Gemahls.«
»Aber deine Mutter war Welfin, eine Schwester Heinrichs des Stolzen, und der gehörte zu den Belagerern Speyers!«, rief Sven.

»Was uns letztlich rettete. Mein welfischer Oheim, der jetzt König werden soll, sorgte dafür, dass uns sehr großmütige Abzugsbedingungen eingeräumt wurden.«
Nach kurzem Schweigen sagte er: »Familie ist wichtig. Verwandtschaftliche Bindungen sind stärker als alle Fehden.«
Sven ließ die Worte auf sich wirken und beschäftigte sich eine Weile mit seinem Bogen, bis er eine passende Antwort gefunden hatte.
»Ganz gleich, wie sich die Dinge entwickeln: Du wirst der Neffe des künftigen Königs sein – ob es nun Heinrich aus dem Hause Welf oder Konrad aus dem Hause Staufen sein wird. Beider Frauen heißen Gertrud, also wird es eine Königin Gertrud geben, so viel ist auch sicher. Und von jetzt an wird es niemand mehr wagen, dich den Sohn eines Geächteten zu nennen. Die das taten, werden bald vor dir zur Kreuze kriechen. Genieße den Anblick! Von nun an bist du der Neffe des Königs.«
»Ich bin der Sohn des Herzogs von Schwaben. Und ich werde einmal Herzog von Schwaben sein, nicht mehr, aber auch nicht weniger«, stellte Friedrich klar. Zorn und Stolz flammten über sein Gesicht. »Alle, die einst verächtlich auf mich herabsahen, all jene, die gegen mein Haus kämpften, werde ich lehren, den Namen Friedrich von Staufen mit Furcht und Ehrerbietung auszusprechen!«
Sven musterte ihn nachdenklich. »Ja, das wirst du«, sagte er nach einem Moment des Schweigens voller Überzeugung.
»Gehen wir zur Koppel«, schlug er dann vor, um den Freund auf andere Gedanken zu bringen. Die Neuigkeiten des Tages mussten ihn aufgewühlt haben. Einige Zeit bei den Pferden würde ihm gut tun. Friedrich war nicht nur ein exzellenter Reiter; die Pferde schienen ihn zu lieben.
Als sie auf die Koppel zuliefen, näherten sich ihnen sofort ein paar Stuten und Hengste.
Das Heer hatte sehr viele Reittiere in den Kämpfen und auf

dem Rückzug über die verschneiten Bergpässe verloren. Die Übriggebliebenen waren schlecht ernährt und struppig. Futter war hier um diese Jahreszeit noch schwerer aufzutreiben als Essen für die Männer.

Zufrieden sah Sven, dass der Gefährte endlich wieder zu lächeln begann, während er einer Fuchsstute über die Nüstern strich und auf sie einsprach. Dann ließ er seinen Blick prüfend über die Landschaft schweifen.

»Nirgendwo ein Feind zu sehen«, meinte er und konnte das Spotten einfach nicht lassen. »Kein Wunder, denn die feindlichen Parteien sitzen alle dort in den Zelten, und wir wissen genau, in welchen. Ich bin gespannt, wie und wann sie die Sache zugunsten deines Hauses deichseln.«

Friedrich wandte sich zu ihm um und gab die gespielte Gleichgültigkeit auf.

»Nicht hier. Ich denke, es wird erst nach unserer Rückkehr geschehen. Sie brauchen die Fürsten des Westens und des Südens.«

»Glaubst du, es gibt offenen Krieg?«

»Mein welfischer Oheim hat sich viele hohe Geistliche zum Feind gemacht. Denen würde ich eher eine List zutrauen.«

»Aber früher oder später muss sich jemand ganz offen der Kaiserinwitwe und ihrem Schwiegersohn entgegenstellen«, beharrte Sven. »Wer wird es wagen, als Erster das Schwert gegen den mächtigsten Mann im Reich zu ziehen?«

»Wer ist der größte Haudrauf unter den Fürsten?«, fragte Friedrich zurück.

Einstimmig antworteten sie: »Albrecht der Bär.«

»Und er ist dem Welfen spinnefeind. Doch der Bär kämpft jetzt irgendwo weit im östlichen Grenzland gegen Wirikinds Söhne, die in seine Nordmark eingefallen sind«, wandte der dänische Kronprinz ein.

Friedrich von Staufen lächelte kühl. »Davon wird er sich nicht lange aufhalten lassen.«

Der Bär

Markgraf Albrecht von Ballenstedt;
Prignitz, im Grenzgebiet von Nordmark und Slawenland zwischen Brandenburg und Schwerin, Anfang 1138

»Haaah!«

Brüllend ließ Albrecht der Bär, der hünenhafte Markgraf der Nordmark, sein Schwert niederfahren. Mit einem Hieb schlug er dem vor ihm knienden Anführer des slawischen Kriegertrupps den Kopf ab.

»Das wird euch Heidenpack lehren, in *mein* Land einzufallen!«, wütete er, während das Blut des Hingerichteten dampfend in den Schnee strömte und ihn rot färbte. »Fahr zur Hölle mitsamt deinem dreigesichtigen Götzen!«

Schwer atmend ließ der Markgraf das Schwert sinken.

»Brennt das Dorf nieder!«, befahl er.

Sein Marschall trat näher und räusperte sich.

»Dieses Dorf gehört Euch, mein Fürst.«

Der Bär blinzelte. Erst jetzt wich der Rausch des Kampfes von ihm.

Er ließ seinen Blick über den zerstörten Weiler schweifen, dessen Bewohner beim Einfall der Slawen in den Wald geflohen waren. Die verkohlten Überreste der Hütten am Dorfrand schwelten noch, die Katen in der Mitte waren verwüstet oder zerstört. Überall lagen Tote, denen seine Männer nun Schuhe und Waffen abnahmen. Die gefangenen Slawen – oder Wenden, wie die meisten Christen sie nannten – wurden zusammengetrieben und in Fesseln gelegt. Ein schwer verwundeter Gefangener brüllte vor Schmerz und stieß in seiner Sprache Verwünschungen aus, bis ihm einer von Albrechts Rittern die Kehle durchschnitt, ob nun aus Zorn oder Gnade. Jäh erstarb das Geschrei.

»Schickt ein paar Männer in den Wald zu den Dörflern, um ihnen zu sagen, dass sie zurückkehren und ihre Häuser wieder aufbauen können«, änderte der Markgraf der Nordmark seinen Befehl.
Der Marschall gab die Order weiter, dann schnitt er ein Stück vom Umhang des Hingerichteten und reichte es dem Fürsten, damit dieser seine Waffe säubern konnte.
Albrecht der Bär, ein vor Kraft strotzender Mann von knapp vierzig Jahren, gab sein Schwert nie aus der Hand, außer wenn es zum Schmied musste. Mehrmals fuhr er mit dem Wollfetzen über die Klinge, dann warf er ihn achtlos fort und schob die Waffe zurück in die Scheide. Das Ziegenhaar an deren Innenseite würde die Reste des Blutes vom Eisen schmirgeln.
Seit Wochen schon musste er mit seinem Heerbann im östlichen Grenzland kämpfen, weil slawische Krieger auf breiter Front eingedrungen waren, um ihr einstiges Land zurückzuerobern.
Auf dem Pfad zum Dorf näherte sich ein berittener Bote. Der Schnee dämpfte den Hufschlag, dafür zeichneten sich Pferd und Reiter deutlich gegen das Weiß der Landschaft ab. Der Markgraf lächelte erleichtert, als er das Gesicht des Mannes erkannte, denn es verhieß gute Neuigkeiten.
Was für ein denkwürdiger Tag! Erst hatten sie die eingefallenen Wenden im blutigen Kampf besiegt, und nun …
Doch er wagte den Satz nicht zu Ende zu denken, bevor die Kunde ausgesprochen war. So etwas brachte Unheil. Rasch bekreuzigte er sich.
Der Bote stieg in aller Hast vom Pferd und lief seinem Fürsten mit eiligen Schritten entgegen. Die Ritter der Leibwache machten bereitwillig Platz, denn sie hofften mit ihrem Gebieter auf die Nachricht, die er bringen würde.
»Durchlaucht, Eure Gemahlin sendet Euch ergebene Grüße«, sagte er atemlos, während er auf ein Knie sank.

»Ja, und weiter?«, drängte der Bär ungeduldig.
»Ihr habt einen Sohn! Eure Gemahlin hat Euch einen weiteren Sohn geboren!«, rief der junge Reiter und strahlte, als hätte *er* einen Sohn bekommen.
»Sind die Fürstin und das Kind bei guter Gesundheit?«
»Ja, mit Gottes Hilfe!«, versicherte der Bote.
»Der Herr sei gepriesen!«, stieß Albrecht erleichtert hervor.
Sein Marschall ließ die Männer einen Hochruf auf das Neugeborene ausbringen, den siebenten Erben ihres Herrschers, dann sprachen sie gemeinsam ein Gebet.
Glücklich dankte der Askanier Gott für Sophia von Winzenburg. Als junger Bursche hätte er nie gedacht, dass irgendeine Frau außer seiner Mutter einmal Bedeutung für sein Leben erlangen könnte. Abgesehen natürlich davon, dass sie seine Söhne austrug. Das tat Sophia beinahe Jahr für Jahr. Inzwischen wünschte er sich sehnlich ein Töchterchen. Eines, das er herzen konnte, das Singen und Lächeln lernte statt den Kampf mit Schwert und Lanze. Eines, das ihm – im Gegensatz zu Söhnen, wenn sie erst heranwuchsen – nicht das Erbe streitig machte. Vielleicht würde Sophia ihm als Nächstes eine Tochter schenken. Hedwig sollte sie heißen.
Doch obwohl ihre Heirat wie üblich arrangiert war und sich die Eheleute bei der Vermählung kaum kannten, wurde Sophia für ihn bald viel mehr als nur die Mutter seiner Söhne. Zu seiner eigenen Verwunderung und der seiner Männer, die jedes Mal staunten, wie sanft der wilde Kämpfer wurde, wenn er mit seiner Gemahlin sprach.
»Wir brechen sofort auf!«, befahl Albrecht der Bär dem Marschall. »Zwei Dutzend Mann bleiben hier und kümmern sich um die Verwundeten und die Gefangenen. Tauscht die heidnischen Wenden gegen unsere Leute aus oder bringt sie zum nächsten Sklavenmarkt.«
Den Christen war Sklavenhandel offiziell verboten, doch die slawischen Stämme hielten Sklaven, und ungetaufte

Gefangene wurden auch von Christen ohne Bedenken in die Sklaverei verkauft.
»Wir anderen ziehen zur Burg meines nächsten Gefolgsmanns und werden uns dort nach Leibeskräften betrinken, um den Sieg, das Wohl meiner Gemahlin und die Geburt meines jüngsten Sohnes zu feiern«, bestimmte der Markgraf weiter.
Diese Order wurde von den Männern jubelnd aufgenommen, zumindest von denen, die ihn begleiten würden.
Doch sogleich schränkte der Markgraf die Ausmaße des Besäufnisses ein: »Bei Tagesanbruch reiten wir weiter nach Ballenstedt.«
Er stieg als Erster in den Sattel und überschlug, wie viele Wegstunden er wohl brauchte, um Sophia und seine Söhne zu sehen. Otto, sein Erstgeborener, zählte schon fast zehn Jahre und wurde am Hof eines Verbündeten zum Pagen und später zum Ritter ausgebildet. Die anderen waren noch zu jung, um aus dem Haus geschickt zu werden.
Bereits zu Pferde, sah der Markgraf einen zweiten Boten herangaloppieren.
Jäh verfinsterte sich seine Miene vor Sorge. Brachte dieser Reiter etwa schlechte Nachricht vom Wochenbett? War der Knabe gestorben, bevor er ihn zu Gesicht bekam? Oder gar seine Gemahlin?
Während sich der Neuankömmling näherte, erkannte Albrecht, dass er nicht zu seinem eigenen Hofstaat gehörte. Fieberhaft überlegte er, wem er ihn zuordnen sollte. Die Kleidung war ebenso wie die Waffen von bester Qualität, verriet aber nichts über die Zugehörigkeit zu irgendeinem Haus. In wessen Umgebung hatte er ihn schon gesehen? Für einen Herrscher war es wichtig, sich Gesichter einzuprägen. Doch er ahnte schon, was er gleich erfahren würde.
»Durchlaucht! Allergnädigster Fürst der Nordmark, Graf von Ballenstedt …«

Der Bote, ein hagerer Mann mit einer frischen Narbe auf der linken Wange, sank vor dem Bären auf ein Knie und wies sich durch einen auffällig geformten Ring aus: bestückt mit einem großen dunkelblauen Stein, der in einer viereckigen, sich nach oben verjüngenden Fassung ruhte – eine Nachbildung des Rings, den Erzbischof Albero von Trier zu tragen pflegte.
»Nicht hier!«, gebot der Markgraf sofort.
Der Bote nickte erleichtert, denn er hatte strengste Order, diskret vorzugehen.
So rasch es die verschneiten Wege erlaubten, ritten sie gen Westen und ließen das eben noch heftig umkämpfte und nun zerstörte Dorf hinter sich.
Als der Pfad breit genug für zwei Pferde war, befahl Albrecht den erzbischöflichen Boten neben sich. Weder der Bannerträger vor ihm und dessen Geleit noch die ihm folgenden Ritter konnten ihre Worte hören.
»Der Kaiser ist tot«, berichtete der Grauhaarige leise. Angesichts seines Alters, der guten Ausrüstung und vor allem seiner Mission war er zweifellos ein enger Vertrauter des Erzbischofs.
»Wo? Wann? Was sollt Ihr mir noch ausrichten?«, drängte Albrecht.
»Er erlag in einem Dorf in Tirol den Anstrengungen der Reise. Während Ihr die östliche Grenze des Reiches verteidigt habt, warteten in Würzburg die nicht am Italienfeldzug beteiligten Fürsten auf die Rückkehr des Kaisers und erfuhren dort von seinem Tod. Der Leichnam wurde nach Königslutter überführt und in einer recht spärlich besuchten Zeremonie vor wenigen Tagen beigesetzt. All das habt Ihr durch diesen Grenzkrieg versäumt; ich brauchte so lange für die Suche nach Euch.«
»Wann und wo soll der neue König gewählt werden?«, fragte der Bär höchst angespannt.
»Lothar bestimmte seinen Schwiegersohn Heinrich den

Stolzen zum Nachfolger und übergab ihm auf dem Totenbett die Reichskleinodien.«
»Dem maßlosen Welfen!«, knurrte Albrecht von Ballenstedt und spie in den Schnee.
»Die Kaiserinwitwe beruft für den zweiten Tag des Februar eine Fürstenversammlung nach Quedlinburg ein, um die Fürsten des Ostens auf ihren Schwiegersohn einzuschwören.«
Der Vertraute des Erzbischofs senkte die Stimme noch mehr und neigte sich dem Markgrafen aus dem Sattel ein wenig entgegen. »Seine Exzellenz meinte, Ihr wüsstet, was nun zu tun sei.«
Der Bote verstummte und setzte sich wieder gerade.
So entging ihm das grimmige Lächeln des Bären.
Ja, Albrecht wusste, was zu tun war. Niemand außer ihm würde etwas so Unerhörtes wagen. Doch er konnte es kaum erwarten, endlich zum Schlag auszuholen.

Die Sanfte

Sophia, Gemahlin des Bären;
Burg Ballenstedt im Harz, Januar 1138

Im Lauf der nächsten Tage führte Markgraf Albrecht seine Männer in einem Gewaltritt nach Ballenstedt, zur Stammburg seines Hauses. Die Nachrichten des Erzbischofs geboten Eile, doch zuerst wollte er seine Frau und seinen neugeborenen Sohn sehen.
Am Ziel trieb er seinen Hengst den schmalen, steil ansteigenden Weg hinauf, stemmte sich im Hof aus dem Sattel, warf die Zügel dem Stallmeister in die Hand und rief seinem Truchsess entgegen: »Ist die Fürstin wohlauf?«

»Das ist sie, Durchlaucht, mit Gottes Hilfe.«
Der Inhaber des höchsten Amtes am markgräflichen Hof kniete nieder und streckte Albrecht den Willkommenspokal entgegen, gefertigt aus dem mit Silber beschlagenen Horn eines Auerochsen und gefüllt mit Albrechts Lieblingswein.
»Die Markgräfin ruht. Diese Niederkunft hat sie sehr geschwächt. Doch wenn Ihr wünscht, lasse ich sie unverzüglich wecken und ihrer Durchlaucht Eure Heimkehr melden.«
»Tut das!«, entschied Albrecht sofort. Ihm blieb nicht viel Zeit, bis er erneut aufbrechen musste.
»Sorgt dafür, dass meine Männer zu essen und zu trinken bekommen. Sie haben es sich verdient nach diesem Ritt«, wies er an, obwohl sicher schon alles vorbereitet war. Niemand an seinem Hof würde es wagen, Pflichten zu vernachlässigen und sich seinen Zorn zuzuziehen.
»In einer Stunde will ich meine Ritter vollständig in der Halle versammelt sehen.«
Der Truchsess erhob sich, verneigte sich erneut und schritt davon, um die Befehle auszuführen.
Am liebsten wäre Albrecht gleich zu Frau und Kind gestürmt – genau so, wie er vom Pferd gestiegen war. Doch nach kritischem Blick auf seine schneefeuchten und blutbespritzten Kleider entschied er, dass es sich für einen Mann seines Ranges nicht gehöre, in diesem Zustand vor die Gemahlin im Wochenbett und seinen jüngsten Erben zu treten.
Er stapfte hinauf in sein Gemach und stellte zufrieden fest, dass dort schon heißes Wasser bereitstand. Der Kämmerer hatte ihm ein frisches Gewand hingelegt, dunkelblau und mit farbenprächtiger, zwei Finger breiter gewebter Borte an Ärmeln, Halsausschnitt, Saum und Reitschlitz. Dazu einen mit Silberbeschlägen verzierten Gürtel und hirschlederne Schuhe.
Diener halfen ihm aus der Reisekleidung und den Stiefeln.

Er wusch sich den Schmutz von Gesicht und Händen. Dann streiften ihm die Bediensteten frische Beinlinge, ein sauberes Untergewand aus weißem Leinen und den blauen Bliaut über, verschlossen den Halsausschnitt mit einer silbernen Fibel in Form eines Bärenkopfes und kämmten sein vom Ritt verfilztes Haar und seinen Bart.
So zurechtgemacht, lief Albrecht der Bär mit großen Schritten zur Kemenate, öffnete schwungvoll die Tür und strahlte vor Glück, als er Sophia sah.

Eine hübsche junge Edeldame richtete gerade Schapel und Schleier auf dem blonden Haar der Markgräfin. Beim Anblick des Fürsten wich sie hastig drei Schritte zurück, um in einen tiefen Knicks zu sinken.
Sophia neigte den Kopf und ging ihrem Gemahl lächelnd entgegen. Die Markgräfin trug ein Kleid im Grün frischer Birkenblätter mit weiten Ärmeln, eng geschnürt an den Seiten und verschwenderisch fallend bis zum Saum. Auch ihr Gewand war mit gewebten Borten und einer silbernen Fibel verziert.
»Es freut mich, Euch bei bester Gesundheit zu erleben«, begrüßte sie Albrecht mit ihrer melodischen Stimme, die ihn jedes Mal bezauberte. Vielleicht weil sie in so starkem Kontrast zur Stimme seiner energischen Mutter Eilika stand.
»Und ich bin überglücklich, Euch zu sehen«, versicherte Albrecht, ergriff ihre Hände und küsste sie.
»Möchtet Ihr Euren jüngsten Sohn kennenlernen?«
Auf Sophias Zeichen huschte die Edeldame hinaus, um Augenblicke später zurückzukehren und die Amme hereinzulassen, die den Säugling auf dem Arm trug.
»Ich habe ihn Bernhard genannt, wie Ihr wünschtet«, berichtete Sophia. Neugeborene wurden stets so rasch wie möglich getauft, um ihre Seelen zu retten, denn viele Kinder starben bei oder kurz nach der Geburt.

Wir werden schon noch eine kleine Hedwig bekommen, dachte Albrecht, während er verzückt seinen Sohn betrachtete, der die winzigen Hände zu Fäusten geballt hatte und fest schlief.

»Trinkt er kräftig?«, erkundigte er sich mit zusammengezogenen Brauen bei der Amme, einem Mädchen aus der Siedlung unterhalb der Burg, das einer seiner Ritter geschwängert hatte. Als Milchamme konnte sie froh sein, hier gutes Auskommen, saubere Kleider und reichlich Essen zu erhalten. Doch sie wirkte zutiefst verängstigt, als sie nun dem grimmigen Markgrafen gegenüberstand.

»Ja, Euer Durchlaucht«, hauchte sie und knickste mit dem Kind auf dem Arm.

»Gott schütze dich, kleiner Bernhard!«, sagte Albrecht etwas leiser, um den Neugeborenen nicht zu wecken. Bei aller Freude über einen weiteren Sohn hatte er keine Lust auf Kindergeplärr. Also schickte er die Amme samt Schützling wieder hinaus.

Als Nächstes nahm er die Willkommensgrüße seiner anderen Söhne entgegen – Otto, den Ältesten, ausgenommen, der schon an einem anderen Hof ausgebildet wurde. Gehorsam und zum Teil noch kindlich ungeschickt, verbeugten sie sich vor ihm. Vergnügt zerzauste er ihnen das Haar, dann durften sie sich mit der Kinderfrau wieder entfernen.

Während Albrecht seine Gemahlin zu den Bänken am Kamin führte, begann er fröhlich aufzuzählen: »Otto bekommt einmal die Nordmark, Hermann wird Graf von Weimar-Orlamünde, wenn ich es erst zurückerobert habe, Adalbert wird Graf von Ballenstedt, Dietrich kriegt Werben, aus Siegfried und Heinrich machen wir Bischöfe, und der kleine Bernhard soll Aschersleben erben, wenn er groß ist.«

Sophia lächelte nachsichtig. Ihr Gemahl sprach oft von diesen Zukunftsplänen, und sie verzichtete auch diesmal auf den Einwand, es sei noch zu früh, das Erbe zu verteilen. Albrecht ließ sich und seiner Gemahlin Wein einschenken. Plötzlich fiel ihm etwas ein, und er nestelte den Almosenbeutel hervor, den er am Gürtel trug. Endlich hatte er das Band gelöst und zog eine goldene Fibel heraus, die mit Rubinen und Saphiren besetzt war.

»Dafür, dass Ihr mir einen weiteren Sohn geschenkt habt!«, sagte er stolz. »Ich schickte eigens einen Reiter nach Leipzig, damit er mir dort das schönste Geschmeide für Euch besorgt. Seht, auf der Rückseite sind sieben Sterne zum Zeichen meiner Liebe eingraviert. In den Reisetruhen wartet noch eine Elle Seide aus dem Morgenland auf Euch. Daraus könnt Ihr einen Besatz für eines Eurer Kleider anfertigen lassen.«

»Ich danke Euch, liebster Gemahl«, sagte Sophia und nahm gehorsam die Fibel, um sie zu betrachten.

Er brachte ihr jedes Mal Geschenke, wenn sie ihm ein Kind geboren hatte. Allein das Stück Seide musste ein Vermögen gekostet haben. Doch lieber wäre ihr, sie würde nicht mehr schwanger werden. Zehn Entbindungen hatte sie schon überlebt. Dafür musste sie der Jungfrau Maria danken, selbst wenn drei der Neugeborenen tot zur Welt gekommen waren. So viele Frauen starben im Kindbett! Und diese Niederkunft war besonders schwierig gewesen, denn das Ungeborene hatte verkehrt herum in ihrem Leib gelegen. Nur dank der Hilfe ihrer erfahrenen Wehmutter und des Magisters Ruthard konnten sie und das Kind überleben. Sie wurde allmählich zu alt zum Gebären. Leider war es undenkbar, sich dieser Pflicht mit Verweis auf ihr Alter zu verweigern. Sie tat schon ihr Bestes, ihrem Gemahl stets hübsche junge und willige Frauen ins Bett zu schicken, wenn sie wegen fortgeschrittener Schwangerschaft oder als Wöchnerin sein Lager nicht teilen konnte. Sie war froh über jede Nacht, in der eine andere ihr die Pflicht des Beilagers abnahm.

Albrecht, der sie so hingebungsvoll verehrte, ahnte nicht, von wie vielen Ängsten Sophia beherrscht wurde.
Sie fürchtete seine ehelichen Besuche – wegen des Aktes selbst, doch vor allem wegen der möglichen Folgen. Denn obwohl ihr Gemahl viel auf Reisen war, schaffte er es selbst bei kürzesten Aufenthalten, sie im Handumdrehen zu schwängern. Er wollte unbedingt noch ein Töchterchen, aber würde sie eine weitere Schwangerschaft überleben?
Sie fürchtete die Zornausbrüche dieses ungestümen Mannes, auch wenn er nie die Hand gegen sie erhob.
Die Unbekümmertheit, mit der er den Kampf und die Gefahr liebte, die Macht und den Wein und seinen Stolz. Gab es gerade einmal keinen Krieg zu führen, ritt er zur Jagd – nicht etwa auf Rehe oder Rebhühner, sondern auf wilde Keiler, Bären und Wölfe.
Doch was noch schlimmer war: Auch anderen Herrschern und selbst dem Kaiser gegenüber ließ er keine Vorsicht walten. Wohin so etwas führte, hatte ihre Familie leidvoll erfahren müssen. Als sie mit Albrecht vermählt wurde, war ihr Vater noch ein mächtiger Fürst gewesen, der Markgraf von Meißen und Landgraf von Thüringen. Doch weil er im Streit um einen Burgenbau einen Vertrauten des Kaisers hinrichten ließ, ächtete Lothar ihn, entzog ihm Besitz und Titel und verbannte ihn nach Jahren der Gefangenschaft. Die Winzenburg, der Ort ihrer Kindheit und Stammsitz ihrer Familie, wurde in Schutt und Asche gelegt. Seitdem lebte sie in ständiger Angst, so etwas könnte auch mit Ballenstedt geschehen.
Doch von alldem durfte sie sich nichts anmerken lassen, um ihren Gemahl nicht zu verärgern.
Sophia zwang sich zu einem Lächeln. »Ihr seid sehr großzügig. Die schönste Freude aber bereitet Ihr mir mit Eurer Gegenwart.«
»Ihr seht erschöpft aus«, erwiderte Albrecht besorgt. »Da

verlasse ich Euch besonders ungern. Ich muss morgen bei Sonnenaufgang wieder fort.«

»Morgen früh?«, fragte Sophia stirnrunzelnd und wurde noch blasser. »Es ist nicht nötig, schon morgen aufzubrechen, um rechtzeitig in Quedlinburg zu sein. Der Fürstenkonvent ist doch erst für Mariä Lichtmess angesetzt.«

Natürlich wusste sie von den jüngsten Ereignissen. Die Nachrichten vom Tod des Kaisers und das anberaumte Fürstentreffen hatten sie auf der Burg eher erreicht als ihren Gemahl im nordöstlichen Grenzland. Sofort zog Sophia die richtigen Schlüsse, erstarrte und streckte dann ihrem Mann die Fibel auf der Handfläche entgegen.

»Ihr bringt mir Geschenke, um mich zu beschwichtigen, weil Ihr etwas Gefährliches plant! Dann will ich sie nicht! Reitet Ihr etwa gegen den Welfen?«

»Kriegsdinge bespricht man nicht mit Frauen!«, entgegnete Albrecht barscher, als es seine Absicht war.

Das genügte Sophia als Bestätigung. Entsetzen durchflutete sie. Es würde Krieg geben, Blut würde fließen, Menschen sterben, Felder brennen … Was geschah mit ihnen und ihren Kindern, mit Ballenstedt und Burg Anhalt, wenn Albrecht sich gegen den künftigen König erhob?

Das durfte sie jetzt nicht laut fragen, denn ihr Gemahl hatte das Thema kategorisch für beendet erklärt. Doch Sophia hatte in den zwölf Jahren ihrer Ehe schnell lernen müssen, wie sie als Einzige den wilden Bären gelegentlich milder stimmen konnte. Er war ihr verfallen wegen ihrer klugen Umsicht, der nunmehr sieben Söhne und wegen der sorgfältig ausgewählten jungen Frauen, die sie ihm ins Bett schickte, ohne je ein Wort darüber zu verlieren.

Sie lächelte, so gut sie es noch fertig brachte.

»Da ist Eure erlauchte Mutter sicher anderer Meinung«, erwiderte sie sanft. »*Ich* allerdings würde mich nie in Eure Entscheidungen einmischen, das wisst Ihr. Doch Ihr könnt mir nicht verwehren, mich um Euch zu sorgen. Sagt mir wenigstens, dass Ihr starke Verbündete habt, dass Ihr Euch nicht allein gegen den künftigen König stellt!«

Nun fühlte sich der Markgraf der Nordmark unwohl in seiner Haut. Seine Gemahlin würde ganz und gar nicht gutheißen, was er vorhatte. Aber er brachte es nicht über sich, sie zu belügen.

»Ich werde den ersten Schlag führen. Doch seid unbesorgt, es wird zu keiner Schlacht kommen. Außerdem *habe* ich starke Verbündete«, erklärte er trotzig. Albero war ein gewiefter Verschwörer und hatte ihm große Zusicherungen gemacht. Sogar der Papst wollte, dass sie handelten! Für seinen Friedensbruch würde er reich belohnt werden und kirchlichen Ablass erhalten.

»Denkt daran, was mit meinem Vater geschah!«, flehte Sophia. »Soll Euch und Ballenstedt das Gleiche zustoßen? Was, wenn Ihr geächtet werdet? Oder getötet? Lasst mich nicht als Witwe mit unmündigen Kindern zurück, verspielt nicht das Erbe Eurer Söhne! Ich bitte Euch inständig: Seid vorsichtig!«

Unbeholfen umschloss Albrecht mit seinen Pranken beide Hände seiner Frau und gab ihr dabei wie nebenher das Schmuckstück zurück.

»Meine Liebe, wie soll ich es Euch verständlich machen?«, fragte er, ohne auf die Idee zu kommen, dass Sophia längst verstand.

»Seit ich die Herrschaft übernommen habe, war mein Leben ein einziger Kampf, ein Kampf um Land und Einfluss«, begann er, sich in Rage zu reden. »Gemeinsam mit Lothar von Süpplingenburg und Konrad von Wettin erstritt ich mir mit Waffen die Mark Lausitz. Doch kaum war Lothar König, nahm er sie mir weg und gab sie erst dem letzten Groitzscher, dann dem Wettiner. Ich erhielt die Nordmark, aber die grenzt ans Slawenland. Ich verbündete mich mit

Fürst Pribeslaw auf der Brandenburg, um mir die Slawen tributpflichtig zu machen. Doch Lothar ernannte Pribeslaw zum König. *Ich schulde Lothar gar nichts!*«

Er holte tief Atem und starrte trotzig in die Ferne.

»Ihm nicht, seiner Witwe nicht und erst recht nicht seinem großmäuligen welfischen Schwiegersohn. Man bekommt im Leben nur, was man sich erkämpft. Ich will das Herzogtum Sachsen, und ich werde es kriegen, so wahr mir Gott helfe. Sachsen wurde nie förmlich an Heinrich übertragen, und ich stamme genauso vom letzten Billungerherrscher ab wie er. Unsere Mütter waren die Töchter des großen Herzogs Magnus. Also sorgt Euch nicht, das ist nicht gut für eine Wöchnerin! Mehr werde ich dazu mit Euch nicht erörtern.«

»Natürlich nicht, das müsst Ihr nicht, mein Gemahl und Gebieter«, versicherte Sophia hastig. Sie kannte ihn genau genug, um zu wissen, dass sie ihn nur beeinflussen konnte, wenn sie ihm das Gefühl gab, *nicht* beeinflusst zu werden.

»Ich muss hinunter in die Halle zu meinen Männern. Ruht ein wenig!«, sagte er, küsste ihre Wange und ging hinaus. Verzweifelt sah Sophia ihm nach.

Ehe Albrecht vor seine Ritter trat, um sie zum Aufbruch am nächsten Morgen zu verpflichten, rief er den Grafen von Ammersleben zu sich, den besten Kämpfer unter seinen treuen Gefolgsleuten und einen Mann ganz nach seinem Geschmack: immer zu einem Abenteuer bereit, nie von Skrupeln gelähmt.

»Seid Ihr willens, in meinem Auftrag ein klein wenig gegen das Recht des Königs zu verstoßen?«, fragte der Markgraf.

Otto von Ammersleben, breitschultrig, mit vollem Bart und einer Narbe auf der linken Wange, erlaubte sich ein zynisches Grinsen.

»Wie mir zu Ohren kam, haben wir derzeit gar keinen König, der Recht sprechen könnte.«

Nun verneigte er sich.
»Was Ihr befehlt, mein Fürst, wird getan.«
»Ich fürchte, Ihr werdet den Landfrieden brechen müssen«, erklärte Albrecht beiläufig. »Doch Ihr seid schlau genug, um zu verhindern, dass uns jemand mit diesen Angriffen in Verbindung bringt. Sie müssen aussehen wie von Räuberpack begangen. Wenn Euch das gelingt, lasse ich Euch zum Grafen von Hillersleben machen und gebe Euch noch ein Dorf dazu.«
Graf Otto lächelte angesichts dieser Aussichten in sich hinein. In Hillersleben gab es ein Benediktinerkloster. Das gehörte zwar dem Erzbischof von Magdeburg, doch waren die Konvente der fleißigen Benediktiner stets Zentren blühenden Handels und damit eine gute Einnahmequelle. Für solchen Lohn würden viele Männer gern unerkannt das Recht des Königs brechen.
»Ruft Eure besten und zuverlässigsten Männer zusammen und reitet noch heute mit ihnen los. Der Gast, der sich in Prignitz zu uns gesellte, wird Euch mitteilen, wo und wann Ihr zuschlagen müsst – schnell und verschwiegen.«
Noch einmal verneigte sich der künftige Graf von Hillersleben und ging, um alle Vorbereitungen zu treffen.

Albrecht und sein Gefolge brachen am nächsten Tag beim ersten Morgenlicht auf.
Die Markgräfin war gekommen, um sie auf dem Hof in aller Form zu verabschieden. Der Lärm der Pferde und Reiter weckte den Neugeborenen, dessen Geschrei aus der Kammer hallte, und bald fingen auch seine Brüder an zu lärmen, ohne dass die Kinderfrauen sie zur Ruhe bringen konnten.
Kaum hatte die gut gerüstete Schar das Burgtor durchritten, eilte Sophia in die Kapelle, raffte den Saum ihres Umhangs und kniete vor dem Bildnis der Jungfrau Maria nieder.
»Heilige Mutter Gottes, Gnadenreiche, hilf mir in meiner

Not!«, betete sie. »Halte Deine schützende Hand über den Vater meiner Kinder, den Herrscher dieses Landes.«
Dann flüsterte sie vor dem Marienbild ihre Ängste heraus. Krieg, Feuer, Blut …
Und sie saß hier allein mit den Kindern, ein Neugeborenes darunter. Sie wusste nun, dass ihr ungestümer Mann etwas plante, womit er Tod oder Ächtung riskierte. Was sollte dann aus ihnen werden?
Sie hatte ihn nicht von seinen Plänen abbringen können. Nun würde sie die Folgen erdulden müssen. Albrecht wollte seinen Stolz befriedigen und ihr die Welt zu Füßen legen. Doch es war ihr nicht wichtig, den Titel einer Herzogin zu tragen – nicht um jeden Preis. Zuallererst wollte sie mit ihren Kindern in Frieden leben.
Ihr jegliche Vorsicht verachtender Mann würde auch noch ihre Familie mit ins Verderben reißen: ihre Schwester Beatrix, die Äbtissin des Stiftes Quedlinburg werden wollte, und ihren Bruder Hermann.
Sophia kniete und betete, während die eisige Kälte des steinernen Gewölbes von ihrem Körper Besitz ergriff. Doch sie wagte nicht, aufzuhören. Bis sie zusammenbrach.
Die Hofdame, der sie befohlen hatte, vor der Kapelle zu warten, hörte das Geräusch, verwarf alle Bedenken und stürzte hinein. Entsetzt befühlte sie die heiße Stirn.
»Holt Magister Ruthard, schnell!«, fuhr sie die Dienerinnen an. »Gott schütze uns, sie fiebert!«

Die Kämpferin

Eilika von Ballenstedt; Burg Bernburg, Januar 1138

Ohne etwas von Sophias gefährlicher Erkrankung zu ahnen, ritt der Bär nicht direkt nach Quedlinburg, sondern zunächst nach Bernburg, um seiner Mutter einen kurzen Besuch abzustatten.

Eilika, eine Tochter des Herzogs Magnus von Sachsen und seit fünfzehn Jahren Witwe des reichen Grafen Otto von Ballenstedt, war eine kleine, zähe Frau von beinahe sechzig Jahren mit schlohweißem Haar unter dem Witwenschleier. Sie schien nichts auf der Welt zu fürchten außer Gott und stritt energisch mit Kaisern, Bischöfen und Fürsten um ihr Recht – mit mehr Erfolg als mancher Mann und nicht zimperlich in der Wahl ihrer Mittel. Als ihr der Landgraf von Thüringen das Vogteirecht über das Kloster Goseck streitig machte, ließ sie einfach den Abt davonjagen und führte mit einer festlichen Ansprache an das Volk einen neuen Abt ins Amt ein – natürlich einen ihr treu ergebenen.

»Wenn der Kaiser mir als schwacher Witwe nicht zu meinem Recht verhilft, muss ich es eben selbst tun«, verkündete sie bei solchen Gelegenheiten. Doch »schwach« wäre das letzte Wort, mit dem jemand, der Eilika von Ballenstedt je gegenübergestanden hatte, diese Frau charakterisieren würde.

Sich nach dem Tod ihres Mannes wieder zu verheiraten oder ins Kloster zu gehen, lehnte sie seit fünfzehn Jahren kategorisch ab. Ihr gefielen die Freiheiten außerordentlich, die der Witwenstand und ihr reicher Besitz ihr erlaubten und der Umstand, dass sie nicht mehr gebären konnte. Sonst hätte sie einer zweiten Vermählung kaum entgehen können.

Zäh und unverwüstlich, wie sie war, lief sie ihrem Sohn

schon entgegen, als der mit seinen Männern auf dem Hof der Bernburg einritt.

»Kommst du zum Prahlen?«, spottete sie, obwohl er nie so recht wusste, wie ernst sie solche Lästereien meinte. »Sieben Söhne, das nenn ich Saft und Kraft! Nun steh schon auf und umarme deine alte Mutter, Junge!«, forderte sie, als er vor ihr niederkniete.

Der hünenhafte Albrecht überragte seine Mutter um zwei Kopflängen, so dass sie fast in seinen Armen verschwand.

Während Stallburschen und sonstige Dienerschaft den Männern die Pferde abnahmen, hakte sich Eilika bei ihrem Sohn unter und führte ihn über den Hof zum Bergfried.

»Sieben Söhne, das muss gefeiert werden. Ihr da, schafft Wein und Braten für meinen Sohn in die Kemenate, sofort!«, befahl sie. Mehrere Diener verneigten sich und rannten los.

»Und sagt dem Küchenmeister, zum Mahl heute Abend wünsche ich Rebhuhn und Hirsch auf der Tafel!«, rief sie ihnen noch nach. »Keinen Hasen! Ihr wisst, dass mein Sohn kein Hasenfleisch mag!«

Sie tätschelte dem Bären den Arm. »Sieben Söhne«, wiederholte sie stolz. »Mein Vater war ein großer Mann, meine Schwester und ich galten in unserer Jugend als die reichsten und begehrtesten Erbinnen im ganzen Land. Und mit wem hat Vater uns vermählt? Wulhild mit dem Welfen Heinrich dem Schwarzen, der so reich und mächtig war, dass er vor Stolz kaum geradeaus gehen konnte. Und mich mit meinem Otto. Der war reich … aber nicht so mächtig, und er konnte nur geradeaus gehen, wenn ich ihm sagte, wo vorn ist. Sieben Söhne hat keiner von ihnen zustande gebracht!«

Sie kicherte.

Sobald Wein und Braten in die Kemenate getragen worden waren, scheuchte Eilika sämtliche Dienerschaft hinaus.

Dann legte sie den Kopf schief und musterte ihren Sohn mit halb zusammengekniffenen Augen.

»Du kommst doch hoffentlich nicht nur, um mit deiner Manneskraft zu prahlen?«

Beklommen sah der Bär sie an. Sie wusste es wieder einmal, wie immer.

»Mutter, ich erbitte Euren Segen!«

»Ziehst du gegen den Welfen?«, fragte die Gräfin sofort und fordernd.

Erleichtert atmete Albrecht auf. Er hatte inständig gebetet, dass seine Mutter keine Einwände gegen seine waghalsigen Pläne erheben würde.

»Ich könnte dafür in Acht und Bann geschlagen werden«, gestand er, nachdem er die Einzelheiten der geplanten Mission berichtet hatte. Eilika von Ballenstedt war der einzige Mensch auf Erden, vor dem er diese Angst zugeben würde.

»Du sollst also wieder einmal für die anderen die Eisen aus dem Feuer holen«, konstatierte sie. »Weil niemand sonst den Mut dazu aufbringt.«

Und schon schimpfte sie in ihrer typischen Unverblümtheit los.

»Was war das für ein Haufen Memmen, die da vor Lothars Sterbehaus herumstanden und schweigend hinnahmen, dass der Dahingeschiedene deutsches Recht brach? Und dass der missratene Sohn meiner Schwester auch noch Huldigung verlangte? Mit Schimpf und Schande hätten sie ihn für diese Anmaßung davonjagen sollen!«

Unverkennbar freute sich Eilika auf die bevorstehenden Auseinandersetzungen – ungeachtet des Risikos für ihren Sohn.

»Nun hat also dieser Pfau Albero einen Plan ersonnen, um dem Welfen und der fetten Kaiserinwitwe in die Suppe zu spucken. Das wurde auch Zeit! Wenn es schiefläuft, legst du dafür womöglich den Kopf auf den Richtblock. Aber Albero ist mit allen Wassern gewaschen. Mit ihm kann es keiner aufnehmen. Ich würde gern einmal ein Tänzchen mit ihm wagen.«

Sie kicherte erneut, dann wurde sie wieder ernst. »Sein Plan ist äußerst schlau und wird aufgehen. Uns allen bleibt ein welfischer König erspart, und du wirst Herzog von Sachsen.«
Die zierliche weißhaarige Frau sah ihrem Sohn ins Gesicht.
»Tu es, und es wird dir gelohnt werden, sofern noch Gerechtigkeit herrscht in Gottes Reich. Es steht dir zu! Man bekommt nur das, was man sich erkämpft.«
Dann richtete sie sich kerzengerade auf. »Ich bin die Tochter des letzten sächsischen Herzogs vom Stamm der Billunger. Mein Vater war der Sohn eines norwegischen Königs, meine Mutter die Tochter eines ungarischen Königs. In dir, Sohn, fließt genauso viel königliches Blut wie im Sohn meiner Schwester, dem Welfen, der sich jetzt den Thron anmaßt. Knie nieder!«
Der Markgraf der Nordmark gehorchte, und seine Mutter legte ihm beide Hände auf den Kopf.
»Gott ist mit den Mutigen. Ich erteile dir meinen Segen.«

Ein unerwarteter Empfang

Albrecht und Richenza; Quedlinburg, 1. Februar 1138

Hoch über Quedlinburg stand Albrecht der Bär und blickte von der äußeren Ummauerung des Domstifts hinab auf die Stadt mit der glanzvollen Geschichte.
Der Wind fauchte in eisigen Böen, ließ die Fellbüschel des Wolfspelzes flattern, den der hünenhafte Markgraf um die Schultern trug, und formte Eiskristalle auf seinem Bart und den buschigen Augenbrauen. Es störte ihn nicht.
Hier in Quedlinburg waren Könige und künftige Kaiser gekrönt worden, hier lagen mehrere von ihnen bestattet.
Doch Richenza von Northeim würde die einstige Königs-

pfalz heute nicht betreten, um ihren Schwiegersohn, den Welfen, zum König auszurufen.
Heute nicht, morgen nicht und auch sonst nicht zu ihrem geplanten Fürstenkonvent. Askanische Truppen hielten die gut befestigte Stadt besetzt und bewachten jedes Tor. Niemand würde hinaus- oder hereingelangen, sofern Albrecht es nicht erlaubte. Schon gar nicht die Kaiserinwitwe. Von hier oben wollte der Markgraf der Nordmark beobachten, ob der letzte und wichtigste Angriff seines Gefolgsmanns gelang, um anschließend selbst zum Schlag auszuholen.
In den Tagen zuvor hatte der künftige Graf von Hillersleben mit einer erprobten Söldnertruppe im Umkreis von Meilen sämtliche Wagenkolonnen überfallen, ausgeraubt oder in Flammen aufgehen lassen, die Proviant für die Fürstenversammlung nach Quedlinburg liefern sollten.
Die Rechnung war simpel: kein Essen, kein Futter für Pferde und Zugochsen, kein Hoftag. Zu dem Treffen wurden mehrere tausend Menschen erwartet. Edle Herren und ihre Damen, ihr Gefolge, ihre Truppen, die Dienerschaft. So viele konnte Quedlinburg nicht aus eigener Kraft verpflegen, schon gar nicht im Winter.
Von weitem näherte sich eine schier endlose Kolonne mit großer Reiterschar an der Spitze, gefolgt von unzähligen Maultier- und Ochsenkarren.
»Das kann nur Richenzas Geleitzug sein«, versicherte Albrecht der hageren Frau, die neben ihm stand und ebenfalls Ausschau hielt. Sie stieß einen klagenden Schrei aus und murmelte hastig ein Gebet.
Im Gegensatz zu Albrecht litt Beatrix, die Vorsteherin des Quedlinburger Damenstifts und Schwester Sophias, ganz furchtbar unter den eiskalten Böen. Kreidebleich und schlotternd stand sie neben ihm, mit verkniffenem Gesicht und blaugefrorenen Lippen, während der Wind an ihren Kleidern und dem Schleier zerrte.

»Legt besser einen wärmeren Umhang an, wenn Ihr die Kaiserinwitwe aufsucht«, riet der Schwager mit einem Anflug von Häme.

Er hatte bei seiner Ankunft vorgeschlagen, mit ihr in die Krypta zu gehen, um dort einige vertrauliche Angelegenheiten zu bereden. Doch das lehnte sie rundweg ab.

»Wie könnt Ihr auch nur den Gedanken wagen, in Gegenwart der Sarkophage zweier Heiliger zu sprechen, noch dazu über so abscheuliche Ränke?«, hatte sie sich entrüstet.

Also führte er sie nach draußen. Die Wände hatten Ohren, und in einem Damenstift ganz sicher besonders viele. Doch hier, an der äußeren Mauer des menschenleeren Hofes, konnte sie niemand belauschen.

»Es ist mir zutiefst zuwider, mich an Eurer Ungeheuerlichkeit zu beteiligen«, beschwerte sich Beatrix von Winzenburg zähneklappernd.

»Es ist nicht *meine* Ungeheuerlichkeit, teuerste Schwägerin«, stellte der Bär klar. »Sondern der ausdrückliche Wille des Papstes, dass diese Zusammenkunft nicht stattfindet. Seid versichert, es ist zum Besten des Reiches. Und abgesehen davon, dass der Wunsch des Papstes für jeden braven Christenmenschen Befehl ist … Ihr möchtet doch gern Äbtissin dieses ruhmreichen Stiftes werden, richtig?«

Beatrix von Winzenburg wirkte dermaßen unglücklich, dass Albrecht einlenkte und in einem seltenen Anflug von Milde sagte: »Geht und wärmt euch auf! Ich warte hier noch auf einen Boten.«

Generös – immerhin war sie Sophias Schwester – legte er der Stiftsdame seinen schweren Wolfspelz um die Schultern. Jäh blitzte in ihm die Erinnerung auf, wie er das Raubtier einst zur Strecke gebracht hatte. Eine packende Jagd, die einen guten Mann das Leben kostete.

Beatrix verneigte sich äußerst knapp zum Dank.

Der Papst will es ... der Papst will es ..., dachte sie im Rhythmus ihres Zähneklapperns. Mit einer Hand raffte sie den Wolfspelz zusammen, mit der anderen hielt sie den Schleier fest, damit ihn ihr nicht eine Bö vom Kopf riss.
Sie wünschte sich so sehr, Äbtissin in Quedlinburg zu werden. Im Kloster Heere hatte sie dieses Amt schon fünfzehn Jahre ausgeübt. Welch eine Ehre wäre es, nun auch noch diesem glanzvollen Haus vorzustehen! Das berühmteste Damenstift, ein Lebensort für Edelfrauen höchsten Standes, die es vorzogen, unverheiratet zu bleiben und ein gottgefälliges Leben zu führen, ohne dabei den härtesten Klosterregeln unterworfen zu sein.
Sie musste nur an Sophia denken, um sich vor der Ehe zu grausen. Einen Grobian wie Albrecht im Bett zu erdulden, Jahr für Jahr ein Kind auszutragen und zu gebären! Beatrix hatte von klein auf so viele Frauen qualvoll an den Folgen einer Niederkunft sterben sehen, dass sie auf keinen Fall vermählt werden wollte.
Ich danke der Jungfrau Maria, dass Vater Verständnis für meinen Wunsch zeigte. Und ich danke der Jungfrau Maria, dass sie meine Gebete erhört hat und meine Schwester jede Schwangerschaft lebend überstehen ließ. Doch wird die Heilige Jungfrau das auch noch tun, wenn ich dieses abscheuliche Spiel mitspiele?
Beatrix hatte sich bereits abgewandt, um ins Warme zu flüchten, als ihr furchteinflößender Schwager plötzlich einen triumphierenden Schrei ausstieß. Sie drehte sich um, kniff die Lider ein wenig zusammen – vom vielen Lesen und Sticken sahen ihre Augen in der Ferne nicht mehr so gut – und starrte auf die kaiserliche Kolonne. An deren Ende stiegen dichte Rauchwolken auf.
Das konnte nur das Werk dieses Ammerslebeners sein! Ein Werkzeug ihres Schwagers, der wiederum ein Werkzeug des Papstes war.

Und sie? Wessen Werkzeug war sie?
»Zeit für Euch, aufzubrechen, teure Schwester«, erinnerte Albrecht höflich. »Ich folge Euch in Kürze. Richtet der Kaiserinwitwe meine ergebensten Grüße aus«, fügte er hämisch an.
Der Papst will es, und es ist zum Besten des Reiches, wiederholte Beatrix in Gedanken, als sie den Hof überquerte und sich dabei dem Wind entgegenstemmte. Immer noch hielt sie mit einer Hand den Wolfspelz, mit der anderen den Schleier.
Heilige Jungfrau, schenke mir die Kraft, die Kaiserin zu beschwichtigen! Vielleicht hat Gott mich hierhergeführt, um noch größeres Unheil zu verhindern. Dieser Gedanke dämpfte ein wenig ihr schlechtes Gewissen.

Auch Richenza von Northeim fror. Sie zog den mit Grauwerk gefütterten Umhang noch enger um sich und suchte im Sattel vergeblich nach einer Position, in der ihr nicht alle Knochen schmerzten.
Dieser eisige Wind! Die Kaiserinwitwe konnte sich kaum noch erinnern, wie es sich anfühlte, durch grünes Land zu reisen und die Wärme der Sonne zu spüren.
Wenigstens schneite es nicht mehr, und die Sicht war klar. Wenn sie alle Kraft zusammennahm, den Böen trotzte und den Kopf hob, dann sah sie bereits die Türme von St. Servatii, der prachtvollen Kirche des Quedlinburger Domstifts hoch oben auf dem wuchtigen Felsen.
Das Ziel war nah, und der Gedanke an eine warme Mahlzeit und einen bequemen Platz am Feuer hatte viel Tröstliches für die zermürbte Kaiserinwitwe. Die Hoffnung auf einen Badezuber voll heißen Wassers wuchs mit jeder Viertelmeile mehr und mehr zu einer paradiesischen Verheißung.
Der Anblick der Türme half ihr außerdem, endlich die Gedanken von den grauenvollen Bildern zu lösen, die sie immer

noch beherrschten. Seit jenem Tag in dem Tiroler Dorf konnte sie die Gegenwart des Magisters nicht mehr ertragen. Bruno von Haigerloch spürte das und blieb im Hintergrund, sofern er nicht ausdrücklich zu ihr befohlen wurde.

In Quedlinburg würde sie die Fürsten des Ostens auf die Wahl ihres Schwiegersohnes zum König einschwören.

Der Ort war mit Bedacht gewählt. Hier hatte vor mehr als zweihundert Jahren der erste deutsche König die Krone empfangen, und auch der war ein Herzog von Sachsen namens Heinrich gewesen.

Damit ihr unbeherrschter Schwiegersohn nicht noch mehr Schaden anrichtete, hatte sie ihn in Bayern gelassen. Sollte er dort seine bayerischen Gefolgsleute hinter sich bringen. Um die Sachsen würde sie sich hier kümmern, die hatten stets zu Lothar gehalten und schätzten ihre Meinung.

Erneut flogen ihre Gedanken sehnsüchtig zu dem Platz am Feuer und dem heißen Bad. Doch Lärm von weiter hinten riss sie unvermittelt aus diesen Träumen.

Schon brüllte der Kommandant ihrer Leibgarde: »Schützt die Kaiserin! Die ganze Kolonne halt!«

Mit schmerzhaft verkrampftem Rücken drehte sich Richenza um, während die Ritter ihrer Garde einen Kreis um sie bildeten und die Schwerter zogen.

Ein Reiter schloss eilig zu ihnen auf. Die Leibwachen ritten nach kurzer Verständigung beiseite, damit er zu ihr gelangen konnte.

»Majestät, ein Überfall auf den Tross!«, meldete er aufgebracht. »Ein Trupp Wegelagerer griff uns mit Brandpfeilen aus dem Hinterhalt an. Fast alle Proviantladungen stehen in Flammen. Kaum war das Unheil angerichtet, verschwanden sie. Wir haben Tote und Verletzte.«

Demütig senkte er den Kopf. Überbringer schlechter Nachrichten waren mehr als jeder andere den Launen der Empfänger ausgeliefert.

Unter Qualen wandte sich die Kaiserinwitwe erneut um und sah am Ende der Kolonne Flammen lodern. Der Himmel wusste, was dort so lichterloh brannte, vielleicht Heu für die Zugtiere oder Öl. Daneben quollen schwarze Rauchwolken empor, vermutlich von entflammtem Korn.

»Unerhört!«, schnappte sie. »Den kaiserlichen Tross und damit die Kaiserin selbst anzugreifen! Konnten die Wachen jemanden von diesem Räuberpack fassen?«

»Zu unserem größten Bedauern nicht, kaiserliche Majestät«, gestand der Meldereiter höchst verlegen. »So schnell sie angriffen, waren sie auch wieder fort. Als hätten sie sich in Luft aufgelöst. Wir bekamen kaum mehr als ihre Brandpfeile zu sehen.«

»Dann sind es keine gewöhnlichen Diebe«, knurrte der Anführer von Richenzas Leibwache, Ludolf von Peine.

»Das weiß ich auch! Ich bin nicht blind!«, fauchte Richenza ihn an. »Wir lassen zu, dass man uns die Vorräte abbrennt, haben Tote zu beklagen, und von den Angreifern fehlt jeder Spur? Schickt sofort einen Boten zum Markgrafen der Nordmark! Wenn er nicht einmal so nah bei Aschersleben und Ballenstedt für Sicherheit im Land sorgen kann, muss er sich vor mir verantworten. Und er soll uns gefälligst Geleit schicken!«

Ob sie nach diesem Vorfall wohl heute noch Quedlinburg erreichten? Zum Stift hinauf waren es schier endlose steile Wege. Sie könnte den Tross mit den Toten und Verwundeten zurücklassen, aber angesichts der Gefahr eines erneuten Angriffs wollte sie ihre Truppen lieber zusammenhalten.

»Seht nur, Majestät! Es ist unnötig, einen Boten zum Bären zu senden«, rief der Anführer der Leibwache und deutete nach vorn. Zwei Dutzend Reiter kamen auf sie zu, der vorderste trug Albrechts Banner.

Kurz vor der Kaiserin befahl er seinen Begleitern zu halten, stieg ab, rammte den Schaft des Banners in den Schnee und

ging dem Kommandanten ihrer Leibwache entgegen, der seinerseits auf ihn zuritt. Sie trafen sich nahe genug, damit die Kaiserinwitwe jedes Wort hören konnte, dennoch in ausreichend großem Abstand von ihr.
Sofort kniete der askanische Gesandte nieder.
»Kaiserliche Hoheit«, grüßte er ehrerbietig und neigte den Kopf in Richenzas Richtung. Dann erst richtete er das Wort an den Anführer ihrer Leibwache.
»Edler Herr! Mein Fürst, Markgraf Albrecht, sah von Quedlinburg aus, dass Ihr Schwierigkeiten beim Tross habt.«
»*Schwierigkeiten?* Wir wurden angegriffen – von Räubergesindel, das ihr Askanier uns vom Leib halten solltet!«, schnauzte der Kommandant.
»Dies bedauert der Markgraf außerordentlich!«, versicherte der Bote mit reumütiger Miene. »Doch sein Heerbann ist gerade erst vom Kriegszug an der Ostgrenze des Reiches zurückgekehrt. Dort mussten wir unter höchstpersönlicher Führung unseres Fürsten heidnische Wenden abwehren, die in großer Zahl ins Land eingefallen waren. Seine Durchlaucht schickt Euch Verstärkung« – er wies auf die zwei Dutzend gepanzerten Reiter hinter sich – »und bittet Euch dringend, heute nicht mehr nach Quedlinburg zu ziehen. Die Lage in der Stadt ist zu gefährlich geworden.«
Entrüstet beugte sich Richenza im Sattel vor.
»Höre ich richtig: Der Markgraf der Nordmark erklärt *mir*, der Kaiserin, mit allen seinen und meinen Truppen könne er nicht für meine Sicherheit garantieren?«, fragte sie drohend.
Der Bote drehte sich um und wartete, bis die vor Kälte zitternde Stiftsdame herantrat, die ihn begleitete.
Beatrix schritt durch den Schnee auf die Kaiserin zu und sank in einen tiefen Knicks.
»Majestät, verzeiht mir, wir sind in einer verzweifelten Lage«, sagte sie. »Sämtliche Zurüstungen, die Ihr zu diesem

Treffen veranlasst habt, sind auf dem Weg hierher angegriffen worden und verloren. Wir haben schlichtweg nichts zu essen in der Stadt, um den Hof zu verköstigen. Wegen des harten Winters sind unsere Speicher und Vorratskammern fast leer, so dass wir eine Hungersnot und Unruhen befürchten.«

Bekümmert sah sie auf. »Deshalb bitte ich Euch inständig, heute Nacht Quartier im Gästehaus des Klosters vor der Stadt zu nehmen. Von hier ist es nur noch eine viertel Wegstunde bis dorthin. Wir sind auf hohen Besuch vorbereitet, und Ihre Majestät werden alles Nötige vorfinden: ein gutes Mahl für Euch und Eure Begleiter und ein heißes Bad. Ich selbst werde Euch begleiten und dafür sorgen, dass es Euch an nichts fehlt. Gab es Verwundete? Dann werde ich nach heilkundigen Schwestern und dem besten Baderchirurgen der Stadt schicken.«

»Ihr seid eine Winzenburgerin?«, vergewisserte sich Richenza.

»Wenn Majestät gestatten«, bestätigte Beatrix und raffte mit klammen Fingern den Umhang enger um sich. »Der Markgraf der Nordmark bat mich, Euch seine ergebensten Grüße zu übermitteln und auszurichten, dass er umgehend zum Gästehaus reiten wird. Dort will er Euch die Einzelheiten zur Lage berichten.«

»Ich kann es kaum erwarten«, murrte die Kaiserinwitwe.

Sie fragte sich, ob die bekümmerte Winzenburgerin, die bekanntermaßen zur Äbtissin von Quedlinburg gewählt werden wollte, wohl von ihrem askanischen Schwager zu diesem Auftritt gezwungen worden war.

»Gestatten Ihre Majestät, dass ich Euer Pferd am Zügel führe?«, bot Beatrix an. Mit der Demutsgeste hoffte sie, die Kaiserin versöhnlicher zu stimmen.

Richenza nickte gnädig. Albrechts Schwägerin griff nach den Zügeln, um zu Fuß neben dem Wallach der Kaiserin zur

Herberge zu gehen. Doch Richenza gab noch nicht das Zeichen zum Aufbruch.
»Ruft den Markgrafen von Meißen herbei!«, befahl sie dem Anführer ihrer Leibwache.
Kurz darauf erschien der Gesuchte auf seinem Grauschimmel. Die meißnische Gesandtschaft reiste direkt hinter der kaiserlichen.
Konrad von Wettin, Herrscher über die Mark Meißen und die Lausitz, war ein harter, strenger Mann von vierzig Jahren mit an den Schläfen ergrautem Haar. Kaum jemand hatte ihn je lächeln sehen. Und der nun folgende Befehl der Kaiserin war nicht geeignet, seine Stimmung aufzuhellen.
»Neffe, du reitest zu diesem unverschämten Askanier und erklärst ihm, er habe umgehend vor mir zu erscheinen!«
»Majestät, verehrte Tante«, begann der Wettiner mit säuerlicher Miene. »Wie jedermann weiß, sind der Bär und ich seit vielen Jahren verfeindet. Fürchtet Ihr nicht, das könnte dieser heiklen Mission schaden?«
»Ich fürchte gar nichts! Und ich hoffe, das gilt auch für dich, Neffe!«
Ein Zucken lief über Konrads Gesicht, als ihm hier vor aller Augen und Ohren Feigheit unterstellt wurde.
Aber Richenza war mittlerweile so aufgebracht, dass sie jegliche Rücksichtnahme vergaß.
»Du wirst mit ihm reden, von Markgraf zu Markgraf und in meinem Auftrag. Und ich hoffe, dass eure Feindschaft dazu beiträgt, dass du meine Forderung mit dem nötigen Nachdruck vorbringst. Ich will den Bären zu meinen Füßen sehen, unverzüglich!«
Die Gesichtszüge des Meißners erstarrten, und das Grau seiner Augen schien sich in Eis zu verwandeln. Sehr zu seinem Leidwesen durfte er nicht widersprechen – sie war die Kaiserin. Innerlich kochend vor Wut, beorderte er seinen Marschall und zehn seiner Ritter als Geleit zu sich und ritt los.

Das war nun der Dank dafür, dass er mit Lothar nach Italien gezogen war, dass er vor Ancona mit Feuer und Schwert die Schlacht zu ihren Gunsten entschieden hatte!
So ist es mit Gekrönten, dachte er grimmig. Sie geben und nehmen, und wenn man nicht ihren Launen ausgeliefert sein will, hält man sich besser von ihnen fern. Nach seiner Rückkehr auf den Meißner Burgberg wurde es Zeit, diese Lektion an seine Söhnen weiterzugeben.
Während der Markgraf von Meißen mit finsteren Gedanken gen Quedlinburg ritt, befahl Richenza, Quartier im Gästehaus zu nehmen. Bei allem Ärger über diesen Angriff und die Dreistigkeit des Askaniers – jetzt sehnte sie sich nach dem Platz am Feuer, der Mahlzeit und dem heißen Bad.

Alter Freund, alter Feind

Der Bär und der meißnische Löwe;
vor den Toren Quedlinburgs, 1. Februar 1138

Der Zorn Markgraf Konrads über die Beleidigung der Kaiserinwitwe war längst nicht verraucht, als er sich Quedlinburgs Toren näherte. Doch was er hier Erstaunliches zu sehen bekam, brachte ihn dazu, seinen Ärger vorerst beiseitezuschieben.
Wo jeder andere lautes Protestgeschrei erhoben hätte, ließ der Wettiner nur ein winziges, verächtliches Lächeln um seine Lippen spielen – er, der sonst nie lächelte!
Das waren keine städtischen Wachen am Tor, sondern askanische Truppen. Das Tor war am helllichten Tag verschlossen und gut bewacht, alle anderen Zugänge mit Sicherheit ebenfalls.

Der Bär hatte Quedlinburg besetzt. Würde er es tatsächlich wagen, der Kaiserin den Zutritt zu verweigern?
Das kostet ihn Land und Titel, dachte Konrad grimmig. Sofern ihm nicht eine außerordentlich gute Erklärung dafür einfällt.
Er kannte den Askanier seit ihren gemeinsamen jugendlichen Abenteuern. Der Bär war impulsiv und draufgängerisch, aber niemand, der sich komplizierte Ränke ausdachte. War dies hier seine eigene irrwitzige Idee, oder steckte mehr dahinter?
Doch erst einmal musste sich Konrad Zutritt zur Stadt verschaffen. Er gab seinem Marschall und dem Bannerträger mit dem meißnischen Löwen ein Zeichen, und gemeinsam ritten sie das letzte Stück im Galopp, bis ihre Pferde vor den Torwachen zu stehen kamen, die zusammenrückten und ihre Spieße fester umfassten.
»Der Markgraf von Meißen und der Lausitz wünscht unverzüglich den Markgrafen der Nordmark zu sprechen – im Auftrag Ihrer Majestät der Kaiserin!«, rief Marschall Werner von Brehna laut und vernehmlich.
Als sich niemand rührte, erhob Konrad selbst drohend die Stimme.
»Vor euch steht ein Fürst, der über weit mehr Land herrscht als eurer *und* eine Forderung der Kaiserin überbringt. Ich bin es nicht gewohnt zu warten. Also lasst mich und meine Begleiter sofort ein, oder ihr werdet euch wünschen, diesen Tag nie erlebt zu haben!«
Er hörte auf der stadteinwärts gelegenen Torseite das Scharren von Balken und saß ab. Offenbar wurde für ihn nur die kleine Pforte geöffnet, nicht das ganze Tor. Und durch die konnte er nicht reiten, ohne den Kopf einzuziehen. Weil so etwas eines Markgrafen unwürdig war, führte er lieber sein Pferd ein paar Schritte am Zügel.
Über sich hörte Konrad ein allzu bekanntes dröhnendes

Lachen. Er blickte nach oben und sah, wie der Bär seinen Kopf aus dem kleinen Fensterloch über dem Torbogen streckte.

»Mein alter Freund und Feind, auf keinen Fall sollst du warten!«, rief Albrecht. Der Kopf verschwand, und schon polterten schwere Tritte die Treppe im Innern des Turms herab, während die Pforte geöffnet wurde. Konrad und sein Begleiter konnten trotzdem nicht hinein, denn es stand ein Ritter im Weg, der Albrechts Pferd hielt.

»Niemals würde ich einen kaiserlichen Boten warten lassen!«, wiederholte der Markgraf der Nordmark ironisch, während er seinen Hengst durch den schmalen Durchlass führte, der sofort wieder geschlossen wurde, ohne dass dem Wettiner ein Blick in die Stadt gewährt wurde.

Interessant, dachte dieser zynisch. Der Bär will etwas verbergen. Zum Beispiel, wie viele seiner Männer innerhalb Quedlinburgs lauerten.

»Hätte ich gewusst, dass die gute Richenza dich als Botenjungen schickt … Oder kommst du als mein *Ehren*geleit?«, spottete Albrecht weiter und legte dem Meißner gönnerhaft den Arm um die Schulter. Der reagierte darauf mit angewiderter Miene.

»Wie fühle ich mich geschmeichelt«, fuhr der Bär unbeeindruckt davon mit seinem Hohn fort. »Da du doch über so viel mehr Land herrschst als ich, wie du uns gerade in Erinnerung brachtest. Mein alter Freund und Feind! Gutes Land, fruchtbares Land. So fruchtbar, dass es immer noch von Urwald bedeckt ist und dort Auerochsen hausen, wenn nicht gar Drachen, Basilisken, Einhörner und Were.«

Albrecht lachte wieder sein dröhnendes Lachen.

Dann tat er, als ob er stutzte. »Warte – hat nicht eines deiner Länder einmal mir gehört?«

»Mein alter Freund und Feind!«, griff Konrad mit Schärfe die außergewöhnliche Anrede auf und schob Albrechts

Pranke ungerührt von seiner Schulter, um wieder in den Sattel zu steigen.
»Ich bin nicht hier, um mit dir über vergangene Zeiten zu plaudern. Du sollst dich unverzüglich vor der Kaiserin einfinden, wie du dir sicherlich denken kannst. Und um unserer einstigen Freundschaft willen hoffe ich für dich, dass du dafür« – er deutete auf die von askanischen Truppen besetzte und abgeriegelte Stadt – »eine gute Erklärung hast. In meinen Augen sieht das ganz nach Landfriedensbruch und einem Affront gegen die Kaiserin aus.«
»Kaiserin*witwe*«, berichtigte ihn Albrecht, während er sich ebenfalls in den Sattel hievte, was auf Grund seiner Größe und Körpermasse längst nicht so elegant wirkte wie bei dem Wettiner.
»Sorge dich nicht um mein Wohlergehen! Deine Tante und du, ihr werdet rasch erkennen, dass ich euer Retter bin. Doch bis wir vor der untröstlichen Witwe stehen, sollten wir die seltene Gelegenheit nutzen, ein wenig der alten Zeiten zu gedenken. Meinst du nicht?«
Sie ritten nebeneinander in gemächlichem Tempo durch den zerfurchten Schnee, gefolgt von der wettinischen Eskorte.
Die beiden Markgrafen hätten unterschiedlicher kaum sein können: unbändig und mit lebhaftem Mienenspiel der eine, beherrscht und eiskalt der andere.
»Was waren wir damals für Kerle – jung und ungestüm«, begann Albrecht zu schwärmen. »Wir strotzten vor Kraft und Tatendrang, als wir gemeinsam mit Lothar von Süpplingenburg loszogen, um dem alten Wiprecht von Groitzsch die Mark Meißen abzujagen. Mit wem haben wir uns nicht alles angelegt? Sogar mit Wiprecht selbst, dem großen Helden, der einst im Zweikampf den gefürchteten Hoyer von Mansfeld besiegte und damit die Schlacht am Welfesholz entschied.«

Albrecht seufzte aus tiefstem Herzen. »Damals konnte man so etwas noch wagen. Und als Lothar wenig später König wurde, hat er unser dreistes Vorgehen einfach zum Recht erklärt und uns unsere Eroberungen zugesprochen.«

Nun verschwand das Schwärmerische aus seiner Stimme. »Warte, nein ... Er sprach *dir* unsere Eroberungen zu«, grollte er. »Nicht nur die Mark Meißen, sondern auch die Lausitz, die *mir* gehörte!«

»Und die, wie du gerade betont hast, aus Sumpf und Urwald besteht, wo sich Werwölfe, Ure, Tatzelwürmer und Einhörner herumtreiben«, entgegnete Konrad kühl. »Du bekamst dafür die Nordmark, das war eindeutig der bessere Teil. Gutes Land, besiedeltes Land, ein Teil der Wenden ist sogar schon zum wahren Glauben bekehrt. Worüber beklagst du dich also? Wenn dir in der Liste deiner Ruhmestaten noch fehlt, einen Auerochsen bei den Hörnern niedergerungen zu haben – ich lade dich gern zur Jagd auf Ure, Werwölfe und Lindwürmer ein. Sofern dich die Kaiserin nicht gleich wegen Hochverrats in Acht und Bann schlägt.«

»Kaiserin*witwe*«, korrigierte Albrecht erneut spitz.

Da Konrad nichts entgegnete, schwieg auch der Askanier kurz und musterte das Gesicht seines Begleiters von der Seite.

»Wenn ich deine grimmige Miene sehe, frage ich mich, ob unsere Freundschaft nicht genau deshalb in die Brüche ging«, meinte er fast wehmütig. »Die Welt lag uns zu Füßen, die Weiber rissen sich um uns. Wir haben gekämpft, gefeiert, getrunken, gehurt ... Und sieh dich jetzt an! Was ist aus dem kühnen jungen Helden geworden? Ein Langweiler, die leibhaftige Verkörperung der Pflicht. Jemand, der weder Abenteuer noch Herausforderung sucht.«

»Jemand, der gelernt hat, Verantwortung für sein Land und sein Haus zu übernehmen«, korrigierte ihn Konrad scharf. »Heute ist es mir Herausforderung genug, zu erleben, wie du deinen Kopf aus der Schlinge ziehen willst. Du hast mit deinen Männern Besitz der Kaiserin angegriffen!«

»Der Kaiserin*witwe*«, berichtigte Albrecht erneut grinsend.

Konrad überging das.

»Ich kenne dich gut genug, um zu wissen, dass du die Überfälle auf die Proviantlieferungen befohlen hast. Niemand sonst würde so etwas wagen. Um unserer einstigen Freundschaft willen, um deiner liebenswürdigen Gemahlin und eurer Kinder willen: Hast du gänzlich den Verstand verloren? Was versprichst du dir davon? Mir ist klar, du willst das Fürstentreffen stören, es vielleicht sogar verhindern, um den Welfen zu ärgern. Und dann? Heinrich wird ohnehin nicht nach Quedlinburg kommen.«

Albrecht gab einen belustigten Seufzer von sich. »Ja, unser angehender König mit dem übergroßen Maul ... Ich wollte einfach mein Wiedersehen mit ihm noch ein wenig hinausschieben.«

Konrad verzog keine Miene, doch seine Gedanken kreisten. Welcher Plan steckte dahinter?

Brauchten die Staufer Zeit, um Anhänger zu sammeln und einen Gegenkandidaten aufzustellen? Lothar hatte zwar seinen Schwiegersohn zum Nachfolger ernannt, doch das ließ sich anfechten. Könige wurden wiedergewählt hierzulande. Und falls nicht: In der Erbfolge wurden Titel ausschließlich vom Vater auf den Sohn übertragen, niemals auf den Schwiegersohn. Also konnten sich Richenza und Heinrich nur auf den Willen des verstorbenen Kaisers berufen. Und auf die Reichsinsignien in der Hand des Welfen.

Einer staufischen Gegenkandidatur als Dämpfer für Heinrich den Stolzen könnte Konrad von Wettin einiges abgewinnen. Vor allem Schadenfreude. Der Welfe war auch ohne Krone schon zu mächtig und zu hochfahrend, um jemandes Sympathie zu wecken. Er musste sich Anhänger mit Versprechungen kaufen.

Nicht zu unterschätzen war allerdings, dass Richenza bei den Sachsen in hohem Ansehen stand. Doch hatte sie ihn heute öffentlich schwer gedemütigt. Deshalb fand der Meißner es nicht sonderlich drängend, ihr seine Überlegungen mitzuteilen.
Sehen wir doch, wohin uns diese ganze Angelegenheit führt und welchen Nutzen ich daraus schlagen kann, dachte Konrad, während er und Albrecht sich Seite an Seite dem Gästehaus des Klosters näherten.

Vor dem Haus wartete frierend, ungeduldig und mit finsterer Miene Magister Bruno. Er verneigte sich knapp vor den beiden Markgrafen und verschwand ins Innere der Herberge, um die Ankunft der Fürsten zu melden.
Konrad ging voraus und ließ den Bären warten. Schließlich gehörte er zur Begleitung der Kaiserin und war ihr Neffe. Kaiserin*witwe,* korrigierte er sich selbst in Gedanken.
Die Beleidigung schnitt nun, im Angesicht derer, die sie mitgehört hatten, doppelt tief.
Richenza war umschwirrt von Dienerschaft und edelgeborenen Frauen, die sich eifrig um ihr Wohlergehen bemühten. Beatrix, die angehende Äbtissin von Quedlinburg, sorgte dafür mit straffer Hand, ohne sich jedoch in die Nähe der Kaiserin zu wagen.
Dank ihrer Fürsorge, endlich durchgewärmt und auf einem bequemen Sitz ruhend, fühlte sich Richenza bereit für die Auseinandersetzung mit dem Bären. Ihr Neffe hatte soeben berichtet, dass askanische Truppen alle Tore Quedlinburgs versperrt hielten. Angesichts dieser Ungeheuerlichkeit ließ sie nicht nur die Leibgarde in der Nähe postieren, sondern auch Magister Bruno und Bischof Anselm von Havelberg hinzurufen, ihre geschätzten Ratgeber.
Ächzend sank Albrecht auf ein Knie, um die Kaiserin zu begrüßen.

Doch Richenza ließ ihn gar nicht erst zu Wort kommen.
»Ihr besitzt die unerhörte Dreistigkeit, mir das Betreten der Stadt verwehren zu wollen, in die *ich* eine Fürstenversammlung einberufen habe?«, hielt sie ihm wütend vor. »Ich hoffe sehr für Euch, dass Ihr mir eine befriedigende Erklärung bieten könnt und morgen früh an der Spitze des Ehrengeleits reitet, das mich nach Quedlinburg führt.«
Albrecht legte die Hand aufs Herz und starrte Richenza treuherzig an.
»Majestät, man hat Euch falsch berichtet …«
»Wollt ihr bestreiten, dass Eure Truppen die Stadt besetzt halten?«, grollte sie.
»Doch nur zu unser aller Schutz! Ich bedauere es außerordentlich, aber eine Verkettung besonderer Umstände zwingt uns aus Sorge um Eure Sicherheit dazu.«
Er bedeutete Beatrix mit einem strengen Blick, vorzutreten und das Wort zu wagen.
»Nicht nur Eure Proviantkarren sind von dreisten Dieben überfallen worden, Majestät, auch sämtliche anderen Zulieferungen«, klagte die Winzenburgerin. »Es ist kein einziges Gespann bis Quedlinburg durchgekommen.«
»Wie war das möglich? Liegt es nicht an Euch, für Sicherheit sorgen? Seid Ihr nicht fähig dazu?«, hielt Richenza dem Bären vor.
»Majestät, ich bin zutiefst betroffen!«, gab der sich beleidigt. »Dieses Land war durch den Italienzug Eures kaiserlichen Gemahls zu lange von starken Truppen entblößt. Und ich musste mit meinen Männern einen blutigen Kampf gegen die Wenden führen, nordwestlich von Brandenburg, um den Osten für Euch zu halten. Kaum war ich von dort zurück, eilte ich hierher – um dann von der edlen Beatrix zu erfahren, wie bedrohlich sich die Lage entwickelt hat.«
Seine Schwägerin trat noch einen halben Schritt vor, händeringend und mit gesenktem Kopf.

»Durch das Ausbleiben der Lieferungen können wir die Anreisenden nicht verpflegen«, berichtete sie mit dünner Stimme. »In der Stadt sind Unruhen ausgebrochen, eine Hungersnot droht. Die Armen kochen schon Eichelmehl. Unser Stift kann längst nicht so viel für sie tun, wie wir sollten. Was wir heute Eurer Gesellschaft vorsetzen, sind schon unsere Reserven. Wir können Euch morgen noch verpflegen und Euch etwas Proviant für die Reise mitgeben. Dann sind die Vorräte erschöpft, wenn der Herr nicht Rettung sendet und doch noch eine Wagenladung Korn durchkommen lässt. Und niemand weiß, wie lange dieser Winter dauern wird.«

Beatrix trat zurück und sah verstohlen zu dem dünnen Bischof von Havelberg. Er galt als Vertrauter der Kaiserin. Zuvorderst allerdings unterstand er dem Papst. Wusste er von dessen Plänen? Würde er etwas sagen, die Kaiserin vor einer Falle warnen? Aufmerksam, ängstlich und unter gesenkten Lidern beobachtete sie sein Gesicht.

Doch Bischof Anselm schwieg. Ebenso Magister Bruno. Das beruhigte sie für den Augenblick. Allerdings begann sie sich nun zu fragen, ob hier eine noch viel größere Verschwörung im Gange war.

Der Papst will es, ermahnte sie sich. Und mein schrecklicher Schwager hat mir eine Ladung Korn versprochen. Es ist zwar Diebesgut, doch damit können wir vielen Hungrigen helfen.

»Ich appelliere an Euch, schickt schnellstens Boten zu allen Gesandtschaften, die hierher unterwegs sind! Sie sollen sofort umkehren«, sagte unterdessen Albrecht mit seiner dröhnenden Stimme. »Je mehr Menschen eintreffen, umso unberechenbarer wird die Lage. Wir können den Frieden in der Stadt sonst nur mit Waffengewalt sichern. Wollt Ihr ein Blutvergießen im Angesicht der Heiligen in der Krypta? Majestät, gönnt dem Land eine Ruhepause nach dem verlustreichen Italienfeldzug und dem Tod unseres Kaisers, jetzt in diesem grimmigen Winter und angesichts der Hungersnot. Tut es für den Frieden des Reiches!«

Richenza blickte von einem zum anderen, wog ab, welche Möglichkeiten ihr überhaupt noch blieben. Keine, das begriff sie schnell.

Beatrix hatte recht – mit jeder Stunde, die sie mit ihrem vielhundertköpfigen Geleit hier zubrachte, verschlimmerte sie die Lage. Doch inzwischen war die Dämmerung schon zu weit vorangeschritten, um heute noch umzukehren.

»Wir brechen morgen früh auf«, entschied sie. »Die anreisenden Fürsten sollen schnellstens aufgefordert werden, sich zurück auf ihre Ländereien zu begeben. Das Treffen ist abgesagt. Ich berufe den nächsten Hoftag für Pfingsten nach Bamberg ein.«

Bis dahin sollte alles geklärt und geregelt sein. Und so lange würde sie den Bären genau im Blick behalten. Der war der Erste, der ihrem Schwiegersohn schaden wollte, denn er gierte nach dem Herzogtum Sachsen. Doch der Askanier war alles andere als ein vorsichtiger Mann. Wenn sie ihn beobachten ließ, würde sie schon herausfinden, was hinter dieser merkwürdigen Geschichte steckte.

Richenza von Northeim zog den Pelz etwas höher, den sie um die Schultern trug, und gab sich der Müdigkeit hin, die durch die Wärme im Raum nach dem langen Ritt über sie kam. Jetzt erst spürte sie das Ausmaß ihrer Erschöpfung.

Monatelang war sie im Sattel unterwegs gewesen, erst über die Alpen bis nach Italien und zurück, zur Beisetzung ihres Gemahls nach Königslutter und dann landauf, landab in diesem kalten deutschen Winter. Ein wenig Ruhe würde ihr guttun.

Die Kaiserin und der Spielmann

Richenza und Lukian;
Braunschweig, Ende März 1138

Argwöhnisch betrachtete der Spielmann die Furt, die er durchqueren musste, um zu der uralten Dankwartsburg zu gelangen. Einer der Brunonenherrscher hatte die Feste vor langer Zeit auf einer Landzunge errichten lassen, um die herum die Oker an diesem kühlen Märztag schäumte und strudelte. Durch die einsetzende Schneeschmelze führte sie reichlich Wasser.

Seufzend zog der junge Barde Schuhe und Beinlinge aus, schnürte sie in sein Bündel und hielt es zusammen mit seiner Flöte und der Harfe hoch über den Kopf, damit nichts davon nass wurde. So watete er durch den eiskalten Fluss. Die Furt war vor allem für Reiter gedacht, ein Fährmann nicht in Sicht.

Am Ufer ließ er sich ins Gras fallen, rieb sich die kältestarren Füße und zog Beinlinge und Schuhe wieder an.

Dann ging er geradewegs auf die Wachen am Tor zu, zwei Kerle mit struppigen Bärten, die säuerlich nach Bier und ungewaschenen Kleidern stanken.

»Gott zum Gruße, tapfere Recken!«, schmeichelte er und entlockte seiner Harfe eine Klangfolge. »Sagt, ihr Helden, befindet sich Ihre Majestät die Kaiserinwitwe in dieser trutzigen Feste?«

»Und wenn's so wäre, was ginge dich das an?«, blaffte der Ältere der beiden Torwachen.

Diese Worte verrieten dem Spielmann zu seiner großen Erleichterung: Richenza war hier! Er brachte eilige Nachrichten, dringende Nachrichten. In großer Hast hatte er deshalb Hunderte Meilen von Aachen nach Braunschweig zurückgelegt und hoffte inständig, die Kai-

serin hier anzutreffen und nicht weiter nach ihr suchen zu müssen.
»Eine Majestät empfängt kein Lumpengesindel wie dich! Allein für diesen unverschämten Gedanken müsste ich dich verprügeln«, schnauzte der Torwächter.
Nun mischte sich der zweite in die Unterhaltung ein, sofern man es als Unterhaltung bezeichnen wollte. Bis eben hatte er sich nur gelangweilt auf seinen Spieß gestützt und ihn gemustert.
»Wie kommt Abschaum wie du eigentlich zu so feinen Schuhen?«, knurrte er drohend und richtete die Waffe auf die Brust des Spielmanns. »Wem hast du sie gestohlen? Wir sollten sie dir abnehmen, und zwar mitsamt den Füßen!«
Schon zog der andere sein Schwert.
»Nur ruhig, Freunde!«
Geziert streckte der Spielmann einen Fuß vor und drehte ihn nach links und rechts. »Erkennt ihr die Machart und das Zeichen überm Knöchel, ihr Helden? Diese Schuhe hat der bevorzugte Schuhmacher der Kaiserin gefertigt, Hans der Lederer. Ihr kennt ihn doch?«
Er sah ihnen treuherzig in die Augen und verbarg seine Belustigung über ihre verdutzten Mienen.
»Offenbar nicht, denn euer Schuhwerk sieht deutlich weniger … vornehm aus. Er machte sie für mich. Im Auftrag Ihrer Majestät zum Lohn für die Musik, die ich beim Begräbnis unseres guten Kaisers Lothar spielte, Gott hab ihn selig. Ihr wart wohl nicht dabei? Gewiss musstet ihr Wache stehen und das gemeine Volk fernhalten.«
Zufrieden sah er, wie sich auf den Gesichtern der beiden Rohlinge Sorge ausbreitete, als ihnen dämmerte: Dieser Kerl schien ein Günstling der Kaiserin zu sein.
Genug der Höflichkeiten, befand der Spielmann.
»Ihre Majestät erwartet mich dringend zur Aufheiterung in diesen schweren Stunden. Lasst mich durch und schickt un-

verzüglich jemanden zum Truchsess, um dem Herrn von Blankenburg zu melden, Lukian der Barde sei eingetroffen!«

Als sich die beiden ratlos anblickten, klatschte er in die Hände. »Beeilt euch! Sollte die Kaiserin erfahren, dass sie euretwegen auf mich warten musste, werden eure dummen Köpfe bald vom Torhaus auf uns herabblicken. Nur die Köpfe, wohlgemerkt!«

Er konnte keine Zeit mit diesen Tölpeln vergeuden. Da half bloß Dreistigkeit. Sie mochten ihn nicht, doch sie fürchteten, einen Fehler zu begehen, wenn sie ihn abwiesen. Denn seine Stiefel sahen tatsächlich so fein gearbeitet aus wie die der Edelleute, nur durchgelaufen nach der langen Reise.

Dass der Fremde sogar den Namen des Truchsessen wusste, gab schließlich den Ausschlag. Der Ältere rief jemanden herbei, der den Hauptmann der Wache informieren sollte.

Die Dienerschaft der Kaiserinwitwe erkannte ihn sogleich und meldete ihn dem Truchsess.

Während der Spielmann darauf wartete, zu ihm geführt zu werden, bekam er weiche Knie im Bewusstsein dessen, was jetzt auf seinen Schultern lastete.

»Der Friede des Reiches hängt davon ab!«, hatte ihm sein erlauchter Auftraggeber eingeschärft. »Die Kaiserinwitwe muss es unbedingt aus deinem Mund erfahren, damit sie dir weiter vertraut. Kurz bevor es jeder hört, aber erst zu einem Zeitpunkt, wo ihr und dem Welfen keine Zeit zum Handeln mehr bleibt. Wenn du sie zu dieser Überzeugung bringst und sie ihren Schwiegersohn zügelt, hast du verhindert, dass ein schrecklicher Krieg das Reich heimsucht.«

Wieder einmal fragte sich Lukian, warum sein mächtiger und einflussreicher Gönner eine so entscheidende Angelegenheit ausgerechnet *ihm* anvertraute. Einem Spielmann, einem unehrlich Geborenen. Irgendjemand hatte ihn als

Neugeborenen vor der Klosterpforte abgelegt, in feinstes Tuch gewickelt, mit der gewaltigen Summe von einer Mark Silber als Beigabe. Also war er vermutlich der Bastard eines hohen Herrn.
Die Mönche zogen ihn auf, doch als er die Gelübde ablegen sollte, riss er aus, voller Sehnsucht nach der Welt und dem Leben. Sein jetziger Dienstherr bekam ihn zu fassen und drohte, ihn ins Kloster zurückbringen zu lassen.
Lukian – den Namen hatte er sich als Barde gegeben, die Brüder nannten ihn Christian – begriff erst später, dass sein Auftraggeber das gar nicht beabsichtigte, sondern ganz andere Pläne mit ihm hatte. Spielleute sangen und musizierten nicht nur zur Unterhaltung der Leute. Sie brachten auch Kunde von anderen Orten und anderen Höfen und waren deshalb auf Burgen und Pfalzen gern gesehene Gäste. Dort erfuhren sie mit etwas Geschick oft mehr, als sie sollten. Lukian hatte rasch Talent als Spion entwickelt.
Der Truchsess erschien und riss ihn aus seinen Gedanken.
»Dringende Neuigkeiten, schlechte Neuigkeiten, mein Herr!«, kündete der Spielmann an. Er lehnte es trotz seines knurrenden Magens ab, sich erst etwas zu essen bringen zu lassen, doch den Becher Bier trank er auf einen Zug leer.
Jordan von Blankenburg wusste, dass es mehrere Gründe gab, diesen Spielmann gut zu behandeln, obwohl die vom fahrenden Volk als unehrlich geboren galten und zum niedersten Stand gehörten.
Aber Spielmann war nicht gleich Spielmann, so wie es auch zwischen den Ministerialen gewaltige Unterschiede gab. Obwohl unfrei, konnten vor allem die Inhaber von Hofämtern zu Einfluss, Ansehen und auch Reichtum gelangen – und das hatte Jordan von Blankenburg um jeden Preis vor.
Bei den Spielleuten war es ähnlich. Die meisten lebten von der Hand in den Mund und durften froh sein über jede Nacht, in der sie Unterkunft und Essen fanden, über jeden

Tag, an dem sie nicht ausgeraubt oder erschlagen wurden. Doch die Besten von ihnen, die vor den edlen Herren auftraten und dort gefielen, wurden reich beschenkt und geehrt. Dieser hier hatte sogar Lesen, Schreiben, Griechisch und Latein gelernt. Also war er entweder ein ins Kloster geschickter jüngerer Sohn aus gutem Haus, doch dann würde sein Vater kaum zulassen, dass er auf der Straße lebte. Oder der illegitime Spross eines Geistlichen und aus der Abtei geflohen, wie der Truchsess vermutete.
Das Wichtigste aber war: Die Kaiserin schätzte ihn.
»Ihre Majestät ist allein. Ich frage gleich, ob sie bereit ist, dich zu empfangen«, versicherte Jordan.
Erleichtert atmete der junge Sänger auf.
Zwar würden die Neuigkeiten schon in ein paar Tagen im ganzen Land ausgerufen werden und alle Glocken läuten. Doch *noch* waren sie geheim. Und einige Einzelheiten mussten auch weiterhin geheim bleiben.

Richenza hatte unruhig aus dem Fenster gespäht, während der Barde mit dem Truchsess sprach. Und das, obwohl ein schneidender Märzwind durch die schmale Luke pfiff und das Feuer im Kamin nicht ausreichte, die Kemenate auch nur halbwegs zu erwärmen.
Sie wartete schon seit dem Morgen auf ihre Tochter, ihren Schwiegersohn und ihren Enkel.
Doch keine Staubwolke in der Ferne zeigte das Kommen einer größeren Reiterschar an, und auch kein Bote ließ sich blicken, der das Nahen seiner Durchlaucht und der herzoglichen Familie ankündigte.
Stattdessen raschelte in den muffigen Binsen der Kemenate eine Maus oder Ratte.
Seit der Schmach von Quedlinburg war die Kaiserinwitwe trotz Kälte und Schnee, trotz unwegsamer Straßen und schmerzender Gelenke weiter herumgereist, um die Fürsten

des Nordens und Ostens auf ihren Schwiegersohn einzuschwören. Zu ihrem Gemahl hatten sie treu gestanden, Lothar war ein Sachse von altem Schrot und Korn gewesen. Nun musste sie auch diejenigen wieder auf ihre Seite ziehen, die Heinrich durch seine Taktlosigkeit verprellt hatte.
Der hingegen, begleitet von ihrer Tochter und beider Sohn, suchte unterdessen seine bayerischen Gefolgsleute auf.
Hier in Braunschweig wollten sie sich treffen.
Vor zwei Tagen hatte Richenza mit ihrem Gefolge *Dankwarts Burg* bezogen. Die alte Brunonenfeste bot einige strategische Vorzüge, doch wenig Bequemlichkeit und war recht baufällig.
Als König und bald auch Kaiser, so überlegte sie, sollte ihr Schwiegersohn diese Burg schleifen und an derselben Stelle eine neue, größere errichten, als Zentrum seiner Herrschaft in Sachsen.
Zwar musste ein Kaiser fast ständig von Pfalz zu Pfalz, von Ort zu Ort reisen, um seine Herrschaft aufrechtzuerhalten und sich bei seinen Untertanen zu zeigen. Doch Heinrich könnte Braunschweig zu seiner festen Residenz machen.
Mitten in diesem Gedankengang wurde Richenza der Barde Lukian gemeldet.
Bei seinem Erscheinen begriff sie sofort, dass er das Instrument als Vorwand bei sich trug. Dieser Lukian hatte nicht nur oft bei Hofe und auch anlässlich der Beisetzung ihres Gemahls musiziert, sondern ihr häufig wichtige Nachrichten zukommen lassen.
Schon seine ersten Worte ließen sie nach Luft schnappen.
»Das ist … ungeheuerlich!«, ächzte sie, hochrot im Gesicht und mühsam nach Atem ringend.
»Majestät, soll ich Euern Leibarzt rufen lassen?«, fragte der Spielmann erschrocken.
Doch die Kaiserin schüttelte energisch den Kopf.
»Sprich weiter!«

Als Lukian geendet hatte, trommelte sie mit den Fingern auf die Armlehne, überlegte fieberhaft und entschied schließlich: »Bleib, bis der Herzog eintrifft, um vor ihm die Einzelheiten zu wiederholen.«
»Wenn Ihre Majestät gestatten: Dann sollte der Barde Lukian von dieser Burg verschwinden und an seiner Stelle der Schreiber Ansbert vor dem Herzog erscheinen«, schlug er vor. Vor Heinrich musste er eine andere Rolle spielen, denn der Herzog würde angesichts der Neuigkeiten einen Riesentumult veranstalten. Und damit durfte der Spielmann Lukian nicht in Zusammenhang gebracht werden.
Richenza wedelte zustimmend mit ihrer schweren, reich geschmückten Hand, ließ den Truchsess rufen und befahl: »Schickt meinem Schwiegersohn sofort Reiter entgegen! Er soll seinen Tross und alles, was ihn sonst noch aufhält, zurücklassen und unverzüglich hierherkommen, ohne Rast und Ruh!«

Am Mittag trafen der Herzog, seine Gemahlin und beider Sohn, der nach seinem Vater und Großvater ebenfalls Heinrich hieß, auf *Dankwarts Burg* ein. Heinrich der Stolze zog es vor, seinen einzigen Erben bis zur Krönung in seiner Nähe zu behalten, damit niemand den Achtjährigen als Geisel nehmen konnte.
»Großmutter! Majestät!«
In vollendeter Höflichkeit verneigte sich der Junge.
Zärtlich strich Richenza ihrem Enkel über das Haar, das schwarz und dicht war wie das seines Vaters und dessen Vaters.
»Wenn du noch nicht zu erschöpft bist vom langen Reiten …«
»Wie könnt Ihr so etwas von mir denken?«, entrüstete sich der junge Heinrich.
»… dann geh mit dem Truchsess zum Stallmeister«, fuhr

seine Großmutter lächelnd fort. »Dort wartet ein Pferd auf dich, ein Geschenk von mir: ein Schimmel, dazu Sattel und Zaumzeug mit silbernen Beschlägen, die Löwen darstellen, das Wappentier deines Vaters. Mach dich mit deinem neuen Pferd bekannt und reite ein paar Runden. Aber nur auf dem Hof!«

Vor Freude verschlug es ihrem Enkel die Sprache. Dann besann er sich.

»Ja, Majestät! Vielen Dank, Majestät!«, jubelte er und lief los.

Mit einem Wink schickte die Kaiserinwitwe auch alle Diener und Wachen fort, selbst den Magister Bruno.

Kaum war die Tür hinter ihnen geschlossen, fragte ihr Schwiegersohn mürrisch: »Was war so dringend, dass wir sogar die letzte Mahlzeit stehen lassen mussten?«

Offenbar glaubte er, sie habe nur aus Langeweile nach ihm gerufen.

Richenza schnaubte wütend. Die letzten Stunden hatte sie höchst aufgebracht und mit zunehmendem Zorn auf ihn gewartet, um ihm diese Worte an den Kopf zu werfen:

»Das Reich hat einen neuen König. Gewählt, gesalbt und gekrönt.«

Mehrere Herzschläge lang herrschte Schweigen in der Kammer.

Dann hauchte Richenzas Tochter Gertrud: »Das kann nicht sein!«

»*Wie* kann das sein?«, brüllte Heinrich der Stolze und umklammerte den Griff seines Schwertes, bis seine Fingerknöchel weiß wurden. »*Wer* soll das sein? Und wer behauptet das?«

»Konrad von Staufen ließ sich am 7. März in Koblenz von einer kleinen Gruppe Fürsten zum König wählen«, teilte ihm seine Schwiegermutter mit.

»Pah, es zählt nicht, was ein Häuflein unbedeutender Kerle im Geheimen beschließt«, stieß Heinrich verächtlich und geradezu erleichtert aus. »Wer waren die? Ein paar Schwaben und Rheinische? Wen kümmert's, was die im Winkel aushecken?«

»Es zählt!«, fiel ihm Richenza scharf ins Wort. »Es waren zwar nur wenige, Schwaben, Rheinische und Lothringer, doch auf ihrer Seite steht der Klerus samt dem Papst höchstselbst. Dieser ungeheuerliche Handstreich wurde bis ins Kleinste geplant. Sie haben Konrad nicht nur in Koblenz gewählt, sondern am Sonntag darauf gleich noch in Aachen gesalbt und gekrönt.«

Jetzt ächzte auch Heinrich: »Das kann nicht sein!«

»Damit ist Konrad der rechtmäßige König«, vollendete Richenza die Hiobsbotschaft.

»Ist er nicht! *Ich* bin der rechtmäßige Erbe des Throns, und *ich* habe die Reichsinsignien!«, brüllte der Herzog und schleuderte seinen Becher gegen die Wand. Das Gefäß zersprang, roter Wein rann an dem bröckelnden Mauerwerk herab. »Wie sollten sie ihn da krönen?«

»Albero ließ eine neue Krone fertigen.«

»Und wer sollte ihn salben?«, höhnte der Herzog.

»Kardinal Dietwin, der päpstliche Legat, übrigens auch ein Schwabe, wie fast alle Beteiligten an dieser Verschwörung. Er salbte den Staufer unter Mithilfe der Erzbischöfe von Köln und Trier«, zählte Richenza auf, immer noch beherrscht und mit Eis in der Stimme.

»Es *gibt* keinen Erzbischof von Köln! Der Stuhl ist seit dem Tod des letzten unbesetzt, und Dompropst Arnold hat das Pallium noch nicht erhalten«, triumphierte ihr Schwiegersohn.

»Ja, deshalb assistierten Arnold und der Erzintrigant Albero«, fuhr Richenza erbarmungslos fort.

»Das ist … ein Hohn! Diese Wahl ist ungültig! Am falschen

Ort, mit den falschen Insignien und durchgeführt von den falschen Leuten. Es war weder ein sächsischer noch ein bayerischer Fürst dabei. Die wussten ja nicht einmal davon!«

»Ja, es ist ein Hohn«, bestätigte die Kaiserinwitwe. »Doch der Staufer wurde einmütig gewählt, ist gesalbt und gekrönt. Was die Sache unumkehrbar macht. Sie handelten schnell und haben uns überlistet. Übrigens, *ein* Sachse war dabei: der Bischof von Halberstadt.«

Nun war es mit ihrer Beherrschung vorbei. Sie reckte ihren massigen Körper nach vorn und wurde immer heftiger und lauter.

»Du solltest König und Kaiser werden, meine Tochter Kaiserin, und mein Enkel sollte dir auf den Thron folgen. Du solltest eine Dynastie von Welfenkaisern begründen, die bis in alle Ewigkeit herrscht, geachtet und gefürchtet ist. Aber du musstest dir ja unbedingt diesen Albero von Trier und sogar den Papst zum Feind machen! Und damit nicht genug – die meisten Fürsten ebenso! Jetzt lachen sie sich ins Fäustchen. Sei gewiss, auch mancher Sachse tut dies. Du hast dich zum Gespött gemacht.«

Jetzt schrie sie ihre Empörung heraus.

»Was dachtest du dir dabei, den Papst zu beleidigen, der dich zum Kaiser krönen sollte? Mein Gemahl, Gott hab ihn selig, tat alles, damit du sein Erbe und seinen Titel übernimmst. Aber du konntest es ja nicht erwarten! Lothar hatte die Augen kaum geschlossen, da bist du vor diese Hütte gestapft, um Huldigung zu fordern. Hast du denn gar nichts gelernt aus der Niederlage Friedrichs von Staufen bei der letzten Wahl? Die Fürsten wollen umworben werden, wenn sie dich wählen sollen. *Umworben!* Mit Höflichkeit, Demut und wohlklingenden Versprechen. Stattdessen hast du sie dir alle zu Feinden gemacht.«

Niemand sonst würde es wagen, so mit Heinrich dem Stolzen zu sprechen, erst recht keine Frau.

Doch der Welfe wusste: Gemessen an königlichem Blut hatte sein staufischer Rivale genauso viel Anspruch auf den Thron wie er. Selbst Albrecht der Bär konnte für die Krone sein Billunger Erbe geltend machen.

Nur die Ehe mit der Kaisertochter und der Rückhalt durch die Kaiserinwitwe verschafften ihm Vorrang vor diesen beiden. Deshalb schluckte er für den Moment seinen Stolz hinunter und schwieg, so hart es ihn auch ankam.

Richenza sackte schwer atmend in sich zusammen und stützte die Stirn auf die Faust. Wäre sie in den letzten Wochen nicht so von Trauer erfüllt gewesen, von Entsetzen und Erschöpfung – sie hätte sich in Quedlinburg nie dermaßen täuschen lassen.

Nicht der Bär war ihr Hauptfeind, sondern die Staufer, für deren Begnadigung sie sich noch vor drei Jahren eingesetzt hatte. Die Staufer und all die Meister der Intrigen, die diesen raffinierten Plan ersonnen hatten. Allen voran Albero von Trier, dessen war sie sicher.

»Es ist umumkehrbar«, wiederholte sie bitter.

»Ist es nicht!«, widersprach der Welfenherzog wütend. »*Ich* habe die Reichsinsignien. *Ich* bin der rechtmäßige König. Und ich werde gegen den Thronräuber zu den Bannern rufen. Ganz Sachsen und Bayern werden mir Heeresfolge leisten. Mit meinen Truppen, mit meinen Rittern werde ich das schwäbische Thronräubergesindel vernichten. Und zur Strafe lasse ich ihr Land in Schutt und Asche legen.«

Drohend ballte er die Rechte zur Faust.

Richenza warf einen Blick auf ihre Tochter, die immer blasser geworden war.

»Du *könntest* das alles tun«, bestätigte sie. »Aber damit würdest du dich und das Land vernichten, über das du herrschen willst.«

»Niemand kann ein so gewaltiges Heer aufstellen wie ich«, beharrte Heinrich.

Aber sie, Adela, würde die Erbin des Egerlandes sein! Das hatte der Vater ihr versprochen.
»Helft mir in ein anderes Kleid, rasch, das hier ist ja ganz zerknittert! Das rote!«, wies sie die Kammerfrauen an, während sie ihre Zöpfe neu flocht. Sie wollte unbedingt ordentlich und würdevoll vor ihren Vater treten, damit er sich ihrer nicht schämte.
Als sie ihm gegenüberstand, knickste sie tief und lächelte. Freude leuchtete in seinem schmalen, bärtigen Gesicht auf. Und dennoch spürte Adela, dass ihren Vater Sorgen bedrückten. Die Lage im Reich war schwierig seit dem Tod des Kaisers, das wusste sogar sie mit ihren zwölf Jahren.
»Liebes Kind, ich habe beschlossen, dass du als meine älteste Tochter mit mir, deiner Stiefmutter und unserer Geleitmannschaft nächsten Monat nach Bamberg reist, wo der König das Pfingstfest feiern wird«, verkündete Markgraf Diepold.
Für einen Augenblick war Adela sprachlos. Kein Fest wurde mit größerer Pracht begangen als Pfingsten, und sie würde es am Hof des neuen Königs erleben dürfen!
Sie würde den König und die Königin mit eigenen Augen sehen, hochedle Fürsten und Damen in den schönsten Gewändern. Vielleicht gab es sogar ein Turnier mit den kühnsten Rittern aus allen Landen. Vor Freude begann sie zu strahlen und musste sich zügeln, um beherrscht zu bleiben, wie es sich für eine Dame geziemte.
Noch nie zuvor hatte ihr Vater sie an den kaiserlichen Hof mitgenommen, weil sie seiner Meinung nach zu jung dafür war. Jäh erstarrte sie.
»Aber Ihr w-wollt mich dort … d-doch nicht etwa v-verloben oder vermählen?«
Vor Angst begann sie wieder zu stottern. Dabei hatte sie so gehofft, es überwunden zu haben!
Adela hatte nun das Alter für eine Heirat erreicht. Jeden Tag

konnte der Vater ihr eröffnen, dass er sie einem getreuen Gefolgsmann oder – was wahrscheinlicher schien – einem ihr wildfremden Grafen oder Markgrafensohn zur Frau geben wollte, der vermutlich alt, fett und gichtig sein würde.
»Nein, sorge dich nicht!«, beruhigte der Vater sie lächelnd. »Das hat noch Zeit, bis wir die beste Partie für dich gefunden haben.«
Erleichtert atmete das Mädchen auf. Sie wollte nicht von zu Hause weg, obwohl das für hochgeborene Töchter üblich war. Eigentlich hätte sie schon mit sechs oder sieben Jahren zur Erziehung an einen anderen Hof geschickt werden sollen. Doch zu ihrer unendlichen Erleichterung hatte der Vater das nicht getan.
Dann fiel ihr noch etwas ein. Sie zog die Stirn skeptisch kraus, während sie an sich herabsah und den Saum ihres Gewandes ausbreitete.
»Dieses Kleid wird nicht prächtig genug sein für ein Pfingstfest am Hof des Königs. Und aus meinem schönsten Gewand, das Mutter einst bestickte, bin ich längst herausgewachsen, obwohl wir schon zweimal Saum angesetzt haben. Das passt ja kaum noch der kleinen Euphemia!«
So hieß ihre jüngere Schwester, bei deren Geburt ihre Mutter gestorben war.
Der Markgraf lachte belustigt.
»Wahrhaft die Worte einer Edeldame! Wie ich sehe, wirst du erwachsen. Sei unbesorgt, Liebes, ich habe bereits angewiesen, dass drei Prachtgewänder für dich gefertigt werden: eines für den Festgottesdienst, eines für das Turnier und eines zum Flanieren. Und so ärmlich sind die Kleider nun auch nicht, die du trägst. Du kannst sie also unbesorgt in die Reisetruhe packen lassen.«
Drei neue Kleider, so schön wie keines bisher! Und es würde tatsächlich ein Turnier geben!
Überglücklich bedankte sich Adela und knickste ganz tief.

Am liebsten wäre sie zu ihrem Vater gestürzt und hätte ihn vor Freude umhalst. Aber das taten junge Damen ihres Standes nicht. Also bat sie, zurück zu ihrem Unterricht bei der Witwe Ermigunde gehen zu dürfen.
Als Diepold von Vohburg seiner Tochter nachblickte, verschwand das Lächeln, und auf seinen Zügen breitete sich tiefe Besorgnis aus.
Er liebte seine älteste Tochter. Sie war klug für ihre Jahre, auch wenn das bei Mädchen eher als Makel denn als Vorzug galt. Man stelle sich vor: Statt zu sticken, wollte sie lieber Lesen lernen! Natürlich hatte er diese absurde Idee unterbunden.
Lesen und Schreiben oblag der Geistlichkeit; kein Ritter oder gar Fürst verschwendete damit seine Zeit.
Doch Adela würde es schwer haben an einem anderen Hof, obwohl sie die Erbin eines bedeutenden Landes war. Statt zu lächeln oder zu kichern, wie es junge Mädchen ständig taten, war sie seit dem Tod ihrer Mutter zumeist in sich gekehrt und so schüchtern, dass sie manchmal vor Aufregung stotterte. Man würde sie anderswo gnadenlos verspotten. Deshalb hatte er seine Lieblingstochter gegen die Bedenken seiner zweiten Gemahlin bei sich behalten.
Er wünschte sich sehr, die kostbaren Kleider könnten ihr beim Pfingstfest zu mehr Selbstsicherheit und Anmut verhelfen, und ließ es dafür weder an Geld noch Aufwand mangeln.
Ihrer aller Schicksal hing von diesem Hoftag in Bamberg ab. Markgraf Diepold hätte es liebend gern vermieden, Konrad von Staufen noch einmal gegenüberzutreten. Einst war er sein Verbündeter gewesen, aber als die Niederlage der Staufer unaufhaltsam war, hatte er die Seiten gewechselt.
Doch nach der ausdrücklichen Aufforderung des nunmehrigen Königs musste er erscheinen, wollte er nicht geächtet werden. Und vor dem gleichen Dilemma standen in diesen

Tagen viele Edle des Reiches. Genau wie er würden sie mit Sorgenfalten durch ihre Burgen wandern und sich nachts grübelnd im Bett hin und her wälzen, ob der Staufer, der nun König war, ihnen den Seitenwechsel zu Lothar noch verübelte.
Musste ein König nicht Gnade zeigen? Zumal, wenn seine Wahl dermaßen fragwürdig zustande gekommen war?
Diepold von Vohburg hoffte inständig, wenn er seine Gemahlin und seine älteste Tochter, die Erbin des Egerlandes, mit nach Bamberg brachte, würde der neue König dies als Bitte um Versöhnung werten und ihn wohlwollend behandeln. Vielleicht nahm er sogar Adela unter den Jungfrauen an seinem Hof auf! Dann wäre die Zukunft des Hauses Vohburg gerettet.
Doch davon konnte er seiner Tochter noch nichts sagen. Sie würde nur in Panik geraten und völlig die Fassung verlieren. Das brauchte sie erst zu erfahren, wenn es so weit war. Außerdem stand ja noch gar nichts fest.

Die neuen Kleider sollten Adela, die nichts von den Plänen ihres Vaters ahnte, bis zur Abreise reichlich beschäftigen.
Ihre Stiefmutter Kunigunde von Beichlingen aus dem Hause Northeim, die den Haushalt und alle Frauenarbeiten beaufsichtigte, hatte dafür feines Leinen in kräftigen Farben ausgewählt. Ein Dutzend Näherinnen waren von Sonnenaufgang bis Sonnenuntergang beschäftigt, damit alles rechtzeitig fertig wurde, denn auch die anderen Reisenden sollten für das Pfingstfest neu eingekleidet werden.
Geduldig ertrug Adela das lange Stehen, während Saum und Ärmel abgesteckt wurden.
Die Kleider waren wunderschön, und sie würde sie am Hof des Königs tragen! Eines safrangefärbt, am Halsausschnitt und an den Ärmeln mit Grün abgesetzt, was ihr dunkelbraunes Haar wunderbar zur Geltung brachte. Ein anderes

blau wie der Mantel der Jungfrau Maria und an den weiten Ärmeln mit weißem Fell verbrämt. Doch das schönste und liebste wurde ihr das lavendelfarbene Kleid, dessen ausladende Ärmel nicht mit gewebten Borten, sondern mit Stickereien verziert waren, ebenso der Halsausschnitt. Dazu kamen ein Gürtel und ein Almosenbeutel in passenden Farben wie bei einer bedeutenden Dame.

Natürlich hatte Adela Sticken gelernt, aber ihre Stiche waren nicht besonders regelmäßig. Deshalb nähten die geschicktesten Stickerinnen unter den Hofdamen die verschlungenen Ranken und Blüten, setzten da und dort sogar einen Goldfaden ein.

Adela war hingerissen und träumte tagsüber mit offenen Augen davon, in diesen Kleidern zwischen ebenso prächtig geschmückten edlen Herren und Damen zu spazieren oder von einem Podest aus das königliche Turnier zu verfolgen. Wie schade, dass sie auf der Reise schlichtere, bequemere Sachen tragen musste! Andererseits wäre es wirklich dumm, die schönen neuen Kleider vom Staub und Schlamm des Weges verderben zu lassen.

Der Herr zweier Marken

Konrad von Wettin;
Burgberg zu Meißen, Anfang April 1138

Nachdenklich starrte Markgraf Konrad den Überbringer höchst bedeutender Neuigkeiten an, der sich mit ausgebreiteten Armen verbeugte, bevor er ging, der Sitte gemäß das Gesicht respektvoll dem Fürsten zugewandt, bis er sich nach zehn Schritten und einer weiteren Verbeugung zur Tür drehte. Ein Spielmann, jung und schlank, dunkel gelockt,

mit einer Flöte im Gürtel und einer Harfe unter dem Arm. Nicht nur ein begabter Sänger und Dichter, sondern auch ein zuverlässiger Spion in seinen Diensten, wie der Markgraf glaubte.
Dann ließ Konrad von Wettin dem Stallmeister befehlen, seinen besten Hengst zu satteln.
»Sobald ich zurück bin, wünsche ich meine beiden ältesten Söhne zu sehen«, wies er seinen Truchsess an.
»Wie viel Mann Geleit sollen mit Euch reiten, mein Fürst?«
»Ein Dutzend genügt«, entschied Konrad von Wettin. Er wollte nicht zur Jagd. Nur einen dieser kurzen, fast zeremoniellen Ausritte, die er so liebte, um sich seines Landes zu vergewissern. Er musste über die Neuigkeiten nachdenken, die er gerade gehört hatte. Und dann wurde es Zeit, seine Söhne einzuweihen und zu sehen, ob sie seinen Erwartungen gerecht wurden.
Der Herrscher über die Mark Meißen und die Lausitz zeigte wie üblich keinerlei Regung auf dem strengen Gesicht.
Über dem mit Borten verzierten Bliaut trug er einen pelzverbrämten Umhang aus bestem Tuch. Als er gegürtet und gespornt in den Burghof trat, hielt der Stallmeister bereits seinen unruhig stampfenden Grauschimmel am Zügel. Der Fürst und die Leibwachen saßen auf, der Bannerträger rückte an die Spitze des kleinen, aber eindrucksvollen Zuges vor, dann ritten sie an.
Der Meißner Burgberg war ein dreieckiges Plateau, das, durch seine Lage bestens geschützt, hoch über der Elbe aufragte. Den Osten und Südosten der Fläche beanspruchten Bischof Godebold und das Domkapitel. Sie ritten an der Baustelle vorbei, wo die kleine Domkirche aus Stein seit nunmehr fast zehn Jahren von unzähligen Steinmetzen, Zimmerern und anderen Bauleuten zu einem größeren, prachtvollen Dom mit vier Türmen erweitert wurde.
Doch den meisten Raum nahm der markgräfliche Bezirk

ein, samt vorgelagerter Unterburg mit Quartieren für seine Kämpfer und Stallungen, was Konrad in seinen Augen zum wahren Herrscher auf dem Burgberg machte, auch wenn der Palas *sein* einziges Gebäude aus Stein war.

Als die Kolonne das vorderste Burgtor durchquerte und über die Zugbrücke trabte, bot sich den Männern ein atemberaubendes Panorama. Breit und mächtig floss die Elbe am Fuße des Felsens vorbei, und vom Ufer hinauf bis zum Tor wanden sich die Gassen der geschäftigen Marktsiedlung Meißen, die aus der einstigen Grenzfeste Misna gewachsen war.

Zu dritt nebeneinander dirigierten die Männer ihre Pferde den schmalen, mit Holzbohlen gedeckten Pfad hinab, der links und rechts von Häusern gesäumt war. Sie ritten weiter hinunter zu den Siedlungen der Kaufleute und Händler, vorbei an Ständen und an Garküchen, deren verlockende Düfte sich mit den weniger angenehmen Gerüchen in den engen Gassen mischten: nach Jauche, Schlachtabfällen und ungewaschenen Kleidern.

Die Menschen wichen beim Anblick der Kolonne mit dem markgräflichen Banner sofort zurück und fielen auf die Knie, ungeachtet des Schlamms und des Unrats auf den ebenfalls mit Holzbohlen ausgelegten Straßen.

Segensrufe für den Fürsten erklangen, die Konrad von Wettin zufrieden entgegennahm. Auf sein Geheiß verteilte einer der Begleiter ein paar Hälflinge an die bettelnden Krüppel und Waisen, die sich lautstark bedankten, noch während sie darum rauften.

Milde und Großzügigkeit waren Tugenden, die von einem Herrscher erwartet wurden. Und die rege Geschäftigkeit auf den Straßen versprach gute Steuereinnahmen.

Mit slawischen Mustern verzierte Tonkrüge und Becher wurden feilgeboten, Gürtlerwaren, geflochtene Körbe, waidgefärbtes Leinen. Ein Messerschleifer mit einem dicken

Kropf und ein Zähne ziehender Bader unterbrachen eiligst ihre Arbeit, um die Reiter vorbeizulassen.
Meißen war auf bestem Weg, eine blühende Stadt zu werden. Der Duft aus den Garküchen und der Anblick des Baders erinnerten den Markgrafen daran, heute noch einen Diener zu dem Kräuterweib zu schicken, das unterhalb der Burg hauste. Den dritten Tag schon litt er wieder an Verstopfung. Dagegen halfen trotz der Beteuerungen seines Leibarztes keine Aderlässe, jedoch die widerlichen Gebräue, die ihm diese Alte zubereitete. Nur ihren Rat, zur Behebung seines Leidens öfter einmal Haferbrei statt Fleisch zu essen, ignorierte er stur. So weit ließ er sich nicht herab. Bauern löffelten Brei. Adlige ernährten sich von Fleisch, vorzugsweise Wild.
Als sie die von Menschen wimmelnde große Marktsiedlung hinter sich gelassen hatten, gaben die Reiter ihren Pferden die Sporen und galoppierten ein Stück am Elbufer entlang. Dann trieben sie die Hengste hinauf auf einen der Hügel, von denen man weit ins Land schauen konnte.
Wie es seine Gepflogenheit war, verharrte der Markgraf an diesem Platz, ohne aus dem Sattel zu steigen, und ließ seine Blicke von Ost nach West, von Nord nach Süd schweifen. Er sah Wald und frisch gepflügte Felder, Hänge, an denen Wein reifen würde. Die niedrig stehende Sonne warf glitzernde Lichtsprenkel auf den Fluss. Am jenseitigen Ufer legte eine Fähre ab.
Sein Land. Nur ein Teil davon zwar, aber *sein* Land, von ihm mit dem Schwert erkämpft, geschickt bewahrt und vermehrt. Mit Gottes Hilfe würde er es weiter mehren und eines Tages an seine Söhne vererben.
Reglos und stumm warteten die Begleiter, die diese Angewohnheit ihres Herrn kannten, bis der Markgraf seine stille Andacht beendete. Auf sein Kommando wendeten sie die Pferde und ritten zurück auf den Burgberg.

Die Hüter des Ostens

Markgraf Konrad von Wettin und seine Söhne Otto und Dietrich; Meißner Burgberg, Anfang April 1138

Im Gemach des Fürsten füllte der Schenk Wein in einen zinnernen Becher. Konrad von Wettin ließ ihn mit Wasser mischen, dann befahl er seine beiden ältesten Söhne zu sich und schickte alle anderen hinaus.

Die Kammer war nicht sehr groß und so düster, dass sogar tagsüber Kerzen auf zwei eisernen Dornen brannten. Durch die schmalen Fenster fiel nur wenig Sonnenlicht.

Den hinteren Teil des Raumes füllte das Bett, von schweren Vorhängen umgeben, um die Kälte abzuhalten. An den Seiten standen Truhen mit kunstvoll geschmiedeten Eisenbeschlägen, weiter vorn ein Tisch, die Stühle des Markgrafen und seiner Gemahlin, daneben das Anrichttischchen für den Schenk und den Kellermeister.

Während in der Halle Wappen und Banner die Wände schmückten, hingen hier fein gearbeitete Stickereien, natürlich mit dem Meißnischen Löwen, aber auch solche mit Blumenranken oder Ornamenten. Das auffälligste Stück zeigte eine Turnierszene, die genau jenen Moment einfing, unmittelbar bevor ein Reiter seinen Gegner mit der Lanze traf. Die Figuren wirkten fast lebendig; eine meisterhafte Arbeit.

Otto, der älteste Sohn des Herrschers über zwei Markgrafschaften, trat zuerst ein, gefolgt von seinem Bruder Dietrich, der erst siebzehn Jahre zählte. Dennoch hatte er bereits im vorigen Frühling seine Schwertleite erlebt, vier Jahre vor der üblichen Zeit. Die Söhne von Herrschern mussten schneller erwachsen werden als andere.

Pflichtschuldig knieten sie vor ihrem Vater nieder.

Wieder einmal ging diesem durch den Kopf, wie unter-

schiedlich die beiden waren: Otto breitschultrig und stämmig, ein mürrischer Bursche, der seine Siege im ritterlichen Wettstreit vor allem durch Körperkraft errang; Dietrich dagegen schlank, geschmeidig und mit dem Schwert beeindruckend schnell, obwohl seine Ausbildung trotz der vorgezogenen Schwertleite noch nicht abgeschlossen war. Doch beide hatten sie das dunkle Haar ihres Vaters und die braunen Augen ihrer Mutter Luitgard, wie alle seine Kinder.
Im Stillen dankte er Gott, dass nach dem frühen Tod seines Erstgeborenen alle weiteren Kinder überlebt hatten. Zwei seiner Söhne waren nun schon Ritter und mussten lernen, an seiner Seite mitzuregieren. Die anderen – Dedo, Friedrich und Heinrich – wurden an verbündeten Höfen im Reiten, Kämpfen und höfischen Benehmen ausgebildet, seine Töchter außer Adela und den zwei kleinsten im Kloster Gerbstedt.
»Wichtige Nachrichten sind heute eingetroffen«, begann er, nachdem er den jungen Männern erlaubt hatte, sich zu erheben. »Das Reich hat einen neuen König.«
»Sollte die Wahl des Welfen nicht erst Pfingsten stattfinden?«, platzte Otto heraus. »Und wieso, Vater, wart Ihr als einer der bedeutendsten Fürsten des Reiches nicht zugegen? Das ist eine Beleidigung unseres Hauses!«
»Nicht der Welfenherzog, sondern Konrad von Staufen ist nun König«, ließ sich der Markgraf zu einer Erklärung herab und genoss die Verblüffung auf den Gesichtern seiner Söhne.
»Einige Pfaffen mit dem Erzbischof von Trier an der Spitze warteten nicht bis Pfingsten, sondern wählten schon Anfang März im kleinsten Kreise den Staufer Konrad zum König. Eine Woche später wurde er in Aachen gesalbt und gekrönt. Nun wissen wir, warum der Bär das Fürstentreffen in Quedlinburg unbedingt vereiteln musste.«
»Mit Verlaub, Vater, und das erfahren wir erst jetzt?«, ent-

rüstete sich Otto aus vollem Herzen. »Dieser König wurde nur von den Fürsten des Westens gewählt, während der Norden, die Sachsen und Bayern nicht einmal zugegen waren?«

»Ich weiß es schon seit einigen Tagen«, erklärte sein Vater gelassen. »Doch die erste Kunde schien mir zu unsicher, um sie zu verbreiten und die Glocken für diesen neuen König läuten zu lassen. Die Intrige, die Albero von Trier spann und für deren Gelingen die Sachsen und Bayern nichts von seinen Plänen erfahren durften, ist einfach zu unglaublich. Doch heute erhielt ich die Bestätigung … und erfuhr noch einiges mehr.«

Konrad trank einen Schluck Wein, ehe er fortfuhr.

»Das Osterfest vor wenigen Tagen verbrachte der neue König in Köln. Dort schworen ihm fast alle Fürsten des Westens den Treueeid: die Lothringer, die Schwaben, dazu natürlich auch die Franken … Wir wurden gar nicht erst eingeladen, weil in der Kürze der Zeit kein Bote von Aachen zeitig genug hierhergelangt wäre, als dass wir noch bis Ostern nach Köln hätten reisen können.«

Konrad lächelte grimmig.

»Es hat Vorteile, dass wir so weit im Osten des Reiches herrschen. Doch alle, die dem neuen König bisher nicht huldigten, werden aufgefordert, ihm spätestens zum Pfingstfest auf dem Hoftag in Bamberg den Treueschwur zu leisten.«

Er lehnte sich ein wenig zurück, betrachtete seine Söhne und sagte mit sorgfältig verborgener Neugier: »So Gott will, wird jeder von euch einmal als Markgraf über ein Land herrschen. Otto über Meißen und Dietrich über die Lausitz. Wie würdet ihr handeln?«

Sie mussten lernen, solche heiklen Entscheidungen zu treffen – zum eigenen Wohl und dem ihres Landes.

»Ein unglaublicher Handstreich! Hat es so etwas schon jemals gegeben?«, begann Otto, immer noch verblüfft. Zögernd sprach er weiter, nach einer Lösung suchend.

»Sie verstießen gegen den Willen des verstorbenen Kaisers. Die Kaiserinwitwe ist Eure Tante, Lothar gab Euch die Mark Meißen und die Mark Lausitz. Wir sind ihnen verpflichtet. Der Herzog von Sachsen und Bayern wird eine solche Brüskierung niemals hinnehmen, sondern zu den Waffen rufen. Kein anderer Fürst kann ein so großes Heer aufstellen. Er wird uns auffordern, sich ihm anzuschließen.«

Otto hielt kurz inne und meinte dann hintersinnig: »Aber *noch* ist Konrad König. Gibt es einen Weg, uns aus dieser Sache herauszuhalten, bis die Dinge endgültig geklärt sind?«

»Was sagst du, Dietrich?«, forderte der Markgraf den Jüngeren zum Reden auf, ohne auf Ottos Worte einzugehen.

Erwartungsgemäß reagierte Dietrich ganz anders.

»Ja, Richenza ist unsere Verwandte, und dieser Schlag gegen sie und den Willen des Kaisers ist beispiellos«, begann er, an seinen Bruder gerichtet. »Aber jetzt ist sie Kaiserin*witwe*, nicht Kaiserin.«

Mit grimmiger Belustigung musste Konrad bei diesen Worten an das Gespräch mit dem Bären vor Quedlinburg denken.

»Hatte nicht Lothar selbst die freie Königswahl wieder eingeführt?«, fuhr Dietrich fort. »Nach dem, was Ihr berichtet, Vater, ist Konrad von Staufen nun der rechtmäßig gewählte und gesalbte König, selbst wenn keine vierzig Fürsten bei seiner Wahl zusammenkamen. Also gibt es für uns nur eine Möglichkeit zu handeln: seiner Aufforderung Folge zu leisten und ihm Treue zu schwören.«

Nachdenklich betrachtete der Markgraf seine Söhne und schwieg.

»Was werdet Ihr tun, Vater?«, fragte Otto schließlich mit kaum verhohlener Ungeduld. War die Prüfung endlich vorbei?

»Nichts.«

Ohne eine Miene zu verziehen, lehnte sich der Markgraf zurück und verschränkte die Hände vor sich auf dem Tisch.

»Wir werden vorerst *nichts* unternehmen, sondern abwarten. Und schon gar nicht werden wir uns einem Waffengang anschließen. Jedenfalls nicht, solange es sich vermeiden lässt. Ich weiß seit heute aus zuverlässiger Quelle, dass Herzog Heinrich nicht zu den Waffen ruft, sondern verhandeln will. Zumindest vorerst. Davon konnte ihn meine Tante überzeugen. Also werden wir der Einladung zum Hoftag in Bamberg folgen, dem neuen König huldigen, wenn er es fordert, und zu Gott und allen Heiligen beten, dass kein Krieg ausbricht, in dem wir Partei ergreifen müssten.«

Am Mienenspiel seiner Söhne erkannte er wieder einmal ihre grundverschiedenen Temperamente: aufbrausender Zorn bei Otto, stille Nachdenklichkeit bei Dietrich.

»Ich ließ euch rufen, um euch die Politik unseres Hauses zu erklären, und ich werde dies nur einmal tun«, begann Konrad von Wettin streng.

»Der jähe Sturz des Welfen, der sich schon als König und Kaiser sah, hängt nicht nur mit seiner groben Unhöflichkeit gegenüber Männern von Stand zusammen. Sondern auch damit, dass es völlig zu Recht niemandem geheuer ist, wenn ein Fürst über zwei Herzogtümer regiert. Das verleiht ihm eine fast königsgleiche Macht.«

Der Markgraf legte eine kurze Pause ein und sah Zustimmung auf den Gesichtern seiner Söhne.

»Dass bisher noch niemand die Stimme erhob, um lautstark daran zu erinnern, auch das Haus Wettin halte zwei Fürstentümer und reichlich weiteren Besitz, liegt an einer Besonderheit: Dies hier sind die östlichen Marken, dünn besiedeltes Grenzland, das ständig gegen Slawen, Polen und Böhmen verteidigt werden muss. Ausgedehnte Ländereien, aber keine reichen Pfründe wie die Gebiete westlich der Saale oder gar am Rhein. Mancher würde es als Danaergeschenk betrachten. Beide Marken sind zu weiten Teilen von Urwald bedeckt, wo Bären, Wölfe und Luchse hausen. Unlängst will jemand im Lausitzer Sumpfland sogar ein paar Auerochsen gesehen haben.«

Das stimmte, so selten die wilden Ure inzwischen auch geworden waren. Sein alter Freund und Feind Albrecht hatte ihn damit verhöhnt, sehr zu Konrads Ärger.

»Dieses Land muss erst urbar gemacht werden, bevor es Silber einbringt. Und der Schutz seiner Grenzen erfordert mehr Männer, als wir aufbieten können.«

Der Markgraf trank noch einen Schluck, bevor er weitersprach und dabei seine Söhne nicht aus den Augen ließ.

»Als junger Mann eroberte ich an der Seite Lothars von Süpplingenburg und Albrecht des Bären die Mark Meißen. Durch Gottes Gnade und kluge Politik gewann ich die Lausitz hinzu, das Land um Groitzsch, den Gau Nissan, Eilenburg, das Milzener Land, diversen anderen Besitz, ich habe die Vogteirechte über mehrere Klöster und die Bischofskirche in Naumburg. Jedem von euch beiden werde ich einen Markgrafentitel hinterlassen, euren jüngeren Brüdern Grafschaften. Eure Schwestern werde ich mit Söhnen von Herzögen und Königen vermählen oder sie zu Äbtissinnen machen, falls sie lieber den Schleier wählen. Doch all das kann ich nur, wenn wir uns nach Kräften aus den Streitigkeiten des Reiches heraushalten und hier im Grenzland unsere eigenen Interessen wahren.«

Er umklammerte mit beiden Händen die Armstützen seines Stuhls und beugte sich vor. »Merkt euch diesen Satz für alle Zeit: *Das Reich ist groß und der Kaiser fern!* Seit Ewigkeiten hat sich kein König oder Kaiser mehr so weit in den Osten begeben.«

Er ließ den beiden jungen Männern einen Augenblick Zeit, seine Worte aufzunehmen.

»Soll sich der Bär in blutige Abenteuer stürzen, um das Herzogtum Sachsen zu bekommen«, fuhr er dann fort. »Er wird es nicht halten können. Die Sachsen stehen treu zu Richenza, und sie werden sich keinen Herzog vor die Nase setzen lassen, ohne nach ihrem Einverständnis gefragt worden zu sein. Doch solange es geht, halten wir uns aus den Kämpfen heraus, zu denen es unweigerlich kommen wird. Wir begründen das damit, dass wir das Grenzland nicht von Bewaffneten entblößen können. Dieser Krieg verspricht keine Beute, sondern wird viel Blut und Silber kosten.«
Er lehnte sich erneut zurück.
Nicht die Kränkung Richenzas trieb Konrad zu dieser Politik, sondern sein scharfer, berechnender Verstand.
»Also werden wir unsere Verwandte, die Kaiserinwitwe, trösten und dann dem neuen König huldigen, weil wir gar nicht anders können. Danach kümmern wir uns wieder um hiesige Angelegenheiten. Zu Hoftagen reisen wir lediglich, wenn Fragen verhandelt werden, die uns betreffen, oder sich die Aussicht ergibt, neuen Besitz zu erwerben. An Kriegen beteiligen wir uns nur, wenn es sich nicht vermeiden lässt – dann aber mit Feuer und Schwert, damit niemand vergisst, uns zu fürchten. Doch wir werden jeden König oder Kaiser stets daran erinnern: *Unser* Krieg ist hier zu führen, an den östlichen Grenzen, die wir zum Schutz des gesamten Reiches hüten. Und nach Möglichkeit klären wir Streitigkeiten nicht mit Waffengängen, sondern mit dynastischen Eheverbindungen.«
Konrad hielt inne und ließ seinen Blick aus dem Fenster schweifen. In dem schmalen Ausschnitt des Himmels, den es freigab, sah er fern einen Bussard schweben.
»Ich habe einen Traum, und den will ich mir erfüllen«, sagte er und erntete überraschte Blicke. Es kam selten vor, dass dieser harte Mann etwas davon verriet, was ihn im Innersten bewegte.

»Wenn die Kämpfe vorbei sind und wieder Frieden im Land herrscht, will ich Siedler werben lassen, die mein Land urbar machen und zum Blühen bringen, die meine Truhen mit Silber füllen, das sie mir als Zehnten zahlen. Städte will ich gründen und Burgen bauen, die hölzernen Befestigungen auf dem Burgberg durch steinerne Mauern ersetzen. Und wenn alle Dinge geordnet sind, will ich auf Pilgerfahrt ins Heilige Land ziehen – mit dem beruhigenden Wissen, dass ich meinen Söhnen ihr Erbe wohlbestellt hinterlasse.«
Von dieser Pilgerreise träumte Konrad schon seit langem. Nicht nur, um die heiligen Stätten zu sehen, eine fremde Welt zu erleben. Er hatte die Mark Meißen mit Waffengewalt erobert, sie mit Hilfe Lothars und Albrechts ihrem rechtmäßigen Besitzer Wiprecht von Groitzsch geraubt. Doch noch einmal würde er so etwas nicht riskieren. Ganz im Gegensatz zu dem Askanier, der glaubte, ewig mit solchen Gewaltstreichen durchzukommen.
Er, Konrad, war sich durchaus bewusst, dass er eine große Sünde auf sich geladen hatte.
Er bereute sein Handeln nicht, denn Gott war mit ihm gewesen, und dank Gottes Beistand konnte er – geboren als Sohn eines einfachen Grafen – seine Macht bedeutend mehren. Doch hatte er das beunruhigende Gefühl, dem Schöpfer noch nicht genügend Dankbarkeit dafür erwiesen zu haben. Deshalb *musste* er auf Pilgerfahrt gehen, ehe er vor den himmlischen Richter trat. Das konnte er allerdings erst, wenn Frieden im Reich herrschte und seine Söhne fähig waren, an seiner statt zu regieren.
Forschend sah er in ihre Gesichter.
»Gibt es noch etwas, das Ihr sagen möchtet?«
»Es ehrt uns, Vater, dass Ihr uns in Eure Gedanken einweiht«, versicherte Otto förmlich.
»Wünscht Ihr, dass wir Euch zum Hoftag nach Bamberg begleiten?«, fragte sein Bruder.

»Ja, sobald die offizielle Ladung eintrifft. Gewiss sollt ihr ebenfalls dem neuen König huldigen.«

»Ihr habt noch kein Schreiben des Königs und wisst trotzdem davon?«, rief Dietrich verblüfft.

»Natürlich, Junge, sei kein Narr! Gerade wer nicht ständig bei Hofe herumscharwenzelt, muss dort seine Spione haben. Deshalb prägt euch gleich noch diesen Rat ein: Zuverlässige Spione sind kaum mit Silber aufzuwiegen. Behandelt sie gut und lasst sie stets wissen, dass ihr ihre Dienste großzügig entlohnt, selbst über den Tod hinaus, den sie dabei riskieren.«

Konrad fand, er habe nun genug gesagt, und wollte die beiden hinausschicken, damit sie über seine Worte nachdachten.

Doch Dietrich bat, noch eine Frage stellen zu dürfen, was ihm sein Vater mit einer Handbewegung gewährte.

»Ihr spracht von Heiratsplänen. Habt Ihr bereits bestimmte Verbindungen im Sinn?«

»So etwas bedarf langfristiger Verhandlungen und des richtigen Moments, um den größten Vorteil aus solch einer Allianz zu ziehen«, antwortete der Markgraf ausweichend. »Hast du es etwa eilig, vermählt zu werden?«

Er verzog den Mundwinkel mit einem Anflug von Spott. Der Junge war weiß Gott in dem Alter, um sich im Bett auszutoben. Doch dazu musste er nicht gleich heiraten.

Jäh sank Dietrich auf ein Knie, und Otto blickte erstaunt auf seinen Bruder.

Das Gesicht des Markgrafen verfinsterte sich. Er ahnte, was er gleich zu hören bekommen würde, und das erfreute ihn überhaupt nicht.

Um seinen Ältesten machte er sich wenig Sorgen, der war von rechtem Schrot und Korn. Der jüngere Dedo war schon als Knabe fetter, als es für einen angehenden Ritter gut sein konnte, aber das sollte ihm ein strenger Waffenmeister austreiben können. Doch Dietrich besaß bei aller Klugheit eine Neigung zu Ritterlichkeit im Überfluss.

Beklommen sah der Siebzehnjährige, wie sein Vater grimmig die Stirn in Falten zog. Ich muss es jetzt tun, sonst schaffe ich es nie!, dachte er und nahm allen Mut zusammen.

»Vater, Ihr habt uns Euer Herz geöffnet. Erlaubt Ihr mir, meinen Herzenswunsch zu nennen?«

»Sofern du dieses Geständnis für nötig hältst.«

»Erlauchter Vater, könntet Ihr in Erwägung ziehen ...«, Dietrich holte tief Luft, bevor er es unwiderruflich aussprach, »... mich mit der Tochter des Truchsessen zu vermählen? Ich liebe sie, und ich bin sicher, dass auch sie mich liebt.«

Als er sah, dass sich die Miene seines Vaters schlagartig verfinsterte, fügte er hastig an: »Ihr wisst, sie ist klug und schön, sie wäre bestens befähigt, die Haushaltung eines Hofes zu übernehmen ...«

»Hast du den Verstand verloren?!«, fuhr ihm sein Vater laut und drohend ins Wort. »Habt ihr mir nicht zugehört? Ihr werdet polnische oder böhmische Prinzessinnen heiraten, damit Frieden an den Grenzen herrscht! Und du fragst mich nach einer Ministerialentochter? Einer Unfreien?«

»Ihr Vater ist ein verdienstvoller Mann, seine Familie dient unserem Haus seit Generationen treu und zuverlässig. Ihr könntet ihn in den Stand eines Edelfreien erheben«, wagte Dietrich noch vorzuschlagen, während alle seine Hoffnungen zerstoben.

»Von diesem haarsträubenden Unfug möchte ich kein Wort mehr hören!«, erklärte der Markgraf brüsk und schlug mit der flachen Hand auf den Tisch. »Wenn du sie haben willst, hol sie dir ins Bett und finde sie mit Geschenken ab. Wenn sie einen Bastard bekommt – nun gut, dann beweist das immerhin deine Manneskraft.«

»Ich würde sie nie auf diese Art entehren!«, entrüstete sich Dietrich.

»Du entehrst *dich,* wenn du auch nur den leisesten Gedanken hegst, jemanden zum Weib zu nehmen, der so weit unter deinem Stand ist!«, rief sein Vater donnernd. »Du entehrst *dich,* wenn du die Pflicht nicht erfüllst, die dir deine Geburt auferlegt: zum Wohle des Landes zu heiraten, ganz gleich, ob die Braut, die ich dir aussuche, nun hübsch oder hässlich ist, Kind oder Witwe.«

Er machte eine unwirsche Geste. »Du musst deine Gemahlin nicht lieben, du musst nur mit ihr einen Erben zeugen. Habt ihr beide diese Pflicht erfüllt, kannst du sie meinetwegen auf eine andere Burg schicken und dir ins Bett holen, wen du willst. Glaubst du, zwischen deiner erlauchten Mutter und mir hätte es Liebe gegeben? Wozu sollte das gut sein? Niemandem nützt solcher Wahn. Es gibt *Höflichkeit* zwischen uns, darauf kommt es an, und wir haben fünf Söhne und sechs Töchter. Nimm dir ein Beispiel daran!«

Missbilligend sah der Markgraf auf seinen Sohn, der wirkte wie mit kaltem Wasser übergossen.

Vielleicht würde Vater öfter lächeln, wenn er lieben könnte, dachte Dietrich trotzig und verbittert zugleich. Ob Mutter mit ihm jemals glücklich war? Vielleicht reist sie deshalb so oft in das Kloster auf dem Petersberg ... Um wenigstens Gottes Liebe zu erfahren, wenn sie hier schon keine findet.

»Ich will nie wieder von solchen Narreteien hören!«, befahl Konrad von Wettin nochmals. »Und damit du dir diesen Unfug aus dem Kopf schlägst, wirst du sofort satteln lassen und mit zwei Dutzend Mann sämtliche Befestigungen an der Grenze abreiten. Ich erwarte dich in zwei Wochen zurück, bevor wir zum Hoftag nach Bamberg reisen. Hol deine Waffen, verabschiede dich von deiner Mutter, und dann will ich dich unverzüglich vom Hof reiten sehen.«

»Wie Ihr wünscht, Vater«, erwiderte Dietrich mit gesenktem Kopf, um seinen Zorn nicht durch einen Blick zu verraten.

Der Markgraf rief den Marschall zu sich.

»Mein Sohn bricht in einer Stunde zu einem zweiwöchigen Erkundungsritt an der östlichen Grenze auf. Gebt ihm ein Dutzend Ritter mit, genügend Reitknechte, Proviant und Ersatzpferde«, wies er Werner von Brehna an.

»Wie Ihr befehlt, mein Fürst.«

Schadenfroh raunte Otto seinem Bruder zu: »Vielleicht stößt du unterwegs ja auf diese Auerochsen …«

Dietrich funkelte ihn finster an und ging weisungsgemäß mit dem Marschall hinaus.

Als auch Otto die Kammer verlassen wollte, hielt sein Vater ihn zurück.

»Folge diesem Narren und sorge dafür, dass er kein Wort mit dem Mädchen spricht! Und der Truchsess soll sich umgehend hier einfinden«, befahl er.

»Wie Ihr wünscht, Vater.«

Der Truchsess des Markgrafen von Meißen, ein kleiner dürrer Mann namens Edwin, übte das höchste Amt bei Hofe bereits seit vielen Jahren aus und galt als Beispiel mustergültiger Pflichterfüllung. Schon sein Vater und sein Großvater hatten dem Haus Wettin gedient.

Er trat ein und verneigte sich in Erwartung neuer Befehle. Vielleicht wurden hohe Gäste erwartet oder galt es, die nächste Reise des Hofstaates vorzubereiten, sollte der markgräfliche Haushalt zum Pfingstfest neu eingekleidet oder der Vorrat an Korn kontrolliert werden. Nichts davon konnte ihn aus der Fassung bringen.

Doch diese Worte seines Herrn trafen ihn völlig unvorbereitet.

»Eure Tochter vergisst, was ihres Standes ist! Sie weckte das Begehren eines meiner Söhne.«

Der Mann mit dem schütteren Haar unter der Bundhaube wurde kreidebleich. »Durchlaucht, ich versichere Euch, sie würde niemals …«

»Was sie *würde* und was nicht, spielt jetzt keine Rolle mehr«, fuhr ihm der Markgraf barsch ins Wort. »Ich sage Euch, was sie tun *wird:* auf der Stelle ihre Habseligkeiten packen und binnen einer Stunde den Burgberg verlassen.«

Mit Tränen in den Augen sank der Vater vor dem Fürsten auf die Knie und hob flehend die Hände.

»Erbarmen, Durchlaucht! Jagt sie nicht davon! Sie ist ein gutes Kind, keusch und fromm, das schwöre ich Euch ...«

»Es ist zu ihrem Besten. Ich lasse sie sicher an einen entfernten Ort eskortieren, wo sie auf der Stelle vermählt wird. Das hätte ich längst tun sollen. Es ist mein Versäumnis, deshalb will ich Euch diese leidige Angelegenheit nicht zum Vorwurf machen. Eingedenk Eurer Verdienste habt Ihr mein Versprechen, dass ich einen guten Mann für sie wähle und sie mit einer Mitgift ausstatte. Also seid dankbar! Ihr wisst, dass sonst nur Unheil daraus erwachsen würde.«

Bestürzt rang der Truchsess um Fassung. Seine Martha, sein einziges Kind, nachdem alle anderen das erste Jahr nicht überlebt hatten! Er würde sie nie wiedersehen und musste beten, dass sein Dienstherr tatsächlich einen guten Mann für sie aussuchte.

Doch zu Edwins großem Kummer hatte der Fürst recht. Wenn einer der markgräflichen Söhne ein Auge auf die hübsche Martha geworfen hatte, konnte das nur zu einem schlimmen Ende führen. Das Mädchen würde entehrt und in Schande davongejagt, falls sie mit einem Bastard schwanger ging. Nicht einmal er vermochte sie davor zu bewahren. Sie würde in einem Hurenhaus enden.

Als Truchsess war er ein einflussreicher Mann, doch wie so viele Inhaber der Hofämter ein Ministerialer. Weder er noch sonst jemand aus seiner Familie durfte sich ohne die Erlaubnis des Fürsten einen Schritt vom Burgberg entfernen, geschweige denn heiraten. Und eine Ehe mit einem Edelfreien, erst recht mit einem Markgrafensohn, war völlig

undenkbar. In manchen Liedern und alten Geschichten kam so etwas vor. Doch es endete stets damit, dass dem Mädchen von niederer Geburt etwas Tödliches zustieß.
Still weinend ging er hinaus, um seine Tochter zu suchen. Möge die Heilige Jungfrau sich ihrer erbarmen!

Lukian, der Spielmann, hatte auf Geheiß des Markgrafen ein Quartier, neue Kleider und eine kräftige Mahlzeit bekommen.
In frischen Sachen saß er nun in der Halle und wischte sorgfältig mit dem letzten Stückchen Brot die hölzerne Schüssel aus. Er war hungrig und die Suppe köstlich gewesen. Jetzt, nach Ende der Fastenzeit, hatte ihm der Küchenmeister oder sonst eine wohlmeinende Seele sogar ein paar Stückchen Hammel darin gegönnt. Satt und zufrieden strich sich der Sänger über den Bauch, stieß einen leisen Rülpser aus und trank seinen Becher Bier Schluck für Schluck leer.
Gern wäre er noch ein wenig sitzen geblieben, hätte sich ausgeruht nach den Hunderten Meilen, die er in den letzten Wochen in größter Eile hatte zurücklegen müssen, und gründlich darüber nachgedacht, was alles geschehen war und noch geschehen mochte.
Aber Markgraf Konrad hatte befohlen, dass sich der Spielmann nach der Mahlzeit beim Truchsess meldete und mit ihm seine heutigen Verpflichtungen absprach. Lukian sollte am Abend zum Mahl in der großen Halle singen und musizieren. Doch vielleicht wünschten Markgräfin Luitgard und ihre Damen schon vorher seinen Besuch in der Kemenate zu ihrer Zerstreuung.
Ganz sicher wünschten sie das, dachte Lukian. Wie sollten sie sonst den Tag verbringen außer mit Geplauder und Handarbeiten? Und Gebeten natürlich. Die Markgräfin galt als äußerst fromm, sie sprach wenig und so gut wie nie in Gegenwart ihres Mannes.

Der markgräfliche Bezirk auf dem Meißner Burgberg war Lukian schon immer als freudloser und kalter Ort vorgekommen: mit einem Fürstenpaar, das niemals lächelte und seine große Kinderschar streng erzog. Die ältesten Töchter waren bereits im Kloster zur Ausbildung, auch von den Söhnen wurde vollkommene Selbstbeherrschung erwartet. Nur eines der Mädchen, die sechsjährige Adela, sorgte mit ihrer Ausgelassenheit ab und zu für einen Lichtstrahl und wurde dafür gerade wieder von einer Hofdame gerügt.

Lieber wäre der Spielmann hinunter in die Gassen gegangen in der Hoffnung, wenigstens aus der Ferne einmal einen Blick auf das Mädchen zu werfen, das er liebte. Ansprechen durfte er sie nicht als unehrlich Geborener. Ihr Vormund würde sie für unzüchtiges Verhalten verprügeln. Doch er wollte sich gern unauffällig vergewissern, ob es ihr gut ging.

Mit Bedauern stellte er seinen Becher ab und rief die rundliche Magd zu sich, die ihm das Essen gebracht und auch seine alten Kleider zum Waschen abgeholt hatte.

»Danke, Herzallerschönste, für dieses fürstliche Mahl!«, sagte er, stand sogar auf und verbeugte sich mit eleganter Armbewegung. Sie errötete, und die anderen Mägde in der Nähe, mit denen sie gerade noch aufgeregt über irgendein einschneidendes Ereignis auf dem Burgberg gewispert hatte, prusteten vor Lachen.

»Ihr lieblichen Maiden, wo finde ich den Truchsess?«, erkundigte er sich im selben Tonfall.

Seine harmlose Frage bewirkte, dass die Runde der wispernden Mägde schlagartig erstarrte.

»Spielmann, da musst du dich noch gedulden«, sagte dann wichtigtuerisch die Älteste von ihnen, die ein fadenscheiniges graues Leinentuch doppelt um ihr Haar geknotet hatte. »Frag in einer Stunde nach. Er muss gerade die sofortige Abreise seiner Tochter vorbereiten. Sie wird verheiratet.«

Auf den Gesichtern der Mägde sah Lukian Häme oder

Missgunst aufflammen, aber nirgendwo Freude oder Mitgefühl. Aus der Art, wie die Ältere das verkündet hatte, klang unüberhörbar der Vorwurf, das Mädchen hätte sich etwas zuschulden kommen lassen und werde deshalb weggejagt.

Da schien etwas faul. Der Truchsess war ein tüchtiger Mann, seine einzige Tochter hübsch, aber sehr schüchtern. Wenn sie von einem Moment zum anderen fortgegeben wurde, musste etwas dahinterstecken. Das würde er herausfinden, schon aus reiner Neugier.

»Eine glückliche Braut also, wie schön!«, meinte er fröhlich in der Hoffnung, etwas mehr zu erfahren.

»Glücklich?«, höhnte die Wortführerin der kleinen Gruppe. »Man hört sie über den ganzen Burghof jammern. Nein, wenn sie auf der Stelle fort muss, hat sie Schande über sich gebracht. Dachte wohl, sie ist was Besseres. Das hat sie nun davon!«

Lukian bedankte sich für das Essen und ging auf den Burghof hinaus. Dort herrschte ziemlich viel Geschäftigkeit, selbst für eine markgräfliche Burg.

In der Mitte des Hofes standen Dutzende Pferde schon gesattelt, Ritter und Knappen warteten, während Stallknechte noch etliche Packpferde heranführten.

An der Seite, ein ganzes Stück entfernt von dem fast zum Aufbruch bereiten Reitertrupp, wurde ein Ochsenkarren beladen. Zwei kleine Truhen standen schon darauf, und Knechte brachten noch mehrere Ballen Heu und Säcke, die Hafer, Proviant und anderes enthalten mochten.

Daneben stand, schneeweiß vor Angst, die Tochter des Truchsessen, während der unglücklich wirkende Vater ihr über die Wange strich und tröstend auf sie einsprach.

Vier markgräfliche Leibwachen schritten auf die beiden zu und forderten laut: »Die Jungfrau soll den Blick abwenden.«

Verwirrt gehorchte Martha und drehte sich um, den Blick zur Burgmauer gewandt.

Sofort begriff Lukian, worum es hier ging. Denn gerade betrat Konrads Sohn Dietrich den Hof, gegürtet, gespornt und mit finsterer Miene. Er hielt direkt auf die Reitergruppe zu, doch seine Augen wanderten zu Martha. Sie konnte ihn nicht sehen, weil sie ihm den Rücken zukehren musste, und er konnte sie nicht sehen, weil ihm vier Leibwachen den Blick auf sie versperrten.

Dietrich wollte innehalten und zu dem Mädchen gehen, doch da erschien der Markgraf und rief seinen Sohn schroff zu sich.

Den umstehenden Männern befahl Konrad, zehn Schritte zurückzutreten. Er wollte seinen Erben zurechtweisen, ihn aber nicht vor aller Ohren demütigen.

Doch Lukian wäre nie ein erfolgreicher Spion geworden, hätte er nicht gewusst, wie man unauffällig etwas aufschnappte, das nicht für seine Ohren bestimmt war.

»Du wirst sie nie wiedersehen«, erklärte Konrad seinem Sohn. »Du wirst dich nicht einmal von ihr verabschieden. Sie wird Meißen heute noch verlassen und umgehend vermählt. Und damit du deine Lektion lernst, merke dir: Ich gebe sie einem treuen Gefolgsmann, der meine Befehle genauestens erfüllen wird. Solltest du dich jemals erkundigen, wo sie sich aufhält, ob heute oder in zehn Jahren, solltest du Nachforschungen anstellen bei den Reitknechten, die sie fortbringen, bei ihrem Vater oder irgendwem sonst, wird *sie* an deiner Stelle bestraft. Mit Schlägen oder Schlimmerem. Also vergiss sie, das ist auch zu ihrem Besten! Ich will nie wieder ein Wort darüber hören.«

Er sah in das Gesicht seines Sohnes, der aufbegehren wollte, protestieren, dass nicht das Geringste zwischen ihm und dem Mädchen vorgefallen war, dass Martha dieses Schicksal nicht verdiente.

Doch der Markgraf verengte nur die Augen zu schmalen Schlitzen und wiederholte leiser: »Kein Wort! Sonst lasse

ich sie gleich hier auf dem Burghof wegen Unzucht kahlscheren und nackt mit Ruten schlagen.«
Dietrichs Miene versteinerte. Ohne ein weiteres Wort ließ er seinen Vater stehen, stieg in den Sattel und ritt an.
Er hätte doch wissen müssen, dass er nicht frei wählen kann!, dachte Lukian, der als Einziger hier Bedauern zu spüren schien. Niemand kann frei wählen, nicht einmal ich. Dort unten in der Handwerkersiedlung sitzt das Mädchen, das ich begehre wie keine andere. Geschickt, tapfer und hübsch, sie hat mir unter Gefahr für sich selbst das Leben gerettet. Doch als ehrbare Jungfrau durfte sie nicht nochmals mit einem Spielmann gesehen werden, sonst würde man sie ins Hurenhaus stecken oder nackt aus dem Ort peitschen. Ich kann nicht einmal mit ihr reden, sonst zerstöre ich ihr Leben. So wie jetzt wohl das Leben dieses Mädchens zerstört war.
Nachdenklich starrte Lukian dem Sohn des Markgrafen nach, dann auf den Fuhrmann, der das Geschirr des Ochsengespanns festzurrte. Er könnte sicher herausfinden, wohin man das Mädchen brachte und wie es ihr erging, schließlich war er ein Meisterspion. Aber ob das gut für sie und Dietrich wäre? Außerdem durfte er seinen eigentlichen, geheimen Auftrag nicht gefährden. Davon hing unendlich mehr ab als das Glück zweier Verliebter. Deshalb musste er morgen schon Richtung Bamberg aufbrechen, denn im Gefolge des Markgrafen von Meißen zu reisen war zwar bequemer, doch es könnte ihn verraten.

Auf dem Weg zum Hoffest

Adela von Vohburg;
auf der Straße nach Bamberg,
kurz vor Pfingsten 1138

Je näher sie Bamberg kamen, um so aufgeregter wurde Adela. So weit war sie noch nie zuvor in ihrem Leben gefahren. Schon zwei Wochen dauerte diese Reise nun, sie hatten Nürnberg längst hinter sich gelassen und würden das Ziel bald erreichen. In jeder Stadt, die sie passierten, in jeder Burg, in der sie übernachteten, schlossen sich ihnen weitere Menschen an, wodurch ihr Zug immer länger wurde.

So viel gab es zu sehen und zu staunen! Sämtliche Straßen waren voll von berittenen Eskorten hochedler Herren mit wehenden Bannern und schwer beladenen Trosswagen.

Sie malte sich aus, was wohl in den vielen Truhen verborgen sein mochte: prachtvolle Gewänder, kostbares Geschmeide, Geschenke für das Königspaar und seinen kleinen Sohn.

Auf unzähligen Ochsenkarren beförderten Bauern Stroh und Heu und Säcke voll Korn. Andere Fuhrwerke waren mit Hühner- und Taubenkäfigen, sogar Singvögeln beladen, mit Fässern voll Wein und Bier. Schweineherden wurden zur Seite getrieben, damit ihr Vater und das markgräfliche Gefolge passieren konnten.

Zum Zeitvertreib begann sie ein Ratespiel mit der Witwe Ermigunde, was dieser oder jener Wagen wohl geladen haben könnte.

Geräucherten Schinken? Feinstes Leinen, Pelze, kostbare Gewürze? Oder die Zelte der Ritter? Sättel und Lanzen für das Turnier?

Adela wusste, dass in Turnieren keine Kriegslanzen verwendet wurden, sondern solche, die leicht brachen, damit möglichst keiner der Kämpfer verletzt wurde. Wie würde sie

sich wohl verhalten, sollte im Turnier vor ihren Augen Blut fließen? So Gott wollte, kam es nicht dazu.
Einmal gab es unterwegs Streit und beinahe Waffengeklirr an einer Wegkreuzung, als das Gefolge eines niederen Grafen vor ihnen reiten wollte. Doch der Marschall ihres Vaters verwies die Männer energisch auf den Platz hinter ihnen.
Wenn Ochsengespanne vor ihnen herzuckelten, musste die Vorhut die Kärrner auffordern, zur Seite zu rücken, sofern der Weg breit genug war. Oft war er es nicht, und das zwang sie, zu halten und zu warten.
Dann fanden sich Spielleute und Gaukler bei ihnen ein, die ebenfalls unterwegs zum Hoftag des Königs waren, und jeder prahlte in der Hoffnung auf reichen Lohn, der Beste seines Fachs zu sein. Davon würde er den erlauchten Herrschaften und vor allem dieser bildschönen Jungfrau mit Freuden eine Kostprobe bieten.
Die Gaukler und Feuerfresser schickte Adelas strenge Erzieherin fort. Aber einem Spielmann, der behauptete, sämtliche Verse des Hildebrandsliedes vortragen zu können, gestattete Ermigunde ein Vorspiel, während die Kolonne auf dem verstopften Weg zum Halt gezwungen war.
»Kennst du wirklich alle Verse?«, fragte Adela ihn höchst gespannt, noch bevor ihr die Witwe das Wort verbieten konnte. »Es ist nämlich sehr, sehr lang, und niemand weiß, wie die Geschichte wirklich ausgeht. Jeder Barde, von dem ich das Lied bisher hörte, erzählte etwas anderes. Manche sagten, Hildebrand erschlägt seinen Sohn im Zweikampf. Andere behaupteten, Hadubrand erschlägt seinen Vater. Ich hörte auch eine Fassung, in der zum Schluss beide tot waren. Und eine, in der sie sich umarmen und aussöhnen. Oder Hildebrands Frau wirft sich zwischen sie, um den Kampf zu verhindern, und sie stirbt … Also, wie endet es wirklich?«
Der Spielmann – noch jung und schlank, braungelockt, mit einer Flöte im Gürtel und einer Harfe in der Hand – ver-

neigte sich tief und lächelte. »Ihr seid sehr klug, edle Jungfrau! Bis zum Ende der Geschichte werden wir heute nicht mehr kommen. Bittet Euren erlauchten Vater, mich vor ihm und Euch spielen zu lassen, und Ihr werdet es hören. Doch will ich Euch wenigstens beweisen, dass ich den Anfang des Liedes kenne.«

Und schon begann er nach einer weiteren Verbeugung:

»*Ik gihorta dat seggen* ... Ich hörte den Bericht, dass zwei Krieger, Hildebrand und Hadubrand, zwischen ihren beiden Heeren aufeinanderstießen ...«

Er beherrschte es tatsächlich, zumindest den Anfang, erkannte Adela beeindruckt, die das viele tausend Verse lange Hildebrandslied schon mehrmals gehört und es sich so gut sie konnte eingeprägt hatte. Sie liebte die großen Heldenlieder.

Wieder einmal bedauerte sie, dass es ihr verboten war, Lesen und Schreiben zu lernen. Sonst könnte sie vielleicht selbst herausfinden, wie diese Geschichte ausging. Der Dichter würde ein so langes Werk bestimmt aufgeschrieben oder einem Schriftkundigen diktiert haben. Doch die Witwe Ermigunde hatte sie erbost gerügt, als sie diesen Wunsch äußerte.

»Das schickt sich nicht für eine Edeldame! Wollt Ihr etwa mit tintenbeklecksten Fingern herumlaufen? Und gefährlich ist es auch. Es bringt Euch in Verdacht, heimlich Liebesbriefe zu empfangen, was sich nicht ziemt. Außerdem: Wozu soll das gut sein? Auch die Ritter, selbst die Fürsten und der König können es nicht. Sie haben Wichtigeres zu tun. Schließlich gibt es Schreiber in den Klöstern und in den Hofkanzleien. Leider muss ich nun Euerm erlauchten Vater berichten, welch ungebührliche Gedanken Ihr da hegt.«

Doch jetzt lauschte auch die unerbittliche Witwe dem Vortrag des jungen Spielmanns.

Der kam gerade zu der Stelle, als Hildebrand Frau und Kind verließ, um seinem Herrn Dietrich von Bern in die Verban-

nung zu folgen, als von vorn Rufe erschollen, der Weg sei wieder frei, die Reise gehe weiter.
Das bedauerte Adela zutiefst. Hier, unter freiem Himmel, während die Maisonne wärmend auf sie herabschien, hätte sie noch stundenlang zuhören können.
Die Reiter, die ihre Pferde hatten grasen lassen, stiegen wieder in die Sättel. Adela setzte sich auf dem Wagen zurecht und gewährte dem Sänger ein paar höfliche Worte, die Witwe Ermigunde belohnte ihn mit einem halben Pfennig aus ihrem Almosenbeutel.
»Vergesst nicht, mich einzuladen, um das Ende der Geschichte zu hören, edle Damen! Schickt nach Lukian, dem Barden!«

Eine beunruhigende Eröffnung

Adela von Vohburg;
Bamberg, Pfingsten 1138

Als sie Bamberg erreichten, war Adela überwältigt von der Größe der Stadt und dem Gewimmel von Menschen und Pferden. Die Kolonne bahnte sich den Weg hügelan, hügelab, und als sie an einem der Flussarme der Regnitz vorbeikamen, sah Adela, dass auch vollbeladene Kähne Lieferungen für den Hoftag brachten.
Als Tochter eines Markgrafen musste sie lernen, die Vorräte für die Menschen zu berechnen, die auf der Burg unter Verantwortung ihres Herrn standen. Deshalb begann sie zu überlegen, wie viel Fleisch, Korn, Wein, Bier, Salz und kostbare Gewürze wohl für so viele tausend Menschen benötigt würden, dazu Futter für unzählige Pferde und Ochsen. Aber es überstieg einfach ihre Vorstellungskraft.

Sie hatte gedacht, ihre Familie würde in der Kaiserpfalz am Dom untergebracht, dem *Castrum Babenberg*, doch die Witwe erklärte ihr, es seien so viele bedeutendere Gäste mit großem Gefolge angereist, dass der Platz nimmermehr für alle reiche. Allein zum königlichen Hofstaat gehörten schon Hunderte Menschen, wenn nicht gar Tausende.
Auf jeder freien Fläche waren Zelte aufgebaut, prachtvolle große in kräftigen Farben, vor die die Schilde und Banner ihrer Besitzer gepflanzt waren, kleinere Leinenzelte für die einfachen Ritter und zum Winkel geformte oder zwischen Ästen aufgespannte Stoffbahnen für Knappen und Gesinde.
Die Familie des Markgrafen Diepold und ihr engstes Gefolge bezogen Quartier in einem großen Gasthaus nahe der Kaiserpfalz.
Zum Pfingstgottesdienst im Bamberger Dom, wo Kaiser Heinrich der Zweite und seine Gemahlin Kunigunde bestattet lagen, trug Adela zum ersten Mal das safranfarbene Kleid.
Doch den König sah sie nicht in dieser Menschenmenge, nicht einmal, wenn sie sich auf die Zehenspitzen stellte.
Dabei hieß es, er habe eine neue Krone von überwältigender Pracht. Auch hätte sie zu gern das Kleid der jungen Königin gesehen. Morgen, tröstete sie sich.
Morgen sehe ich den König ganz bestimmt.
Morgen, wenn er den Huldigungseid seiner Fürsten entgegennimmt, auch den meines Vaters. Oder wenigstens danach zum Turnier.
Bei dem Gedanken daran musste sie lächeln, was selbst die Witwe neben ihr in Erstaunen versetzte. Doch Ermigunde hielt es für religiöse Verzückung und sah zufrieden auf ihren Schützling.

Der Markgraf und seine Gemahlin waren nach dem Pfingstgottesdienst zum Festmahl des Königspaares geladen. Des-

halb speiste Adela unter den strengen Augen Ermigundes mit den meisten Hofdamen in der Herberge.
Am nächsten Morgen gingen sie zum Frühgebet in eine der prachtvollen Bamberger Kirchen. Nach der Rückkehr ins Quartier rief der Markgraf seine älteste Tochter zu sich.
»Mein geliebtes Kind, ich habe dir etwas Wichtiges mitzuteilen«, begann er, und angesichts seiner ernsten Miene überkam Adela schon wieder dieses beklemmende Gefühl. Noch dazu strich er sich über den weißen Bart. Das tat er nur, wenn ihm etwas nicht gefiel.
»Es gelang mir zu vereinbaren, dass du am Hof des Königs erzogen wirst, gemeinsam mit anderen edlen Jungfrauen in deinem Alter. Das ist eine außerordentliche Ehre für unser Haus.«
Erschrocken sah sie ihn an.
»Ihr g-gebt mich f-fort?«
Die Angst brachte sie schon wieder zum Stottern.
»Liebes, das hätte ich längst tun sollen! Andere Mädchen deines Standes werden schon mit sechs Jahren an verbündete Höfe geschickt.«
»Aber zu V-verwandten! Oder zu anderen Menschen, die sie k-kennen«, klagte sie. »Ich k-kenne niemanden am K-königshof. Werde ich Euch w-wiedersehen?«
»Bei jedem Hoftag, den ich besuche, und das werden viele sein«, versicherte ihr der Vater mit einem aufmunternden Lächeln. »Nun lass dir rasch noch ein paar Bänder in die Haare flechten, die Königin erwartet dich. Sie ist sehr gütig und wird dir wie eine Mutter sein.«
»Zur K-königin? Jetzt gleich?«, rief Adela erschrocken. »Kann ich mich nicht einmal von zu Hause verabschieden? Von meinen Geschwistern und der Kinderfrau? Was ist mit meinen Sachen, meinem K-kätzchen?«
Tränen traten ihr in die Augen
»Die Sachen lasse ich dir schicken – nun, bis auf das Kätz-

chen«, versprach Diepold von Vohburg. »Ich bin sicher, du wirst ein neues bekommen. Und für eine Kinderfrau bist du längst zu groß. Vergiss nie, es ist eine hohe Ehre! Und nicht nur das: Du erweist damit unserem Haus einen äußerst wichtigen Dienst.«

Er zog sie an beiden Händen zu sich und sah ihr in die Augen.

»Höre mir gut zu, mein liebes, kluges Kind. Dann wirst du verstehen. Das weiß ich.«

Der Markgraf holte tief Luft und gab sich nun gar keine Mühe mehr, seine Sorge zu verbergen.

»Wir befinden uns in einer überaus heiklen Lage. Während der Rebellion vor zehn Jahren kämpfte ich zuerst auf Seiten der Staufer. Doch dann söhnte ich mich mit Lothar von Süpplingenburg aus und nahm eine Verwandte der Kaiserin zur Frau, deine Stiefmutter. Lothar war damals der rechtmäßige Kaiser. Nun ist Konrad König. Ich kann ihm nicht verübeln, wenn er mir den Seitenwechsel nachträgt. Wir müssen sehr froh sein, von ihm wieder in Gnade aufgenommen zu werden.«

Adela stockte der Atem bei dieser Eröffnung. Denn das bedeutete …

»Bin ich eine G-geisel?«

Sie wusste sehr wohl, dass nach Fehden und Kriegen Kinder von Adligen als Geiseln an Höfe geschickt wurden, um das Wohlverhalten ihrer Eltern zu sichern. Zumeist Söhne. Doch vielleicht hatte ihr Vater keinen seiner Söhne hergeben wollen und schickte stattdessen sie, weil Mädchen nicht so wertvoll waren?

Sollte der König irgendwann nicht mit dem Hause Vohburg zufrieden sein oder ihr Vater erneut die Seiten wechseln, weil Kaiserin Richenza und ihr welfischer Schwiegersohn die Wahl anfochten und Krieg gegen die Staufer führten, würde sie dann dafür sterben müssen?

Markgraf Diepold war erschrocken zusammengezuckt, mit einem Anflug schlechten Gewissens.

»Aber nein, Liebes! Wie kommst du auf solch einen Gedanken?«

Er hätte wohl eher mit seiner Tochter darüber sprechen sollen, statt sie jetzt so zu überrumpeln. Doch sie musste aus dem Haus und lernen, sich auch unter Fremden zu behaupten. Sie war schließlich die Erbin des Egerlandes.

Unbeholfen strich Diepold seiner Tochter über das dunkelbraune Haar. Lange hatte sie sich nach solch einer Geste gesehnt. Doch nun, angesichts dieser jähen Eröffnung, genügte sie nicht als Trost.

»Du wirst zusammen mit anderen Jungfrauen aus edlen Häusern von der Königin erzogen. Das ermöglicht dir eine glänzende Partie, wenn ich dich eines Tages vermähle«, redete der Vater schmeichelnd auf sie ein. »Du wirst ständig so schöne Kleider tragen wie dieses heute, den edelsten Herren und Damen begegnen, lernen, wie es am Hof eines Königs zugeht. Du wirst viel auf Reisen sein, die schönsten Städte und gewaltigsten Dome sehen: Trier, Aachen, Speyer, Frankfurt … Wunderbare Feste erleben, die besten Spielleute hören. Wer weiß, vielleicht kannst du mir eines Tages sogar das Hildebrandslied mit allen Versen vortragen?«

Markgraf Diepold lächelte seiner Tochter so aufmunternd zu, wie er es vermochte. Adela hatte ihm von der Begegnung mit dem Spielmann erzählt, die ihm entgangen war, weil er weit vor ihnen ritt, gleich hinter seinem Bannerträger und den Leibwachen.

»Du wirst nicht allein sein, sondern die beste Erziehung und das beste Leben genießen. Freu dich darüber!«

»Ja, Vater«, sagte die Zwölfjährige gehorsam und blinzelte tapfer die Tränen fort. »Ich danke Euch. Ich werde Euch nicht enttäuschen.«

Bevor sie die Tür erreichte, drehte sie sich noch einmal um

und fragte: »Denkt Ihr ab und zu noch an meine Mutter? Manchmal träume ich von ihr, obwohl … obwohl ich mich an ihr Gesicht nicht mehr erinnern kann.«
Bedrückt senkte sie den Kopf. Doch dies war vielleicht die letzte Gelegenheit, etwas über ihre Mutter zu erfahren.
»Du hast ihre Augenfarbe und ihr kastanienbraunes Haar«, sagte der Markgraf wehmütig. »Ich sehe sie, wenn ich dich ansehe. Wir kannten uns kaum, als wir vermählt wurden. Doch sie war mir eine gute Gemahlin. Ich weiß, sie schaut vom Himmel auf dich herab und wacht über dich.«

Als Adelas Haar gekämmt und das pelzverbrämte Kleid am Saum ausgebürstet war, führte ihr Vater sie zur Königin. Gertrud von Sulzbach war seit zwei Jahren mit dem jetzigen König vermählt und hatte ihm im Vorjahr einen Sohn geboren, Heinrich-Berengar. Zierlich und schlank, wirkte sie jünger als ihre fünfundzwanzig Jahre, eine wahre Schönheit. Sie trug ein goldbesticktes rotes Kleid mit bodenlangen Ärmeln. Diese neueste Mode hatte Adela noch nie gesehen! Das lange blonde Haar lag zu Zöpfen geflochten unter Schleier und goldenem Schapel. Lächelnd ging sie auf Adela zu, nachdem diese und ihr Vater vor ihr niedergekniet waren.
»Die junge Erbin des Egerlandes«, begrüßte die Königin sie mit freundlicher Stimme. »Ihr dürft euch erheben, Vater und Tochter! Du heißt Adela, ja? So hieß auch meine Mutter.«
»Meine ebenfalls. Adelajda von Polen, wenn es Euer Majestät gefällt«, flüsterte das Mädchen unter Aufbietung allen Mutes.
Fürsorglich umfasste Gertrud Adelas Schultern und blickte ihr in die Augen.
»Fürchte dich nicht!«, ermunterte die Königin sie. »Es wird dir hier gutgehen. Sind die Stickereien auf diesem hübschen

Kleid von dir selbst? Nein? Dann wirst du unter meiner Aufsicht lernen, so feine Stiche zu setzen. Als Willkommen habe ich ein Geschenk für dich: Du darfst heute mit meinen Hofdamen hinter mir stehen, wenn die Fürsten ihren Treueeid schwören, und beim Turnier ebenso.«
Adela war so eingeschüchtert, dass sie nicht wagte, sich noch einmal nach ihrem Vater umzublicken, als die Königin sie mit leichtem Druck vor sich herschob, um sie zu den anderen Mädchen zu führen.
Ob sie sich wenigstens später von ihm verabschieden konnte? Und würde sie hier, vor der Königin und all den vielen Fremden, überhaupt ein Wort herausbringen, ohne aus lauter Angst wieder ins Stottern zu verfallen? Der ganze Hof würde sie auslachen.

Der König, die Krone und der Königsmacher

Konrad von Staufen und Albero von Trier; Bamberg, Pfingsten 1138

Sie drückt!«, erklärte König Konrad mürrisch. Demonstrativ nahm er die Krone vom Kopf und legte sie vor sich auf den Tisch.
»Das haben Kronen an sich«, erwiderte mild lächelnd der Erzbischof von Trier, der wie stets überaus prachtvoll gekleidet war, fast noch prächtiger als der König selbst, mit golddurchwirktem und von Edelsteinen übersätem Gewand. »Behauptet nicht, Ihr hättet das nicht gewusst, Majestät! Kronen *müssen* drücken, um den Träger an die Bürde zu erinnern, die sein Amt mit sich bringt – und daran, dass er sie jeden Tag verlieren kann, wenn er seine Widersacher

nicht im Auge behält und mit eiserner Faust zu Gehorsam zwingt.«

»Danke für Eure Belehrung!«, erwiderte Konrad von Staufen gallig.

Wieder gingen ihm die Worte der alten Zauberin durch den Kopf: »Ihr werdet eine Krone tragen, doch es wird nicht Lothars sein ...«

Der Herzog von Sachsen und Bayern weigerte sich entschieden, die Reichsinsignien herauszugeben, da *er* der rechtmäßige Thronerbe sei.

Das musste der schlaue und durchtriebene Albero von Trier längst vorhergesehen haben. Die neue Krone, die nun vor Konrad lag, war ein solches Prunkstück, dass selbst der geschickteste Goldschmied sie nicht binnen weniger Tage gefertigt haben konnte. Der König wollte lieber gar nicht wissen, wann Albero sie in Auftrag gegeben hatte – womöglich schon vor dem Tod des Kaisers.

Sie bestand aus acht goldenen Platten, jede oben halbrund geformt wie ein Kirchenportal und über und über mit Perlen und Edelsteinen besetzt. Das Vorderstück war größer als die anderen Teile und trug die kostbarsten Preziosen, ganz oben prangte ein ebenfalls mit Edelsteinen und Perlen geschmücktes Kreuz.

An Pracht übertraf diese Krone ihre Vorgängerin bei weitem, und symbolhaft griff sie die Form des Aachener Doms auf, der Kathedrale, in der die deutschen Könige gekrönt wurden. Doch konnte das seinen Anspruch auf den Thron rechtfertigen, nachdem er sich eines so fragwürdigen Manövers bedient hatte, um ihn zu erlangen?

Ich darf nicht dulden, dass mich Zweifel schwächen!, ermahnte sich Konrad.

Er war ein unerschrockener Kämpfer, in seinen Adern floss das Blut der ruhmreichen salischen Könige, und er würde seine Herrschaft behaupten, dem Reich dienen und es stärken. *Er* war der bessere Mann auf dem Thron, besser als Lothars maßloser Schwiegersohn es je sein könnte. Besser als Lothar selbst.

Als Erstes hatte er die alten Hofämter wieder eingeführt. Den Kölner Dompropst Arnold ernannte er zum Kanzler, den neuen Erzbischof von Köln zum Erzkanzler Italiens, den Benediktinerabt Wibald von Stablo zum Leiter der königlichen Kanzlei. Sein Bruder Otto aus der babenbergischen Linie würde Bischof von Freising werden, heikle diplomatische Missionen übernehmen und die Chronik staufischer Herrschaft für die Nachwelt schreiben.

»Alles läuft genau so, wir Ihr es wünscht und wir es planten, Euer Majestät!«, nahm Albero von Trier das Gespräch wieder auf. Jetzt musste der Staufer endlich aufhören zu zaudern, musste hinausgehen und seine Herrschaft unumkehrbar machen!

»Sämtliche noch fehlenden Fürsten haben sich eingefunden, auch die Sachsen und die Herren aus den östlichen Marken, um ihre Ländereien aus Eurer Hand zu empfangen. Ausgenommen einige bayerische Anhänger des Welfen. Und unser tatkräftiger Markgraf der Nordmark weiß, dass er sich noch etwas in Geduld üben muss, bis er Herzog wird. So schwer es dem Bären auch fallen mag, er ist bereit dazu.«

Auch das gehörte zu Alberos durchtriebenem Plan.

Albrecht der Bär wollte und würde für sein unerhörtes Handeln in Quedlinburg mit dem Herzogtum Sachsen belohnt werden. Doch dieses Herzogtum musste der König erst Heinrich dem Stolzen entziehen. Dazu bedurfte es noch einiger provozierter Zwischenfälle *nach* scheinbarer Aussöhnung.

Denn zuerst brauchte er unbedingt und rasch die Reichskleinodien. Falls sich Heinrich der Stolze mit den echten Insignien zum Gegenkönig krönen ließe, gäbe es Krieg. Deshalb musste irgendeine Art Versöhnung zwischen ihnen stattfinden, selbst wenn sich Konrad nicht vorstellen konnte, wie eine solche aussehen sollte.

Er verabscheute derartige Intrigen. Sein Ratgeber Ulrich verabscheute sie noch mehr. Doch der Erzbischof hatte wohl recht: Niemand kam im Stande reinster Unschuld auf den Thron. Albero, Abt Wibald und der Bischof von Havelberg redeten und redeten dazu auf ihn ein, und im Moment wollte Konrad gar nicht wissen, mit welchen neuerlichen Winkelzügen sie dem Welfen auch noch seine Herzogtümer entwinden wollten, nachdem sie ihn schon um den Thron gebracht hatten.

Die Staufer hatten solch einen Kampf schon einmal ausgefochten. Nur damals war *er* der Gegenkönig und musste sich am Ende zutiefst demütigen. Selbst die größten militärischen Erfolge, die er und sein Bruder errungen hatten, vermochten das nicht zu verhindern. Doch Heinrich konnte sein Heer aus *zwei* Herzogtümern zusammenrufen.

»Gibt es Nachricht, dass der Welfenherzog hier erscheint?«, erkundigte sich Konrad deshalb wie jeden Tag bei der Gruppe seiner geistlichen Berater.

»Nein, Euer Majestät. Aber wie ich aus zuverlässiger Quelle erfuhr, ist die Kaiserinwitwe auf dem Weg hierher«, berichtete der Erzbischof von Trier beiläufig.

Ungehalten starrte Konrad ihn an und fragte barsch: »Wann hattet Ihr vor, mir das mitzuteilen? Und wann wird sie hier sein?«

»Soeben. Und bald«, antwortete Albero von Trier mit kaltem Lächeln. »Da sie keinesfalls rechtzeitig zu dieser Versammlung eintreffen wird, müssen wir uns jetzt nicht mit ihr befassen. Aber der Zeitpunkt ihres Erscheinens verrät uns ihre Absichten und erleichtert vieles.«

»Das ist gut, Majestät!«, pflichtete Abt Wibald – einst Lothars Vertrauter – dem Erzbischof bei. »Es bedeutet, sie will keinen Streit vor den versammelten Fürsten, sondern

sucht das Gespräch unter vier Augen mit Euch. Sie will verhandeln. Das ist viel besser, als käme ihr Schwiegersohn. So werden dieser Hoftag und das Pfingstfest nicht durch Blutvergießen entweiht. Und ein Weib, selbst ein machtgewohntes wie die Kaiserinwitwe, ist viel leichter zu überzeugen als ein Mann.«
»Täuscht Euch nicht in ihr, guter Abt!«, warnte Albero den Benediktiner mit hochgezogenen Augenbrauen und lächelte amüsiert. Es würde ein interessantes Streitgespräch mit Richenza werden, und so etwas genoss er sehr. Er freute sich geradezu darauf.
Durch den begabtesten seiner vielen Spione wusste er längst, dass Lothars Witwe allein kommen würde, um zu verhandeln. Also hatte sie begriffen, wie gründlich ihr Schwiegersohn in die Enge getrieben war, was den Erzbischof äußerst zuversichtlich stimmte.
Einer der Diakone des Bamberger Bischofs trat zu ihnen, verneigte sich und meldete: »Alle sind versammelt. Wenn es Euer Majestät beliebt …«
»Gehen wir, Königliche Hoheit!«
Voller Tatendrang rieb sich Albero die Hände. »Je eher wir es hinter uns bringen, umso besser.«
Ehrerbietig wies er mit ausgestrecktem Arm zur Tür.
»Majestät, die Fürsten Eures Königreiches erwarten Euch, um vor Euch niederzuknien und Euch Gefolgschaft zu schwören.«
Der König winkte seinen Kämmerer heran, damit der ihm die schwere Krone aufsetzte.
Dann gingen sie hinüber in den Prunksaal. Und während Hörner ertönten und der Truchsess mit schallender Stimme den König ankündigte, sank jedermann auf ein Knie.

Die Jungfrau und der Falke

Adela von Vohburg und Friedrich von Schwaben; Bamberg, Pfingsten 1138

Adela von Vohburg trug das lavendelfarbene Kleid mit den ausladenden Ärmeln und stand nur zwei Schritte hinter der Königin, als sie miterlebte, wie die Großen des Reiches nacheinander durch den Festsaal schritten und vor dem König niederknieten.

In den Geschichten der Spielleute legten sie dabei dem König ihr Schwert zu Füßen, aber das war natürlich Unsinn. Niemand trat in Waffen vor den König. Auch in der Halle ihres Vaters war es seit jeher Sitte, dass jedermann am Eingang sein Schwert dem Marschall aushändigte – zum Zeichen dafür, dass er den Burgfrieden wahren würde.

Der prachtvoll bemalte Saal war voll von Menschen in kostbaren Kleidern, so voll, dass sie ihren Vater nicht entdecken konnte. Einer nach dem anderen waren die Fürsten vor dem König niedergekniet, um ihm Treue zu schwören. Der König bestätigte Titel und Ländereien oder vergab neue.

Längst schmerzten Adela die Füße in den neuen Schuhen. Wenn sie zwischen den sie umgebenden Menschen hindurchlugte, sah sie direkt auf den älteren Bruder des Königs, den einäugigen Herzog von Schwaben, und dessen gleichnamigen Sohn Friedrich.

Der stattliche junge Mann sei während des Osterfestes vorzeitig in den Ritterstand erhoben worden, ebenso wie der Dänenprinz Sven aus dem Hause Estridson neben ihm, flüsterte ihr jemand zu, als sie die Augen gar nicht von dem Sechzehnjährigen abwenden konnte. Für Adela sah Friedrich wie das Sinnbild der Ritterlichkeit aus: jung, schlank, strahlend, mit kupfergoldenen Locken, die bis auf seine Schultern herabfielen.

Gerade schritt der Markgraf von Meißen und der Lausitz mit zweien seiner Söhne vor den König und kniete neben ihnen nieder. Als Nächster würde ihr Vater an der Reihe sein.
Adela betrachtete die Söhne des wettinischen Fürsten und wunderte sich, dass Brüder so verschieden aussehen konnten: der ältere stämmig, der jüngere schlank und geschmeidig.
Nun erhoben sich die Meißnischen, und ihr Vater trat vor, um auf ein Knie zu sinken.
Vergeblich versuchte Adela, seinen Blick zu erhaschen. Ergriffen faltete Diepold von Vohburg die Hände und reckte sie dem König entgegen, während er ihm Treue und Gefolgschaft schwor. Der König umfasste die Hände Diepolds bestätigte ihm seine Markgrafschaft und stellte ihn und seine Untertanen unter den Schutz der Krone.
Voller Stolz ließ Adela den Vater nicht aus den Augen, bis er wieder seinen Platz unter den Stehenden einnahm und sie ihn nicht mehr sehen konnte. Doch dafür fing sie einen aufmunternden Blick und ein Lächeln Gertruds auf.
Die Königin war sehr freundlich zu ihr.
Die Mädchen waren es nicht, sobald sich keine Hofdame in der Kammer befand.
Die Älteste von ihnen, die offenbar das Sagen hatte, wenn die Jungfrauen unter sich waren, war die Tochter eines lothringischen Grafen. Sie hatte gleich an Adelas pelzverbrämtem Ärmel gezupft und verächtlich gefragt: »Erbin des Egerlandes? In welcher Wildnis soll das liegen? Trägt man dort so etwas? Rattenfell? Am Ende musstest du es noch selbst jagen!«
Und die anderen Mädchen hatten gelacht.
»Am Hof eines Königs kannst du nicht so herumlaufen, da tragen wir Fehwerk und Seide. Und dein braunes Haar ist furchtbar ... *gewöhnlich!* Männer lieben helles Haar, goldenes, so wie meines oder Berthilds.«

Diese hämischen Worte der hochnäsigen Isotta gellten ihr immer noch in den Ohren. Gern hätte sie entgegnet, die Königin habe das Kleid gelobt. Doch vor Angst, zu stottern, hatte sie kein Wort über die Lippen gebracht.
So stand sie nun hier und fürchtete sich davor, wieder mit diesen Mädchen zusammen sein zu müssen, von nun an jeden Tag. Die sie hassten, weil sie neu war, eine Rivalin um die Gunst der Königin und künftige Ehemänner. Und Isotta hasste sie ganz besonders, weil *die* heute hinter der Königin gestanden hätte, würde Gertrud den Platz nicht dem neuen Mädchen zugewiesen haben.
Nach Stunden war das Zeremoniell zu Ende. Gemeinsam schritten der Hofstaat und alle hohen Gäste zur Turnierwiese.

Der König hatte zum Buhurt aufgerufen. In zwei Gruppen sollten die jungen Ritter mit Lanzen und stumpfen Schwertern gegeneinander antreten, und der Sieg gebührte der Partei, die zuletzt noch Männer im Sattel hatte.
Silberne Becher waren als Preis ausgesetzt.
Der Sohn des Herzogs von Schwaben und Neffe des Königs sollte die eine Partei anführen, der junge Graf von Wolfratshausen und Neffe des Bischofs von Regensburg die andere. Damit die Streiter in der Hitze des Kampfes trotz der Kettenhauben und Helme einander erkannten, banden sich die einen rote Leinenstreifen um den Arm, die anderen blaue. Der Turniervogt hatte ausgelost, wer auf welcher Seite kämpfen sollte.
Hornbläser stießen in ihre Instrumente.
Nun ritten alle hundert Teilnehmer des Buhurts vor das Podest, auf dem das Königspaar und die ranghöchsten Gäste saßen.
Die Turnierkämpfer – noch ohne Helme und Kettenhauben auf dem Kopf, damit ihre Gesichter zu erkennen waren –

verneigten sich zum Gruß und senkten ihre Lanzen. Die Zuschauer jubelten ihnen zu, manche riefen Namen oder schlossen untereinander Wetten ab.
Dann gab der König die Erlaubnis zu beginnen. Eine Gruppe ritt nach links, die andere nach rechts.
Adela reckte sich auf die Zehenspitzen, um den Sohn des Herzogs von Schwaben sehen zu können, der auf einem Schimmel seine Mitstreiter zur östlichen Seite des Turnierplatzes führte.
Wie elegant und sicher er im Sattel sitzt!, dachte sie schwärmerisch. Genau so habe ich mir immer einen Ritter vorgestellt. Nicht wie die auf Vaters Burg, selbst wenn sie mir gegenüber stets höflich auftraten: Die meisten von ihnen uralt, schon über zwanzig oder gar dreißig, viele sind von Narben entstellt, manche fett, manche hinken nach Verletzungen, und in der Halle fluchen und trinken sie, begrapschen die Mägde und prahlen damit, wie viele Bastarde sie gezeugt haben. Und *nicht einer* von ihnen spielt Harfe oder Laute! Dafür müssen wir einen Barden auf die Burg rufen lassen.
Aber am Hof des Königs würde es gewiss immer Spielleute geben. Und des Königs Neffe würde bestimmt oft hier weilen.

Kämpfe und Spiele

Friedrich, Sven und Dietrich;
Bamberg, Pfingsten 1138

Auf der östlichen Seite des Turnierplatzes sammelte der junge Friedrich von Schwaben seine Streiter um sich, bevor sie ihre Kettenhauben und normannischen Helme aufsetzten und von den Knappen zuschnallen ließen, nach Lanzen und Schilden griffen.

Er lächelte verwegen und rief ihnen zu: »Ich halte nichts davon, die Waffen zum Spiel zu ziehen. Wir sind keine Kinder, wir sind Ritter!«

Als ihn die anderen jungen Männer verblüfft ansahen, verkündete er: »Heute werden wir nicht einfach zur Belustigung des Publikums losreiten und kurz vor dem Zusammenprall die Lanzen senken. Das dort drüben sind unsere Gegner. Und ich will, dass ihr sie einen nach dem anderen aus dem Sattel werft!«

Die ursprüngliche Verblüffung seiner Mitstreiter verwandelte sich rasch in Begeisterung. Jubelnd stimmten sie ihm zu.

»Wir spielen nicht, wir kämpfen!«

»Jedermann kämpft, so gut er kann, ohne Pardon«, wies Friedrich an. »Aber den Wolfratshausener überlasst mir! Er führte jahrelang Fehde gegen meinen Oheim Welf den Sechsten. Dafür will ich ihn als Gefangenen vor mir im Staub knien sehen.«

Auf diese Art aus einem Buhurt Ernst zu machen und Gefangene zu nehmen, war absolut ungewöhnlich. Andererseits kamen bei Turnieren nicht selten Männer durch Lanzensplitter oder Stürze vom Pferd zu Tode. Es war also nie nur ein Spiel.

Und wenn der Neffe des Königs als ihr Anführer das so wünschte, wer wollte ihm widersprechen? Jeden in seiner Mannschaft erfüllte der Ehrgeiz, vor den versammelten Fürsten des Reiches sein Kampfgeschick zu beweisen und sich einen Namen zu machen.

Sie gruppierten sich und ritten an.

Beim ersten Mal durchquerten sie die Reihen der Gegner mit kurz zuvor hochgerissenen Lanzen, wie es üblich war. Dann wendeten sie ihre Pferde, und Friedrich rief das Kommando zum Angriff.

Auch die anderen hatten ihre Pferde gewendet, während das

Publikum jubelte, und ritten erneut an. Doch nun begriff jeder mit Kampferfahrung, dass hier ein ernsthafter Kampf ausgefochten wurde, wenngleich mit stumpfen Schwertern und Turnierlanzen.

Schon waren die ersten Reiter aus dem Sattel gestoßen und wurden von ihren Knappen oder Turnierhelfern hastig beiseitegezerrt und in Sicherheit gebracht. Einer konnte selbst aufstehen und humpelte davon, andere mussten getragen werden, einer wäre beinahe vom Gewicht seines gestürzten Pferdes zermalmt worden.

Staub wallte auf und nahm den Zuschauern die Sicht. Sie schrien, um anzufeuern oder vor Aufregung, und ihre Rufe mischten sich mit dem Wiehern der Pferde, dem Klirren der Schwerter und dem Kampfgebrüll zu einem ohrenbetäubenden Lärm.

Die Vehemenz, mit der die Reiter mit den roten Bändern immer wieder angriffen, trieb auch ihre Gegner zu entschlossenem Kampf. Dies führte dazu, dass bald nur noch drei zu zwei Ritter auf dem Platz waren.

»Ergebt Euch, Wolfratshausen!«, schrie Friedrich zornig.

Noch ehe sich der Graf empören konnte, ritt sein letzter verbliebener Kämpfer in hohem Tempo mit erhobenem Schwert auf den jungen Staufer zu. Die Menge schrie entsetzt – fast schien der Moment gekommen, in dem Friedrich besiegt, wenn nicht sogar verletzt würde.

Doch da reagierte blitzschnell der Ritter, der zusammen mit Sven von Dänemark verbissen an Friedrichs Seite gekämpft hatte. Da auch seine letzte Lanze gesplittert war, preschte er dem Angreifer mit dem Schwert entgegen, entwaffnete ihn mit einem Hieb und versetzte ihm mit der flachen Klinge einen so heftigen Schlag auf den Helm, dass er benommen zusammensackte.

Unterdessen hatte der junge Friedrich den Grafen zum Aufgeben gezwungen.

»Ihr seid mein Gefangener«, erklärte er. »Kniet nieder!«
»Dies ist ein Turnier!«, protestierte der Graf keuchend.
»Und ein Turnier ist ein Kampf«, konterte Friedrich ironisch. »Erlaubt mir diese kleine Entgegnung auf die jahrelange Fehde, die Ihr mit meinem Oheim geführt habt.«
»Ich stand stets auf staufischer Seite!«, entrüstete sich der Graf von Wolfratshausen.
»Ich spreche von meinem Oheim Welf«, erklärte der Staufer zur nunmehr völligen Verblüffung seines Kontrahenten. »Bietet mir ein Lösegeld. Dann will ich Milde zeigen.«
»Das ist unerhört! Ich fordere eine Revanche.«
Friedrich lächelte, seine Augen funkelten. »Gern. Die Gelegenheit findet sich.«
Er ließ sich vor aller Öffentlichkeit das Lösegeld aushändigen und erlaubte dann dem Besiegten, aufzustehen und sich wieder als frei zu betrachten.
Ja, er wird sie alle Respekt vor seinem Namen lehren, dachte Sven, der sich noch genau an ihr Gespräch in dem verschneiten Bergdorf während der Pferdewache am Todestag des Kaisers erinnerte.
Derweil das Publikum den Handstreich des Königsneffen und seine edle Geste belachte und bejubelte, verneigte sich Friedrich vor dem jungen Ritter, der ihn gerettet hatte.
»Ihr seid ein hervorragender Kämpfer. Ich hätte Euch gern öfter an meiner Seite!«
»Sooft Ihr es wünscht!«, versicherte Dietrich, der jüngere Sohn des Markgrafen zu Meißen.
Gemeinsam mit dem Dänenprinzen ritten sie vor das Königspaar und verbeugten sich.
»Zu Siegern dieses Buhurts erkläre ich den jungen Herzog Friedrich von Schwaben, Prinz Sven von Dänemark aus dem Hause Estridson und den jungen Markgrafen Dietrich von Meißen aus dem Haus Wettin«, rief der Turniervogt laut aus.
Die Menge tobte vor Begeisterung. Der König erhob sich.

Sofort tat es ihm jeder gleich, der saß, und die Stehenden knieten nieder.
»Diese drei jungen Ritter haben heute ihr Können mit Lanze und Schwert bewiesen«, verkündete Konrad. »Darüber hinaus zeigte mein Neffe Milde gegenüber den Besiegten, wie es einem Mann von Ehre zusteht. Nehmt den Lohn des Sieges aus der Hand meiner schönen Königin entgegen!«
Die drei saßen ab, schritten auf Gertrud zu, die in rote Seide gewandet war und ein goldenes, mit Edelsteinen besetztes Schapel trug, und sanken jeder auf ein Knie.
Hochrufe auf das Königspaar und die jungen Ritter erschollen, als Gertrud jedem der Sieger einen silbernen Becher überreichte und zum Zeichen ihrer besonderen Gunst die Wange küsste.
Laut bejubelt schritten die drei vom Platz, während Knappen ihre Pferde fortführten.

Konrad von Wettin war mit dem Ausgang des Tages überaus zufrieden. Seine Söhne hatten sich wacker geschlagen. Otto hatte zu den letzten zehn auf dem Turnierplatz gehört und mehrere Gegner aus dem Sattel gehoben. Sein Knappe war kaum nachgekommen, ihm neue Lanzen zu reichen.
Aber dass Dietrich Sieger wurde, noch dazu gemeinsam mit dem Neffen des Königs, erfüllte Konrads Herz mit so viel Stolz, dass er seinem Sohn sogar den Zwischenfall mit dem Mädchen in Meißen verzieh, obwohl Dietrich ihm deshalb immer noch grollte. Die ganze Reise über hatte der Bursche stur und verbittert geschwiegen.
Die drei Sieger würden sich heute Nacht gemeinsam bei Wein und Weibern vergnügen, und als Turniersieger in Gesellschaft zweier Purpurgeborener würde Dietrich eine so schöne und geschickte Gespielin zugeführt bekommen, dass er fortan keinen Gedanken mehr an eine Ministerialentochter verschwenden würde.

Ja, Markgraf Konrad war ungewohnt gut gelaunt, als er seiner hageren Gemahlin Luitgard, die noch seltener lächelte als er, die Hand reichte, um sie zum Festmahl zu geleiten. Dietrichs gutes Abschneiden hob das Ansehen seines Hauses, und der junge Königsneffe würde sich seinem Sohn nun verpflichtet sehen. Dass daraus eine Freundschaft zwischen den fast Gleichaltrigen wachsen könnte, hielt Konrad für unwahrscheinlich. So sehr ins Blickfeld der königlichen Familie wollte er auch nicht geraten.
Beide Markgrafschaften waren ihm bestätigt worden, seine Söhne hatten sich vor aller Augen hervorgetan, und nach diesem Hoftag konnte er wieder an der Ostgrenze des Reiches schalten und walten, wie er es für richtig hielt.
Es sei denn, es kam zu keiner Einigung mit dem Herzog von Sachsen und Bayern. Dann würde zu den Waffen gerufen werden, und er kam wohl nicht umhin zu entscheiden, auf wessen Seite er sich schlug.

»Lass mir sofort ein Bad richten! Und eines für meinen meißnischen Freund und auch eins für den künftigen König von Dänemark!«, befahl Friedrich, der die beiden anderen Sieger in sein Zelt eingeladen hatte, wo ihnen Knappen aus Kettenhemd und Gambeson halfen.
»Das haben wir uns redlich verdient. Nichts ist besser als ein heißes Bad gleich nach dem Kampf, wenn man sich am nächsten Tag noch bewegen will.«
Er warf einen skeptischen Blick auf die Blutergüsse an Armen und Unterschenkeln, tat sie aber als unerheblich ab.
»Nachher suchen wir uns jeder ein hübsches Mädchen für die Nacht!«
Übermütig lachend, klopfte er seinen beiden Kampfgefährten auf die Schultern. »Wir sind die Sieger des Buhurts! Die Schönsten werden sich um uns reißen.«
Dietrichs Miene verfinsterte sich jäh. Noch immer zerbrach

er sich den Kopf, wie er Martha finden und retten konnte, ohne sie zu gefährden.
Dass er sich nicht einmal von ihr verabschieden durfte, würde er seinem Vater nie verzeihen. Und erst recht nicht die harte Strafe für Martha, seine finstere Drohung. Wie es ihr wohl erging? Wem hatte sein unerbittlicher Vater sie zur Frau gegeben? Wurde sie geschlagen? Vielleicht hatte dieser Kerl sie inzwischen schon geschwängert, und sie weinte sich jede Nacht in den Schlaf?
Abrupt griff er nach einem Becher Wein, so als könnte er damit seinen Zorn, seine Trauer und seine Hilflosigkeit ertränken.
»Unser tapferer Meißner Freund zeigt gerade wenig Begeisterung bei der Aussicht auf hübsche Mädchen«, spöttelte Sven. »Sehe ich da Furcht auf deinem Gesicht? Sie beißen nicht – jedenfalls nicht, solange du es ihnen nicht befiehlst.« Er lachte frech.
»Nein, er fürchtet sich nicht, du Prahlhans!«, widersprach Friedrich, während er sich genüsslich in das warme Badewasser sinken ließ. »Ich wittere ein Geheimnis, eine tragische Liebe … Eine Schönheit, die für dich unerreichbar ist?«
»Ja«, gab Dietrich unwillig zu.
»Werden wir diese Geschichte erfahren? Will sie sich nicht für dich erwärmen, oder ist sie unerreichbar für dich?«
»Unerreichbar«, sagte Dietrich knapp und hoffte, er könnte das Thema damit beenden.
Bademägde hatten inzwischen zwei weitere Zuber herangeschleppt und gefüllt. Auch Sven und Dietrich stiegen nun ins heiße Wasser, und sobald sie saßen, legten die Mägde jedem ein Brett quer über den Zuber, auf dem sie Wein, Braten und Käse abstellten.
Friedrich orderte noch in Honig eingelegte Früchte, bevor er zu Dietrichs Ärger das Thema wieder aufgriff.

»Unerreichbar ist sie also, deine geheimnisvolle Schöne. Verheiratet und von hohem Stand? Vielleicht sogar hier am Hof? Ich muss zugeben, ich platze vor Neugier. Aber ein wahrer Ritter wie du wird das Geheimnis natürlich bis ins Grab wahren.«

Dietrich bejahte zum Leidwesen des jungen Dänen.

Sollten sie glauben, dass es so war.

Mit Ritterlichkeit hatte er das Mädchen schützen wollen, das er liebte, und stattdessen ins Unglück gestürzt. Also durfte er niemanden mehr lieben.

Aber hassen, das konnte er. Auch wenn es eine schreckliche Sünde war, seinen Vater zu hassen.

Friedrich erkannte an Dietrichs Miene, wie sehr diesen das Thema aufwühlte. »Vergiss für heute deine geheimnisvolle Herzensdame! Heute feiern wir.«

Er hob seinen Becher, und sie tranken einander zu.

Sie genossen das nach kostbaren Essenzen duftende Bad, tranken, aßen, prahlten mit ihrem Sieg und ließen sich in neue, prächtige Gewänder hüllen, um angemessen beim königlichen Bankett zu erscheinen.

»Sobald mein Oheim erlaubt, dass wir die Tafel verlassen, folgt mir!«, instruierte Friedrich die beiden anderen. »Ich weiß, wo die schönsten Gespielinnen schon auf uns warten. Ostländer, diese Nacht wirst du nie vergessen!«

Bestens gelaunt versprach er auch Sven: »Du findest sicher auch eine mit schwarzen Locken.«

»Und du deinen Traum mit dem rotgoldenen Haar«, entgegnete der Däne, korrigierte sich dann jedoch sofort. »Gut, nicht dort, wohin wir heute Nacht gehen. Aber vielleicht saß deine künftige Braut vorhin im Publikum und jubelte dir zu?«

Friedrich prustete verächtlich. »Falls meine Zukünftige heute im Publikum saß, wird sie uralt und hässlich sein, wenn mein Vater mich mit ihr vermählt.«

Dann legte er jedem seiner beiden Gefährten einen Arm um die Schulter und ging mit ihnen hinaus.
»Schaut uns an, wir sind die Sieger! Wir Jungen werden einmal die Welt verändern!«

Zerstörte Träume

Adela von Vohburg;
Hoftag in Bamberg, Pfingsten 1138

Längst hatten die Kämpfer das Turnierfeld verlassen. Knappen führten die Pferde fort, klaubten zerbrochene Lanzenstücke auf, einer trug einen zertrümmerten Sattel weg.
In einem Zelt seitlich des Turnierplatzes wurden, begleitet von den Schmerzensschreien der Verwundeten, gebrochene Knochen gerichtet und Wunden genäht. Schon ging das Gerücht, einem der Kämpfer sei ein Bein abgenommen worden, und einer habe sich beim Sturz das Genick gebrochen.
Doch Adela von Vohburg vermochte an nichts anderes mehr zu denken als an den jungen Friedrich. Gerade noch konnte sie erspähen, wie er auf eines der Prunkzelte mit den drei staufischen Löwen zuging.
»Gaff nicht so, dir fallen ja gleich die Augen raus!«, fauchte die blonde Isotta, die schwer gekränkt war, weil sie drei Reihen hinter Adela hatte stehen müssen. »Bildest du dir etwa ein, du könntest ihn kriegen? Pah! Erstens bist du *viel* zu alt für ihn, zweitens viel zu unbedeutend! Er wird die Tochter eines Herzogs oder Königs freien, keine Markgrafentochter.«
Also bekommst du ihn auch nicht, hätte Adela gern gekontert, doch sie blieb lieber still.

»Du bist wirklich strohdumm, Egerländerin. Denkst du, du kriegst einen jungen, hübschen Recken zum Ehemann?«
Schon zählte Isotta an den Fingern die Namen der Mädchen ab, mit denen sich Adela die Kammer teilte.
»Die fränkische Kunigunde soll einen Grafen heiraten, der schon fast fünfzig ist und gichtig dazu. Hedwiga ist verlobt mit einem Fetten vom Niederrhein, der wird sie wohl im Bett zerquetschen. Der Kerl, dem Judith versprochen ist, ist zwar erst dreißig, aber seine Zähne sind faulig, und er stinkt aus dem Mund. Und die bayerische Kunigunde wird den Schlimmsten abkriegen, den sonst keine nehmen würde, denn sie stammt aus einem erloschenen Haus und ist ohne Mitgift. Das sind die Männer, die uns erwarten. Es heißt, der Erbe einer großen Grafschaft am Main wünscht sich zum vierten Mal zu vermählen. Seine letzte Frau hat er zu Tode geprügelt. Vielleicht will er ja *dich,* Erbin des Egerlandes? Also vergiss den schönen Prinzen und überlege dir, ob du nicht lieber den Schleier nimmst!«
Diepolds Tochter hätte zu gern gewusst, wem Isotta wohl versprochen war. Vielleicht war das der Grund für ihre Boshaftigkeit? Doch wieder schwieg sie.
Vater liebt mich, sprach sie sich Mut zu. Er wird mir einen guten Mann auswählen. Andererseits ... Ihr Vater hatte sie von einem Moment zum anderen weggegeben, als Faustpfand für die Treue seines Hauses zum König. Und nun war sie allein und verlassen inmitten dieser Mädchen, die sie verspotteten und hassten.

Adela hatte die Schlafkammer kaum betreten, als sie bemerkte, dass die anderen sie nicht aus den Augen ließen, wisperten und kicherten. Sofort machte sie sich auf einen Streich gefasst.
Als sie ihre Bettdecke zurückschlug, sah und roch sie es: Mitten auf dem Laken hatte jemand seinen Nachttopf aus-

geleert. Und nun spürte sie die Blicke der Mädchen wie tausend Nadelstiche auf ihrem Rücken, während Totenstille eintrat.

Wie konnten die anderen nur so gemein sein? Und was, um alles in der Welt, sollte sie nun tun?

Sie könnte eine Dienerin rufen. Aber dann würde morgen jeder bei Hofe tratschen, die neue Jungfrau unter Obhut der Königin habe ins Bett genässt. Das brächte ewige Schande nicht nur über sie, sondern auch über die Königin. Doch wenn sie sich beschwerte und eines der Mädchen beschuldigte, würde sie es hier künftig noch schwerer haben.

Nur konnte sie unmöglich in dieses nasse, stinkende Bett steigen!

Sie ließ die Decke aufgeschlagen und erklärte laut: »Ich möchte heute Nacht beten – für das Wohl des Königs und der Königin und zum Dank für die Gnade, hier aufgenommen zu werden. Für meinen Vater und für das Seelenheil meiner toten Mutter.«

Dann kniete sie vor dem Bett nieder und faltete die Hände.

Vielleicht würde sie es schaffen, bis Tagesanbruch auf Knien wach zu bleiben.

Taten das die Knappen nicht auch vor ihrer Schwertleite? Eine Nacht im Gebet zubringen?

Wieder musste sie an den jungen Herzog von Schwaben denken. Auch wenn sie ihn nie würde heiraten dürfen, sie konnte ihn dann und wann sehen. Ein winziger Trost in der unerbittlichen, fremden Welt, in die sie nun geraten war.

Königliches Wortgefecht

Richenza und Konrad von Staufen; Bamberg, Pfingsten 1138

Schroff beendete Konrad die Debatte. »Es wird so gemacht, wie ich es wünsche! Ich bin der König.«
Erzbischof Albero von Trier verbarg sorgsam sein Lächeln. Am liebsten hätte er geantwortet: Es freut mich, dass Ihr endlich zu dieser Einsicht gelangt seid.
Klugerweise behielt er diesmal seinen Spott für sich und bestätigte stattdessen mit einer leichten Neigung seines Kopfes: »Ihr seid der König.«
Schier endlos hatten sie über die Frage gestritten, ob der Staufer von der Kaiserinwitwe fordern sollte, dass sie vor ihm niederkniete. Die Begrüßungsformalitäten mussten ausgehandelt sein, bevor er sie empfing, sonst würde sie nicht erscheinen. Seit Stunden eilten deshalb Boten zwischen beiden Lagern hin und her. Unterdessen war Richenza längst in Bamberg eingetroffen und die Abenddämmerung der Dunkelheit gewichen.
Noch vor kurzem hatte Konrad vor ihr niederknien müssen. Sie nun zu dieser Demutsgeste zu zwingen, worauf Albero und die anderen geistlichen Berater drängten, schien ihm die falsche Eröffnung für die bevorstehende, enorm wichtige Verhandlung zu sein.
Er brauchte den Frieden mit ihr und ihrem Schwiegersohn, dem er – ob nun zu Recht oder nicht – den Thron genommen hatte. Außerdem erinnerte sich Konrad nicht ohne Dankbarkeit, dass Richenza beim Kaiser Fürsprache für ihn und seinen Bruder eingelegt hatte, als ihrer beider Rebellion und sein Königtum blutig gescheitert waren.
»Sie deutet an, das Knie leicht zu beugen, ich erhebe mich von meinem Thron, schreite ihr entgegen, ergreife ihre Hand und helfe ihr auf.« So wünschte er es.

Albero hatte vehement widersprochen.
»Sie *war* Kaiserin. Doch jetzt seid Ihr der König, das müsst Ihr sie jeden Augenblick spüren lassen.«
»Sie ist mein ranghöchster Gast, und ich brauche ihre Fürsprache bei den sächsischen und bayerischen Fürsten!«, beendete Konrad den Disput. »Und *wir brauchen die Reichsinsignien*, wenn Ihr das nicht vergessen wollt, Höchstwürden! Also soll ihr jemand umgehend diese Antwort überbringen, und dann möge sie endlich erscheinen. Es ist bereits Nacht.«
Der Tag war lang und ereignisreich gewesen: die Treueschwüre fast aller östlichen Fürsten, das Turnier, bei dem sich sein Neffe mit seinem Handstreich Ruhm verschafft hatte ... Wobei sich Konrad daran stieß, dass der Junge zugunsten seines *welfischen* Onkels einen Verbündeten blamiert hatte. War das nur Übermut, oder steckte mehr dahinter? Wie sicher war seine Herrschaft, wenn er sich nicht einmal auf die Treue seiner engsten Verwandten verlassen konnte?
Hoffentlich war der Wolfratshausener bereit, die ganze Angelegenheit als Scherz zu betrachten. Konrad hatte seinen Kämmerer angewiesen, dem Grafen das Lösegeld aus seiner persönlichen Schatulle zurückzuzahlen und ihm als Geste der Versöhnung einen rubinbesetzten Ring zu überreichen.
Doch jetzt musste er sich ganz auf das bevorstehende Treffen mit der Kaiserinwitwe konzentrieren.
Auf seinen Befehl würde es eine Vorkostzeremonie geben. Eine Ehrenbezeugung für einen hohen Gast, zugleich für beide Seiten die Versicherung, dass kein Gift im Spiel war.
Sie hatten ein vertrauliches Gespräch vereinbart, jeder mit nur einem Berater an der Seite.
Konrad war überzeugt, dass die kluge Kaiserinwitwe genau deshalb erst so spät eingetroffen war. Und nicht, wie der vor

Spottlust überschäumende Erzbischof witzelte, weil zu viele Pferde unter ihrem Gewicht zusammengebrochen wären und sich keines mehr fand, das dieses fette Weib trug.
Richenza hatte bewusst vermieden, im Angesicht aller versammelten Fürsten vor den neuen König zu treten. Und auch Konrad war die erste Begegnung mit ihr nach seiner fragwürdigen Wahl und Krönung unter acht Augen lieber als vor dem ganzen Hof.

Die Kaiserinwitwe wurde gemeldet und vorgelassen. Sie rauschte herein in einem Kleid aus purpurfarbener Seide, mit Perlen und Edelsteinen besetzt, die weiten Ärmel und der Saum der Schleppe mit Hermelin verbrämt.
Konrads Kleidung hingegen war aus erlesensten Stoffen gefertigt, doch nur verhalten geschmückt. In Rüstung fühlte er sich wohler.
Dafür konnte die Aufmachung Alberos von Trier nur als extravagant bezeichnet werden, so prunkvoll war sie, und er trug Ringe an fast jedem Finger, natürlich auch den ungewöhnlich pyramidenförmigen mit dem großen Saphir.
Die Begrüßungszeremonie wurde bis ins Detail so vollzogen wie ausgehandelt.
»Nicht doch, seid mir willkommen!«, wehrte Konrad höflich ab, als Richenza mit ihrer Leibesfülle andeutungsweise in die Knie gehen wollte, schritt ihr entgegen, nahm ihre Hand und richtete sie auf. Dann bot er ihr einen Platz auf einem reich verzierten Stuhl mit seidenen Kissen an, der seinem gegenüber zurechtgerückt war.
Albero und Richenzas Begleiter, der zwielichtige Magister Bruno, mussten zu beiderseitigem Verdruss stehen.
Der Truchsess brachte eine bronzene Aquamanile in Form eines Reiters, goss der Kaiserinwitwe Wasser über die Hände und tupfte sie dann mit einem Leinentuch ab. Der Truchsess und der Kämmerer hatten erst einige Zeit nach dem Prunk-

stück suchen müssen, denn die Aquamanilen des staufischen Hofes waren in der Form eines Löwen gefertigt, und das wäre bei diesem Treffen wohl unpassend.

Die Vorkostzeremonie zog sich in die Länge. Während die beiden Geistlichen den Mundschenk und den Kellermeister nicht aus den Augen ließen, tauschten der König und die Kaiserinwitwe Höflichkeiten über die Reise, das Wetter und die schlechten Wege aus.

Es war eine der ausgedehnteren Varianten der Zeremonie. Zunächst wurden die Becher gespült, dann das Wasser zum Zumischen verkostet, dann der Rote und der Weiße. Konrad und Richenza entschieden sich beide für den Roten aus Burgund und ließen ihn reichlich mit Wasser verdünnen.

Danach hatten sich Mundschenk, Kellermeister und sonstige Dienerschaft zurückzuziehen, der Truchsess schloss die Tür.

Nun waren die vier unter sich, um über Krieg und Frieden zu entscheiden. Und über Konrads Verbleib auf dem Thron. Dutzende Kerzen brannten und täuschten Behaglichkeit vor. Doch kaum war die schwere Tür geschlossen, begann das Duell.

»Ich sehe den Königsmacher bei Euch«, eröffnete Richenza spitz. »Eminenz, Ihr wagt Euch wohl nicht von der Seite Eures Schützlings, um stets eine neue List parat zu haben, sobald eine nötig wird, nicht wahr? Gewiss brütet ihr noch viele Listen aus, Ihr – als Meister des Heimlichen.«

»Meister des Heimlichen?«, entgegnete Albero von Trier belustigt und zog die Augenbrauen hoch. »Ihr schmeichelt mir, Majestät! Wo das Leben doch so voller Geheimnisse ist. Zumal Ihr den Meister des *Unheimlichen* als Begleiter gewählt habt.« Er deutete auf den Magister. »Es gibt Gerüchte um geheimnisvolle Machenschaften im Sterbehaus des Kaisers, Gott sei seiner Seele gnädig. In jenem armseligen Dorf in Tirol, Ihr erinnert Euch gewiss. Und sie wollen und wollen einfach nicht verstummen. Man munkelt von wabernden Schwaden und Feuer, man munkelt von Alchemie. Aber das einfache Volk, das von Alchemie nichts versteht, redet und schwätzt von teuflischem Gestank. Klärt uns auf, Magister Bruno, der Ihr in jener Hütte weiltet: Was können wir dem verängstigten Volk zur Beruhigung sagen?«

Richenza überlief ein Schauder. Wie hatte sie nur glauben können, es ließe sich geheim halten, was damals dort vor sich gegangen war?

»Das Volk ist dumm und weiß nichts von Balsamierung. Im Gegensatz zu Euch, Hochwürdiger«, antwortete Bruno von Haigerloch aalglatt und vorwurfsvoll.

»Also lasst Eure Geistlichen solchem verderblichen Aberglauben und allen Gerüchten sofort Einhalt gebieten!«, forderte Richenza den Erzbischof auf, um dann eiligst das Thema zu wechseln.

Mit gespielter Liebenswürdigkeit bemerkte sie: »Ihr seid so großartig herausgeputzt, Höchstwürden, Ihr seht fast noch prachtvoller aus als Euer Schützling. Habt Ihr etwa gerade eine Tochter verheiratet?«

»Das solltet Ihr Euren Begleiter fragen, verehrte Richenza«, konterte Albero lächelnd. »Ein bekennender und ... *eifriger* Gegner des Zölibats, was ihn« – das Lächeln wich einer Miene gespielten Bedauerns – »zweimal sein Bistum Straßburg kostete, trotz Eurer warmherzigen Fürsprache. Das ... und einige andere *Kleinigkeiten.* Ob nun heimlich oder unheimlich, wer weiß es schon genau?«

»Ruft sofort Euern frommen Wachhund zurück! Ich bin nicht gekommen, um Beleidigungen auszutauschen!«, forderte Richenza den König auf.

»Tatsächlich?«, fragte Konrad hart. »Es klang eben fast so, als wärt Ihr nur deshalb hier, teure Richenza. Auch habe ich von Euch heute Abend bisher nicht einmal das Wort ›König‹ vernommen. Werde ich es noch zu hören bekommen?«

Einen Augenblick lang herrschte Totenstille in der Kammer, nur durchbrochen vom Knistern der brennenden Holzscheite.

Verärgert über sich selbst zwang sich Richenza, ihren Groll zu zähmen.

Mit eisiger Gelassenheit sagte sie: »Ich könnte Eure sehr geheime und sehr stille Wahl anfechten, das wisst Ihr. Und die Sachsen und Bayern würden mir und meinem Schwiegersohn folgen. Das ist das halbe Reich.«

»Ja, verglichen mit meiner Wahl verlief die Eures Gemahls sehr, sehr laut«, konterte Konrad. »Ich weilte damals auf Pilgerfahrt im Heiligen Land. Doch mein Bruder erzählte mir davon. Es ging so ungestüm zu, dass er als Thronprätendent gezwungen war, die Halle zu verlassen. Aber Ihr seid sicher nicht gekommen, damit wir das gegeneinander aufrechnen.«

»Nein, ich möchte Frieden im Reich wie Ihr«, lenkte Richenza ein. »Dafür bin ich sogar bereit, Euch als König anzuerkennen. Als Zeichen meines guten Willens führte ich meine Sachsen hierher, damit sie Euch Treue schwören. Und das taten sie heute, wenn ich daran erinnern darf.«

»*Führte* würde bedeuten, Ihr wärt vornweg geritten. Doch Ihr kamt als Letzte, so spät, dass Ihr die Huldigung verpasst habt«, hielt Konrad ihr vor. »Also wollt Ihr verhandeln. Ihr schicktet mir die Sachsen als Zeichen guten Willens. Das weiß ich zu schätzen. Doch die Bayern fehlten. Ebenso Euer Schwiegersohn, der meiner Vorladung nicht Folge leistete. Und der Erzbischof von Salzburg.«

»Was den Salzburger betrifft, so mögen sich die Geistlichen untereinander und mit Seiner Heiligkeit dem Papst einigen«, erwiderte Richenza mit kaltem Blick auf Albero.

Sie wussten alle: Nur dem Salzburger Erzbischof würde der bayerische Klerus auf die Seite Konrads folgen.

»Gut, also reden wir über die Bayern und Euren Schwiegersohn!«, forderte Konrad.
»Und reden wir über die Reichsinsignien!«, ergänzte Richenza mit feinem Lächeln. »Ihr wisst so gut wie ich: Zepter, Schwert und Reichsapfel könnt Ihr nicht auch noch neu fertigen lassen, wenn Euch das Volk anerkennen soll. Mit den echten Insignien könnte sich mein Schwiegersohn zum wahren König ausrufen lassen.«
»Teuerste Richenza, das Volk *hat* mich anerkannt. Und die Fürsten taten es auch. Ausgenommen die bayerischen.« Der König beugte sich ein wenig vor und verschränkte die Finger ineinander. »Also, was wollt Ihr?«
»Im Austausch gegen die Huldigung der Bayern und die Reichsinsignien«, betonte sie.
»Ja, im Austausch gegen die Huldigung der Bayern und die Reichsinsignien.«
Nun lehnte sich Richenza ein wenig zurück und verschränkte ebenfalls die Finger.
»Bestätigt meinem Schwiegersohn seine Herzogtümer.«
»Bayern *und* Sachsen? Die Fürsten werden nicht dulden, dass jemand so viel Macht hält.«
»Im Austausch gegen die Huldigung der Bayern und die Reichsinsignien!«, wiederholte die Kaiserinwitwe nachdrücklich. »Es gibt Präzedenzfälle. Vor zweihundert Jahren ...«
Der König und der Erzbischof tauschten einen Blick.
»Und ich fordere den Kopf des Bären!«, rief Richenza, nun jede Beherrschung vergessend. »Schlagt ihn in Acht und Bann! Er hat in Quedlinburg auf ungeheuerliche Weise den Landfrieden gebrochen, er gehört vor ein Fürstengericht.«
»Was wollt Ihr ihm anlasten?«, erkundigte sich Albero und tat überaus verwundert. »Gewiss, es gab damals Überfälle auf Eure Proviantkolonnen. Doch niemand weiß, wer sie verübte. Während der langen Abwesenheit des Kaisers und

vieler seiner Fürsten wegen des Italienfeldzugs hat sich bedauerlicherweise allerhand Raubgesindel auf den Straßen breitgemacht. Seine Majestät König Konrad wird dem energisch Einhalt gebieten.«

»Wir wissen alle, dass die Angreifer im Auftrag des Bären handelten!«, fuhr Richenza auf.

»*Wissen* wir das?«, fragte der Erzbischof skeptisch. »Ihr hieltet selbst schon Gericht und wisst daher, dass bei einer Anklage, in der es um Leben und Tod geht, Beweise und Zeugen unerlässlich sind. Haben wir welche, die auf eine Mittäterschaft des Markgrafen Albrecht hinweisen? Ich kenne keine. Und ehrlich gesagt: Wohin würde es uns führen, wenn wir einen der bedeutendsten Fürsten des Reiches und einstigen Kampfgefährten Eures Gemahls als gemeinen Straßenräuber anklagten?«

Richenza erkannte die Drohung sofort: den Hinweis auf Lothars und Albrechts gemeinsamen Gewaltstreich gegen Wiprecht von Groitzsch, zusammen mit dem Wettiner.

»Der Bär verwehrte mir den Zutritt zur Stadt! Mir, der Kaiserinwitwe!«, beharrte sie.

»Ganz offenbar liegt hier ein schlimmes Missverständnis vor«, heuchelte Albero von Trier. »Aufs äußerste um Eure Sicherheit besorgt, bat er Euch in einer gefährlichen Situation, die Stadt zu meiden.«

»Ihr wagt es, mir mit solchen Lügen zu kommen?«, fauchte Richenza ihn an. »Das Ganze war von Euch eingefädelt, um das Fürstentreffen zu verhindern, damit Ihr in Koblenz diese Posse von Königswahl veranstalten konntet!«

Wutentbrannt wandte sie sich erneut an den König.

»Wenn Ihr mir nichts weiter zu bieten habt als Beleidigungen und Lügen, sind die Verhandlungen beendet.«

Sie versuchte, sich hochzustemmen, und befahl Bruno von Haigerloch mit einem wütenden Blick, ihr aufzuhelfen. Der Magister hatte sich heute als wenig nützlich erwiesen.

»Beruhigt Euch!«, lenkte Konrad ein. »Ihr seid erschöpft, in Trauer, enttäuscht. Doch Ihr wärt nicht hier, wüsstet Ihr nicht genau: Meine Krönung in Aachen ist rechtsgültig und unwiderruflich. Die freie Königswahl ist ein Brauch, auf den sich Euer Gemahl höchstselbst berief, um die Krone zu erlangen. Und weder Ihr noch Euer Schwiegersohn werden einen Krieg vom Zaun brechen wollen, nicht wahr?«

Heinrich täte nichts lieber als das, dachte Richenza. Doch wohin würde ihn das führen?

»Wir drehen uns im Kreis«, konstatierte sie kühl.

»Also beenden wir das und gehen Schritt für Schritt voran«, schlug Konrad vor. »Der erste: Beim Hoftag in Regensburg übergibt mir Euer Schwiegersohn die Reichsinsignien. Danach verhandeln wir weiter.«

»Ich brachte Euch die sächsischen Fürsten, mein Tochtermann gibt Euch die Kleinodien – und Ihr gebt uns … was? *Majestät*«, höhnte Richenza.

»Zuallererst: Frieden. Den wir doch alle wünschen. Nicht wahr?«, antwortete stattdessen Albero von Trier.

»Aufschub«, ergänzte der König. »Ich gewähre Euerm Schwiegersohn Aufschub für die Rückgabe der Reichsinsignien bis zum Hoftag Ende Juni in Regensburg, obwohl er meinem Befehl nicht nachkam, sich hier einzufinden und seinen Huldigungseid zu leisten.«

»Und dann sehen wir weiter«, versicherte Albero von Trier höflich lächelnd. »Zug um Zug. Wie beim Schach, dem edlen Spiel der Könige.«

Zug um Zug

Richenza, Heinrich, Albero, Konrad und Friedrich von Staufen, Ulrich; Hoftag in Regensburg, Juni 1138

»Auf keinen Fall werde ich vor dem Thronräuber niederknien«, wiederholte zornig Heinrich der Stolze, nachdem er vor Regensburg Quartier bezogen hatte. Ausgerechnet hier, in der Residenzstadt der bayerischen Herzöge, in *seiner* Stadt, hielt dieser staufische Winkelkönig Hof! Welche Unverschämtheit!

Und er, dem die Krone gebührte, musste sich verkriechen. Doch lieber das, als sich vor aller Augen zu demütigen.

»Natürlich nicht«, redete ihm Richenza beschwichtigend zu wie einem trotzigen Kind, bevor sie erneut einen Vorstoß wagte.

»Doch wäre es nicht klüger, ihm persönlich die Reichsinsignien zu übergeben und dabei im selben Atemzug auf Sachsen und Bayern zu bestehen? Mit beiden Herzogtümern bleibst du der mächtigste Mann im Reich, ganz gleich, wer auf dem Thron sitzt.«

»Ich erniedrige mich nicht vor dem Usurpator! Ich huldige ihm erst, *nachdem* er mir meine Herzogtümer bestätigt hat«, beharrte ihr Schwiegersohn störrisch.

Richenza warf einen fragenden Blick zu ihrer Tochter, doch Gertrud verneinte mit einem kaum merklichen Kopfschütteln. Wenn ihr Gemahl in dieser Stimmung war, dann vermochte sie nichts zu bewirken, weder mit Worten noch den Verlockungen einer Frau.

Die Kaiserinwitwe seufzte leise und ließ es dabei bewenden – vorerst.

Heinrich würde es tun müssen. Oder alles verlieren.

»Auf keinen Fall dürft Ihr Heinrich den Stolzen empfangen!«, beschwor Albero von Trier zur selben Stunde den König.

Der hatte in einer prachtvoll ausgestatteten Kammer der Kaiserpfalz seinen Rat um sich versammelt: Erzbischof Albero, den Kölner Domprobst Arnold als Erzkanzler, die Bischöfe Otto von Freising und Anselm von Havelberg, Abt Wibald von Stablo, seinen Bruder Friedrich von Schwaben und den Lautersteiner, der nicht bei den hohen Herren saß, sondern mit der Hand am Schwertgriff die Tür bewachte.

»Ihr dürft den Welfen nicht einmal von weitem zu sehen bekommen!«, fuhr der Erzbischof eindringlich fort. »Haltet ihn um jeden Preis von Euch fern, Majestät! Denn sollte Heinrich wider Erwarten plötzlich doch bereit sein, Euch den Treueschwur zu leisten, hättet Ihr keinen Grund mehr, ihm Sachsen und Bayern abzusprechen.«

Das wusste Konrad auch ohne diese Ermahnung.

Zum Lohn für das Eingreifen des Bären in Quedlinburg – oder in ehrlichen Worten: für den haarsträubenden Rechtsbruch – hatte er dem Askanier das Herzogtum Sachsen zugesichert. Dieses Versprechen konnte er nicht zurücknehmen. Seine Herrschaft stand ohnehin noch auf wackligem Fundament.

Einen Moment lang schien auf diesem Hoftag schon alles verloren. Der Erzbischof von Salzburg war tatsächlich gekommen, womit er dem bayerischen Klerus das Zeichen gab, sich auf die staufische Seite zu schlagen. Doch als ihn der Herzog von Zähringen übereifrig zum Treueeid aufforderte und Höchstwürden äußerst sarkastisch darauf reagierte, musste Konrad den Herzog zum Schweigen zwingen, um einen Eklat zu verhindern. Lieber verzichtete er auf die Huldigung des Salzburgers, sah ihn dafür aber demonstrativ auf seinem Hoftag weilen.

Konrad war der Ränke und Täuschungen überdrüssig. Ob all die frommen Männer in dieser Runde wohl auch schon Pläne gegen *ihn* bereithielten, sollte er ihren verschlungenen Plänen nicht folgen?

Natürlich taten sie das. Er war kein Narr.

»Ihr habt Euch deutlich genug ausgedrückt!«, fauchte er deshalb den in kostbarste Gewänder gehüllten Erzbischof an und gab unvermittelt das Zeichen, dass die Besprechung beendet sei.

Mit beherrschten Mienen und höflichen Verbeugungen zogen sich Erzbischof, Erzkanzler, Bischöfe und Abt zurück.

Ganz sicher, um in irgendeinem Kämmerlein zu beraten, wie sie mich bei Laune halten, dachte Konrad zynisch.

Er hatte nur seinen Bruder aufgefordert zu bleiben. Kaum war die Tür hinter den abziehenden Beratern geschlossen, bekam der Herzog von Schwaben die schlechte Laune des Königs in voller Wucht zu spüren.

»Was mir noch missfällt außer all diesen Intrigen: dass dein Sohn vor lauter Übermut seine Familienpflichten vergisst«, hielt Konrad ihm vor. »Vielleicht erinnerst du ihn vor seinem nächsten Kampf – ob Turnier oder Krieg – einmal daran, auf welche Seite er gehört.«

Friedrich rückte den Streifen aus weichem Leder zurecht, der seine leere Augenhöhle bedeckte, und starrte den nachgeborenen Bruder mit dem unversehrten Auge an.

»Ich werde ihn dafür nicht tadeln«, erklärte er schroff. »Mein Sohn ist ein junger Ritter, der sich als Kämpfer einen Namen machen will und muss. Seine Mutter, meine erste Gemahlin Judith, war eine Welfin. Und der Wolfratshausener hat seinen Oheim befehdet. Ich stehe zu dir, Bruder, ich sichere dir Schwaben und Franken und halte dir so den Rücken frei. Doch verlange nicht von meinem Sohn, seine anderen familiären Verpflichtungen zu vergessen. Die Welfen retteten ihm und seiner Mutter bei der Belagerung von Speyer das Leben.«

Konrad griff nach dem Becher, trank ihn in einem Zug leer und stellte ihn lautstark wieder ab.

»Auf wen soll ich mich noch verlassen können, wenn nicht einmal auf meine engsten Verwandten? Ich erwarte vollkommene Loyalität von deinem Sohn!«

»Er ist mit unserer Schande aufgewachsen«, konterte der Herzog von Schwaben ebenso hart und bitter. »Glaubst du ernsthaft, mein Sohn würde Lothars Witwe bereitwillig einen Gefallen erweisen? Ehre und Familie sind ihm wichtig, also lass ihn gewähren. Er ist das leuchtende Vorbild der jungen Ritterschaft. Und du als sein König und Oheim solltest bedenken: Sein Glanz kann und muss einige dunkle Flecken auf deiner Krone überstrahlen.«

Friedrich von Schwaben erhob sich brüsk und verabschiedete sich mit einem knappen Nicken von seinem jüngeren Bruder und König.

Geblieben war nur noch Ulrich von Lauterstein, der genauso düster vor sich hin starrte wie sein König.

»Nun sprecht schon aus, was Ihr denkt!«, befahl ihm Konrad.

Ulrich strich durch sein graues Haar, wie er es oft tat, wenn er Zeit zum Formulieren brauchte. Sein schlecht verheiltes Bein schmerzte, doch lieber als hier wäre er auf einem Schlachtfeld an der Seite des Königs, wo sich die Gegner offen gegenüberstanden.

Im Schein der Kerzen fragte sich Ulrich zum ersten Mal, ob sich unter die hellblonden Haare des Staufers nicht schon ein paar weiße mischten.

»Es gibt kein Zurück«, sagte er dann. »Lasst uns beten, dass Herzog Heinrich die Insignien ausliefert, ohne persönlich vor Euch zu erscheinen.«

»Warum sollte er? Damit gäbe er seinen Thronanspruch auf.

Das würde ich an seiner Stelle niemals tun, ohne im Gegenzug Sachsen, Bayern und die Toskana zu fordern.«
»Der Welfenfürst ist stolz und eitel. Erzbischof Albero wird längst einen Plan haben, wie er sich das zunutze machen kann. Er und die anderen Würdenträger. Euer Rat besteht ja fast nur aus Geistlichen, abgesehen von Eurem Bruder.«
»Das ist nicht zu übersehen. Nun bin ich also doch ein Pfaffenkönig«, resümierte Konrad voller Bitterkeit.
Ulrich wählte seine nächsten Worte sorgsam.
»Ihr wusstet, dass Ihr nicht ohne ihre Hilfe auf den Thron kommt. Jetzt müssen wir alle dieses schmutzige Spiel zu Ende spielen, bis der Welfe entmachtet ist. Dann könnt Ihr Eure Regentschaft so gestalten, wie Ihr es wünscht.«
Konrad griff nach dem Weinkrug und schenkte sich nach, ehe Ulrich neben ihm war und es für ihn tun konnte. Er bedeutete dem Vertrauten, sich zu ihm zu setzen.
»Habt Ihr Nachricht von zu Hause?«, fragte er.
Ein Lächeln huschte über Ulrichs Gesicht. »Nein. Aber ich bin sicher, mein Eheweib und die Mädchen beten für Euch, die Königin und Euren Sohn.«
Seine Töchter – nur zwei hatten das erste Jahr überlebt – waren noch klein, aber ihm ging jedes Mal das Herz auf, wenn er sie sah. Was sie wohl gerade taten? Derzeit kursierte ein Sommerfieber, das vor allem unter Kindern und Alten seine Opfer suchte. Er hoffte inständig, die Seinen waren wohlauf und das Fieber machte einen Bogen um sein Dorf.
»Mein Bruder hätte König werden sollen!«, sagte Konrad plötzlich.
»Ihr wisst, Majestät, nach dem Verlust seines Auges ist das unmöglich geworden.«
»Nichtsahnend kam ich aus dem Heiligen Land zurück – und sollte mich plötzlich gegen einen schon gewählten König durchsetzen. Ich tat es für die Ehre der Familie. Lässt

mich jetzt die Familie im Stich – mein Bruder aus Neid, mein Neffe aus Ehrgeiz?«
Mit versonnenem Lächeln antwortete Ulrich: »Nehmt Euerm Neffen diesen Streich beim Buhurt nicht übel. Vielleicht haben wir gerade in ihm jemanden, der einmal Versöhnung bewirken kann, denn er ist halb Welf, halb Staufer.«
Der König erwiderte sein Lächeln nicht, sondern knurrte: »Sonst habt Ihr stets etwas auszusetzen, wenn ich Euch auffordere, ganz offen Eure Meinung zu sagen. Es beunruhigt mich, dass Ihr es diesmal nicht tut.«

Mädchen bei Hofe

Adela und Gunda, Königin Gertrud;
Regensburg, Juni 1138

Der Turniersieg des jungen Königsneffen sorgte auch unter den jungen Mädchen bei Hofe immer noch für Gesprächsstoff. Doch im Gegensatz zum König bewunderten sie ihn dafür über alle Maßen.
Gerade wieder verfolgten mehrere Dutzend Augenpaare mit sehnsüchtigen Blicken, wie Friedrich in Begleitung gleichaltriger Freunde selbstsicher und lachend über den Hof schritt, um sich dann in den Sattel zu schwingen und auszureiten.
Adela konnte ihn von ihrem Platz in der steinernen Sitznische am Fenster gut sehen. Sie und die anderen Mädchen waren in der Kemenate zum Sticken versammelt, und bei warmem Wetter musste man schnell sein, um einen der begehrten Plätze an den schmalen Fensteröffnungen zu erwischen. Feine Stickereien erforderten gutes Licht.
Doch Adela saß hier vor allem, um in unbeobachteten Mo-

menten die Blicke nach draußen schweifen zu lassen, von der Ferne zu träumen oder von zu Hause und ihren Geschwistern. Manchmal auch von einem edlen jungen Ritter, der ihr sein Herz schenken und sie aus diesem goldenen Käfig befreien würde.

Der von ihr so bewunderte Sohn des Herzogs von Schwaben war jetzt häufig bei Hofe. Aber noch nie hatte er sie eines Blickes gewürdigt. Warum sollte er auch? Und vor allem: wann?

Für die jungen Mädchen, die hier erzogen wurden, galten strenge Regeln. Nirgendwohin durften sie ohne Begleitung, nicht einmal über den Hof schlendern oder auf die Heimlichkeit. Zu Hause auf der Burg ihres Vaters war Adela ebenfalls nie unbeaufsichtigt gewesen, aber sie hatte viel mehr Freiheiten genossen.

Hier in Regensburg wäre sie liebend gern zum Ufer der Donau gegangen und hätte zugesehen, wie das Wunderwerk von steinerner Brücke über den Fluss entstand, deren Bau vor drei Jahren begonnen worden war.

Auf dem Weg hierher waren sie an der gewaltigen Baustelle vorbeigekommen, hatten Steinmetze, Fuhrleute, Zimmerer, Maurer und unzählige andere Männer bei der Arbeit gesehen. Schon ragten die Sockel wie Inseln aus dem Wasser, auf denen die Bögen für die einzelnen Brückensegmente errichtet werden sollten.

Es schien ihr einfach unglaublich, dass eine Brücke aus Stein einen Fluss auf mehr als dreihundert Schritt Länge überspannen konnte. Wer würde es wagen, als Erster darüber zu gehen oder gar mit einem Fuhrwerk darüber zu fahren? Würde er ins Wasser stürzen, zusammen mit einer Lawine aus Trümmern?

Ihr Vater hatte ihr einmal versichert, begabte Baumeister könnten stabile Konstruktionen berechnen. Trotzdem blieb es für sie ein Wunder.

Als sie nach Ankunft in der Regensburger Kaiserpfalz zaghaft vorgeschlagen hatte, dass die Jungfrauen einmal einen Ausflug zu dem jetzt schon berühmten, obgleich erst entstehenden Bauwerk an der Donau unternehmen könnten, trug ihr das nur verständnislose oder strafende Blicke und Worte ein.
Eine Edelfrau begibt sich nicht in solchen Schmutz und Staub.
Eine Edelfrau begibt sich nicht in solches Gewimmel von arbeitendem Volk.
Eine Edelfrau ist still, brav, betet fleißig, geht regelmäßig zur Messe und zur Beichte.
Die Mädchen wurden in Handarbeiten und der Verwaltung der Vorräte einer Burg unterrichtet. Vor allem aber wurden sie dazu erzogen, ihrem künftigen Gemahl – wer es auch sei – eine gehorsame, sittsame, stets höflich lächelnde Ehefrau zu sein, die ihre höchste Pflicht darin sah, ihm viele Söhne zu schenken.
Von Zeit zu Zeit kümmerte sich die Königin selbst um die Ausbildung der ihr anvertrauten Mädchen. So durfte Adela einmal auf Gertruds Geheiß vor aller Augen ein Kleid aus feinstem Linnen zuschneiden.
Das tat daheim ihre Stiefmutter bei kostbaren Stoffen. Grobes, ungefärbtes Leinen verarbeiteten die Mägde. Aber über feine Tuche, aufwendig Gefärbtes und manchmal sogar ein wenig Seide verfügte stets die Herrin der Burg, damit nicht das kleinste Stück verlorenging.
Mit einer Schnur musste Adela die Länge der Stoffbahnen ausmessen und dann die Dreiecke für die Keile im Rock, die Weite der Ärmel und den Besatz um den Hals auf den Stoffbahnen so verteilen, dass es möglichst wenig Verschnitt gab. Ganz aufgeregt war sie gewesen, als sie die Schere in die Hand nahm. Doch es gelang, und zur Belohnung ließ die Königin von ein paar Mägden daraus ein Kleid für Adela

nähen. Das trug sie heute; es war krapprot, und sie hatte grüne Weinranken um den Halsausschnitt gestickt. In den nächsten Tagen wollte sie noch Ranken auf die Ärmelkanten setzen und sich dabei wirklich Mühe geben.

Heute, so hieß es, würde die Königin den jüngeren Mädchen etwas über Vorratshaltung beibringen. Noch warteten sie auf die Regentin und widmeten sich mehr oder weniger fleißig ihren Stickereien. Kein Wort fiel unter der Aufsicht der strengen Gemahlin des Vogtes Markwart von Grumbach, der zum engeren Gefolge des Königs gehörte.

Bis ein Diener kam und die Vögtin hinausbat, da ihre Anwesenheit beim Kämmerer erwünscht sei.

Kaum hatte sich die Tür hinter ihr geschlossen, ging ein lautes Aufatmen durch die Reihen der Mädchen, und fast alle fingen gleichzeitig zu reden an.

»Habt ihr den Neffen des Königs gesehen?«, fragte die blonde Isotta sofort. »Ein vollkommener Ritter! Seht nur, die Egerländerin wird gleich feuerrot.«

Sie kicherte boshaft, als Adela tatsächlich das Blut in die Wangen schoss.

»Wenn der Hof in ein paar Tagen nach Augsburg weiterreist, kommen wir an deines Vaters Burg vorbei. Vielleicht übernachten wir dort. Sofern man nicht besser auf freiem Feld nächtigt. Dann sehen wir, aus welchem Rattenloch du gekrochen kamst«, höhnte Isotta weiter.

»Dieses *Rattenloch* ist die Burg eines bedeutenden Markgrafen«, wies die bayerische Kunigunde sie fröhlich zurecht, ein dreizehnjähriges Mädchen mit schelmischen grünen Augen. »Sei lieber nett zur Egerländerin, Isotta! Vielleicht bittet dein Vater einmal ihren um die Ehre, dich mit einem seiner Söhne zu vermählen.«

Für einen Moment verschlug es Isotta die Sprache. Sie begriff, dass das durchaus geschehen könnte, obwohl Adelas Brüder jünger waren als sie.

Dankbar warf Adela Kunigunde einen kurzen Blick zu. Mit ihr hatte sie zuerst Freundschaft hier am Hof geschlossen. In der ersten Nacht, als sie vor ihrem beschmutzten Bett kniete, hatte sich Kunigunde erbarmt und sie neben sich unter ihrer Decke schlafen lassen. In den meisten Quartieren unterwegs schliefen die Mädchen zu zweit oder zu dritt in einem Bett und noch eine Magd zu ihren Füßen.

Adelas neue Freundin wurde die »bayerische Kunigunde« gerufen, denn unter den Jungfrauen bei Hofe gab es auch noch eine fränkische, eine schwäbische und eine thüringische Kunigunde, allesamt benannt nach der Gemahlin des letzten Ottonenkaisers.

Gunda, wie Adela sie rief, war ein Mündel des Königs und schon vor fünf Jahren an den staufischen Hof gekommen, nachdem ihre ganze Familie gestorben war; eine zarte Schönheit mit ebenmäßigen Zügen, glänzendem schwarzem Haar und milchweißer Haut. Sie war diejenige, von der Isotta behauptet hatte, sie würde den schlimmsten Mann abbekommen, weil sie aus einem erloschenen Haus stammte und keine Mitgift hatte. Oder aber als alte Jungfer enden, denn ohne Mitgift würde auch kein Kloster sie aufnehmen. Der ewigen Sticheleien durch Isotta leid, half sie Adela, sich einzuleben und auch mit einigen jüngeren Mädchen Freundschaften zu schließen.

»Streitet nicht, lasst uns lieber Rätsel raten, bis der alte Drachen zurückkehrt!«, schlug die kleine Hedwiga vor, die bald den fetten Grafen vom Rhein heiraten sollte, und gewann damit die anderen sofort für sich.

Die pummelige Judith postierte sich an der Tür, um rechtzeitig mitzubekommen, wenn die Grumbacherin zurückkam.

»Wer trägt die schönsten Kleider im Reich?«, stellte Hedwiga als erste Frage.

Ein paar Namen wurden gerufen, doch bei jedem schüttelte Hedwiga den Kopf, und ihre Augen blitzten.

»Die richtige Antwort kann natürlich nur lauten: die Königin.«
Stöhnend gaben die anderen ihr recht – bis auf Isotta, die keck lächelte. »Das ist sehr edel und höfisch gedacht, aber nicht zutreffend. Die mit Abstand prächtigsten Kleider trägt …«
Alle beugten sich vor und starrten sie an, auf die Lösung wartend.
»… der Erzbischof von Trier!«
Lachen schallte durch den Raum.
»Welche Fürstin im ganzen Reich hat ihrem Gemahl die meisten Kinder geboren?«, fragte Judith von ihrem Horchposten an der Tür.
»Luitgard von Meißen«, wusste die thüringische Kunigunde auf Anhieb. »Sie und Markgraf Konrad haben elf Söhne und Töchter.«
»Und das, obwohl es vom Meißner Markgrafen heißt, noch nicht einmal Gott habe ihn je lächeln sehen«, spöttelte ein sommersprossiges Mädchen namens Berthild.
»Muss man lächeln, um ein Kind in den Leib einer Frau zu pflanzen?«, fragte Hedwiga verwirrt.
Man hatte sie alle von klein auf gelehrt, ihre wichtigste Aufgabe sei es, ihren künftigen Männern Söhne zu gebären. Nur wurde tunlichst darauf geachtet, dass die Mädchen nicht erfuhren, wie dies vonstattenging. Eine sittsame, wohlerzogene Braut legte sich in jeder Hinsicht rein und unschuldig ins Ehebett. Dort würde ihr Gemahl sie schon wissen lassen, was sie zu tun habe.
»Zumindest gehört es sich zu lächeln, wenn man um eine Braut *freit*«, erklärte die fränkische Kunigunde entschieden. Doch die Röte auf ihren Wangen verriet, dass sie von dem heiklen Thema ablenken wollte.
Berthild kicherte. »Könnt ihr euch Markgraf Konrad vorstellen … fünfzehn oder zwanzig Jahre jünger, wie er mit strahlendem Lächeln um Luitgard von Elchingen freit?«

»Und habt ihr seine Söhne gesehen? Die sind genauso griesgrämig!«, trumpfte Isotta auf.
»Der Jüngere gehörte zu den Turniersiegern in Bamberg«, erinnerte Gunda. »Ein kühner Ritter, und dazu noch ein gut aussehender«, wagte sie sich vor. »Er wirkt nicht so grimmig wie sein Vater. Vielleicht ist er unglücklich verliebt?«
»Und jetzt wird Gundel rot, seht nur!« Isotta kicherte.
Adela wollte einspringen, doch da warnte Judith, die an der Tür horchte: »Seid still! Der alte Drachen kommt zurück!«
Sofort verstummten alle Mädchen, setzten sich in Erwartung der Grumbacherin kerzengerade auf, griffen hastig nach ihren Handarbeiten, die sie achtlos beiseitegelegt hatten, und blickten ernst und gefasst zur Tür.
Königin Gertrud trat ein, begleitet von der Vögtin und weiteren Hofdamen. Die Mädchen sprangen auf, um in einen tiefen Knicks zu sinken.
Gertrud erlaubte ihnen, sich wieder aufzurichten, und warf einen Blick in die Runde. Sie wirkte freundlich, doch bei näherer Betrachtung fand Adela, dass sie müde und besorgt aussah.
Kein Wunder!
Selbst sie mit ihren zwölf Jahren hörte genug Klatsch und Tratsch darüber, dass der mächtige Herzog von Sachsen und Bayern immer noch nicht erschienen war, um dem König seinen Treueschwur zu leisten. Und dass der Welfenfürst außerdem nach wie vor die Reichsinsignien in seinem Besitz hatte. Adela wusste sogar von dem unglaublichen Zwischenfall mit dem Erzbischof von Salzburg vor versammeltem Hof: Der König musste einem Herzog den Mund zuhalten, als der den Salzburger zur Huldigung aufforderte! Wenn der König so etwas auf sich nahm, um einen Geistlichen nicht zu verprellen, dann stand es nicht gut um seine Herrschaft.
Würde es Krieg geben zwischen dem, der jetzt König war, und dem, der König hätte sein sollen?

Auf welche Seite würde sich ihr Vater stellen, falls es zum Krieg kam? Seine Ländereien lagen so nah am Herrschaftsgebiet des Herzogs von Bayern ... Und was geschah mit ihr, wenn der Vater sich dem Welfen anschloss? Denn dann würde sie allen Beteuerungen zum Trotz doch eine Geisel sein.
Die Königin klatschte in die Hände, ihr wurde ein Stuhl mit weichen Kissen gebracht, während sich die Mädchen weisungsgemäß vor ihr versammelten.
»Heute lernen wir, den Aufenthalt hoher Gäste vorzubereiten«, begann Gertrud, die dasselbe Kleid trug wie an jenem Tag, als sie Adela am Hofe aufgenommen hatte. Nur waren diesmal golddurchwirkte Bänder in ihr blondes Haar geflochten.
»Stellt euch vor, ihr leitet den Haushalt einer Burg und sollt zweihundert Reisende über Nacht aufnehmen und bewirten. Einen Markgrafen und sein Gefolge. Im Februar. Was bringt ihr auf die Tafel?«
»Zweihundert Leute? Im Winter? Die Heilige Jungfrau steh uns bei!«, stöhnte die fränkische Kunigunde.
»Ja, das sollte sie. Eure Vorratskammern sind fast leer«, stimmte Gertrud lächelnd zu.
»Wild! Der Burgherr soll mit seinen Edlen zur Jagd reiten«, schlug Gunda vor.
»Es ist Fastenzeit«, gab die Königin zu bedenken, um die Aufgabe noch schwieriger zu machen.
Die Mädchen seufzten. Kein Fleisch, keinen Wein, keine Butter, keine Eier. Hohen Herren konnte man doch nicht nur gesalzenen oder gedörrten Fisch vorsetzen!
»Wir schicken Leute aus, um Biber zu fangen«, fiel Isotta ein.
Gertrud lächelte. »Sehr gut«, lobte die Königin. Biberfleisch brach das Fasten nicht.
»Neunaugen.«

»Gedörrte Früchte, in Honig eingelegt.«
»Pilze.«
»Pilze im Schnee?«, fragte die Königin mit hochgezogenen Augenbrauen.
»Getrocknete Pilze kann ein guter Koch zu einer herzhaften Speise verarbeiten.«
»Gut!«, lobte Gertrud. »Doch bekommt ihr damit zweihundert Leute satt? Es sind hohe Gäste darunter, und sie bleiben mehrere Tage.«
Jetzt herrschte ratlose Stille unter den Mädchen. Das schien wirklich eine unlösbare Aufgabe.
Die Königin lächelte verhalten, was sie in Adelas Augen nur noch müder und besorgter aussehen ließ.
»Hört gut zu!«, verkündete Gertrud zu aller Erleichterung. »Lasst euch von der Zahl der Besucher keine Angst einjagen. Es kommen ja nicht nur Herren und Damen von Rang, sondern die meisten sind Gesinde, Pferdeknechte und Reisige, die Brot und Haferbrei essen. Wichtig ist, dass ihr Platz zum Schlafen für sie schafft. Legt die Halle mit frischen Binsen aus, die müsst ihr immer vorrätig haben, und denkt genau nach, in welchen Kammern ihr die Edelleute unterbringt. Was die Tafel für den Ehrengast und seine ranghöchsten Begleiter betrifft, hörten wir schon einige nützliche Vorschläge. Lasst unbedingt gutes Starkbier vom nächstgelegenen Kloster holen. Und merkt euch: Sollte euer Verwalter euch das nicht vorschlagen, bittet Euren Gemahl, ihn davonzujagen und das Amt einem fähigeren Mann zu übertragen. Plaziert den Kaplan an der Hohen Tafel in der Nähe des Ehrengastes. Sein Anblick wird jeden an das Fastengebot mahnen.«
Sie lächelte erneut, immer angestrengter, wie Adela schien.
»Das nennt man Diplomatie, und als künftige Gemahlinnen hoher Herren müsst ihr eine Menge davon verstehen. Es gibt noch mehr, das ihr tun könnt ...«

Mit einem Nicken erteilte sie der Grumbacherin das Wort.
»Einfaches Brot kommt natürlich nur als Unterlage für Fleisch oder Fisch auf die Hohe Tafel, wird dann eingesammelt und den Armen gegeben«, erinnerte diese. »Aber wenn ihr dem Küchenmeister befehlt, aus weißem, *schönem* Brot etwas in einer besonderen Form zu backen, zum Beispiel in den Umrissen der Burg oder eines Wappens, vielleicht auch in Form eines gebratenen Hasen oder Rebhuhns, das Ganze mit Fruchtsäften, Rosinen und Nusssplittern verziert …«
Plötzlicher Lärm vom Hof ließ Adela die hagere Vögtin augenblicklich vergessen. Sie starrte aus dem Fenster, denn draußen ging gerade etwas offenbar sehr Wichtiges vor sich. Zwei Dutzend Reiter mit dem welfischen Banner ritten betont langsam auf den Hof. Zwei von ihnen hielten zwischen ihren Pferden eine Truhe.
Wachen schritten ihnen feierlich entgegen, ihnen voran – unverkennbar in der Farbenpracht seiner Gewänder – der Erzbischof Albero von Trier. Alles auf dem Hof geriet in Bewegung, Befehle wurden gebrüllt, und Adela stockte der Atem.

»Was ist dort draußen los?«, fragte die Königin in die endlose Rede der Vögtin über die Verzierung von Backwerk hinein. Noch bevor jemand antworten konnte, stand sie auf, schritt zum Fenster und sah selbst hinaus.
Gertrud von Sulzbach, seit zwei Jahren vermählt mit Konrad von Staufen und nun Königin, schloss die Augen, atmete tief durch, dankte Gott und hoffte, dass sie ihn nicht vorzeitig pries.
Sie überließ die Mädchen der Grumbacherin und lief zum Ratssaal, so schnell es die königliche Würde gestattete. Den Hofdamen, die ihr stets wie ein Schwarm folgten, befahl sie, vor der Tür zu warten, und trat ein.
Da war ihr Gemahl und neben ihm Albero, der mehr Schmuck trug als sie und der König zusammen.

Vor den beiden Männern stand aufgeklappt eine mit kunstvollen Beschlägen verzierte Truhe.

»Nach langwierigen, komplizierten Verhandlungen – mit den Einzelheiten möchte ich Eure Majestäten nicht ermüden! – schickte der Herzog einen Gesandten samt Ehrenwache, um die Reichsinsignien dem rechtmäßigen König zu überstellen«, erklärte Albero von Montreuil und gab sich nicht die geringste Mühe, seinen Triumph zu verbergen.

»Mit Erlaubnis Seiner Majestät nahm ich sie im Namen des Königs dankend entgegen und ließ dem Herzog übermitteln, alle weiteren Verhandlungen würden beim nächsten Hoftag in Augsburg geführt. Sie gehören nun Euch!«

Mit feierlicher Geste deutete Albero auf das Innere der Truhe.

»Dankt Gott, dem Papst und dem Erzbischof von Salzburg, denn dessen Erscheinen an Euerm Hof gab den Ausschlag. Der Welfe musste einsehen: Wenn sich selbst die bayerische Geistlichkeit von ihm abwendet, kann er seinen Thronanspruch nicht durchsetzen.«

Gertrud trat näher, um Zepter, Schwert und Reichsapfel zu betrachten, scheinbar gefasst und mit größter Selbstverständlichkeit.

Doch sie konnte es kaum erwarten, bis sie endlich mit ihrem königlichen Gemahl allein war. Dann trat sie zu ihm und ließ vor lauter Erleichterung den Kopf an seine Brust sinken. Er legte beide Arme um sie, ein ungewohnter Moment der Vertrautheit in ihrer Ehe. Sie spürte seinen Atem ruhiger werden … bis ein gequältes Stöhnen aus seiner Brust aufstieg. Mit zitternden Händen wischte sie sich die Tränen aus den Augenwinkeln.

»Es ist vollbracht«, flüsterte sie. So viel hatte auf dem Spiel gestanden!

Konrad erwiderte nichts, sondern verharrte reglos, seine Frau mit beiden Armen umschlingend und an sich pressend.

Vollbracht?, dachte er zynisch. Warten wir erst einmal ab, womit ich mir in Augsburg die Hände schmutzig machen muss. Albero hat recht. Niemand kommt auf den Thron im Stande der Unschuld.

»Vollbracht«, sagte er dennoch nach langem Schweigen.

Dann nahm er das Gesicht seiner Frau zwischen beide Hände und blickte in ihre blaugrauen Augen. »Und ich werde dafür sorgen, dass diese Insignien samt der Krone einmal an unseren Sohn übergehen. Das schwöre ich bei Gott dem Allmächtigen.«

Entdeckung mit Folgen

Adela und Gunda;
Augsburg, Juli 1138

Ein Teil des Hofes nahm tatsächlich während der Reise von Regensburg nach Augsburg für eine Nacht Quartier in der Burg von Markgraf Diepold. Doch zu ihrem unendlichen Kummer durfte Adela dies nicht. Das Gefolge der Königin legte den größten Teil der Strecke zu Schiff auf der Donau zurück.

Vom Deck des trägen, schweren Kahns aus blickte Adela auf den Ort ihrer Kindheit, als sie an Vohburg vorbeifuhren. Sie starrte auf die Burg ihres Vaters und wünschte sich, mit ihren Blicken die dicken Mauern durchdringen zu können. Wie gern hätte sie wenigstens die jüngeren Geschwister gesehen, Euphemia und die kleinen Brüder! Sie vermisste sie, ebenso ihr Kätzchen, die gutmütigen Späße der Wachen, die eifrigen Bemühungen der jüngeren Knappen, sie mit ihren noch ungelenken Schwertübungen zu beeindrucken, die Leckereien, die ihr die Frau des Küchenmeisters zusteckte, die Stille im Kräutergarten … und mittlerweile sogar die strenge Witwe Ermigunde.

Das einzig Gute daran war: So konnte Isotta nicht über ihr Zuhause herziehen.

Adela hatte lange mit sich gerungen, ob sie die Königin bitten sollte, mit dem Teil des Hofstaates reisen zu dürfen, der auf Vohburg übernachtete. Wieder und wieder hatte sie darüber mit Gunda im Bett gewispert. Doch die »bayerische Kunigunde« riet ihr eindringlich, sich das aus dem Kopf zu schlagen.

»Das ist nicht erwünscht«, hatte sie ihr ins Ohr geflüstert. »Du würdest nur weinen und dort bleiben wollen.«

Widerstrebend gab Adela ihr recht.

»Dein Leben ist jetzt *hier*«, fuhr Gunda ungewohnt ernst fort, »bis dich ein Gemahl auf seine Burg heimführt. Wenn du ihm ein paar Söhne geboren hast, erlaubt er dir vielleicht gnädig, dein früheres Zuhause zu besuchen.«

Bis dahin ist Vater womöglich tot, dachte Adela besorgt. Er zählt ja jetzt schon über sechzig Jahre. Sie kannte nicht sehr viele Menschen, denen Gott ein so hohes Alter gewährte. Doch zum Glück würde sie ihren Vater gelegentlich bei Hofe sehen und vielleicht sogar mit ihm sprechen dürfen. Vielleicht kamen auch ihre Geschwister bald an den Hof. Dann würde sie sich um die kleine Euphemia kümmern, wie Gunda sich um sie gesorgt hatte.

Adela ahnte nicht, dass die Königin die Reise eigens so geplant hatte, damit die kleine Egerländerin nicht in ihre vertraute Umgebung kam.

Die Tochter von Markgraf Diepold war nicht nur das schüchternste, sondern auch das traurigste Mädchen, das sie je bei den Jungfrauen aufgenommen hatte. Sie wollte, dass sich die Erbin des Egerlandes mit ihrem neuen Leben abfand.

Kaum hatten die Königin und ihr Gefolge in Augsburg Quartier bezogen, musste Adela ihre Freundin trösten statt umgekehrt.

Schon während der Schiffsreise hatten Leibkrämpfe die schöne Bayerin gequält, weshalb sie sich von den anderen Mädchen allerhand Spott über Seekranke auf einem Fluss anhören musste. Doch es wurde auch nicht besser, als sie wieder an Land waren. Zusammengekrümmt und mit um den Körper geschlungenen Armen ersuchte Gunda nach der Ankunft in Augsburg um Erlaubnis, die Abendmahlzeit versäumen zu dürfen.

Die Grumbacherin hatte sie schon einige Zeit mit unergründlichen Blicken gemustert, dann nur genickt und eine Magd angewiesen, der Jungfrau Kunigunde einen Wärmstein ins Bett zu bringen.

Als die Mädchen am Morgen geweckt wurden, um sich für die Frühmesse ankleiden zu lassen, wurde die Ursache der Krämpfe ersichtlich. Entsetzt starrte Gunda auf die roten Schlieren auf dem Laken, den Blutfleck auf ihrem Untergewand.

»Von nun an kann ich vermählt werden«, flüsterte sie Adela fassungslos zu.

Keines der Mädchen sagte ein Wort. Doch alle, die schon länger hier waren, wussten, was als Nächstes geschehen würde. Kurz darauf erschienen die Grumbacherin und eine weitere Vertraute der Königin, hüllten Kunigunde in einen Umhang und führten sie mit sich.

Beklommen blieb Adela zurück.

Ihre Gedanken kreisten um eine geflüsterte Unterhaltung nachts im Bett, die nur ein paar Tage zurücklag.

»Die meisten Mädchen können es kaum erwarten, von allen im Hochzeitskleid bewundert zu werden und dann auf der Burg ihres Gemahls das Gesinde zu befehligen. Aber ich fürchte mich davor, vermählt zu werden«, hatte die Freundin zugegeben. »Es stimmt, was Isotta sagt: Als Waise ohne Mitgift werde ich entweder eine alte Jungfer, oder sie geben mich irgendeinem alten, groben Kerl, den keine wohlhabende Braut nehmen würde. Und dann gehöre ich ihm, er kann mit mir machen, was er will.«

»Lass dir von Isotta keine Angst einjagen!« widersprach Adela leise, aber bestimmt. »Du bist die Schönste von uns allen! Die edlen Herren werden sich um dich reißen.«

Sie wusste, dass Gunda insgeheim immer noch für den jüngeren Sohn des Meißner Markgrafen schwärmte.

»Es geht doch nicht um Schönheit! Du als Erbin des Egerlandes könntest kahl und hasenschartig sein, und die Bewerber würden trotzdem Schlange stehen, um dich zu bekommen. Sie heiraten nicht dich, sondern das Egerland.«

Diesen Satz konnte Adela seither einfach nicht vergessen, er wühlte in ihr.

»Ich habe schon oft erlebt, dass eine von uns verheiratet und nach der Hochzeitsnacht auf die Burg des Bräutigams geführt wurde«, hatte Gunda weiter gewispert. »Wenn sie dann später mit ihrem erlauchten Gemahl zu einem Hoftag kamen, benahmen sie sich uns gegenüber sehr hochnäsig. Natürlich versuchten wir, sie auszufragen. Aber keine wollte verraten, was nachts im Brautbett geschieht. Manche meinten nur: Ihr werdet schon sehen! Andere wurden blass, einige kicherten. Schau dich um bei Hofe! Siehst du hier ein glückliches Paar? So glücklich, wie es die Minnesänger beschreiben, in Liebe und Zärtlichkeit entbrannt? Das sind nur die, die sich heimlich davonschleichen, um im Verborgenen einen Verehrer zu treffen.«

»Ein wahrer Edelmann wird sich gegenüber einer Dame von Stand stets höflich benehmen«, beharrte Adela.

»Vor aller Augen. Doch ohne Zeugen in der Kammer? Eine der Jungvermählten sagte mir verbittert: ›Du glaubst, einen Mann zu kennen. Doch erst wenn du allein mit ihm im

Schlafgemach warst, weißt du, was er ist.‹ Nicht *wer* er ist – *was* er ist! Das werde ich nie vergessen. Und es macht mir schreckliche Angst.«

Danach hatte Adela begonnen, die Ehepaare bei Hofe insgeheim zu beobachten, und nun begann auch sie, sich zu fürchten.

Auf der Burg ihres Vaters hätte niemand gewagt, ihr etwas anzutun. Die Männer hier waren Fremde, von jungen Jahren an im Kampf ausgebildet und gewohnt zu befehlen, sie zogen in Schlachten und töteten. Die Vorstellung, einem von ihnen als Ehefrau gegeben zu werden, ängstigte sie.

Doch es war das gottgewollte Los adliger Jungfrauen, zur Bildung von Allianzen vermählt zu werden und hochherrschaftliche Söhne zu gebären. So war es ihnen immer wieder gesagt worden. Dafür litten sie keinen Hunger und trugen schöne Gewänder, schliefen im Federbett statt auf ungezieferverseuchtem Stroh.

Die meisten Frauen der Bauern, Handwerker oder Reisigen auf der Burg wurden auch von ihren Männern verprügelt, mussten aber dazu noch den ganzen Tag auf den Acker oder Butter stampfen, spinnen, melken und brauen, besaßen nur ein einziges fadenscheiniges Kleid und gingen oft hungrig schlafen, samt ihren greinenden Kindern.

Von solchen Zweifeln und Sorgen erfüllt, konnte sich Adela noch schlechter als sonst auf die leidigen Stickarbeiten konzentrieren, solange Gunda fort war. Bald musste sie nach einer Rüge der Grumbacherin die Weinranken, die sie auf einen Ärmel des krapproten Kleides gesetzt hatte, wieder auftrennen und von neuem beginnen.

Am Mittag kehrte die bayerische Kunigunde in einem neuen Kleid zurück. Sie trug ein geschnitztes Kästchen, das die Leinenstreifen enthielt, in deren Verwendung sie unterwiesen worden war, und verstaute es in der Truhe mit ihren Kleidern und sonstigen Habseligkeiten.

Eine der Hofdamen forderte die Mädchen auf, zusammen mit Kunigunde darum zu beten, dass Gott ihr einen guten Mann und sie diesem Mann viele Söhne schenke. Gemeinsam gingen sie in die Kapelle zum Bildnis der Heiligen Jungfrau Maria und wurden vom Beichtvater ermahnt, stets Gott, ihrem König, ihrem Vater oder Vormund und später einmal ihrem Gemahl zu gehorchen, wie es Gottes Ordnung der Welt forderte.
Von nun an schlief Gunda allein unter ihrer Decke, und Adela wurde zu Hedwiga und Judith ins Bett geschickt. So hatte sie die tröstliche Nähe der Freundin schon wieder verloren.

Allianzen und Pläne

Konrad von Staufen und sein Rat;
Augsburg, Juli 1138

Während Adela auf Gundas Rückkehr wartete, hielt der König erneut Rat, und auch ihm wollten die Stunden einfach nicht vergehen.
Diesmal fehlte Albero von Trier in der Runde. Der Erzbischof war vollauf davon in Anspruch genommen, die Verhandlungen mit Heinrich dem Stolzen so zu lenken, dass sie ergebnislos verliefen. Das erforderte sein Plan. Drei Tage schon ritten Boten zwischen beiden Lagern hin und her und überbrachten maßlose Forderungen und unannehmbare Kompromissvorschläge, wobei Albero mit größter Umsicht Vorsorge traf, dass sich der Stauferkönig und der Welfenherzog niemals persönlich begegneten.
Konrad hatte die Zusammenkunft gleich nach dem Frühmahl einberufen. Um den Welfen und seine unvermeidliche Ent-

machtung sollte sich Albero kümmern. Doch er als König musste die staufische Hausmacht stärken, die Geistlichkeit zufriedenstellen, Verbündete gewinnen und sie bei Laune halten.

Dafür waren wichtige Ämter, Ländereien und Privilegien zu vergeben – bevorzugt an Mitglieder der eigenen Familie wie Konrads Halbbruder Otto, der trotz seiner erst sechsundzwanzig Jahre Bischof von Freising werden sollte, einer blühenden Stadt mit einer einträglichen Zollstation an der Isar. Auch andere aus dem Babenberger Zweig der Familie wurden großzügig bedacht.

Um seine Position in Oberitalien zu stärken, erteilte der neue König den Genuesen das Münzprivileg. Die würden sich außerordentlich dankbar dafür erweisen, mit Treue und Silber. Auch durch Nutzungsrechte für Wege, Wälder und Seen, durch Ländereien, Burgen und Titel ließ sich Gefolgstreue sichern. Und ganz besonders durch Ehebündnisse.

Deshalb hatte Konrad zusätzlich zu den Ratgebern auch seine Gemahlin und ihren Bruder Graf Gebhard um ihre Anwesenheit gebeten. Das Haus Sulzbach war mächtig und weit verzweigt.

Vieles hatten sie entschieden an diesem Vormittag. Die Schreiber an ihren Pulten kamen kaum nach, alle königlichen Erlasse zu Pergament zu bringen.

Doch die heikelsten Angelegenheiten wollte Konrad erst zum Schluss im engsten Kreise ansprechen und schickte deshalb alle hinaus bis auf den einäugigen Herzog von Schwaben, die Königin, ihren Bruder, seinen Bruder Otto von Freising, den dünnen Anselm von Havelberg und den überaus klugen Benediktinerabt Wibald von Stablo.

Selbstverständlich blieb auch Ulrich von Lauterstein. Wie stets stand er an der Tür, die Hand am Griff des Schwertes. Bevor die Diener die Kammer verließen, erneuerten sie auf

königlichen Befehl noch einmal die Kerzen, andere brachten Platten mit gebratenem Fleisch und mehr Wein, während die Schreiber ihre Pergamente behutsam zu Stapeln zusammenschoben und die Tonkrüglein mit selbstgekochter Tinte zustöpselten.
Während dieser allgemeinen Geschäftigkeit trat Konrad an das schmale, hohe Fenster und sah hinaus. Es war ein heißer Sommertag, die Sonne brannte am wolkenlosen Himmel, und hier am Fenster konnte er die Hitze spüren, während es innerhalb der Kammern kühl blieb. Auf dem Hof schlugen die älteren Knappen unter bissigen Spottworten des Waffenmeisters mit stumpfen Schwertern aufeinander ein, mehrere Reiter näherten sich gemächlich dem Tor, und in der Ferne sah er Felder mit wogendem goldenem Korn. Allmächtiger, schenk uns eine gute Ernte!, betete er stumm. Und hilf, dass dieses Korn nicht auf dem Halm verbrannt wird! Denn wenn Krieg ausbricht, wird alle Welt mir daran die Schuld geben.

Konrad von Staufen drehte sich brüsk um, und ein strenger Blick von ihm genügte, dass auch die letzten Schreiber und Diener nach einer tiefen Verbeugung hinaushuschten.
Der König ignorierte die Speisen, trank einen Schluck Wein und drehte den Becher in seinen Händen, wie er es oft tat, wenn er nachdachte.
Dann stellte er das Trinkgefäß ab und fragte geradeheraus: »Wie verhindern wir einen Krieg, nachdem wir mit Alberos Winkelzügen dem Welfen Sachsen entrissen haben? Und vor allem: Wie bringen wir die Sachsen dazu, Albrecht dem Bären zu folgen?«
»Sachsen ist nie förmlich an Heinrich vergeben worden«, erinnerte der kluge Abt von Stablo. »Und der Bär kann sich ebenso auf seine Abstammung vom letzten billungischen Sachsenherzog berufen wie der Welfe.«

»Das weiß ich auch!«, platzte Konrad ungehalten heraus. »Nur leider macht sich Albrecht gerade ähnlich unbeliebt wie Heinrich der Stolze auf dem Rückzug von Italien. Die sturen Sachsen wollen sich ihren Herzog nicht ungefragt vor die Nase setzen lassen. Wenn Richenza und ihr Schwiegersohn zu den Fahnen rufen, wer wird dann die Seiten wechseln und ihnen folgen?«

»Die Herren in den östlichen Landen sind derzeit sehr mit aufständischen Wenden beschäftigt«, versicherte der dürre Anselm von Havelberg säuerlich. »Unser ganzes Missionierungswerk dort ist in Gefahr. Kaum dreht man den frisch Getauften den Rücken zu, beten sie wieder ihre Götzen an. Mein Bistum ist gänzlich in der Hand der Wenden und durch die Kämpfe halb entvölkert.«

»Sobald Havelberg wieder christlich ist, stelle ich Euch einen Schutzbrief aus, damit Ihr Siedler anwerben könnt«, versprach der König. »Wenn wir sie für die ersten Jahre von Abgaben und Frondiensten befreien, dürfte das für viele ein Anreiz sein, an die Havel zu ziehen.«

Nun huschte ein Leuchten über das Gesicht des dünnen Bischofs. Er malte sich schon aus, wie Scharen frommer Christen in seine Diözese strömten, Dörfer errichteten oder wiederaufbauten und den Zehnten zahlten.

»Konzentrieren wir uns erst einmal auf die bedeutenden Fürsten, deren Position noch ungewiss ist«, erinnerte der Herzog von Schwaben an den eigentlichen Zweck dieser Zusammenkunft. »Landgraf Ludwig von Thüringen wird durch das Verlöbnis seines Sohnes mit meiner Tochter Judith nunmehr zuverlässig auf unserer Seite stehen.«

Beide Kinder waren erst zehn Jahre alt, aber das spielte keine Rolle. Ein Verlöbnis war eine bindende Verpflichtung.

»Ludwigs Söhne erziehe ich an meinem Hof«, ergänzte der König. »Gottfried von Brabant sichern wir uns, indem ich

ihn zum Herzog von Niederlothringen erhebe und mit Luitgard von Sulzbach vermähle, der Schwester meiner Gemahlin.«
»So weit, so gut. Doch was ist mit dem Markgrafen von Meißen?«, fragte sein älterer Bruder und ließ eine Hand flach auf den Tisch fallen. »Er ist zutiefst verfeindet mit dem Bären, und ihr Aufeinandertreffen in Quedlinburg dürfte diese Feindschaft noch verstärkt haben. Außerdem ist Richenza seine Tante. Sie wird ihn auffordern, sich ihrem Schwiegersohn anzuschließen.«
Der Herzog von Schwaben starrte in die Runde, und da er dies mit nur einem Auge tun konnte, wirkte es besonders bedrohlich.
»Konrad von Meißen ist ein vorsichtiger Mann. Er wägt gut ab, taktiert, hält sich zurück. Aber wenn er seine Chance sieht, schlägt er zu«, überlegte der König laut. »Wir dürfen ihn auf keinen Fall unterschätzen. Vielleicht sollten wir eine seiner vielen Töchter mit deinem Sohn verloben?«
»Nein!«, widersprach der Herzog von Schwaben sofort und heftig. »Friedrich ist die glanzvollste Partie, die wir zu vergeben haben. Er ist zu wertvoll, um einen Herrscher über Wildnis und Wenden an seine Treuepflicht zu erinnern. Durch meinen Sohn können wir ein Bündnis mit Byzanz schmieden, sobald sich die Lage dort geklärt hat.«
Er sah hinüber zu Anselm von Havelberg, der unlängst noch mit dem byzantinischen Kaiser verhandelt hatte.
»Eine ausgezeichnete Idee, Durchlaucht!«, meinte der Havelberger. »Allerdings muss die byzantinische Hochzeit noch warten. Derzeit ist die Lage in Byzanz so unübersichtlich, dass man nicht einmal weiß, wie viele Usurpatoren sich um den Thron streiten.«
»Falls der Markgraf von Meißen seinen Treueeid vergisst, hat er viel zu verlieren. Auch er hält zwei Reichslehen«, erinnerte Wibald von Stablo. »Das sollten wir ihm deutlich

machen, falls es nötig wird. Ich kann das diskret veranlassen, sofern Ihr es wünscht, Majestät.«

»Noch nicht«, entschied Konrad. »Ich will den Wettiner nicht mit einem Misstrauensbeweis oder gar einer Drohung auf die gegnerische Seite treiben.«

Der Benediktinerabt nickte, mischte sich noch mehr Wasser in seinen verdünnten Wein und trank nachdenklich einen Schluck, ehe er weitersprach.

»Sorgen sollten wir uns zunächst um diejenigen, die dem Bären unmittelbar gefährlich werden können, weil sie Burgen und Truppen in der Nähe seines Herrschaftsgebietes haben. Ich denke da zuallererst an den Grafen von Plötzkau. Ein mächtiger Mann aus angesehenem Haus, kampferfahren, ein gefürchteter Heerführer. Und ebenfalls mit Richenza verwandt.«

»Er will die Nordmark«, konstatierte der König. »Die war einst seinem Vater zugesprochen, doch der schaffte es nicht, diesen Anspruch gegen den Bären durchzusetzen. Ich kann ihm die Nordmark nicht geben. Sie gehört Albrecht, also wird sich der Plötzkauer gegen ihn stellen. Und die Mark Meißen? Die *könnte* ich ihm geben, sofern der Meißner eidbrüchig wird. Doch ich wünsche mir das Haus Wettin lieber auf unserer Seite.«

Auffordernd sah er in die Runde, in Erwartung eines Vorschlags.

»Gebt ihm, was er sich fast noch sehnlicher wünscht als den Markgrafentitel!«, mischte sich zu aller Erstaunen nun Gertrud ein.

»Und was sollte das sein?«, erkundigte sich Konrad, der selbst seiner Gemahlin gegenüber Mühe hatte, die Missstimmung über diesen Tag zu zügeln.

Die Königin lächelte.

»Eine Frau, die ihm Söhne schenkt. Sein Vater ist tot, sein älterer Bruder ebenso, seine Tante wählte den Schleier.

Wenn er nicht heiratet und einen Erben zeugt, erlischt sein Haus.«
»Ein guter Gedanke. Doch ich wüsste niemanden, dessen Land an seines grenzt und der eine Tochter im heiratsfähigen Alter hat«, meinte Konrad.
»Dann gebt ihm eine so schöne Frau, dass er nicht nein sagen kann – ausgestattet mit einer Mitgift des Königs!« Gertrud erlaubte sich ein triumphierendes Lächeln.
»An wen denkt Ihr? Kein Vater wird der Vermählung seiner Tochter mit einem Mann zustimmen, der vermutlich schon bald abtrünnig wird.«
Als die Königin in die fragenden Gesichter sah, erklärte sie: »Gebt ihm das Mündel der Krone! Graf Bernhard wird sich geehrt fühlen und kann eine Braut nicht zurückweisen, die der König ihm zuspricht und mit einer großzügigen Mitgift ausstattet. Und wenn er erst sieht, wie schön sie ist, wird er sofort einwilligen.«
Nachdenklich starrte der König seine Gemahlin an.
»Kann diese Ehe schon vollzogen werden? All das müsste sehr bald geschehen, spätestens beim Hoftag in Würzburg, damit der Plötzkauer die Seiten nicht mehr wechselt.«
Gertrud lächelte. »Ja.«
Sie erhob sich, knickste leicht vor ihrem Gemahl und wandte sich zum Gehen. »Lasst mich das gleich in die Wege leiten! Ich bin sicher, wir können die Verlobung schon bald bekanntgeben.«

Die Königin hatte die Kammer kaum verlassen, als zu aller Erstaunen der Erzbischof von Trier in die Sitzung des Rates stürmte und aufgeregt rief: »Majestät, Ihr müsst unverzüglich aus Augsburg abreisen und Euch um Eurer Sicherheit willen nach Würzburg begeben!«
»Weshalb? Ist eine Streitmacht im Anmarsch oder ein Anschlag auf mich geplant?«, erkundigte sich Konrad gelas-

sen. »Ich bin sicher, dass wir dem etwas anderes entgegensetzen können als feige Flucht.«
»Majestät, gewährt mir ein Wort unter vier Augen!«, bat Albero.
»Acht Augen«, entschied Konrad. »Mein Bruder und mein engster Ratgeber bleiben.«
Das wären dann wohl sieben, dachte Albero zynisch angesichts der Einäugigkeit des Herzogs von Schwaben. Doch er verbiss sich jede Taktlosigkeit und fügte sich widerwillig. Umständlich nahm er Platz, sortierte seine wie immer prachtvollen Kleider und wedelte dann mit einem Pergament.
»Die Dinge fügen sich gerade auf wunderbare Weise«, erklärte er. »Der Welfe weigert sich beharrlich, auf beide Herzogtümer zu verzichten und sich mit einem zu begnügen, wie wir es fordern. Und nun lagert sein Heer am anderen Ufer des Lech. Das lässt sich angesichts der Stärke dieser Streitmacht als Bedrohung auffassen. Ihr seid in Gefahr und müsst die Stadt sofort Richtung Würzburg verlassen. Dort könnt Ihr ihn bannen und sämtliche Reichslehen einziehen. Er ist ein Störer des Friedens und zum dritten Mal nicht vor Euch erschienen, was zwangsläufig die Acht nach sich zieht.«
Ungehalten fuhr Konrad auf.
»Soll sich meine Herrschaft ewig auf solche Schurkereien stützen? Wie werden die Nachgeborenen darüber urteilen?«
Albero lächelte jovial. »*Das* soll Eure geringste Sorge sein. Chroniken werden immer in jemandes Auftrag geschrieben. Die Geschichte staufischer Herrschaft verfasst Euer Bruder als Bischof von Freising, der gewiss genügend Familiensinn besitzt, um Euch in bestem Licht darzustellen.«
»Und meine Gegner? Was werden die in ihren Chroniken schreiben?«, platzte Konrad heraus.
Der Erzbischof verdrehte die Augen. »Pergament ist haltbar, Tinte hingegen kann man mit dem Messer vom Perga-

ment schaben. Das tun die Mönche täglich! Viele Geschichten wurden so schon umgeschrieben, neu geschrieben oder ganz ausgelöscht. Es liegt in Eurer Hand.«
Nun wurde die Miene des Erzbischofs ernst.
»Nutzt diese Chance, geht nach Würzburg, und dort könnt Ihr endlich den Bären belehnen und die Dinge zu Ende bringen.«
Konrad schwieg.
Als dieses Schweigen andauerte, beendete es sein Bruder Friedrich von Schwaben schroff. »Was hast du geglaubt? Dass Heinrich dir alles freiwillig zu Füßen legt? Die Reichsinsignien und nun auch noch beide Herzogtümer, mit innigen Empfehlungen an seinen ärgsten Feind, den Bären?«
Ulrich bat um Erlaubnis, sprechen zu dürfen.
»Majestät, so brechen wir einen Krieg vom Zaun.«
»Den wir schnell beenden werden«, fiel der Herzog von Schwaben dem Ritter ins Wort. »Der Welfe unterwirft sich, wird in Gnade in den Frieden des Königs aufgenommen und bekommt einiges zurück. Nur nicht Sachsen. Er könnte sogar Bayern behalten. Mein Bruder und ich wissen zur Genüge, wie so etwas abläuft. Nur ein Narr glaubt, Edelmut brächte jemanden auf den Thron. Das haben uns unsere Gegner nachdrücklich bewiesen. Und die Narren waren wir. Damals.«
»Geht! Alle!«, befahl Konrad, sprang auf und wandte sich wieder dem Fenster zu, während die anderen die Ratskammer verließen.

Ehre hin und her — hier geht es nicht um Ehre, sondern um klare Verhältnisse und Frieden im Reich!, dachte Albero ungeduldig im Gehen. Bin ich denn der Einzige, der das sieht? Der auch vorausschaut?
Missgelaunt begab sich der Erzbischof von Trier auf die Suche nach dem Abt von Stablo.

»Seine Majestät ist momentan wenig geneigt, meine Lösung des Welfenproblems zu akzeptieren«, gestand er ihm. »Ihr, Wibald, habt die Gabe, auf jemanden einzureden, bis er von Euch Sand in der Wüste kaufen würde. Nutzt sie und macht ihm begreiflich, dass es keinen anderen Weg gibt!«
Als Abt Wibald versprach, das Seinige zu tun, und schon gehen wollte, hielt Albero ihn noch einmal zurück.
»Die Königin ist jung und daher leicht zu beeinflussen. Wir müssen sie dazu bringen, ihrem Mann auch in politischen Angelegenheiten eine Vertraute zu sein. Schon um des Kindes willen muss sie ihn drängen, jeglichen Zweifel beiseite zu schieben.«
Dann kann ich den Lautersteiner vom König trennen, sann Albero weiter. Der Mann ist einfach zu ehrlich für das politische Geschäft, er schürt immer wieder Konrads Zweifel. Ist dieser Ulrich erst aus dem Weg, soll Gebhard von Sulzbach seinen Platz als engster Vertrauter des Königs einnehmen. Der ist zwar eitel und nicht der Klügste, doch er hat keine solchen Skrupel.

Am nächsten Morgen erklärte Konrad seinen Ratgebern kategorisch, er wolle das Bündnis mit dem Grafen von Plötzkau besiegelt wissen, bevor er sich nach Würzburg begebe. Danach wurde der Truchsess des Königs von seinem Herrscher unter vier Augen aufgefordert, in aller Stille die Abreise der königlichen Familie vorzubereiten.

Ein Verlöbnis nach schwäbischem Brauch

Kunigunde und Bernhard von Plötzkau;
Hoftag zu Augsburg, Juli 1138

Fassungslos starrte Adela auf Gunda, die prächtig herausgeputzt direkt hinter dem Königspaar durch den Saal schritt.
Jedermann sank auf ein Knie oder in einen tiefen Knicks. Doch Adela lugte vorsichtig zu ihrer Freundin, die den Kopf gesenkt hielt und nicht einmal aufblickte.
Gunda war in ein kostbares Kleid gehüllt, das der Königin gehört hatte und gestern eiligst für sie passend gemacht worden war: in kräftigem Rot, bestickt mit goldenen Fäden und Perlen, mit seidengefütterten weiten Ärmeln und einer Schleppe. An den Seiten war es so eng geschnürt, dass es Gundas zarte Gestalt und die knospenden Brüste betonte. Ihr schwarzes Haar war gekämmt worden, bis es in glänzenden Wellen auf die Hüfte hinabfloss und die weiße Haut wunderbar zur Geltung brachte. Gunda sah atemberaubend schön aus. Und sehr unglücklich und verängstigt.
Tags zuvor war die Freundin überraschend zur Königin gerufen worden. Niemand wusste, weshalb. Als Gunda in Begleitung der Grumbacherin zurückkehrte, erkannte Adela gleich an ihren geschwollenen Augen, dass sie geweint hatte.
Da verkündete die Vögtin die Neuigkeit: Die bayerische Kunigunde werde morgen mit dem Grafen von Plötzkau verlobt, einem bewährten Kämpfer, der über eine Burg und bedeutenden Grundbesitz an der Saale herrsche. Als Mündel der Krone erhalte sie eine Mitgift des Königs.
Das kann nicht sein – von einem Tag auf den anderen!, dachte Adela, vor Schreck wie gelähmt. Doch Gunda wirkte noch viel verstörter.

Gehorsam beglückwünschten die anderen Mädchen die kreidebleiche bayerische Kunigunde zu dieser Ehre. Nur Isotta meinte verächtlich: »Wie kann jemand von der Saale bedeutend sein?«
»Das Geschlecht derer von Plötzkau ist seit hundert Jahren bedeutend«, wies die Grumbacherin sie zurecht. »Sie waren vor einigen Jahren sogar Markgrafen der Nordmark, konnten sich aber nicht durchsetzen.«
»Also unbedeutend *und* erfolglos«, platzte Isotta heraus und wurde dafür von der empörten Vögtin gemaßregelt.
»Es steht dir nicht zu, darüber zu urteilen! Zur Strafe für dein vorlautes Benehmen wirst du heute die Abendmahlzeit versäumen und von jetzt an bis Sonnenuntergang kniend vor dem Altar der Jungfrau Maria Buße tun. Und das wirst du auch morgen, während die Älteren von euch die Brautwerbung miterleben dürfen.«
Mit hoch erhobenem Kopf ließ sich Isotta von einer Kammerfrau zur Kapelle führen.
Doch auch Gunda wurde gleich wieder fortgeholt, damit ein angemessenes Kleid für sie abgeändert werden konnte. Als sie wiederkam, hatten die Mädchen ihr Nachtgebet schon aufgesagt und lagen in den Betten.
Nun war es ihnen verboten zu sprechen, obwohl sie allesamt vor Neugier fast platzten. Doch Gunda schüttelte nur kurz den Kopf angesichts der vielen fragenden Blicke, kniete vor ihrem Bett nieder, faltete die Hände und betete stumm. Dann stieg sie unter die Decke und vergrub das Gesicht im Kissen.
Adela mühte sich, wach zu bleiben, bis alle anderen schliefen, um ihre Freundin zu trösten, doch ungewollt fielen ihr irgendwann die Augen zu. So war Gunda plötzlich Braut, ohne dass Adela noch einmal mit ihr hatte reden können.
Während sie nun auf den Beginn der Verlobungszeremonie wartete, versuchte sich Adela mit dem Gedanken zu beruhi-

gen, dass die Hochzeit sicher nicht so bald stattfinden würde. Bestimmt blieb die Freundin noch eine Weile am Hof, konnte sich an den Gedanken gewöhnen, Graf Bernhard zu heiraten, und ihren künftigen Gemahl etwas kennenlernen.

Der Graf von Plötzkau stand bereits in Gesellschaft einiger seiner Ritter in der Halle, bevor das Königspaar und die Braut eintrafen. So hatte Adela ihn unter halb gesenkten Lidern vorsichtig, aber sehr aufmerksam betrachtet.

Er ist bestimmt schon fünfzig Jahre alt, dachte sie bedrückt. Aber er wirkte kein bisschen gebrechlich, sondern strotzte vor Kraft, war groß und breitschultrig und hatte volles Haar, das an den Schläfen ergraute. Sie konnte ihn sich gut an der Spitze eines Heerbanns vorstellen. Doch als sanftmütigen Ehemann? Wenigstens war er nicht fett, gichtig oder kahl.

Hinter seinen Begleitern entdeckte Adela den Spielmann, den sie auf ihrer Reise nach Bamberg getroffen hatte. Sie wusste auch noch seinen Namen: Lukian. Ein schlanker junger Mann mit lockigem Haar, klangvoller Stimme und vollendetem höfischen Benehmen. Er reiste seit Wochen mit dem Hof von Pfalz zu Pfalz und musizierte fast jeden Abend vor der Tafel des Königs. Doch das Ende des Hildebrandsliedes kannte Adela immer noch nicht. Niemand von den hohen Herren und Damen hatte verlangt, dass der Barde es vortrug.

Das Königspaar setzte sich und erlaubte allen anderen, sich aufzurichten. Gunda blieb an der Seite ihres Vormunds stehen, ohne den Blick zu heben.

»Graf Bernhard, tragt Eure Bitte vor!«, forderte Konrad von Staufen den Grafen auf.

Der Plötzkauer schritt vor das Königspaar und verneigte sich.

»Habe ich die Erlaubnis, Eure Majestäten?«

Mit einer Handbewegung stimmte Konrad zu.

Nun kniete Graf Bernhard vor Gunda nieder, die es nicht wagte, die Lider zu heben und ihren Zukünftigen in Augenschein zu nehmen.

»Kunigunde, gestattet mir, Euren Vormund, den König, um Eure Hand zu bitten. Euer Liebreiz rührt mein Herz, und ich biete Euch meine Liebe, meinen Schutz und meinen Namen. In Plötzkau erwartet Euch eine Burg an der Saale. Eine starke Burg in einem schönen Landstrich, und Ihr werdet ihn noch schöner machen. Ich selbst entstamme einem alten, ruhmreichen Geschlecht. Doch ich bin der Letzte dieses Namens. Mein Bruder fiel bei einem Italienfeldzug Kaiser Lothars, meine Schwester wählte nach dem Tod ihres Gemahls den Schleier. Wenn Ihr mich also erhört, ruhen alle Hoffnungen zum Erhalt meines Hauses auf Euch. Ich schwöre Euch vor Gott und diesen zahlreich versammelten Zeugen, dass ich alles für Euer Wohlergehen tun werde.«

Er legte eine Pause ein und räusperte sich.

»Da ich mich nicht zum Narren machen will durch Sangeskunst, die mir nicht liegt, habe ich einen Spielmann mitgebracht, der Eure Schönheit in Versen preist.«

Der Plötzkauer erhob sich, trat beiseite und ließ Lukian nach vorn kommen, der nun zur Harfe den Liebreiz der Braut besang. Die Geehrte verzog keine Miene dabei.

Als der Spielmann sein Lied beendet hatte und nach einer Verbeugung vor dem Königspaar und einer weiteren vor Braut und Bräutigam zurück an seinen Platz ging, trat Bernhard erneut vor und fragte: »Seid Ihr willens, mein Werben zu erhören und die Gräfin von Plötzkau zu werden?«

Adela hielt den Atem an.

Tu es nicht!, wollte sie schreien, geh nicht mit ihm fort!

Doch Gunda wusste, was von ihr erwartet wurde, was sie zu tun und zu sagen hatte. Ihr ganzes Leben lang war sie darauf vorbereitet worden.

»Ich danke Euch, Graf, für die große Ehre, die Ihr mir erweist, für Eure freundlichen Worte und das Lied«, sagte sie mit zittriger Stimme, aber ohne zu stocken. »Da mein Vormund, Seine Majestät der König, und auch Ihre Majestät die Königin ihre Erlaubnis zu dieser Verbindung erteilt haben, will ich ihrem und Eurem Wunsch folgen.«

Nun erst hob sie den Blick und sah ihrem künftigen Ehemann kurz ins Gesicht.

»Ich werde mein Bestes tun, Euch eine gute Gemahlin zu sein, auch wenn ich noch sehr jung bin und vieles erst noch lernen muss.«

Ob sie das Ja auch herausgebracht hätte, wenn der junge Meißner Markgrafensohn unter den Zeugen wäre?, fragte sich Adela in ihrem Kummer. Doch die Meißnischen waren nach Huldigungseid und Turnier in Bamberg abgereist und seitdem nicht wieder bei Hofe erschienen.

Der Graf von Plötzkau wirkte erleichtert, und in diesem Augenblick erkannte die kleine Vohburgerin, dass ein so plötzliches Verlöbnis mit einer so jungen Frau vielleicht auch ihm Sorge bereiten könnte. Oder sogar Angst, die Braut würde ihn vor dem ganzen Hof ablehnen.

»Ich bin sicher, Ihr werdet die Zierde von Plötzkau sein«, beteuerte der Bräutigam. »Da unser König einem schwäbischen Haus entstammt, will ich unser Verlöbnis nach schwäbischem Brauch besiegeln.«

Erneut kniete er vor Konrad von Staufen nieder.

»Mein König, ich gelobe dieser Jungfrau die Ehe, meinen Schutz, mein Eigentum an Haus und Hof und Vieh und Land und Gold.«

Der König ließ mit einer knappen Geste mehrere Männer herantreten, die mit verschiedenen Gegenständen beladen waren.

»Als Vormund dieser Jungfrau nehme ich Eure Eide entgegen, Graf Bernhard, und übergebe euch diese sieben Dinge: Schwert, Speer, Umhang und Helm für ihren Schutz, einen goldenen Fingerring und den Pfennig für das Gold, den Handschuh für ihre Hand. Ich vertraue Euch dieses Mädchen an. Seid ihr ein guter und gerechter Herr!«

Eines nach dem anderen überreichte der König dem Grafen die genannten Stücke, der sie dann hochhielt und den Anwesenden zeigte.

Den Ring, das wusste Adela, würde die Braut zur Hochzeit bekommen, Silber und Land als Morgengabe, wenn die Ehe vollzogen war.

Den Umhang über dem Arm, die Waffen und anderen Gaben in beiden Händen, verneigte sich der Plötzkauer tief vor dem König und dankte ihm. Dann wandte er sich seiner Braut zu.

»Dies ist ein glücklicher Tag für mich. Und ich hoffe, auch für Euch, liebste Kunigunde.«

Gunda rang sich ein Lächeln ab und bedankte sich mit steifen Worten.

Vielleicht ist er ja gut zu ihr, hoffte die Erbin des Egerlandes. Immerhin gibt er sich große Mühe, ihr zu gefallen. Und dem König natürlich.

Der wirkte sehr zufrieden und klatschte in die Hände.

»Dann lasst uns diese glückliche Verbindung feiern, die Gott segnen möge! Folgt uns in die untere Halle, wo ein Mahl wartet. Trinkt mit uns auf das Wohl des Brautpaares und viele künftige Erben für das Haus Plötzkau! Spielmann, spiel auf!«

Der König bot seiner Königin den Arm, Braut und Bräutigam folgten ihnen, dann reihte sich Lukian ein und geleitete musizierend die ganze Gesellschaft hinunter in die Halle, wo Tische und Bänke bereits aufgestellt waren.

Adela sah ihre Freundin steif einen Schritt vor den anderen setzen. Sie hatte die Hand so scheu in die ihres künftigen Gemahls gelegt, dem sie kaum bis an die Brust reichte, dass es Adela ins Herz schnitt.

Das frisch verlobte Paar durfte mit an der Hohen Tafel speisen, aber Gunda bekam keinen Bissen hinunter.
Ihr Bräutigam betrachtete sie mit unverkennbarer Bewunderung und sagte etwas zu ihr, wobei er lächelte. Gunda antwortete, doch ihren starren Gesichtszügen nach konnte dies bloß eine höfische Floskel sein. Geplauder, wie man es ihnen beibrachte, unverbindliche Sätze, die zu beinahe jeder Lage passten, um Konversation zu betreiben.
Auch Adela aß kaum einen Bissen, so nervös war sie. Sie ließ das Brautpaar und die Hohe Tafel nicht aus den Augen. So bemerkte sie, dass sich der Truchsess an den König wandte und ihm etwas zuflüsterte. Der König blickte streng, nickte aber und gestattete, dass der Marschall vor ihm niederkniete und eine Nachricht überbrachte.
Plötzlich erhob sich der König mit ernster Miene. Sofort unterbrach der Spielmann sein Lied, und sämtliche Gäste standen hastig auf, einige noch mit Hühnerkeulen in der Hand.
»Wir kamen hierher, um Frieden zu stiften, nicht um Schlachten zu schlagen. Doch wie ich soeben höre, sammelt Heinrich der Stolze am anderen Ufer des Lech ein gewaltiges Heer, und es wird stündlich größer«, verkündete der König, was Aufruhr und zornige Rufe in der Halle auslöste.
Mit einer Handbewegung erzwang der König Ruhe.
»Hier und heute soll kein Blut vergossen werden. Ich befehle: Der Hof zieht sofort weiter nach Würzburg, wo der nächste Hoftag einberufen ist. Zum Welfen sollen Unterhändler geschickt werden und ihn ermahnen, statt Drohgebärden endlich seinen Treueeid zu leisten, sonst fällt er in Acht und Bann. Zugleich verstärkt unsere Truppen für den Fall eines Angriffs. Die Abreise erfolgt unverzüglich. Ich hebe die Tafel auf.«
Laut diskutierend und gestikulierend drängten die Menschen nach draußen. Die Mädchen wurden von der Grumbacherin zusammengerufen und in ihre Kammer geführt.

Im Gehen sah Adela noch, dass der König dem Erzbischof von Trier mit finsterer Miene etwas zuraunte.
Nie im Leben wäre sie darauf gekommen, was er sagte:
»Ich hoffe, Ihr seid mit diesem Possenspiel zufrieden, Euer Erzbischöfliche Gnaden!«

Gewinner und Verlierer

König Konrad und Heinrich der Stolze,
Albrecht der Bär und Sophia, Gunda und Bernhard von Plötzkau, Albero und Lukian;
Hoftag in Würzburg, August 1138

Vor allem drei Ereignisse auf dem Würzburger Hoftag waren in aller Munde.
Gleich zu Beginn schlug die Fürstenversammlung den abwesenden Heinrich den Stolzen in Acht und Bann – als Hochverräter wegen Bedrohung der königlichen Person. Dem einstigen Herzog von Sachsen und Bayern und Markgraf der Toskana wurden sämtliche Titel und Länder entzogen.
Die Ächtung des Welfen war durch Albero von Trier mit einem vielzügigen meisterlichen Manöver über Monate hinweg inszeniert und provoziert worden. Nun ging sie ohne Einwände vonstatten. Dafür sorgte schon der Personenkreis der Anwesenden.
Der tiefe Fall des Mannes, der noch vor einem halben Jahr überzeugt gewesen war, zum König gewählt und zum Kaiser gekrönt zu werden, erfüllte diejenigen mit Häme, die ihm im Dezember in jenem verschneiten Dorf in Tirol die Huldigung verweigert hatten. Der Welfe verlangte sie, kaum dass Lothar von Süpplingenburg seinen letzten Atemzug getan hatte. Das konnten sie ihm nicht vergessen.

Doch keiner von den hohen Gästen des Hoftages glaubte, dass der Geächtete diese Entscheidung tatenlos hinnahm. Und mancher begann bereits abzuwägen, auf welche Seite er sich stellen sollte, falls der Entmachtete Gefolgschaft von ihm forderte.
Das nun eingezogene Herzogtum Sachsen wurde umgehend neu verliehen – an den Mann, der seit fünfzehn Jahren auf diesen Augenblick gewartet hatte.

»Albrecht von Askanien, Markgraf der Nordmark, Graf von Ballenstedt, tretet vor!«, rief der König.
Die Runde der in Würzburg versammelten Fürsten war nur klein, aber das kümmerte den Bären nicht.
Stolz ging er dem König entgegen, kniete vor ihm nieder und wurde zum Herzog von Sachsen ernannt.
Wenn seine Mutter ihn jetzt sehen könnte!
Doch Eilika von Ballenstedt hatte beschlossen, lieber den askanischen Besitz vor möglichen Angriffen zu schützen, und war auf der Bernburg geblieben.
»Verzeiht Ihr mir nun, so viel gewagt zu haben?«, fragte Albrecht ungewohnt leise seine Gemahlin, als er wieder an seinem Platz stand. Sophia, ernst und bleich, blickte ihren Ehemann an; sie kämpfte mit der Übelkeit, dem ersten Anzeichen einer erneuten Schwangerschaft.
»Nur wenn Ihr mir schwört, Euch künftig solcher waghalsigen Manöver zu enthalten«, flüsterte sie zurück.
»Ihr habt mein Wort.«
Ihm war verziehen! Albrecht frohlockte und hätte sein Glück am liebsten laut herausgebrüllt.
Als der Bär bei seiner Rückkehr aus Quedlinburg erfahren hatte, dass seine Gemahlin mit schwerem Fieber darnieder lag und Magister Ruthard kaum noch Hoffnung für sie sah, fürchtete der Markgraf, dies könne Gottes Strafe für sein ungeheuerliches Handeln sein. Ungewohnt reumütig ging

er mit sich ins Gericht, fastete und betete. Zu seiner unendlichen Erleichterung genas Sophia, und nun trug sie wieder ein Kind unterm Herzen. Bald würde sie ihm eine kleine Hedwig schenken!

Jegliche Zweifel und Reue verflogen im Nu.

Es hatten doch alle profitiert von seinem Wagemut, außer dem Welfen natürlich. Der Ammerslebener war nun Vogt des wohlhabenden Klosters Hillersleben, seine Schwägerin Beatrix Äbtissin in Quedlinburg, Konrad war König und er endlich Herzog, seine geliebte Gemahlin Herzogin!

Mutter hat recht, dachte er trotzig. Man bekommt nur, was man sich erkämpft.

Als wären dies nicht schon genug Ereignisse von Tragweite für einem Tag, war nach der Ächtung des Welfen und der Neuvergabe des Herzogtums Sachsen auch noch eine Hochzeit angesetzt: die Vermählung des Grafen von Plötzkau mit einem Mündel der Krone, einer blutjungen bayerischen Schönheit.

Adela von Vohburg konnte nicht fassen, dass die Heirat so hastig stattfand. Warum nur? Seit Bekanntgabe der Verlobung durfte sie kein einziges Wort mehr mit Gunda sprechen. Sofort nach der schwäbischen Zeremonie wurde die Freundin als Hofdame der Königin aufgenommen, schlief nicht mehr bei den Mädchen und blieb auch tagsüber strikt getrennt von ihnen.

Erst durfte ich mich nicht von zu Hause verabschieden, dann nicht von Vater und jetzt nicht von Gunda, dachte Adela mit brennenden Augen.

Die feierliche Brautübergabe und Vermählung vor dem Kirchenportal lag noch keine Stunde zurück. Jetzt saß die nunmehrige Gräfin von Plötzkau an der Hohen Tafel zwischen dem König und ihrem Gemahl und schien starr vor Angst, während alle um sie herum ausgelassen feierten. Ein halbes

Dutzend Spielleute musizierten, Gaukler trieben ihre Possen, Mägde brachten immerzu neue Platten mit Fleisch und Fisch, Krüge voll Wein und Bier.
Bald würden Gunda und ihr Gemahl von der Hochzeitsgesellschaft ins Brautgemach geführt, dort vor aller Augen entkleidet und gemeinsam in ein Bett gelegt, nachdem ein Geistlicher es mit Weihwasser gesegnet hatte. Das allerdings würde Adela nicht miterleben: Den unverheirateten Mädchen blieb dieser Teil des Festes verwehrt.
Die Neuvermählten würden gleich morgen früh nach Plötzkau aufbrechen, Gunda dann sittsam mit Schleier, wie es einer verheirateten Frau zukam. Künftig würde niemand mehr ihr wundervolles Haar zu sehen bekommen außer ihrem Gemahl. Womöglich trug sie nach dieser Nacht bereits einen Erben für Graf Bernhard im Leib.
Jetzt bin ich wieder ganz allein, dachte die unglückliche Adela. Doch wie wird erst Gunda zumute sein, die morgen mit ihrem Gemahl an einen fremden Ort ziehen muss? Die heute Nacht diesem Mann in allem gehorchen muss, ganz gleich, was er von ihr verlangen mag, und die dann mit dreizehn Jahren die Verantwortung für Gesinde und Vorratshaltung auf der Burg übernehmen soll?
Mir selbst kann all das ebenso schnell geschehen, dachte sie entsetzt.
Heilige Jungfrau, steh uns bei!, betete Adela stumm. Lass diesen Mann gut zu ihr sein. Und bitte schenke auch mir einen guten Mann, wenn ich schon heiraten muss!
Wieder einmal dachte die Erbin des Egerlandes an den Neffen des Königs. Doch sie hatte keinerlei Aussicht auf jemanden wie ihn. Dafür war das Egerland nicht genug. Ohnehin war der junge Friedrich diesem Hoftag ferngeblieben. Wie gemunkelt wurde, aus Protest gegen die Ächtung seines welfischen Oheims.

Reichsacht, Belehnung, Hochzeit – neben diesen drei großen Ereignissen auf dem Würzburger Hoftag verlief ein viertes völlig unbemerkt. Das sollte es auch.

Während die Hochzeitsgäste mehr oder weniger betrunken, mit viel Lärm und anzüglichen Sprüchen das frisch vermählte Paar ins Brautgemach geleiteten, ging Lukian als Schreiber Ansbert gekleidet in die Kammer, die hier der Hofkanzlei zugewiesen war. Die Gugel hatte er sich tief ins Gesicht gezogen, damit ihn niemand erkennen konnte, der ihm auf Treppen oder in Gängen entgegenkommen mochte. Die Kammer war leer, wie er gehofft und erwartet hatte.

An der letzten Glut im Kohlebecken entzündete er einen Kienspan und damit wiederum ein Kerze, so dass flackernder Schein den Raum erhellte. Mäusekrallen tippelten über den Boden. Ein schmales Fenster bot Ausblick auf den klaren Nachthimmel voller Sterne.

Es war August, Sternschnuppenzeit. Der junge Barde sah einen glühenden Funken auf die Erde niedergehen, noch einen, dann zwei zugleich. War es Aberglaube, dass ein Wunsch in Erfüllung ging, wenn man eine Sternschnuppe sah? Lukian konnte diese Frage nicht beantworten, obwohl er im Kloster aufgezogen worden war.

Er hatte nur einen sehnlichen Wunsch.

Der Spielmann war so in Gedanken bei seiner unerreichbaren Liebe in Meißen, dass er alles um sich herum ignorierte: den Lärm der grölenden und lachenden Hochzeitsgesellschaft, die kläffenden Hunde, die Kommandos für die Wachen auf dem Hof …

Doch dann öffnete sich die Tür, sein Auftraggeber trat ein, und Lukian war sofort hellwach.

Niemand, der es nicht wusste, hätte in dem Mann in grob gewebter Benediktinerkutte und ebenfalls tief ins Gesicht gezogener Kukulle den Erzbischof von Trier erkannt, den alle Welt nur in kostbarsten, farbenfreudigen und aufwendig verzierten Gewändern oder in prächtiger Rüstung sah.

Albero schloss die Tür hinter sich, strich die Kopfbedeckung zurück und lehnte sich mit schmerzverzerrtem Gesicht gegen eines der Pulte, während Lukian vor ihm auf die Knie sank.

»Du darfst dich erheben, mein Sohn.«

Geduldig wartete der Spielmann, dass der Erzbischof ihm den nächsten Auftrag erteilte.

Seit sechs Jahren war Albero sein Gönner und Auftraggeber. Er hatte sich seiner angenommen, als das einstige Findelkind aus der Abtei St. Arnulf in Metz fortgelaufen und wieder eingefangen worden war – in einem Wirtshaus, wo der Ausreißer zur Belustigung des Publikums deftige selbstverfasste Lieder zum Besten gab und dafür reichlich Bier und Essen spendiert bekam.

Lukian fürchtete damals verzweifelt, dass er zurück zu den Mönchen verschleppt würde, bei denen ihn eine harte Strafe und ein ödes Leben hinter Klostermauern erwarteten.

Stattdessen wurde er zu seiner maßlosen Verblüffung vor den neuen Erzbischof von Trier geführt.

Der hatte den Jungen gründlich gemustert und dann gesagt: »Ich sehe mit großer Enttäuschung, dass du für das Klosterleben nicht geschaffen bist. Doch bei deiner Ausbildung und Begabung bist du zu wertvoll, um auf der Straße zu leben, in schäbigen Schänken zu singen und irgendwann erschlagen zu werden. Also sei weiter ein Spielmann, und ich verschaffe dir Zugang zu hohen Herren. Dort wirst du für mich Augen und Ohren aufsperren und meine Aufträge ausführen.«

So blieb Lukian das Klosterleben erspart, und der Erzbischof hatte in ihm einen dankbaren und zuverlässigen Spion. Falls man das wahre Tun des Spielmanns entlarvte, würde er vermutlich als Verräter gehenkt. Doch bisher hatte es Lukian geschafft, alle zu täuschen. Der Markgraf von Meißen und

selbst die Kaiserinwitwe hielten ihn für *ihren* getreuen Spion.
Lukian wusste, dass er ein riskantes Spiel trieb. Bei so vielen unterschiedlichen Interessen, so viel Feindseligkeit zwischen den bedeutendsten Häusern des Reiches würde er früher oder später zwischen die Mahlsteine geraten.
Den Erzbischof von Trier hielt Lukian für einen äußerst gefährlichen Mann. Und dennoch: Obwohl dessen bisheriges verborgenes Tun moralisch fragwürdig war, hatte er damit bislang in einer äußerst brisanten Lage einen Krieg verhindert.
Warum Albero sich ausgerechnet seiner bediente, fragte Lukian sich oft. Er war ein begabter Spielmann, konnte lesen und schreiben, sprach Griechisch und Latein – und er war eine Waise, ein Findelkind. Sollte er ertappt und hingerichtet werden, würde niemand ihn vermissen. Das waren wohl Gründe genug.

Beim Anblick des jungen Mannes dachte Albero aufgewühlt: Er sieht seiner Mutter so ähnlich! Jedes Mal, wenn ich ihn anschaue, zerreißt es mir das Herz. Auch wenn niemand glaubt, ich hätte eines. Gott rief sie zu sich, als sie unseren Sohn gebar, und ich bete jeden Tag, dass der Allmächtige ihr vergibt und nicht sie straft für eine Sünde, die ich ganz und gar auf mich nehme.
Der Erzbischof räusperte sich, was wieder einen stechenden Schmerz durch seinen Rücken jagte. Heute, nach diesem anstrengenden Tag, quälte ihn sein sporadisch auftretendes Leiden besonders schlimm. Vorsichtig ließ er sich auf einen Schemel sinken.
»Was du in den letzten Monaten getan hast, half mir, den Frieden im Reich zu wahren. Doch jetzt muss ich dich auf eine Mission schicken, die noch heikler ist als die vorige.«
Lukian wunderte sich über die brüchige Stimme des sonst

so wortgewaltigen Erzbischofs. Als habe er mit den prachtvollen Gewändern auch seine unerschütterliche Selbstzufriedenheit abgelegt.

»Der Welfe ist geächtet, und der königliche Bote bricht morgen früh auf, um ihm den Urteilsspruch zu überbringen.« Allmählich redete sich Albero nun doch in Schwung. »Im Stall wartet ein schnelles Pferd auf dich. Du reitest noch heute Nacht nach Regensburg. Lass dich als Spielmann bei Richenza und ihrem Schwiegersohn melden. Sie vertrauen dir. Also versuche zu erfahren, wen sie auf ihre Seite ziehen wollen. Dann berichte mir auf dem üblichen Weg. Sobald es dir möglich ist, reise weiter nach Meißen. Richenza wird von ihrem Neffen Gefolgstreue fordern. Markgraf Konrad ist ein besonnener Mann, aber sein Hass auf den Bären könnte ihn auf die welfische Seite treiben. Er lässt sich nicht von Gefühlen leiten, sondern nur von Vernunft – außer vielleicht in diesem einen Fall. Zumal er sicher argwöhnt, es könnte ihm ebenso widerfahren, dass ihm eine seiner zwei Markgrafschaften entzogen wird. Bringt das den Wettiner dazu, sich auf die Seite der Welfen zu stellen? Solltest du Anzeichen dafür entdecken, gib dich nötigenfalls vorsichtig zu erkennen und richte ihm von höchster Stelle aus: Wenn er sich der Aufforderung seiner Tante nicht entziehen kann, bieten wir ihm einen Weg an, gleichermaßen das Gesicht vor Richenza zu wahren *und* dem König treu zu bleiben.«

»Auf wen darf ich mich berufen?«, fragte Lukian.

Albero zögerte. »Auf das Wort des Königs. Doch ohne Zeugen außer Gott. Tu, was du kannst. Um des Friedens willen.«

»Ja, Hochwürdigster.«

Da er sofort aufbrechen sollte, erwartete Lukian die Erlaubnis zu gehen. Aber noch wurde er nicht hinausgeschickt. Wieder fühlte er sich mit diesem merkwürdigen Blick gemustert, der so gar nichts mit dem Albero von Montreuil zu tun hatte, den alle Welt kannte.

Gequält drückte der Erzbischof den Rücken durch und presste die Hände ins Kreuz. Heute war der Schmerz besonders schlimm.

Sieh mich nicht so an, Sohn!, hätte er am liebsten gerufen. Jedermann hält mich für einen eitlen Pfau und Intriganten. Die Eitelkeit ist nur Tarnung, denn so schauen sie auf meine Prunkgewänder, nicht auf mein Gesicht. Und Intrigant? Natürlich. Dieser maßlose und jetzt schon viel zu mächtige Welfe darf niemals auf den Thron gelangen! Und wenn wir uns sagen, wir tun es für das Reich, *für den Frieden des Reiches,* dann fühlen wir uns doch gleich viel besser mit all unseren schändlichen Täuschungsmanövern, Listen, Fallstricken und Lügen.

Mit schmerzverzerrtem Gesicht deutete der Erzbischof auf ein Kästchen. »Darin findest du mehrere Pfennigschalen. Hiesige Pfennige und Meißner für die Reise. Gott sei mit dir, mein Sohn!«

Wie leicht mir das »mein Sohn« über die Zunge geht, sinnierte Albero. Ungewohnt wehmütig, wie immer, wenn er an seine einstige Geliebte dachte, an diese eine ganz besondere. Der Junge wird nie erfahren, wer seine Eltern sind. Doch Gott steh ihm bei in allem, was ich ihm jetzt aufbürde!

Weisungsgemäß ging Lukian zur Truhe, klappte sie auf und fand darin die Pfennigschalen, jede mit einem Leinentuch zugebunden.

»Geh jetzt!«, befahl der Erzbischof. »Aber zuvor will ich dir einen Reisesegen erteilen.«

Der Spielmann kniete erneut nieder, ließ sich segnen, holte sein Bündel und ging zu den Stallungen. Dort bekam er nicht nur das versprochene Pferd, sondern erfuhr auch das Losungswort, damit ihn die Wachen mitten in der Nacht aus der Pfalz und aus der Stadt hinausließen.

Lukian erreichte Regensburg tatsächlich noch vor dem königlichen Boten und wurde diesmal gleich bei Richenza gemeldet. Die Kaiserinwitwe saß zusammen mit ihrem Schwiegersohn und ihrer Tochter in der Kemenate, und so konnte er ihnen als Erster von dem Fürstenurteil berichten.
Der Spielmann hatte mit einem Wutausbruch des Welfen gerechnet, doch der blieb erstaunlich ruhig und wirkte dadurch noch gefährlicher.
»Ächtung? Ich speie drauf! Es gibt nur einen Herzog von Sachsen, und das bin ich.«
Dann verkündete er eiskalt: »Ich rufe zu den Waffen! Sie wünschen Krieg, nun sollen sie ihn bekommen.«
»Sie haben dir nie auch nur eines der Herzogtümer lassen wollen«, erkannte Richenza voller Bitterkeit. »Albero wollte dich von Anfang an vernichten. Es würde nicht einmal helfen, wenn du dich dem Pfaffenkönig jetzt noch zu Füßen wirfst.«
Wochenlang hatte sie gegrübelt, wie sich die Lage noch retten ließe. Jetzt begriff sie, dass Alberos ausgeklügelter Plan genau das hier zum Ziel hatte. Milde, wie sie selbst sie vor wenigen Jahren für die rebellischen Staufer erwirkt hatte, war für ihren Schwiegersohn nie auch nur in Erwägung gezogen worden.
Also würden die Waffen sprechen.
»Ruf die Sachsen und Bayern zu den Fahnen«, bekräftigte sie. »Und ich schicke Boten zu allen Verwandten und Feinden des Bären: an meine Vettern Konrad von Wettin und Graf Siegfried von Boyneburg, an Pfalzgraf Friedrich von Sommerschenburg, Erzbischof Konrad von Magdeburg, die Grafen Rudolf von Stade und Adolf von Holstein. Sie werden uns beistehen.«
»Ich habe die Staufer schon oft im Kampf das Fürchten gelehrt, und ich werde es wieder tun«, versprach ihr Schwiegersohn grimmig. »Doch zuerst reiten wir gegen den Bären und brennen seine Burgen nieder. Sammelt die Truppen!«

ZWEITER TEIL

DER KRIEG DER WITWEN

Überrumpelt

Heinrich der Stolze, Richenza von Northeim, Lukian;
Bayern, September 1138

Verästelte Blitze tauchten immer wieder die Gegend kurz in gespenstisches Licht, Donnerschläge krachten in der Ferne, und bald würde wohl ein kräftiger Gewitterguss auch diese Burg erreichen, eines der welfischen Familiengüter in Bayern.

Doch nicht einmal der strahlendste Sonnenschein hätte die Laune Heinrichs des Stolzen aufhellen können. Das wahre Donnergrollen fand hier in der Kammer statt, wo der geächtete Herzog zusammen mit seiner von Husten und Schnupfen geplagten Schwiegermutter und seinem Marschall wie mittlerweile jeden Tag und mit wachsender Ungeduld versuchte, die Heereskontingente zusammenzuzählen, die ihm seine verbliebenen Getreuen in Aussicht stellten.

Lukian war in seiner Rolle als Schreiber Ansbert zugegen, um die Schriftstücke vorzulesen, die berittene Boten in den letzten Tagen gebracht hatten. Längst wollte er auf dem Weg nach Meißen sein. Doch Richenza hatte ihm befohlen, sie und ihren Schwiegersohn hierher zu begleiten, wo sie ihren Kriegszug vorbereiteten.

»Die Antworten noch einmal, Wort für Wort!«, forderte Heinrich schroff, während er ruhelos auf und ab schritt.

Geduldig und mit gleichförmiger Stimme las Lukian nun schon zum vierten Mal die beiden einzigen Schriftstücke vor, in denen Gefolgsleute Truppen und Ausrüstungen für

den bevorstehenden Kampf zusagten. Dann rollte er die Pergamente sorgfältig und leise wieder zusammen.
Es wurden nicht mehr.
Friedrich von Sommerschenburg, der Pfalzgraf von Sachsen, würde dreihundert Mann schicken, davon fünfzig Ritter, Graf Siegfried von Boyneburg ebenso viele.
Das war schon alles, was Lukian vortragen konnte.
Dabei hatte Heinrich Dutzende Boten ausgesandt und seine Mitstreiter aufgefordert, ihm Bewaffnete für einen Feldzug zu schicken, um sein Recht wiederherzustellen und den anmaßenden Askanier in die Schranken zu weisen. Der einstige Herzog von Sachsen und Bayern beharrte darauf, dass die Ächtung ungültig war.
Als Erster hatte sofort der Erzbischof von Magdeburg zugesichert, ihm mit fünfhundert Rittern sowie entsprechend vielen Knappen, Reisigen und Fußvolk beizustehen und diesen Heerbann höchstpersönlich anzuführen. Ein großer Gewinn für die welfische Seite, denn Erzbischof Konrad war ein kämpferischer und militärisch erfahrener Mann. Als Verwandter des verstorbenen Kaisers wollte er Lothars Schwiegersohn auf dem Thron sehen, keinen Staufer.
Mehrere unbedeutende Gefolgsleute in Sachsen hatten durch Boten kleinere Kontingente versprochen, mal zehn Ritter samt Fußvolk und Geleit, mal zwanzig oder dreißig. Doch von den meisten war gar keine Antwort eingetroffen.
Und nun wartete Lukian auf den nächsten Ausbruch Heinrichs, während er sich fragte, was wohl Gott dazu sagen mochte, wenn sich in dem bevorstehenden Krieg zwei Erzbischöfe mit ihren Heeren in einer Schlacht gegenüberstanden: Albero von Trier und Konrad von Magdeburg.
Trotz äußerlicher Ruhe war der Spielmann, Schreiber und Spion voller Ungeduld. Er sollte längst in Meißen sein, für Alberos Auftrag und wegen des Mädchens, um das er sich

sorgte. Er war so lange nicht dort gewesen. Ihr konnte inzwischen sonst etwas zugestoßen sein.
Doch die Kaiserinwitwe erlaubte ihm nicht, zu gehen. Stattdessen beorderte sie ihn immer wieder zu sich, wenn sie und ihr Schwiegersohn Details ihrer militärischen Offensive planten. Schließlich hatte sich Lukian mehrere Wochen am Hof des Stauferkönigs aufgehalten und dort viel gesehen und gehört, das ihnen nützlich sein konnte.
Unwirsch stellte Heinrich den Becher mit verdünntem Wein ab, hielt in seinem ruhelosen Umherwandern inne und hakte die Daumen in den mit Silberbeschlägen verzierten Gürtel.
»Wo bleiben die anderen?«, grollte er. »Was glauben sie eigentlich, wann ich in den Kampf ziehen will? Im Winter, wenn alles in Schnee versinkt? Nächsten Sommer?«
»Es werden noch mehr Zusagen kommen«, versuchte ihn Richenza zwischen zwei Hustenanfällen zu beschwichtigen. »Morgen, übermorgen, nächste Woche. Mancher wird auch erst überlegen, ob er in so einer heiklen Sache ein Pergament oder lieber einen Boten schickt …«
Sie nieste heftig und schneuzte sich. »Vielleicht haben sie ihre Männer auch schon zusammengerufen und sind auf dem Weg hierher. Bei diesem Wetter reitet niemand weiter, sondern sucht sich Unterkunft in einem Dorf oder einer Herberge.«
Wie zur Bestätigung ihrer Worte zuckte erneut ein greller Blitz durch die Wolken, dann krachte Donner, diesmal ohrenbetäubend laut und nah. Schlagartig setzte heftiger Regen ein. Der Wind wehte in Böen feine Tropfen durch die Fensteröffnung.
Heinrich ignorierte Wetter und Worte.
»Der Plötzkauer ließ sich kaufen – für ein Weib!«, echauffierte er sich. »Ist die Hure wenigstens hübsch? Oder tat er's wegen der königlichen Mitgift? Wie viel kann der Winkelkönig schon zahlen?«

Er starrte Lukian an, der ihm von dieser Hochzeit berichtet hatte, ohne eine Antwort zu erwarten. Der Spielmann hatte sofort wieder das Bild der blutjungen, vor Angst erstarrten Braut vor Augen. Wie es ihr wohl ergangen sein mochte? Fürchtete sie sich immer noch vor diesem Mann, vielleicht sogar noch mehr als zuvor? Oder gingen sie und Graf Bernhard freundlich miteinander um, vielleicht sogar liebevoll?
»Der Meißner reagiert nicht einmal …«, grollte Heinrich weiter. »Er glaubt wohl, er könne sich in seinem Dunklen Wald oder in den Lausitzer Sümpfen verstecken? Soll er da bleiben, soll er da verrotten! Ich brauche ihn nicht, diesen *Emporkömmling!*«
Er spie das letzte Wort geradezu aus.
»Sein Vater war ein unbedeutender Graf, während sich meine Linie bis auf Adam und Eva zurückführen lässt.«
»Den Meißner brauchst du sehr wohl«, widersprach Richenza krächzend. »Nicht nur, weil er zwei Markgrafschaften hält, die er sich *erkämpft* hat, wie du dir stets vor Augen halten solltest, und eine große Zahl Ritter stellen kann. Sondern weil ihm genau wie dir droht, entmachtet zu werden, denn er hält zwei Fürstentümer.«
Sie nieste erneut. »Und ebenso wie der Erzbischof von Magdeburg kann auch der Markgraf von Meißen kein Interesse daran haben, dass sein askanischer Nachbar zu mächtig wird. Also verprell ihn nicht, Sohn, sondern gewinne ihn für deine Sache!«
Richenza hustete gequält, spie angewidert gelben Schleim in die Binsen auf dem Boden und sprach mit rauher Stimme weiter.
»Konrad von Meißen ist mein Neffe, er ist mir verpflichtet. Sein Bote ist sicher noch unterwegs. Es ist ein weiter Weg von hier nach Meißen und zurück. Sonst würde ich am liebsten selbst zu ihm reisen und ihn zurechtrütteln, bis er sich auf seine Familienpflichten besinnt.«

Heinrich strich sich unruhig durchs schwarze Haar, trat an die Fensternische und starrte schweigend hinaus. Hoffte er, dort schon Heerscharen zu erblicken, die sich der Burg näherten? Aber bei dem Gewitterguss mussten Burghof und Wege menschenleer sein.
Solange Stille herrschte, vom gleichförmigen Geräusch des Regens untermalt, ließ Lukian seine Gedanken spielen, ohne den Herzog aus den Augen zu lassen.
Wenn er dem Meißner Markgrafen hiervon berichtete und die Nachricht Alberos übermittelte, verriet er die Kaiserin. Tat er es nicht, verriet er den Erzbischof. Und ganz gleich, was er tat oder nicht tat, er täuschte Konrad von Wettin über seine Loyalität. Gab es überhaupt jemanden, der ihm nicht Verrat vorwerfen konnte? Er hatte es hier mit mächtigen, gefährlichen Leuten zu tun. Mit einem einzigen Wort konnten sie ihn zum Tod verdammen.
Albero war ein mit allen Wassern gewaschener Spieler, der Mann, der im Hintergrund die Fäden zog. Konrad ein harter Mann, der seinen eigenen Nutzen sorgsam abwog. Und Richenza eine kluge Frau, die seit dem Tod ihres Gemahls schweren Stand hatte. Sie alle drei schienen große Stücke auf ihn und seine Fähigkeiten zu halten.
Aber Lukian gab sich keiner Täuschung hin. Er war ein Niemand, ein Bastard, ein unehrlich Geborener und für sie alle nur ein Werkzeug. Geriet er in Verdacht, würden sie ihn ohne Bedenken beseitigen. Da sollten *ihn* wohl keine Skrupel quälen. Wer sich ins Spiel der Mächtigen einmischte, geriet schnell unter die Räder.
Doch das Land brauchte Frieden. Konnte er dazu beizutragen?
Der Markgraf von Meißen lohnte seine Treue – oder vermeintliche Treue – mit Silber, guten Kleidern und dem Versprechen, für seine Nachfahren zu sorgen, sollte er in seinen Diensten den Tod finden. Doch welche Nachfahren konnte

er als Spielmann haben, als unehrlich Geborener? Bastarde, Gossenjungen? Selbst ein Knecht galt mehr als er. Seine große Liebe in Meißen blieb deshalb unerreichbar für ihn. Richenza schickte ihm hier nachts sogar Mädchen in seine Kammer, um ihm den Aufenthalt zu versüßen. Ein hübsches Ding mit blonden Haaren und üppigen Brüsten war gestern aufgetaucht, eine der Näherinnen, die ihn nur im dünnen Hemd in seinem Bett erwartete.

»Spielmann, sing mir ein Lied!«, hatte sie gewispert, doch gar nicht darauf gewartet, sondern sich ihr Unterkleid über den Kopf gezogen und ihn geküsst. Sein Impuls, sie fortzuschicken, verflog im Nu. Zu lange hatte er keine Frau gehabt. Zögernd liebkoste er ihre Brüste, im nächsten Augenblick lagen sie schon übereinander auf seinem Strohsack, und hastig drang er mit geschlossenen Augen in sie ein. Hanka, vergib mir!, dachte er reuevoll, doch dann konnte er gar nichts mehr denken und schaffte es gerade noch, sich aus der unerwarteten Besucherin zurückzuziehen, bevor er sich ergoss. Verwundert hatte sie ihn angesehen.

»Wieso?«

»Ich will dir keinen Bastard anhängen.«

Sie hatte gelacht und ihm durchs Haar gestrichen. »Ich bin schon schwanger von einem der Ritter. Denkst du, hier würde sich jemand daran stören? Du darfst dich geschmeichelt fühlen, dass mich Ihre Majestät zu dir schickt. Aber dafür musst du mir nachher wirklich ein Liebeslied singen!« Sie zog ihn an sich, flüsterte, kicherte, liebkoste ihn, bis er wieder bereit war.

»Und jetzt richtig!«, wisperte sie. Was er dann tat.

Lukian verlor sich gerade in Erinnerungen an die letzte Nacht, als vom Hof heraufdringender Lärm seine Aufmerksamkeit jäh wachrief.

Wer war bei solchem Wetter unterwegs? Jeder Reisende mit

Verstand würde sich bei Gewitter einen Unterschlupf suchen, um nicht vom Blitz getroffen zu werden oder im Schlamm zu versinken.

Das konnte nicht Gutes verheißen.

»Was ist da unten los?«, wollte auch der geächtete Welfe wissen. Mit einer schroffen Geste scheuchte er seinen Schreiber Ansbert zum hofseitigen Fenster, damit der nachschaute.

»Reiter sind eingetroffen, Durchlaucht, drei Ritter und ein Dutzend Mann Geleit. Aber einige sind offenbar verletzt, sie tragen Verbände, und ihr Anführer muss sich vom Pferd helfen lassen …«

Doch da war Heinrich schon selbst herangetreten, so dass Lukian rasch beiseitehuschte.

»Das ist der Graf von Stade … verwundet … wieso ist er hier? Ich dachte, er ist viel weiter im Norden!«

Der Welfe schritt zur Tür, riss sie auf und bellte ein paar kurze Befehle, die unzählige Männer auf den Gängen in Bewegung versetzten, damit die Neuankömmlinge, seine Gemahlin und der Truchsess unverzüglich vor ihm erschienen.

Das Geschrei und Gerenne pflanzte sich fort auf den Hof, denn trotz des heftigen Regens mussten die Pferde in die Stallungen geführt und versorgt werden. So war bald ein beträchtlicher Teil der Burgmannschaft triefend nass.

Wenig später bat Truchsess Jordan von Blankenburg, das Gemach Ihrer Majestät betreten zu dürfen. Der für sein hohes Amt noch junge Ministeriale war stets beherrscht und höflich, doch jetzt stand ihm der Schrecken ins Gesicht geschrieben, als er niederkniete.

»Durchlaucht, der Bär ist in Euer Land eingefallen! Es gab eine Schlacht … Aber hört selbst!«

Er wandte den Kopf und deutete auf drei Ritter, die aufgefordert wurden, einzutreten.

Alle drei waren in erschreckendem Zustand, wobei die

Nässe ihrer Kleider und Umhänge noch das geringste Übel schien.
Erschöpft vom harten Ritt und mit blutverschmierten Verbänden knieten die drei Unglücksboten vor Heinrich dem Stolzen und der Kaiserinwitwe. Fassungslosigkeit und Schmerz standen in ihren eingefallenen Gesichtern.
»Durchlaucht, vergebt uns!«, begann der Graf von Stade, ein zäher, im Kampf bewährter Mann um die vierzig mit rötlichem Haar, der sein rechtes Bein sichtlich nur unter Schmerzen bewegen konnte und dessen Augen fiebrig glänzten.
»Sofort nach Ankunft Eurer Order setzte ich alle verfügbaren Truppen gen Süden in Marsch. Das taten auch die Grafen Sommerschenburg und Boyneburg. Wir wollten unsere Heere auf dem Weg vereinigen. Doch die Tinte auf dem Pergament mit Eurer ungeheuerlichen Ächtung konnte noch nicht einmal getrocknet gewesen sein, als der Bär schon in Euer Land einfiel. Er griff sogar Euer billungisches Erbe an und zwang uns in eine Schlacht bei Mimirberg, ohne uns Zeit zum Sammeln, zum Rüsten und Aufstellen der Reihen zu gewähren.«
Rudolf von Stade senkte den Kopf.
»Wir kämpften bis zum Letzten, doch wir hatten keine Chance. In mehrfacher Überzahl fielen sie über uns her, sie ritten unsere Reihen nieder … Es war ein Gemetzel. Fast die Hälfte unserer Männer sind gefallen, die anderen gefangen genommen. Den Schwerverletzten haben sie gleich die Kehle durchgeschnitten, doch auch von den Überlebenden werden viele noch an ihren Wunden sterben. Erlaubt dem Anführer meiner Reiterei, weiter zu berichten …«
Er wankte, erkennbar am Ende seiner Kräfte, und forderte mit einem Blick den graubärtigen Ritter zu seiner Rechten auf, fortzufahren.
»Reicht Graf Rudolf und seinen Getreuen von dem Wein, und dann holt sofort Magister Bruno und den Baderchirur-

gen!«, mischte sich die Kaiserinwitwe ein, obwohl auch sie über diese Katastrophe entsetzt war. »Der Graf von Stade ist verletzt und braucht dringend Hilfe.«

Wieder liefen ein paar Bedienstete los.

»Ich bin wohl nicht mehr der Graf von Stade«, erklärte dieser. »Da ich mich weigerte, dem Askanier die Treue zu schwören, entzog er mir die Grafschaft und gab sie einem anderen.«

»Das wollen wir erst einmal sehen!«, polterte Heinrich der Stolze. »Ihr seid und bleibt der Graf von Stade, dafür werde ich sorgen.«

Dann erteilte dem zweiten Mann die Erlaubnis zu sprechen.

»Eure Majestät, Durchlaucht«, begann dieser mit Blick auf Richenza, bevor er sich seinem Fürsten zuwandte. »Meine Ritter und ich versuchten, die Reihen zu halten. Sie sind alle tot, soweit ich weiß, Mimirberg wurde dem Erdboden gleichgemacht. Glaubt nicht, wir hätten nicht bis zum Letzten gekämpft … Mein erstgeborener Sohn ist gefallen, als er dem Grafen zwei Angreifer vom Leib halten wollte, mein Zweitgeborener verlor ein Bein und verblutete, noch ehe die Schlacht zu Ende war. Und sie war sehr kurz. Mein dritter Sohn, der einzige, den ich nun noch habe, ist gefangen, und mit ihm einige unserer besten Ritter. Wir waren einfach zu wenige … Und keiner hatte damit gerechnet, dass der Askanier jetzt schon eine Schlacht wagt. Er griff ohne Fehdebrief an.«

Der Welfe ist geächtet, dachte Lukian als stummer Zeuge. Ihm muss niemand Fehde erklären. Doch dass der Bär sofort losschlug, den ersten Angriff führte und in welfisches Gebiet einfiel, das kam wirklich unerwartet.

Albrecht hatte den Krieg eröffnet.

»Uns drei gab der Askanier frei, damit wir Euch von dieser Niederlage berichten«, fuhr nun Rudolf von Stade zerknirscht fort. »Von seinem Sieg. Und wir sollen Euch ausrichten, dass er längst auf dem Weg ist, um Lüneburg, Bardowick, Bremen und dann den gesamten sächsischen Westen zu erobern. Seine letzten Worte, bevor er uns entließ, lauteten: Sagt dem Geächteten, er kann mich nicht aufhalten!«

Scheinbar unendlich lange herrschte Schweigen im Raum, nur der rasselnde Atem der Kaiserin und das Trommeln des Regens waren zu hören. Heinrich hatte sich abgewandt und starrte mit geballten Fäusten erneut aus dem Fenster.
Er wirkte dermaßen angespannt, dass jeder im Raum lieber einen seiner gefürchteten Ausbrüche ertragen hätte als dieses Schweigen.
Schließlich drehte er sich wieder zu den anderen und fragte: »Wer kämpft auf Seiten dieses Bastards?«
»Soweit wir sehen konnten, der Winzenburger als sein Schwager und der Plötzkauer … Seine Mutter Eilika hetzt den ganzen Landstrich auf und rekrutiert Söldner. Offenbar hat sogar sein slawischer Wahlverwandter Pribeslaw ein paar wilde Heiden von der Brandenburg geschickt. Die kämpften mit Äxten und Rundschilden!«
»Durchlaucht, wenn wir das bekanntmachen, wird jeder Sachse sofort mit Euch ziehen«, versicherte der Marschall.
»Das will ich auch hoffen!«, fauchte Heinrich.
»Mein Beileid zum Tod Eurer Söhne und Eurer Männer«, sagte Gertrud, die bisher ehern geschwiegen hatte, sich nun aber als Einzige an Gastgeberpflichten erinnerte.
»Wenn mein Gemahl es erlaubt, dann geht, lasst Eure Wunden versorgen und Euch eine Mahlzeit reichen.«
Die drei bedankten sich erleichtert. Bei dem, der ihm am nächsten stand, glaubte Lukian den Fäulnisgeruch einer eiternden Wunde wahrzunehmen.
In der kurzen Zeit, während die Unglücksboten den Raum verließen, hatte sich Heinrich gefasst und über sein Vorgehen entschieden. Er war hochfahrend und jähzornig,

aber er war auch ein überaus fähiger und gefürchteter Heerführer.
»Wir müssen sofort handeln. Ich lege die Verteidigung Bayerns in die Hände meines Bruders Welf.«
Er war es, für den der junge Friedrich von Staufen den Grafen von Wolfratshausen im Turnier gedemütigt hatte.
»Wir ziehen Truppen zusammen, so schnell es geht, und besetzen Sachsen. Oder holen es uns zurück.«
»Diejenigen, die treu zu Lothar standen, werden dieses Unrecht nicht kampflos hinnehmen«, bekräftigte Richenza. »Kein sächsischer Fürst lässt sich einen Herzog vorsetzen, ohne gefragt zu werden. Jetzt kann sich auch mein Neffe in Meißen nicht mehr herauswinden. Das darf er nicht dulden!«
»Ehe wir auch nur die Umgebung von Mimirberg erreichen, wird der Bär schon weit im Norden sein«, gab der Marschall zu bedenken.
Heinrich lächelte kalt. »Wir werden uns nicht mit Belagerungen aufhalten, sondern ihm auf schnellstem Weg nach Norden folgen, solange das Wetter es erlaubt. Wenn erst Schnee liegt, ist der Krieg zu Ende, bevor wir richtig zurückschlagen konnten, und wir müssten bis zum Frühjahr warten. Doch eine Burg brennen wir gleich nieder.«
»Ballenstedt? Anhalt?«, mutmaßte der Marschall.
»Nein, das würde uns zu lange aufhalten, die heben wir uns für später auf.«
Ein gefährliches Lächeln zog über Heinrichs Gesicht.
»Schickt mit dem schnellsten Reiter Nachricht an Erzbischof Konrad von Magdeburg! Er wird lange vor uns dort sein und soll Albrechts Mutter Eilika die Bernburg vor ihrer spitzen Nase abfackeln. Das wird ihr sowohl den Billunger-Stolz austreiben als auch die Unverschämtheit, sich als Weib in Kriegsangelegenheiten einzumischen. Für Muttersöhnchen Albrecht wird es eine gewaltige Blamage, dass er das

nicht verhindern kann. Er hatte seinen Spaß, jetzt werden wir unseren haben.«
Sofort begann er mit seinem Marschall, die Vorbereitungen für einen schnellen Abmarsch seiner eigenen tausendfünfhundert Mann – zumeist jene, die mit ihm in Italien gewesen waren – und die Vereinigung mit den anderen Kontingenten zu besprechen.
Der Schreiber Ansbert war entlassen, zum Schweigen verpflichtet und befand sich keine Stunde später auf dem Weg nach Meißen.

Eilika im Feuer

Eilika von Ballenstedt,
Erzbischof Konrad von Magdeburg;
Bernburg an der Saale, Herbst 1138

»Gnädigste Gräfin, das feindliche Heer ist in Sichtweite.«
Die winzige Eilika von Ballenstedt zuckte mit keiner Wimper, als ihr der Burgkommandant diese Meldung überbrachte. Sie wussten schon seit gestern durch ihre Späher, dass Angreifer auf Bernburg zumarschierten.
»Wie viele, und wer führt sie an?«, erkundigte sie sich. Diese beiden Fragen konnten gestern noch nicht sicher beantwortet werden.
»Knapp zweitausend Mann unter dem Banner des Erzbischofs von Magdeburg.«
Spöttisch zog Eilika die weißen Augenbrauen hoch.
»Höchstwürden Konrad? Soll ich mich nun geehrt fühlen, weil Eminenz selbst in den Sattel steigt, oder beleidigt, weil der Welfe mir nicht persönlich seinen Besuch abstattet?«
»Mit Verlaub, Gräfin, den würde ich mir lieber nicht herbei-

wünschen«, warnte der Burgkommandant namens Bodo, ein Mann in ihrem Alter, hager und mit mehrfach gebrochener Nase, ein erfahrener und bewährter Ritter, der ihrem Haus schon zu Lebzeiten des Grafen gedient hatte.

Eilika lächelte, und ihre Augen funkelten. »Heinrich ist geächtet. Niemand kann mir vorwerfen, ihn zu bekriegen. Und schon gar nicht, mich gegen ihn zu verteidigen. Doch die Angelegenheit verspricht mehr Spaß mit einem Erzpfaffen an der Spitze des Heerbanns. Seid gewiss!«

Der Befehlshaber wusste die Entschlossenheit seiner Herrin zu schätzen. So wie sie die Seine. Sie kamen prächtig miteinander aus und hatten gestern den ganzen Tag Pläne geschmiedet und Vorkehrungen für den Fall eines Angriffs getroffen.

Dann wurde die Witwe ernst. »Wir sind vorbereitet. Und Höchstwürden musste mit seinem Heer erst einmal über die Saale. Ich bin gespannt, wie er das bei Hochwasser bewerkstelligt hat, ohne einen Teil seiner Männer, Pferde und der Ausrüstung zu verlieren. Die Stimmung unter seinen Leuten wird deshalb nicht gut sein. Kommt, Bodo, sehen wir uns das von oben an und genießen die Aussicht!«

Die Bernburg stand auf einer steilen Anhöhe, an deren gesamter Westseite die Saale breit und mächtig vorbeifloss. Angriffe konnten nur von Osten geführt werden. Von Flussseite her war es unmöglich. Man konnte nirgendwo mit größeren Booten anlanden, und von Deck aus ließ sich die Höhe bis zu den Palisaden nur schwer mit Pfeilen überwinden.

Gemeinsam gingen sie zum westlichen Burgtor und hielten Ausschau. Noch zeichnete sich das Heer erst als schmaler Streifen in der Ferne ab.

»Die brauchen bis heute Abend, ehe sie hier sind«, schätzte Eilika gelassen, und der Kommandant stimmte ihr zu. »Zeit genug, noch einmal alles zu überprüfen.«

Das Heer näherte sich jedoch so schnell, dass die Vorhut bereits am Nachmittag vor der Bernburg stand. Bemerkenswerterweise hatte der Erzbischof seine Reiterei vorgeschickt und ließ das Fußvolk und den Tross in großem Abstand hinterherzuckeln.

»Er scheint es ja gar nicht erwarten zu können«, spottete Eilika. »Wenn er kein Pfaffe wäre, könnte ich mir schmeicheln, dass ihn mein Liebreiz so eilen lässt. Schon früher haben mich die Freier *belagert* … Natürlich wegen meiner Schönheit und nicht wegen der Mitgift, behaupteten sie allesamt.«

Sie kicherte wie ein junges Mädchen.

Die Witwe trug nun einen mit Fehwerk gefütterten Umhang aus gut gewalktem Tuch gegen Wind und Regen. Ihr weißes Haar hatte sie unter dem Schleier noch in ein Tuch gebunden, damit sich selbst bei Sturm keine Strähne lösen konnte. Doch zum Zeichen ihres Standes hatte sie ein kostbares, mit Edelsteinen verziertes Schapel aufgesetzt, und auf den silbernen Tasselscheiben ihres Umhangs prangten Granate.

Bodo war bereits seit dem Morgen vollständig gerüstet. Seine Waffen waren schmucklos, aber gut geschärft, sein Gambeson unter dem sorgsam geölten Kettenhemd ganz schwarz geworden, die Kettenhaube bedeckte sein graues Haar. Er wirkte nicht wie ein alter Mann, sondern wie einer, der sein ganzes Leben in Waffen zugebracht hatte und bestens mit ihnen umzugehen wusste.

»Sie haben es sehr eilig. Entweder will der Erzbischof nur ein paar Drohungen ausstoßen und dann weiterziehen oder heute noch angreifen«, kommentierte er die vorzeitige Ankunft der Reiterei. Stirnrunzelnd sah er zum Himmel. Dunkle Wolken ballten sich zusammen, doch nur feiner Sprühregen wehte herab. Gegen Brandpfeile in großer Zahl konnte ihnen in dieser hölzernen Burg nicht einmal ein kräftiger Gewitterguss helfen.

Von der Spitze der Panzerreiterei löste sich eine kleine Gruppe. Sie kam nur bis zum Burggraben. Eilika befahl, die Zugbrücke herunterzulassen und den Reitern einen Boten entgegenzuschicken.

»Höchstwürden Erzbischof Konrad von Magdeburg wünscht Euch zu sprechen, Gräfin«, berichtete er, als er durch die schmale Ausfallpforte zurückkam.

»Mag er kommen«, erwiderte sie. »Mit sechs Begleitern und bis vors Tor, aber keinen Schritt weiter.«

Der Bote ging zurück, um die Nachricht zu übermitteln.

»Wenn ich ihn schon blamiere, dann wenigstens auch vor ein paar von seinen Leuten!«, erklärte Eilika ihren Begleitern.

»Gräfin, mit Verlaub ...«

Der Burgkommandant räusperte sich ungewohnt verlegen.

»Ich war nie feige, und ich werde heute ganz gewiss nicht damit anfangen. Doch ich bitte Euch, dies alles etwas ernster zu nehmen. Das ist ein großes Heer da draußen, und die Burg besteht aus Holz, nicht aus Stein.«

Seine warnenden Worte beeindruckten Eilika nicht im Geringsten.

»Das wollen wir erst einmal sehen, ob es ein Erzbischof wagt, einen so ungeheuerlichen Bruch des Landfriedens zu begehen und eine schutzlose alte Witwe anzugreifen!«

Sie schnaubte. »Und *falls* er es wagt, nützt das nur der Sache meines Sohnes. Dafür bin ich sogar bereit, diese alte Burg zu opfern. Der König kann so etwas nicht hinnehmen, wenn ihn überhaupt noch jemand respektieren soll. Und es wird höchste Zeit, dass sich dieser Stauferkönig etwas mehr Respekt in seinem Reich verschafft!«

Voller Entrüstung meinte sie: »Als Gegenkönig war Konrad deutlich entschlossener. Selbst als sein Bruder sich schon unterworfen hatte, kämpfte er noch weiter. Und jetzt lässt er sich von der fetten Richenza dermaßen in die Enge treiben. Es gibt einfach keine echten Männer mehr heutzutage!«

Milder sagte sie dann zu ihrem Kommandanten: »Ich weiß Eure Sorge zu schätzen, Bodo. Doch wir sind vorbereitet. Gott schützt die Tüchtigen. Ah, seht, da kommt Höchstwürden.«
Die alte Gräfin lächelte durchtrieben in Aussicht auf das bevorstehende Streitgespräch.
»Genießt das Spektakel!«, forderte sie ihren Begleiter auf.

Erzbischof Konrad von Magdeburg, ein Mann um die vierzig, jüngster Sohn aus dem angesehenen Haus derer von Querfurt, kam allein auf einem weißen Schimmel und in Rüstung.
»Willkommen vor Bernburg, Höchstwürden!«, rief ihm Eilika vom Turm über dem Tor entgegen, während Bogenschützen links und rechts von ihr die Waffen mit eingelegten Pfeilen hoben.
»Gern würden wir Euch hereinbitten und bewirten. Doch uns wurde das Anrücken eines feindlichen Heeres gemeldet«, fuhr sie voller Sarkasmus fort. »Ihr werdet verstehen, dass wir jetzt alle Tore geschlossen halten müssen. Was führt Euch hierher?«
»Spottet nur, Gräfin, das wird Euch nicht retten«, entgegnete der Erzbischof. »Noch heute wird diese Burg fallen.«
»Ist das eine finstere Prophezeiung? Oder die Drohung eines Geistlichen, der sich gegen den Frieden des Königs vergeht?«, fragte sie vollkommen unbeeindruckt.
»Ihr seid es, die sich gegen Gottes Ordnung vergeht!«, schrie der Erzbischof hinauf. »Sich als Weib in kriegerische Händel einzumischen! Truppen auszuheben und in fremdes Land einzufallen!«
»Und was tut Richenza von Northeim?«, konterte Eilika genauso laut und kaum weniger empört. »Sie sammelt Truppen, um gegen meinen Sohn zu ziehen, der vom König rechtmäßig mit dem Herzogtum Sachsen belehnt wurde!

Und seht Euch nur an – seid Ihr nicht *noch* schlimmer? Sich als *Erzbischof* in kriegerische Händel einzumischen, statt für das Wohl des Königs und des Reiches zu beten! Zugunsten eines Geächteten stellt Ihr Euch mit einem Heer gegen den König! Sagt mir: Soll das von Mut zeugen, dass Ihr jetzt ganz allein vor mir erscheint? Oder fürchtet Ihr, jemand von Euren Leuten könnte meine Anklage hören?«

»Ich disputiere nicht mit einem Weib über juristische Fragen«, meinte der Erzbischof voller Verachtung.

»Nein, Ihr droht mir, meine Burg zu stürmen«, höhnte sie. »Das ist nun wirklich kein *Disput* über juristische Fragen, obwohl es reichlich Anlass dafür böte.«

Der Erzbischof wusste genau, wie sehr Eilika es genoss, vom Torhaus auf ihn herabzuschauen und ihn zu verspotten. Deshalb war er auch ohne Begleiter erschienen. Doch nun hatte er es satt, hier herumzuschreien, während ihm der Nacken steif wurde, weil er immerfort zu ihr hochblicken musste.

»Tretet beiseite, Weib, und lasst Euern Burgkommandanten eine vernünftige Entscheidung fällen«, forderte er sie auf.

»Wie sollte die aussehen, Ehrwürdigster?«, erkundigte sie sich mit gespielter Neugier. »Ihr könnt uns belagern, doch wir haben Proviant für mehrere Monate. Gilt das auch für Euch? Ich fürchte, Eure Männer verspüren wenig Lust auf eine Belagerung. Sie sind von der Saalequerung durchnässt, und ein Gewitter zieht auf. In der Umgebung findet ihr nichts zu plündern, weder Korn noch Vieh. Dafür haben wir gesorgt. Ihr liegt im Schlamm, werdet bald hungern, und in einer Woche habt Ihr die rote Ruhr im Heer. Derweil werfen wir euch die Knochen von unseren Festmählern zum Abnagen herab.«

»Hört Ihr mir nicht zu, Weib? Es wird keine Belagerung geben. Diese Burg wird noch heute brennen!«, brüllte Konrad zu ihr hinauf. »Zur ewigen Schande Eures Sohnes, der nicht einmal seine Mutter schützen kann!«

Eilika schüttelte missbilligend den Kopf und erklärte genüsslich: »Erzbischof, Ihr bringt mich wahrlich dazu, an Eurem Verstand zu zweifeln. Zum einen ist es *Eure* unauslöschliche Schande, nicht die meines Sohnes, des Herzogs von Sachsen. Und erkennt Ihr nicht Euer Dilemma? Ihr könnt mich weder gefangen nehmen, denn ich werde nicht herauskommen, noch könnt Ihr mich mitsamt dieser Burg verbrennen. Das ließe Euch weder der Papst noch der König ungestraft durchgehen.«
Konrad gab sich größte Mühe, sich seinen Ärger nicht anmerken zu lassen. Genau das war der Schwachpunkt bei seinem Angriff. Doch er setzte so viel Zuversicht auf den endgültigen Sieg der Welfen in diesem Krieg, dass es ihm letztlich gleichgültig war, was mit diesem aufsässigen alten Drachen geschah.
»Ich biete Euch freien Abzug«, erklärte er mit gespielter Gleichgültigkeit.
»Besten Dank, ich lehne ab. Was tut Ihr nun?«, höhnte sie und verschränkte die Arme vor der Brust.
»Dann brennen wir als Erstes die Vorburg und die gesamte Siedlung nieder.«
Gespannt sah er hoch, ob sie einlenkte.
Eilika zuckte mit den Schultern.
»Ich kann Euch nicht daran hindern. Diese Burg war Euch schon immer ein Stachel im Fleisch, so nah an Euerm Besitz, nicht wahr? Das Dorf steht übrigens leer, und vielleicht hätten Eure Männer bei einer *Belagerung* und angesichts des nahenden Gewitters lieber ein Dach über dem Kopf. Doch wenn Ihr meint, sie wollen sich stattdessen lieber an brennenden Hütten wärmen …«
Gemeinsam mit dem Burgkommandanten und seinen besten Männern hatten sie all diese Vorkehrungen getroffen, auch einige ungewöhnliche. Die Burg hatte tatsächlich Vorräte für mehrere Monate eingelagert. Die Vorburg und

die Siedlung waren am Vortag auf ihren Befehl geräumt worden, und sie hatten die Bewohner mitsamt ihrer Habe per Fähre ein Stück saaleabwärts über den Fluss gebracht. Niemand, der nicht kämpfen oder anderweitig mit zupacken konnte, durfte auf der Burg Zuflucht suchen. Sogar die meisten Pferde waren zu aller Sicherheit fortgeschafft worden, denn um einen Ausfall gegen das anrückende Heer zu wagen, war die Burgbesatzung viel zu schwach. Dafür hatten sie alle Kühe und Ochsen in der Gegend requiriert, geschlachtet und mit den nassen Häuten die Dächer der Gebäude innerhalb der Palisaden bedeckt, die möglichst nicht Feuer fangen sollten. Der Burghof war riesig und nun leer. Selbst wenn alles in Flammen stand, konnten sie die Feuersbrunst im hinteren, flussseitigen Teil des Hofes überstehen.

Erzbischof Konrad drehte sich um und gab den Rittern, die ihn bis zum Graben begleitet hatten, mit dem Arm ein Zeichen. Sie wendeten, galoppierten zurück, und dann mussten Eilika und die Burgmannschaft mit ansehen, wie aus dem Heer Reiter ausschwärmten und alle Häuser jenseits des Burggrabens mit Fackeln in Brand setzten. Von den Sätteln aus entflammten sie johlend die Dächer aus Reet und Schindeln, und rasch erblühten unzählige Feuerblumen, die rasend schnell wuchsen und von einem Haus aufs nächste übergriffen.

Vor Wut kochend, sah Eilika zu. Aber sie hatten damit rechnen müssen. Außerdem waren ihre Truppen und die ihres Sohnes bei den Angriffen auf welfisches Territorium auch nicht zimperlich gewesen.

Häuser ließen sich wieder aufbauen. Sie hatte mit ihrem Verwalter bereits festgelegt, in welchem Teil ihrer Wälder die Dorfbewohner Holz fällen durften, falls die Vorburg und die anderen Bauten neu errichtet werden mussten.

»Bringt Euch das jetzt zu Verstand, Ihr törichtes Weib?«,

rief Konrad und wies auf die lodernde Siedlung. »So wird auch diese Burg gleich brennen. Also kommt lieber heraus!«

»Und wenn nicht?«

Sie stemmte die Arme in die Hüften und beugte sich genüsslich lächelnd ein wenig vor. »Dann steckt Ihr in der Zwickmühle, nicht wahr, Höchstwürden?«

»Nicht so sehr wie Ihr«, entgegnete er.

Die winzige Gräfin beugte sich noch weiter vor und spie hinunter. »Da habt Ihr was zum Löschen, falls es Euch zu brenzlig wird!«

Der Burgkommandant neben ihr grinste und unterdrückte gerade noch ein Lachen. Er bewunderte den Schneid seiner Herrin.

Der Erzbischof von Magdeburg dagegen hatte endgültig genug von diesem starrsinnigen Weib. Wortlos wendete er seinen Schimmel und trieb ihn durch die brennende Siedlung.

Eilika und Bodo rührten sich nicht vom Fleck.

Mehr als hundert feindliche Bogenschützen kamen zum Burggraben, dahinter folgten einige Männer mit Feuerkörben, um die Brandmasse in den spindelförmigen Spitzen der Brandpfeile zu entzünden.

»Schießt, schießt so viele nieder, wie Ihr könnt!«, befahl Bodo seinen eigenen Schützen, noch bevor die Gegner die Sehnen spannen konnten. Die Bernburger schossen und trafen, doch am Ende konnten sie nicht verhindern, dass an den Palisaden und Nebengebäuden der Burg erste Brandherde entstanden.

»Ihr müsst jetzt hinunter!«, drängte der Kommandant die Gräfin, die wortlos Kleid und Umhang raffte und die Stufen hinabstieg.

Über den Hof rannten schon Leute mit Eimern, um zu löschen. Andere füllten im Brunnen leer gewordene Gefäße. Männer rissen mit Hacken und Beilen die Wände des Back-

hauses ein, um ein Übergreifen der Flammen auf die Schmiede zu verhindern.
Aber die Bernburg war nicht zu retten. Bald war alles, was die Burgbewohner tun konnten, sich auf der Flussseite des leeren Hofes zu sammeln und zu beten, dass es regnen würde. Von Flammen umtost und von Rauchwolken umgeben stand die Gräfin da, wütend, grimmig und doch irgendwie zufrieden.

Kurz vor Mitternacht entluden sich die schweren Wolken mit Blitz und Donner. Regen prasselte herab und verdampfte über den züngelnden Spitzen der Feuersäulen. Es dauerte lange, bis die hölzernen Überreste so durchnässt waren, dass die Flammen keine Nahrung mehr fanden und nach und nach erloschen.
Hustend wegen des Rauchs, schweißüberströmt und rußgeschwärzt setzten sich die Burgbewohner nieder, tranken Wasser aus dem Brunnen, Wein aus dem steinernen Vorratskeller und aßen Brot.
»Hört auf zu jammern!«, fauchte Eilika eine ihrer Kammerfrauen an, die vor Erschöpfung und Entsetzen weinte. »Hebt Euch das für den König auf!«
Sofort verstummten auch die anderen leisen Klagen.
Kurz darauf berichtete Bodo, dass Erzbischof Konrad mit seinem Heer abzog, mitten in der Nacht. Es hatte bei diesem Regenguss keinen Zweck, hier ein Feldlager errichten zu wollen.
»Soll er! Die Burg bauen wir wieder auf«, erklärte Eilika energisch. »Und jetzt kann dieser Dummkopf von einem Erzbischof grübeln, wie er das hier« – sie wies mit dem Arm im Halbkreis um sich – »dem König und dem Papst erklärt. Dafür lohnt es sich, einmal eine Nacht in Ruß und Asche zu verbringen. Lasst unsere Pferde holen, Bodo. Morgen früh reiten wir zum König und erheben Klage. Das wird ein Fest!«

Die alte Muhme

Lukian, Josefa und Hanka;
Meißen, Oktober 1138

Als Lukian bei kühlem Herbstwetter und wolkenverhangenem Himmel Meißen erreichte, ging er nicht gleich auf den Burgberg, um dem Markgrafen das geheime Angebot Alberos zu überbringen. Dort konnte er sich erst zeigen, sobald Richenzas Gesandtschaft Meißen verlassen hatte, die Fürst Konrad auffordern sollte, ihrem Schwiegersohn endlich militärischen Beistand zu leisten. Ihre Boten durften ihn nicht hier sehen, weder als Schreiber Ansbert noch als Spielmann Lukian.

Es war unübersehbar, dass der Herrscher über Meißen und die Lausitz Kriegsvorbereitungen traf. Am Ufer und unterhalb der Burg lagerten Truppen, und im Elbhafen wimmelte es von Schiffen, die Ausrüstung, Proviant, Waffen und Fußvolk brachten.

Diesmal hatte für den jungen Barden ein Besuch in einem der ärmeren Viertel Vorrang vor allem anderen.

In den Siedlungen der Kaufleute und Handwerker standen Holzhäuser mit spitzen Dächern aneinandergereiht, die Straßen waren sogar mit Holzbohlen belegt, damit bei Regen niemand bis zu den Knöcheln im Morast versank. An den Vorderfronten konnten die Besitzer Laden herunterklappen und aus dem Haus heraus ihre Waren verkaufen: Gürtel, Fibeln, Schuhe, gewebte Borten oder Löffel aus Horn.

Hier aber, am Anfang oder Ende der Siedlung, wie man es betrachten mochte, standen kleine, windschiefe Fachwerkbauten für die Ärmeren. Immerhin besaßen ihre Bewohner ein Haus. Sonst hätten sie sich als Knecht oder Magd verdingen müssen und bei ihren Herrschaften gewohnt.

Die Gassen waren schlammig und voller Unrat. Ein mageres halbwüchsiges Schwein suhlte sich im Morast, wälzte sich hoch, als Lukian an ihm vorüberging, und durchwühlte den Boden nach Fressbarem. Drei kleine Jungen stritten lautstark, ob sich das Schwein wohl reiten ließe. Zwei hielten es fest, der dritte versuchte aufzusteigen und wurde unter wütendem Grunzen und Quieken abgeworfen. Nun sahen die lachenden und kreischenden Jungen selbst so besudelt aus wie das Borstentier. Gackernd stob ein Huhn vor dem Lärm davon.

Gequält von schlechten Vorahnungen lief Lukian die steile Gasse hinab.

Er war zu lange fort gewesen. Was wohl inzwischen alles geschehen war? Am Ende des Weges stand die kleinste und ärmlichste Kate, krumm und schief. Die durchgebogenen Querbalken ließen den Eindruck entstehen, das winzige Haus könnte jeden Augenblick zusammenfallen.

Er hämmerte an die Tür, die dabei nachgab und sich einen Spaltbreit nach innen öffnete. Dass sie nur lose angelehnt war, nahm er als gutes Zeichen. Wenn die Bewohnerin nicht daheim wäre, hätte sie die Tür verschlossen, obwohl sie keine Reichtümer besaß. Doch für einen Hungernden war schon ein Kanten Brot wertvoll.

»Josefa!«, rief er laut und trat ins Innere, wobei er den Kopf einzog, um nicht gegen den Türsturz zu laufen.

In dem niedrigen, dunklen Raum hingen Bündel getrockneter Kräuter von den Dachsparren. Auf schmalen Brettern an den Wänden standen etliche Krüglein, Töpfchen und Behälter aus Weidenrinde. Unverkennbar die Wohnstatt einer weisen Frau, einer Heilkundigen, die auch zu Entbindungen geholt wurde, wie der Gebärstuhl in der Ecke gegenüber der Feuerstelle verriet. Doch im Haus war niemand.

»Josefa!«, rief er noch einmal und schloss die morsche Tür hinter sich.

Er entdeckte die Gesuchte durch den offenen Hinterausgang im Gärtchen, wo sie Kräuter schnitt.
Josefa, die weise Frau und Wehmutter von Meißen, zählte sicher schon fast fünfzig Jahre, was sehr alt war für eine einfache Frau. Graue Strähnen lugten unter dem doppelt geknoteten Tuch hervor, aus ihren Augen sprach die Weisheit von Generationen heilkundiger Frauen.
Die Kinder riefen sie meist »die alte Muhme«, und viele Ältere taten es hinter ihrem Rücken ebenfalls. Sie war den Leuten nicht geheuer wegen all der Tränke, die sie braute. Wer wusste schon, was die im Geheimen noch alles bewirken konnten, außer ein Fieber zu lindern. Etwa Liebeszauber oder gar Verlust der Manneskraft? Gewispert wurde überdies, die weise Frau habe das Zweite Gesicht. Doch bei Geburten und allem, was der Bader nicht mit Messer, Zange und Knochensäge richten konnte, wollten selbst die Zweifler nicht auf ihre Fähigkeiten verzichten.
Sie stemmte sich hoch, drückte den Rücken durch und hielt blinzelnd Ausschau nach dem Rufer. Ein Strahlen zog über ihr faltiges Antlitz, als sie ihn erkannte.
»Spielmann! Du warst lange fort«, sagte sie vorwurfsvoll, aber auch mit Neugier.
»Ich wollte schon viel früher wieder hier sein.« Bedauernd hob er die Schultern. »Wie geht es dir? Und wie geht es *ihr?*«
Die vielen winzigen Falten um Josefas Augen vertieften sich, was ihrem Gesicht noch mehr Wärme und Güte verlieh. Doch auch Sorge stand darin.
»Ach, Söhnchen, du fällst gleich wieder mit der Tür ins Haus! Die Jugend heute ist so ungeduldig«, wich sie aus, drückte ihm den Weidenkorb mit frisch geschnittenen Kräutern in die Hand, steckte das schmale Messer in die Scheide am Gürtel und tauchte die Hände in einen Bottich mit Regenwasser, um die Erdkrumen abzuspülen.

»Gehen wir hinein. Du bist doch sicher wie stets kurz vorm Verhungern und kommst mit löchrigen Schuhsohlen. Doch du hast Glück: Letzte Nacht ließ mich der Sohn des Silberschmieds zur Niederkunft seiner Frau holen. Das dumme Ding schrie die ganze Nacht lang Zeter und Mordio, aber mit Gottes und meiner Hilfe brachte sie schließlich ihren ersten Sohn zur Welt. Vor lauter Freude bezahlte mich die Familie überaus großzügig. Zwei Pfennige, und schau!«
Strahlend wies sie auf einen Korb mit sechs Gänseeiern und schenkte Lukian Bier ein.
»Wäre es *nur* ein Mädchen geworden, hätten sie wahrscheinlich mir die Schuld daran gegeben und nichts bezahlt. Doch nun sag: Wo hast du dich herumgetrieben in dieser langen Zeit?«, wollte sie wissen.
Der Spielmann griff durstig nach dem Becher und trank ihn in einem Zug leer.
»Stell dir vor, Muhme, ich sang am Hof des Königs und bei einer hochherrschaftlichen Hochzeit!«
Er nahm ihre Hände und wirbelte die kleine weise Frau übermütig im Kreis herum.
»Lass solchen Unsinn mit mir altem Weib«, schimpfte sie.
»Altes Weib?«, spottete er. »Du überlebst uns noch alle!«
Josefa erstarrte mitten in der Bewegung und sah ihm streng ins Gesicht. Ihre Augen schienen auf einmal ganz dunkel.
»Sei vorsichtig mit solchen Worten! Du weißt nicht, was du damit auf dich ziehst.«
Lukian verstummte reuevoll. Sie hatte recht, solche Sprüche konnten Unheil bringen.
»So, du warst also der Barde des Königs!«, meinte Josefa spöttisch, um die beklemmende Stille zu beenden. »Und nach so hochherrschaftlichem Umgang kommst du noch zu mir in meine karge Hütte?«
Lukian lächelte. »Ich vergesse nicht, wohin ich gehöre. Und ich werde nie vergessen, was ich dir verdanke, Josefa.«

Er nahm ihr den Kanten Brot aus der Hand, den sie aus einem Behälter aus Weidenrinde holte, legte ihn zurück und zog eine Pfennigschale hervor, die er unter dem Kittel versteckt trug. Alberos Meißner Pfennige. Wenn er die Würzburger oder die Trierer Münzen hier beim Geldwechsler eintauschte, verlöre er nicht nur ein Drittel, sondern würde unerwünschte Aufmerksamkeit auf sich lenken.

»Auch ich bin reich belohnt worden. Ruf einen deiner kleinen Nichtsnutze aus der Nachbarschaft, damit er uns etwas zu essen aus der Garküche holt.«

Er drückte ihr einen Pfennig in die Hand. Dann entrollte er sein zweites Bündel.

»Außerdem schenkte mir der hochedle Bräutigam zum Dank für mein Lied bei seiner Brautwerbung den hier. Ich möchte, dass du ihn bekommst.«

Stolz legte er Josefa einen Wollumhang um die Schultern, der sich gegen ihren dünnen, verschlissenen und vielfach geflickten geradezu prächtig ausnahm.

Es zählte zu den Gepflogenheiten an Höfen, dass Barden nicht nur mit Essen und im besten Fall mit Silber belohnt wurden. Wenn ihr Spiel dem hohen Gastgeber gefiel, galt es als edle Geste, dass er zum Zeichen seiner Begeisterung dem Musikus ein Kleidungsstück schenkte – natürlich vor aller Augen und manchmal sogar eines, das er gerade selbst am Leib trug. So weit war der Graf von Plötzkau nicht gegangen, doch dieser Umhang war sicher besser als jeder, den Josefa je besessen hatte.

»Da kommt der Bursche vom König und kleidet mich altes Weib wie eine Königin!«, schniefte die Muhme gerührt und zupfte sich den Umhang zurecht. »Wie schön warm er ist.« Zärtlich strich sie mit ihren rauhen, an den Fingerspitzen grün verfärbten Händen über den Stoff. »Söhnchen, den kann ich nicht annehmen! Der ist viel zu gut für mich. Jeder würde sich fragen, woher ich ihn habe. Das bringt nur Ärger.

Die Leute werden sagen, er sei gestohlen. Oder jemand raubt ihn mir und schlägt mich gleich noch tot.«
Bedauernd wollte sie das Kleidungsstück ablegen, doch Lukian hinderte sie daran.
»Lass dir eine Erklärung einfallen, woher du ihn hast. Viele Herrschaften auf dem Burgberg bestellen Heiltränke bei dir, sogar der Markgraf und seine Gemahlin. Der Winter ist nah, und vieles spricht dafür, dass er noch schlimmer wird als der letzte. Du sollst nicht frieren, wenn du nachts zu den Gebärenden gerufen wirst und dich durch Schnee und Eis kämpfen musst.«
»Dazu ist noch nicht das letzte Wort gesprochen«, meinte Josefa streng und faltete dem Umhang behutsam zusammen. Doch Lukians Lächeln verriet ihr, dass er nicht mit sich handeln ließ.
»Ich stehe für immer in deiner Schuld, Josefa. Ohne deine Hilfe hätte ich meine rechte Hand verloren und könnte nie mehr musizieren. Ohne dich wäre ich vielleicht gestorben.«
Ohne Josefas Können und ohne Hankas Mut, ergänzte er in Gedanken.
Die weise Frau steckte den Kopf aus dem winzigen Fenster ihrer Kate und pfiff auf zwei Fingern. Sofort kamen aus der Nachbarschaft zwei rußverschmierte Jungen von etwa acht Jahren angerannt.
»Muhme, hast du Honigkügelchen für uns?«, bettelten sie im Chor.
»Vielleicht! Wenn ihr eure Aufträge ordentlich erledigt. Du, Paul, nimmst diesen Pfennig – halt ihn gut fest! – und holst einen Topf Suppe aus der Garküche. Kommst du schnell zurück und verschüttest nichts, kriegst du auch eine Portion. Und du, Karl, gehst zum Bortenwirker und richtest ihm von mir aus, ich hätte Färberkamille, die ein fast so gutes Gelb erzeugt wie Safran. *Safran,* kannst du dir dieses Wort merken?«

Der Junge wiederholte zweimal den Namen des Gewürzes, das so kostbar war, dass er vermutlich noch nie davon gehört hatte.
»Vielleicht darf sein Mündel kommen und es für ihre Stickereien begutachten«, fuhr Josefa im harmlosesten Tonfall fort. »Bringst du die Stickerin gleich mit, kriegst du auch Suppe und Naschwerk.«
Sie nickte den beiden zu, die davonstoben, nachdem sie Paul noch eine große Schüssel für die Suppe durch das Fensterloch gereicht hatte.
Dann wandte sie sich wieder ihrem Besucher zu und schenkte ihm mit einer Kelle Bier nach.
Erschöpft ließ sie sich auf die Bank sinken.
»Wie geht es Hanka? Spann mich nicht auf die Folter!«, bat der Spielmann ungeduldig.
Jäh verdüsterte sich Josefas Miene, während sie in Lukians Gesicht starrte, dann die Augen schloss und eine Hand darüberlegte.
»Söhnchen, schon wieder! Pass doch auf, was du daherredest! Wer so gefährlich lebt wie du ... als unehrlich Geborener, fast ständig auf der Straße, und dann noch in Diensten hoher Herren, die dich mit einem einzigen Wort vernichten können, der sollte so etwas nicht sagen. Rede das Unheil nicht herbei!«, ermahnte sie ihn eindringlich.
»Auf die Folter spannen ...«, wiederholte sie kaum hörbar, doch sorgenvoll. Ein Bild war vor ihren Augen aufgeblitzt, nur einen Wimpernschlag lang, das ihr das Herz zusammenkrampfte.
Lukian, der viel genauer wusste, wie gefährlich sein Tun war, wollte sich keine Angst einjagen lassen. Aber unheimlich wurde ihm schon zumute. Was die Muhme sagte, das sollte man ernst nehmen. Er würde künftig vorsichtiger sein.
»Hanka ... wie geht es ihr?«, fragte er von neuem.

Josefa seufzte, ließ sich auf einen Schemel sinken und wischte sich mit der Hand etwas aus dem Augenwinkel. Das grausige Phantasiegespinst hatte sie zutiefst bestürzt.
Doch dann sammelte sie sich und erzählte dem Spielmann, den sie wie einen Sohn liebte, von dem Mädchen.
»Solange der Vormund ihre Stickereien teuer verkaufen kann, wird er sie nicht weggeben und weist alle Brautwerber ab. Aber nun droht Krieg oder hat vielleicht sogar schon begonnen. Der Markgraf stellt ein Heer auf und braucht all sein Silber ...«
Zwei an die Tür hämmernde Kinderfäuste unterbrachen sie. Josefa öffnete den beiden Jungen, nachdem sie Lukian mit einer Kopfbewegung in den Garten geschickt hatte.
»Suppe und Stickerin, wie gewünscht, Muhme«, verkündete Paul keck.
Josefa nahm ihm die Schüssel ab, schöpfte den Jungen zwei Holzschälchen voll und drückte jedem ein Kügelchen aus Teig und Honig in die Hand. Begeistert stopften sie sich das Naschwerk sofort in den Mund. Dann ließen sie sich vor Josefas Haus auf den Boden plumpsen und schlürften die Suppe aus den Schalen.
Derweil grüßte das Mädchen höflich, das sie mitgebracht hatten, und trat auf Josefas Bitte ein.
Hanka, die Stickerin, war sechzehn Jahre alt, zart gebaut, mit dickem hellbraunem Zopf und graugrünen Augen. Sie trug ein schmuckloses braunes Wollkleid und eine Bundhaube auf dem Haar. Flehend sah sie Josefa ins Gesicht. Die verzog keine Miene.
»Nun geh schon nach hinten, da wirst du finden, was du suchst«, sagte sie gespielt unwirsch.
Mit zweifelndem Blick huschte das Mädchen hinaus. Meinte die alte Muhme die Färberkamille oder den sehnsüchtig erwarteten Spielmann?
Lächelnd lauschte die weise Frau dem unterdrückten Freu-

denschrei und ließ den beiden einen Moment für sich. Sie liebten einander so innig und aus ehrlichem Herzen, doch es gab nicht die geringste Aussicht auf eine gemeinsame Zukunft für sie. Sollten sie wenigstens diese kurzen, gestohlenen Augenblicke für sich haben.

Josefa stellte die Suppe auf den blank gescheuerten Tisch, dazu den Brotkorb und einen weiteren Becher. Einen Löffel trug jeder selbst bei sich, auch ein Essmesser am Gürtel. Dann wartete sie geduldig.

Scheu kam das junge Paar, das keines sein durfte, herein. Sie hatten sich nicht einmal an den Händen gefasst, doch ihre leuchtenden Augen sprachen Bände.

Josefa sprach ein Tischgebet, und nach dem gemeinsam gesprochenen »Amen« griffen alle nach den Löffeln.

Doch Lukian, so hungrig er auch war, hungerte vor allem danach, zu erfahren, wie es Hanka ging.

Das hätte er sie eben im Kräutergärtchen fragen sollen. Aber da hatten ihn seine Gefühle überwältigt, und er hatte getan, was er noch nie zuvor getan hatte: sie in die Arme genommen und an sich gepresst. Sofort wollte er sie wieder loslassen, die Ungebührlichkeit beenden, doch Hanka, die scheue Hanka, hatte den Kopf an seine Brust gelehnt, von Freude durchströmt und mit Tränen in den Augen.

Noch nie waren sie sich so nahe gekommen.

Ich darf das nicht, ich darf sie nicht ins Unglück stürzen, ich würde sie zur Hure machen, ermahnte sich der Spielmann und löste sich sanft aus der innigen Umarmung.

Wortlos waren sie ins Haus gegangen, zaudernd und erfüllt von diesem Augenblick.

Also fragte er nun: »Wie geht es dir?«

Hanka war eine Waise, vor einigen Jahren widerwillig von entfernten Verwandten aufgenommen. Die hätten sie längst abgeschoben, irgendwo verdingt oder an den erstbesten Bewerber verheiratet, der sie ohne Mitgift nahm. Doch

Hanka besaß ein besonderes Talent, aus dem ihr Vormund pures Silber schlug.
Von ihr stammten die feinen und eindrucksvollen Stickereien, mit denen die Gemächer des Markgrafen und seiner Gemahlin geschmückt waren, und der Fürst entlohnte diese Arbeiten großzügig. Auch wohlhabende Händler und Kaufleute bestellten gern bei ihr. Wer eine Stickerei vom Mündel des Bortenwirkers als Bild besaß oder auf dem Kleid oder dem Almosenbeutel trug, der zeigte damit, dass er es sich leisten konnte, dort etwas zu bestellen, wo auch der Fürst anfertigen ließ. Sie stickte, was die Kunden sich wünschten: Ornamente, Blumen, biblische Motive, manchmal sogar Porträts ihrer Auftraggeber.
Doch jetzt stiegen ihr Tränen in die Augen.
»Seit der Markgraf seinen Heerbann zusammenruft, bekomme ich keine Aufträge mehr«, wehklagte sie. »Der Fürst muss Söldner in Dienst nehmen, die Ritter in der ganzen Umgebung brauchen all ihr Geld für Waffen, Pferde, Reisige, Proviant. Deshalb gehen auch die Geschäfte der meisten Handwerker und Kaufleute nur noch schlecht, außer bei den Schmieden, Sattlern und Kornhändlern. Jedermann stellt sich auf schlechte Zeiten ein, auf Krieg, auf eine Hungersnot.«
»Das müsst ihr auch«, bestätigte Lukian. »Dein Vormund soll unbedingt mehr Vorräte anlegen, zusätzlich Korn kaufen, gepökelten Fisch, ein Versteck einrichten. Niemand weiß, was in Kriegszeiten über uns kommt.«
Doch spürte er, dass Hanka das Schlimmste noch nicht erzählt hatte. Er sah ihr fragend in die Augen, und nach einem tiefen Atemzug sprach sie weiter.
»Wir haben keinen halben Pfennig mehr. Beim Vormund kauft niemand mehr Borten. Er und meine Großtante müssen auch ihre fünf Töchter durchbringen, auf den Tisch kommen nur noch trockenes Brot oder Brei.«

Wieder holte sie tief Luft und senkte die Stimme.
»Alles hängt jetzt von einer einzigen Bestellung ab, und die kommt vom alten Silberschmied. Sehr groß, eine Elle breit und anderthalb hoch, und Meister Egilo wird viel dafür bezahlen.«
»Das ist doch gut!«, meinte Lukian erleichtert. »Wann wird sie fertig sein?«
»Nie, wenn es nach mir geht!«, rief Hanka gequält, und Röte schoss ihr in die Wangen.
»Er will die Vertreibung aus dem Paradies. Adam soll seine Züge tragen, Eva ... meine! Fast jeden Tag kommt er und prüft, ob ich bald fertig bin, ob die Ähnlichkeit auch vorhanden ist. Er schleicht um mich herum, sieht mir über die Schulter, berührt mich wie zufällig im Nacken, an den Händen ... das alles unter den Augen des Vormunds, der es des Geldes wegen duldet! Ich würde am liebsten aufspringen und wegrennen, wenn ich diesen widerlichen Egilo nur aus der Ferne sehe. Und er verlangt, dass ich das Bild persönlich zu ihm bringe, wenn es fertig ist. Ich weiß, was dann geschehen wird. Falls er überhaupt so lange wartet.«
Sie war völlig verzweifelt, Lukian wütend.
»Dein Vormund kann dich nicht dazu zwingen. Er darf dich nicht zur Hure machen!«, rief er und schob die Suppe von sich. Ihm war der Appetit vergangen.
»Das kümmert ihn nicht«, fuhr Hanka fort, die ebenfalls schon längst nicht mehr aß.
»Er sagt, wenn *das* dazu gehört, um ein Bild zu verkaufen, dann sei es meine Pflicht, sonst würde die ganze Familie meinetwegen verhungern. Und ich solle mich gleich darauf einstellen, dass das künftig für alle Käufer gelte. Anders seien meine Arbeiten nicht mehr an den Mann zu bringen in diesen schlechten Zeiten. Falls ich mich weigere, würde er mich entweder beim Bader verdingen, dann bin ich ganz

öffentlich die Hure für jedermann. Oder er jagt mich aus dem Haus, denn er kann keinen unnützen Esser mehr durchfüttern.«

»Dieser alte Silberschmied ist bekannt für sein schamloses Treiben«, sagte Josefa trocken, noch ehe Lukian sich fassen konnte. »Ich bin mir nicht einmal sicher, ob das Kind, von dem ich gestern seine Schwiegertochter entbunden habe, sein Enkel oder sein Sohn ist.«

Hilflos hob sie die Schultern.

»Ich würde Hanka ja bei mir aufnehmen und zu meiner Nachfolgerin ausbilden. Heilkundige werden immer gebraucht, in Notzeiten ganz besonders, auch wenn unsere Arbeit nur selten gut entlohnt wird und nicht ungefährlich ist. Aber ihr Vormund würde das nie gestatten, weil er darin keinen Gewinn für sich sieht. Und er allein hat das Recht, über sie zu bestimmen.«

Wieder hämmerte es an der Tür, doch diesmal waren es kräftige Fäuste.

»Gute Muhme, beste Josefa, steh uns bei, für meine Herma ist die Zeit gekommen!«, rief jemand aufgeregt mit rauher Stimme.

Rasch nahmen Lukian und Hanka ihre Schüsseln und Becher und verschwanden in den Garten, ehe Josefa zur Tür ging. Niemand durfte sie hier zusammen sehen.

Missmutig öffnete Josefa die Tür und betrachtete den dürren Mann.

»Heinrich, das hat deine Herma in dieser Woche schon dreimal gesagt, und dreimal bin ich umsonst den steilen Weg bis zu euch hinaufgelaufen! Nach sieben Kindern sollte sie doch langsam wissen, wann es wirklich so weit ist.«

»Diesmal ist es ernst«, brummte der Mann verlegen. »Sie schreit viel lauter und … tropft!«

Ihm stieg die Röte ins Gesicht vor Verlegenheit über solch ungeheuerliche Frauensachen.

»Dann sollten wir uns beeilen«, entschied Josefa sofort. »Du trägst den Gebärstuhl!«
Sie nahm ihren Korb mit allem, was sie für eine Entbindung brauchte, und folgte dem vielfachen Vater.
Was der Barde und das Mädchen derweil in ihrem Garten sagten oder nicht sagten und taten oder nicht taten – hatten sie denn noch etwas zu verlieren?
Josefa hoffte inständig, es gäbe eine Zukunft für die beiden.

Unter einem Walnussbaum lehnte sich Hanka verzweifelt an den Spielmann, noch scheuer als beim ersten Mal, doch sie konnte ihm bei ihren nächsten Worten nicht in die Augen sehen.
»Wenn ich ohnehin eine Hure werden soll, kann ich auch mit dir ziehen. Was macht es dann noch aus, dass du unehrlich geboren bist?«, fragte sie. »Bring mich fort von hier ... falls du mich überhaupt willst ...«, fügte sie kaum hörbar hinzu.
Lukian brach es fast das Herz. Er nahm sie sanft bei den Schultern und hielt sie so, dass sie ihm ins Gesicht sehen musste.
»Hanka ... Nichts wünsche ich mir sehnlicher, als dich bei mir zu haben, mein Leben mit dir zu teilen. Ich möchte dich zur Frau nehmen. Doch du würdest damit auf meinen Stand herabsinken, den niedersten, und ich kann dich nicht schützen. Ständig unterwegs zu sein ist schon gefährlich genug für mich allein. Du hättest Meißen kaum hinter dir gelassen, schon wärst du geschändet und erschlagen. Du hast doch gesehen, wie es dem fahrenden Volk ergeht. Ohne dich wäre ich nur für ein paar Hälflinge am helllichten Tag hier abgestochen worden. Und niemand griff ein, niemand außer dir. Erinnerst du dich?«
»Natürlich! Wie könnte ich das vergessen?«, flüsterte sie lächelnd und unter Tränen. Beiden stand die Szene so lebhaft vor Augen, als hätte sie sich erst gestern abgespielt.

Sie waren sich im Sommer des Vorjahres zum ersten Mal begegnet. Lukian hatte auf dem Meißner Marktplatz so wunderbar gesungen und gespielt, dass sich viele Leute versammelten, um zuzuhören, auch Hanka, die eigentlich Garn vom Färber holen sollte.
Doch als er sein letztes Lied beendet und die zum Lohn reichlich gespendeten Hälflinge aufgelesen hatte, beobachtete Hanka, wie sich vier finster wirkende Männer zusammenrotteten, um ihm zu folgen. Sie ging ihnen nach, und kaum war sie um die Ecke gebogen, sah sie entsetzt, wie die vier den Sänger zu Boden geschlagen hatten und ihm seinen Beutel vom Gürtel schnitten. Die Harfe war zertrümmert, und als Lukian sich immer noch wehrte, trat ihm einer der Räuber mehrfach mit aller Kraft auf die rechte Hand. Dann hob er den Dolch, um seinem Opfer die Kehle durchzuschneiden.
»Diebe! Mörder!«, hatte Hanka gekreischt und war dann die paar Schritte zurück bis zur Ecke gerannt, wo noch Menschen standen. »Hierher, rasch! Sie bringen den Spielmann um!«
Immerhin bewirkte ihr Geschrei, dass die Räuber davonrannten. Doch niemand kam, um den Sänger zu retten, dem sie eben noch zugejubelt hatten.
Hanka ging zu ihm und half ihm vorsichtig auf.
»Danke, schönste Maid«, ächzte er unter Schmerzen. Seine Nase war gebrochen, Blut lief ihm übers Gesicht.
»Deine Harfe ist zersplittert«, sagte das Mädchen traurig und begann, die Bruchstücke aufzusammeln.
»Lass sie liegen«, antwortete er voller Bitterkeit. »Ich könnte mir eine neue bauen, aber ich werde wohl keine mehr brauchen.«
Mit der linken Hand umfasste er vorsichtig das Gelenk der rechten und hielt sie hoch. Die Hand blutete und schwoll zusehends an, mehrere Fingerglieder standen in unnatür-

lichem Winkel, und aus dem Handteller ragte ein spitzes Knochenstück heraus.
»Ich muss zum Bader, die Hand muss ab«, stöhnte Lukian, und er wusste nicht, wovor ihn mehr graute: vor der Knochensäge oder der Aussicht, nie mehr ein Instrument zum Klingen zu bringen.
Allein mit Singen würde er sein Essen nicht verdienen, doch schreiben konnte er nun auch nicht mehr.
»Nein, geh nicht zum Bader!«, sagte zu seiner Verblüffung das junge Mädchen, das er nun erst näher musterte; im Schmerz hatte er alles wie durch einen Nebelschleier gesehen. Sie war hübsch, mit hellbraunem Haar und graugrünen Augen. Dem Alter nach könnte sie schon verheiratet sein, und eine Bundhaube bedeckte ihr Haar. Doch die trug fast jeder zum Schutz gegen Staub und Läuse, das musste noch nichts bedeuten. Auf jeden Fall war sie mutig.
»Ich bringe dich zu einer weisen Frau, die wird dir die Nase und vor allem die Hand wieder richten. Oder es zumindest versuchen«, sagte Hanka und warf einen mitleidigen Blick auf die lädierte Rechte. »Sie ist sehr erfahren in der Heilkunst.«
»Du kannst nicht mit einem Spielmann durch die Gassen gehen, was soll dein Ehemann dazu sagen?«, protestierte er. »Beschreib mir nur den Weg. Du hast mir schon genug geholfen, mein Leben gerettet. Setz nicht deinen Ruf aufs Spiel.«
»Du findest den Weg nicht allein, und wer weiß, ob du es überhaupt dorthin schaffst. Mein Vormund wird mich schelten. Aber ist es nicht eine viel größere Schande, dass dir niemand zu Hilfe kam? Gerade hatten sie dich noch bejubelt! Wenn die anderen so feige sind, muss eben ich ein wenig Mut aufbringen.«
»Einen unehrlich Geborenen, und dazu zählen wir Spielleute nun mal, kann jeder ungestraft erschlagen«, ächzte Lukian resigniert.

Sie half ihm trotzdem auf und ging mit ihm wieder Richtung Markt. Die Menschen, die dort standen, gafften sie an und begannen sofort zu tuscheln.
»Ist das euer Dank dafür, dass er euch so schöne Lieder gesungen hat?«, rief Hanka ihnen entgegen. »Feige wegzusehen, als er beraubt und fast getötet wurde?«
»Sei still, du vorwitzige Jungfrau!«, schnappte beleidigt eine dicke Krämerin. Doch einer der Männer, der starke Knecht der Böttchers, kam zu ihnen und legte sich den linken Arm des Spielmanns um die Schulter, um ihn zu stützen.
So brachten sie Lukian zur alten Muhme.
Die hatte die Verletzungen besorgt betrachtet und gereinigt. Dann klemmte sie ihm ein Beißholz zwischen die Zähne, richtete und schiente einen Finger nach dem anderen und schob den gebrochenen Knochen wieder zurück an seinen Platz.
Natürlich hatte Hankas Vormund sie nach diesem Vorfall verprügelt – wegen des Zuspätkommens und wegen des Aufruhrs, den sie um einen Bettler, wie er sagte, verursacht hatte. Zwei Tage lang hatte sie im Stehen sticken müssen, weil er ihr das Hinterteil mit der Weidenrute blutig geschlagen hatte.
Lukian musste noch mehrere Wochen bei der Muhme bleiben. Die Hand entzündete sich, er fieberte, und Josefa musste die Wunde ausbrennen. Doch ihr war es zu danken, dass er nun wieder spielen konnte, auch wenn die Finger dabei oft schmerzten.
Seitdem beschenkte er Josefa bei jedem seiner Besuche. Und seit dieser Zeit hatten Hanka und Lukian über sie Botschaften ausgetauscht.

»Wann soll das Bild fertig sein? Wann musst du zu ihm?«, erkundigte er sich nun. Sie setzten sich im Kräutergärtchen auf eine Bank aus Weidengeflecht, und er wischte ihr die Tränen aus den Augenwinkeln.

»Nie, wenn es nach mir geht! Ich trenne heimlich immer wieder etwas auf und sage, die Gesichter und andere Details seien noch nicht gut genug gelungen.«

Lukian musste lächeln. »Weißt du, dass es ein uraltes griechisches Heldenlied gibt, in dem eine Königin Ähnliches tat? Penelope, die von Freiern bedrängte Frau des Königs Odysseus. Weil er vor zwanzig Jahren in den Krieg gezogen und nicht zurückgekehrt war, galt er als tot oder verschollen, und Penelope hatte den Palast voll ungebetener Bewerber. Die drohten sogar, ihren Sohn zu töten, wenn sie nicht bald einen von ihnen heirate. In ihrer Not sagte Penelope, sie würde einen neuen Gemahl erwählen, sobald sie das Totentuch für ihren Schwiegervater Laertes fertiggewebt habe. Und auch sie trennte jede Nacht am Webstuhl etwas auf, bis sie verraten wurde.«

»Also musste sie heiraten?« Mit großen Augen folgte Hanka seiner Erzählung, denn solche Sagen nahmen meistens ein gutes Ende – zumindest für die Helden.

»Im letzten Augenblick kehrte ihr Gemahl nach zehn Jahren Krieg gegen die Stadt Troja und zehnjähriger Irrfahrt zurück und tötete alle, die seine Gemahlin und seinen Sohn bedrohten. Es wurde ein ziemliches Gemetzel …«

Diese Geschichte hatte ihn schon als Kind im Kloster während der Griechischübungen fasziniert.

»Aber ich bin keine Königin, du bist kein König, und du kannst weder den alten Silberschmied noch den Bader töten, noch all die Kerle, zu denen mein Vormund mich ins Bett legen will«, schniefte Hanka.

»Ich überlasse dich nicht diesem Bock oder all den anderen Böcken«, versprach Lukian und strich sanft über ihr Haar.

»Ich zermartere mir den Kopf, wie ich dich in Sicherheit bringen kann. *Wo* ich dich in Sicherheit bringen kann. An den Höfen wärst du sehr gefragt mit deinem Talent. Aber auch dort wärst du anderen Männern ausgeliefert, den höhergestellten. Du bist einfach zu hübsch.«

»Ich kann mein Haar verstecken, mir Ruß ins Gesicht reiben, in Lumpen gehen, mich krumm machen …«, sagte sie sofort.

Er lächelte traurig und griff nach ihrer Hand. »Das wird nichts nützen.«

»Dann … nimm mich jetzt!«, flüsterte sie. »Es gibt doch ohnehin keine Hoffnung für uns. Wenigstens bekommt er so nicht meine Jungfräulichkeit!«

Lukian küsste sie, erst sanft, dann leidenschaftlicher, er nahm ihren Kopf in seine Hände und streichelte ihren Nacken.

»Liebste … So habe ich dich noch nie genannt, aber ja: Ich liebe dich! Deshalb will ich dich nicht entehren und dir schon gar nicht einen Bastard in den Leib pflanzen. Doch gib nicht auf! Ich muss heute noch zum Markgrafen. Diesmal wird er mir zu besonderem Dank verpflichtet sein. Vielleicht finde ich dort eine Lösung. Warte noch einen Tag! Bitte!«

»Und wenn mich der Vormund heute noch zu Meister Egilo schickt?«, widersprach Hanka.

»Das können wir verhindern«, erklärte die plötzlich wie aus dem Nichts wieder aufgetauchte Josefa. In ihrer Verzweiflung hatten die beiden jungen Menschen sie nicht kommen hören.

»Herma lag schon in den Presswehen, als ich eintraf. So schnell konnte ich selten ein Kindchen auf die Welt holen. Ein Mädchen, ein wenig schwächlich zwar, aber neugeborene Mädchen überleben öfter als Knaben«, berichtete sie. »Ich muss gleich wieder hin und wollte nur nachsehen, ob ihr noch hier seid. Hanka, du gehst jetzt besser nach Hause, sonst bekommst du Schläge.«

Die bekomme ich sowieso für zu langes Fortbleiben, dachte sie, ohne es auszusprechen. Sie wollte nicht fort von Lukian, den sie liebte, seit sie ihn zum ersten Mal hatte singen und spielen hören. Mit seiner Kunst und seinem Lächeln hatte er sie verzaubert.

»Josefa, du sagst, du könntest verhindern, dass ihr Vormund sie weggibt?«, hakte Lukian nach. »Wie willst du das anstellen?«

»Gehen wir erst einmal ins Haus«, meinte die Muhme. »Meine Füße und mein Rücken schmerzen, ich muss mich setzen.«

Sie schlurfte voraus, ließ sich am Tisch ächzend niedersinken und nahm dankbar von Lukian einen Becher Bier entgegen.

»Kinder, ihr habt ja noch nicht einmal aufgegessen!«, rügte sie die Verliebten streng. »Das ist eine Sünde, denn keiner von uns weiß, wann Gott uns wieder eine Mahlzeit beschert. Also los!«

Gehorsam löffelten die beiden ihre Schüsseln leer.

Unterdessen stemmte sich Josefa wieder hoch und kramte zwischen ihren Krüglein, zupfte da und dort ein Blatt oder ein paar getrocknete Blüten aus den Bündeln am Dachsparren und zerrieb alles im Mörser zu Pulver.

Das füllte sie in ein Leinensäckchen und schob es zusammen mit einem kleinen Tonkrug zu Hanka.

»Dieses Öl gibst du deiner Großtante, es wird das Reißen in ihren Händen lindern und sie milde stimmen, damit du für dein Ausbleiben nicht bestraft wirst. Sie muss es nicht bezahlen. Und von dem Pulver verrührst du ein wenig mit Wasser und nimmst es ein, sobald Gefahr besteht, dass dein Vormund dich zu diesem Egilo schicken will«, sagte sie.

Fragend sahen Hanka und Lukian sie an.

»Du bekommst davon binnen einer Stunde einen roten Ausschlag und wirst die meiste Zeit auf dem Abtritt zubringen. Unschön, aber so kannst du nicht aus dem Haus, und weder der Oheim noch irgendein anderer Kerl werden dir zu nahe kommen, weil sie fürchten, sich anzustecken.«

Die alte Muhme grinste schelmisch. »Keine Sorge, das gibt sich im Nu wieder. Du wiederholst es so oft, bis unser junger Sänger die Rettung für euch gefunden hat.«

»Josefa, ich weiß nicht, wie ich dir danken soll«, sagte Lukian zutiefst bewegt. Durfte er wirklich zu hoffen beginnen?

»Das sagst du jedes Mal, Junge«, brummte die Muhme. »Sonst schenkst du mir seltene Kräuter oder gar einen Umhang und singst mir ein Lied. Doch jetzt wünsche ich mir nur eines: Geh und bringe irgendjemanden am Hof dazu, euch zu ehrbaren Eheleuten zu machen. Ich kann euch nicht länger so traurig sehen. Und schon gar nicht kann ich zusehen, wie dieser gewissenlose Bortenwirker und dieser Widerling von einem Silberschmied das Mädchen hier zugrunde richten. Also los, Spielmann, scher dich auf den Burgberg! Und du, Hanka, jagst deinem Vormund und seiner Frau einen tüchtigen Schrecken ein, sollte es brenzlig für dich werden!«

Taktieren in Meißen

Markgraf Konrad und seine Söhne Otto und Dietrich;
Meißner Burgberg, Oktober 1138

Das Haus Wettin wird dem Ruf der Kaiserinwitwe, unserer hochgeehrten Verwandten, folgen und ihrem Schwiegersohn Truppen bereitstellen, damit er sein Land verteidigen und seine rechtmäßigen Ansprüche durchsetzen kann«, verkündete feierlich Konrad, Markgraf von Meißen und der Lausitz.

Die Abordnung Richenzas verneigte sich, der Anführer sprach ergebensten Dank an den Fürsten aus, dann gingen die Männer zehn Schritte rückwärts, das Gesicht dem Markgrafen zugewandt, bis sie sich umdrehen und vom Truchsess hinausgeleiten lassen durften.

Konrad von Wettin hatte seine zwei ältesten Söhne in die Halle gerufen, bevor er diese Entscheidung bekanntgab, und war sich ihrer Überraschung nach seinen Worten bewusst, obwohl er ihre Gesichter nicht sehen konnten.

In den vergangenen Wochen mussten ihm seine Gefolgsleute gemäß ihrer Pflichten Truppen stellen, doch der Markgraf hatte sich bis eben noch für keine Seite öffentlich erklärt. Die meisten Männer in der Halle hatten wohl erwartet, dass der Markgraf in den anstehenden Kämpfen dem König folgen werde. Doch einige wetteten hinter seinem Rücken höhere Summen dagegen, wovon Konrad natürlich wusste. Otto und Dietrich würden sich jetzt vermutlich noch mehr als alle anderen wundern. Im Frühjahr hatte er ihnen die Politik erklärt, die er mit seinem Haus verfolgen wollte: abwarten und nach Möglichkeit heraushalten …

»Das Reich ist groß und der König fern.«

Stattdessen würden sie sich nun gegen den König stellen, dem sie Treue geschworen hatten, und mit Heeresmacht einem Gebannten zu Hilfe eilen.

Das erforderte eine Erklärung. Nicht weil seine Söhne vielleicht glaubten, er hätte sich von seiner wortgewaltigen Tante Richenza beschwatzen lassen. Das würde niemand, der ihn kannte, auch nur einen Wimpernschlag lang in Erwägung ziehen. Sondern damit sie taktisches Denken lernten.

Otto und Dietrich standen links und rechts vom throngleichen Sitz ihres Vaters. Nun erhob sich der Fürst, ließ den versammelten Hofstaat in der Halle zurück und befahl seinen Söhnen, ihn in den Palas zu begleiten, das einzige steinerne Gebäude im markgräflichen Bezirk auf dem Burgberg.

In seinem Gemach erlaubte er ihnen sogar, sich zu setzen. Damit wollte er zeigen, dass er in ihnen Männer sah, denen er gleich große Verantwortung für ihr Haus übertragen würde.

Otto schien sich seit dem bedeutungsvollen Gespräch im Frühjahr überhaupt nicht verändert zu haben: stämmig, kantig und impulsiv bis zur Schroffhcit, sich seines Standes sehr bewusst.

Dietrich hingegen, inzwischen achtzehn, hatte sich deutlich verändert. Aus dem schwärmerischen Burschen und leidenschaftlichen Verfechter der ritterlichen Ehre war ein Mann geworden; groß, schlank und nach außen hin von stoischer Beherrschtheit. Er war noch ein Stück gewachsen, das dunkle Haar fiel glatt bis auf die Schultern, und das scharf geschnittene Gesicht verriet nichts mehr von seinen Regungen. Über das Mädchen, das er noch vor einem halben Jahr heiraten wollte, war kein einziges Wort mehr gefallen. Ob das bedeutete, dass er sie vergessen hatte, wusste sein Vater nicht. Es war ihm ohnehin gleichgültig.

Auch das Gemach des Fürsten hatte sich verändert. Neben der großen, so lebendig gestickten Turnierszene mit dem Lanzenstich hing nun eine zweite im gleichen Format. Sie zeigte Dietrich in jenem Augenblick, als er in Bamberg den jungen Neffen des Königs vor einem Schwertstreich rettete. Jedesmal, wenn er hierherbefohlen wurde, wunderte sich Dietrich über die Genauigkeit und Kunstfertigkeit dieser Handarbeit. Er wusste, es gab ein Mädchen unten in der Handwerkersiedlung, das solche meisterlichen Bilder fertigte. Sie war mehrfach zum Truchsess gerufen worden, um sich die Szene schildern zu lassen und ihre Entwürfe vorzulegen. Obwohl sie in Bamberg nicht dabei gewesen war, vielleicht sogar noch nie in ihrem Leben bei einem Turnier, hatte sie den Moment verblüffend wirklichkeitsgetreu wiedergegeben.

Doch der künftige Markgraf der Lausitz gönnte sich diesmal nur einen kurzen Blick auf die feine Stickerei, um sich dann ganz auf die Worte seines Vaters zu konzentrieren. Dessen Entscheidung war schicksalhaft für das Haus Wettin, ganz gleich, zu wessen Gunsten der Kampf ausging.

»Wir haben keine Wahl, wir müssen in diesen Krieg ziehen«, eröffnete Konrad, nachdem auf eine herrische Handbewegung von ihm alle Bediensteten die Kammer verlassen hatten.

»Nicht wegen eurer Großtante oder dem Welfen, sondern um *unsere* Ländereien vor dem Bären zu schützen. Dreist und blitzschnell ist Albrecht in ein Gebiet eingedrungen, das direkt an unser Land grenzt. Ich kenne ihn und seine hitzige Art. Doch nun ist er gar nicht mehr zu bändigen. Er glaubt, der König werde ihm alles nachsehen, weil er ihm durch seinen Gewaltakt in Quedlinburg zur Krone verholfen hat. Wir müssen damit rechnen, dass Albrecht auch gegen uns vorgeht und versucht, sich diese oder jene unserer Ländereien zu rauben.«

»Und außerdem, mit Verlaub ... Es gehört sich nicht, einfach eine Schlacht zu beginnen, ohne sich tags zuvor mit dem gegnerischen Heerführer getroffen und für den nächsten Sonnenaufgang zum Kampf verabredet zu haben, wie es Brauch und Sitte fordern«, warf Otto entrüstet ein.

»Du hast recht. Das ist Räubermanier, nicht ritterlich.« Konrad warf einen Blick auf seinen jüngeren Sohn, dem Ritterlichkeit so überaus wichtig war, der aber immer noch schwieg.

»Wir dürfen beim Schutz *unserer* Interessen nicht auf den Welfen zählen«, fuhr der Markgraf fort. »Bis Heinrich von Bayern her das Kriegsgebiet erreicht, vergeht zu viel Zeit. Und dann muss er schnellstens dem Bären folgen, der schon

gegen Lübeck und Bardowick zieht, um ihn wenigstens dort aufzuhalten. Wir müssen handeln, zu unserem eigenen Schutz«, wiederholte er. »In kluger Voraussicht habe ich bereits vor Wochen meine Gefolgsleute aufgefordert, mir Truppen für den Kriegsfall zu stellen, ganz gleich, auf wessen Seite wir uns schlagen. Unser Heer kann also schnell aufbrechen. Ich musste dafür Geld bei den Juden aufnehmen, aber hier geht es nicht nur um die Verteidigung unserer Grenzen, sondern auch um unsere Ehre, unseren Stolz.«
Ganz zu schweigen von Eurer innigen Feindschaft mit Albrecht dem Bären, der einst Euer Freund und Kampfgefährte war, dachte Dietrich zynisch. Natürlich sprach er es nicht aus. Doch einen Einwand konnte er nicht zurückhalten.
»Damit stellen wir uns gegen den gesalbten König, dem wir Treue schworen. Riskieren wir damit nicht selbst Acht und Bann?«, fragte er ruhig, doch in Erwartung, von seinem Vater zurechtgewiesen zu werden.
Zu seiner Überraschung pflichtete Markgraf Konrad ihm bei. »Das ist der Haken an der Sache, und es gefällt mir nicht«, gestand er. »Aber der Stauferkönig wird uns nicht helfen, wenn der Bär in unsere Lande einfällt. Er ist aus Würzburg *geflohen*, weil er der welfischen Armee nicht trotzen wollte. Sagt das nicht alles? Ich bezweifle mittlerweile, ob sich Konrad von Staufen, der schon einmal als König gescheitert ist, gegen den Welfen durchsetzt. Gut möglich, dass sich am Ende Heinrich der Stolze die Krone doch noch holt.«
Konrad trank einen Schluck heißen Würzwein, denn ihn fröstelte an diesem trüben Herbsttag, obwohl er das nie zugeben würde. Ein Mann wie er fror nicht. Nie. Er war erhaben über Hitze und Kälte.
Gespannt sah er seinen Söhnen nacheinander ins Gesicht.
»Ich habe uns eine Sicherheit eingebaut. Ist euch meine Formulierung vorhin in der Halle in ihrer ganzen Bedeutung klargeworden?«

»Wir werden dem Schwiegersohn der Kaiserinwitwe Truppen bereitstellen, damit er sein Land verteidigen und seine rechtmäßigen Ansprüche durchsetzen kann«, zitierte Otto aus dem Gedächtnis, und ein verstehendes Grinsen zog über sein Gesicht.
»Richtig. Nicht dem Herzog von Sachsen und Bayern, sondern dem Schwiegersohn unserer Verwandten. Um *sein* Land zu verteidigen und seine *rechtmäßigen* Ansprüche durchzusetzen«, wiederholte der Vater. »Die Rede ist nicht vom Herzogtum Sachsen, auch wenn Heinrich das als sein Land und seinen rechtmäßigen Anspruch betrachten mag.« Der Markgraf lehnte sich zurück.
»Dennoch: *Falls* das Haus Staufen diesen Kampf gewinnt, werden wir uns etwas mehr einfallen lassen müssen, um unseren Eidbruch zu erklären. Im schlimmsten Fall werfen wir uns zu Füßen und bitten um Gnade. Der König kann sie nicht verweigern.«
Er runzelte die Stirn angesichts dieser Aussicht, die ihm wenig gefiel, starrte aus dem Fenster in den grauen Himmel und wünschte sich seinen besten Spion herbei. Der hatte sich lange nicht blicken lassen. Ob ihm auf dem Weg etwas zugestoßen war?
Doch manchmal werden selbst die unmöglichsten Wünsche wahr. Wie aufs Stichwort klopfte der Truchsess an und rief: »Durchlaucht, Ihr befahlt, umgehend benachrichtigt zu werden, falls ein Spielmann hier auftaucht.«
Diesmal gestattete sich Markgraf Konrad, seine Erleichterung zu zeigen.
»Sofort herein mit ihm!«, befahl er.
Lukian trat ein und kniete vor den drei Fürsten nieder.

»*Das* ist das Angebot des Königs?«, fragte Konrad über alle Maßen verblüfft, nachdem sein sehnlich erwarteter Spion berichtet hatte.

»Ich soll also zum Schein dem Drängen meiner Tante nachgeben, wenn es sich nicht vermeiden lässt, aber dafür sorgen, dass sich meine Truppen nach Kräften aus den Kämpfen heraushalten? Und zum Dank werden mir königliche Begnadigung ohne weitere Bedingungen und der Erhalt *beider* Markgrafschaften zugesichert?«

Konrad von Wettin schloss für einen Moment die Augen und atmete tief auf vor Erleichterung. Dann gestattete er sich sogar den Anflug eines Lächelns, ein äußerst seltener Anblick.

»So sind wir nach allen Seiten abgesichert«, verkündete er überaus zufrieden. »Wir verteidigen unser Land, wir unterstützen auf Bitten der Kaiserinwitwe den Welfen, der womöglich den Thron erkämpft ... Und wenn nicht, hat uns der Staufer gerade goldene Brücken gebaut und hält uns weiter für seine Getreuen. Besser hätte es nicht kommen können!«

Im Handumdrehen entschied er über das weitere Vorgehen. »Otto, du bleibst hier und regierst an meiner statt beide Markgrafschaften.«

Sein ältester Sohn stand auf, kniete nieder und bedankte sich für die hohe Ehre. Ihm gefiel diese Aussicht über alle Maßen. Er würde beweisen, dass er bereit und fähig war, in Abwesenheit seines Vaters die Verantwortung für zwei Herrschaftsgebiete zu übernehmen.

»Ich selbst werde mich an die Spitze unseres Hauptheeres stellen und dem Welfen nach Norden folgen«, fuhr der Markgraf fort. »Es dauert seine Zeit, bis wir dort sind, und die Befehlsgewalt über unsere Truppen kann Herzog Heinrich nicht übernehmen, wenn ich höchstselbst sie anführe. So sorge ich dafür, dass der Anschein aufrechterhalten wird, ohne dass wir uns zu sehr ins Zeug legen. Vielleicht kommen wir gar nicht zum Einsatz. Und du, Dietrich ...«

»Welche Aufgabe wünscht Ihr mir zu erteilen, Vater?«, fragte Dietrich, der sich schon kaltgestellt glaubte.

»Du führst unsere Vorhut direkt zu den Truppen des Magdeburger Erzbischofs. Er befehligt nur ein Teilkontingent, doch das bleibt gewiss zwischen seinen und unseren Ländereien im Grenzgebiet der Nordmark. Du kämpfst an seiner Seite mit den dir zugeteilten meißnischen Männern.« Wohlwollend musterte er das Gesicht seines zweitältesten Sohnes.

»Ich setze großes Vertrauen in dich. Du hilfst, unsere Gebiete zu verteidigen, und hast Gelegenheit, dir weiteren kriegerischen Ruhm zu erwerben. Und lass mich dir eines noch mit auf den Weg geben, Sohn: Dass er Eilikas Burg eingeäschert hat, macht mir den Erzbischof von Magdeburg fast sympathisch. Eher früher als später wird er gegen den Plötzkauer ziehen, der mir seit langem ein Dorn im Fleische ist. Mein Sohn, ich wäre sehr stolz auf dich, wenn du persönlich den ersten Brandpfeil auf seine Burg schießt.«

Otto grinste erneut, Dietrich nahm diese Worte ohne erkennbare Regung entgegen.

Er war froh, dass ihm sein Vater Vertrauen schenkte und ihm ein wichtiges militärisches Kommando übertrug. Als junger Ritter und künftiger Markgraf wollte und musste er sich als Kämpfer und Anführer beweisen. Burgen erobern war ruhmvoll. Doch Burgen niederzubrennen?

Dietrich ging auch der Gedanke durch den Kopf, dass er in den bevorstehenden Schlachten durchaus auf den jungen Friedrich von Schwaben treffen konnte, der sich nach dem Turniersieg in Bamberg so freundschaftlich gezeigt hatte.

Auf welcher Seite würde Friedrich kämpfen? Auf der Seite des Königs – womit sie sich als Feinde gegenüberstünden? Oder wie in Bamberg auf Seiten der Welfen?

»Lassen wir den Dingen ihren Lauf, mit Gottes Hilfe!«, beendete Markgraf Konrad die Unterredung.

Töchter und die einzige, die auch komplizierte Muster weben konnte. Sie war zwei Jahre älter als Hanka und immer noch unvermählt. Weil ihre linke Gesichtshälfte von einem Feuermal entstellt war, würde sie es wohl auch bleiben, sofern der Bortenwirker nicht eines Tages sehr reich wurde und eine üppige Mitgift zahlen konnte.

Die anderen Töchter des Paares waren noch klein. Die sechsjährige Mechthild und die siebenjährige Agatha konnten bereits einfache Muster weben, wenn ihnen jemand die Fäden spannte und durch die Knochenplättchen zog, doch ihre jüngsten Schwestern waren erst drei und vier und noch zu unbeholfen für diese Arbeit.

»Du borgst ihr dein neues Kleid, das für den Kirchgang!«, befahl Otmar seiner Ältesten und zeigte auf Hanka. Als Petronella schmollte, fügte er sofort hinzu: »Auf der Stelle! Der edle Herr Truchsess wartet nicht.«

Petronella hätte am liebsten mit dem Fuß auf den Lehmboden gestampft, doch das wagte sie nicht.

»Immer muss ich der da meine schönsten Kleider überlassen, wenn ihr wegen ihrer Stickereien auf den Burgberg gerufen werdet! Der Tölpel macht sie nur schmutzig oder zerreißt sie«, protestierte sie.

»Keine Widerworte, du undankbares Kind! Spute dich, sonst kriegst du eine Maulschelle! So ärmlich kann ich sie nicht zu den edlen Herren mitnehmen, sonst hält man uns noch für Bettler. Man wird uns mehr bezahlen, wenn wir als angesehene und gefragte Handwerker auftreten. Und bei Hofe die schönsten Borten an unseren Kleidern zu zeigen, ist besser, als sie zollweise auf dem Markt feilzubieten. Das weißt du genau!«

Wütend lief Petronella in den hinteren Teil des Hauses, riss ein rostfarbenes Kleid vom Haken, knüllte es zusammen und warf es Hanka ins Gesicht. »Da, nimm, du Wendenbastard!«

Hanka zuckte und schaffte es gerade noch, das Kleid zu fangen, ehe es zu Boden fiel.

Ihre Eltern waren tatsächlich Wenden gewesen, Slawen. Doch das galt für die meisten hier. Die ganze Marktsiedlung unterhalb der Burg war vor langer Zeit aus einem slawischen Dorf entstanden. Ihre Familie lebte schon seit Generationen als Christen hier. Sidonia, die ihre Großtante und nächste lebende Verwandte war, nachdem ein Fieber Hankas Eltern und Geschwister ins Grab gebracht hatte, verleugnete die eigene Herkunft. Ursprünglich hatte sie Zdenka geheißen, ihren Namen aber angepasst und tunlichst darauf geachtet, ihren Töchtern besondere Namen zu geben, keinesfalls slawische. Vor Käufern rief sie die Ziehtochter nur »Johanna«.

Wortlos schüttelte Hanka die Falten aus Petronellas Kleid und ging sich umziehen. Sie war froh darüber, denn durch keine Regung in ihrem Gesicht durfte sie zu erkennen geben, dass die Aufforderung, zur Burg zu gehen, für sie nicht ganz überraschend kam. Hatte Lukian tatsächlich einen Weg gefunden, sie vor dem alten Silberschmied und dem Bader zu bewahren?

»Trag dein Haar unbedeckt und offen!«, befahl der Vormund noch.

Das gefiel ihr nicht. Sich als Jungfrau mit offenem Haar zu zeigen, konnte Ärger bringen und bedrohliche Gelüste bei Männern wecken.

Doch in ihr wuchs die Hoffnung, dass Lukian irgendein Wunder bewirkt hatte.

Ein seltenes Lächeln huschte über Hankas Gesicht, während sie ihr Haar entflocht und mit einem beinernen Kamm hindurchfuhr, das Geschenk eines Nachbarn, der Kämme, Nadeln und andere Utensilien aus Knochen schnitzte und verkaufte. Ein freundlicher Witwer in mittleren Jahren, der schon zweimal vergeblich beim Vormund um ihre Hand angehalten hatte und sich jetzt eine andere Frau suchen musste, die seine drei Kinder aufzog.

»Bringst du uns etwas zu essen von der Burg mit?«, fragte die kleine Mechthild und umklammerte Hankas Beine, während sie hoffnungsvoll zu ihr aufsah.

»Falls uns der gute Herr Truchsess schon heute einige Pfennige gibt, damit wir Garn kaufen können, wird euer Vater bestimmt etwas Köstliches besorgen«, versprach sie und strich der Kleinen übers Haar.

Für ihre Stickereien benötigte sie besonders feines Leinengarn, wie sie es nicht selbst spinnen konnte.

Auf dem steilen Weg zur Burg wimmelte es von Bewaffneten, Pferden und brüllenden Befehlshabern. Fürst Konrad stand unverkennbar kurz vor dem Aufbruch in einen Kriegszug oder erwartete einen Angriff.

Hanka und ihr Vormund wechselten kein Wort miteinander. Der Bortenwirker schwelgte in Plänen und war ansonsten damit beschäftigt, jeden möglichen Kunden überschwenglich zu grüßen, der ihnen entgegenkam. Vielleicht kauften sie ja bald wieder bei ihm?

Hanka war ganz in Gedanken versunken und erfüllt von Hoffnung, Zweifel, Bangen. Ihr Herz pochte wie wild, ihre Knie zitterten, sogar die Hände, mit denen sie Petronellas fast eine Handbreit zu langes Kleid vorsichtig raffte, damit der Saum nicht schmutzig wurde. Sie hätte sich Trippen unter die Schuhe schnallen sollen! Es konnte ohnehin jeden Moment zu regnen beginnen.

Was würde sie erwarten?

Gab der Markgraf ein neues Bild in Auftrag, vielleicht eines mit seinem ältesten Sohn darauf? Wie lange konnte sie das retten? Oder würde gleich etwas gänzlich Unerwartetes geschehen?

Ich darf nicht zu viel erhoffen!, ermahnte sie sich und betete still zur Jungfrau Maria, während sie zum Burgberg hinaufstiegen.

Auch Otmar glaubte fest daran, dass der Fürst eine neue große Stickerei bestellen würde, und wunderte sich, dass ein Schreiber neben dem Truchsess stand, als sie zu ihm vorgelassen wurden. Vielleicht sollte diesmal ein schriftlicher Vertrag geschlossen werden, weil der Silberschmied womöglich herumerzählt hatte, dass sein Auftrag nicht zur vereinbarten Zeit fertiggestellt wurde. Oder es musste ein Entwurf für das Bild auf Pergament gezeichnet werden.

Doch dann glaubte er, sich verhört zu haben.

Angesichts seiner fassungslosen Miene wiederholte der Truchsess erstaunlich geduldig seine Worte.

»Unserem Fürsten – Gott segne ihn und schenke ihm ein langes Leben! – kam zu Ohren, dass du diese junge Stickerin beim Bader als Magd verdingen willst. Seine Durchlaucht wünscht nicht, dass sie sich die Finger bricht, weil sie schwere Badezuber schleppen und scheuern muss.«

An dieser Stelle hatte Otmar innerlich schon gejubelt und Einzelheiten zum neuen, großen Auftrag erwartet. Wenn sein Mündel dem Markgrafen so viel wert war, konnte er sicher einen höheren Preis herausschlagen.

Doch die nächsten Worte des obersten Hofbeamten kamen für den Handwerker so überraschend, dass er erst gar nicht verstand.

»Deshalb will Seine Durchlaucht für diese tüchtige Jungfrau eine Zukunft, in der sie weiter für ihn solche einzigartigen Stickereien fertigen kann. Und als ihr Vormund wirst du ihm allerergebenst für seine Großzügigkeit und Gnade danken. Er wünscht« – diese Worte sprach der Truchsess so nachdrücklich aus, dass Otmar wusste, der Wunsch des Fürsten war ein Befehl – »sie mit seinem Schreiber Ansbert zu vermählen. Seine Durchlaucht wird den beiden als Mitgift ein Haus in Meißen schenken, an dessen Ausstattung du dich großzügig beteiligen wirst.«

Noch verblüffter als der Bortenwirker war jetzt allerdings Hanka. *Der Schreiber Ansbert?*

Sie starrte auf Lukian, der ganz fremd aussah in der Gelehrtenkleidung und mit der schwarzen Bundhaube statt der bunten Narrenkappe, die seine dunklen Locken fast völlig verbarg. Der Spielmann, der unehrlich Geborene – ein Schreiber des Markgrafen?

So versäumte sie beinahe zu antworten, als der Truchsess sie ansah und fragte: »Die Jungfrau hat doch keine Einwände, diesen jungen Mann zu heiraten, der in Diensten des Markgrafen steht und seine Gunst genießt?«

»Nein, edler Herr ...«, stammelte sie und wagte einen erneuten Blick zu Lukian, der ihr nun ein Lächeln sandte.

Sie ging ganz tief in die Knie und senkte den Kopf.

»Es ist eine hohe Ehre, und ich danke Seiner Durchlaucht und auch Euch ergebenst dafür.«

»Danke ihm, indem du für seinen Palas weiterhin so schöne Werke fertigst. Du bist zu schade, um als Magd bei einem Bader zu arbeiten«, meinte der magere Truchsess und wirkte sehr zufrieden.

»Da erfreulicherweise Einigkeit erzielt ist, wird die Hochzeit noch heute stattfinden«, fuhr er fort; die nächste große Überraschung für Hanka und ihren Vormund.

»Der Markgraf bricht morgen zum Kriegszug auf und hat sich um viele wichtige Dinge zu kümmern. Deshalb möchte er diese Angelegenheit umgehend erledigt wissen. Die Braut wird vorher auf dem Burgberg die Beichte ablegen und vom Hof mit einem angemessenen Kleid ausgestattet werden. Obwohl« – anerkennend zog Edwin die Augenbrauen hoch – »jenes sehr schön ist, das sie da trägt. Doch ich vermute wohl richtig, dass es nicht ihres ist.«

Woher weiß er das?, dachten Otmar und Hanka fast gleichzeitig. Weil es zu lang war? Oder weil bekannt war, dass der Weber sein ungeliebtes Mündel am liebsten in Sack und Asche gehen ließe?

»Nun solltest du, Bortenwirker, wieder zu deinem Haus hinabsteigen, deinem Weib Bescheid sagen und alle Vorbereitungen treffen, während ich hier einige Belehrungen an die Brautleute auszusprechen habe.«

»Selbstverständlich, edler Herr, selbstverständlich«, sagte der Meißner und verneigte sich bei jedem Wort.

Er warf noch einen letzten verwirrten Blick auf sein Mündel, das so plötzlich heiraten sollte, dann schlurfte er von dannen. Auf dem Weg würde er viel nachzudenken haben. Ob das alles nun gut oder schlecht war, wie er am meisten Vorteil aus der Sache ziehen konnte, was er hergeben musste, um dieses rätselhafte Haus einzurichten ... Wie groß würde es denn sein, wo sollte es überhaupt stehen?

Und wann würde das Wendenbalg – nein, sie war ja nun ein Schützling des Fürsten, die künftige Frau eines Schreibers – endlich das Bild für den Silberschmied fertigstellen? Die Anzahlung dafür hatte seine leichtsinnige Frau längst verschleudert. Der Mann musste unbedingt seine bestellte Vertreibung aus dem Paradies bekommen!

Wenigstens brauchte er die Waise jetzt nicht mehr durchzufüttern. Andererseits konnte er auch nicht mehr an ihr verdienen. Und wie würde erst Petronella keifen, dass ihre jüngere Ziehschwester heiraten durfte, noch dazu auf Weisung des Fürsten, und sie nicht!

Doch wenn Hanka und ihr Zukünftiger auf dem Burgberg in so hoher Gunst standen, durfte er da nicht erwarten, dass sie künftig ihre Einnahmen mit ihm teilten? Immerhin hatte er die Waise jahrelang ernährt und bei sich wohnen lassen.

Bei diesem Gedanken wäre er beinahe gestolpert. Das fehlte noch, dass er sich ein Bein brach!

O Herr! Wie wundersam sind doch die Dinge, die Du uns bescherst.

»Jetzt lasse ich euch kurz allein, ihr habt sicher einiges zu besprechen«, sagte der Truchsess zu dem jungen Paar. »Ich muss den Kauf des Hauses veranlassen und Mägde losschicken, die es für euch herrichten. In einer Stunde wird die Braut geholt, gebadet und eingekleidet. Ihr werdet beide die Beichte ablegen, und zum Abendläuten sehe ich euch vor der Kirche in der Handwerkersiedlung.«
Er wandte sich zum Gehen, doch an der Tür drehte er sich noch einmal um.
»Ich danke dir wirklich von ganzem Herzen, Spielmann, dass du mir Nachricht von meiner Martha gebracht hast. Das werde ich dir nie vergessen. Deshalb habe ich mich auch so für euch eingesetzt, weit über meinen Auftrag hinaus. Tut mir diese zwei Gefallen: Werdet glücklich miteinander, und hütet eure Geheimnisse gut!«
Immer noch lächelnd ging er hinaus.
Lukian war nun doppelt froh, dass er es auf sich genommen hatte, herauszufinden, wohin nach jener bedrückenden Szene im Frühjahr Edwins Tochter auf Befehl des Markgrafen gebracht worden war. Während der Reise hierher hatte er einen kleinen Umweg gemacht, um sie zu sehen, und sich zu seiner eigenen Freude überzeugen können, dass das Mädchen wirklich einem guten Mann gegeben worden war. Gegen alle Erwartungen war das Paar sich zugetan, und inzwischen trug Martha ein Kind unterm Herzen und freute sich darauf. Das alles hatte er dem Truchsess unter vier Augen berichtet, bevor er vor den Markgrafen trat und seine Bitte äußern durfte.
Dem jungen Dietrich allerdings würde er erzählen, dass das Mädchen kurz nach der Vermählung an einem Sommerfieber gestorben sei. Sicher würde Dietrich trauern, aber er

würde aufhören zu suchen, und der Gedanke an sie würde mit der Zeit verblassen. Edwin musste und konnte als Truchsess dafür sorgen, dass Dietrich nie dabei war, sollte Markgraf Konrad diesen Vasallen aufsuchen. Das hatten er und Edwin so abgesprochen, weil es sowohl für Dietrich als auch für Martha das Beste war.

Wie es aussah, erhielt er nun wirklich einmal den Lohn der guten Tat, was im Leben eines Menschen nicht so oft geschah.

Doch jetzt musste er sich um Hanka kümmern, die kreidebleich und fassungslos vor ihm stand und zweifellos viele Fragen hatte.

Langsam ging er auf sie zu und führte sie zur Sitznische am Fenster, denn sie sah aus, als würden ihr gleich die Beine den Dienst versagen.

Er setzte sich neben sie, umfasste ihre Hände und sah ihr in die Augen.

»Was der Truchsess eben erwähnte, die Nachricht von seiner Tochter, das darfst du nie jemandem sagen!«, begann er.

Sie nickte, ohne zu verstehen, worum es ging.

»Und auch nicht, dass ich ein Spielmann war, ein unehrlich Geborener. Sonst könnten wir nicht ehrlich heiraten.«

»Aber wieso bist du plötzlich als Schreiber gekleidet und nennst dich Ansbert? Willst du unter einem falschen Namen heiraten? Das wäre eine Lüge im Angesicht Gottes!«, platzte sie heraus.

Er lächelte, aber nur kurz.

»Liebste, ich muss dir jetzt einiges anvertrauen, das du unbedingt für dich behalten musst, wenn ich nicht sterben soll und wenn du als ehrbare Frau in Meißen leben willst.«

Sie schluckte, nickte und sah ihn mit großen Augen an.

Er streichelte ihre Hände, um sie zu beruhigen.

Ihre Fingerkuppen waren von Nadeln zerstochen, während

Josefas meistens grün von den Kräutern und seine tintenbekleckst oder schwielig von den Saiten der Harfe waren. Sie alle drei hatten schmale, feingliedrige Hände und mussten sorgsam damit umgehen, um sich ihren Lebensunterhalt zu verdienen.

»Du kennst mich als Spielmann, und einen Spielmann kannst du nicht heiraten, sonst müsstest du mit mir auf der Straße leben. Doch ich habe noch einen zweiten Beruf unter einem zweiten Namen, eben als Schreiber Ansbert. Dank der Großzügigkeit des Markgrafen bekomme ich jetzt hier ein kleines Haus. Das macht mich zum ehrlichen Mann, und ich kann dich heiraten. Vorausgesetzt, ich trete in Meißen nur noch als Schreiber Ansbert auf, den niemand mit einem Spielmann in Verbindung bringen darf. Lukian wird nie wieder hier auftauchen, und du wirst darauf achten müssen, mich vor anderen stets als Ansbert anzureden.«

Sie blinzelte.

»Musst du nicht deine ehrliche Abstammung nachweisen, um Bürger zu werden?«

»Es gibt nichts, das sich nicht mit Silber oder einem Stück Pergament regeln ließe«, meinte er lächelnd. »Zumal Meißen noch kein Stadtrecht hat, sondern eine Marktsiedlung ist, wenn auch eine große. Sicher wird es bald zur Stadt erhoben. Dann kann ich auch das Bürgergeld zahlen und Wachdienste übernehmen.«

Hanka zog die Stirn in Falten und wiederholte: »Dürfen wir eine Ehe im Angesicht Gottes schließen, die auf Lügen beruht?«

Er seufzte, hielt ihre Hände noch fester und strich mit seinen Daumen ruhelos über ihre Handrücken.

»Wie viel Wahrheit kann man sich leisten, wenn man mittellos und eine Waise ist? Wenn wir nicht heiraten, hast du die Wahl zwischen dem alten Silberschmied oder dem Bader, dann endest du im Hurenhaus. Oder du kämst zu den Weberinnen auf der Burg und wärst auch nicht sicher. Wir tun es, um zu überleben! Manchmal kann eine Lüge auch schützen. Diese rettet dir vielleicht das Leben.«

Er sah in ihr nachdenkliches Gesicht, lächelte und sagte: »Bei der Trauung vor der Kirche werde ich meinen wahren Namen nennen. Aber nur einmal, und du darfst ihn niemandem verraten.«

»Wie heißt du wirklich? Wer *bist* du wirklich?«

»Ich bin ein Findelkind, gleich nach der Geburt auf der Klosterschwelle abgelegt und im Kloster aufgewachsen. Doch weil ich nicht Mönch werden wollte, riss ich als junger Bursche aus und verdiente mir mein Geld abwechselnd als Spielmann Lukian und als Schreiber Ansbert. Mein wahrer Name ist Christian.«

Hanka wagte kaum zu atmen bei all diesen Enthüllungen. Er weiß nicht einmal, wer seine Eltern sind, dachte sie traurig. Dennoch konnte sie nun ein wenig lächeln.

»Christian. Dann werde ich unseren Sohn auch Christian nennen, wenn wir einmal einen haben. Und heute heiraten wir.«

Sie strahlte ihn an. Er nahm ihre zerstochenen Hände und küsste sie.

Nach einem Moment des Schweigens stand Lukian auf.

»Ich muss jetzt beim Truchsess die Schenkungsurkunde unterschreiben, und du wirst gleich für die Heirat geschmückt. Wir ziehen übrigens ganz in Josefas Nähe, in das Häuschen, wo der alte Hornschnitzer lebte, der unlängst starb und keine Nachkommen hinterließ. Es ist nicht groß, aber es wird uns ein Heim sein.«

»Dieses Haus? Ganz nah bei Josefa?«

Das freute sie. Gewiss, es war eine winzige Kate, aber mit einem Gärtchen dahinter und Obstbäumen. Und dort am Ende der Gasse würde sich niemand Bedeutendes für sie

interessieren. Zumal die Nachbarschaft sie schon durch Josefa kannte.
»Wir werden in diesem Haus glücklich sein«, sagte sie voller Überzeugung und wollte ihn an sich ziehen.
»Warte, du weißt noch immer nicht alles!«, gestand er.
Ihr Lächeln verflog, und sie fragte sich, welche Enthüllungen nun noch folgen würden.
»Zum Dank erwartet der Markgraf weiterhin meine Dienste, und zwar nicht nur in seiner Kanzlei. Ich muss Botengänge übernehmen und deshalb viel reisen. Wenn ich fort bin, schickt dir der Truchsess eine Magd, damit du nicht allein bleibst. Und Josefa steht dir auch bei. Das wird unser Leben sein. Ich werde oft nicht bei dir sein und auch keine Reichtümer anhäufen, wir müssen um den Preis unseres Lebens gefährliche Geheimnisse bewahren. Aber ich werde dich lieben und für dich sorgen, wir haben unser eigenes Heim und sind Mann und Frau, von heute an und für unser ganzes irdisches Leben. Möchtest du das?«
Nun stand auch sie auf und sah ihm in die Augen.
»Von ganzem Herzen!«

Der Spielmann und die Stickerin

Lukian und Hanka; Meißen, Oktober 1138

Der Himmel versprühte feinen Regen, als Lukian, der nun von allen Ansbert genannt wurde, und Hanka heirateten.
»Es bringt Glück und Silber, wenn es der Braut in den Jungfernkranz regnet«, flüsterte hinter ihr der Nachbar, der Kämme, Nadeln und andere Utensilien aus Knochen schnitzte, und lächelte ihr freundlich zu.

Doch Hanka war so aufgeregt, überwältigt und vor allem immer noch vollkommen verblüfft über diese plötzliche Wendung, dass sie nur Augen für ihren Zukünftigen hatte. *Christian*, wie sie ihn heute wenigstens in Gedanken nennen wollte.

War es nicht gewagt, jemanden zu heiraten, den sie kaum kannte, von dem sie bis eben nicht einmal die richtigen Namen gewusst hatte? Wie viele Geheimnisse hütete er noch? Aber sie hatte nicht nur aus der Not heraus zugestimmt. Sie kannte ihn seit über einem Jahr und fühlte, er war ein guter Mensch.

Damit niemand im Bräutigam den Spielmann Lukian erkannte, fand die Trauung nicht auf dem Burgberg statt, sondern vor der Nikolaikirche in der Handwerkersiedlung. Der Vormund, seine Frau Sidonia und Tochter Petronella trugen ihre besten Kleider als Anpreisung ihres Gewerbes. Für Hanka hingegen hatte der Truchsess ein Kleid geschickt, das passte wie angegossen und nicht mit Borte geschmückt war, sondern mit schmalen gestickten Ranken an den Ärmelkanten und am Halsausschnitt. Zum ersten Mal, seit sie den Kinderkleidern entwachsen war, die noch ihre Mutter genäht hatte, trug sie wieder etwas so Verziertes. Nie hätte sie gewagt, im Haus des Vormunds etwas zu sticken, das nicht verkauft werden sollte.

Edwin lächelte, als er sie so sah in diesem schlichten kornblumenblauen Kleid, das seiner Tochter gehört hatte. Es brachte das lange hellbraune Haar der Braut wunderbar zur Geltung, und er wünschte ihr und dem Spielmann nur Gutes. Die Nachricht vom Glück seiner Martha hatte ihm das Herz weit geöffnet.

So führte er Hanka selbst zur Kirchentür, bis ihr Vormund sie am Arm griff und dem Bräutigam übergab.

Der Pater nahm ihnen die Gelübde ab und legte ihre Hände ineinander.

Für ein gemeinsames Gebet gingen Brautpaar und Hochzeitsgesellschaft in die Kirche. Danach zogen sie – nunmehr ohne den Truchsess – die steilen, gewundenen Gassen Meißens hinab, ganz in die Nähe von Josefas Kate.

»Hier werden wir gemeinsam leben«, wisperte Hanka glücklich und schmiegte sich an ihren Ehemann, auch wenn sich der Gedanke noch ganz fremd anfühlte. Sie war nun vermählt, vermählt mit ihm!

Das Haus war klein und kaum weniger schief als Josefas, aber das machte nichts, wenn sie hier nur ungestört wohnen konnten. Und im Garten dahinter standen üppig tragende Obstbäume. Vielleicht konnten sie sich irgendwann auch eine Ziege und ein paar Hühner zulegen.

»Pater, würdet Ihr bitte das Haus und die Herdstelle segnen?«, bat Lukian den Geistlichen, der wohlwollend nickte. Wahrscheinlich hatte ihm der Truchsess eine stattliche Spende für seine Kirche zukommen lassen, aber vielleicht freute er sich auch über das junge Glück.

Feierlich stieß Lukian die Tür auf, nahm seine Frau in den Arm und küsste sie unter dem Jubel der Zuschauer so leidenschaftlich, dass Hanka ganz weiche Knie bekam. Dann lud er sie ein, ihr neues Heim zu betreten.

Die Braut japste vor Staunen, denn sie erkannte die Hütte des armen Hornschnitzers im Innern kaum wieder.

Der Truchsess musste sich wirklich sehr für sie eingesetzt haben. Zwei Mägde hatten die Spinnweben und den Schmutz weggekehrt, über der Kochstelle in der hinteren Ecke hing ein Haken mit einem blitzblanken Kessel, der Tisch war gescheuert, und auf der Schlafstatt lagen mit duftendem Heu gefüllte Betten. Eine der Mägde öffnete eine Truhe voll Leinen, eine andere stieß die Hintertür zum Gärtchen auf, und nun brachen alle Hochzeitsgäste erneut in Freudenrufe aus.

Fleißige Helfer hatten dort Böcke und Bretter zu Tischen aufgestellt, auf denen reichlich Bier, Brot, Käse und sogar Fleischgerichte standen; ein Geschenk von der Burg. Dank Josefa war die Tafel mit Kränzen aus Herbstblättern in leuchtendem Gelb und Rot geschmückt, und für die Kinder standen Schüsseln voll gedörrter Pflaumen zum Naschen bereit.

»Esst und trinkt auf unser aller Wohl!«, rief der nunmehrige Hausherr Ansbert seinen Gästen zu, die umgehend ihre Becher auf das Wohl der Jungvermählten erhoben.

»Es fehlt ein Spielmann auf unserer eigenen Hochzeit«, flüsterte Lukian seiner jungen Frau etwas wehmütig zu.

Sie strich über seine Hand. »Du singst leise für mich, wenn alle anderen fort sind«, raunte sie ihm lächelnd ins Ohr.

Otmar, Sidonia und Petronella gingen schon bald, nachdem sie sich die Bäuche vollgeschlagen hatten und auch noch Essen und Naschwerk für ihre jüngeren Töchter mitbekommen hatten. Die anderen aber feierten ausgelassen: Hankas einstige Nachbarn aus dem Handwerkerviertel und auch ihre neue Nachbarschaft, die zumindest die Braut schon durch die alte Muhme kannte.

Josefa wirkte an diesem Tag so zufrieden, wie sie lange keiner gesehen hatte, und die Frauen des Viertels taten ihr den Gefallen, dass heute keine von ihnen niederkam.

Viele hatten bescheidene, aber nützliche Geschenke für das Brautpaar mitgebracht: eine Spindel, eine geschnitzte Schöpfkelle, ein Töpfchen Butter, einen frisch gebundenen Reisigbesen. Ihre Zieheltern steuerten hölzerne Schüsseln und tönerne Becher bei. Das war es, was sie unter einer »großzügigen Ausstattung« verstanden, die der Truchsess gefordert hatte.

Das kostbarste Geschenk außer der Truhe mit dem Leinen bekam das junge Paar aber vom Burgberg geschickt: ein kleines, mit Schnitzereien geschmücktes Kästchen, darin ein

filigran verziertes schmales Bronzeröhrchen mit einem Verschluss am oberen Ende. Als Hanka es öffnete, war sie sprachlos vor Staunen: Es enthielt eine silberne Nadel.
Noch nie hatte sie eine so feine Arbeit gesehen. Nadeln waren gemeinhin aus Knochen oder Horn und wurden in hohlen Knochenröhren aufbewahrt. Die beinernen brachen leicht, die aus Horn hinterließen größere Löcher im Stoff. Die Slawen konnten bronzene Nadeln herstellen, aber die waren ihrem Oheim zu teuer gewesen und auch zu grob für ihre feinen Stickereien.
Jetzt besaß sie eine unzerbrechliche Nadel.
Gewiss hatte Edwin entschieden, was von dem Silber des Fürsten gekauft wurde, und so sicherte ihnen der Truchsess auch noch auf diese besondere Weise ihre Zukunft.
»Es wird Zeit, die Herdstelle und das Brautbett zu segnen«, meinte der Pater, als die Gäste immer lauter und ausgelassener und die Zoten deftiger wurden, wie es bei Hochzeiten üblich war. Alle erhoben sich und drängten vom Garten in die Kate. Der Pater sprach einen Segen, und Hanka als nunmehrige Frau des Hauses brachte das Feuer unter dem Kessel zum Brennen.
Die Gäste applaudierten, dann aber bestanden sie lautstark darauf, das Brautpaar zu Bett zu bringen.
Lukian kannte die Gepflogenheiten an den Höfen und wusste mit einem Scherz zu verhindern, dass sie beide vor aller Augen entkleidet wurden.
»Wir wollen den Pater nicht in Verlegenheit bringen«, meinte er. »Ich bin sicher, dass mein liebes Weib und ich von jetzt an allein zurechtkommen.«
Es gab lautstarke Proteste, doch er ließ nicht mit sich handeln. »Nehmt noch von dem Bier, von dem Brot, gebt den Kindern die süßen Früchte … und dann geht nach Hause und schließt uns in eure Gebete ein!«, forderte er sie auf. »Auf dass wir gute Nachbarn werden.«

»Und ihr viele Kinder kriegt!«, rief Paul, der den halben Abend mit einer Schilfrohrflöte herumgelärmt hatte, bis ihm Josefa die schrillen Töne verbot.
Die Gäste stimmten grölend in seinen Ruf ein und fanden sich damit ab, die Feier zu beenden, als der Bräutigam lachend sagte, dann wolle er sofort ans Werk gehen.
Josefa blieb bis zuletzt und zog die Brautleute in ihre Arme. Tränen standen ihr in den Augen.
»Möget ihr glücklich werden!«
Dann waren Hanka und Lukian, der eigentlich Christian hieß und den sie nun Ansbert nennen musste, miteinander allein.
Und standen sich ein wenig verlegen gegenüber.

»Heute Morgen hatte ich keine Ahnung, dass ich heute Abend verheiratet sein würde. Noch dazu mit dir!«
Sie lächelte schüchtern, und er zog sie in seine Arme.
»Mir geht es genauso. Aber ich habe immer gehofft und nach einem Weg gesucht«, gestand er. »Denn eines weiß ich: Du bist die Liebe meines Herzens.«
Wieder küsste er sie und wiegte sie in seinen Armen, als könnte er sich nicht entschließen, auch nur ein Stück von ihr loszulassen.
Doch rasch merkte er, dass er nicht länger warten konnte.
Er löste die Verschnürung an den Seiten des blauen Kleides, zog es ihr über den Kopf und trug sie im Unterkleid zum Bett.
»Ich habe noch nie … einer Jungfrau beigelegen. Ich werde dir ein wenig weh tun müssen. Aber es wird bald besser«, gestand er leise, um sie nicht zu verstören.
»Komm!«, sagte sie und streckte ihm die Arme entgegen. »Wenn es von Gott so eingerichtet ist, werde ich diesen Schmerz ertragen. Ich möchte keinen anderen als dich.«
Er schaffte es nicht, sie so ausgiebig und zärtlich zu liebko-

sen, wie er es wollte; sein Körper forderte mehr Eile, als gut für sie sein konnte.

»Habe ich dir weh getan?«, fragte er danach schwer atmend und mit schlechtem Gewissen.

Hanka sagte nichts. Sie schien verwundert und stand verlegen auf, um sich die Blutschlieren von den Schenkeln zu waschen.

Lukian blickte sie zärtlich an. Dann begann er zu singen, wie sie es sich gewünscht hatte, während die Glut des Herdfeuers sie wärmte und den Raum mit einem warmen, rötlichen Licht füllte.

Er sang ihr ein leises, so inniges Liebeslied, dass sie ihr Treiben unterbrach und ihm zutiefst gerührt in die Augen sah. Sie spürte, sie *wusste*, dass er dieses Lied nur für sie gedichtet hatte.

Hanka schlüpfte zurück zu ihm ins Bett und lehnte den Kopf an seine Schulter, fuhr mit den Händen zärtlich durch sein Haar und hätte ihn zu gern geküsst. Doch sein Lied war noch nicht zu Ende, und sie wollte es weiter hören.

Er bettete sie auf das duftende Heu und liebkoste sie nun so, wie er es vorhin schon hatte tun wollen: ausdauernd, sanft, keinen Zoll ihres Körpers auslassend.

Dann sang er nicht mehr, sein Kopf war leer von Worten. Er summte die letzten Akkorde in ihr Ohr, schließlich küssten sie sich leidenschaftlich und fanden erneut zueinander, nun ganz ohne Eile, vollkommen von Glück erfüllt.

Ich liebe ihn mit allen Fasern meines Herzens, ich möchte nie mehr von ihm getrennt sein, dachte Hanka, als sie danach eng umschlungen nebeneinanderlagen. Doch ich ahne schon, dass ihn bald ein Befehl des Fürsten von mir wegholen wird. Falls das geschieht, so hoffe ich bei der Jungfrau Maria, soeben einen Sohn empfangen zu haben, dem ich den wahren Namen seines Vaters geben kann: Christian.

Ich liebe sie, ich liebe dieses Mädchen, und ich möchte nie

mehr von ihr fort, dachte zur selben Zeit Lukian. Alt und grau möchte ich an ihrer Seite werden. Doch wahrscheinlich schickt mich der Markgraf schon morgen zum Hof des Königs, und auch Albero erwartet dringend meine Berichte. Gott und alle Heiligen, behütet sie, wenn ich fort bin! Wie lange vermag ich im Spiel der Mächtigen noch zu bestehen? Allein könnte ich gen Frankreich oder jenseits der Alpen verschwinden. Doch wenn sie hier in Frieden leben soll, muss ich dabei bleiben. Und sollte das Unheil geschehen, sollte mein doppeltes und dreifaches Spiel auffliegen ...

Für Hanka ist gesorgt. Der Markgraf gab mir sein Wort, dass er sich um meine Frau und meine Nachfahren kümmern wird, sollte ich in seinen Diensten sterben.

Witwe im Zorn, König in Nöten

Eilika von Ballenstedt, Albero von Trier, Konrad von Staufen, der junge Friedrich; Kaiserpfalz Goslar, Dezember 1138

Die winzige, aber durchsetzungsstarke Eilika von Ballenstedt inszenierte ihren Auftritt am Hof des Königs mit größter Wirksamkeit. Allerdings hätte auch niemand, der sie kannte, etwas anderes von ihr erwartet.

König Konrad hatte die Fürsten des Reiches nach Goslar berufen, in die prächtigste aller Kaiserpfalzen, um mit ihnen dort Christi Geburt zu feiern und die Streitigkeiten zu klären, die im Reich mit voller Wucht ausgebrochen waren.

Es herrschte offener Krieg: Sachsen gegen Askanier, Askanier gegen Welfen. Außerdem hatten sich im Norden die Slawenstämme der Wagrier und Abodriten gegen die christliche Herrschaft erhoben, Segeberg und Umgebung erobert und zerstört. Und als wäre das nicht schon Unheil genug, nutzte auch noch ein alter Feind des Lübecker Wendenfürsten Pribeslaw dessen kriegsbedingte Abwesenheit, um Lübeck einzunehmen und zu zerstören. Races slawische Krieger stürmten mit Brachialgewalt bis nach Holstein hinein. Und Adolf von Holstein, der es hätte verteidigen können, war von Albrecht dem Bären entmachtet worden, weil er sich geweigert hatte, ihm nach der Schlacht von Mimirberg Treue zu schwören. Statt seiner bekam nun ein Heinrich von Badwide Land und Grafentitel und rückte mit den holsteinischen Truppen in Wagrien ein.

Von Königsfrieden im Reich keine Spur.

Konrad meinte, ohne großes Heer in Goslar erscheinen zu können, doch diesmal hatten er und seine Ratgeber sich geirrt. Der geächtete Welfe war längst nicht bezwungen.

Zu dieser Einsicht sollte Eilika von Ballenstedt unbeabsichtigt beitragen. Auch die schlaue Witwe hatte das Kräfteverhältnis falsch eingeschätzt.

Vor dem versammelten Hof erhob die verwitwete Gräfin und einstige Herrin der Bernburg lautstark Anklage gegen Heinrich den Stolzen und Erzbischof Konrad von Magdeburg.

»Los, ihr Gänse, jetzt könnt ihr heulen und lamentieren!«, befahl sie ihren Hofdamen beim Einzug in den Saal, was sie ihnen bisher strikt verboten hatte. Den Damen fiel es nicht schwer, ein Bild des Elends abzugeben.

Die verwitwete Gräfin von Ballenstedt und Mutter des neuen Herzogs von Sachsen hatte ihre Begleiter aufgefordert, in genau jenen nach Rauch stinkenden und von fliegenden Funken angesengten Kleidern vor den Hof zu treten, in denen sie den Brand der Bernburg durchlitten hatten. Mit diesem im Wortsinne anrüchigen Auftritt machte sich Eilika juristische Gepflogenheiten schlau zunutze. Wenn

eine Frau wegen Notzucht vor Gericht klagen wollte, musste sie das mit zerrissenen Kleidern und zerrauftem Haar tun, so wie der Täter sie zurückgelassen hatte. Warum sollte Eilika es in ihrem Fall nicht ähnlich handhaben? Abgesehen davon, dass sie als ehrbare Witwe natürlich niemandem ihr Haar zeigen würde. Erzbischof Konrad hätte sie alle beinahe lebendigen Leibes verbrannt, und nur durch Gottes Allmacht und ihre eigene Vorsicht hatten sie es geschafft, zu überleben.
In diesen schneereichen Dezembertagen versammelte sich der Hof in der Goslarer Kaiserpfalz nicht im großen Saal mit den hohen Fensteröffnungen, sondern im darunter gelegenen Wintersaal, der durch erwärmte Luft beheizt werden konnte und nur wenige kleine Fensterluken besaß.
So traf die edlen Damen und Herren, in deren rauchgeschwängerten Burgen zumeist nur die Kemenate beheizt war, der beißende Qualmgestank der Bernburger Abordnung mit voller Wucht. Sie fuhren zurück, hielten die Luft an und rümpften die wahrlich nicht überempfindlichen Nasen, als Eilika, ihr Burgkommandant und einige Begleiter vor den König traten.
Natürlich waren die Bernburger nicht so gereist.
Aber die durchtriebene Gräfin hatte Anweisung gegeben, die Kleider nach jener Nacht weder zu waschen noch zu flicken, ja nicht einmal auszulüften, sondern zusammengelegt in einer fest verschlossenenTruhe aufzubewahren.
So waren sie nun – die Damen mit reichlich Widerwillen – in die ruinierten Gewänder gestiegen, die mittlerweile ein stechendes Odeur von Qualm und stockender Feuchte verbreiteten. Die Gräfin hatte noch ein wenig nachgeholfen und auf dem Weg nach Goslar tagelang den Rauch des Rastfeuers über die Bündel wehen lassen.
In solcher Aufmachung stand sie nun vor König, Königin und Hofstaat, beschwor in flammenden Worten die Todesangst und die Gefahr für Leib und unsterbliche Seele herauf.

die Niederlage des Bären. Die Bernburger Blamage sprach nicht gerade für das Durchsetzungsvermögen Albrechts gegen den Welfen, allen anfänglichen Siegen zum Trotz.
Er neigte leicht den Kopf und flüsterte Sven ins Ohr: »Die gerissene Witwe spielt sich hier als hilfloses Opfer auf. Aber ich wäre zu gern dabei, wenn sie ihr Söhnchen herunterputzt, weil er das nicht verhindert hat.«
Sven musste sich zusammenreißen, um nicht vor dem gesamten Hof in Lachen auszubrechen. So lebhaft stand ihm die Szene vor Augen, wie die winzige Eilika ihrem hünenhaften Sohn die Leviten las.

Albero von Trier sah, dass es höchste Zeit war einzugreifen. Es missfiel ihm über alle Maßen, dass sich ausgerechnet ein Erzbischof, noch dazu ein so kampferfahrener wie der Magdeburger, gegen ihn und den König stellte und die ohnehin gefährliche Stimmung im Land weiter anheizte. Doch mit seinem Amtsbruder würde er sich später befassen. Jetzt musste er dieses durchtriebene Weib zum Verstummen bringen, ihre Anklage irgendwie ins Lächerliche ziehen, ehe sie noch mehr Schaden anrichtete.
Es gehörte sich einfach nicht, dass ein Erzbischof öffentlich von einer Gräfinwitwe heruntergeputzt wurde! Nicht einmal der Magdeburger, mit dem der Trierer wahrlich keinen guten Faden spann.
Albero neigte den Kopf höflich vor dem Königspaar, neben dem er als einer der engsten Berater Konrads stand, schob die Hände wegen der Kälte in die Ärmel seines wie gewohnt überaus prächtigen Gewandes und trat einen halben Schritt vor.
»Sagt, edle Gräfin, die Ihr in so bedauernswertem Zustand vor uns steht und Klage erhebt … Sofern Euer Bericht stimmt …«
»Ihr werdet mir doch keine Lüge unterstellen im Angesicht des gesalbten Königs und in Gegenwart all dieser edler Her-

ren, Euch eingeschlossen!«, fiel Eilika ihm entrüstet ins Wort.
»Natürlich nicht, meine Tochter«, heuchelte Albero. »Unser Mitgefühl ist Euch gewiss, und vor allem sollten wir schnellstens dafür sorgen, dass Euch und Euern Begleitern ein Bad bereitet wird und Ihr als Zeichen guten Willens auf Kosten der Krone neu eingekleidet werdet.«
Er sah fragend zum König, der mit einem Nicken dieser Form der Entschädigung aus seiner Schatulle zustimmte.
»Vorher jedoch interessiert mich eine Einzelheit an der wahrlich *ungeheuerlichen* Geschichte, die Ihr erzählt«, fuhr der Erzbischof von Trier fort und betrachtete die Kontrahentin lauernd wie ein Raubtier kurz vorm Sprung.
»Hat Erzbischof Konrad tatsächlich gedroht, Euch zu verbrennen? Oder bot Höchstwürden Euch Kapitulation und freien Abzug an?«
»Er wollte mich armes, schwaches Weib von meinem Witwensitz vertreiben!«, beschwerte sich Eilika. »Wohin hätte ich denn gehen sollen?«
»Meine Tochter, seid Ihr wirklich so schwach, wie Ihr Euch hier gebt? Ich hörte Klagen, Ihr hättet Truppen gegen Heinrich den Stolzen zusammengerufen und Euch in Kriegsangelegenheiten eingemischt, was sich für ein Weib nicht ziemt. Und im Krieg, so bedauerlich das ist« – er zog die Hände aus den Ärmeln und breitete die Arme aus – »geschehen solche Dinge. Schlimme Dinge. Belagerungen. Schlachten. Feuersbrünste. Wer das Schwert zieht …«
Ehe er den Bibelspruch zu Ende bringen konnte, widersprach Eilika schon erregt.
»Was hat das eine mit dem anderen zu tun? Ich muss meinem Sohn helfen, sein Recht durchzusetzen, wenn es sonst keiner tut. Und macht Richenza von Northeim nicht das Gleiche zugunsten ihres Schwiegersohnes? Mit dem ganzen *Gewicht* ihrer Person?«

Der Hohn über den Körperumfang der Kaiserinwitwe war so unverhüllt, dass einige Damen im Saal leise kicherten, was Eilika mit Triumph erfüllte und ihr noch mehr Schwung verlieh.

»Majestät!«, rief sie, reckte die dürren Arme erneut in die Höhe und trat einen weiteren Schritt vor. »Ich ersuche Euch, eine Heerfahrt gegen den Welfen auszurufen! Er ist ein Störer des Friedens im Reich.«

Dann senkte sie gespielt demütig Hände und Kopf.

Doch sie hatte die Rechnung ohne Albero von Trier gemacht, der längst nicht fertig mit ihr war.

»Eilika von Ballenstedt, ich frage Euch noch einmal: Bot Euch der Erzbischof von Magdeburg friedlichen Abzug an?«, beharrte er, ehe der König auch nur ein Wort sagen konnte.

»Hättet Ihr ihm an meiner Stelle eine Burg oder Kirche überlassen, damit er sie niederbrennen kann?«, antwortete Eilika mit einer Gegenfrage.

»Ihr habt also sein Angebot abgelehnt und Euch aus Starrsinn in Gefahr begeben«, konstatierte Albero zufrieden, der nun wusste, dass seine Schlacht gewonnen war. »Hochmut ist eine Todsünde, meine Tochter«, mahnte er sanft. »Oder wollt Ihr Euch auf Leichtsinn herausreden? Dann gebt allerdings nicht einem anderen die Schuld daran!«

Damit hatte er Eilika in die Enge getrieben. Sie konnte weder eine Todsünde noch Dummheit zugeben. Die Stimmung im Saal wandte sich erneut gegen sie.

Doch die Mutter des Bären gab sich nicht geschlagen.

»Wer Gott vertraut, den wird Gott schützen!«, rief sie stolz. »Und Gott *hat* uns geschützt. Nun stehe ich vor meinem König, um auch ihn um Gerechtigkeit anzuflehen.«

Da konnte Konrad von Staufen eine Antwort nicht weiter hinauszögern.

»Gräfin, Ihr werdet entschädigt werden. Doch die Krone

kann erst ein weises und gerechtes Urteil fällen, nachdem der von Euch beschuldigte Erzbischof von Magdeburg gehört wurde. Jetzt allerdings, verehrte Eilika, sind wir in großer Sorge um Eure Gesundheit. Geht und lasst Euch mit allem Nötigen für Euer Wohlbefinden und das Eurer Begleiter ausstatten, damit Ihr angemessen gekleidet auftreten könnt.«
Damit beendete er die Zusammenkunft für diesen Tag, entließ den Hofstaat und zog sich mit seinen Beratern zurück.

Die Tür zum königlichen Gemach war kaum ins Schloss gefallen, als Konrad vor Wut fast in die Luft ging.
»Habt Ihr Eure eigenen Amtsbrüder nicht unter Kontrolle?«, fauchte er Albero an. »Ich würde ja sagen, der Magdeburger hat uns in Bernburg einen Bärendienst erwiesen, wenn dies nicht ein so geschmackloses Wortspiel wäre!«
Rasch griff der weise Wibald von Stablo ein, damit nicht der gesamte Zorn des Königs auf Albero fiel.
»Den Bärendienst hat sich der Askanier selbst geleistet, Majestät, als er sofort und unangekündigt in billungische Lande einfiel«, erinnerte er. »Damit brachte er viele Herren zwischen Elbe und Saale gegen sich auf, die nun um ihr eigenes Land fürchten. Auch und verständlicherweise der Erzbischof von Magdeburg.«
»Das berechtigt ihn noch lange nicht dazu, die Bernburg niederzubrennen!«, beharrte der König.
»Wir könnten jetzt ewig streiten. Doch es ändert nichts daran, dass wir um die Reichsheerfahrt nicht herumkommen«, konstatierte Albero nüchtern, während er sich setzte und seine edlen Kleider glatt strich.
»Kann ich diese Heerfahrt überhaupt gewinnen?«, rief Konrad fast verzweifelt. »Wenn noch mehr Häuser die Lager wechseln? Seht, wie wenige zum Hoftag gekommen sind! Und auf den Gesichtern lese ich, dass etliche erwägen, ihren Eid zu brechen und sich dem Welfen anzuschließen.«

Sein Schwager Gebhard von Sulzbach wollte etwas sagen, doch Albero ließ ihn gar nicht erst zu Wort kommen.
»Um die Heerfahrt zu gewinnen und die Zweifler an Euch zu binden, müsst Ihr den Welfen auch Bayern für alle Zeit entziehen. Es gibt keinen anderen Weg, Euer Majestät.«
Einen Augenblick herrschte Stille in der aufgebrachten Runde.
Dann erhob sich der junge Friedrich von Staufen mit einem Ruck und wandte sich an seinen Vater, den Herzog von Schwaben.
»Vater, bei allem Respekt, den ich Euch schulde, und Majestät, bei allem Respekt, den ich *Euch* schulde … Erwartet nicht von mir, weiter stillschweigend zuzusehen, wie mein Oheim Heinrich der Stolze durch Intrigen um sein Recht gebracht wird. Seine Ächtung ist ein Posse von Anfang an, und ich werde dem nicht länger durch meine Gegenwart in diesem Rat Anerkennung verleihen. Wenn Ihr Heinrich nur auf diese Art besiegen könnt, Majestät … Wenn Ihr den von Euch ernannten neuen Herzog von Sachsen nur halten könnt, indem Ihr den Welfen noch mehr Unrecht zufügt …«
Er legte eine Pause ein und sah verächtlich in die über seine Dreistigkeit entsetzensstarren Gesichter.
»… dann habt Ihr vielleicht den falschen Mann zum Herzog ernannt, Majestät. Wer sein Land nicht behaupten kann, der verdient nicht, darüber zu herrschen.«
Friedrich von Schwaben blickte seinen Sohn an, das verbliebene Auge halb zusammengekniffen.
»Du gehst jetzt besser«, sagte er außerordentlich ruhig und mit einer Stimme wie Eis.
Das wollte ich ohnehin, dachte der junge Friedrich wütend. Heinrich rettete vor Speyer meiner Mutter das Leben! Das scheint Vater wohl vergessen zu haben! Und Bayern ist welfisch. Wenn sie es ihm schon entziehen, hat es an Heinrichs

jüngeren Bruder überzugehen, meinen Oheim Welf den Sechsten!
Doch noch mehr Aufstand durfte er sich nicht herausnehmen. Also verneigte er sich stumm und stürmte hinaus, um Sven Estridson zu suchen und sich gemeinsam mit ihm kräftig zu betrinken.

Konrad hatte nach dem Rauswurf seines Neffen alle anderen hinterhergeschickt. Er wollte jetzt allein sein. Wieder einmal überkam ihn das Gefühl einer unausweichlichen Niederlage. Sollte er zum zweiten Mal als König scheitern? Er wünschte sich Ulrich herbei, seinen Vertrauten und Berater, der kluge Worte gefunden hätte, vielleicht sogar einen Ausweg aus der scheinbaren Unvermeidlichkeit weiterer fragwürdiger Entscheidungen. Doch er hatte dem Lautersteiner vor einigen Wochen erlaubt, zu seiner Familie zu reisen, denn durch einen Boten war Nachricht eingetroffen, dass Ulrichs Frau auf den Tod darniederlag.
Nie hatte er den Vertrauten mehr vermisst als jetzt.
Gertrud kam herein, seine Königin, und auch sie wirkte müde und bedrückt, ihre Augen waren vom Weinen gerötet. Sie kam vom Krankenlager ihres einzigen Sohnes, den ein schweres Fieber befallen hatte.
»Schwindet das Fieber?«, erkundigte er sich, weil es die Höflichkeit gebot und weil ihm natürlich das Wohlergehen seines Erben am Herzen lag. Tat er das alles nicht auch für den jungen Heinrich-Berengar, damit er einmal König wurde?
Gertrud schüttelte nur den Kopf und wischte sich die Tränen aus den Augenwinkeln. »Der Medicus meint, wenn er die Nacht übersteht, könnte die Krise vorüber sein.«
Wenn er die Nacht übersteht. Könnte *diese* Krise vorüber sein, dachte Konrad bitter. Aber nicht die andere.
»Geht wieder zu ihm, bleibt an seiner Seite!«, forderte er

seine Gemahlin auf. »Ich werde in der Kapelle eine Kerze anzünden und alle Heiligen um Genesung für unseren Sohn bitten.«

Gertrud brach erneut in Tränen aus.

»Ich sollte Euch beistehen, als Eure Gefährtin auch in schlechten Zeiten. Ich sehe doch, wie heikel es um Eure Herrschaft bestellt ist. Aber ich bin nicht dazu erzogen, als Königin zu herrschen. Ich kann jetzt an nichts anderes denken als daran, ob mein Sohn die Nacht übersteht«, schluchzte sie. »Sein Atem rasselt, seine Haut glüht, er behält nicht einmal die Milch der Amme im Leib …«

»Geht, kümmert Euch um unser Kind!«, wiederholte der König.

Ich hätte sie längst wieder schwängern müssen, dachte er. Dass es mir bisher nicht gelungen ist, wird mir auch noch als Versagen ausgelegt werden.

Die Jungen Mächtigen

Friedrich von Schwaben und Sven von Dänemark; Kaiserpfalz Goslar, Dezember 1138

Schau sie dir an, diese alten Männer … Wie sie lügen, intrigieren, ihre Netze spinnen … Ich ertrage das nicht länger«, sagte Friedrich zum zehnten Mal, noch ehe er den ersten Becher geleert hatte.

»War es je anders?«, lallte Sven, dem der Würzwein mehr zu Kopf stieg als seinem Freund.

»Nicht, solange ich denken kann«, räumte Friedrich ein und stützte den Kopf in die Hand, um auf irgendeinen Punkt zu starren, ohne wirklich etwas zu sehen.

Sie hatten sich allein mit einem großen Krug heißen Würzwein in eine entlegene Kammer zurückgezogen, wo niemand sie finden konnte, denn Friedrich verspürte nicht die geringste Lust, von seinem Vater zurechtgewiesen zu werden.

»Das ganze Reich gründet sich nur noch auf Lug und Trug statt auf Ehre, Mut und Weisheit. Der Abgefeimteste gewinnt. Das kann nicht zu Frieden führen«, wiederholte er bitter, trank den letzten Schluck aus dem Becher und schenkte sich selbst nach.

»Mein Oheim Konrad ist schwach«, verkündete er dann, und Sven riss die Augen auf.

»Ich erkenne ihn nicht wieder«, erklärte Friedrich sein hartes Urteil. »Und dabei war er es, der noch ein halbes Jahr länger kämpfte als mein Vater, ehe er sich ergab! Statt sich von dem Erzintriganten Albero mit solchen Winkelzügen zum König krönen zu lassen, hätte er meinen Oheim Herzog Heinrich herausfordern sollen, auf die alte Art.«

»Du meinst: zum Kampf Mann gegen Mann?«, fragte Sven ungläubig.

»Ja, wie vor über zwanzig Jahren in den Sachsenkriegen Hoyer von Mansfeld und Wiprecht von Groitzsch am Welfesholz. Ein Zweikampf hätte die Sache auf ehrenvolle Art entschieden, und das Land stünde jetzt nicht vor einem endlosen Krieg. Wie soll ein Reich erblühen, wenn der König den Frieden nicht sichern kann? Wenn die Ernten nicht eingebracht werden können und kein Zehnter gezahlt wird?«

Sven überlegte und nagte dabei an der Unterlippe.

»Hätte dein Oheim, der jetzige König, im Zweikampf eine Chance gegen den Stolzen?«

Er bezweifelte das, auch wenn er es nicht aussprach. Würde Friedrich den Tod seines Verwandten gutheißen, nur damit endlich Frieden einzog?

»Heinrich ist größer und fast zehn Jahre jünger, er ist ein gefürchteter Kämpfer«, gestand Friedrich dem Welfen zu.

»Doch hast du meinen Oheim Konrad je auf dem Schlachtfeld gesehen? Ich halte ihn für ebenbürtig trotz des Größenunterschieds. Daraus kann er einen Vorteil schlagen. Er kämpft überaus hart und schnell. Und ausdauernd, was entscheidend sein kann. Ich glaube nicht, dass du oder ich ihn besiegen könnten, obwohl wir viel jünger sind.«
Der Schwabe strich sich die rotblonden Locken zurück, die ihm wirr in die Stirn gefallen waren.
»Dabei wünsche ich eigentlich keinem von beiden den Tod. Bei einem Gottesurteil geht immer nur einer lebend vom Platz. Haltet ihr Wikinger das nicht ebenso?«
Sven lachte kurz auf.
»Im *besten* Fall geht bei uns noch einer lebend vom Platz!«
»Doch statt es ehrlich auszufechten oder wenigstens bei der Königswahl offen gegen Heinrich anzutreten, lässt sich mein Oheim Konrad von diesen Pfaffen lenken und dorthin schubsen, wo sie ihn haben wollen«, sagte Friedrich voller Bitterkeit. »Er hat sich ihnen vollkommen ausgeliefert. Das ist würdelos für ihn, würdelos für das Hohe Amt des Königs, würdelos für das Reich.«
»Sieh sie dir doch an, es sind fast alles alte Männer«, hieb nun auch Sven in dieselbe Kerbe. »Die meisten eurer derzeit herrschenden Fürsten mögen um die vierzig oder gar älter sein. Überleg nur: Sie wurden in einem anderen Jahrhundert geboren! Viele der geistlichen Ratgeber sind noch älter. Weil sie nicht mehr mit dem Schwert kämpfen können, bleiben ihnen nur Lug und Trug und Ränke.« Er schnaubte.
Sein staufischer Freund nickte und blickte Sven direkt in die blauen Augen.
»Wir machen es anders, wenn wir erst die Herrschaft übernehmen!«, sagte er entschlossen, ohne jede Spur von Weinseligkeit. Der Gedanke wühlte schon lange in ihm.
»Die ganze Intrigantenschar wird entmachtet, wenn wir erst herrschen. Sieh sie dir an! Sie schlagen und vertragen sich,

keinem kannst du trauen, sie wechseln die Seiten schneller als unsereins die Kleider, und weil es ihnen an wahrer Kraft fehlt, schachern sie in dunklen Winkeln um ihre Pfründe wie Weiber auf dem Markt. Wir begründen die Herrschaft der Jungen Mächtigen! Dann geht es nach Stärke, Klugheit, Ritterlichkeit. Wir scharen Gleichgesinnte um uns, gute Männer in unserem Alter. Solche wie den jungen Meißner.«

»Ein ausgezeichneter Kämpfer«, bekräftigte Sven. »Doch sein Vater ist nicht hier in Goslar erschienen. Sollte mich nicht wundern, wenn der eines schönen Tages mit seiner Streitmacht auf welfischer Seite aufmarschiert. Dann wird Dietrich seinem Vater folgen müssen, und ihr seid Feinde.«

»Du weißt ja noch gar nicht, auf welcher Seite ich in jener Schlacht stehe«, meinte Friedrich grinsend. »Doch du hast recht: Der alte Markgraf von Meißen ist so zwielichtig, dass er es nicht weit bringen würde, wäre ich König. Dietrich aber ist ein Mann von Ehre.«

»Wen würdest du noch um dich scharen?«, versuchte Sven, diesen umstürzlerischen Plan weiterzuspinnen. »Du kannst nicht ohne oder gar gegen den Klerus regieren.«

»Gerade ist mein Oheim Otto zum Bischof von Freising gewählt worden, und er ist kaum älter als zwanzig. Es werden viele gute Männer unseren Weg kreuzen, die wir heute noch gar nicht kennen. Auch Geistliche. Glaubst du nicht, dass irgendwo noch ein paar Siebzehnjährige in einer Kammer beim Wein zusammenhocken und genauso reden wie wir?«

Das hielt der hochgewachsene Dänenprinz für sehr wahrscheinlich.

»Ich werde alle Positionen an meinem Hof mit Männern besetzen, denen ich auch trauen kann und die denken wie wir«, bekräftigte Friedrich. »Dann geht es nach Mut, Ehre, Klugheit. Nur so können wir das Land besser machen.«

Nach einem denkwürdigen Moment der Stille schenkte sich

Nur gab es einfach keinen anderen Thronprätendenten. Und eine Einigung mit den Welfen hatte der Papst unmissverständlich ausgeschlossen.
Konrad stand auf einsamem Posten, und die Königin versagte darin, ihm den Rücken zu stärken. Immer mehr Fürsten verwehrten dem Staufer die Gefolgschaft und waren erst gar nicht zum Hoftag erschienen. Der Bär erlitt inzwischen eine Niederlage nach der anderen, und selbst mit Konrads Bruder und seinen Neffen gab es Streit.
Einen einzigen Erfolg konnte Albero für sich verbuchen: den allzu redlichen Lautersteiner mit einer falschen Nachricht vom Hof weggelockt zu haben. Nun mussten er selbst, Abt Wibald und der ebenso eitle wie machtbewusste Bruder der Königin, Gebhard von Sulzbach, Konrad lenken.
Heute allerdings würden sie dazu keine Gelegenheit mehr haben. Majestät geruhte zu grollen.
Also beschloss Albero, den Rest des Tages für angenehmere Dinge zu nutzen. Er orderte beim Kellermeister den besten Wein, beim Küchenmeister diverse Köstlichkeiten und nahm ein heißes Bad, um seinem schmerzenden Rücken Linderung zu verschaffen.
Dann ließ er über einen verschwiegenen Diener den Spielmann Lukian zu sich rufen, der zu Beginn des Hoftags nach so langer Abwesenheit aufgetaucht war, dass Albero sich schon um ihn sorgte. Doch als Lukian von seiner Zeit bei Richenza und den Ereignissen in Meißen berichtete, brachte er sogar den abgebrühten Erzbischof zum Staunen.
Noch mehr staunte nun Lukian, als ihn Höchstwürden einlud, sich an seine Tafel zu setzen und mit ihm vom Gesottenen und Gebratenen zu essen. Zwar befand sich niemand sonst im Gemach, aber das war eine Übertretung aller Standesschranken. Nicht nur ungebührlich, sondern einfach undenkbar!
»Sei ohne Sorge, mein Sohn! Ich bin heute in rührseliger

Stimmung. Und schließlich haben wir deine Hochzeit nachzufeiern«, ermunterte ihn Albero.
Lukian zögerte immer noch, sich zu setzen. Nahm ihm der Erzbischof die Heirat übel?
»Ich weiß, ich hätte um Eure Erlaubnis bitten müssen«, erklärte er mit gesenktem Kopf. »Doch zum Schutz des Mädchens war Eile geboten … Und Markgraf Konrad sieht mich nun noch mehr zu Treue verpflichtet. Ich werde weiter Eure Aufträge ausführen. Fürst Konrad wünscht ja selbst, dass ich ihm Informationen verschaffe. In Meißen allerdings darf ich jetzt nur noch als Schreiber auftreten, nicht mehr als Spielmann. Was Seine Durchlaucht weiß und befürwortet.«
Lukian fragte sich sogar, ob womöglich eine der verlockenden Speisen vergiftet war. Doch falls Albero ihn aus dem Weg räumen wollte, weil er zu viel wusste und ihm nun nicht mehr nützlich genug erschien, könnte er ihn einfach in einer Gasse niederstechen lassen.
»Mach dir keine Gedanken, mein Sohn, setz sich hin und genieße das Wildbret! So etwas Gutes bekommst du sonst nicht. Also sei dankbar und iss. Und nun erzähle mir von deiner jungen Frau.«
Lukian zögerte erneut. Brachte er Hanka damit in Gefahr? Der Erzbischof schien in leutseliger Stimmung. Doch niemand wusste besser als der Spielmann und Mime, wie geschickt dieser Mann seine wahren Absichten und Gedanken verbergen konnte.
Lukians Argwohn war unbegründet.
Mit Rührung und auch Sorge betrachtete Albero seinen illegitimen Sohn, der nicht ahnte, was ihn wirklich mit seinem Gönner verband. Diese Hochzeit war eine große Überraschung und könnte sich als Hindernis erweisen. Der Junge war nun mit seinen Gedanken wahrscheinlich eher bei dem Mädel, eine riskante Verwicklung.

Vielleicht bekomme ich bald einen Enkel? Ich werde das Kind nie sehen dürfen …

Doch im Moment konnte ihm sein bester Spion nirgendwo mehr nutzen als bei den Meißnern. Ihn zu den Welfen zu schicken, war zu gefährlich geworden. Was Richenza und ihr Schwiegersohn planten, war Albero ohnehin klar.

»Geh zurück zu deiner jungen Frau«, sagte der Geistliche zu Lukians Erstaunen, während er seine ringgeschmückte Hand wählend zwischen Fasan und Hirsch schweben ließ und sich dann ein Rebhuhn nahm.

»Du hast mir außerordentlich gute Dienste erwiesen. Jetzt brauche ich Gewissheit, dass Heinrichs vermeintlich mächtigster Verbündeter im entscheidenden Augenblick uns die Treue hält. Finde heraus, was Markgraf Konrad tut, der seinen jüngeren Sohn mit in den Krieg genommen hat, und was sein Ältester auf dem Burgberg treibt. Und zeuge einen Sohn!«

Er lächelte.

Unwillkürlich lächelte auch Lukian. »Sie sagt, sie will ihn nach mir nennen, nach meinem wahren Namen … Christian.«

Wieder spürte Albero einen Stich im Herzen, die Erinnerung an die Mutter des jungen Mannes, der vor ihm saß.

»Tut das, ich gebe euch meinen Segen dafür. Berichte mir regelmäßig auf dem üblichen Weg, und ich will dich erst wiedersehen, wenn sich die Truppen zur Reichsheerfahrt sammeln. Dann allerdings kommen einige schwierige Aufträge auf dich zu.«

»Wie Ihr wünscht, Höchstwürden!«

Vermag ich etwas zu bewirken, wenn die Männer schon die Schwerter ziehen und die Pfeile einlegen?, fragte sich Lukian zweifelnd.

»Die Reichsheerfahrt ist unausweichlich, doch sie darf nicht stattfinden«, antwortete Albero mit einem Rätsel, das er nicht auflösen würde. Nicht jetzt.

»Nun geh schon, geh zu deiner hübschen jungen Frau! Ich sehe doch, dass du die Abreise kaum erwarten kannst«, knurrte er.
Wieder bedankte sich Lukian, kniete nieder, ließ sich segnen und rannte beinahe hinaus, um seine Sachen zu packen und so schnell wie möglich wieder bei Hanka zu sein.

Der kleine Heinrich-Berengar überlebte die Nacht, das Fieber brach im Morgengrauen.
Das Königspaar atmete auf, und mit ihm alle, die den Zweijährigen lieb gewonnen hatten.
Doch am Hof breitete sich weiter unsichtbar etwas Fiebriges aus, eine Stimmung voller Misstrauen, Argwohn, Unheilserwartung, an der auch die Festtage nichts ändern konnten.
Am 5. Januar rief der König zur Reichsheerfahrt gegen Heinrich den Stolzen, die im Sommer stattfinden sollte. Bis dahin hoffte er, genügend Truppen aufzustellen. Im Winter wurde kein Krieg geführt, und ehe er gegen den Welfen zog, musste er erst die Unruhen mit den aufständischen Slawen beenden.
Mit dem nächsten königlichen Erlass sprach er dem Welfen Heinrich dem Stolzen auch das Herzogtum Bayern ab und verlieh es seinem Babenberger Halbbruder Leopold, dem Markgrafen von Österreich.
Dies führte zum ernsthaften Familienstreit zwischen dem König und dem Herzog von Schwaben, der seinem Bruder vorwarf, den Babenberger Zweig der Familie zu stark zu begünstigen, während er, Friedrich, ständig leer ausginge.
Zwischen den Brüdern fielen bittere Worte hinter verschlossenen Türen.
Und der Sohn des Herzogs von Schwaben bestand darauf, dass Bayern, wenn es schon neu vergeben werde, seinem Oheim Welf dem Sechsten zustehe, dem Bruder Heinrichs. Seit Ewigkeiten sei Bayern unter welfischer Herrschaft.

Dass der König seine Worte ignorierte, trieb den jungen Friedrich endgültig dazu, Goslar im Zorn zu verlassen.

Adela von Vohburg stand zufällig auf dem Hof, als der junge Staufer und der Dänenprinz gemeinsam von der Kaiserpfalz fortritten.
Obwohl man es kaum Zufall nennen durfte. Sie war zur Strafe aus der Kemenate hinaus in den Schnee verbannt worden, weil die strenge Vögtin von Grumbach meinte, sie könne die Trauermiene der Egerländerin keinen Augenblick länger ertragen. Adela dürfe erst wieder hereinkommen und ihre Näharbeiten fortsetzen, wenn sie lächeln könne wie eine wohlerzogene Dame. Jedoch keinesfalls vor Einbruch der Dämmerung. Und sollte sie dann immer noch kein freundliches Gesicht vorzeigen, werde sie künftig jeden Tag draußen in der Kälte zubringen statt in den beheizten Damengemächern und von Wasser und Brot leben.
Seit der jähen Trennung von ihrer Freundin Gunda fühlte sich Adela nicht nur sehr allein, sondern auch vollkommen niedergeschlagen.
Sie konnte kaum noch einen anderen Gedanken fassen als den, vielleicht ebenso plötzlich von einem Tag auf den anderen mit einem viel älteren Mann vermählt und in die Fremde geschickt zu werden. Ein paar der Mädchen, sogar die kleine Hedwiga, waren inzwischen verheiratet worden.
Außerdem sorgte sie sich, weil sie ohne jede Nachricht aus Plötzkau war, obwohl in diesem Gebiet Krieg herrschte. Die zerstörte Bernburg lag nur zwei Wegstunden von Graf Bernhards Anwesen entfernt.
Die Jungfrauen am Hofe durften keine Briefe empfangen, die ihnen ohnehin nur jemand unter Zeugen vorgelesen hätte, keine Nachrichten, die nicht genehmigt wären, keine Gespräche mit Verwandten führen, die den Hof besuchten, sofern sie nicht die Erlaubnis dafür erhielten.

So machte es Adela herzlich wenig aus, in Begleitung einer älteren Witwe hinaus in die Kälte geschickt zu werden. Im Gegenteil. Das ersparte ihr das Geplapper der Mädchen, und sie hatte Zeit für sich, um nachzudenken, auch wenn die mürrische Witwe sie nicht aus den Augen ließ.
Adela schlug die pelzverbrämte Gugel über ihr dunkelbraunes Haar und zog den Umhang enger um sich. So stand sie auf dem Hof und bestaunte die riesigen Schneeflocken, die in majestätischer Stille vom Himmel schwebten, alles mit einer weichen Schicht bedeckten und beinahe jegliches Geräusch verschluckten.
Plötzlich entdeckte sie durch den Schleier aus Schnee die beiden jungen Purpurgeborenen, die sich und ihrem engsten Geleit Pferde bringen ließen, und fühlte sich erst recht belohnt statt bestraft. Sie durfte den jungen Herzog von Schwaben sehen, noch dazu ganz für sich allein!
Doch erkannte sie an den Gesichtern der Männer, dass sie nicht einfach ausritten, sondern den Hoftag im Zorn verließen. Leicht reimte sich das kluge Mädchen zusammen, was vorgefallen war. Bei Hofe ließ sich ohnehin kaum etwas geheim halten.
Es wird noch mehr Krieg geben, dachte sie, während dicke Flocken ihren Umhang weiß färbten und ihre Füße langsam zu Eis erstarrten. Und am heftigsten wird der Krieg dort toben, wo Gunda lebt.
Ist sie wohlauf? Trägt sie ein Kind unter dem Herzen? Wird Graf Bernhard dem König die Treue halten um eines Erben willen? Dann wird Gunda irgendwann auf Plötzkau eine Belagerung durchmachen müssen, das ist so unausweichlich wie das Amen in der Kirche.
Doch falls Graf Bernhard die Seiten wechselt, ist Gunda die Gemahlin eines Abtrünnigen.
Gütige Jungfrau Maria, beschütze Kunigunde von Plötzkau!

Die junge Burgherrin

Kunigunde von Plötzkau;
Burg Plötzkau nahe Bernburg, April 1139

»Sie kommen.«
Es war kein Schreckensruf und keine Wehklage, sondern eine nüchterne Feststellung Gundas, der jungen Gräfin von Plötzkau.
Vom höchsten Beobachtungspunkt des Bergfrieds aus sah sie das feindliche Heer nahen. Neben ihr stand der Mann, dem ihr Gemahl den Befehl über die verbliebene Burgmannschaft erteilt hatte, bevor er selbst mit den meisten seiner Bewaffneten in den Krieg gezogen war: ein kampferfahrener, wenn auch dünkelhafter und starrsinniger graubärtiger Ritter namens Helmhold von Steinau.
In drei Schritten Abstand wartete die alte Freda. Sie war einst Graf Bernhards Amme gewesen und führte nun insgeheim und hinter dem Rücken der boshaften Frau des Verwalters das Kommando über das Gesinde, um ihre Herrin zu schützen. Die alte Freda war fast die Einzige hier, die der blutjungen neuen Gräfin nach Kräften beistand, während die anderen bei jeder Gelegenheit scheinheilige Lobgesänge auf ihre Vorgängerinnen anstimmten, die dem Reden nach wahre Heilige gewesen sein mussten.
Doch das alles spielte jetzt keine Rolle mehr angesichts der anrückenden feindlichen Streitmacht.
Viele Kränkungen hatte Gunda seit ihrer Ankunft still geschluckt. Jetzt musste und *würde* sie sich gegen die Alteingesessenen durchsetzen. Nicht umsonst hatte sie dafür fünf Jahre Anschauungsunterricht am staufischen Hof genossen.
»Fast tausend Reiter und ein Fünf- oder Sechsfaches an Fußvolk«, schätzte Helmhold die Zahl der nahenden Gegner.

So viele!, dachte Gunda schaudernd. Doch sie ließ sich ihre Furcht nicht anmerken.
»Möge der Nickert sie allesamt in den Sumpf locken und verschlingen!«, zischte Freda grimmig und spie aus. Nickertsumpf hieß ein morastiges Gebiet zwischen zwei Flussarmen in der Nähe. Die Menschen in diesem Landstrich waren überzeugt, dass dort in bodenloser Tiefe der Flussgeist der Saale herrschte und immer wieder leichtsinnige Opfer zu sich herabzog. Schon auf der Reise hierher hatte ihr Gemahl Gunda ermahnt, diesen Ort zu meiden.
In friedlichen Zeiten bot sich von der Plötzkauer Burg ein herrlicher Blick über das weite, überwiegend flache Land. Gunda liebte es, von der Höhe des Bergfrieds hinabzuschauen auf die Saale, die Felder, den Auenwald, die Siedlungen rund um die Burg. Das gehörte zu den wenigen Dingen, die ihr Trost in der Fremde spendeten, in die sie gestoßen worden war – als Lohn und Faustpfand dafür, dass sich ihr nunmehriger Gemahl nicht gegen den König und den neuen Herzog von Sachsen stellte. Die Grafen von Plötzkau lagen schon lange mit Albrecht dem Bären im Streit.
Doch seit der Krieg immer näher rückte, bot der Blick von hier oben von Tag zu Tag mehr Schrecken statt Trost.
Anfangs konnte sie die Rauchschwaden am Horizont gerade so erahnen. Kurz darauf sah sie im Nordosten die Bernburg brennen, die kaum zwei Wegstunden entfernt lag. Spätestens da hatte Gunda gewusst, dass der Krieg unausweichlich auch Plötzkau erreichen würde. Wenn es dem welfischen Heer sogar gelungen war, die Burg einzuäschern, auf der die Mutter des Bären lebte – was sollte die Männer daran hindern, Plötzkau niederzubrennen? Zumal hier kaum Verteidiger geblieben waren. Und je näher die Brandherde und Rauchwolken rückten, umso mehr Menschen flohen aus ihren Dörfern in die längst überfüllte Burg.

entzündet, einige verbreiteten schon den Gestank von Fäulnis. Gestern war ein Mann bei der Amputation seines vom Wundbrand schwarzen Fußes verblutet, doch seine Schmerzensschreie gellten Gunda immer noch in den Ohren. In Ermangelung eines Baders oder Baderchirurgen hatte ihm jemand einfach den Fuß mit dem Beil abgehackt.
Ein Mädchen in zerrissenem Kleid starrte mit leerem Blick ins Nichts und wiegte den Oberkörper unablässig vor und zurück. Sie hatte den Verstand verloren, nachdem in ihrem Dorf ein ganzes Dutzend Söldner über sie hergefallen war. Neben ihr saß eine junge Mutter, die ihren Säugling schon seit der Ankunft fest umklammert hielt und nicht wahrhaben wollte, dass das Kind tot war.
Gunda gab Freda ein Zeichen, sich um die beiden zu kümmern.
»Danke, Herrin!«, »Die Jungfrau Maria schütze Euch!« und »Rettet uns!«, riefen Zufluchtsuchende der jungen Gräfin zu. Sie reckten ihr die Arme entgegen, baten um ihren Segen. Manche griffen nach dem Saum ihres Kleides, um es zu berühren oder zu küssen.
»Ihr hättet all diese nutzlosen Fresser niemals aufnehmen dürfen!«, tadelte von Steinau seine Herrin schroff und laut. »Sie behindern uns bei der Verteidigung der Burg. Wir kommen kaum zu Fuß über den Hof durch das Gedränge, geschweige denn mit Pferden. Und bei einer Belagerung werden unsere Vorräte viel zu schnell aufgebraucht.«
Mehr Korn anzukaufen war Gundas erste eigene Entscheidung gewesen, als sich die Zeichen mehrten, dass der Krieg gegen den Welfen nicht nach einer Schlacht, auch nicht nach wenigen Tagen vorbei sein würde. Graf Bernhard hatte für den größten Teil seines Geldes Söldner in Dienst genommen, um seine Truppen zu verstärken, und ihr nicht einen Pfennig Bares dagelassen. Also beauftragte sie den Verwalter, mehrere Pferde zu verkaufen. Sie selbst besaß keinen

wertvollen Schmuck außer dem Ring, den sie bei der Hochzeit aufgesteckt bekommen hatte, und den durfte sie nicht versetzen. Er würde auch kaum so viel einbringen wie ein Pferd.

Der Verwalter hatte vehement protestiert, ohne Einverständnis des Grafen dürfe er so etwas nicht tun.

Aber Gunda bestand darauf. »Der Graf ist nicht hier, deshalb handle ich jetzt in seinem Namen. Und Ihr werdet mir gehorchen!«

Jetzt lehnte sich also auch der Kommandant in aller Öffentlichkeit gegen sie auf. Das konnte sie nicht durchgehen lassen. In drei großen, schnellen Schritten lief Gunda um ihn herum, stellte sich vor ihm auf und zwang ihn so zum Stehenbleiben.

»Helmhold von Steinau!«, sagte sie ebenso laut wie er. »Ich schätze Eure Erfahrung in militärischen Angelegenheiten. Doch falls Euch meine Weisungen missfallen, teilt Ihr mir das künftig im Kriegsrat mit, statt mich auf dem Burghof vor allen herunterzuputzen. Tut Ihr so etwas noch einmal, werde ich meinem Gemahl von Euerm ungebührlichen Benehmen berichten.«

Die Miene des Ritters zeigte pure Verachtung. Er war sich vollkommen sicher, der Graf würde seiner Meinung mehr Gewicht beimessen als der dieser Kindfrau.

Vermutlich stimmte das sogar. Aber was ihr Gemahl zu alldem sagen mochte, würde erst und nur dann von Interesse sein, wenn sie diesen Tag überlebten. Was keineswegs gewiss war.

»Eine Burg ist auch ein Zufluchtsort für jene, die keinerlei Schutz haben!«, erinnerte sie streng. »Habt Ihr bei Eurer Schwertleite nicht gelobt, die Schutzbedürftigen zu verteidigen?«

Gunda sah, dass er widersprechen wollte, doch sie drehte sich einfach um und lief auf den Kaplan zu.

Der war ein fetter Mann, der Gottes Wort sehr streng auslegte. Ein Ratgeber in ihrer Not war er ihr nicht. Weder in ihrer Einsamkeit noch in Ihrer Unsicherheit, wie sie es ihrem Gemahl recht machen sollte.
Graf Bernhard war fünfunddreißig Jahre älter als sie. Rasch hatte sich herausgestellt, dass sie keinerlei Gemeinsamkeiten verbanden, über die sie sprechen konnten, abgesehen von den Notwendigkeiten des Alltagslebens auf der Burg. In der Hochzeitsnacht hatte er versprochen, Rücksicht auf ihre Zartheit und Jugend zu nehmen. Allerdings fand er schnell größten Gefallen daran, ihr beizuliegen. Doch seit auch im zweiten Monat ihrer Ehe die Anzeichen für eine Schwangerschaft ausblieben, tat er es geradezu verbissen, fast jede Nacht, manchmal mehrmals. Wenn sie im Mondlicht kurz die Augen öffnete und in sein Gesicht sah, entdeckte sie statt der ursprünglichen Freude immer mehr trotziges Beharren, ja sogar Zorn.
Geradewegs ging Gunda nun auf den fetten Kaplan zu.
»Ich bitte Euch, Pater Johann, sprecht mit uns zusammen ein Gebet in der Kapelle, dann spendet den Menschen hier Mut und Trost.«
Der feiste Pater erkannte an ihrer und auch der Miene des Kommandanten, dass eingetreten war, was sie seit Tagen fürchteten.
Er erblasste.
»Kommt etwa ...?« Mit zittriger Hand schlug er ein Kreuz.
»Ja«, unterbrach ihn Gunda. »Doch bevor hier alles schreiend durcheinanderrennt, lasst uns den Allmächtigen um Beistand bitten. Sie sind noch zwei Wegstunden von uns entfernt.«
Schwitzend und watschelnd eilte der Kaplan voran in die Burgkapelle, wo er sein Gebet mit ängstlicher Stimme herunterhaspelte.
»Was nun?«, fiepte er dann schwer atmend.

»Kümmert Euch um die Menschen auf dem Hof! Der Burgkommandant und ich steigen erneut hinauf auf den Bergfried und halten Ausschau.«
Doch zuvor befahl sie, das Eisen zu schlagen.
Jedermann ließ stehen und liegen, womit er gerade beschäftigt war, rannte herbei und starrte sie an, ganz gleich ob Dorfbewohner, Geflohene aus der Umgebung, Burgbesatzung oder Gesinde. Nur das verstörte Mädchen blieb sitzen und wiegte sich weiter vor und zurück.
Gunda ließ einen der Trittsteine holen, von denen die Reiter leichter in die Sättel stiegen, kletterte darauf und bat den Steinauer, mit seiner befehlsgewohnten Stimme für Ruhe zu sorgen. Das schaffte er im Nu.
»Ein Heer marschiert von Osten auf uns zu!«, rief sie.
Wehklagen begann, das Helmhold mit donnernder Stimme zum Verstummen brachte.
»Bewahrt jetzt Ruhe!«, rief Gunda nun wieder. »Die Verteidiger der Burg rüsten sich unter dem Kommando des kampferprobten Ritters von Steinau. Seht nach, ob alle Fässer, Bottiche und sonstigen Gefäße mit Wasser gefüllt sind, damit jedes Feuer sofort gelöscht wird, falls sie Brandpfeile schicken. Vertraut auf Gott und betet darum, dass ich mit dem Anführer der feindlichen Streitmacht milde Abzugsbedingungen für alle aushandeln kann.«
Gunda ließ den Menschen keine Zeit, ihre Worte zu kommentieren. Sollten sich der Kaplan, der Burgverwalter und seine herrschsüchtige Frau darum kümmern.
Sie hatte gesehen, wie Helmhold bei dem Wort »Abzugsbedingungen« nach Luft schnappte, und deshalb zwang sie ihn mit einer Geste sofort wieder hoch auf die oberste Plattform des Bergfrieds.
»Jetzt sagt, was Euch missfällt!«, forderte sie ihn dort auf.
Er würde wohl keinen Atemzug länger schweigen können, ohne zu platzen.

»Wie könnt Ihr in Eurer weiblichen Einfalt von *Kapitulation* reden?«, schnauzte er sie an. »Der Graf hat mich hiergelassen, um seine Burg zu verteidigen!«
»Und wie wollt Ihr das schaffen mit einem halben Dutzend Rittern, einem Dutzend Bogenschützen und zwei Dutzend Reisigen angesichts dessen?«, fragte sie scharf zurück.
Mit dem Arm wies sie Richtung Osten, wo das feindliche Heer nun das Feld schon fast bis zum Horizont füllte.
»Davon versteht Ihr nichts. Ihr seid ein Weib!«, schnaubte er verächtlich.
»Wie recht Ihr doch habt, ich bin ein Weib«, bestätigte sie spitz. »Wann ist diese erstaunliche Erkenntnis denn über Euch gekommen?«
Fünf Jahre am Hof hatten ihr nicht nur reichlich Anschauung geboten, wie man sich bei Untergebenen durchsetzte, sondern sie Schlagfertigkeit gelehrt. Auch wenn es sehr schwer für eine Dreizehnjährige war, sich gegenüber einem alten, eitlen und groben Ritter mit Worten zu behaupten. Aber zu viel Zorn hatte sich in ihr angesammelt in den letzten Wochen.
Helmhold starrte sie an und schien zu überlegen, ob das eine rhetorische Frage war oder ob er antworten musste.
»Weiber haben von militärischen Dingen keine Ahnung, also überlasst mir die Verteidigung der Burg. Geht hinunter und tröstet die Armen und Verletzten, die Ihr so mitleidig hereingelassen habt«, erklärte er mit unverkennbarer Häme.
»Ich bin nur ein Weib und sehr jung dazu«, gab sie ihm scheinbar einsichtig recht. »Im Gegensatz zu Euch verfüge ich über keinerlei Wissen und Erfahrung in Kriegsdingen.«
Dann aber sagte sie mit aller Härte: »Doch ich bin die Gräfin von Plötzkau, Eure Herrin, und vor Gott und meinem Gemahl verantwortlich für jede einzelne Seele hier.«
»Wenn Ihr so darauf herumpocht, *Gräfin,* lasst Euch daran erinnern, dass Ihr auch für diese Burg verantwortlich seid«,

höhnte der Ritter. »Was wird wohl Euer Gemahl sagen, wenn er wiederkehrt und seine Burg von Feinden besetzt vorfindet, weil wir nichts getan haben, um sie zu vertreiben? Einer Belagerung können wir mit unseren Vorräten mindestens eine Woche lang standhalten. Vielleicht kommt bis dahin Hilfe.«

Gunda schloss kurz die Augen und wünschte sich, ein Mann zu sein, am besten ein Mann mit einem hohen Titel und Siegen in vielen Schlachten.

Ungeduldig richtete sie den Arm erneut auf das feindliche Heer.

»Seht dorthin, Helmhold, seht genau hin und zählt! Es wird keine Belagerung geben. Das sind nicht nur tausend Reiter und jede Menge Fußvolk, das sind auch tausend Bogenschützen, die mit einer Salve tausend Brandpfeile auf die Burg schießen können. Plötzkau wird fallen, heute noch. Und Plötzkau wird brennen, wahrscheinlich ebenfalls heute noch. Das können wir nicht verhindern. Wir können nur verhindern, dass jedermann hier, Ihr und ich eingeschlossen, heute stirbt.«

»Es ist ehrlos, sich widerstandslos zu ergeben!«, protestierte der Ritter wütend.

»Es ist dumm, sich nicht einzugestehen, wann eine Niederlage unausweichlich ist!«, konterte sie genauso scharf. »Die Burg kann wieder aufgebaut werden, sobald Graf Bernhard, mein Gemahl, zurückkehrt. Aber das ist nur möglich, wenn dann noch Menschen hier leben, die das tun können, die Saat ausbringen für eine Ernte und ihre Dörfer neu errichten, sobald das Heer abgezogen ist. Und nicht, wenn die ganze Grafschaft entvölkert und von Toten übersät ist.«

Erneut musste sie tief durchatmen, dann sagte sie sarkastisch und mit dünner Mädchenstimme: »Oder haltet Ihr das auch nur für die dumme Meinung eines dummen Weibes?«

Das Heer war nun schon ganz nah an die Burg herangekommen. Nur etwas mehr als eine Pfeilschussweite entfernt hielt es an. Helmhold hatte die meisten seiner Bogenschützen hinter den Zinnen des Bergfrieds postiert; die Sehnen waren aufgespannt, neben ihnen standen Körbe mit Pfeilen.

»Niemand schießt ohne meine Erlaubnis!«, rief Gunda ihnen noch einmal streng zu.

»Helft mir, die Banner zu erkennen«, bat sie dann den Kommandanten. In der Ferne sah sie nicht sehr gut. »Mit wem haben wir es zu tun?«

»Ich sehe die welfischen Banner, jede Menge Löwen … Aber beim heiligen Georg, fast jeder Fürst in diesem Reich führt den Löwen im Banner: die Welfen, die Thüringer, die Meißnischen, sogar die Staufer, die haben gleich drei davon übereinander, obwohl Konrad als König nun den Adler im Wappen trägt. Und sobald er zum Kaiser gekrönt ist, wird es ein doppelköpfiger Adler sein.«

Gunda wies mit fragendem Blick auf die Mitte des Heeres, wo die meisten Banner wehten und sich eine bedeutende Zahl von Reitern in Kettenhemden versammelt hatten.

»Das Hauptheer gehört Erzbischof Konrad von Magdeburg.« Helmhold kniff seine Lider ein wenig zusammen, um besser zu sehen. »Und ich will fast meinen, Höchstwürden führt es höchstpersönlich an.«

Nicht zum ersten Mal fragte sich Gunda, wie es wohl ein Geistlicher mit seinem Obersten Dienstherrn im Himmel vereinbaren konnte, gepanzert und bewaffnet ein Heer in den Krieg zu führen. Doch sie würde sich hüten, das laut auszusprechen. Es wäre dem Burgkommandanten nur ein weiterer Beweis für weibliche Dummheit und Ahnungslosigkeit in Kriegsdingen.

Eine Gruppe von drei Reitern mit einem Löwenbanner löste sich aus der Menge und galoppierte geradewegs aufs Burgtor zu.

»Nicht schießen! Sie bringen eine Botschaft«, befahl Gunda noch einmal. Dann wandte sie sich an den Kommandanten. »Begleitet mich zum Torhaus.«

Wieder stiegen sie die Stufen im Inneren des Bergfrieds hinab, der das Herz der Burg darstellte. Palisaden umgaben die Burg, im Innern waren verschiedene Häuser errichtet: Stallungen, Lager, Unterkünfte ... Nur die Küche und die Schmiede standen wegen der Brandgefahr einzeln auf dem Hof. Zwischen den Ställen und Schlafräumen ermöglichten Wehrgänge, in jeder Himmelsrichtung Bogenschützen aufzustellen und sie rasch dorthin zu schicken, wo sie im Fall eines Angriffs am dringendsten gebraucht wurden.

Gunda und der alte Ritter gingen zum Tor und stiegen die Treppe zum Wehrgang hinauf, so dass sie direkt über dem Tor auf die drei Gesandten des Erzbischofs herabblicken konnten.

»Sprecht Ihr mit ihnen«, forderte Gunda den Ritter von Steinau auf.

»Was wollt Ihr?«, rief der barsch nach unten.

Der Ritter in der Mitte lächelte kalt. »Diese Burg. Übergebt sie uns kampflos, oder ihr werdet heute alle sterben. Erzbischof Konrad gewährt Euch in seiner unendlichen Gnade eine Stunde Bedenkzeit. Überlegt gut! Wir werden inzwischen schon ein Feuer für unsere Brandpfeile entzünden.«

Er wendete sein Pferd, die beiden anderen taten es ihm nach. Nebeneinander ritten sie in ihr Lager zurück.

»Sie müssen gegen den Hügel anstürmen, das ist immer eine verlustreiche Angelegenheit«, erinnerte Helmhold.

»Machen wir uns das zunutze«, erklärte Kunigunde zu seiner Verblüffung.

»Also wollt Ihr doch, dass wir den Kampf aufnehmen?«, fragte er zweifelnd, aber unverkennbar begierig darauf, genau das zu tun.

»Nein. Ich werde die Übergabeverhandlungen führen, und dies wird eines meiner Argumente sein.«

Sie ließ den beleidigten Kommandanten nach nochmaliger Ermahnung, ja nicht zu schießen, zurück und ging in ihre Kammer, um sich auf den alles entscheidenden Moment vorzubereiten. Sie wusste genau, was sie tun wollte.
Von den Mägden ließ sie sich in ihr prächtigstes Kleid helfen, jenes, das sie bei der Hochzeit getragen hatte, ließ sich die Zöpfe lösen und das lange schwarze Haar kämmen, dann das schönste Schapel auf den zartesten Schleier setzen.
Als sie fertig war, schickte sie alle hinaus, kniete nieder, faltete die Hände und bat die Jungfrau Maria um Beistand bei ihrem Vorhaben, um Rettung für die vielen Menschen, die ihr ihr Leben anvertraut hatten.
Nach kurzem Zögern streifte sie Beinlinge und Schuhe ab. Barfuß und in ihrem prächtigsten Kleid stieg sie hinunter und ging über den Hof.
»Öffnet das Tor!«, befahl sie.
»Ich begleite Euch«, beharrte der Kommandant der Burgwache.
»Nein. Ihr werdet hier benötigt.«
»Ich kann nicht dulden, dass Ihr Euch allein ins gegnerische Lager begebt.«
An Helmholds Miene erkannte sie, dass er sich nicht um ihr Leben sorgte, sondern argwöhnte, sie würde einfach zum Magdeburger Erzbischof laufen und sich dem Feind anschließen.
»Fürchtet Ihr, man könnte mir etwas antun?«, fragte sie und sah ihm in die Augen. »Falls mir dies droht, erwarte ich, dass Ihr Euern besten Bogenschützen ausschickt und ihm befehlt, mich zu töten, bevor meine Ehre befleckt wird und damit die des Grafen.«
Dem Ritter klappte das Kinn herunter. Damit hatte er nicht gerechnet.
»Die Feinde formieren sich, und die drei Reiter kommen zurück!«, rief eine der Wachen von oben.

»Öffnet das Tor einen Spalt und schließt es sofort wieder, wenn ich draußen bin!«, befahl Gunda.

Die Kindfrau und der Heerführer

Kunigunde von Plötzkau und
Erzbischof Konrad von Magdeburg;
Burg Plötzkau, April 1139

Die meisten Männer im Heerbann des Erzbischofs von Magdeburg konnten es kaum erwarten, die Burg vor ihnen zu plündern und in Brand zu stecken.

»Höchstdurchlauchtigster, die Frist ist gleich um. Plötzkau ist kaum bemannt und wird brennen wie Zunder«, drängte sein Marschall.

»Ich sagte: eine Stunde! So lange müsst Ihr Euch gedulden«, beschied ihm Erzbischof Konrad streng. Er trug ein Kettenhemd von bester Qualität über dem Bliaut und freute sich schon darauf, dem verräterischen Plötzkauer eine Lektion zu erteilen. Als Verwandter der Kaiserin hatte Bernhard immer treu zu den Süpplingenburgern gestanden und war dafür reichlich entlohnt worden. Und jetzt kämpfte er gegen sie!

Das hier würde er fast so genießen, wie die Bernburg in Asche zu legen. Doch die Regeln mussten eingehalten werden. Und hier hatte er es nicht mit einer durchtriebenen Alten zu tun, sondern mit einer sicherlich zu Tode verängstigten blutjungen Burgherrin.

Interessiert sah der Magdeburger, wie das Tor einen Spalt geöffnet wurde. Kam jetzt ein Bote mit weißem Wimpel, der Kastellan mit den Schlüsseln?

Zu seiner grenzenlosen Verblüffung trat eine Frau heraus,

beinahe ein Kind noch der zierlichen Statur nach, in einem prächtigen Kleid, und schritt ihnen barfuß entgegen. Bemerkenswert! Das musste die junge Braut sein, die der König dem Plötzkauer ins Bett gelegt hatte, damit dieser zu ihm hielt.

»Für solch eine Schönheit würde ich auch die Seiten wechseln«, raunte neben ihm einer seiner Vertrauten.

Sie schritt geradewegs auf ihn zu und schien die drei Reiter überhaupt nicht zu beachten, die ihr entgegengaloppierten, um die Antwort der Burgbesatzung abzuholen.

Die drei starrten die zarte Gestalt aus den Sätteln an und wendeten erst, als sie längst an ihnen vorbei war.

Das gesamte Heer gaffte auf die wunderschöne Kindfrau, die barfuß durchs Gras schritt, als würden die scharfen Halme und Nesseln ihre Füße liebkosen und die Steine sich in feinsten Sand verwandeln. Sie ging aufrecht und erhobenen Hauptes, und die Schleppe ihres Kleides verlieh ihrem Gang noch mehr Anmut – fast, als würde sie schweben.

Ein Raunen setzte ein, jemand flüsterte andächtig: »Eine Fee!«

Das ärgerte Konrad von Magdeburg sehr. Abergläubisches Gefasel konnte er in seinem Heerbann nicht dulden.

»Dummkopf! Das ist Kunigunde von Plötzkau, Graf Bernhards junges Eheweib«, fuhr er den Mann an.

Er selbst verharrte mit einer Spur Neugier, während Gunda geradewegs auf ihn zukam. Mit ausgestreckten Beinen und einem Weinbecher in der Hand lässig in seinem Stuhl zurückgelehnt, beobachtete er die ungewöhnliche Szenerie. Es schien wirklich, als ob ein Zauber von ihr ausginge.

Keiner seiner Männer wagte es, die Kindfrau anzusprechen, sie in Empfang zu nehmen und zu ihm zu geleiten, geschweige denn, sie aufzuhalten. Selbst die Söldnerschar, die

er mit sich führte und die in jedem Dorf geschändet und gemetzelt hatte, schwieg und glotzte.
Sie schritt mit hoch erhobenem Kopf durch seine Leibwache hindurch, bis sie vor ihm stand. Unvermittelt sank sie auf die Knie.
»Hochwürdigster«, sagte sie. »Ihr seht vor Euch Kunigunde, Gräfin von Plötzkau, barfuß zum Zeichen der Demut, um von Euch Barmherzigkeit für die Menschen in der Burg zu erflehen.«
»Ich weiß, wer Ihr seid«, sagte er schroffer, als er wollte. Ihr Mut imponierte ihm. »Übergebt mir die Schlüssel zur Burg, und ich lasse Gnade walten. Euch wird nichts geschehen.«
»Ich bitte nicht für mich, sondern um das Leben der Menschen auf dieser Burg. Es sind vor allem Frauen, Kinder und Greise, die schon einmal vor dem Krieg flohen, vor Euerm Heer. Ich bitte Euch um freien Abzug für alle dort drinnen.«
»Nicht für die Bewaffneten. Die sind meine Gefangenen.«
»Ich bitte Euch um freien Abzug für jedermann. Ohne Waffen, aber mit allem, was die Menschen tragen können.«
Konrad von Magdeburg lachte.
»Ihr wollt mit mir feilschen? Gut, ich biete Euch freien Abzug für die Waffenlosen. Pferde, Waffen, Vorräte und alles sonst gehören mir.« Er erlaubte ihr aufzustehen.
»Gewährt Ihnen Abzug mit ihrer Habe, mit so viel, wie ein jeder tragen kann«, beharrte Gunda. »Gebt ihnen die Chance zu überleben, ihre zerstörten Dörfer wiederaufzubauen!«
»Wir brannten die Dörfer nieder zur Strafe für den Verrat Eures Gemahls. Und deshalb wird auch diese Burg in Flammen aufgehen«, erklärte der Erzbischof hart.
Gunda fragte sich, was ihr Gemahl wohl sagen würde, falls sie ihn je wiedersah. Sie fürchtete sich davor. Aber das war in diesem Augenblick nicht wichtig.
»Seit wann ist es Verrat, dem König die Treue zu halten?«, fragte sie mit leicht zur Seite geneigtem Kopf.

»Das ist eine sehr unvorsichtige Frage für jemanden in Eurer Lage«, rügte der Erzbischof mit kaltem Lächeln. »Doch ich gebe zu, Ihr imponiert mir. Für Euern Mut und Eure Schönheit sei Euch gestattet, ein Pferd, eine Truhe voll Kleider und zwei Edeldamen als Begleitung auszuwählen, bevor wir Euch mitnehmen. Mit Euch als Geisel werden wir Graf Bernhard schon dazu zu bringen, seinen Standpunkt zu ändern. Ihm liegt doch an Euch? Oder lasst Ihr ihn kalt im Bett?«
»Ich denke, seine Ehre verbietet es ihm, für eine Frau den Eid zu brechen, den er dem König schwor. Und ich verzichte auf die Truhe mit Kleidern. Lasst stattdessen jeden dieser armen Menschen dort das Allernötigste zum Überleben mitnehmen! Gott wird es Euch lohnen.«
»Ihr seid sehr keck und hartnäckig für Euer jugendliches Alter«, hielt ihr der Erzbischof leicht amüsiert vor.
Er richtete sich aus seiner lässigen Pose auf und beugte sich ein wenig nach vorn, ohne sie aus den Augen zu lassen.
»Nun, für Gottes Lohn, wie Ihr meint …« Er lächelte.
»Freier Abzug für alle. Ohne Waffen, doch mit dem, was jeder tragen kann. Ihr ausgenommen, Ihr bleibt unser … Gast. Seid Ihr jetzt zufrieden, Kunigunde von Plötzkau?«
Als sie tief knickste und ihm dankte, wandte er sich zur Seite und winkte einen der jungen Ritter aus seinem Gefolge heran.
»Graf Dietrich, Ihr geleitet die Gräfin und sorgt mit Euern Männern dafür, dass alle Waffen abgegeben werden und niemand mehr mitnimmt als erlaubt.«
Als der Ritter vortrat, erkannte Gunda sein Gesicht unter der Kettenhaube und erschrak. Der jüngere Sohn des Markgrafen von Meißen!
Ihre Verlegenheit verbergend, neigte sie den Kopf vor ihm.
»Fürst Dietrich von Meißen.«
Höflich erwiderte er den Gruß.

Doch als sie sich umwandte, um zur Burg gehen, hielt er sie auf.
»Ihr sollt nicht auch noch barfuß zurückzulaufen!«
Er ließ ihr und sich Pferde bringen und half ihr in den Sattel. Nebeneinander ritten sie los, gefolgt von zwei Dutzend seiner Männer, die den Abzug der Menschen auf der Burg kontrollieren sollten.
»Ihr kennt mich?«, erkundigte er sich verwundert.
»Ich sah Euch beim Hoftag in Bamberg den Buhurt gewinnen, gemeinsam mit dem Neffen des Königs und dem dänischen Prinzen. Ihr habt dem jungen Herzog von Schwaben das Leben gerettet. Und jetzt kämpft Ihr gegen ihn und seinen Oheim, den König?«
Dietrich fühlte sich beschämt von dieser blutjungen Frau, die ihn beeindruckte. Dabei konnte er sich nicht erinnern, sie bei Hofe gesehen zu haben. Aber er war auch nur einmal dort gewesen und hatte damals kein Auge für die jungen Mädchen der Königin gehabt.
»Die Dinge sind nicht immer so einfach, wie sie scheinen«, versuchte er nach einem Moment des Schweigens sich zu rechtfertigen.
»Für mich sind sie heute sehr einfach«, widersprach sie. »Ich bin Eure Gefangene, und Ihr und Eure Freunde brennen die Burg meines Gemahls nieder.«

Sie erreichten das Tor und riefen Helmhold die Abzugsbedingungen zu.
Der Burgkommandant bestand darauf, dass die Meißnischen vor dem Tor warteten. Nur der Markgrafensohn dürfe herein. Drinnen im Burghof stieg Gunda wieder auf den Stein und sah in die verängstigten Gesichter der Menschen, die sie umringten. Diesmal musste ihr niemand Ruhe verschaffen, damit sie gehört wurde; diesmal herrschte fast Totenstille auf der Burg.

»Jedermann darf abziehen mit allem, was er tragen kann, ausgenommen Waffen. Verwalter, gebt den Bauern alles Korn und alle Vorräte, die wir haben!«, befahl sie. »Pater Johann achtet darauf, dass gerecht verteilt wird und jeder etwas bekommt.«

Der Burgkommandant keuchte vor Überraschung.

»Seid ihr närrisch geworden? Ihr verschleudert den Besitz Eures Gemahls!«, brüllte er und trat drohend auf sie zu.

Mit einem Schritt stellte sich Dietrich schützend vor Gunda.

»Gewährt Eurer Herrin den ihr gebührenden Respekt, oder ich lasse Euch in Stricke legen!«, forderte er Helmhold in aller Schärfe auf.

Inzwischen war auch der Verwalter herangetreten, der gleichfalls eine fassungslose Miene zur Schau trug.

Ehe er sich auch noch aufregen konnte, rief Gunda: »Wollt ihr lieber alles den Flammen überlassen? Oder dem Heer dort draußen? Die Menschen hier sollen es mitnehmen, vor allem Werkzeug und Saatgut. Sie sollen säen, Felder bestellen, ihre Dörfer wieder errichten!«

Was für eine Frau!, dachte Dietrich einmal mehr.

»Ich bestehe darauf, dass Ihr Schuhe anzieht und auswählt, was Ihr selbst mitnehmen wollt«, erklärte er.

In seiner Begleitung stieg sie hinauf in die Kemenate, wies an, dem Markgrafen von Meißen Wein zu bringen, und überlegte, was sie wohl in ihr Bündel packen sollte.

Zwei warme Kleider für die Reise, denn sie hatte keine Ahnung, wohin man sie bringen und wie lange sie unterwegs sein würde. Den Umhang aus gutem Tuch legte sie sich gleich um die Schultern. Es war jener, mit dem Graf Bernhard ihr beim Verlöbnis Schutz geschworen hatte.

Dann suchte sie aus, was ihr Gemahl wohl zu behalten wünschte: den Schwertgurt seines Vaters, eine Fibel seiner Mutter, ein Pergament mit ein paar Zeilen von der Hand seiner Schwester, die Sporen, die er zu seiner Schwertleite

geschenkt bekommen hatte. Er besaß längst bessere, aber diese bewahrte er zur Erinnerung auf. Obenauf legte sie den Handschuh, den ihm der König bei ihrem Verlöbnis überreicht hatte.
Während Graf Dietrich vor der Kemenate wartete, ließ sie sich von Freda in Beinlinge und Schuhe helfen und ging nach einem letzten Blick durch die Kammer mit ihnen hinunter zum Tor. Dort begann gerade der Abzug des Gesindes und der Dorfbewohner.
Helmhold und die fünf anderen Ritter hatten es abgelehnt, waffenlos zu gehen. Sie übergaben den Meißnern ihre Schwerter und folgten ihnen freiwillig in die Gefangenschaft. Es wird meinen Gemahl viel gutes Silber kosten, sie freizukaufen, dachte Gunda.

Über den Verhandlungen und den Kontrollen der abziehenden Dörfler am Tor war die Dämmerung angebrochen.
Mit gefasster Miene sah Gunda zu, wie sich die Bauern und Knechte schnellstmöglich samt Brot, Korn und Werkzeug verzogen, ehe es sich die Bewaffneten noch anders überlegten. Kaplan Johann, den sie gebeten hatte, den Menschen Trost zu spenden und ihnen beim Wiederaufbau ihrer Dörfer Gottes Beistand zu sichern, zerrte eine schwere Truhe hinter sich her. Weihwasser, die Heilige Schrift, geweihte Kerzen und das Altarkreuz, behauptete er. Aber Gunda war sicher, dass er darin viel mehr versteckt hatte.
Auf Dietrichs Geheiß durfte der Geistliche unkontrolliert passieren.
Der Verwalter und seine Frau hatten sich über und über mit Fellen behängt und machten scheppernde Geräusche beim Gehen. Einer der meißnischen Ritter löste den Gurt um den unnatürlich ausgebeulten Bauch des Verwalters, und zu Boden fielen kupferne Schalen, silberne Becher, Pokale aus Zinn.

»Geht zurück und sucht euch etwas, das ihr wirklich zum Überleben braucht!«, wies Markgraf Dietrich sie zurecht, doch stattdessen liefen sie einfach davon.

Als der letzte Plötzkauer die Burg verlassen hatte, schickte Erzbischof Konrad seine Männer hinein, um die Pferde, Zugochsen und Karren zu holen, die Körbe mit Pfeilen, Armbrustbolzen und sämtliche Waffen, die die Burgbesatzung nicht persönlich übergeben hatte. Fässer mit Bier wurden herausgerollt und lautstark bejubelt, ebenso der Inhalt des Weinkellers von Graf Bernhard.

Dann gab der Magdeburger die Burg zur Plünderung frei.

Eine grölende Horde von Söldnern stürmte als erste los, um Beute zu machen und alles herauszuholen, was noch irgendwie von Wert war.

Voll beladen kehrten sie zurück. Einer hatte sich die Vorhänge vom Bett des Grafen um den Leib gewickelt. Andere kamen mit Kannen und Bechern aus Zinn, zwei hatten die Kleider der verstorbenen Gräfinnen aus den Truhen gezerrt und trieben damit Possen.

An mehreren Orten flammte Streit auf, prügelten sich Söldner um die Beute.

Bänke, Stühle und alles, was noch zu sperrig zum Mitnehmen erschien, wurde zertrümmert und als Brennmaterial auf den Burghof geworfen.

Der Erzbischof von Magdeburg sagte kein Wort, während er das wüste Treiben beobachtete, zufrieden über den schnellen Sieg und doch angewidert von dem Schauspiel.

Helmhold und seine fünf Ritter standen waffenlos als Gefangene in Gundas Nähe und starrten ihre junge Herrin mit finsteren Blicken an, als sei sie schuld an alldem.

Dann schickte der Erzbischof eine Handvoll Männer mit Fackeln in die Burg, die jedes Gebäude einzeln in Brand setzten.

Es dauerte nicht lange, bis alles hellauf loderte – die Palisaden, die Stallungen, der hölzerne Bergfried.
Was habe ich getan?, fragte sich Gunda schaudernd, innerlich wie äußerlich erstarrt.
Vor ihren Augen ging die Burg in Flammen auf, die ein halbes Jahr lang ihr Zuhause gewesen war, Wohnort und Broterwerb für unzählige Menschen, der Stammsitz ihres Gemahls, der bei seiner Rückkehr nichts mehr von seiner Habe vorfinden würde: weder Bett noch Tisch, kein Gewand, keinen Becher. Nur Schutt und Asche.

Die brennende Burg, das sterbende Land

Kunigunde von Plötzkau und
Dietrich von Meißen; April 1139

Haushoch zuckten die Flammen in den nächtlichen Himmel, tausendfaches Gebrüll übertönte ihr Fauchen, das Knistern der aufstiebenden Funken, das Krachen der herabstürzenden brennenden Dächer und Balken.
Durch das Großfeuer verwandelte sich die schwarze, sternklare Nacht in flackerndes Rot und Gelb.
Markgraf Dietrich wechselte einige Worte mit seinen Rittern und ging. Sofort stellten sich seine Männer um Kunigunde und die beiden Dienerinnen auf, die sie hatte auswählen dürfen: die alte Freda und Ännchen, eine kleine, magere Waise in Gundas Alter, die allein im Krieg nicht überleben würde. Ihr hätten Edeldamen als Geleit zugestanden, aber die gehässigen Gemahlinnen von Graf Bernhards Rittern wollte sie jetzt nicht um sich haben. Sie würden vorerst im nahen Kloster Hecklingen Zuflucht finden. Der Kaplan sollte sie dorthin geleiten.

Kurz darauf kamen mehrere Bewaffnete und führten die gefangenen Ritter fort.
Helmhold spie verächtlich in Gundas Richtung auf den Boden. Das sollte ihm schlecht bekommen. Denn genau in diesem Moment war der Meißner Markgrafensohn wieder zur Stelle und zwang ihn mit gezogenem Schwert, niederzuknien und seine Herrin um Verzeihung zu bitten.
»Auf Euer Ehrenwort kann ich nicht vertrauen, denn wie ich sehe, habt Ihr keine Ehre«, hielt Dietrich dem Steinauer verächtlich vor. »Ihr bleibt in Fesseln.«
Er beobachtete kurz, wie die Ritter fortgeführt wurden, dann wandte er sich Gunda zu.
»Ihr müsst fort von diesem Platz, Gräfin. Es ist zu gefährlich, wenn die Männer Euch sehen, vor allem das Söldnerpack, das bald völlig betrunken sein wird«, sagte er mit ernster Miene. »Wenn Ihr erlaubt, biete ich Euch und Euren Mägden mein Zelt an. Meine Männer werden es bewachen, damit Ihr unbehelligt schlafen könnt.«
Er drehte sich kurz um und forderte einen Hilbert auf, näher zu treten. Stolpernd erschien ein Knappe, der zu Gundas Verblüffung ihr Federbett trug. Dietrich musste es für die Gräfin von Plötzkau eingefordert haben. Der Junge, der das Knappenalter von vierzehn Jahren wohl gerade erst erreicht hatte, konnte kaum über den dicken Ballen blicken.
»Was wird mit mir geschehen?«, wagte Gunda zu fragen. Bisher hatte sich der Meißner ihr gegenüber überaus höflich gezeigt. Dennoch durfte sie nie vergessen: Er war ihr Feind, er kämpfte gegen den König. Das Heer, dem er angehörte, hatte soeben die Burg ihres Gemahls geplündert und in Brand gesteckt, ihr das Dach über dem Kopf genommen.
Niemals hätte sie dies für möglich gehalten, als sie ihn in Bamberg beim Turnier bewunderte.
Wieso kämpften die Meißner auf Seiten des geächteten Welfen, obwohl sie dem König Treue geschworen hatten? Weil

Dietrichs Vater, der grimmige Markgraf Konrad, ein Verwandter der Kaiserinwitwe war? Und ein alter Feind des Bären?
Vielleicht konnte sie von Dietrich erfahren, was der Erzbischof mit ihr vorhatte. Wohin würde er sie bringen lassen, bis Graf Bernhard das Lösegeld zahlte? Nach Magdeburg? Das waren gut zwei Tage Wegstrecke. Zu Richenza? Doch wo mochte sich die Kaiserin überhaupt aufhalten?

»Ihr werdet mit dem Heer reisen, aber unter meinem persönlichen Schutz«, erklärte Dietrich, noch ehe sie fragen konnte. »Bis sich Euer Gemahl bei Erzbischof Konrad einfindet, seine Ritter auslöst und sich uns anschließt. Ein Bote ist bereits unterwegs zu ihm. Wir vermuten ihn nicht allzu weit von hier, nur auf der gegnerischen Seite. Danach dürft Ihr wohlbehalten reisen, wohin Ihr und der Graf von Plötzkau es wünschen.«
Gunda wollte vor Angst fast das Herz stehenbleiben, als sie hörte, dass ihr hartherziger Gemahl vermutlich bald hier sein würde.
»Ich glaube nicht, dass Graf Bernhard meinetwegen kommt. Und schon gar nicht, dass er meinetwegen einen Eid brechen wird«, brachte sie heraus.
Dietrich sah sie erstaunt von der Seite an, sagte aber nichts. Von zwei Dutzend Männern durchs zügig aufgeschlagene Lager eskortiert, waren sie nun bei einem Zelt angekommen, vor dem ein Banner mit dem meißnischen Löwen aufgepflanzt war, schwarz auf goldenem Grund.
Mit einer Geste lud Dietrich sie ein, hineinzugehen.
»Hier werdet Ihr etwas Bequemlichkeit finden, soweit das in einem Heerlager möglich ist. Vor allem Zurückgezogenheit.«
Er rief seinen Knappen herein.
»Breite noch mehr Felle aus, dann das Federbett, und schüre das Feuer im Kohlenbecken!«

»Ja, Herr, sofort, Herr«, brachte der Knappe dumpf hinter dem Federbett hervor.
Er legte es umständlich auf einer Truhe ab und schnürte dann ein Bündel mit Wolfspelzen auf, die er auf der Bettstatt ausrollte und sorgfältig glatt strich.
»Gibt es noch viele Wölfe in den östlichen Marken?«, fragte Gunda verblüfft.
»Ja, vor allem in der Lausitz«, antwortete Dietrich. »Diese beiden hier habe ich selbst erlegt, als ich vor einigen Monaten die Grenzfesten kontrollierte.«
Kurz verdüsterte sich sein Gesicht.
Martha!, dachte er. Damals habe ich sie verloren. Ob es stimmt, was der Spielmann sagte, dass sie an einem Fieber starb? Bin ich schuld an ihrem Tod? Würde sie noch leben, wenn sie auf dem Burgberg geblieben wäre? Aber der Harfner sagt, sie sei glücklich mit ihrem Mann gewesen. Ich sollte endlich aufhören zu grübeln und in der nächsten Kirche eine Kerze für sie anzünden.
»Hole Wasser, damit sich die Gräfin von Plötzkau erfrischen kann!«, befahl er seinem Knappen. »Und lass es warm machen!«
Nach einer Verbeugung drehte sich der Junge um und lief los, wobei er beinahe über die Zeltschnüre stolperte.
Dietrich griff nach einer zinnernen Kanne und goss Wasser über Gundas Hände, dann trocknete er sie mit einem sauberen Leinentuch – eine zeremonielle Höflichkeit, eine Begrüßung für hohe Gäste, die die blutjunge Gefangene erstaunte. Wollte er sich so dafür entschuldigen, was an diesem Tag geschehen war?
»Ich vermute, Ihr wünscht nicht, mit dem Erzbischof zu Abend zu speisen«, sagte der Sohn des Markgrafen. »Ich selbst würde Euch gern Gesellschaft beim Mahl leisten, aber hier im Zelt wäre es nicht angemessen, und nach draußen kann ich Euch nicht lassen.«

»Ich werde nicht fliehen.«
»Ihr missversteht mich«, erwiderte der junge Meißner gekränkt. »Ich will Euch vor Gefahren schützen. Um Euch herum lagern Tausende vom Krieg enthemmte Männer, und nur wenige werden sich heute Nacht noch an Worte wie Ehre und Disziplin erinnern. Außerdem will ich Euch den Anblick der flammenden Burg ersparen.«
Das Feuer brannte immer noch lichterloh und würde wohl bis zum Morgen Nahrung finden. Gerade stürzte wieder ein Dach oder anderes Gebäudeteil krachend zusammen. Funken stoben durch die Nacht wie ein angriffswütiger Schwarm glühender Insekten.
»Wie rücksichtsvoll von Euch«, sagte sie bitter. »Was meint Ihr wohl, wohin ich gehen könnte? Meine Eltern sind tot, meine Familie ist erloschen, ich lebte als Mündel am Hof des Königs. Und mein Gemahl wird mich nicht mehr wollen, nachdem ich seine Stammburg widerstandslos übergeben habe.«
Zorn flammte in Dietrichs Augen auf, und nun war es mit seiner beherrschten Höflichkeit vorbei.
»Dann ist er nicht nur ehrlos, sondern sehr dumm! Es war unverantwortlich von ihm, Euch hier nahezu ohne Schutz zurückzulassen. Ein Mann mit so viel Kampferfahrung! Der König hat Euch an jemanden verkauft, der Euer Großvater sein könnte, nur um einen Vasallen zu binden. Und diesem Mann scheint nichts an Euerm Leben zu liegen. Ihr habt Euch umsonst an Graf Bernhard geopfert, Kunigunde von Plötzkau.«
»Ich glaube nicht, dass Euch darüber ein Urteil zusteht, Dietrich von Meißen«, sagte sie hart mit ihrem letzten Rest von Stolz und wandte sich ab, damit er die aufsteigenden Tränen nicht sah.
Es stimmte ja, sie war ohne Aussicht auf Rettung diesem viel älteren Mann ausgeliefert worden, dessen vollendete Höf-

lichkeit bei der Verlobungszeremonie sich schnell in Schroffheit und eisige Kälte verwandelt hatte.
So sehr hatte sie sich einen jungen, freundlichen Ehemann gewünscht. Doch nun gehörte sie mit Haut und Haaren Bernhard. Sofern er sie nicht verstieß oder in ein Kloster schickte.
Beschämt entschuldigte sich Dietrich.
»Es tut mir leid, wenn Euch meine Gegenwart Unwohlsein bereitet. Ich werde Euch nun mit Euren Mägden allein lassen.«
Nur aus dem Augenwinkel konnte sie sehen, dass er sich tief verneigte. Dann rief er erneut seinen Knappen herein und befahl ihm, alles zu tun, damit sich die Gräfin wohl fühle.
»Ich lasse Euch Essen bringen und noch mehr Felle, falls ihr friert. Benötigt Ihr sonst noch etwas? Dann gebt mir Bescheid.«
Wieder einigermaßen gefasst, bedankte sie sich.
»Wo werdet Ihr ruhen, Markgraf?«
Nun wirkte *er* gekränkt.
»Vor dem Eingang dieses Zeltes, wo sonst? Und meine Ritter werden die ganze Nacht lang um das Zelt herum Wache halten, damit Euch niemand belästigt.«

Gunda lag fast die ganze Nacht wach. Es war laut im Lager. Betrunkene grölten, Vorgesetzte riefen brüllend zur Ordnung, laufend brachen Streit und wilde Schlägereien aus. Pferde wieherten, Hunde kläfften, und durch die Leinenwände erkannte sie immer noch den glutroten, flackernden Feuerschein der brennenden Burg.
Gegen Helmhold, den Verwalter und all die anderen hatte sie sich durchgesetzt, sogar gegen den Erzbischof. Doch nun fürchtete sie das drohende Wiedersehen mit Graf Bernhard. Und je länger sie darüber nachdachte, umso heftiger fürchtete sie sich.

Als ihr vor Sonnenaufgang endlich die Augen zufielen, schlief sie kurz und traumlos, und beim Erwachen vermisste sie einmal mehr ihre Freundin Adela.

Dietrich kümmerte sich wirklich darum, dass Gunda gut versorgt und beschützt war. Draußen vor dem Zelt, das konnte sie durch die Leinwand an den Geräuschen erraten, wurde in einem Kessel Wasser überm Feuer erhitzt. Sie hörte den ungeschickten Knappen Freda fragen, was ihre Herrin zum Frühmahl wünsche.

Als sie nach einem inbrünstigen Gebet ordentlich gekleidet und mit bedecktem Haar vor das Zelt trat, blickte sie auf die immer noch schwelenden Überreste der Burg, in der sie fast ein halbes Jahr gelebt hatte. Da und dort glommen noch rote Brandnester. Ascheflocken wirbelten durch die Luft wie grauer Schnee, der nicht schmolz. Der schlammige Boden war vom Nachtfrost gefroren, die wenigen Grashalme mit Rauhreif überzogen. Die Pfützen hatten Eisränder.

Fröstelnd zog sie sich den Umhang enger um die Schultern. Der junge Markgraf saß mit seinen Rittern unter einem Leinenbaldachin beim Frühmahl. Als er sie sah, erhob er sich sofort, ging auf sie zu und erkundigte sich nach ihren Wünschen.

»Ihr habt alles getan, um mir meine Lage zu erleichtern. Dafür danke ich Euch von Herzen«, sagte sie und senkte den Kopf. Ihre Schroffheit von gestern tat ihr leid. Sie hatte ihrem Vormund gehorchen und den alten Grafen heiraten müssen, und genauso musste wohl auch Dietrich seinem Vater gehorchen, dem Markgrafen von Meißen und der Lausitz. Keiner von ihnen konnte frei entscheiden.

Als das Lager abgebaut war, half Dietrich ihr persönlich aufs Pferd, einen Zelter von ausgesprochen ruhigem Gang, den er für sie ausgewählt hatte. Er selbst ritt einen jungen,

temperamentvollen Fuchs und blieb stets an ihrer Seite, sofern der Weg es erlaubte.
Sechs meißnische Ritter umgaben sie, weniger Wache denn Schutz, die ihr auf Dietrichs Befehl jeden Respekt erwiesen.
Sein Knappe, Freda und Ännchen folgten ihnen mit dem Rest der meißnischen Truppen, die im Heerlager des Magdeburgers nur einen geringen Teil ausmachten und aus etwa fünfzig Mann bestanden.
»Es heißt, hier gebe es ein gefährliches Sumpfgebiet. Könnt Ihr uns sicher hindurchgeleiten?«, erkundigte sich Dietrich bei Gunda, nachdem sie eine Meile schweigend nebeneinander zurückgelegt hatten.
Gunda dachte an Fredas Fluch: Möge der Nickert sie alle verschlingen! Sollte sie das Heer in den Sumpf locken, auch wenn sie selbst dann darin versank?
Einen Augenblick lang war sie versucht, es zu tun. Doch diese Sünde konnte sie nicht auf sich laden. Dann würden auch Freda, Ännchen und der schüchterne Knappe sterben. Und Dietrich.
»Nein«, sagte sie entschlossen. »Meidet es um jeden Preis, es gibt keinen Weg hindurch. Bleibt weitab der Flussarme.«

So ritt Gunda drei Tage lang an der Seite Dietrichs von Meißen mit dem Heer des Magdeburger Erzbischofs.
In diesen drei Tagen sah sie nur zerstörtes Land. Niedergebrannte Dörfer, zermalmte Saaten, kaum aufgegangen. Leichen lagen auf den Äckern, den Wegen, in Flüssen, aufgedunsen bis zur Unkenntlichkeit. Andere waren an Bäumen aufgehängt, die Augen von Krähen leergepickt, das Fleisch von Maden wimmelnd, von Aasfressern angenagt oder zerfetzt. Manche hatten offenbar den ganzen Winter unbestattet gelegen, von ihnen waren nur noch Kadaverreste und verstreute, abgenagte Knochen geblieben.

Sie kamen durch ein Dorf, in dem Wahnsinnige gewütet haben mussten. Vor der armseligen Holzkirche lagen zerhackte Körper, Säuglinge mit zerschmetterten Köpfen, Frauen, denen Spieße längs durch die Leiber getrieben worden waren, eine Hochschwangere, der man das Ungeborene aus dem klaffenden Leib geschnitten hatte. Der Schnee hatte all das lange verborgen, nun lag es verwesend vor ihren Augen.

Gunda wurde übel. Sie rutschte vom Pferd, sank im Schlamm auf die Knie und würgte den Inhalt ihres Magens heraus, bis nur noch gelbe Galle kam.

Ein Kommando Dietrichs brachte die Reitergruppe sofort zum Stehen. Freda kam zu Gunda und hielt ihr Schleier und Zöpfe, damit sie sich nicht beschmutzte, stützte ihr den Kopf und streichelte sie sanft.

Jemand reichte der jungen Frau einen Becher mit verdünntem Wein. Sie spülte sich den Mund damit und spie ihn wieder aus. Jetzt würde sie nichts im Magen behalten.

Dietrich schickte seinen Knappen zum Brunnen, um frisches Wasser zu holen. Doch Hilbert, dessen Gesichtsfarbe kaum gesünder aussah als Kunigundes, kehrte mit der Nachricht zurück, der Brunnen sei vergiftet. Jemand habe einen tote Ziege hineingeworfen, die aufgedunsen sei.

»Könnt Ihr weiter?«, fragte Dietrich besorgt. Sie nickte und ließ sich von ihm in den Sattel helfen. So schlimm es auch war, so schwach sie sich fühlte – hier konnte niemand verweilen.

Einige Meilen weiter sahen sie die Überreste eines Heerlagers, das zum Schlachtfeld geworden war. Gunda erkannte es am Gestank, noch bevor sie die äußeren Latrinengräben sah. Alles vermischte sich und brachte sie erneut zum Würgen: Menschenkot, Pferdekot, die Fäulnis abgeschlagener Gliedmaßen und der Leichen, die niemand begrub. An fast jedem Baum waren Menschen aufgeknüpft.

»Ich bedaure, dass Ihr das sehen müsst«, sagte Dietrich förmlich. »Das war die Rache für Mimirberg. Ihr wisst davon? Albrecht der Bär war über die Welfen hergefallen, ohne Fehde erklärt zu haben, ohne dass sie sich vorher sammeln und zur Schlacht aufstellen konnten. Es wurde ein Gemetzel. Nur der frühe Wintereinbruch rettete die Welfen. Im dichten Schnee lässt sich kein Krieg führen. Herzog Heinrich und Kaiserin Richenza nutzten die Zeit, um ihre Verbündeten zu sammeln und Söldner anzuheuern. Solche Truppen hält niemand im Zaum, wenn sie nicht regelmäßig Beute machen können.«

»Nicht einmal ein Erzbischof, wie ich nun bezeugen kann«, entgegnete sie.

»Und die Ritter sind verbittert über die ungerechtfertigte Entmachtung der Welfen, eines uralten Geschlechts«, ergänzte der Meißner.

»Ihr müsst Euch nicht erklären«, sagte Gunda schroff. »Das ist der Krieg. Wir können doch nicht einmal sagen, welche Seite diese Greuel hier begangen hat!«

Kämpferherz

Jacza und Niklot; auf der Mecklenburg zwischen Schwerin und Wismar, April 1139

Das Wasser des Flüsschens war eiskalt, dennoch stieg der Junge entschlossen hinein, tauchte ganz unter und kam prustend wieder hoch. Aufmerksam spähte er erneut rundum über das weite, flache Land, und da kein Mensch zu sehen war, tauchte er noch einmal kurz unter. Dann schüttelte er sich wie ein Hund, strich sein langes dunkles Haar zurück und stieg wieder ans Ufer, mit den Armen rudernd, um schneller voranzukommen.

Sein Gepäck, seine Waffen und sein kleines, struppiges Pferd hatte er im Schilfdickicht am Ufer vor fremden Blicken verborgen.
Obwohl er noch fror, sortierte er erst sorgfältig seine Kleiderbündel, ehe er sich wieder anzog. Die verschmutzten und durchgeschwitzten unauffälligen Sachen, die er auf seiner langen, einsamen Reise getragen hatte, rollte er zu einem Bündel zusammen. Er überlegte kurz, ob er sie im Fluss ausspülen sollte, verwarf den Gedanken aber. Mit triefnassem Gepäck wollte er nicht am Ziel ankommen, und außerdem konnten ihm dort die Frauen seine Wäsche waschen. Es selbst zu tun, war unter seiner Würde, sobald er nicht mehr allein reiste.
Dann kleidete er sich mit großer Sorgfalt an: Beinlinge, um die er gleichmäßig die gewebten Bänder wickelte, ein Leinenunterhemd, darüber einen üppig mit Borten verzierten Kittel, eine große silberne Fibel mit Drachenkopf, einen Gürtel mit silberner Schnalle und Silberbeschlägen. Er steckte seinen Dolch hinein, am Gürtelhaken befestigte er einen ledernen Beutel mit Feuereisen, Silberstücken und einer kleinen Statue von Svarog, dem wichtigsten aller Götter.
Nach kurzem Zögern setzte er noch eine spitze Pelzmütze auf. Seine Stoffmütze war zwar prächtig bestickt und passte auch eher zum sonnigen Wetter. Doch die Kopfbedeckung aus Pelz kündete nicht nur von seiner Herkunft, sondern ließ ihn auch ein wenig größer wirken, und das erschien ihm ungeheuer wichtig.
Er war erst zwölf und damit praktisch schon ein ganzer Mann, zumindest aus seiner Sicht. Aber er war von der Burg seines Oheims ausgerissen und hatte sich ganz allein auf diese Reise begeben.
Sein Verschwinden hatte er gründlich vorbereitet und die Nachricht hinterlassen, er würde eine Weile auf die Jagd gehen. Er wusste nicht, ob sein mächtiger Oheim nach ihm suchen ließ oder nicht.

Unterwegs hatte er größte Vorsicht walten lassen, war zumeist nachts oder im Verborgenen gereist. Er musste Verfolger abschütteln, falls es welche gab, und sich vor marodierenden Banden in Acht nehmen. Krieg zerrüttete das Land, kleine Heeresgruppen zogen hindurch, mordeten und plünderten, die Bauern verließen scharenweise ihre Dörfer aus Angst und auf der Suche nach Essbarem. Für die einen wie die anderen wären sein Reittier und seine Besitztümer eine willkommene Beute gewesen.

Behutsam führte er das Pferd zum Ufer und tränkte es. Dann bat er Svarog, dessen Sohn Svarozoc Radogast als Herrn über Licht und Feuer, den dreigesichtigen Triglav, den Himmels- und Feuergott Perun, den Kriegsgott Daschbog und auch alle anderen Götter, die ihm gerade einfielen, um Beistand. Sein Volk hatte viele Götter mit verschiedenen Zuständigkeiten.

Er nahm Bogen und Köcher, befestigte Schild und Streitaxt am Sattel und saß auf.

Alles in ihm jubelte, als er auf die *Große Burg* zuritt – Wiligrad oder auch Mikelinburg oder Mecklenburg genannt. Er hatte es geschafft, er hatte sich ganz allein hierher durchgeschlagen! Jetzt musste es ihm nur noch mit einer gehörigen Portion Dreistigkeit gelingen, zu Niklot vorgelassen zu werden, dem Großfürsten der Abodriten.

Je näher der junge Reiter kam, desto mehr erfüllte ihn eine tiefe Zufriedenheit beim Anblick dieser riesigen und typisch slawischen Burg. Sie war durch einen Wall und mehrere Reihen Palisaden gut gesichert. Eine hohe Wand aus angespitzten Stämmen umgab die gesamte Burg, davor befand sich eine Doppelreihe scharf angespitzter Hölzer, die sich jedem Angreifer in spitzem Winkel bedrohlich entgegenreckten.

Die Männer im Wachhaus waren bereits auf ihn aufmerksam geworden und traten heraus. Wäre er nicht allein und

nur ein Knabe, hätte ihn sicher längst ein kleiner Reitertrupp in Empfang genommen. Doch dafür wirkte er wohl zu harmlos, was ihn sehr ärgerte.
In ruhigem Trab näherte er sich den Wachen und zügelte sein Pferd vor dem Torhaus.
»Die Götter mögen euch segnen und alle, die hier leben«, sagte er feierlich. »Jacza, Neffe des Königs Pribeslaw von Brandenburg und Spandau und künftiger Herr von Köpenick, bittet höflich, vom Abodritengroßfürsten Niklot empfangen zu werden.«
Die Männer am Torhaus tauschten belustigte Blicke.
»Die Götter mögen auch dich segnen, junger Jacza! Wie kommt es, dass ein Königsneffe ganz ohne Gefolge hier erscheint?«
Jacza räusperte sich und sprach etwas tiefer. »Ich komme in einer vertraulichen Mission.«
Wieder wirkten die Wachen amüsiert, auch wenn sie sich bemühten, ernste Gesichter zu ziehen. Dann wandte sich einer um und rief nach hinten: »Wertislaw, geleite unseren Gast durchs Dorf. Jacza, Neffe des Königs Pribeslaw von Brandenburg und künftiger Herr von Köpenick, möchte von Fürst Niklot empfangen werden.«
Jacza stieg ab und führte sein Pferd am Zügel, während er durch das Tor schritt. Sein Begleiter, ein blonder Junge in seinem Alter, brachte ihn zur Koppel, wo er seinen Hengst einstellen konnte. Die anderen Pferde stammten allesamt ebenfalls aus der Zucht, für die die slawischen Stämme berühmt waren: zierlich, struppig, aber überaus flink und ausdauernd. Sie wurden auch von den christlichen Rittern gern gekauft, selbst wenn die Hochgewachsenen unter den Männern dann ein etwas lächerliches Bild abgaben, da ihre Füße beim Reiten fast bis zum Boden reichten.
Der Gang durchs Dorf erfüllte Jacza mit so starken Glücksgefühlen, dass er beinahe seine Mission vergaß.

Ja, hier war alles nach alter Tradition, wie es sich gehörte. Die Frauen trugen Tücher mit Schläfenringen um die Stirn, die Häuser aus Holzstämmen oder Flechtwerk waren nach slawischer Bauart mit tief herabgezogenen Rieddächern errichtet, die Kleider mit slawischen Mustern verziert. Vor den Häusern arbeiteten Handwerker: drechselten hölzerne Schüsseln, töpferten die schön gemusterten Becher und Krüge, die auch die Christen so gern kauften, der Schmied hämmerte auf einer Lanzenspitze herum, die Frauen spannen, webten, verzierten hölzerne Löffel, Messergriffe und andere Gegenstände mit verschlungenen Ornamenten.
Inmitten der Burg stand das Heiligtum. Unter freiem Himmel, wie es sein sollte, und von mehr als mannshohen Palisaden umgeben, in deren Holzpfähle oben Abbilder der verschiedenen Götter geschnitzt waren.
»Ich möchte ein Opfer darbringen«, sagte Jacza zu seinem Begleiter, der sehr zufrieden auf diese Worte reagierte.
Jacza hatte seine Waffen am Wachhaus abgegeben und seinem Pferd den Sattel abgenommen, aber in der Hand trug er einen Grauganter, der sehr hell war, fast weiß. Er hatte viel Zeit mit der Jagd zugebracht, um den Göttern ein besonderes Opfer bringen zu können, weil ihm seine Mission so wichtig war.
Der Priester stand im Inneren des Heiligtums, das niemand außer ihm betreten durfte, doch er kam zu ihnen, musterte Jacza aufmerksam und nahm das Opfertier ohne ein Wort entgegen. Sonst hätte der Besucher es in der Schale vor dem Heiligtum ablegen müssen.
Der Zwölfjährige fühlte sich geradezu durchbohrt von dem stechenden Blick des alten Mannes mit dem langen weißen Haar. Ihn fröstelte, doch er hielt dem Blick stand, ehe er ehrfürchtig das Haupt neigte.
Dann ging der Priester zur Stele in der Mitte des Heiligtums, um das Opfer darzubringen.

Jacza atmete erleichtert auf. Und nun überkam ihn ein gewaltiges Herzklopfen bei dem Gedanken, ob und wie ihn der berühmte Fürst Niklot wohl empfangen würde.
Doch zuerst wurde er in die Schwitzhütte geführt, damit er sich im Wasserdampf und mit Birkenreisern reinigen konnte. Als wäre ihm nicht schon heiß genug vor lauter Aufregung!

Das Langhaus, in dem der Abodritenfürst lebte und Versammlungen abhielt, war mehr als doppelt so groß wie die übrigen Wohnstätten auf der Burg und hatte mit schönen Schnitzereien verzierte Giebelbalken und Türpfosten. Jaczas Begleiter meldete ihn an, doch zweifellos wurde der Besucher schon erwartet.
Jacza trat ein und sank auf ein Knie.
Mit einem Blick hatte er das Innere des Hauses erfasst: die Feuerstelle in der Mitte, wie es bei den Slawen Brauch war, an der Decke darüber das borstige Fell eines Wildschweins, damit kein Funke das Dach entzündete, Seile an den Dachbalken mit hölzernen Haken daran, an denen Töpfe, Kleider, Waffen und andere Gebrauchsgegenstände aufgehängt werden konnten.
Kunstvoll gewebte Teppiche schmückten die Wände.
Jeder Eintretende blickte jedoch zuerst auf den Stuhl ihm gegenüber, wo der Fürst saß. Links und rechts an den Wänden waren lange Bänke angebracht, die zugleich als Schlafstatt und Vorratsbehälter dienten und auf denen die Männer der Gemeinschaft Platz nahmen, wenn wichtige Angelegenheiten zu beraten waren.
Als Jacza aus dem grellen Sonnenschein eintrat, konnte er Fürst Niklot im Dämmerlicht des Hauses zuerst nur unklar erkennen.
Aber da erklang schon seine Stimme.
»Sei gegrüßt, junger Jacza, und tritt näher!«
Eine hübsche Frau reichte dem Gast ein Trinkhorn mit Bier,

das ihm nach dem Schwitzbad mehr als willkommen war. Nach den Begrüßungsformalitäten ging die Frau hinaus, und Jacza durfte Niklot gegenüber Platz nehmen, die erkaltete Feuerstelle zwischen ihnen.

Nun konnte er den legendären Abodritenführer genauer mustern: breitschultrig war er, mit glattem blondem Haar und spitzem Kinnbart, der bei slawischen Adligen üblichen Haartracht, vielleicht dreißig Jahre alt und mit durchdringendem, scharfem Blick. Ein Anführer, ganz klar, dafür hatte Jacza ein Gespür. Sein Onkel, der Herr von Brandenburg und Spandau, war nämlich keiner.

»Nun, junger Jacza, was führt dich hierher, so ganz allein?«, befragte ihn Niklot mit leichtem Spott. »Will mich dein Oheim überzeugen, dass ich so wie er unseren Göttern abschwöre und mein Land den Christen vererbe? Hat er nicht sogar seinen Namen abgelegt und lässt sich jetzt Heinrich nennen statt Pribeslaw?«

»Ja. Nein«, verhedderte sich Jacza und spürte, dass seine Ohren glühten. Hätte er doch auf die Fellmütze verzichtet!

»Es stimmt, was Ihr sagt, *knes* Niklot«, versuchte er, seine Ungeschicklichkeit wiedergutzumachen, doch konnte er einen tiefen Seufzer nicht unterdrücken. Es war einfach zu traurig.

»Mein Oheim hat unseren Glauben verraten und sich von den Christen taufen lassen. Er legte seinen guten Namen ab und will nun Heinrich genannt werden, und er hat den Markgrafen der Nordmark, Albrecht den Bären, zu seinem Erben erklärt. Einen *Christen!* Er schenkte den Christen schon alles Land um die Zauche und versprach dem Bären die Brandenburg, wenn er stirbt. Was bald eintreten könnte. Mein Oheim ist schon ziemlich alt.«

»Und das gefällt dir nicht, weil du als sein Neffe die Brandenburg erben solltest und die alten Bräuche und den alten Glauben bewahren willst. Denn Heinrich und seine Frau

Petrissa haben keine Kinder, und du bist ihr nächster Verwandter und Erbe«, konstatierte Niklot und beugte sich ein wenig vor, wobei er einen Arm auf dem Bein abstützte.

»Ja. Nein. Ja«, stammelte Jacza erneut und beschloss, sich endlich zusammenzureißen und in klaren Sätzen auszudrücken, was er zu sagen hatte.

Er atmete tief durch und brachte dann mit seiner hellen Knabenstimme heraus: »Ich finde es verabscheuungswürdig, was mein Oheim tut. Er leugnet unsere Götter, er verrät seinen Stamm, er verrät unser Volk. Weil er selbst schwach ist, sucht er beim Bären Schutz. Er stellt ihm sogar Truppen, er lässt Slawen gegen Slawen kämpfen! Und das große Wort auf der Brandenburg führt Petrissa, meine Tante.«

»Deshalb bist du ausgerissen und kommst nun zu mir, um dich zu beschweren?«, erkundigte sich Niklot. »Lassen dein Oheim und die Tante nach dir suchen?«

»Ich glaube nicht«, meinte Jacza, der sich ertappt fühlte und erneut glühende Ohren bekam. »Vielleicht sind sie sogar froh, mich los zu sein.«

Noch einmal holte er tief Luft.

»Ich komme, weil ich glaube, unter Eurer Führung könnten sich alle Slawen zusammenschließen und gegen die Christen erheben, unser altes Land zurückerobern und unseren Glauben bewahren. Die Zeit ist günstig, denn seit dem Tod Kaiser Lothars führen sie gegeneinander Krieg. Sie sind uneins, wer König und wer Herzog sein sollte. Ihr, *knes* Niklot, könntet alle Stämme zum Lutizenbund einen, so wie es beim großen Aufstand vor hundertfünfzig Jahren geschah. Damals haben unsere tapferen Vorfahren die Sitze der Christenbischöfe in Brandenburg und Havelberg zerstört, und die Lutizen, Heveller und Abodriten erkämpften sich ihre Freiheit zurück. Ihr führt die Abodriten, Kessiner, Zircipanen und Ukranen, Fürst Pribeslaw in Lübeck die Wagrier und Polabrier, und auch viele Brandenburger würden

sich Euch anschließen, sicher sogar diejenigen tief im Süden in der Lausitz, die sich unseren Glauben bewahren.«
Niklot strich sich über den Bart und lächelte.
»Und du meinst, junger Jacza, dass nicht schon weisere und bedeutendere Männer als du auf diese Idee gekommen sind?«
»Das weiß ich«, sagte er und hatte Mühe, nicht beleidigt zu wirken, denn er war es. Wieder bemühte er sich, seine Stimme tiefer klingen zu lassen.
»Ich bin hier, um Euch meine Dienste anzubieten.«
Nun verschwand das Lächeln auf dem Gesicht des Stammesfürsten.
»Dieses Denken und deine Begeisterung ehren dich, junger Jacza. Leider muss ich dir sagen, dass dein Plan – so verlockend er auch klingt – an der Übermacht der Christen und den Streitigkeiten der Slawen untereinander scheitert. Es sind in den vergangenen Monaten Dinge geschehen, die dir dein Oheim auf der Brandenburg verschwiegen hat oder die du während deiner Reise verpasst hast.«
Draußen hämmerte der Schmied rhythmisch auf ein Stück Eisen ein, und mit jedem Hammerschlag erstarrte ein Stück Hoffnung in Jacza, während sein Gastgeber aufzählte.
»Wirikinds Söhne griffen als Erste an, fielen in die Nordmark ein und holten sich blutige Köpfe im Kampf gegen den Bären. Fürst Pribeslaw – nicht dein Oheim, sondern der Herr über Wagrien – verließ Lübeck, um Land zu erobern, doch sein Feind Race fiel ihm in den Rücken und zerstörte den Ort. Vor wenigen Wochen erlitt er eine verheerende Niederlage gegen einen neu ernannten Grafen von Badwide. Dein Oheim hat den feigsten Weg gewählt, um an der Macht zu bleiben, und verriet seinen Glauben und sein Volk. Das werde ich nicht tun. Doch ich konnte hier mit meinen Abodriten nur weiter nach unseren alten Bräuchen leben, indem ich mich Kaiser Lothar tributpflichtig unterwarf. Jetzt kann

ich den Tribut verweigern, solange nicht klar ist, wer wirklich im Reich der Christen herrscht. Doch führte ich uns in den Kampf, würden wir allesamt vernichtet. Wer überlebt, müsste sich unterwerfen und zwangstaufen lassen.«

Jacza fühlte sich innerlich erloschen wie das Feuer in der Mitte des Hauses. Resigniert starrte er auf die kalte Asche. Kein Fünkchen Glut mehr. Dafür war er heimlich fortgegangen, und nun hatte er sich hier zum Narren gemacht!

Wieder lächelte Niklot.

»Gib nicht alle Hoffnung auf, junger Jacza. Die Christen werden noch lange damit beschäftigt sein, gegeneinander zu kämpfen. Sollen sie es tun! Wir warten derweil geduldig auf den richtigen Moment, um zuzuschlagen. Das ist klüger, als blindlings in die Schlacht zu stürmen. Und unser Priester sieht in dir jemanden, der in der Zukunft noch eine Rolle spielen wird.«

Verwundert hob Jacza den Kopf und starrte Niklot an. Er hatte überhaupt keine Zukunft, denn sein Oheim würde die Brandenburg Albrecht dem Bären übergeben. Und da er, Jacza, dem alten Glauben nicht abschwören würde ...

»Ja, er sagte, dir stünde einmal eine große Aufgabe bevor«, bekräftigte Niklot. »Und ich sehe, du hast das Zeug zu einem Anführer, wenn du erst einmal etwas älter und reifer geworden bist.«

Jacza wusste vor Staunen nichts zu sagen. Wollte der von ihm bewunderte Fürst ihn trösten oder verspotten?

»Wie viele Sommer hast du gesehen?«

»Zwölf, mein Herr.«

»Dein Oheim weiß nicht, dass du hier bist?«, fragte Niklot noch einmal.

Der Junge schüttelte den Kopf und starrte erneut in die Asche.

»Dann werden wir ihm einen Boten schicken und um Erlaubnis bitten, dass du einige Zeit bei mir verbringst, um

weiter zum Krieger ausgebildet zu werden. Ist dir das recht?«
»Es ist mir eine Ehre«, schmetterte er begeistert, doch dann sackte er ein wenig in sich zusammen.
»*Müssen* wir den Oheim benachrichtigen?«
»Deine Anwesenheit lässt sich nicht verheimlichen, und ich will keinen Streit mit Brandenburg heraufbeschwören«, erklärte Niklot kategorisch. »Wenn dein Oheim beschließt, dass du für dein Fortlaufen bestraft wirst, musst du das ertragen wie ein Mann, der die Folgen seines Handelns auf sich nimmt. Einverstanden?«
»Einverstanden«, erklärte Jacza nach einem tiefen Atemzug.
»Du bleibst für ein Jahr und wirst zusammen mit meinen Söhnen unterrichtet. Dann gehst du zurück.«
»Nach einem Jahr schon?«, fragte Jacza entsetzt, obwohl er sich eigentlich bedanken sollte.
Er wollte hierbleiben, alles lernen, was ein Krieger können musste! Sein Blick hakte sich an Niklots Schwert fest, das auf einem kunstvoll geschnitzten Gestell abgelegt war. Die feinen Wirbel in der Klinge verrieten, dass sie wirklich und wahrhaftig aus Damaszenerstahl gefertigt war.
»Du wirst dir eines verdienen müssen«, konstatierte Niklot und deutete auf die kostbare Waffe.
»Aber dafür ist ein Jahr viel zu kurz!«, protestierte Jacza schon wieder.
»Bursche, bis eben hielt ich dich für ziemlich klug, abgesehen von solchen Dummheiten wie dem Ausreißen, die Zwölfjährige nun mal begehen«, rügte ihn Niklot streng. »Aber du hast dich wacker durchgekämpft, und deshalb will ich deinen Gedanken ein wenig auf die Sprünge helfen. Wie viele Sommer zählt dein Oheim?«
»Über sechzig«, brummte Jacza.
»Und wenn er stirbt, erbt Albrecht der Bär die Brandenburg, richtig?«

Jacza nickte mit empörtem Gesicht.
»Dann bete zu allen Göttern, dass deinem Oheim noch ein langes Leben beschieden sein möge«, erklärte Niklot zur Verblüffung seines jungen Besuchers. »Denn wenn er eines Tages stirbt, bist du hoffentlich stark genug und hast ausreichend Anhänger hinter dir, um genau das zu verhindern.«
Jacza starrte ihn an, und auf einmal begriff er.
»Hängt damit die Prophezeiung des Priesters zusammen?«, fragte er aufgeregt.
»Lass dir das nicht zu Kopf steigen!«, warnte Niklot. »Unser Priester hat dich in der Zukunft gesehen, als du schon einen Bart trugst. Also sorge dafür, dass du alt genug wirst, um einen zu bekommen!«
Ergriffen kniete Jacza nieder.
»Ja, mein *knes*.«
Niklot forderte ihn ungeduldig auf, sich zu erheben.
»Lass dir einen Schlafplatz bei meinen Söhnen zuweisen. Du wirst mit auf die Jagd gehen, dich um die Pferde kümmern, lernen, wie man eine Waffe schmiedet und ein Schwert führt, bis du eines verdienst.«
Nichts lieber als das! Dafür nehme ich sogar in Kauf, in einem Jahr vom Oheim für mein Fortlaufen verprügelt zu werden, dachte Jacza überglücklich.
Er musste unbedingt noch einmal zum Heiligtum gehen und allen Göttern danken. Sein letztes Stück Silber würde er dafür gern opfern.

Herausforderung

Dietrich von Wettin und Kunigunde von Plötzkau;
April 1139

Mittlerweile ritt Gunda nun schon den siebenten Tag als Geisel im Heerlager des Magdeburger Erzbischofs. Der meißnische Markgrafensohn Dietrich sorgte weiter für ihre Sicherheit, und in diesen Tagen hatte sie genug Zeit, ihn und seine Begleiter insgeheim zu studieren.

Obwohl bereits zum Ritter gegürtet, zählte der zweitälteste Sohn von Markgraf Konrad und Luitgard von Ravenstein sicher noch keine zwanzig Jahre. Er verkörperte genau jene Ritterlichkeit, von der ihre Freundin Adela immer geträumt hatte.

Die zwei Jüngsten unter seinen Rittern respektierten ihn offensichtlich und folgten ihm gern. Die Älteren verhielten sich jedoch so distanziert, dass Gunda argwöhnte, der alte Markgraf habe sie seinem Sohn als Aufpasser mitgeschickt. Das schloss sie aus vielen kleinen Beobachtungen. Doch Dietrich setzte seine Befehlsgewalt durch und tat, als würde er ihre misstrauischen und manchmal sogar aufsässigen Blicke nicht bemerken.

Einmal musste er auf einer Rast den Gehorsam eines älteren Ritters mit gezogener Waffe erzwingen. Dieser Gebhard, breitschultrig, jähzornig und einen halben Kopf größer als alle anderen, hatte seinen Knappen wegen eines Vergehens zu Boden geschlagen. Doch als er auch noch auf den Jungen eintreten wollte, gebot ihm der Markgrafensohn laut Einhalt.

Vor Wut hochrot im Gesicht, wandte sich Gebhard um und schnappte: »Es ist mein Knappe, nicht Eurer!«

»Jedermann hier steht unter meinem Kommando. Der Junge ist genug bestraft. Es nützt keinem, wenn ihr ihm die Rip-

pen brecht. Seht Ihr das ein, Gebhard? Oder muss ich Euern Gehorsam mit dem Schwert erzwingen?«
Dietrich zog die Klinge mit der Rechten ein Stück weit aus der Scheide, wobei er diese mit der Linken umfasste, bereit, die Waffe zur Gänze herauszuziehen.
Der Ritter erstarrte, überlegte, wusste alle Blicke auf sich gerichtet. Angespanntes Schweigen legte sich über die kleine meißnische Gruppe.
Dietrich zog nun die Klinge und setzte sie leicht mit der Spitze – dem »Ort«, wie die Schmiede und Kämpfer sie nannten – auf den Boden.
»Wir befinden uns im Krieg. Wer meinen Befehl verweigert, begeht Hochverrat. Habt Ihr Euch entschieden, Gebhard von Hohenstein?«, fragte er hart und drohend.
Gunda erkannte an Haltung und Spannung von Dietrichs Körper, dass er sich auf einen Zweikampf einstellte, dessen Ausgang ihr ungewiss schien.
Der Hohensteiner war größer und um Jahre kampferfahrener. Aber sie hatte Dietrich nicht nur in Bamberg fechten sehen, sondern auch auf dieser Reise. Jeden Abend, sobald das Lager errichtet war, rief er die Knappen zusammen, um sie im Schwertkampf zu unterrichten, und er war dabei so schnell und gewandt, dass ihn nicht nur die Knappen grenzenlos bewunderten. Die beiden jungen Ritter schlossen sich den Übungen an und forderten ihn regelmäßig zum Zweikampf heraus. Bezwungen hatte ihn noch keiner.
Genau dieser Gedanke schien Gebhard gerade durch den Schädel zu gehen. Vielleicht dachte er auch an seine Güter, die er verlieren würde, wenn ihn der Sohn des Markgrafen wegen Ungehorsams aus dem Heerbann verstieß oder gar als Hochverräter hinrichtete.
Zögernd ging Gebhard auf ein Knie.
»Wie Durchlaucht befehlen«, knurrte er und senkte den

Kopf. Doch wer genau hinsah, konnte die Wut in seinen Augen blitzen sehen.
»Gut. Wir satteln und reiten weiter«, befahl Dietrich und steckte sein Schwert wieder in die Scheide.
Der geschlagene Knappe hatte sich inzwischen mühsam aufgerappelt und wischte sich Blut vom Kinn. Sein linkes Auge war zugeschwollen.
Von da an, so beobachtete Gunda, ließ Dietrich diesen Gebhard kaum noch aus den Augen und richtete es so ein, dass der stets vor ihm ritt.

Am Abend dieses Tages, das Lager war bereits errichtet, hörte Gunda plötzlich vor dem Zelt eine vertraute Stimme.
»Wo ist sie?«
Sie ließ vor Schreck fast die Fibel fallen, die sie neu befestigen wollte, und erstarrte vor Angst.
Zaghaft trat sie einen Schritt aus dem Zelt heraus, denn sie wollte nicht ohne Zeugen auf ihren Gemahl treffen, sie wollte jetzt um nichts in der Welt allein mit ihm sein.
Da stand er, beide Hände in die Seiten gestemmt und das Gesicht rot vor Zorn.
Sie neigte den Kopf und sank auf die Knie. Sagen konnte sie nichts; die Furcht hatte ihr die Sprache verschlagen, doch ihr Gemahl ließ ihr ohnehin keine Gelegenheit zum Sprechen.
»Stimmt es, was mein Burgkommandant berichtet: dass du widerstandslos meine Burg übergeben hast? Dass sie deshalb niedergebrannt wurde und das Bauerngesindel auf dein Geheiß vorher auch noch all unsere Vorräte mitnehmen durfte?«, schrie er.
Gunda nahm sämtlichen Mut zusammen, um ruhig und überzeugend zu antworten.
»Ja, mein Gemahl. Die Burg wäre auf jeden Fall niedergebrannt worden, wie die Bernburg. Doch so gab es in Plötz-

kau keine Toten zu beklagen. Mit dem Korn können die Dörfler auf den zerstörten Feldern neue Saat ausbringen, damit Ihr dieses Jahr noch eine Ernte habt. Mit dem Werkzeug errichten sie Eure Dörfer neu.«

»Du törichtes, nutzloses Weib! Du hast mich verraten und machst nun auch noch mich zum Verräter. Und sollte mir noch einmal zu Ohren kommen, dass du dich in so schamloser Weise zeigst wie bei den Übergabeverhandlungen, lasse ich dich vor aller Augen kahlscheren!«

Er schlug sie so heftig, dass sie zurücktaumelte und Blut auf der Lippe schmeckte.

Dietrich, der zwei Schritte hinter dem Grafen gestanden hatte, schob sich rasch vor Gunda – so wie er es auch getan hatte, als Helmhold sie bedrohte.

»Graf Bernhard, ich muss Euch auffordern, Eurer Gemahlin Respekt und Dankbarkeit zu erweisen. Sie tat, was notwendig war, um Leben zu retten, die Leben der Euch anvertrauten Menschen. Dabei hat sie nicht nur Umsicht, sondern viel Mut bewiesen.«

Der Ältere kniff die Augen zusammen und sagte drohend: »Ihr Jungsporn mischt Euch besser nicht ein! Das ist *mein* Weib, und ich kann mir ihr machen, was ich will.«

»In der Tat, das ist Euer Recht«, stimmte der Meißner zu, ohne sich auch einen Schritt von Gunda fortzubewegen. »Doch jetzt ist sie *meine* Gefangene, und ich bin vor dem Erzbischof für ihre Unversehrtheit verantwortlich.«

»Tretet zur Seite und überlasst mir mein Weib!«, forderte Bernhard unheilvoll.

Völlig unbeeindruckt entgegnete Dietrich: »Es beschämt mich als Ritter, dass ich Euch daran erinnern muss: Habt Ihr dieser Edelfrau nicht im Angesicht des Königs Euern Schutz versprochen?«

»Ihr Verräter seid der Letzte, der mich an meine Eide für den König erinnern sollte!«, fauchte der Plötzkauer. »Euresgleichen will mich dazu bringen, selbst einen Eid zu brechen. Wegen eines Weibes!«

Verächtlich wies er auf Gunda, die kaum zu atmen wagte.

»Ihr setzt Euch sehr für sie ein, Meißner. Hat sie Euch auch den Kopf verdreht? Lasst Euch nicht täuschen, sie ist ein dummes Ding, nutzlos, unfruchtbar …«

»Geht zurück ins Zelt!«, sagte Dietrich leise zu Gunda.

Er trat einen Schritt vor, so dass zwischen Bernhard und ihm jetzt kaum noch ein halber Fuß Abstand lag, und legte die rechte Hand an den Griff seines Schwertes.

»Graf, auch wenn Ihr mir an Jahren und Kampferfahrung voraus seid, so beschämt mich Euer Mangel an Vernunft und Ehre. Eure Gemahlin hat angesichts der Übermacht der Belagerungstruppen trotz ihrer Jugend sehr viel Mut und Klarsicht bewiesen. Mehr, als ich an Euch erkennen mag. Und was Euern letzten Vorwurf gegen sie betrifft: Sie ist fast noch ein Kind. Habt Ihr nicht den Anstand zu warten, bis sie in der Lage ist, eine Niederkunft zu überleben?«

»Ihr gebt meinem Weib keine Befehle! Und du, Verräterin, bleib gefälligst und sieh zu, wie ich diesen aufgeblasenen Jungsporn in die Schranken weise«, schnauzte Bernhard Kunigunde an, die erneut erstarrte.

»Ihr fordert mich heraus?«, fragte Dietrich mit blitzenden Augen.

Beide Männer hatten die Klingen gezogen und waren jeder ein Stück zurückgetreten, damit sie genügend Platz zum Kämpfen hatten.

»Haltet ein, sofort!«, dröhnte da eine befehlsgewohnte Stimme.

Zur Verblüffung beider Kontrahenten drängte sich Markgraf Konrad mit einigem Gefolge zu ihnen durch. Dietrich hatte seinen Vater weit fort von hier gewähnt, beim Hauptheer des Welfen und bei der Kaiserin.

»Sehe ich richtig, wolltet Ihr gerade mit meinem Sohn die

Klingen kreuzen, dem künftigen Markgrafen der Lausitz?«, donnerte Konrad.

Graf Bernhard wurde zwar seine Verfehlung schlagartig bewusst, doch zurückweichen mochte er nicht, dafür war sein Zorn zu groß.

Noch größer war allerdings der Zorn des Fürsten von Meißen.

»Preiset Gott, dass ich jetzt keine Zeit habe, mich mit Euch zu befassen, denn Höchstwürden und die Kaiserinwitwe wünschen Euch und Eure Gemahlin unverzüglich zu sehen!«

Dann wandte er sich der kreidebleichen Gunda zu und winkte seinen Marschall herbei.

»Brehna, Ihr werdet die Gräfin begleiten, denn offensichtlich benötigt sie Schutz vor ihrem eigenen Gemahl, der zu seiner eigenen Schande alle Tugenden, Pflichten und Eide vergessen hat.«

Mit einer schroffen Geste befahl er dem Grafen, zu gehen, und neigte kurz den Kopf vor der Gräfin, die daraufhin unter dem Schutz des Marschalls von Brehna ebenfalls zum Zelt des Erzbischofs schritt. Gunda bebte vor Angst.

Dietrich stellte sich darauf ein, von seinem Vater mit Vorwürfen überschüttet zu werden. Stattdessen wartete der Markgraf nur, bis die Plötzkauer außer Hör- und Sichtweite waren, und tat etwas noch nie Dagewesenes: Er legte seinem Sohn anerkennend den Arm auf die Schulter.

»Ich bin stolz auf dich. Dem hast du es gehörig gegeben! So weit kommt es noch, dass wir uns von Kerlen wie dem etwas vorschreiben lassen.«

Dann warf er einen prüfenden Blick auf den Sohn.

»Du wirst dich doch nicht in die kleine Plötzkauerin verliebt haben? Sie ist bildhübsch und mehr als schutzbedürftig dazu ... Und ich kenne dein überschwengliches Temperament.«

»Sie braucht Schutz, wie Ihr sagt, erlauchter Vater. Der Erzbischof übertrug mir die Aufgabe, für ihre Sicherheit zu sorgen. Nicht mehr und nicht weniger tat ich.«

»Nun sei doch nicht gleich wieder in deinem Stolz gekränkt!«, munterte ihn sein Vater auf, der offenbar keinen Groll hegte, was selten genug vorkam.

»Du hast deine Sache hier gut gemacht. Lass uns in dein Zelt gehen, mein Lager wird noch aufgebaut. Wir sind gerade erst eingetroffen, und große Dinge bahnen sich an.«

Drinnen ließ sich Konrad Essen und Wein servieren, das Feuer stärker anfachen, und Dietrich dachte mit Wehmut, dass sein Vater dort saß, wo bis eben noch Kunigunde von Plötzkau ihres Schicksals geharrt hatte.

Was würde nun mit ihr geschehen?

Sein Vater interpretierte Dietrichs Miene richtig.

»Ich hätte keine Einwände, wenn du diesem Kerl Hörner aufsetzt«, meinte er ungewohnt jovial. »Er hat es mehr als verdient, und sie ist ein hübsches Ding.«

Ehe Dietrich protestieren konnte, hob sein Vater beschwichtigend die Hand.

»Ich will gar nicht wissen, ob du es tust oder sogar schon getan hast. Was zählt, ist: Du hast unserem Haus gute Dienste erwiesen, indem du so vorbildlich über ihre Sicherheit gewacht hast – ganz gleich, was nun geschieht. Wechselt der Plötzkauer auf unsere Seite, ist sie die Frau eines Verbündeten. Tut er es nicht, schickt er sie im Zorn zum König zurück. Dort kann sie berichten, dass das Haus Wettin für ihren Schutz sorgte. Das wird uns zur Ehre gereichen.«

Und zu unserer Sicherheit, falls der König sich hält, drückte seine Miene aus, und Dietrich verstand. Da sie beide nicht wussten, wer in der Nähe des Zeltes stand und mithörte, durfte hier kein Wort von ihrem doppelten Spiel fallen.

»Warst du wirklich bereit, dich mit dem Plötzkauer zu schlagen? Der ist ein zäher Kämpe«, rügte Konrad zum

Schluss doch noch, ehe er sich erhob, um sich mit etwas Verspätung dem Treffen mit der Kaiserinwitwe anzuschließen.
»Ich bin schnell mit dem Schwert, und ich war im Recht. Gott hätte mir beigestanden«, erwiderte Dietrich.
»Das will ich sehr hoffen«, knurrte sein Vater.

»Graf Bernhard, seid ihr unterwegs an dem Aschehaufen vorbeigeritten, der einmal Eure Burg war?«, fragte Erzbischof Konrad genüsslich lächelnd. »Ihr habt die falsche Seite gewählt. In Mimirberg konntet ihr uns noch überrumpeln. Doch jetzt gelingt euch das nicht mehr. Mächtige Verbündete sind uns zur Seite geeilt, und es werden täglich mehr. Begreift es, Graf: Wir sind stärker! Der König kann sich nicht gegen unsere Übermacht durchsetzen. Und der askanische Bär schon gar nicht. Wir haben die Burg seiner Mutter niedergebrannt, jetzt greifen wir seine Stammlande an. Zu den Hoftagen in Goslar und unlängst in Quedlinburg sind die Fürsten des Ostens nicht erschienen. Schon die Nachricht von der Ankunft Herzog Heinrichs in Sachsen trieb Majestät in die Flucht. Seine letzten verbliebenen Getreuen sind drauf und dran, zu uns überzulaufen. Seid klug und tut es noch heute! Sollte sich der Staufer zur entscheidenden Schlacht stellen, wird das sein Untergang. Wollt Ihr mit ihm untergehen?«
»Ihr habt mich mit meinem Weib hierhergelockt. Die Verräterin könnt Ihr behalten. Oder zu ihrem Vormund zurückschicken«, höhnte Bernhard, als stünde Gunda nicht drei Schritte von ihm entfernt.
Die Kaiserinwitwe stemmte sich von ihrem Sitz hoch, ging zu aller Überraschung auf Bernhard von Plötzkau zu und schlug ihm leicht mit dem Handrücken ins Gesicht.
»Es spricht nicht gerade für dich, Großneffe, dass du für solche Gunstbeweise des falschen Königs deine familiären Pflichten vergisst!«, fuhr sie ihn an. »Deine Mutter war

meine Cousine, und du Taugenichts lässt dich von dem Staufer einfach so kaufen. Schande über dich! Und noch mehr solltest du dich dafür schämen, wie du mit deiner zarten und trotzdem so tapferen Gemahlin umspringst. Dergleichen hätte mein Lothar niemals geduldet, Gott hab ihn selig! Angesichts deines ungeheuerlichen Benehmens bin ich nicht willens, sie dir zurückzugeben.«

Freundlich wandte sich Richenza nun Gunda zu, die sie gut kannte. Konrad von Staufen war seit seiner Begnadigung oft am Hof des Kaisers gewesen.

»Ich werde Euch vorübergehend in mein Gefolge aufnehmen. Bis der Krieg vorbei ist und bis Euer Gemahl begriffen hat, welch wunderbare Frau er in Euch hätte, wenn er Verstand walten ließe.«

»Nehmt sie, dann bin ich sie wenigstens los. Und nun gebt meinen Burgkommandanten heraus!«, schnappte Graf Bernhard, zutiefst gekränkt über die Demütigung durch die Kaiserin.

Richenza forderte Gunda auf, gemeinsam mit ihr das Zelt zu verlassen und sie in ihre Unterkunft zu begleiten.

»Fürchte dich nicht, Kind. Er wird schon zur Vernunft kommen. So lange stehst du unter meinem Schutz.«

Der Markgraf von Meißen und sein jüngerer Sohn kamen ihnen entgegen, verneigten sich, und Gundas Blick traf Dietrichs.

Sie war erleichtert, vor ihrem wütenden Gemahl in Sicherheit zu sein, zumindest vorerst. Doch hatte sie viel Stoff zum Grübeln.

Die Frauen und der Krieg

Gertrud, Adela, Sophia, Eilika, Richenza, Kunigunde; Ende Juli / Anfang August 1139

Das königliche Heer sammelte sich von Nürnberg kommend in Hessen, in der Nähe des Klosters Hersfeld. Von hier aus würde es Heinrich dem Stolzen und seinen Verbündeten entgegenziehen. Doch es war jetzt schon ein offenes Geheimnis, dass die Königlichen dem Gegner zahlenmäßig deutlich unterlegen sein würden.
Während die Kämpfer mit künftigen Heldentaten prahlten oder still vor sich hin grübelten, ob sie in der bevorstehenden, alles entscheidenden Schlacht überhaupt eine Chance hatten, mussten diejenigen Frauen nun ihre Männer, Väter und Brüder in den Kampf verabschieden, die es nicht schon in ihren Heimatorten getan hatten, sondern ihnen bis hierher gefolgt waren.
Mit ihren Kindern blieben sie zurück in Angst vor der blutigen Schlacht und ihren Folgen: Todesnachrichten und eine ungewisse Zukunft. Der Krieg hatte in den letzten Monaten schon reichlich Ernte eingeholt.

Um Zuversicht vor jedermann zu demonstrieren, begleitete Königin Gertrud ihren Gemahl von Nürnberg bis nach Hersfeld. Sogar ihr einziger Sohn und Erbe reiste mit. Im Kloster, wo sie Quartier nahmen, hoffte die Königin, sicher zu sein.
Die Messe war am Morgen gefeiert worden, der Abt hatte seinen Segen gesprochen, nun stand sie auf einem mit Leinen überdachten Podest vor der Klosterpforte und verabschiedete das Heer so feierlich, wie es von einer Herrscherin erwartet wurde. An der Hand hielt sie den kleinen Heinrich-Berengar, der wie ein winziger König in Prachtgewänder gehüllt war.

Laut wünschte sie ihrem Gemahl Gottes Segen für seine gerechte Sache, küsste ihn auf beide Wangen, dann stieg Konrad auf sein Pferd und setzte sich an die Spitze der Truppen.

Gertrud ließ die Ritter an sich vorbeiziehen und rief ihnen gute Worte zu. Jedem Anführer eines Heereskontingentes schenkte sie ein blaues Band als Zeichen ihrer Gunst. Blau wie das mit Goldfäden bestickte Kleid, das sie heute trug, und blau wie der Umhang der Jungfrau Maria.

Ihr Lächeln, ihre Miene waren wie erstarrt.

Im aufsteigenden Morgennebel war ihr, als zögen tote Reiter auf toten Pferden an ihr vorüber. Dieses schreckliche Phantasiegespinst brachte sie fast um den Verstand.

Von ihrem Beichtvater war die Königin in den letzten Tagen energisch aufgefordert worden, Zuversicht auszustrahlen, wenn sie ihren Gemahl und dessen Truppen in den Krieg verabschiedete. Und nicht nur von ihm, auch von mehreren Bischöfen und dem ihr zunehmend unheimlichen Erzbischof von Trier.

»Seid ohne Sorge, Majestät! Richtet Euren Blick auf diese tapferen Männer und vertraut auf Gott!«, hatte Albero sie noch kurz vor der Heerschau ermuntert und auf die fünfhundert Ritter gedeutet, die er persönlich in diesen Kriegszug führte, obwohl er nur zwanzig hätte stellen müssen.

»Im Tross führe ich dreißig Wagenladungen Wein für unsere Siegesfeier mit«, verkündete er feierlich und blickte sie auf eine Art an ... als wollte er zwischen den Worten etwas andeuten. Aber was?

Diesmal wäre sie froh, wenn der mit allen Wassern Gewaschene eine List parat hätte. Doch sie konnte sich nicht vorstellen, wie sich die Entscheidungsschlacht noch verhindern ließe.

Und so stand sie mit bleichem, erstarrtem Gesicht auf ihrem Podest, rang sich ein Lächeln für die Vorbeiziehenden ab, die in ihren Augen dem Tode geweiht waren, und verteilte blaue Bänder. Dabei hatte sie immer mehr Mühe, das Zittern ihrer Hände zu unterdrücken.

Bedeutende weltliche Fürsten zogen von Waffen starrend an ihr vorbei: ihr Schwager Leopold von Bayern, Herzog Sobeslaw von Böhmen, der erste Landgraf von Thüringen namens Ludwig, die Grafen von Schwarzburg, Tonna und Berg, Hermann von Winzenburg, ihr Bruder Gebhard von Sulzbach.

Auch der junge Erzbischof von Mainz war mit Heeresmacht erschienen, ebenso die Bischöfe von Worms, Speyer, Würzburg und Naumburg.

Albrecht der Bär und seine verbliebenen Anhänger würden noch zu ihnen stoßen.

Doch Bernhard von Plötzkau, den sie mit einer Heirat an das Königshaus hatte binden wollen, fehlte. Wie so viele andere.

Schon zum Hoftag über den Jahreswechsel waren erschreckend wenige Fürsten erschienen, kaum ein Sachse. Zum Hoftag in Quedlinburg *kamen* die Sachsen dann zwar, doch sie traten nicht vor den König, sondern lagerten in der Nähe. Und als sich die Nachricht herumsprach, dass der geächtete Welfe sächsisches Gebiet betreten hatte und Anhänger um sich scharte, musste der König einen Angriff fürchten und die Stadt in größter Eile verlassen.

Der König musste sich zurückziehen, weil Heinrich der Stolze nach Sachsen gekommen war! Sagte das nicht alles über das Kräfteverhältnis?

Inzwischen war ganz Sachsen Kriegsgebiet. Albrecht der Bär als Herzog von Sachsen erlitt in seinem neuen Herrschaftsbereich eine Niederlage nach der anderen.

Kaum im Norden eingetroffen, hatte Heinrich der Stolze Lübeck zurückerobert, Hermann von Winzenburg wurde durch den Grafen von Boyneburg vernichtend geschlagen,

Plötzkau niedergebrannt … Der junge, welfentreue Graf Adolf herrschte nun wieder über Holstein, nachdem er den Badwider vertrieben und die Burgen Hamburg und Segeberg in Brand gesetzt hatte, Rudolf von Stade plünderte Bremen.

Bald war die Lage für den Bären so hoffnungslos, dass er sein Herzogtum räumen musste und beim Erzbischof von Mainz Zuflucht suchte.

Als der letzte Reiter endlich an ihr vorbeigezogen war, hastete Gertrud zurück ins Gästequartier.

Dabei drückte sie ihren Sohn an sich, der zappelte und sich wehrte, bis sie ihn der Kinderfrau übergab, die ihn von den unbequemen Kleidungsstücken befreite.

Dann ging die Königin in die Kapelle und betete lange und still: dass sie ihren Gemahl wiedersehen würde … und er dann immer noch König war.

Adela von Vohburg stand während des Vorbeiritts der Truppen nur drei Schritte von der Königin entfernt auf dem Podest. Sie gehörte mittlerweile zu Gertruds engerem Gefolge.

In den zurückliegenden Monaten waren viele der Mädchen bei Hofe vermählt worden, um Bündnisse zu schaffen, und nur wenige neu an den Hof gekommen. Auch keines ihrer Geschwister, wie sie gehofft hatte. Die Fürsten zeigten neuerdings wenig Neigung, ihre Nachkommenschaft an den staufischen Hof zu schicken. Sie warteten lieber ab, wer sich am Ende behaupten würde: Konrad oder Heinrich der Stolze. Einzig der erstgeborene Sohn von Albrecht dem Bären, Otto, hatte als Neuankömmling seinen Platz unter den Knappen bei Hofe eingenommen.

Kaum jemand glaubt noch, dass der König diese Schlacht gewinnt, dachte die Erbin des Egerlandes, während sie einen vorsichtigen Blick auf die Königin warf und an den verkrampften, leichenblassen Gesichtszügen Gertruds Verzweiflung erahnte.

Adela hatte schon in Nürnberg aufmerksam beobachtet, wie sich viele der Hofdamen von ihren Rittern verabschiedeten: manche mit stolzer Haltung, wie es von ihnen erwartet wurde, manche mit verweinten Augen. Und manche mit einer Miene, die voller Hass stumm schrie: Geh und stirb, komm niemals wieder!

Isotta war immer noch unverheiratet am Hof und hatte an Boshaftigkeit nichts eingebüßt. Jetzt, als der Vorbeimarsch beendet war und sie beide der Königin folgten, beugte sich die lothringische Grafentochter zu Adela und hauchte: »Falls sie die Schlacht verlieren … Die welfischen Söldner werden uns aus dem Kloster zerren und als Kriegsbeute nehmen.«

Dabei nagte sie nervös an der Unterlippe.

Doch Adelas Mitgefühl mit ihr verflog sofort, als Isotta gehässig hinzufügte: »Vielleicht hoffst du ja, Egerländerin, dass die bayerische Kunigunde bei ihrem Verrätergemahl ein Wort für dich einlegt. Doch vergiss nicht, du bist eine Geisel! Wenn der Welfe siegt, werden dich die Wachen keine drei Schritte weit kommen lassen. Ab der Pforte gemessen, denn innerhalb der Klostermauern wird kein Blut vergossen. Wir sind schließlich keine Barbaren!«

Adela nahm allen Mut zusammen und sprach langsam, aber ohne zu stottern.

»Du fürchtest dich viel mehr als ich. Sonst würdest du nicht versuchen, mir damit Angst einzujagen. Und du solltest lieber für Gunda beten, denn sie musste in diesem Krieg Schlimmes durchleiden und schwebt wahrscheinlich immer noch in großer Gefahr.«

Markgraf Diepolds Tochter hatte gelernt, sogar Isotta zu widersprechen – wenigstens manchmal.

Jetzt musste sie es, auch um Gundas willen. Weil sie neuerdings viel Zeit in Gegenwart der Königin verbrachte, wusste Adela, dass Plötzkau niedergebrannt und Gunda als Geisel genommen worden war. Kurz darauf hatte sich Graf Bernhard der welfischen Partei angeschlossen. Um seine junge Frau zu schützen oder wegen der Ausweglosigkeit seiner Lage?

Wenn der König in der Schlacht siegte, würde der Graf von Plötzkau für seinen Eidbruch bestraft. Diese Strafe träfe dann auch Gunda, die schon jetzt nicht einmal mehr ein Zuhause hatte. Und ebenso den jungen Meißner, für den Gunda einst schwärmte, denn sein Vater, Markgraf Konrad, hatte sich im Spätherbst der Kaiserinwitwe und ihrem Schwiegersohn angeschlossen.

Adelas eigenes Schicksal war völlig ungewiss, ganz gleich, wer in der bevorstehenden Schlacht siegte. Mit irgendeinem Widerling vermählt zu werden, war für sie längst nicht mehr die größte Bedrohung.

Mit noch mehr Angst und Sorge erfüllte sie jetzt, dass sie beim Vorbeimarsch des Heeres keine Truppen ihres Vaters entdecken konnte. Markgraf Diepold sei zu krank, um in den Krieg zu ziehen, hieß es. War das ein Vorwand, sich herauszuhalten, oder ging es ihm wirklich schlecht?

Doch wenn es kein Vorwand war, hätte sie nicht wenigstens sein Banner und ein paar Dutzend Ritter unter der Führung des Marschalls und eines erfahrenen Edlen sehen müssen? Zog der Heerbann ihres Vaters womöglich schon Richtung Werra, auf die Seite des Welfen?

Dann *war* sie eine Geisel, auch wenn die Königin kein Wort darüber verlauten ließ und unverändert freundlich zu ihr sprach.

Adela wusste nicht, was ihr Vater plante.

Sollte Markgraf Diepold noch einmal die Seiten wechseln, hatten die königlichen Wachen vielleicht wirklich Befehl, ihr die Kehle durchzuschneiden oder einen Dolch ins Herz

zu stoßen, sobald ihr Vater im welfischen Lager erschien. Oder sie ins Verlies zu werfen.
Auf Mitleid durfte niemand hoffen in einer Schlacht um den Thron. Auch nicht die Erbin des Egerlandes.

Sophia, die nunmehrige Herzogin von Sachsen, hatte Ballenstedt schon vor Monaten verlassen müssen. Die herzogliche Familie, die sogar aus ihren Stammlanden verjagt war, erhielt Zuflucht beim Erzbischof von Mainz. Doch jetzt war sie mit ihren Kindern ins Damenstift Quedlinburg gereist, um ihrem Gatten nahe zu sein, zu ihrer Schwester Beatrix, der Äbtissin.
Albrecht der Bär geleitete sie persönlich mit allem Gefolge, das er noch hatte, dorthin.
Seine Gegner hatten die Bernburg ohne Gnade niedergebrannt, und sie würden sich Ballenstedt und Burg Anhalt liebend gern als Nächstes vornehmen. Er konnte lediglich geringe Mannschaften zur Verteidigung zurücklassen. Jetzt zählte jeder einzelne Mann, den er ins Kampfgetümmel schicken konnte, denn in der bevorstehenden Schlacht ging es um seine Zukunft als Herzog.
Im Stift Quedlinburg würde sich niemand an seinen Kindern vergreifen. Das Jüngste war kaum ein halbes Jahr alt, das lang ersehnte Töchterchen. Seine süße kleine Hedwig!
Gestern kurz vor Einbruch der Dämmerung waren sie eingetroffen, und heute Morgen schon würde Albrecht mit seinem Gefolge zum Heerlager aufbrechen.
Der Moment des Abschieds war gekommen. Auf Sophias Beharren würde er in der Intimität des Gästequartiers stattfinden, das ihr Beatrix zugewiesen hatte, nicht vor aller Augen.
Unten im Hof wartete bereits Albrechts Mutter Eilika zu Pferde auf ihren Sohn. Sie hatte sich nach ihrem Auftritt bei Hofe nach Burgwerben nördlich von Weißenfels zurückge-

zogen, das ihr ebenfalls gehörte, und dort mit viel Leidenschaft und Nachdruck Truppen zusammengestellt, die sie nun gemeinsam mit ihrem Sohn dem königlichen Heer zuführen wollte.

»Auf, Männer, zeigen wir dem Verräterpack, wer der Herzog von Sachsen ist!«, klang ihre Stimme vom Hof herauf. Die unverwüstliche Eilika konnte es kaum erwarten, Rache für die Zerstörung der Bernburg und die Demütigung ihres Sohnes zu nehmen.

Albrecht küsste seine Frau und rang sich ein paar beruhigende Worte ab. Dann strich er seinen Söhnen übers Haar und ermahnte sie, ihm keine Schande zu bereiten und ihrer Mutter Schutz und Freude zu sein.

Schließlich wandte er sich wieder seinem Töchterchen zu, das auf Sophias Arm saß, und tat, was er bei seinen Söhnen nie getan hatte: Er küsste die Stirn seiner Tochter, dann pustete er ihr sanft ins Gesicht, weil sie das zum Lachen brachte, und kitzelte sie vorsichtig mit seinen schwieligen Fingern unter dem Kinn. Die kleine Hedwig jauchzte vor Freude.

»Mein Augenstern!« Albrechts Gesichtszüge strahlten pures Glück aus.

»Tut alles dafür, dass Ihr sie nicht als Halbwaise auf dieser Welt zurücklasst«, mahnte Sophia ungewohnt streng.

Ihr Gemahl blickte auf, nun mit gefurchter Stirn.

»Gott ist auf unserer Seite, auf Seiten des gesalbten Königs«, verkündete er brüsk. »Und der König wird mich stützen, denn *mir* verdankt er seine Krone!«

Sophia vermochte seine Zuversicht nicht zu teilen. Sie mussten aus ihren Stammlanden fliehen, und ihr Bruder Hermann hatte eine schlimme Niederlage gegen Siegfried von Boyneburg erlitten.

Erst war der Besitz ihres Vaters zerstört worden, jetzt ihr Bruder bezwungen. Würde sie als Nächstes die Vernichtung

des askanischen Hauses erleben? Als Mittellose konnte Sophia mit all ihren Kindern nicht einmal vom Stift aufgenommen werden, obwohl ihre Schwester die Äbtissin war. Von alldem durfte sie jetzt kein Wort sagen.
Selten hatte sich Sophia so verlassen gefühlt.
Sie wünschte ihrem Gemahl eine glückliche Heimkehr. Doch sobald er ihren Blicken entschwunden war, überließ sie ihre Söhne der Obhut der Kinderfrauen und floh vor das Marienbild, um dort zu beten, ihr Töchterchen fest an sich gedrückt.

Am selben Tag, an dem sich das königliche Heer in Marsch setzte, überschritt Heinrich der Stolze mit seinem Heerbann die Grenze nach Sachsen.
Ihm folgten nicht nur der Erzbischof von Magdeburg, der Markgraf von Meißen und der Lausitz und beinahe sämtliche sächsischen Edlen mit allem, was sie an Rittern, Gefolge und Kriegsgerät aufbringen konnten.
Auch die Kaiserinwitwe begleitete das Heer.
In den vergangenen Wochen und Monaten hatte sich Richenza kaum eine Ruhepause gegönnt, um die Sachsen anzufeuern, ihrem Schwiegersohn beizustehen und sich nicht einfach vom König einen Herzog vorsetzen zu lassen. Mit Erfolg. Dass nun ganz Sachsen gegen den Bären *und* den König zog, war vor allem ihr Verdienst.
Sie fühlte sich wieder jung, wie zu ihren besten Zeiten an der Seite Lothars. Die Last des Winters, der Jahre, ihres schweren Körpers schien plötzlich abgeworfen, selbst die Gelenke schmerzten weniger. Sie lebte, um Lothars Erbe fortzuführen, ihrer Tochter und ihrem Schwiegersohn auf den Thron zu helfen. Dank ihres Ansehens und Handelns war ihr Heer nun stark genug, damit sie das Schicksal wenden konnten.

Kunigunde von Plötzkau reiste gut bewacht – oder beschützt, wie man es sehen wollte – im Gefolge der Kaiserin.

Graf Bernhard hatte sich in jähem Entschluss doch dem welfischen Lager angeschlossen. Aber die Kaiserinwitwe, seine Großtante, weigerte sich nach der Szene im Zelt beharrlich, die junge Frau einem solchen Grobian auszuliefern, wie sie ihm laut vorhielt. Er solle seinen Mut in der Schlacht und danach sein Rittertum vor seiner Frau beweisen, dann erst werde sie ihm seine Gemahlin übergeben, hatte Richenza verkündet.
Eine doppelte Brüskierung, denn Bernhard von Plötzkau galt unter den Edlen des Reiches als erfahrener und zäher Kämpfer. Und niemand durfte ihm seine Gemahlin verweigern – außer eben offensichtlich die Kaiserinwitwe.
Gunda wusste, dass die Heere morgen in Creuzburg aufeinanderstoßen würden, und ihr Herz und ihre Hände flatterten.
Wem sollte sie den Sieg wünschen? Wer würde sterben?
Ständig musste sie an den Verblutenden auf dem Plötzkauer Burghof denken, dem jemand den brandigen Fuß mit dem Beil abgehackt hatte, an das Mädchen im zerrissenen Kleid, das den Verstand verloren hatte, an die Mutter, die nicht aufhören wollte, ihr totes Kind im Arm zu wiegen …
Sie kannte so viele Männer des Königs, junge Ritter, die ihr Höflichkeiten erwiesen hatten. Sie wollte nicht, dass sie starben. Und was würde aus dem König und der Königin werden? Dem kleinen Prinzen Heinrich-Berengar?
Sie war ein Mündel des Königs, und Richenza und Dietrich kämpften gegen ihn. Also waren sie Feinde. Doch der König hatte sie an den Plötzkauer verschachert. Und Richenza und Dietrich boten ihr Schutz. Was war nun gut und böse, richtig und falsch?
Was würde aus ihr und ihrem Gemahl, wenn die staufische Seite siegte?
Was würde aus ihr und ihrem Gemahl, wenn die die welfische Seite siegte?

Sie musste zurück zu Graf Bernhard, der sie verachtete, weil sie seine Burg kampflos übergeben hatte, um Menschenleben zu retten. Und er würde ihr nie verzeihen, dass ihn die Kaiserin öffentlich geohrfeigt hatte – ihretwegen.

Wie sollten sie nun leben, vereint bis zum Tod? In Hass nebeneinander? Und wo?

Was, wenn er fiel?

Was, wenn Dietrich fiel?

Sie sah ihn manchmal im Lager, und seine Blicke trafen sie bis ins Innerste. Doch er war ihr Feind, er gehörte zu denen, die Plötzkau niedergebrannt hatten.

Hatte er ihr Leben zerstört? Oder Königin Gertrud, als sie sie kurzerhand dem Plötzkauer übereignete?

Kunigunde von Plötzkau graute jeden Morgen, noch bevor sie die Augen aufschlug, vor dem, was kommen mochte.

Leben und Sterben in Zeiten des Krieges

Hanka; Meißen, August 1139

Am 15. August 1139 trafen die Heere bei Creuzburg an der Werra nördlich von Eisenach aufeinander.

Am gleichen Tag kam Hanka in Meißen nieder.

Sie spürte schon in der Nacht, dass ihre schwere Stunde wohl nahte. Doch sie war sich nicht sicher und wollte weder Josefa noch die Magd wecken, die der Truchsess ihr jedes Mal schickte, wenn Lukian im Auftrag von Markgraf Konrad auf Reisen ging.

Die alte Willa war mehr Gesellschafterin als Dienerin, für schwere Arbeiten zu gebrechlich, und von Hanka bekam sie eher das Gnadenbrot denn Aufgaben zugeteilt. Doch durch ihre Anwesenheit entging die Jungvermählte der unschick-

lichen Lage, allein und damit unbeaufsichtigt im Haus zu sein.
Als nach einer schmerzdurchwachten Nacht endlich der Morgen graute, stemmte sich Hanka mühsam vom Bett hoch und umfasste ihren geschwollenen Leib. Jäh musste sie die Hände ins Kreuz drücken, weil von dort aus ein ziehender Schmerz ihren Körper durchflutete.
Willa schnarchte leise vor sich hin und murmelte etwas im Schlaf. Oft rief sie nachts die Namen ihrer Kinder, die alle schon vor langer Zeit gestorben waren.
Hanka wollte sie nicht wecken, weil die alte Frau gewiss sofort die gesamte Nachbarschaft aufscheuchen würde. Eine Geburt war eine aufregende Sache und brachte Abwechslung ins Leben der Gasse. Doch vielleicht waren es noch gar keine Wehen. Bei dem Umfang, den ihr Leib mittlerweile angenommen hatte, verwunderte es nicht, wenn der Rücken schmerzte.
Sie legte sich einen Umhang um, denn der Morgen würde noch kühl sein, und ging ins Gärtchen. Von den niedrigen Ästen der Pflaumenbäume pflückte sie ein paar reife Früchte, um einen Vorwand für den Besuch bei Josefa zu haben.
Fast fühlte sie sich erleichtert, weil Lukian nicht da war. Er sollte sie nicht in ihrem Schmerz erleben. Bei einer Geburt hatten Männer ohnehin keinen Zutritt.
Schon einen Tag nach der Heirat hatte ihn ein Auftrag des Markgrafen von ihrer Seite gerissen. Doch nach seiner Rückkehr durchlebten sie glückliche Zeiten. Ihre Schwangerschaft war schon zu erkennen, als er nach Meißen wiederkehrte. Und den Ausdruck auf seinem Gesicht würde sie nie vergessen, so sehr freute er sich.
Sie liebten sich, genossen jeden Tag miteinander, erträumten sich die Zukunft mit ihrem Kind und allen, die noch folgen würden. Tagsüber arbeitete er als Schreiber und kopierte Urkunden und Kaufverträge, sie stickte.

In diesem glücklichen Frühjahr mit Lukian hatte sie einen neuen, ehrenvollen Auftrag erhalten. Bischof Godebold bestellte bei ihr ein Bildnis seines Amtsvorgängers Benno, der vierzig Jahre lang Bischof von Meißen gewesen war. Von seinem friedfertigen Leben und wundertätigen Wirken sprachen die Älteren noch heute und verehrten ihn wie einen Heiligen. Auch Josefa hatte Benno in ihren jungen Jahren erlebt und erzählte viele erstaunliche Geschichten, obwohl es Hanka schwerfiel, sich die alte Muhme als junges Mädchen vorzustellen. Bischof Benno sollte fast einhundert Jahre alt geworden sein, man stelle sich vor! Sogar die Sprache der Slawen habe er gelernt, um den Heiden unter ihnen Gottes Wort nahezubringen, statt wie andere Missionare einfach mit gezogenem Schwert zu fordern: »Taufe oder Tod«.
An den Abenden sang und dichtete Lukian für sie, während sie stickte, solange ihre Augen bei Kerzenlicht noch durchhielten. Er begann sogar mit dem Bau einer Laute, was wegen der vielen schmalen, gebogenen Hölzer keine leichte Sache war. Als er auf dem fertigen Instrument das erste Lied intonierte, ein Gruß an sein ungeborenes Kind, stiegen ihr vor Rührung die Tränen in die Augen.
Die Idylle war vorbei.
Vor vier Wochen musste Lukian gemeinsam mit dem Markgrafen wieder fort. Sie zogen in den Krieg, in eine Schlacht. Noch dazu gegen den König.
Wie gefährlich ist das für einen Schreiber?, fragte sich Hanka täglich voller Sorge, zumal sie ahnte, dass seine Aufträge mehr umfassten, als nur Befehle niederzuschreiben. So verlor sie sich zwischen Sorgen und sehnsuchtsvollen Erinnerungen.
Doch wenn das Kind heute kam, betete sie besser zur Jungfrau Maria, dass sie und das Neugeborene überlebten. Dann konnte sie Lukian nach der Heimkehr seinen Sohn oder sein Töchterchen in den Arm legen.

Bevor sie das Haus verließ, lüpfte Hanka noch kurz das Leinentuch, das sie als Schutz vor Staub und Asche über den Rahmen mit ihrer neuesten Stickerei geworfen hatte. Ihr letzter prüfender Blick galt dem fast fertigen Porträt: ein hageres, faltenzerfurchtes und gütiges Gesicht, das sie nach genauen Beschreibungen mit ihrer neuen Nadel und feinen Garnen formte.

In den letzten Wochen hatte sie eifrig daran gearbeitet, damit das Bildnis fertig wurde, ehe sie niederkam. Es fehlten nur noch der Schlüssel und der Fisch, das Wappen des Bistums Meißen, das auf ein Wunder Bennos zurückging. Jeder in der Marktsiedlung kannte die Geschichte. Bischof Benno hatte bei seiner Vertreibung infolge eines Streits mit dem König den Schlüssel zum Dom nicht ausgehändigt, sondern in die Elbe geworfen. Doch als er wieder ins Amt eingesetzt wurde, brachten ihm Fischer einen frisch gefangenen Fisch, in dessen Körper sich genau jener Schlüssel fand.

Jetzt sterbe ich vielleicht, und das Bild ist noch nicht fertig, dachte sie im Gehen. Es sollte im Dom aufgehängt werden, welche Ehre! Den Schlüssel und den Fisch könnte vielleicht auch eine andere geschickte Stickerin daraufsetzen. Aber würde der Bischof dann noch den vereinbarten Lohn zahlen? Das Silber war dafür gedacht, dass ihr Kind keine Not litt.

Todesgedanken hat wohl jede Frau vor ihrer Niederkunft, rief sich Hanka zur Ordnung. Ich sollte lieber beten. Doch bis zur Kirche zu gehen und eine Kerze anzuzünden, würde sie nicht mehr schaffen.

Erneut durchfuhr sie der alles beherrschende Schmerz. Sie stellte den Korb ab und krümmte sich, wartete, bis die Qual vorüber war, griff wieder nach dem Obst und ging in der Hoffnung hinaus, vor der nächsten Wehe die paar Schritte zu Josefas Haus bewältigt zu haben.

Die erfahrene Wehmutter erkannte auf den ersten Blick, dass Hanka nicht wegen der Früchte gekommen war. Sie zog sie in ihre Kate, befühlte den steinhart gewordenen Leib der Kreißenden und schickte sie auf die Bettstatt, um sie genauer zu untersuchen.
»Wenn ich sterbe …«, begann Hanka, bevor ihr der Schmerz erneut den Atem nahm.
»Du stirbst nicht!«, erklärte die alte Muhme streng.
»… dann nenne ihn Christian. Oder Christiane, wenn es ein Mädchen wird«, ächzte Hanka schweißüberströmt, als sie wieder halbwegs atmen konnte.

Von den nächsten Stunden behielt Hanka nur bruchstückhafte Erinnerungen. Sie war völlig ohne Zeitgefühl, seit sie mit Josefa zurück in ihr Haus gegangen war, überließ sich ganz dem Können der alten Muhme und dachte bei jeder Wehe: »Heilige Jungfrau, das halte ich aus, das halte ich aus … Wenn ich nur dafür meinem Liebsten unser Kindchen in den Arm legen kann.«
Die Nachbarschaft der gesamten Gasse war mittlerweile in Aufruhr, zumindest der weibliche Teil davon, dafür hatte Willa gesorgt. Doch bis auf Willa und zwei Gevatterinnen als Helferinnen und Zeuginnen der Geburt scheuchte die Muhme alle wieder fort.
»Geht beten für die Kreißende und das Kind!«, sagte sie. Das taten die Frauen bereitwillig, denn fast alle hatten sie schon mehrere Entbindungen hinter sich und wussten um den Schmerz und die Gefahr.
Als die ersten Sterne durch das kleine Fensterloch von Hankas Häuschen blinkten, legte Josefa ihr das Neugeborene in den Arm.
»Ein Junge, kräftig und gesund«, brummte sie zufrieden.
Noch einmal setzte Geschäftigkeit ein, wurden Tücher weggeräumt und Schüsseln ausgespült, jemand lief los, um trotz

der nächtlichen Stunde den Pater zu holen, denn das Kind musste sofort getauft werden.
Hanka wurde gewaschen und gekämmt und in das frische Leinenhemd gekleidet, das sie seit der Hochzeit genäht hatte wie jede Frischvermählte. Im Unglücksfall wäre es ihr Totenkleid geworden.
Dann bekam sie ihren Sohn zurück, der nun ebenfalls gewaschen und in saubere Tücher gewickelt war.
Hanka betrachtete sein Gesicht, die zugekniffenen Augen, den zarten dunklen Flaum auf dem Köpfchen und dachte von Glück durchströmt: »Wir haben einen Sohn!«
Im nächsten Augenblick schossen ihr die Tränen in die Augen.
»Sein Vater! Ob er ihn wohl je zu sehen bekommt?«, schluchzte sie.
Josefa strich ihr übers Haar. »Das wird er, ich weiß es.«
»Er ist im Krieg!«, schluchzte Hanka verzweifelt.
»So ist der Lauf der Welt. Männer ziehen in den Krieg und sterben, während die Frauen neues Leben gebären. Für den nächsten Krieg. Wir bräuchten mehr so friedfertige Herren wie Bischof Benno«, brummte die alte Muhme. »Doch nun weine nicht, Kleines. Er kommt zurück. Ich weiß es.«
Sie wies auf das Fenster, durch das nun Dutzende Sterne blinkten.
»Sieh nur, unter so vielen Sternen ist er geboren worden, euer Christian. Da muss doch wenigstens ein guter dabei sein!«

Herausforderung zur Entscheidungsschlacht

Konrad von Staufen und Heinrich der Stolze; Creuzburg an der Werra nördlich von Eisenach, September 1139

Ulrich von Lauterstein unternahm an diesem sommerheißen Tag im Auftrag des Königs einen Kontrollgang durch das Heerlager. Was er sah, vermittelte ganz und gar nicht den Eindruck einer Armee, die bereit und willens war, in die Schlacht zu ziehen und einen Sieg zu erringen.

Zwar standen die Zelte ordentlich aufgebaut, mit fürstlichen Bannern vor den großen, Schilden und Waffenständern vor den mittleren. Nur die kleinen an den äußeren Rändern der einzelnen Heeresabteilungen wirkten ärmlich und wild verstreut.

Doch den Männern um die Feuerstellen vor den Zelten war anzumerken, dass sie schon viel zu lange auf das Signal zur Schlacht warteten. Vier Wochen lagerten sie bereits hier, während ergebnislos verhandelt wurde.

Das war vollkommen ungewöhnlich, weil in so langer Zeit – noch dazu in sommerlicher Hitze – die Vorräte schrumpften, Seuchen drohten und die Disziplin verlorenging.

Doch über dem Warten ließen viele Männer des königlichen Heerbanns nicht nur die Disziplin, sondern auch die Hoffnung fahren. Sie hatten die Überzahl des Gegners vor Augen, die Berichte von Spähern im Ohr, die durch die dünnen Leinenwände der Zelte drangen, den jeden Tag übler werdenden Gestank der Latrinengräben in den Nasen.

Zwar hörte Ulrich prahlerische Reden, wie es sie immer unter Kämpfern gab. Doch er bemerkte auch misstrauische Blicke oder jäh verstummende Gespräche, sobald er erkannt

wurde. Er sah zu viel Trunkenheit schon am frühen Morgen, zu viel Trägheit, zu viel Rost an Kettenhemden.
Früher hätte ihn das sehr schnell zum Eingreifen gebracht. Doch seit der Abreise aus seinem Heimatdorf war sein Inneres wie erstorben.
Dabei war die Ankunft so glücklich gewesen. Seine Frau lag gar nicht im Sterben, sondern lebte bei bester Gesundheit! Sie und seine beiden kleinen Töchter freuten sich, ihn endlich wiederzusehen. Die Mädchen, sechs und acht Jahre alt, liefen auf ihn zu und umklammerten seine Beine, bis er sie hochhob und auf die Wangen küsste, während Agnes vor Glück lachte.
Natürlich kam Ulrich umgehend zu dem Schluss, dass die offenbar gefälschte Nachricht nur dazu gedacht war, ihn vom König fernzuhalten. Deshalb wollte er sofort wieder aufbrechen, noch am selben Tag. Doch Agnes flehte ihn an, wenigstens ein paar Tage zu bleiben, und auch die Mädchen bettelten inständig, wollten ihm alles zeigen und vorführen, was sie inzwischen gelernt und getan hatten.
Ulrich ließ sich erweichen und genoss das Zusammensein mit seiner Familie. Einen Tag lang.
Dann warf ein heftiges Fieber, das im Dorf umging, die kleine Marie aufs Krankenlager. Am nächsten Morgen war sie tot. Einen halben Tag später folgte ihr die Schwester ins Grab. Und er und seine Frau konnten ihr Entsetzen und ihre maßlose Trauer noch gar nicht richtig aus sich herauslassen, als auch Agnes vom Fieber erfasst wurde. Sie wehrte sich nicht gegen den Tod, sie wollte ihren Töchtern folgen.
So blieb dem Verzweifelten nichts weiter zu tun, als seine geliebte Frau und seine beiden Mädchen nebeneinander auf dem Kirchhof zu bestatten und alles Silber hinzugeben, um Messen für ihr Seelenwohl lesen zu lassen.
Einen halben Tag lang saß er allein und reglos in seinem Haus, hatte die Dienerschaft fortgeschickt und jegliche

Besuche verboten, haderte mit sich und Gott. Dann nahm er seine Waffen und sein Bündel und schloss die Tür seines Hauses hinter sich mit dem festen Willen, nie mehr zurückzukehren.
Jedermann würde ihm raten, sich bald wieder zu vermählen, neue Kinder zu zeugen. Doch schon der Gedanke war ihm unerträglich. Seinen Lebenszweck sah er jetzt nur noch darin, dem König zu dienen. Sollte der das Dorf, mit dem ihn jetzt nur noch schlimme Erinnerungen verbanden, einem anderen geben. Oder sich sein Verwalter um alles kümmern.
So schnell er konnte, ritt er zurück. Doch mit jeder Meile versteinerte sein Inneres mehr.

Trunkenes Gelächter riss Ulrich aus düsteren Gedanken und lenkte seine Schritte zu der Gruppe ausgiebig zechender Ritter vor einem mittelgroßen Zelt. Die pralle Sonne schien sie nicht zu stören.
»Wo ist euer Anführer?«, fragte er streng.
»Der … hat … ßu tun«, lallte mit einiger Anstrengung einer der Männer, der seine Bundhaube schief und verkehrt herum trug.
»Er ist also bei den Trosshuren. Oder hat er sich an den Wachen vorbei in die Stadt geschlichen, um dort ins Hurenhaus zu gehen?«, fragte Ulrich drohend.
Betretenes Schweigen war ihm Antwort genug.
»Wo sind eure Knappen? Warum scheuern sie nicht den Rost von euren Kettenhemden?«
»Nun seid doch nicht so griesgrämig, setzt Euch zu uns, trinkt mit uns von diesem süßen Roten und dankt Gott für jeden Tag, der verstreicht, ohne dass wir in den sicheren Tod reiten«, meinte ein anderer weinselig.
Sein Nachbar, der sich noch einen Rest Verstand bewahrt hatte, stieß ihn in die Seite und raunte ihm etwas zu. Offen-

bar dämmerte ihm gerade, wer da so grimmig gelaunt vor ihnen stand.
Hastig und torkelnd erhoben sich die Männer und beeilten sich zu beteuern, dass sie treue Ritter des Königs seien.
Ulrich blickte sich kurz suchend um. Links von ihm stand das Lager des Grafen von Tonna, der viel Land, das Vogteirecht über Erfurt und zwei Burgen hielt, doch der schien ihm nicht der geeignete Mann für seine Zwecke zu sein. Also rief er einen Knappen zu sich, der mit einem leinernen Eimer voll Wasser auf das rechter Hand stehende Zelt des Grafen von Schwarzburg zuging und sich dabei größte Mühe gab, keinen Tropfen zu vergießen.
»Richte deinem Herrn aus, der Beauftragte des Königs bitte höflichst um sein Erscheinen.«
Der Junge nickte und lief, so schnell er konnte, weiter, wobei ihm nun egal schien, dass reichlich Wasser auf seine Füße schwappte.
Graf Sizzo von Schwarzburg, ein Mann um die vierzig, war nach dem Landgrafen der mächtigste und durch Goldvorkommen in der Schwarza auch reichste thüringische Adlige und für seine Strenge gefürchtet. Als einer der Ersten hatte er sich dem Heer des Königs angeschlossen. Nun erschien er voll gerüstet, begrüßte den Lautersteiner knapp und warf einen angewiderten Blick auf die heruntergekommene Truppe vor sich.
»Ich weiß, es sind nicht Eure Männer, Graf Sizzo«, versicherte Ulrich. »Nie gäbe es bei Thüringern eine solche Disziplinlosigkeit. Doch da der Anführer dieser erbärmlichen Narren spurlos verschwunden ist, ersuche ich Euch, schickt einen tüchtigen Hauptmann, der sie durchs Lager scheucht, bis sie den letzten Tropfen Wein herausgeschwitzt haben und mit harten Waffenübungen beginnen können. Derweil sollen ihre Knappen aufgespürt werden, damit sie sämtliche Klingen schärfen und alles Eisen von Rost befreien.«

»Mit größtem Vergnügen, Lauterstein!«, sagte Graf Sizzo grimmig, und Ulrich mutmaßte, dass sich der Schwarzburger dieses Schauspiel nicht entgehen lassen würde.
Er dankte ihm und setzte seinen Rundgang fort, bis ihn ein anderer Knappe einholte und höflich ausrichtete, er werde dringend beim König erwartet, der den Kriegsrat zu einer eiligen Besprechung einberufen habe.

Als Ulrich das königliche Prunkzelt erreichte, war der überraschend angesetzte Kriegsrat bereits in vollem Gange. Zwei Dutzend Fürsten und Grafen in prächtiger Kleidung, die meisten in Rüstung, auch die Geistlichen, redeten wild durcheinander. Nur der Graf von Schwarzburg, der erst unmittelbar vor Ulrich eingetroffen war, stand reglos mit verschränkten Armen da und blickte missbilligend mit halb zusammengekniffenen Augen auf die streitende Runde.
Laut und wütend hieb Konrad von Staufen auf den Tisch. Am liebsten wäre er aufgesprungen. Doch das würde die Sitzenden zwingen, sich ebenfalls zu erheben, weshalb sich der König gerade noch zurückhielt und seinen ganzen Zorn in die Stimme legte.
»Ich bin es leid!«, rief er dröhnend, und sofort trat Stille ein. »Wir lagern hier schon vier Wochen, Unterhändler reiten hin und her, die Truppen verlottern, die Vorräte schwinden, und es ist nur noch eine Frage von Tagen, wann die rote Ruhr die Männer heimsucht. Lauterstein, berichtet, was Ihr im Lager gesehen habt!«, forderte der König seinen gerade erst eingetroffenen Ritter auf.
»Die Männer saufen, raufen, würfeln, prahlen und prügeln sich um die Trosshuren, während die Eisen rosten. Und das Fußvolk hat nur im Kopf, ob wohl zu Hause die Ernte eingebracht ist. Wenn sie länger untätig warten müssen, werden noch mehr desertieren«, resümierte Ulrich auf jene teilnahmslose Art, die ihm seit seiner Rückkehr anhaftete.

»Da seht ihr es!«, rief der König voller Bitterkeit. »Und was uns der Lautersteiner aus Höflichkeit verschweigt: Sie halten mich für einen Feigling, weil ich sie nicht in den Angriff führe. Das ertrage ich keinen Tag länger. Eure Unterhandlungen führen zu nichts, der Welfe *will* die Schlacht. Und ich will sie auch. Ich will eine Entscheidung.«
Er wandte sich an seinen Marschall Markward von Grumbach.
»Schickt eine Einladung zur Schlacht für morgen früh bei Sonnenaufgang an Heinrich den Stolzen. *Ich* werde an der Spitze unserer Truppen in den Kampf reiten.«
Albrecht der Bär, der diese Schlacht unbedingt brauchte, um sich als Herzog von Sachsen zu behaupten, und der kampflustige junge Erzbischof von Mainz stimmten sofort laut und begeistert zu.
Die beiden stellten in Ulrichs Augen eine fragwürdige Schicksalsgemeinschaft dar. Der machtlose Herzog war zu dem Mainzer geflohen, doch der Erzkanzler aus dem Hause derer von Saarbrücken dürfte wenig Interesse daran haben, die Position des Askaniers zu stärken, denn sie beide konkurrierten um bedeutende Ländereien in Thüringen.
Während der Bär und Adalbert von Mainz den wagemutigen Plan des Königs bejubelten, hoben die Bischöfe entsetzt die Hände.
»Majestät, sie sind uns erheblich überlegen, Ihr dürft Euer Leben nicht leichtfertig aufs Spiel setzen!«, protestierte der dürre Anselm von Havelberg.
Nun hatte Konrad endgültig genug.
»Ihr da allesamt!«
Herausfordernd blickte der König in die Runde seiner geistlichen Berater.
»Habt Ihr nicht heilige Schwüre geleistet, dass der Papst und sogar Gott auf unserer Seite stehen?«
Albero von Trier hüstelte, beugte sich vor, wobei sein außer-

ordentlich feingliedriges Kettenhemd leise klirrte, und sagte ungewohnt sanft: »Das tun sie auch, Majestät. Aber ist es nicht besser, Frieden zu schließen, zumindest einen Waffenstillstand, statt das Land zu verheeren und mit Blut zu tränken?«

»Kein Friede mit dem Welfen!«, brüllte der Bär.

Doch Landgraf Ludwig von Thüringen nickte erleichtert bei Alberos Worten. Die Vogtei Creuzburg gehörte ihm und würde enormen Schaden erleiden. Von Pferdehufen verwüstete Felder und geplünderte Vorratslager waren noch das geringste Übel, und das allein kostete ihn schon Unmengen von Silber.

»Gebt allen bekannt: Morgen ziehen wir in die Schlacht. Jedermann soll sich vorbereiten, seine Waffen schärfen und zur Beichte gehen. Ich reite an der Spitze des Heeres«, beharrte der König.

Nun legte sich ein Moment erschrockenen Schweigens über die Runde.

Einmal mehr vermisste Konrad seinen Bruder schmerzlich. So viele Schlachten hatten sie gemeinsam geschlagen und gewonnen – und doch den Krieg verloren. Tat er das alles nicht für ihr Haus, stellvertretend für seinen Bruder, der um sein Erbrecht und die Krone gebracht worden war? Und nun ließ ihn Friedrich im Stich, genauso wie sein heißblütiger Sohn, der Stolz der jungen Ritterschaft.

Konrad hatte die Ränke und das Warten satt. Morgen würden die Waffen sprechen. Der nächste Tag würde die Entscheidung bringen.

Entweder war er morgen Abend der *unangefochtene* König oder tot. Feigheit ließ er sich von niemandem vorwerfen.

»Ihr habt recht, Heinrich will den Kampf und ist seiner Sache sicher«, bestätigte mit schmeichelweicher Stimme Albero von Trier. Doch im nächsten Atemzug warnte er eindringlich: »Lasst Euch nicht in die Falle locken, Majestät! Der Welfe ist ein zäher Kämpfer. Ihr seid es auch, das kann Euch niemand absprechen. Aber Heinrichs Truppen sind in so deutlicher Überzahl …«

Konrad zog die weißblonden Augenbrauen hoch.

»Seid Ihr wirklich sicher, dass jeder Fürst und unbedeutende Graf, der dort im gegnerischen Lager sein Zelt aufgeschlagen hat, im entscheidenden Moment gegen uns reiten wird, gegen das Heer des gesalbten Königs?«, fragte er.

»Ich würde mich auf nichts und niemanden verlassen«, meinte Albero zynisch und dachte an die Meißner. Sie hatten Nachricht gesandt, auf sein Angebot einzugehen, aber …

»Wer einmal die Seiten gewechselt hat, tut es auch wieder. Bei Schlachten entwickeln sich oft die erstaunlichsten Dinge, mit denen vorher niemand rechnen konnte«, gab er zu bedenken.

Dann wechselte er — fast unbemerkt – einen Blick mit Wibald von Stablo.

»Majestät, gewährt mir noch einen Tag für Unterhandlungen, nur einen einzigen! Überlasst es mir und dem Herzog von Böhmen, mich mit den Sachsen zu verständigen«, flehte Albero geradezu. »Weder Ihr noch der Geächtete werdet persönlich in die Verhandlungen einbezogen. So kann später niemand sagen, einem von Euch habe es an Mut zur Entscheidungsschlacht gefehlt. Nur ein einziger Tag noch!«

Nun faltete er sogar die Hände wie zum Gebet.

»Sollte es uns bis morgen Abend nicht gelingen, eine Waffenruhe abzusprechen und die Angelegenheit friedlich auf einem Hoftag zu verhandeln … nun, dann in Gottes Namen, zieht Euer Schwert und führt das Heer in den Kampf.«

Sechsundzwanzig Schlehen

Albero von Trier und Lukian;
Heerlager bei Creuzburg, September 1139

»Waffenstillstand! WAF-FEN-STILL-STAND!«

Das Wort flog wie ein Lauffeuer durch die Zeltlager, durch die königlichen wie durch die welfischen. Ausrufer gaben bekannt, dass dank Vermittlung der Geistlichkeit eine bis Pfingsten geltende Waffenruhe vereinbart worden sei. Gleich morgen sollten die Heerlager aufgelöst werden und jedermann in seine Heimat zurückkehren.

Der König erwarte die sächsischen Fürsten im kommenden Februar zum Reichstag in Worms, wo alle bestehenden Differenzen behoben werden könnten.

Und Heinrich der Löwe beorderte eben diese sächsischen Fürsten schon für den nächsten Monat nach Quedlinburg.

Doch die erstaunlichste von allen Neuigkeiten war, dass der Erzbischof von Trier aus Freude über den ausgehandelten Frieden für die Kämpfer *beider* Heere die dreißig Fuder Wein fließen lassen wollte, die er ursprünglich für die Siegesfeier des Königs mitgebracht hatte.

Das löste bei fast allen Freudengeschrei aus – nur nicht bei denen, die die Waffen partout nicht aus der Hand legen wollten.

Albero ließ Ochsen anspannen und die dreißig Karren auf eine freie Fläche zwischen den eben noch verfeindeten Lagern fahren, und bald saßen die Männer, die einander am Morgen noch hatten töten wollen, weinselig Seite an Seite, tranken und feierten.

Höchstwürden war höchst zufrieden mit sich. Wieder ging einer seiner fein gesponnenen Pläne auf, auch wenn er fast am Stolz des Königs gescheitert wäre.

Allerdings löste der Waffenstillstand das Problem nicht, er

schob es nur auf. Dessen war sich Albero bewusst. Bis Pfingsten könnte sich das Kräfteverhältnis noch stärker zu Ungunsten Konrads verändert haben, wenn der neue Herzog von Sachsen weiter so unklug vor seinen Vasallen auftrat und einen nach dem anderen mit seiner Großmäuligkeit verprellte.

Eine *endgültige* Lösung des Konfliktes, der das ganze Reich fast zerriss, ließ sich nicht vermeiden. Um diese unauffällig in Gang zu setzen, brauchte er seinen geschicktesten Spion. Doch Albero fragte sich, ob er dafür wirklich seinen illegitimen Sohn einspannen sollte. Es war noch riskanter als alles, was er Lukian bisher aufgetragen hatte. Und er mochte den Jungen, um seiner Mutter willen, aber auch wegen seiner Klugheit. Wenn er im Kloster geblieben wäre, hätte er ihm eine großartige Laufbahn eröffnet, ihn zum Abt oder gar Bischof gemacht ... Doch sein Sohn war eindeutig nicht für das Klosterleben geschaffen.

Lukian schlenderte mit seiner neuen Laute von einer fröhlich feiernden Gruppe zur anderen, wobei er den Meißnern sorgfältig aus dem Weg ging. Niemand durfte den Spielmann in Verbindung mit dem Schreiber Ansbert bringen.

So glücklich ihn auch die Heirat mit Hanka und die Aussicht auf ein Kind machte, sein Doppelleben war nun noch gefährlicher geworden.

Er hatte gewusst, dass ihn der Markgraf auf diesen Kriegszug mitnehmen würde. Der Erzbischof von Trier sollte erfahren, dass die Meißner auf das Angebot eingingen und sich im Kampf zurückhalten würden.

Als Schreiber im Gefolge des Fürsten war Lukian aufgebrochen, damit seine Abwesenheit in der Stadt erklärt war, auch für Hankas Nachbarschaft. Doch schon vom nächsten Tag an musste er sich auf eigenen Wegen zum königlichen Lager durchschlagen.

Wochenlang hatte er sich in Meißen den Kopf zerbrochen, wie er seine verschiedenen Rollen am besten einsetzen sollte. Richenza kannte ihn als Spielmann, Schreiber und Spion, ihr unberechenbarer Schwiegersohn nur als Schreiber. Am staufischen Hof besaß er einen guten Ruf als Barde, aber viele Edle hatten inzwischen die Seiten gewechselt …

Doch in keiner Rolle konnte er so unverdächtig von einer Burg zur anderen, von einem Lager zum nächsten gehen wie als Spielmann. Also hoffte er, mit einem neuen Instrument und den neuen Kleidern, die Hanka ihm genäht hatte, etwas Ablenkung zu stiften. Sein dunkles lockiges Haar verbarg er unter einer bunten Narrenkappe, ebenfalls Hankas Arbeit. Er ließ sich sogar einen Bart stehen, den er wieder abnehmen musste, sobald er nach Meißen kam. Das Haupthaar konnte er sich nicht scheren, sonst würde man ihn für einen verurteilten Dieb halten.

An diesem Abend, als der freigiebig spendierte Wein schon reichlich geflossen und die Mehrzahl der Männer reichlich betrunken waren, fühlte er sich sicher, während er zwischen den Zechenden umherging und da und dort für guten Lohn ans Feuer gerufen wurde.

»He, Spielmann, sing uns was Schönes!«, grölte gerade wieder ein dicker Ritter und winkte ihn heran. Bereitwillig trat Lukian näher, verneigte sich höflich vor der ausgelassenen Runde und spielte ein deftiges Lied von einer hübschen Müllerin, die ihrem Mann gar heftig Hörner aufsetzte. Er wusste, was die Männer in dieser Stimmung hören wollten, erntete tosendes Gelächter und etliche Pfennige.

Nach zwei ähnlichen Liedern zog er weiter, scheinbar ziellos in die Richtung, wo die Trierer ihre Zelte aufgeschlagen hatten.

Und richtig, bald kam ein junger Knappe auf ihn zu und bat ihn leise, sich bei Höchstwürden einzufinden. Dann rannte der Junge wieder los, und Lukian setzte seinen Weg allein fort. Gemächlich und unauffällig in der Dunkelheit, die Laute auf dem Rücken.

Auch vor den Zelten des Trierer Aufgebots wurde kräftig gefeiert. Der Knappe erwartete ihn schon und geleitete ihn diskret in das große Prunkzelt Alberos, das durch Leinenbahnen in mehrere Kammern geteilt werden konnte. Diese Bahnen waren jetzt zurückgeschlagen, so dass sie zu zweit unbeobachtet und unbelauscht in der Mitte stehen konnten, denn sie sprachen mit leiser Stimme. Zudem war Lukian sicher, dass sein Gönner einen Vertrauten um das Zelt patrouillieren ließ, der jeden sich nähernden Horcher vertrieb. Diesmal wirkte Albero nicht so erschöpft und schmerzgequält wie in Goslar, sondern überaus froh.

»Es stand auf Messers Schneide«, gestand er Lukian, der nicht ahnte, dass er vor seinem leiblichen Vater kniete.

Erleichtert strich sich Albero über die faltige Stirn. Heute Nacht sah man ihm seine mehr als sechzig Jahre an, trotz der prächtigen Kleider.

»Ich musste diese Schlacht unbedingt vermeiden. Sie wäre des Königs Untergang geworden. Besser ein schmählicher Waffenstillstand als das.«

»Ihr habt die dreißig Fuhrwerke voll Wein schon vorausschauend für das Versöhnungsfest mitgenommen, nicht für die Siegesfeier«, mutmaßte Lukian kühn in Erinnerung an die Worte, die Albero in Goslar gesprochen hatte.

Der Erzbischof lächelte breit. »Es *ist* doch eine Siegesfeier. Wir brauchen Frieden im Reich. Wenigstens für eine Weile.«

Lukian fragte sich, auf welche Art Albero den Streit dauerhaft beilegen wollte. Doch Höchstwürden danach zu fragen stand ihm nicht zu. Also erkundigte er sich nach neuen Aufträgen.

»Geh heim nach Meißen zu deinem Weib, gleich morgen früh!«, empfahl ihm zu seiner Verblüffung der Erzbischof gutmütig lächelnd. »Sicher erwartet sie dich schon mit deinem Sohn im Arm. Du hast mir gut gedient, dem Reich gut gedient. Sieh, es ist Frieden statt Krieg! Genießt die Zeit miteinander, die Gott euch gewährt. Ich selbst werde mich für eine Weile vom Hof zurückziehen. Seine Majestät übertrug mir zum Dank für meine Dienste die Reichsabtei St. Maximin. Ich werde mich nun in mein Erzbistum begeben. Nicht zuletzt, um die Benediktiner von St. Maximin wieder auf den rechten Pfad zu führen.«

Nun verstand Lukian die Fröhlichkeit seines Gönners. St. Maximin war nicht nur das größte und bedeutendste Kloster im Erzbistum Trier, sondern mit fast achthundertjähriger Geschichte eines der bedeutendsten überhaupt. Aus seinen eigenen Klosterjahren wusste er, dass Albero diese Abtei über alles begehrte. Doch sie unterstand dem Kaiser und nun dem König. Um die Mönche seiner Herrschaft zu unterwerfen, musste der Erzbischof nach Trier.

Lukian beglückwünschte ihn zu diesem wahrhaft königlichen Geschenk und wartete ab. Er konnte kaum glauben, dass dies das Ende seiner gefährlichen Tätigkeit bedeuten sollte.

Und er täuschte sich nicht.

»Einen einzigen Auftrag habe ich noch für dich«, erklärte der Geistliche. »Reise in vier Wochen zum sächsischen Fürstentreffen nach Quedlinburg und verschaffe dir einen Überblick über die Stimmung, ob die Sachsen noch zu Heinrich halten werden, sobald er sich nach Bayern begibt. Ich vermute, der Meißner Markgraf wird nicht kommen, sondern sich mit Grenzstreitigkeiten in der Lausitz herausreden und dich als Beobachter nach Quedlinburg schicken. Und da du ohnehin dorthin reist, möchte ich dir einen persönlichen Freundschaftsdienst anvertrauen.«

Er wandte sich zur Seite und holte aus einem geschnitzten Kästchen einen Beutel aus schwarzem Stoff.

»Überbringe dies hier dem Propst des Kanonikerstifts St. Wiperti, einem guten Freund von mir.«
Lukians Blick verriet seinen ersten Gedanken, den nächstliegenden.
»Es ist kein Gift!«, beteuerte Albero mit beinahe beleidigtem Lächeln, zog die Schnur auseinander, die den Beutel zusammenraffte, und schüttete den Inhalt auf seine Handfläche.
Es waren zu Lukians größter Verblüffung Schlehen.
»Mein alter Freund leidet über alle Maßen unter der Trägheit des Darms. Auf Deutsch gesagt, kann er manchmal eine ganze Woche lang nicht scheißen. Und wenn du seinen Leibesumfang siehst ... Er meidet zwar alle sonstigen Laster, aber der Völlerei kann er nicht entsagen. Er soll die Schlehen kochen und in Honig einlegen lassen und alle paar Tage zwei bis drei davon samt Kernen einnehmen, das dürfte seine Verdauung in Gang bringen. Es sind ...« – Albero zählte auf seiner Handfläche durch, wobei er die Früchte nacheinander mit dem Finger beiseiteschob – »sechsundzwanzig Stück, das wird für eine Weile reichen. Am besten wirken sie, wenn sie schon etwas Frost bekommen haben.«
Lukian hatte den größten Teil seines Lebens auf der Klosterschule verbracht und überlegte sofort, ob die Sechsundzwanzig in der Zahlenkunde eine besondere Bedeutung hatte.
Überbrachte er da eine verschlüsselte Nachricht?
Oder hatte er sich im Umgang mit dem viele Züge im Voraus planenden Albero zu viel Misstrauen angewöhnt?
Vielleicht war es wirklich nur ein Freundschaftsdienst für einen geplagten Kanoniker. Jedermann wusste, dass die hohen Herren fast alle an Verstopfung und Furunkeln am Hintern litten. Selbst Konrad von Meißen orderte deshalb Heiltränke und Salben bei Josefa. Die alte Muhme meinte, die feinen Herren äßen zu viel Fleisch. Würden sie öfter Gemüse oder Brei zu sich nehmen, könnten sie regelmäßig

auf die Heimlichkeit. Doch Wildbret und Wein auf der Tafel galten als Standessymbol, während Kohl und Brei als Bauernkost vom Adel verachtet wurden.

»Übergib dem guten Probst diesen Beutel Arznei, dann verlasse Quedlinburg, sobald du kannst, ohne aufzufallen«, riet Albero mit einem Hauch von Sorge in der Stimme. »Von da an lebe als Schreiber in Meißen. Liebe dein Weib, zeuge noch ein Dutzend Kinder, zieht euren Nachwuchs groß. Du wirst lange nichts mehr von mir hören. Denn nachdem nun der Friede hergestellt ist, muss ich mich endlich wieder um mein Erzbistum kümmern.«

Zu anderer Gelegenheit wäre Lukian erstaunt über diese großzügige Entlassung in die Freiheit gewesen. Doch jetzt wollte er nicht einen Wimpernschlag lang über die Gefahr nachdenken, die aus den Worten sprach: Verlasse Quedlinburg, sobald du kannst, ohne aufzufallen! Er war einfach nur glücklich, zu Hanka und seinem Kind zu können.

Gleich morgen bei Sonnenaufgang würde er aufbrechen.

Wie stets erteilte ihm der Erzbischof zum Schluss seinen Segen.

»Gott sei mit dir, mein Sohn«, sagte Albero von Trier, und niemand ahnte, welche Last ihm dabei auf den Schultern drückte.

Nicht alle feierten den Waffenstillstand.

Hermann von Winzenburg hatte die Neuigkeit zusammen mit seinem Schwager Albrecht erfahren. Für Sophias Bruder war dieser schmähliche Waffenstillstand nach vierwöchigem Zögern der letzte Beweis dafür, dass der König nicht wagen durfte, die Schlacht gegen den Welfen zu eröffnen. Sie würden in ihrer Unterzahl verlieren, mochte Konrad ein noch so zäher Kämpfer und Heerführer sein.

Er, Hermann, stand also schon wieder auf der falschen Seite, auf der Seite der Verlierer.

Doch noch mehr als diese bittere Einsicht störte ihn im Moment das Gebrüll seines Schwagers, der laut nach der Schlacht schrie. Der Bär begriff sehr wohl, dass der König seine Kontrahenten nicht mit Waffengewalt zwingen konnte und wollte, ihn endlich als Herzog von Sachsen anzuerkennen.
»Dann reite ich eben mit meinen Mannen allein los, wenn die anderen zu feige sind!«, grölte Albrecht im Weinrausch.
»Gegen diese Übermacht? Gegen die Sachsen, deren Herrscher Ihr doch sein wollt? Gegen den Befehl des Königs?«, warnte sein Schwager scharf.
»Der wird mir schon nichts tun«, tat Albrecht den letzten Einwand mit schwerer Zunge ab. »Schließlich verdankt er mir und meinem Mut vor Quedlinburg seine Krone!«
Leutselig klopfte er dem Grafen von Hillersleben auf die Schulter, der zu seiner Linken saß und in letzter Zeit ein wenig Fett angesetzt hatte.
Hermann von Winzenburg war entsetzt über dieses offene Eingeständnis. Solche Worte durften nie und nimmer laut ausgesprochen werden, das könnte seinen Schwager den Kopf kosten!
Albrecht war schon immer unbeherrscht und impulsiv gewesen, doch nun war er gar nicht mehr zu bändigen.
Ehe dieser Kerl meine Schwester und ihre Kinder mit in den Abgrund reißt, muss ich handeln, dachte Hermann.
Zu aller Erleichterung sackte der Herzog durch die Wirkung des Weins zusammen, legte seinen Kopf auf die verschränkten Arme und begann zu schnarchen.
Unter einem Vorwand zog sich der Winzenburger in sein Zelt zurück und rief seine beiden engsten Vertrauten heran, um sie mit kurzen Worten in seinen Plan einzuweihen. Bemerkenswerterweise hatten sie keinerlei Einwände.
Ohne Banner und Wappen ritten sie ins gegnerische Lager, was in dem Durcheinander und der Dunkelheit niemandem auffiel.

In angemessener Entfernung vor dem Zelt Heinrichs des Stolzen saß Hermann ab und ließ sich bei dem geächteten Welfenfürsten melden.
Zu seinem Leidwesen traf er am Eingang ausgerechnet auf den Plötzkauer, mit dem er zutiefst verfeindet war.
»Der nächste Überläufer?«, fragte Graf Bernhard mit zynischem Grinsen. »Der gescheiterte Emporkömmling Heinrich von Badwide war auch schon hier, nachdem er Holstein wieder herausgeben musste. Und Ihr wendet Euch also von Euerm großmäuligen Schwager ab? Blut ist eben doch nicht dicker als Wasser. Es sind die Waffen, die am Ende zählen.«
»Erspart mir Eure Weisheiten!«, schnappte der Winzenburger und hätte vor Zorn am liebsten zum Schlag ausgeholt.
»Ihr habt Glück, die Kaiserin ist bei ihm. Sie wird gewiss ein gutes Wort für Euch einlegen«, erwiderte Bernhard ungerührt. »Jetzt kommen viele Ratten und verlassen das sinkende Schiff.«
Hermann verkniff sich die Bemerkung, dass der Plötzkauer eine der ersten gewesen sei. Streit würde ihm jetzt nur schaden.
Der Truchsess trat heraus, verneigte sich und geleitete Hermann von Winzenburg ins Zelt.
Dort kniete Albrechts Schwager vor dem Welfen und der Kaiserinwitwe nieder, senkte sein Haupt und bot seine Dienste an.
»Ich vergebe Euch Eure Untreue. Und mein Schwiegersohn wird es ebenso tun«, entschied Richenza.
Hermann bedankte sich und wandte sich an den Welfen.
»Durchlaucht, ich sehe keinen Grund mehr, den Bären für den Herzog von Sachsen zu halten. Ich bitte Euch, mich in Euren Reihen aufzunehmen. Dann werde ich meine Truppen morgen heimführen und zum Fürstentag in Quedlinburg vor Euch erscheinen.«

»Ihr führt sie nicht gleich herüber zu mir?«, fragte Heinrich lauernd.
»Mein Fürst, es scheint mir besser so. Ich werde sie auf Euch einschwören, *nachdem* wir das Lager des Königs verlassen haben.«
Heinrich nickte gnädig. Richenza nickte freundlich. Damit war Hermann entlassen – vorerst.
Er würde einen Brief an seine Schwester nach Quedlinburg schicken. Beatrix konnte ihn Sophia vorlesen. Darin würde er ihnen seine Gründe erklären und seinen Schutz zusichern.

Gunda war überaus erleichtert, als sie durch die Wände ihres Zeltes hörte, dass es keine Schlacht geben würde. Doch die Ungewissheit über ihre Zukunft blieb.
Die Kaiserinwitwe hatte sie vorerst in ihr Gefolge aufgenommen, und das bot ihr einige beunruhigende Einblicke. Der Magister Bruno von Haigerloch war ihr unheimlich. Und fast jedermann fürchtete sich vor dem jungen Welfen, der mit seinen kaum zehn Jahren schon die hochfahrende Art seines Vaters hatte. Auf Grund seines Standes konnten seine Launen für Untergebene gefährliche Folgen haben. Einzig vor seiner Großmutter nahm er sich in Acht, denn sie würde ihm gewisse Eskapaden nicht nachsehen.
Der erbetene Waffenstillstand wurde im welfischen Lager als das interpretiert, was er war: eine Niederlage des Königs.
»Wenn wir ohne Schlacht unsere Titel zurückbekommen, ist das noch viel besser«, triumphierte Richenza, die wusste, wie gern ihr Schwiegersohn in diese Schlacht geritten wäre. Doch das Land hatte genug gelitten, und sie wollte nicht noch mehr sächsische Burgen brennen sehen. Der Bär musste die Herzogswürde niederlegen. Sonst würden auch Ballenstedt und Burg Anhalt in Flammen stehen.
Ob ihr Gemahl wohl noch bei ihr auftauchen würde?, fragte

sich Gunda besorgt, während sie sich für die Nacht zurechtmachen ließ.
Gerade wollte sie das Tuch abnehmen, das auf Anweisung Graf Bernhards ihr Haar nunmehr vollständig verbarg, damit ihr Freda die langen Zöpfe auskämmte.
Da hörte sie eine bekannte Stimme direkt vor dem Zelt.
»Dietrich von Meißen fragt an, ob die Gräfin von Plötzkau bereit ist, ihn für einen Abschied zu empfangen.«
Mit klopfendem Herzen ließ sie die Antwort ausrichten.
Dietrich trat ein und bat zu aller Erstaunen: »Darf ich kurz allein mit Euch reden?«
Nach fragendem Blick auf Gunda huschten Freda und Ännchen hinaus. Es war gefährlich und gegen alle Sitten, ohne Zeugen mit einem anderen Mann zu sprechen. Doch diese beiden würden ihre Herrin nicht an Graf Bernhard verraten.
»Ich bin gekommen, um mich von Euch zu verabschieden«, sagte Dietrich, als hätte Gunda das nicht schon gehört.
Wieder sah er sie mit diesem merkwürdigen Blick an.
»Es tut mir leid, mitschuldig an der Zerstörung Eures Heims zu sein«, gestand er und schien dann nicht mehr weiterzuwissen.
Plötzlich sagte er zu ihrer Überraschung: »Obwohl es die Männer sind, die in die Schlacht ziehen, musste ich lernen, dass die Frauen die größte Last im Krieg zu tragen haben.«
»Habt Ihr Schwestern?«, wollte sie wissen.
»Ja, sechs«, antwortete er und lächelte bei der Erinnerung an sie. »Oda und Bertha, die beiden älteren, werden im Kloster Gerbstedt erzogen, die drei jüngsten sind noch zu klein dafür, und Adela ist zu lebhaft fürs Kloster. Wir können sie nicht einmal an einen anderen Hof schicken, um uns nicht zu blamieren«, redete er sich in Schwung. »Sie ist sechs, und am liebsten möchte sie den ganzen Tag Abenteuer erleben und Geschichten hören. Sie würde mich sogar ins Grenz-

land begleiten, wenn sie dürfte, weil sie unbedingt einmal einen Auerochsen sehen will.«

Gunda musste an ihre Freundin Adela denken, an deren unstillbare Neugier auf Geschichten und die Wunder dieser Welt, und sei es eine Brücke aus Stein über die Donau.

»Ihr mögt sie?«

»Ja. Ich habe ein Herz für tapfere Frauen.«

Gunda überging die Anspielung, doch das Blut schoss ihr in die Wangen. Sie sollte dieses verhängnisvolle Gespräch umgehend beenden!

Stattdessen sagte sie: »Eure kleine Schwester würde sich gut mit einer Adela verstehen, die ich kenne. Diese Adela, die Erbin des Egerlandes, wartet immer noch darauf, dass ihr einmal ein Spielmann das wahre Ende des Hildebrandsliedes vorträgt. Wir kennen sogar einen Barden, der das vermag. Er musizierte zu meinem Verlöbnis. Lukian ist sein Name. Vielleicht hörtet Ihr schon von ihm?«

Mehr, als Ihr ahnt, dachte Dietrich, der ebenso wie sein Bruder Otto vom Vater in die Geheimnisse dieses Spielmanns eingeweiht worden war – soweit die Meißner sie kannten.

»Dieses Glück wird uns wohl nicht beschieden sein«, sagte er.

»Nein. Mein Gemahl braucht jetzt einen Baumeister, keinen Barden«, erinnerte Gunda.

»Wenn Ihr meine Gemahlin wärt …«, platzte Dietrich heraus und stockte kurz, ehe er leidenschaftlich weitersprach. »Ich würde Euch auf Händen tragen und Euch jeden Wunsch von den Augen ablesen. Ich würde für Euch einen Spielmann holen und Euch nicht zwingen, Euer wunderbares Haar vollständig zu verbergen. Ich fürchtete nicht, ein anderer könnte Euch begehren, weil das auch eine Art Feigheit ist!«

Gunda verschlug es die Sprache. Sie wusste nicht, was sie sagen sollte. Müsste sie nicht ihren Gemahl verteidigen und Dietrich wegen seiner unschicklichen Worte hinauswerfen?

Doch da sprach er schon weiter.
»Ich sehe Euch noch, wie Ihr aus der Burg kamt, fast schwebend, ein zarter Schleier über Eurem glänzenden Haar … Ihr seid schön, klug und mutig … Ich würde Euch Schleier aus feinstem Leinen schenken und Euch anflehen, darunter Euer Haar zu zeigen, offen oder geflochten, damit jeder sieht, wie schön meine Gemahlin ist …«
»Seid Ihr von Sinnen?«, fragte sie entsetzt. Wenn ihn jemand hörte! »Ihr seid nicht mein Gemahl, ich bin Graf Bernhard gegeben …«
»Der Euch nicht verdient!«, widersprach Dietrich heftig, trat näher und küsste sie.
Sie konnte sich nicht wehren, wollte es nicht. So hatte sie noch nie empfunden.
Doch dann trieb die Angst sie dazu, sich von ihm zu lösen. Wer sein Eheweib bei Untreue stellte, durfte sie und den Nebenbuhler töten.
»Geht!«
»Ich werde nie aufhören zu hoffen«, sagte er, wandte sich um und ließ sie völlig aufgelöst zurück.
Nun fühlte sie ihr Elend noch schlimmer als zuvor.

Der Stolz und der Tod

Richenza, Gertrud und Heinrich;
Quedlinburg, 20. Oktober 1139

»Majestät, wacht auf, rasch! Der Herzog liegt im Sterben!«
Benommen schreckte Richenza tief in der Nacht aus dem Schlaf, blinzelte ins Kerzenlicht … und erfasste Stück für Stück den Sinn der Worte.

Jäh hellwach, stemmte sie sich hoch, ließ sich von einer Kammerfrau einen Umhang auf die Schultern legen und die Bundhaube durch Schleier und Schapel ersetzen, während sie den fassungslosen Bediensteten nach Einzelheiten befragte.

»Ich kann Euch nicht mehr sagen, so leid es mir tut, Majestät! Als Durchlaucht sich zur Nachtruhe begab, schien er noch bei bester Gesundheit«, wehklagte der.

Im Schein von Fackeln hasteten sie durch die eiskalten Gänge zur Kammer des herzoglichen Paares.

Dort fand sie ihre in Angst und Entsetzen aufgelöste Tochter, den Leibarzt, einen Priester und den bereits toten Herzog vor.

»Es war Mord, ganz sicher! Gestern Abend ging es ihm noch gut. Mein Sohn … Ihn werden sie als Nächstes ermorden …«, wimmerte Gertrud. »Rettet mein Kind!«

Mord!, war auch Richenzas erster Gedanke gewesen. Wie sonst wäre es zu erklären, dass ein kerngesunder, kräftiger Mann wie Heinrich der Stolze von kaum dreißig Jahren so plötzlich starb, ohne das geringste Anzeichen einer Krankheit? Noch dazu, wo er gerade auf dem besten Weg war, seine Macht zurückzuerobern?

»Geh sofort zu dem Jungen und bleib die Nacht über bei ihm!«, entschied sie. »Weck ihn nicht auf, sag ihm noch nichts. Wir verdoppeln seine Leibwachen, ernennen weitere Vorkoster und schicken zuverlässige Männer in die Küche, die dort jeden Handgriff überwachen. Nun geh schon!«

Gertrud in ihrer Verfassung war jetzt hier ohnehin zu nichts nutze.

»Ruft den Magister Bruno herbei«, wies die Kaiserinwitwe scharf an, kaum dass ihre Tochter fort und die anderen Maßnahmen veranlasst waren.

Zwar würde der Gelehrte ihren Schwiegersohn auch nicht wieder zum Leben erwecken, aber er sollte sorgfältig nach

Hinweisen suchen, die auf Gift deuteten. Das Gesicht des Toten verriet nichts davon: keine Verfärbung, kein Erbrechen, kein Schaum auf den Lippen. Doch bekanntermaßen wussten Alchimisten in Italien auch tödliche Gifte herzustellen, die keine Spuren hinterließen.

Der Magister kam, beobachtete, beugte sich ganz nah über das Antlitz des Toten und schnüffelte. Dann zog er die Decke beiseite und roch sogar an den Ausscheidungen, mit denen sich ein Sterbender entleerte.

»Eure Majestät, auf den ersten Blick kann ich nichts Verdächtiges erkennen«, sagte Bruno von Haigerloch mit nachdenklicher Miene. »Ich werde später gründlichere Untersuchungen vornehmen. Zunächst jedoch muss der erlauchte Tote würdevoll aufgebahrt werden. Gestattet, dass ich alle Becher und Krüge samt Inhalt mitnehme, um sie sorgfältigst zu prüfen. Und ich erbitte die Überreste von jeglichem Gericht, das gestern auf die Tafel Seiner Durchlaucht kam.«

Richenza nickte zustimmend. Der Magister hatte recht.

Um die Würde des Herzogs zu wahren, musste die Totenwäsche erfolgen, er musste in Prachtgewänder gekleidet und aufgebahrt werden sowie eine Totenwache bekommen, bevor er nach Königslutter überführt wurde, um an der Seite ihres Gemahls beigesetzt zu werden.

Die Strecke war bei guten Wegen in drei bis vier Tagen zu bewältigen. So mussten sie mit diesem Leichnam keine derart abscheulichen Prozeduren vornehmen wie bei ihrem Lothar, Gott sei seiner Seele gnädig. Ihr schauderte immer noch, wenn sie daran dachte.

»Magister, stellt außerdem eine Liste von Speisen zusammen, die der junge Herzog ohne Bedenken zu sich nehmen kann!«

»Das werde ich umgehend tun«, beteuerte Bruno, während er eigenhändig mit größter Vorsicht Becher und Krüge in

eine Truhe packte, sogar die Schale mit dem Handwaschwasser. Dabei fasste er nichts davon ungeschützt an, sondern hatte seine Finger mit Leinen umwickelt.
Angeblich existierten Gifte, die schon töteten, wenn sie mit der Haut in Berührung kamen.

Als der Tote gewaschen, gekämmt, in prachtvolle Gewänder gehüllt und aufgebettet war, ließ die inzwischen ebenfalls vollständig angekleidete Richenza ihren Enkel holen.
Der junge Heinrich wollte anfangs nicht verstehen, dass sein Vater tot war.
Als er es dann aber verstand, wechselten bei ihm in kürzesten Abständen die heftigsten Emotionen. Er weinte, er schrie nach Rache für seinen Vater, er tobte vor Wut, weil er sein Lieblingsgericht nicht bekam.
»Bring dein Kind endlich zur Ruhe!«, fuhr die Kaiserinwitwe ihre Tochter an.
Stumm verfluchte sie das Schicksal. Gerade noch schien es, als hätten sie den Machtkampf mit Staufern und Askaniern zu ihren Gunsten entschieden. Konrad *musste* ihnen das Herzogtum Sachsen zurückgeben! Und jetzt …
Heinrich hatte sich hier von den sächsischen Fürsten verabschieden wollen, um sich um sein bayerisches Erbe zu kümmern. Stattdessen war Quedlinburg nun zum dritten Mal Schicksalsort für den Stolzen geworden.
Hier hatte Albrecht der Bär vor anderthalb Jahren mit einem Gewaltakt verhindert, dass die Kaiserinwitwe die Sachsen auf ihren Schwiegersohn als König einschwor. Von hier hatte Heinrich vor einem halben Jahr den König allein durch das Überschreiten der Grenze nach Sachsen vertrieben.
Und hier hatte ihn nun ein rätselhafter Tod ereilt. Ein Mord, davon war die Kaiserin überzeugt. Nur konnte sie es nicht beweisen. Ungewiss blieb außerdem, gegen wen sie die Anklage richten sollte.

Der Bär würde nicht mit Gift morden. Eher hätte der Hüne ein Gottesurteil gefordert, um den Rivalen loszuwerden, und wäre mit unerschütterlicher Zuversicht zum Zweikampf auf Leben und Tod angetreten.
Der König? Ihm einen Giftmord oder entsprechende Order zu unterstellen wäre Hochverrat.
Zwar befand sich Konrad von Staufen in einer heiklen Lage, aber er galt nicht von der Gesinnung, einen so schändlichen Befehl zu erteilen. Er wollte in Worms verhandeln.
Doch irgendwer musste es getan haben.
Denn Heinrich der Stolze *war* tot, plötzlich hinweggerafft in der Blüte seiner Jahre.
Sie, Richenza von Northeim, Witwe des Sachsenherzogs und späteren Kaisers Lothar von Süpplingenburg, würde nicht zulassen, dass sein Erbe verlorenging.

Vor der Sterbekammer hatten sich mittlerweile unzählige sächsische Edle versammelt, um sich von dem Unfassbaren zu überzeugen und zu erfahren, welche Zukunft nun ihnen und ihrem Land beschieden war.
Richenza konnte Wortfetzen hören, wenn Diener und Geistliche ein und aus gingen, untermalt von unheilvollem Gemurmel.
Als der Tote aufgebahrt war und Dutzende geweihte Kerzen für sein Seelenheil brannten, ließ sie die Tür weit öffnen und gestattete ein stummes Defilee.
Danach versammelte sie die Männer in dem breiten Gang vor der Sterbekammer. Sie hätte sie hinunter in den Saal führen sollen, doch für die Wirksamkeit ihrer Worte wollte sie die Nähe des erlauchten Toten. Das sagte ihr jede Faser ihres Herzens, alles, was sie bei Lothar über Ansprachen gelernt hatte.
»Ihr edlen Herren!«, begann sie, nachdem Gertrud und ihr Enkel neben sie getreten waren, der Junge mit verheulten Augen und trotziger Miene.

»Ein großer Fürst ist von uns gegangen, einer aus ältestem deutschen Geschlecht, einer, der König und Kaiser werden sollte«, begann sie. »Doch sein Tod, sosehr er uns bestürzt, wird nichts an unserer gerechten Sache ändern.«
Nun sprach sie so laut sie konnte.
»Im Namen meines unmündigen Enkelsohnes erhebe ich Anspruch auf das Erbe seines Vaters! Entsendet Schnellreiter an Welf den Sechsten, den Bruder meines Schwiegersohns, damit er seinem Neffen zur Seite steht!«
Der kampferfahrene Welf würde sogleich Anspruch auf Bayern erheben, daran hatte sie keinen Zweifel. Weder Konrad noch dem Bären sollte ein Aufatmen vergönnt sein.
»Ihr hohen Herren, haltet uns die Treue, für Kaiser Lothar und den Herzog Heinrich, Gott sei ihren Seelen gnädig. Schwört Lothars Enkel, Heinrichs jungem Sohn, Eure Ergebenheit und Euern Schutz!«
Aus Dutzenden Kehlen ertönte Zustimmung.
Doch Richenza von Northeim würde sich nicht allein mit Schwüren begnügen.
»Solange mein Enkelsohn noch nicht mündig ist, ernenne ich hiermit zu seinem Berater: Adolf von Schauenburg.«
Der zwanzigjährige Graf, der Holstein und Storman verloren hatte, weil er dem Askanier den Treueid verweigerte, zwängte sich durch die Reihen und sank vor der Kaiserin, der Witwe und dem noch nicht einmal zehnjährigen Jungen auf ein Knie.
»Anno von Heimburg, Poppo von Blankenburg, Ludolf und Baltin von Dahlum, Gerhard und Heinrich von Weida!«
Auch diese Genannten schoben sich aus der dicht gedrängten Menge nach vorn und knieten vor dem Knaben nieder.
»Ihr sieben sollt meinem Enkel mit Rat und Tat dienen, bis er die Volljährigkeit erlangt hat und das Erbe seines Vaters übernehmen kann. Und auch danach sollt Ihr weiter treu an seiner Seite stehen. Helft ihm, den Ruhm des ältesten und

angesehensten Hauses in deutschen Landen zu wahren und zu mehren!«

»Das werden wir«, gelobten die sieben im Chor.

»Ihr edlen Herren!«, wandte sich Richenza erneut an alle. »Wir werden für das Seelenheil des Herzogs beten, und wir werden die Rache Gott dem Allmächtigen überlassen, wie es sich geziemt.«

Diese Worte zogen eine geradezu unheimliche Stille nach sich. Denn jeder stellte seine eigenen Mutmaßungen an, wer und was dem Herzog diesen jähen Tod gebracht hatte. Nur sprach man ohne triftige Beweise besser keinen Verdacht aus, wollte man seinen Kopf auf den Schultern behalten.

Jäh endete die selbst auferlegte Beherrschtheit der Kaiserinwitwe. In das Schweigen hinein rief sie zornig: »Doch ich höre das Hohngelächter des Bären bis hierher.«

Und noch lauter hörte sie das Gelächter von Eilika. Sie sah sie vor sich, diese kleine, dürre, weißhaarige Alte … kichernd vor Freude, lauthals gackernd, mit zurückgelegtem Kopf hohnlachend …

Aber die Leute sangen ohnehin schon Spottlieder über den »Krieg der Witwen«, in denen sie die Kaiserin und die Mutter des Bären als die Anführer der verfeindeten Lager darstellten. Sie musste den Zorn der Versammelten auf Albrecht lenken, nicht auf die durchtriebene alte Gräfin.

»Der Ballenstedter glaubt nun, gesiegt zu haben. Treiben wir ihm diesen Irrtum aus!«, rief sie weiter. »Wie ich weiß, will er in zehn Tagen in Bremen auf dem Markt zu Allerheiligen Gericht halten. Ich dulde nicht, dass er dort Recht spricht. Und im Angesicht des Toten, im Beisein seiner trauernden Witwe und seines unmündigen Sohnes fordere ich Euch auf, dies ebenso wenig zu dulden. Verhindert es!«

»Verhindern wir es!«, brüllten etliche Männer, und die ersten schienen sofort zu ihren Pferden stürzen zu wollen.

»Einige von Euch mögen mich nach Königslutter begleiten,

wo wir eine würdige Bestattungszeremonie für einen großen Herrscher zelebrieren werden«, fuhr Richenza fort. »Doch Ihr anderen, die Ihr mit Kraft das Schwert führt, reitet mit Euern Männern nach Bremen und vertreibt den falschen Herzog aus der Stadt, der sich das rechtmäßige Erbe meines Enkels anmaßt!«

»Nach Bremen!«

Der Ruf aus Dutzenden Kehlen dröhnte durch das Haus, Fäuste wurden geballt und in die Luft gereckt.

Noch am Vormittag, noch ehe Heinrichs Leichnam zur Überführung nach Königslutter umgebettet war, zogen Hunderte Berittene los, um dem Bären seinen Gerichtstag in Bremen gründlich zu verderben.

Lukian erschrak fast zu Tode, als er in dem schäbigen Gasthaus, in dem er untergekommen war, die entsetzliche Neuigkeit hörte. Er saß beim Frühmahl, aß seinen Hirsebrei und hatte sein Bündel samt Laute schon neben sich liegen, um gleich nach dem letzten Löffel aufzubrechen.

Ein Junge – dem Geruch und dem Stroh an den Kleidern nach ein Stallknecht – stürzte herein, und noch ehe der Wirt ihn hinausjagen konnte, kreischte er:

»Der Welfenherzog ist tot, vergiftet!«

Er rollte theatralisch die Augen, würgte sich selbst mit der Hand am Hals und streckte die Zunge heraus, um das Sterben eines Vergifteten zu simulieren.

Jedermann in der rauchgeschwängerten Gaststube erstarrte. Doch nach einem kurzen Moment der Stille brach wildes Geschrei aus.

»Für ein großes Bier und eine Suppe erzähle ich euch mehr«, versprach der Stallknecht grinsend. Diesen Ausflug würde er vermutlich mit einer Tracht Prügel bezahlen. Aber offensichtlich waren Hunger und Durst größer als die Angst vor Strafe, denn schon stürzte er sich auf die Schale

mit Brei, die ihm zusammen mit einem Bier hingeschoben wurde.
Gierig in sich hineinschaufelnd, nuschelte er: »In der Nacht … mausetot … kerngesund und doch mausetot!«
Dann goss er sich das Bier auf einen Zug in den Schlund.
Unheilvolle Gedanken schossen Lukian durch den Kopf, während die zumeist heruntergekommene Kundschaft eifrigst zu diskutieren begann. Es war Gift, darin waren sich alle einig. Es konnte nur Gift gewesen sein.
Einige rannten los, um herauszufinden, wo der Tote aufgebahrt war. Dort würden Bettler heute reichlich Silberlinge einnehmen.
Haben die sechsundzwanzig Schlehen damit zu tun?, grübelte Lukian entsetzt. Trage ich Mitschuld am Tod eines der bedeutendsten Fürsten des Reiches?
Warum war er nicht längst fort aus der Stadt, wie Albero es dringend geraten hatte?
Doch er hatte den Beutel erst gestern Abend dem Propst von St. Wiperti übergeben können, einem wirklich fetten Mann mit verkniffenem Gesicht, der äußerst erfreut schien, die Medizin mit Empfehlungen und Segenswünschen des Erzbischofs von Trier zu erhalten.
Für Lukian war es zu spät gewesen, um die Stadt noch zu verlassen. Die Tore wurden gerade verschlossen. Und niemand reiste nachts, höchstens ein Bote in hohem Auftrag mit entsprechendem Losungswort oder ein entflohener Dieb oder Mörder.
So schnell konnte es auch gar nicht geschehen sein, selbst wenn der Beutel ein verabredetes Zeichen war. Dann hätte noch jemand tief in der Nacht den Herzog aufsuchen und ihm das Gift einflößen müssen. Falls es überhaupt ein Giftmord war. Das war einfach unmöglich.
Haben mich meine Jahre als Spion so verdorben, dass ich überall Verrat und Meuchelmord wittere?, fragte sich Lukian.

Würde Albero einen solchen Tod befehlen?
Alles, was ihm der Erzbischof bisher aufgetragen hatte, war trotz vieler zwielichtiger Manöver letzthin dem Frieden des Reiches gewidmet. Und tiefe Frömmigkeit konnte er ihm nicht absprechen, trotz seiner Eitelkeit, die auch Maske war.
Wie viel war Albero ein Staufer auf dem Thron wert?
Wie viel war dem *Papst* ein Staufer auf dem Thron wert?
Ein Diener aus dem Haushalt Richenzas riss den jungen Barden aus seinen Gedanken.
Der Mann stand urplötzlich vor ihm und musste es in dem Getöse zweimal sagen: »Spielmann, die Kaiserin ruft dich zu sich.«
Lukian hatte Mühe, nicht zusammenzuzucken, weil ihm sofort die schrecklichsten Gründe für diesen Befehl einfielen.
Bedächtig erhob er sich, warf dem Wirt einen Hälfling zu, griff nach Laute und Bündel, die schon neben ihm lagen. Er war bereit gewesen aufzubrechen, sobald die Stadttore geöffnet wurden. Jetzt musste er den Drang unterdrücken, loszurennen und sich gewaltsam den Weg durch die grölende Menge in dem schäbigen Wirtshaus zu bahnen.
Doch das wäre sein Tod, ein Tod nach schlimmster Folter, denn damit würde er sich sofort verdächtig machen. Man würde ihm jeden Knochen einzeln brechen, um herauszufinden, was er über den Tod des Herzogs wusste.
Scheinbar gelassen folgte er dem Diener und legte sein Schicksal in Gottes Hand.
Sie können nichts wissen, die Schlehen haben nichts damit zu tun, sagte er sich immer wieder. Trotzdem sah er sich schon als Königsmörder verurteilt und vor einer sensationslüsternen, johlenden Menge bei lebendigem Leib ausgeweidet oder aufs Rad geflochten.
Eine flüchtige Begegnung von gestern Abend fiel ihm ein, eine junge Edelfrau mit streng verhülltem Haar, die ihm ent-

gegengekommen war, nachdem er vorm Altar von St. Wiperti für Hanka und ihr Kind gebetet hatte. Sie hatte ihn erstaunt angesehen, es wirkte wie ein plötzliches Erkennen. Nur fiel ihm einfach nicht ein, wer die junge Frau mit den tief umschatteten Augen sein könnte. Obwohl es lebenswichtig für ihn war, sich Gesichter einzuprägen.

Während er dem Diener durch die aufgebrachte Menschenmenge folgte, überkam ihn mehrfach die Versuchung zu fliehen. Doch Richenza kannte auch den Schreiber Ansbert, und das könnte Hanka in Gefahr bringen.

Würde er sie und sein Kind jemals sehen?

Noch nie war ihm ein Weg so lang erschienen wie der von dem billigen Wirtshaus bis zum Quartier der Kaiserinwitwe.

»Du hast ein wunderbares Lied zum Ruhme meines Gemahls verfasst«, eröffnete Richenza, als Lukian stumm und mit gesenktem Haupt vor ihr kniete.

»Jetzt dichte ein Lied zum Ruhme Heinrichs des Stolzen und folge mir nach Königslutter! Du wirst es überall vortragen, wo wir haltmachen, und zusammen mit anderen Barden im ganzen Land verbreiten.«

Lukian nickte und versprach es. Was sollte er auch sonst tun? Im ersten Augenblick war er sogar überaus erleichtert. Noch klagte ihn niemand an. Nur würde er jetzt auf unbestimmte Zeit mit Richenzas Hof reisen und vor jedermann musizieren. Und dabei mochte vieles geschehen.

Lukians Heldenlied auf Herzog Heinrich stieß auf große Begeisterung. Er hatte äußerste Sorgfalt darauf verwandt, es frei von Anspielungen auf den Streit mit dem König oder sogar Vorwürfen gegen Konrad zu halten. Nicht einmal der Name »Staufer« fiel. Er besang die edle Herkunft des Dahingeschiedenen, seine ebenmäßige, schlanke Gestalt, seine Klugheit und sein Geschick im Kriegshandwerk, erzählte von den Reisen, die der Herzog unternommen hatte, und beschrieb sein schwarzes Haar, seine wohlklingende Stimme, die Schönheit der noch jungen Witwe, die Trauer des noch unmündigen Sohnes, der das Abbild seines Vaters zu werden versprach.

Die Begräbniszeremonie in Königslutter war von großer Pracht.

Doch gab es einen Moment, da Lukian fast zu Tode erschrak. Unter den Gegenständen, die als Beigaben neben den Leichnam in den Sarkophag gelegt waren, meinte er den schwarzen Stoffbeutel Alberos zu erkennen, anscheinend sogar noch mitsamt den Schlehen darin.

Was sollte das bedeuten? Schlehen galten als Symbol für Stolz und Hochmut. Wer hatte sie in den Sarg gelegt?

Oder täuschte er sich, unterlag er einem Hirngespinst als Auswuchs seiner Ängste, Zweifel und Selbstvorwürfe?

Nie durfte er vergessen, dass er nur einer der leicht zu opfernden Bauern in einer äußerst gefährlichen Schachpartie um die Macht im Reich war. Wenn ein so mächtiger Mann starb, würden Schuldige gesucht und Köpfe rollen.

Großzügig belohnt aus den Diensten der Kaiserin entlassen, hatte Lukian nur noch ein Bestreben: so schnell wie möglich nach Meißen zu gelangen. Unerkannt und unbehelligt.

Nach der Totenmesse wurde Kunigunde von Plötzkau vor der Klosterkirche von ihrem Gemahl erwartet. Um sie herum strömten die Edlen aus der Basilika hinaus, viele noch mit Tränen in den Augen oder ergriffenen Gesichtern.

»Bitte gewährt mir die Gunst einer Unterredung«, sagte Graf Bernhard, und es war ihm anzusehen, wie schwer ihm diese Worte fielen. »Die Kaiserinwitwe hat ihr Einverständnis erteilt.«

Welche Schmach, dass ein Graf um Erlaubnis bitten musste, mit seiner eigenen Frau zu sprechen!

Gunda blieb nichts anderes übrig, als nickend zuzustimmen.
Bernhard führte sie zu einer Bank aus Weidengeflecht in der Nähe der Klostermauern.
»Es wird Krieg geben«, begann er und griff nach ihren Händen, was ihr einen Schauer über den Rücken jagte. »Bisher habe ich nie darüber nachgedacht, dass ich im Kampf sterben könnte. So etwas macht nur feige. Doch jetzt sah ich, wie jäh das Schicksal zuschlagen kann, selbst bei einem viel jüngeren Mann und außerhalb des Schlachtfeldes. Kunigunde, ich tat Euch Unrecht. Und ich vermisse Euch. Ich vermisse die Schönheit Eures Lächelns, Eures Haares, ich vermisse Euch des Nachts in meinem Bett. Der Tod des Herzogs hat mir vieles vor Augen geführt. Deshalb will ich Frieden mit Euch schließen. Ich gelobe, von nun an ein fürsorglicher und liebevoller Gemahl zu sein. Kommt zurück zu mir.«
Gunda hätte jetzt vieles sagen können. Dass sie ohnehin keine andere Wahl hatte, sobald die Kaiserin sie zurück in Bernhards Bett schickte. Dass es ihre Pflicht war. Und tief in ihr wühlte der Gedanke, dass dies vielleicht ihre Buße für den Kuss war, den sie Dietrich gestattet hatte. Nicht nur gestattet, sondern sogar erwidert …
Verzweifelt starrte sie in die Ferne, sah den Spielmann davoneilen, der bei ihrer Vermählung und jetzt auch zu Ehren des Toten gesungen hatte. Gestern Abend war sie ihm überraschend vor dem Altar der Heiligen Jungfrau in St. Wiperti begegnet, doch er hatte sie nicht erkannt. Wie sollte er auch? Seit sie auf Graf Bernhards Befehl ihr Haar vollständig verbergen musste wie eine Magd und ihre Augen von Schlaflosigkeit tief umschattet waren, erkannte sie sich ja selbst kaum, wenn sie in den Spiegel aus poliertem Kupfer sah.
Bernhard missdeutete ihr Schweigen.

»Zwingt mich nicht, vor Euch auf die Knie zu gehen! Doch wenn Ihr es zur Strafe für meine Schroffheit einfordert, werde ich es tun«, drängte er mit wachsender Ungeduld. »Verzeiht einem Mann, den das Alter eifersüchtig auf jeden Jüngeren werden lässt. Zeigt Euer Haar wieder unter Schleier und Schapel, zeigt Eure Schönheit, und ich werde stolz sein, Euer Gemahl zu sein, auch wenn Stolz eine Todsünde ist. Der Tod kommt schnell, wie uns das Beispiel Herzog Heinrichs lehrt. Lasst uns unser gemeinsames Leben leben, wie wir es vor Gott gelobt haben, und einen Erben zeugen. Ohne Erben will ich nicht von dieser Welt gehen. Und ich will auch nicht von dieser Welt gehen, ohne glückliche Tage mit Euch an meiner Seite verbracht zu haben.«
Ich muss ihm gehorchen, dachte Gunda bedrückt. Er gelobt Besserung. Vielleicht meint er es ja ernst. Er hat mich geschlagen und mir gedroht, mich kahlscheren zu lassen. Ich habe einen anderen geküsst. So ist keiner von uns ohne Schuld. Zu ihm zurückzugehen, ist nicht nur meine Pflicht, sondern hält mich auch davon ab, Hirngespinsten nachzuhängen. Er soll nicht vor mir niederknien. Er ist ein harter Mann, das würde ihn den letzten Stolz kosten.
»Wir sollten der Kaiserinwitwe unsere Aussöhnung mitteilen und einen guten Baumeister suchen, um mit ihm Pläne zu schmieden, wie wir Plötzkau neu errichten, sobald der Krieg vorüber ist«, sagte sie leise.
Ein vorsichtiges Lächeln erhellte Bernhards Gesicht. Rasch stand er auf und zog sie hoch.
»Die neue Burg wird schöner und größer und wehrhafter werden. Nennt mir Eure Wünsche, wie Eure Gemächer beschaffen sein sollen, und ich werde sie erfüllen. Ich weiß, ihr liebt den Blick auf die Saale …«
Er küsste sie auf die Wange, und nie war er ihr fremder erschienen als in diesem Moment – sein Gesicht, sein Geruch … Nicht einmal bei ihrer Verlobung.

Heimkehr

Lukian und Hanka; Meißen, November 1139

Kaum lag Königslutter hinter ihm, verkroch sich Lukian ins nächste Gebüsch und wechselte seine Spielmannskleidung gegen die eines einfachen Mannes.

Von Angst gewürgt, zerschlug er sogar seine Laute und verbrannte die Trümmerteile. Der Spielmann Lukian musste verschwinden, ein für alle Mal. Das kleine Feuer aus Holzsplittern reichte gerade aus, um ihm an diesem eisgrauen, kalten Tag kurz die Hände zu wärmen. In der nächsten größeren Ansiedlung suchte er den Bader auf und ließ sich den Bart abnehmen.

Er hatte zehn Tagesreisen vor sich, sofern die Wege nicht durch Regen verschlammt oder dichten Schneefall unpassierbar wurden, und würde gleich bei der Ankunft in Meißen die leidige Prozedur des Rasierens noch einmal auf sich nehmen.

Auf seinem ganzen eiligen Marsch drehte er sich immer wieder um, ob ihn jemand verfolgte. Bildete er zufällige Reisegesellschaften mit Händlern, Bauern, die zum Markt wollten, oder Pilgern, die so spät im Herbst noch unterwegs waren, beobachtete er sorgfältig, ob jedermann auch das war, was er vorgab zu sein.

Erst nach und nach, je weiter er sich von Königslutter entfernte, schwand dieses Gefühl des Getriebenseins, wenn auch nie zur Gänze. Nur zögernd wagte er, seine Gedanken auf Meißen zu richten.

Wie mochte es Hanka inzwischen ergangen sein? Wenn Gott ihnen gnädig war, müsste sein Kind jetzt schon ein Vierteljahr alt sein.

Auch wenn er tags schon ein wenig zu hoffen begann, überfielen ihn nachts immer wieder Alpträume, in denen manch-

mal er ein grausiges Ende nahm, manchmal sie in Gefahr geriet.
Noch vor ein paar Tagen hatte er gedacht, trotz seiner Liebe zu Hanka würde er das Spielmannsleben vermissen. Jetzt war er dankbar und erleichtert, dass Albero ihn als Spion entlassen hatte. Lieber verzichtete er auf die Musik, das Wanderleben, die fröhlichen Runden im Kreise von Vaganten, wenn sie beim Bier neue Melodien, Spottverse und Berichte aus fernen Ländern austauschten.
Er würde Markgraf Konrad, der wie vermutet mit Verweis auf Grenzstreitigkeiten dem Treffen in Quedlinburg ferngeblieben war, ausführlich vom Tod des Welfen berichten müssen. Doch von da an hoffte er, unbehelligt als Schreiber Ansbert leben zu können.

In den letzten Tagen hatte es fast ununterbrochen geregnet. Als sich Lukian Meißen näherte, begann es zu schneien. Erst winzige Eiskristalle, graupelige Körnchen. Bald schwebten große Flocken vom Himmel und tauchten die Welt in Stille.
In Meißens Gassen war bei diesem Wetter und zu dieser Tageszeit, spät am Nachmittag, kaum jemand unterwegs. Die Menschen hatten sich in ihre Häuser zurückgezogen und wärmten sich am Feuer der Kochstellen.
Der Schnee zauberte weiße Hauben auf Dächer, Äste und Zaunpfähle. In der Gasse, wo er und Hanka lebten, war der Weg von unzähligen Fußspuren zertreten, aber noch immer weiß.
Frieden und Vorfreude erfüllten ihn, als Lukian sein Haus erblickte. Plötzlich hörte er Geschrei. Nicht das Weinen eines Säuglings, sondern eine drohende Männerstimme.
Angst um Hanka packte ihn, er sah Bilder von Bewaffneten, die sie festnahmen, um seiner habhaft zu werden. Sollte er fliehen, damit sie sich herausreden konnte? Nein, das kam

nicht in Frage. Wenn, dann sollten sie ihn nehmen. Seine Liebste konnte mit alldem nichts zu tun haben. Und vielleicht war es einfach nur ein Dieb?

Er zerrte einen kräftigen Stecken aus dem Weidenzaun, rannte los, wäre im Schnee beinahe ausgerutscht, prallte gegen die Tür und riss sie auf.

Beim Anblick, der sich ihm bot, wusste er nicht, ob er erleichtert oder wütend sein sollte. Doch, er wusste es nach einem tiefen Atemzug: Er war erleichtert.

Dies hier ließ sich regeln, auch wenn er sich zu anderer Zeit maßlos darüber aufgeregt hätte. Da stand Hankas einstiger Vormund und hielt ihr Bild vom heiligmäßigen Bischof Benno fest umklammert. Doch sie hielt es ebenfalls fest und wollte es nicht hergeben.

Beide drehten sich sofort zur Tür nach dem Eindringling um, ohne den Rahmen der Stickerei loszulassen.

»Ansbert!«, jubelte Hanka.

Nun erklang auch noch Säuglingsgeschrei aus dem Weidenkörbchen. Unser Kind lebt!, dachte Lukian überglücklich.

»Was tust du hier?«, fragte er den Bortenwirker schroff.

»Ich will das Bild zum Bischof bringen. Als Weib ist sie nicht berechtigt dazu und würde auch nicht den ausgemachten Preis bekommen«, plusterte sich Otmar auf.

Natürlich, er wollte das Geld selbst behalten. Ein einziger Blick in die Kate zeigte Lukian, dass der Vormund keinen Finger gerührt hatte, um Hanka während seiner Abwesenheit zu unterstützen. Zu ihrem Hausstand war nichts hinzugekommen, es lag kaum Holz neben der Kochstelle, an Nahrung sah er nur einen Kanten Brot und etwas Dörrobst aus dem Garten.

In der Ecke stand die alte Magd und hatte vor Schreck die Hände vor den Mund geschlagen.

Lukian zügelte seine Wut und seinen Abscheu vor diesem Verwandten und sagte heuchlerisch: »Ich danke dir für deine

Sorge. Doch nun bin ich zurück und kümmere mich selbst darum.«
Er nahm beiden das Bild aus den Händen und strich sorgfältig das Leinentuch glatt, in das es eingeschlagen war, damit kein Ascheflöckchen es verdarb.
Otmar konnte nicht widersprechen, schließlich war Ansbert der Hausherr. Dennoch murrte er: »Du solltest mir einen Anteil geben. Immerhin habe ich sie jahrelang durchgefüttert. Und ihre Schwestern hungern.«
»Wir werden euch zukommen lassen, was wir entbehren können«, versprach Lukian. »Doch nun geh! Ich möchte meine Frau und mein Kind begrüßen.«
Wütend schlug der Bortenwirker die Tür hinter sich zu, während Lukian das Bild sorgfältig an seinen Platz zurückstellte.
»Und du, gute Frau, kannst nun auch nach Hause gehen. Ruh dich aus!«, wandte er sich an Willa. »Ich danke dir für die Hilfe, die du meiner Frau geleistet hast.«
Wortlos schlurfte die Alte hinaus.
Endlich konnten sie sich um den Hals fallen.
Hanka schluchzte und küsste ihn, alles zur gleichen Zeit.
Dann zog sie ihn zur Schlafstatt.
»Dein Sohn. Christian.«
Sie hob den Kleinen aus dem Körbchen, und sofort hörte er auf zu schreien. Dann drehte sie sein Köpfchen sanft in Lukians Richtung.
»Sieh deinen Vater!«, wisperte sie.
Gerührt betrachtete Lukian das runde Gesicht, den zarten dunklen Flaum, die neugierigen Augen ... Zaghaft strich er seinem Sohn über die Wange.
»Er ist so winzig«, brachte er heraus.
Hanka lachte.
»Von wegen, er ist schon tüchtig gewachsen! Und er trinkt kräftig. Sehr musikalisch scheint er aber nicht zu sein.«

»Das muss er nicht, er wird kein Spielmann«, versicherte Lukian, der sich nicht vorstellen konnte, dass dieser Winzling noch kleiner gewesen sein sollte.

Hanka legte ihm seinen Sohn in den Arm. Er staunte über die Wärme, die der kleine Körper ausstrahlte, und sang leise ein Lied, eine einfache Weise. Das Kind sah ihn mit großen Augen an und verzog das Gesicht zu einem Lachen.

Ich werde dich beschützen, kleiner Christian, dich und deine Mutter, und sei es um mein Leben!, dachte Lukian feierlich und zutiefst bewegt.

»Wie ist es euch ergangen? Musstet ihr Not leiden?«

Nach dem Reichtum in den Quartieren der Fürsten, vor denen er musiziert hatte, kam ihm seine Kate besonders ärmlich vor. Bevor er ging, hatte er Hanka alles an Pfennigen gegeben, was er besaß. Aber es waren nicht besonders viele.

»Josefa half mir. Und die Nachbarinnen. Sie nähten Kinderkleider, damit ich weiter sticken konnte, und brachten manchmal etwas Hirse oder Bier, damit ich genug Milch habe.«

»Das wird sich ändern, ihr sollt von allem genug haben«, versprach er, beschämt darüber, dass seine Pfennige offenbar nicht gereicht hatten.

»Ich bin reich belohnt worden. Wir werden ein Fest für Josefa und alle Nachbarn geben, die dir geholfen haben, ein Namensfest für unseren Sohn! Und gleich morgen gehe ich auf den Burgberg und melde mich beim Truchsess zurück. Wir können ihm zusammen das Bild bringen. Dann kaufen wir Brot und Hirse und Leinen und Wolle, damit ihr nicht hungern und frieren müsst.«

Die Kaiserinwitwe hatte ihm für sein Lied einen Beutel mit winzigen Edelsteinen geschenkt. Wenn er die nach und nach eintauschte, verlor er nicht so viel wie beim Wechseln von Pfennigen. Als Schreiber würde er auch Lohn erhalten. Und

morgen wollte er den Truchsess um Erlaubnis bitten, Feuerholz zu schlagen.
»Schau, was ich euch mitgebracht habe!«
Vorsichtig reichte er das Kind seiner Mutter zurück, schnürte sein Bündel auf und gab Hanka ein Brot, Räucherspeck und ein Stück Wollstoff, aus dem sie eine Gugel für sich und eine warme Bundhaube für ihr Kind nähen konnte.
»Die ist für Christian.«
Lukian blies in eine kleine, selbstgeschnitzte Flöte, die das Zwitschern eines Vögelchens hervorbrachte. Seinem Sohn schien das sehr zu gefallen, denn er lachte und zappelte vor Freude.
»Wo ist deine Laute?«, fragte Hanka verwundert.
»Zerbrochen. Ich brauche sie nicht mehr. Ich gehe nicht mehr auf Wanderschaft.«
»Wirklich?« Der Zweifel war nicht zu überhören.
»Wirklich! Sofern der Markgraf nichts anderes befiehlt.«
Nun nahm er seine Spielmannskleider aus dem Bündel, die zu verbrennen er nicht über sich gebracht hatte. Stoff war aufwendig herzustellen, und jeder kleine Rest wurde sorgfältig aufgehoben, um noch als Flicken Verwendung zu finden.
»Daraus kannst du Sachen für den kleinen Christian nähen.«
»Pack sie lieber in die Truhe«, erwiderte Hanka, die nicht an das Ende seines Spielmannslebens glaubte. »Vielleicht brauchst du sie noch, falls der Markgraf es befiehlt.«
Lukian zögerte, dann klappte er die Truhe auf und legte die Kleider ganz zuunterst auf den Boden.
»Wirst du es nicht vermissen? Das Musizieren und die fremden Städte?«, fragte Hanka.
»Ich habe jetzt euch!« Freudestrahlend nahm er Kind und Frau gleichzeitig in die Arme.
Plötzlich gab der Kleine ein paar unverkennbare Töne von sich, und ein markanter Geruch zog durch die Kate.

»Ach, Kerlchen, wie kannst du deinen Vater nur so unflätig begrüßen!«, schimpfte die junge Mutter den Kleinen, der zu quengeln begann.
»Das ist also deine Meinung zu meinen Plänen, kleiner Christian!«, rügte Lukian in gespieltem Ernst. »Du pfeifst darauf! Etwas mehr Respekt erwarte ich schon als dein Vater.«
Hanka lachte schelmisch. »*Gepfiffen* hat er nicht drauf … Ich wickle ihn gleich neu. Und ich muss ihn stillen, ich laufe fast aus.«
Während sie das Kind säuberte, sah sich Lukian erneut um. Trotz der Armut schien alles geordnet im Haus. Feuer brannte, im Topf am Haken war noch etwas Suppe, und nun wurde ihm bewusst, wie hungrig und durchgefroren er war. Doch seine Neugier auf das Bild war größer als sein Hunger. Vorsichtig schlug er das schützende Leinen beiseite und starrte fasziniert auf die Gesichtszüge eines uralten, weisen Mannes.
»Das ist das Beste, was du je gemacht hast«, sagte er bewundernd.
»Nein, *das* hier ist das Beste, was wir je gemacht haben«, widersprach Hanka lächelnd, deutete auf den kleinen Christian und legte ihn an.
Lukian staunte, wie riesig ihre Brüste geworden waren, und lauschte andächtig dem gierigen Glucksen, mit dem sein Sohn trank.
Er sah in das zärtliche, madonnenhafte Gesicht der stillenden Mutter und spürte inniges Glück über sich kommen.
Er hatte ein Zuhause, eine Familie, er würde hier bleiben und ungestört als Schreiber Ansbert die ihm von Gott vergönnten Jahre zubringen, seinen Sohn aufwachsen sehen und vielleicht noch ein paar Geschwisterchen dazu.
Von nun an würden sie in Frieden leben.

»Krieg! Das gibt Krieg!«, rief Markgraf Konrad, als ihm Lukian am nächsten Tag über die Ereignisse in Quedlinburg und Königslutter berichtete.
Konrad wusste bereits vom rätselhaften Tod des Welfen. Aber er war begierig auf jede Einzelheit.
Heute zeigte sich der sonst so kalte Fürst eindeutig in gehobener Stimmung, denn noch vor dem Frühmahl hatte ihm ein Bote die Nachricht gebracht, dass etliche welfentreue Vasallen unter Mitwirkung der Bremer den Bären aus der Stadt verjagt und in einem wilden Handgemenge sogar beinahe gefangen genommen hätten, als er dort öffentlich Gericht halten wollte. Nur dank des Hillerslebeners und einiger weiterer Getreuer konnte der Bär entkommen.
Damit hatten die Sachsen Albrecht zum zweiten Mal aus ihrem Land vertrieben. Nun würde er wohl erneut Unterschlupf beim Erzbischof von Mainz suchen müssen.
Das hatte der Markgraf gleich am Morgen voller Triumph vor all seinen Männern bekanntgegeben.
Da war Lukian gerade eingetroffen und hatte weit hinten in der Halle gestanden, inmitten der Dienerschaft. Mägde mit Schüsseln voller Brei für die Niederen, Töpfen mit Butter und Honig, Platten mit Käse und Fleisch für die Ritter drängten sich an ihm vorbei. An der Hohen Tafel saßen der Markgraf, seine wie stets schweigende Gemahlin Luitgard, seine beiden ältesten Söhne und der Kaplan.
Die Neuigkeiten aus Bremen schienen den Appetit der Männer und vor allem ihren Durst erheblich anzufachen.
Der Markgraf hob seinen Becher und prophezeite voller Genugtuung: »Dem falschen Herzog wird nun eine Burg nach der anderen niedergebrannt, zum Gedenken an Heinrich den Stolzen. Es ist Zeit, dem Bären die Krallen zu stutzen.«
Seine Männer stimmten ihm laut jubelnd zu.
Doch nach diesen Worten hob der Fürst die Tafel abrupt auf. Er bedeutete Otto und Dietrich, ihm in seine Kammer

zu folgen, und gab dem Truchsess Befehl, diskret den Schreiber Ansbert zu ihm zu führen.

»Albrecht hat sich zu viel herausgenommen«, resümierte Konrad nach Lukians Bericht. »Ich habe ihn immer wieder gewarnt. Aber er glaubt ja, der König würde ihm alles durchgehen lassen.«
Der Markgraf gab einen knurrigen Laut von sich, der vielleicht seine Version eines grimmigen Lachens war.
»Das Letzte, was der König jetzt braucht, ist ein Herzog, der sein Land nicht gegen seine Untergebenen halten kann. Der Staufer wird nicht noch einmal zu einer Heerfahrt aufrufen. Die letzte endete zu schmählich. Das welfische Bündnis ist auf dem Vormarsch, daran ändert der Tod Heinrichs überhaupt nichts. Im Gegenteil, der wird es nun erst recht befeuern.«
Der Markgraf sah durchs schmale Fenster in den weißen Himmel, dann zu seinen Söhnen.
»Ich muss darüber nachdenken, wie weit wir uns beteiligen. Am liebsten würde ich mich einfach nur zurücklehnen und genüsslich zusehen, wie *mein alter Freund und Feind* immer tiefer in die Falle gerät.«
Die Erinnerung an ihre Begegnung in Quedlinburg trieb ein kaltes Lächeln über sein Gesicht.
»Mit Verlaub, durchlauchter Vater«, meldete sich Otto zu Wort. »Wenn es dem Bären an die Kehle geht, ist ein großes Fell zu verteilen.«
»Das werde ich nicht vergessen und entsprechend handeln, wenn es an der Zeit ist«, versicherte der Vater. »Haltet euch bereit, Truppen in den Krieg zu führen. Doch lassen wir erst einmal den Erzbischof von Magdeburg die schmutzige Arbeit verrichten. Ihn und die Jungsporne, die nach Ruhm gieren, wie der Holsteiner. Wer weiß, vielleicht findet sich durch Gottes Wunder ein geduldiger Mensch, der diesem

Starrkopf Albrecht klarmacht, dass er den Herzogstitel ablegen muss? Dann müssten wir nicht gegen den Waffenstillstand verstoßen.«

Lukian wurde angewiesen, sich vom Truchsess eine Belohnung auszahlen zu lassen und dann seine Arbeit in der Schreibstube aufzunehmen.

Er verneigte sich tief und ging.

Doch bevor sich die Tür hinter ihm schloss, hörte er den Markgrafen noch sagen: »Wäre Albrecht nicht so stur und hätte er ein Einsehen, sich mit der Nordmark zu begnügen … Aber so wird ganz Sachsen brennen. Und der Bär ist schuld daran.«

Goldene Brücken über brennendes Land

Albrecht der Bär, Sophia und Eilika; Anfang 1140 bis zum Hoftag in Frankfurt, 21. April bis Anfang Mai

Von Januar an standen die askanischen Stammlande in Flammen.

Als Erstes brannte Gröningen nordwestlich von Halberstadt, nach siebentägiger Belagerung eingenommen und dem Erdboden gleichgemacht durch Pfalzgraf Friedrich von Sommerschenburg. Kurz darauf erstürmte und zerstörte er die nahe gelegene Burg Wittecke.

Erzbischof Konrad von Magdeburg vernichtete erst Burg Jabilinze, dann ließ er es sich nicht nehmen, persönlich zusammen mit dem Pfalzgrafen von Sachsen die Burg Anhalt anzugreifen und zu schleifen, nach Ballenstedt der wichtigste Stammsitz des Bären.

Noch während die wehrhafte Feste über dem Selketal zerstört wurde, eroberte Graf Rudolf von Stade weitere askanische Burgen und besetzte damit fast alle strategischen Punkte in Albrechts Markgrafschaft.

Richenza hatte in Quedlinburg die richtigen Worte gefunden, damit ihrem Hauptfeind kein Pardon und keine Atempause gewährt wurde. Mitten im Winter, wenn normalerweise gar nicht Krieg geführt wurde, eroberten ihre Gefolgsleute die Nordmark. Doch Krieg sollte dort über das ganze bittere Jahr 1140 herrschen.

Bald gab es kaum noch ein Dorf, das nicht von Verwüstung heimgesucht wurde. Häuser und Scheunen brannten, Vieh wurde abgestochen oder den feindlichen Heeren als Proviant zugetrieben, kaum bestellte Felder zertreten oder niedergebrannt. Eine Hungersnot überzog das Land. Scharen von Notleidenden streiften umher auf der Suche nach Nahrung oder lebten als Gesetzlose in den Wäldern.

Albrecht der Bär hatte Sachsen mit seiner Familie und nur wenigen Getreuen wie dem Grafen von Hillersleben längst verlassen und zum zweiten Mal Schutz beim Erzbischof von Mainz gesucht.

Ein ganzes Jahr lang sah und hörte man nichts von ihm in seinem geschundenen, leidenden Land.

Der Hoftag in Worms, auf dem der König mit den Welfentreuen verhandeln wollte, geriet zur Farce. Fast keiner der sächsischen Fürsten war erschienen. Der Waffenstillstand war für sie mit Herzog Heinrichs Tod gegenstandslos geworden, der König hatte für sie seine Autorität verloren.

Aus Sicht des Königs wiederum hatten die Sachsen den in Creuzburg vereinbarten Waffenstillstand gebrochen. Deshalb verweigerte er ihnen freies Geleit.

Einzig der sehr junge Ludwig von Thüringen erschien, ein noch unmündiger Knabe, um nach dem Tod seines Vaters im Januar mit der Landgrafschaft belehnt zu werden.

Das Reich war gespalten und stand am Rande des Abgrunds.

Diesmal war es der weise Abt Wibald von Stablo, der einen ausgeklügelten Plan entwickelte. Denn Albero saß in Trier fest und stritt immer noch mit den Benediktinern von St. Maximin, die sich nicht seiner Herrschaft unterwerfen wollten. Sie beharrten darauf, als Reichsabtei nur dem König und Rom zu unterstehen, und hatten sich deshalb sogar an den Papst gewandt. Währenddessen rief der Vogt, Graf Heinrich von Namur, zu den Waffen gegen Albero.

Auf dem Hoftag in Frankfurt arrangierte Wibald ein *rein zufälliges* Treffen mit dem Bären, wobei er sorgfältig darauf achtete, dass dessen kampflustige Mutter weit fort, seine Gemahlin Sophia aber zugegen war. Der einflussreiche Benediktinerabt und Leiter der Hofkanzlei war ein äußerst guter Beobachter von Menschen und erkannte, dass er in Sophia eine Verbündete finden würde, so still und sanft sie auch schien.

Er ließ sich bei dem Fürstenpaar melden und begann ein ausschweifendes Lamento über die schwierige Lage.

Dann resümierte er ganz unverblümt: »Seht es ein, Durchlaucht, Ihr könnt das Herzogtum nicht halten. Ihr vermögt es ja nicht einmal zu betreten! Und ein Titel ohne Land ist nichts wert. Das würde Euch zum Gespött machen.«

Noch mehr zum Gespött, dachten alle drei zugleich, ohne es auszusprechen.

»Was soll ich denn tun?«, stöhnte Albrecht. »Mir bleibt ja selbst die Nordmark verwehrt!«

Wibald lächelte.

»Das ließe sich leicht ändern. Der noch unmündige Heinrich bekäme Sachsen natürlich nur, *nachdem* er Euch die Nordmark und Eure Stammlande zurückgegeben hat. Der König würde Euer Entgegenkommen im Sinne des Reichsfriedens sicher mit einigen interessanten Gebietszuwächsen belohnen. Wie wäre es mit Weimar, Orlamünde und Burg Rudolstadt aus der Hinterlassenschaft des Pfalzgrafen vom

Rhein? Der war ein Ballenstedter, und ich weiß, dass Ihr diese Gebiete schon lange begehrt.«

»Ich kann nicht wieder Markgraf der Nordmark werden, nachdem ich Herzog von Sachsen war!«, protestierte der Bär. »Der Ehrverlust ist zu groß. Und die Nordmark ist verwüstet.«

»Vielleicht tut sich da ein anderer Weg auf«, begann Wibald mit vielversprechendem Blick.

Albrecht wehrte mit einer Handbewegung ab, doch Sophia stieß ihn sanft in die Seite und bedeutete ihm mit einem Blick, erst einmal zuzuhören.

»Wie fändet Ihr es, *Markgraf von Brandenburg* zu werden?«, fragte der Geistliche mit vielsagendem Lächeln.

»Es gibt keine Mark Brandenburg«, schnappte Albrecht.

»Richtig. *Noch* gibt es keine Mark Brandenburg. Doch das Königreich Brandenburg, das Lothar Euerm slawischen Verbündeten Heinrich gewährt hatte, der sich einst Pribeslaw nannte, existiert auch nicht mehr, seit unser König Konrad ihm den Königstitel entzog. Und Ihr werdet die Brandenburg ohnehin erben. Erweitert die Nordmark! Ihr könnt Eure Herrschaft nach Osten hin erheblich ausbauen und herrscht dann über ein viel größeres Gebiet als zuvor.«

»Ja, voller heidnischer Wenden«, murrte Albrecht. »Und zuallererst müsste ich doch sicher Euerm Freund Bischof Anselm Havelberg erobern, damit er endlich sein Bistum betreten kann!«

»Ihr würdet so ein frommes Werk tun«, bekräftigte Wibald zufrieden.

Sophia legte die Hand auf den Arm ihres Gemahls.

»Klingt das nicht wunderbar, mein liebster Gemahl? Wir könnten zurück nach Ballenstedt, und es würde endlich Frieden einkehren!«

»Auf meine Kosten«, grollte der Bär.

Es stimmte ihn nachdenklich, dass Sophia jetzt etwas gesagt

hatte. Das tat sie sonst nie vor anderen. Also musste ihr die Sache sehr am Herzen liegen.
Doch was würde seine Mutter dazu sagen?
»Versucht einmal, wie es sich anfühlt, Markgraf von Brandenburg zu sein«, schlug der weise Abt von Stablo vor. »Unterzeichnet das nächste Mal mit diesem Titel, wenn Ihr Urkundszeuge des Königs seid. Dann werdet Ihr sehen, wie das für Euch klingt. Wenn Ihr den Landausbau Richtung Osten kräftig vorantreibt, könnte es vielleicht sogar ein Herzogtum werden.«
Wibald tauschte einen verständnisinnigen Blick mit Sophia. »Ich ziehe mich nun zurück. Überdenkt meinen Vorschlag.«

Zu aller Verwunderung wurde der Bär tatsächlich als »Markgraf von Brandenburg« aufgerufen, als er beim nächsten Mal gemeinsam mit anderen Fürsten einen Beschluss des Königs beurkunden sollte.
Diese höchst erstaunliche »Nebensächlichkeit« einer ansonsten langweiligen und zeitraubenden Verwaltungsprozedur machte im Nu die Runde am Hof.
Es dauerte keine halbe Stunde, bis Eilika in die Kammer ihres Sohnes gerauscht kam.
Sie stemmte die dürren Arme in die Seiten, neigte den Kopf leicht schräg und kniff die Augen zusammen, als sähe sie schlecht.
»Wer sitzt da neben dir, Tochter?«, wandte sie sich an Sophia. »Der Herzog von Sachsen? Oder der Markgraf von Brandenburg, einer nicht existierenden Markgrafschaft?«
»Mutter, lasst mich erklären ...«, begann Albrecht, der sich genau vor diesem Augenblick gefürchtet hatte.
»Was denn?«, keifte sie. »Dass du den Schwanz einziehst? Dass der *König* den Schwanz einzieht, weil er dir nicht zu deinem Recht verhelfen kann?«
»Liebste Mutter!«, hauchte Sophia erschrocken. »Wenn

jemand durch die Tür erlauscht, wie despektierlich Ihr von Seiner Majestät sprecht …«

»Misch dich nicht ein, wenn ich mit meinem Sohn über Politik rede! Und in all den Jahren solltest du gemerkt haben, dass ich nicht deine *liebste Mutter* bin!«, fauchte die Gräfin sie an, um gleich darauf wieder auf ihren Sohn einzuhacken.

»Albrecht, ich kann es nicht fassen! Bisher dachte ich, du wenigstens wärst noch einer der letzten echten Männer. Aber die scheinen alle tot zu sein, seit Wiprecht von Groitzsch und der alte Hoyer von Mansfeld ins Grab gesunken sind. Der König und seine Pfaffen wissen nicht mehr weiter, und du sollst es ausbaden und spielst auch noch mit!«

Sie schüttelte missbilligend den Kopf auf dem dürren Hals. »Markgraf von Brandenburg. Hat irgendwer schon jemals von einer Mark Brandenburg gehört? Warum nicht Markgraf von ›Eck im hintersten Winkel‹ oder Markgraf von ›Letztes Dorf vorm Ende der Welt‹?«

Albrecht wollte seiner Mutter Abt Wibalds Argumente darlegen, doch weiter als einen halben Satz kam er nicht.

»Ja, nun schicken sie Wibald mit den Engelszungen!«, schrillte sie. »Denn der oberste Intrigant Albero erleidet gerade eine Schlappe in Trier, er kriegt die Mönche von St. Maximin nicht unter seine Fuchtel. Der eitle Pfau wird gerade gerupft. Und der König muss sich um Bayern sorgen, das vom sechsten Welf überrannt und verwüstet wird. Der demütigt nebenbei auch noch aufs schlimmste des Königs Halbbruder, den Babenberger, den neuen Herzog von Bayern. Schwächlinge, Schande über sie alle! Die wollen dir nicht helfen.«

»Der König wird erneut zur Heerfahrt gegen die rebellischen Sachsen aufrufen«, erinnerte der Bär stur.

»Wird er nicht!«, widersprach seine Mutter. »Der sechste

Welf, der Bruder des Dahingeschiedenen, brennt gerade Konrads Land nieder. Das bindet die staufischen Heere. Leopold von Bayern ist von schwacher Gesundheit und wird nicht ins Feld ziehen. Und dein junger Freund, der Erzbischof von Mainz, ist drauf und dran, ins feindliche Lager überzuwechseln. Wer soll da noch auf Heerfahrt gehen? Der König wird dir nicht helfen, so wie er auch mir nicht zu meinem Recht verholfen hat. Aber ich gehe bis zum Papst, um es mir zu holen!«, triumphierte sie. »Und du bist ein Schwächling, wenn du dich beschwatzen lässt.«
Völlig unerwartet mischte sich Sophia in das Streitgespräch ein. Zum zweiten Mal tat sie so etwas nun schon, und jetzt sogar gegen ihre wütende Schwiegermutter.
»Seht Ihr denn nicht, mein Gemahl, dass wir Sachsen längst verloren haben? Wir können es nicht einmal betreten! Dies ist noch der ehrenhafteste Ausweg.«
Viel zu lange hatte sie geschwiegen. Sie war es leid. Das Exil, das Elend, die bösartige Zurechtweisung Eilikas.
»Halt dich raus, wenn ich mit meinem Sohn über Politik rede, sagte ich, und kümmere dich lieber um deine Kinder! Du hast schon lange keines mehr ausgebrütet«, schnappte die Gräfin.
»Für meine Kinder spreche ich ja. Denn ich will, dass sie zurück nach Ballenstedt können und ihr Erbe bewahrt wird«, gab Sophia tapfer zurück.
Das kann nur ein Traum sein, dachte Albrecht. Ein böser Traum. Zankende Weiber. Ihr Heiligen, ich flehe euch an, bitte lasst mich aufwachen!
»Wenn du den Herzogstitel aufgibst, bist du nicht mehr mein Sohn!«, rief Eilika.
»Wenn du es *nicht* tust, begebe ich mich mit den Kindern unter den Schutz meines Bruders«, erklärte Sophia.
Wütend drehte Eilika sich um und rauschte hinaus.
Albrecht starrte hilflos auf seine Gemahlin.

Warum war er nicht auf die Jagd gegangen? Lieber hätte er sich einem wilden Keiler oder Bären nur mit dem Speer entgegengestellt als diesen beiden Frauen, wenn sie in Streit gerieten.

Ein Wiedersehen und vier Todesfälle

Adela und Gunda; Ende Mai 1141 bis Anfang 1142

Auf dem Hoftag in Würzburg zu Pfingsten sollte der König zum angekündigten zweiten Feldzug gegen die Sachsen aufrufen. Doch eine Erkrankung seines Halbbruders Herzog Leopold von Bayern bot ihm den Vorwand, dies nicht zu tun. Er hatte es auch nie vor gehabt.

Denn sein Bruder Friedrich, der Herzog von Schwaben, hatte sich mit ihm nach der Belagerung von Weinsberg zerstritten und beteiligte sich nicht mehr an königlichen Heerfahrten. Und sein Neffe, der junge Friedrich, kämpfte sogar auf Seiten der Welfen!

Welf der Sechste, der jüngere Bruder Heinrichs des Stolzen, hatte eine Fehde gegen den König eröffnet und verwüstete große Teile Bayerns und sogar Schwabens. Das war jetzt Konrads größte Sorge.

Leopold schien als Herzog von Bayern ähnlich unbeliebt wie Albrecht von Ballenstedt in Sachsen.

Doch die Lage des Bären war so aussichtslos, sein bevorstehender Abschied als Herzog so unvermeidlich, dass einige seiner sächsischen Gegner schon an den Hof zurückkehrten, um nach ihrer Rebellion wieder gnädig in den Königsfrieden aufgenommen zu werden.

Der Markgraf von Meißen und seine Söhne hatten zu den Ersten gehört, die dies taten. Zum Pfingsthoftag erschien

auch der Graf von Plötzkau samt Gemahlin in Würzburg, um den König um Verzeihung zu bitten und um die Erlaubnis, seine niedergebrannte Burg neu zu errichten.
So sahen sich Gunda und Adela erstmals seit langem wieder. Die Königin erlaubte ihnen sogar ein Gespräch unter vier Augen. Natürlich unter der Maßgabe, dass Adela herausfinden sollte, wie verlässlich der erneute Seitenwechsel Graf Bernhards zu bewerten sei.
Kaum allein, fielen sich die Freundinnen um den Hals. Sie stritten kurz im Spaß, wer zuerst erzählen sollte, dann begann Gunda und ließ nichts aus. Nur den Kuss des jungen Meißners verschwieg sie, auch wenn es ihr schwerfiel. Diese Begebenheit wollte sie tief in ihrem Herzen begraben.
»Und wie ist es dir ergangen?«, wollte sie endlich wissen.
»Nun bin ich schon fast fünfzehn und immer noch nicht verlobt«, meinte Adela von Vohburg und zuckte mit den Schultern. Sie war gewachsen, selbstsicherer und fraulicher geworden. Keine strahlende Schönheit, aber ein hübsches Mädchen, klug und mit wachem Blick.
»Ich sehne mich nicht gerade danach, einem Mann gegeben zu werden. Schon gar nicht, wenn ich höre, was dir zugestoßen ist. Aber hier als alte Jungfer zu enden … Der heimliche Spott darüber ist schwer zu ertragen. Ich werde älter.«
»Das Egerland wird es nicht!«, widersprach Gunda, während sie grüne Bänder in Adelas braunes Haar zu flechten begann. »Vergiss das nie! Ist Isotta immer noch am Hofe?«
»Nein, sie wurde voriges Jahr die dritte Gemahlin eines schwäbischen Grafen. Stell dir vor, sie ist nun die Stiefmutter von zwölf Kindern, von denen die Hälfte deutlich älter ist als sie selbst.«
»Oh!« Gunda schlug sich die Hand vor den Mund. »Da weiß man nicht, wen man mehr bemitleiden soll – sie oder die Kinder«, meinte sie, und beide kicherten wie in ihrer Jungmädchenzeit.

»Ich wünsche mir so sehr ein Kind«, gestand Gunda. »Mein Leben ist so leer ... so völlig ohne Herzenswärme. Ein Kindchen könnte ich lieben und herzen.«

»Graf Bernhard hat versprochen, dich besser zu behandeln«, erinnerte Adela.

»Das versprechen sie immer. Er ist ein harter Mann, und ich bin einfach zu jung für ihn. Vielleicht eint uns einmal das gemeinsame Ziel, wenn wir Plötzkau wieder aufbauen. Ich will dorthin zurück, ich will tun, was mir möglich ist, um das Leid zu lindern, das der Krieg über die Menschen in unserem Land gebracht hat. Du kannst es dir nicht vorstellen.«

»Doch«, widersprach Adela bedrückt, während sie wieder zu flechten begann, um sich abzulenken. »Man versucht, die schreckliche Wirklichkeit von uns fernzuhalten. Auf jeder Reise haben wir dreifache Eskorte. Aber was ich auf den Reisen sah an niedergebrannten Dörfern, an niedergemetzelten Toten, die keiner bestattete, an darbenden Menschen, dem Hungertod nah ... Auch staufische Besitzungen wurden schlimm verheert, bis der sechste Welf bei Weinsberg besiegt wurde.«

Diese Schlacht und ihre Begleitumstände waren inzwischen überall bekannt und wurden in unzähligen Liedern besungen. Wochenlang hatten der König, der Herzog von Schwaben und Markgraf Hermann von Baden mit ihren Truppen die welfische Burg Weinsberg bei Heilbronn belagert. Der Welf, genauso kampferprobt wie sein unter rätselhaften Umständen verstorbener Bruder, eilte mit seinem Heerbann herbei, um die Belagerung zu beenden, und stellte sich den Gegnern in einer offenen Feldschlacht. Doch er wurde vernichtend geschlagen und verlor viele seiner Kämpfer. Die Burgmannschaft kapitulierte. Der König sicherte den Frauen freien Abzug zu, während der Burgmannschaft die Hinrichtung drohte.

»Überall singen sie nun Lieder von den treuen Weibern zu

Weinsberg«, erzählte Adela. »Nur nicht bei Hofe, da wird bloß darüber geflüstert. Die Legende besagt, die Frauen durften mit Erlaubnis des Königs alles mitnehmen, was sie auf den Schultern tragen konnten. Da hätten sie allesamt ihre Männer huckepack herausgeschleppt, um sie zu retten.«

»Ob die Lieder die Wahrheit erzählen?«, fragte Gunda. »Ich könnte Graf Bernhard nicht tragen. Er wiegt gewiss das Doppelte von mir.«

»Hättest du es überhaupt gewollt?«, fragte Adela spitz. Doch darauf erhielt sie keine Antwort. Sie hatte auch keine erwartet.

»Der König und der Herzog von Schwaben sind seitdem ernsthaft zerstritten«, flüsterte Adela. »Der Herzog meint, an einem Befehl des Königs sei nichts herumzudeuten, und die Männer hätten wegen Widersetzlichkeit gegen die Krone den Tod verdient. Seitdem erscheint Friedrich von Schwaben nicht mehr bei Hofe. Und sein Sohn schon gar nicht. Der junge Friedrich kämpft auf Seiten seines welfischen Onkels, was ihm der König nicht verzeiht.«

Deshalb hatte sie den Ritter mit dem rotgoldenen Haar zu ihrem großen Kummer auch seit seiner Abreise von Goslar nicht mehr gesehen, seit jener Szene im Schnee, die sich in ihr Gedächtnis eingebrannt hatte.

Doch sie verstand seine Gründe. Der sechste Welf war außerdem nur wenig älter als er, Anfang zwanzig, soweit sie wusste. Sicher war es für den jungen Friedrich von großem Reiz, an der Seite eines gleichfalls noch jungen, aber gefürchteten Kämpfers Ruhm zu erwerben. Wollten das nicht alle Ritter?

»So wird es nie Frieden geben«, stöhnte Gunda. »Sie werden weiter streiten, bis der letzte Weiler niedergebrannt ist. Und nach der Missernte vom vorigen Jahr droht nun die nächste. Die Menschen werden zu Tausenden verhungern.«

Die verzweifelte Lage für das Königreich änderte sich schlagartig durch mehrere dicht aufeinanderfolgende Todesfälle.
Am 10. Juni 1141 starb im Alter von mehr als fünfzig Jahren Richenza von Northeim, die leidenschaftliche Anführerin der antiaskanischen Opposition. Sie wurde an der Seite ihres Gemahls Lothar von Süpplingenburg in Königslutter beigesetzt. Aufmerksame Beobachter konnten feststellen, dass ihre bleierne Grabeskrone fast so geformt war wie die neue Krone des Staufers Konrad. Eine Anspielung?
Doch weil sich ihr Leib als zu massig für den Sarkophag herausstellte, wurde der Leichnam auf sehr taktlose Weise in den steinernen Sarg gestopft, was der Feierlichkeit der Stunde erheblich Abbruch tat.
»Das hat sie nicht verdient«, erklärte zu aller Staunen Eilika von Ballenstedt, als sie davon hörte. »Wir hatten unsere Streitigkeiten. Aber sie war eine große Frau, eine bedeutende Herrscherin, und davon gibt es wenige genug!«, sagte die Gräfin feierlich in die erstaunten Gesichter hinein. »Fast noch weniger als echte Männer.«
Diesen Seitenhieb konnte sie sich nicht verkneifen.
Im darauffolgenden Monat starb der noch junge Erzbischof von Mainz, was die Lage endgültig änderte. Sein Amt ging an den schon recht betagten Markolf aus Aschaffenburg über, der sofort auf friedliche Einigung im Streit um Sachsen drängte.
Und ganz besonders hart bedrängte Markolf von Mainz Albrecht den Bären zur Aufgabe des Herzogstitels.
»Seht die Not in Sachsen, Durchlaucht! Was nützt Euch ein Titel ohne Land? Ich versichere Euch, der junge Welfe wird nur unter der Bedingung Herzog, dass er Euch wieder in Euer Land lässt. Für Euer Einlenken belehnt Euch der König mit Weimar und Orlamünde.«
»Soll ich darum betteln, mir meine Nordmark und meine Stammlande zurückzugeben?«, entrüstete sich Albecht,

doch längst nicht mehr so heftig, wie er es früher getan hätte.
»Bei denjenigen betteln, die mir Huldigung schulden, die mir die Treue brachen und mein Land verwüsteten? Und der König lässt mich fallen …«
»Ihr seid vollständig geschlagen. Preist Euch glücklich, wenn Ihr überhaupt noch etwas retten könnt!«, konterte der Erzbischof in erbarmungsloser Härte. »Es ist unsere Pflicht und Verantwortung als Fürsten, für Frieden im Reich zu sorgen.«
Albrecht ging in sich, zur Entscheidung gedrängt von Sophia, doch in Furcht vor Eilika.
Die hatte es tatsächlich geschafft, dass Papst Innozenz II. sie und ihre Güter unter besonderen Schutz nahm, wofür sie dem Heiligen Stuhl jährlich eine halbe Mark Silber zahlte. Die Urkunde darüber hatte sie ihm stolz unter die Nase gehalten und triumphiert: »Und zur gleichen Zeit schickte der Papst dem Erzintriganten Albero eine Bulle, dass St. Maximin nur Rom und dem Reich untersteht! Als der Trierer sich weigerte, dies anzuerkennen, wurde er suspendiert.«
Kichernd fügte sie hinzu: »Dafür würde ich Seiner Heiligkeit sogar eine ganze Mark Silber zahlen …«
Doch dann hatte ein Schwächeanfall die scheinbar Rastlose aufs Krankenlager geworfen.
»Meine Mutter kränkelt, ihre Tage sind wohl gezählt … und sie würde das nicht ertragen«, jammerte Albrecht und erntete dafür einen Blick Markolfs, der deutlich besagte: Muttersöhnchen!
»Es ist die Schande, die sie ins Grab bringt!«, rechtfertigte sich der Bär.
Nach einem tiefen Atemzug bat Albrecht, vor dessen Kraft und Unbändigkeit sich einst fast jedermann gefürchtet hatte: »Einverstanden, ich werde als Markgraf urkunden. Aber ich flehe Euch an: Gewährt mir eine Gnadenfrist, den Titel vor dem ganzen Hof abzulegen, damit sie das nicht miterleben muss.«

Eilika, die kampflustige Tochter des Magnus von Sachsen, des letzten Billungerherzogs, starb am 16. Januar 1142. In ihren mehr als sechzig Lebensjahren hatte sie ihren Gemahl die Herzogswürde ihres Vaters erringen und wieder verlieren sehen, danach das Gleiche bei ihrem einzigen Sohn. Sie hatte Truppen aufgestellt, sich mit Fürsten und Königen angelegt – und konnte es doch nicht verhindern. Die Verbitterung darüber mochte ihr Ende beschleunigt haben. Mit ihr erlosch das Haus der Billunger.

Was sie ihrem Sohn noch kurz vor dem letzten Atemzug unter vier Augen zugeflüstert hatte, würde die Nachwelt nie erfahren.

Albrecht war untröstlich über ihren Tod – und insgeheim erleichtert, dass er das Unvermeidliche nun nicht vor ihren Augen tun musste.

Demütigung und Trost

Albrecht der Bär, Sophia und Hedwig;
Reichstag in Frankfurt, Mai 1142

»Albrecht von Ballenstedt, tretet vor!«

Der Bär kniete vor dem Königspaar nieder.

»Hiermit lege ich den Titel eines Herzogs von Sachsen vor Gott, vor Euer Majestät und all diesen Zeugen nieder«, verkündete er gepresst.

»Erhebt Euch als Graf von Ballenstedt, Markgraf der Nordmark und Graf von Weimar-Orlamünde!«, rief der König.

Albrecht tat es, verneigte sich und trat zurück an seinen Platz, neben seine Frau.

Er wusste, dass ihn jedermann im Saal voller Häme betrachtete. Nur zehn Schritte weiter stand der Wettiner. Zwar ließ

dessen Miene wie üblich nichts erkennen, aber der Meißner würde vor Triumph fast platzen.
Nie in ihrer langen Feindschaft hatte er ihn so gehasst.
Wie dieses Kind Heinrich, das nun den Herzogstitel erhielt – seinen Herzogstitel!
Noch nie war er so gedemütigt worden.
Sophia wusste genau, wie es um ihren Gemahl bestellt war.
»Es ist Frieden, das zählt!«, flüstere sie ihm zu und drückte seinen Arm, als er wieder neben ihr stand. »Endlich Frieden nach fünf Jahren Krieg.«
»Von nun an herrscht Frieden im Reich!«, rief auch Seine Majestät von Herzen erleichtert. »Frieden zwischen dem Thron und den Sachsen, die damit erneut in den Königsfrieden aufgenommen sind.«
Die welfische Partei war versöhnt. Richenza tot, der junge Heinrich nun Herzog von Sachsen. Seine Mutter, die noch junge Witwe Gertrud, war soeben mit einem weiteren Halbbruder des Königs vermählt worden, Heinrich Jasomirgott, der nach dem plötzlichen Tod des kinderlosen Leopold Herzog von Bayern wurde. Es würde also keinen staufisch-welfischen Streit mehr geben.
»Ein Friedensvertrag ist geschlossen. Den wollen wir feiern und auch die Hochzeit Gertruds von Sachsen, Tochter des Kaisers Lothar von Süpplingenburg, mit Herzog Heinrich von Bayern! Zwei Wochen sollen die Festlichkeiten währen.«
Vor lauter Freude hatte Konrad seiner künftigen Schwägerin, die einst Gemahlin seines größten Rivalen war, jegliche Bußzahlung erlassen und die Kosten für die vierzehntägigen Hochzeitsfeierlichkeiten übernommen.
Seine Ankündigungen – Friedensschluss und zweiwöchige Feier – wurden im Saal mit Jubel begrüßt. Nachdem sich König und Königin erhoben hatten, strömte alles ihnen nach in die Halle, wo das Festmahl vorbereitet war.
Sophia allerdings wusste genau, wie sich ihr Mann fühlte,

und führte ihn entschlossen an jedem vorbei, der mit ihm reden wollte.
Nur bei einem schaffte sie es nicht: Konrad von Wettin.
»Somit stehen wir wieder auf einer Seite, mein alter Feind und Freund«, sagte der Meißner genüsslich. »Darauf müssen wir unbedingt anstoßen!«
Am liebsten hätte der Bär geantwortet, eher würde er verdursten, als mit ihm zu trinken. Noch lieber hätte er sich mit ihm geschlagen, gleich hier im Saal.
Doch Sophia hielt ihn fest am Arm und antwortete freundlich lächelnd mit einer Nettigkeit.
Nun beugte sich Konrad von Wettin sogar ein wenig vor und senkte die Stimme.
»Um dir diese bittere Stunde etwas zu versüßen, *mein alter Freund:* Soeben erfuhr ich, dass Erzbischof Konrad von Magdeburg von uns gegangen ist. Gott sei seiner Seele gnädig – oder auch nicht. Er hat wahrlich schlimm gewütet in deinem Land«, erinnerte er unnötigerweise. »Ich mochte ihn auch nie leiden. Wir werden beide auf seinem Grab tanzen! Und wie ich ebenfalls hörte, wird der Domvikar zum Nachfolger gewählt. Ein Wettiner übrigens. Doch wie gesagt, wir stehen ja jetzt alle auf einer Seite …«
Nun legte er ihm sogar eine Hand jovial auf die Schulter. Sophia erkannte, dass ihr Gemahl kurz vor einem gewaltigen Wutausbruch stand.
»Wie erfreulich für Euch. Meinen Glückwunsch, Markgraf Konrad«, sagte sie mit ihrer lieblichen Stimme. »Doch nun entschuldigt uns, ich muss noch mein Festgewand für die Hochzeitsfeier anlegen.«
»Natürlich, teuerste Fürstin«, gab sich Markgraf Konrad verständnisvoll, während er sich insgeheim darüber amüsierte, wie dem Ballenstedter das Blut ins Gesicht schoss.
Mit sanfter Gewalt führte Sophia ihren Gemahl durch die Menschenmenge in ihre Kammer.

»Eher schneit es in der Wüste, als dass ich mit *dem* Freundschaft schließe«, knurrte Albrecht.
Seine Gemahlin hatte mit Bedacht geplant. Der Tisch in ihrem Gemach war mit Wildbret und Wein üppig gedeckt. Vor allem aber hatte sie veranlasst, dass ihre Tochter Hedwig dort wartete. Die Kinderfrau verneigte sich und verließ die Kammer nahezu lautlos.
Hedwig, nun drei Jahre alt, mehr denn je der Augenstern ihres Vaters mit ihren goldenen Locken und ihrer fröhlichen Art, lief auf ihn zu und ließ sich wie gewohnt von ihm auf den Arm nehmen. Aufmerksam studierte sie sein Gesicht.
»Nicht traurig sein!«, sagte sie, lächelte breit und streichelte ein wenig linkisch seine Wange.
»Ich bin nicht traurig, mein Schatz«, sagte er mit brüchiger Stimme. »Ich habe doch dich. Und deine Mutter.«
Er presste sie an sich, damit sie seine Tränen nicht sah.
Seiner Gemahlin brach es beinahe das Herz, ihn so zu erleben.
Doch sie brauchten den Frieden, das Land brauchte ihn, das Reich brauchte ihn.
Sophia trat zu ihrem Mann und legte den Kopf an seine Schulter. Heute würde sie ihm keine andere Frau ins Bett schicken. Heute brauchte er sie. Doch zuerst würde sein Töchterchen Hedwig ihn wieder zum Lächeln bringen.

DRITTER TEIL

ZWECKBÜNDNISSE:
ALTE FEINDE,
NEUE FREUNDE

Rückkehr aus Jerusalem

Konrad von Wettin; Rochlitz, Sommer 1146

Der Himmel war grau verhangen, und ein heftiger Sommerregen ging nieder, als sich die Gruppe Reiter der Burg Rochlitz näherte, die auf einem Bergsporn über der Mulde aufragte. Die betont schlichten Gewänder und die Muscheln an ihren Pilgerhüten wiesen die Ankommenden als Wallfahrer aus.

Markgraf Konrad kehrte von seiner lang ersehnten Reise ins Heilige Land zurück.

Über ein Jahr war er fort gewesen. Der – wenngleich brüchige – Frieden im Reich und in seinen beiden Markgrafschaften hatte ihm das ermöglicht. Und nicht zuletzt der Umstand, dass der König vor zwei Jahren einen Burggrafen auf dem Meißner Burgberg eingesetzt hatte.

Natürlich war Markgraf Konrad wenig erbaut gewesen, einen königlichen Aufpasser in *seinem* Herrschaftsbereich vor die Nase gesetzt zu bekommen. Doch kühl rechnend wie immer, hatte er sich gesagt: Die Ernennung eines königlichen Burggrafen erhöht die Wichtigkeit meines Herrschaftssitzes. Und da nun der neue Burggraf für die Verteidigung des Burgbergs verantwortlich ist, kann ich getrost meine Pilgerreise antreten.

Gebräunt von der Wüstensonne, abgemagert von den Strapazen der Reise und voller überwältigender Eindrücke kehrten sie nun zurück. Vor allem sein Marschall Werner von Brehna hatte erheblich an Gewicht verloren. Die Überfahrt nach Venedig war wegen widriger Winde rauh gewesen und hatte zehn unsägliche Tage länger als erwartet gedauert. Der Brehnaer konnte so gut wie keinen Bissen im Leib behalten. Er wurde immer noch grau bis grünlich im Gesicht, wenn er nur an die See dachte.

Sie hatten die Alpen überquert, waren über Bayern, Franken, Zwickau und Altenburg gereist und nun auf dem alten Steig nach Böhmen unterwegs.

Für ein würdiges Willkommen waren Boten vorausgeschickt worden, damit ihn seine drei ältesten Söhne feierlich in Rochlitz in Empfang nahmen, ehe sie gemeinsam zurück nach Meißen ritten. Dort würden ihn die gesamte Familie und seine Gefolgsleute begrüßen.

Doch zu seiner Überraschung erwarteten ihn seine Söhne Otto, Dietrich und Dedo schon an der Landesgrenze, und zwar mit äußerst bedrückten Gesichtern.

Sie knieten vor ihm nieder, ebenso Probst Meinher vom Petersstift bei Halle. Konrads inzwischen verstorbener älterer Bruder hatte es als Hauskloster und Familiengrablege der Wettiner gegründet.

»Willkommen, Vater! Wir sind erfreut, Euch bei guter Gesundheit wiederzusehen«, begrüßte ihn Otto als der Älteste förmlich. Konrad machte sich auf schlechte Nachrichten gefasst.

Dabei missfiel ihm der enorme Leibesumfang Dedos. Obwohl inzwischen Knappe, war der Bursche dicker denn je. Am liebsten hätte ihn Konrad auf der Stelle gerügt. Doch das würde er in engster Runde tun, nicht vor all den Begleitern.

»Sprich!«, forderte er seinen ältesten Erben streng auf.

»Vater, wir müssen Euch eine traurige Nachricht überbringen«, begann Otto.

»Nun rede endlich!«, herrschte ihn sein Vater an.

Der stämmige Otto atmete tief durch.

»Während Eurer Wallfahrt ist unsere geliebte Mutter gestorben, Eure gute Gemahlin.«

Konrad fühlte sich wie von einem Mahlstein getroffen. Auf vielerlei schlechte Nachrichten hatte er sich eingestellt, aber nicht auf diese. Luitgard war nicht von übermäßig robuster Natur gewesen, doch immerhin hatte sie mehr als ein Dutzend Entbindungen überstanden. Nur sehr wenigen Frauen gelang das.

»Wie?«, fragte er schroff, unfähig zu weiteren Worten. Er versuchte, sich ihre Gestalt in Erinnerung zu rufen: hager, ernst, mit glattem Haar, in das sich schon Grau mischte. Sie war beherrscht wie er gewesen, ohne die sonst für Weiber typischen Gefühlsausbrüche, und äußerst fromm.

Nun drängte sich der Probst des Petersstiftes vor.

»Markgräfin Luitgard suchte unser Kloster auf und wurde von mir persönlich in aller Ergebenheit empfangen. Ihrem Wunsch gemäß ließ ich sie zur Ader. Doch einem weiteren Aderlass schon nach zwei Tagen konnte ich nicht zustimmen, das erlaubte ihr schwacher Zustand nicht. Deshalb reiste sie zu ihren Töchtern nach Gerbstedt, obwohl ich ihr dringend davon abriet.«

Im Kloster Gerbstedt wurden nunmehr drei Töchter des Markgrafenpaares erzogen. Oda, die älteste, stand kurz davor, dort Äbtissin zu werden.

Demütig senkte der Probst den Kopf. »Verzeiht mir altem Mann! Ich wollte das Beste für Eure Gemahlin.«

»Unsere Schwestern in Gerbstedt sagen, sie wurde vor Erregung von Krankheit befallen und starb«, berichtete Otto. »Wir kamen zu spät, um sie noch einmal zu sehen und ihr beizustehen. Doch unsere erlauchte Mutter bat vor ihrem Tode, Ihr mögt ihr gütigst verzeihen, dass sie Euch nicht persönlich begrüßen kann. Zu gern hätte sie die Berichte von Eurer Wallfahrt gehört.«

So still hat sie gelebt, dachte Dietrich, und starb dann an Aufregung. Sie war meine Mutter, doch ich weiß nichts darüber, was sie fühlte. Glücklich war sie nicht an der Seite meines Vaters, das ist gewiss. Erfüllung fand sie wohl nur im Glauben.

»Sie wurde im Kloster Gerbstedt bestattet«, ergriff nun sein dritter Sohn das Wort, der dicke Dedo.

»Gerbstedt? Wieso in Gerbstedt? Das Petersstift bei Halle ist unsere Grablege!«, entrüstete sich sein Vater, und eine Zornesader an seiner Schläfe schwoll bedrohlich an.

»Der Graf von Mansfeld, der damals zufällig dort weilte, hielt es angesichts der Umstände für das Beste«, erklärte Otto. »Wir waren nicht dabei und konnten es nicht verhindern.«

Konrad stand in dem Ruf, nie zu lachen, doch auch Wutausbrüche waren bei ihm äußerst selten. Jetzt erlebten sie einen.

»Was erdreistet sich dieser junge Hoyer?«, brüllte er.

Seine Begleiter zuckten zusammen. So hatten sie ihn noch nie gesehen. Konrad von Wettin hatte seine gefährlichsten Momente, wenn er sehr ruhig wirkte, die Augen ein wenig zusammenkniff und seine Stimme senkte.

»Hoyer von Mansfeld wird den Leichnam meiner Gemahlin mit eigenen Händen wieder ausgraben und zum Petersstift bringen, damit sie dort zur letzten Ruhe gebettet wird! Und zwar umgehend! Sonst wird er meinen ganzen Zorn zu spüren bekommen!«, tobte der Markgraf.

Der abgemagerte Werner von Brehna trat einen Schritt vor und verneigte sich.

»Ich entsende sofort einen Boten nach Mansfeld.«

»Tut das!«

Der Brehnaer nickte und ging, um einen schnellen und zuverlässigen Reiter mit der heiklen Mission zu beauftragen.

»Wünscht Ihr, gleich von hier aus zum Petersstift zu reisen?«, fragte Otto.

»Nein«, entschied Konrad, nun wieder deutlich beherrschter. »Dort werde ich sein, wenn der Mansfelder mit den

Gebeinen meiner Gemahlin eintrifft. Bis dahin bete ich für ihr Seelenheil. Ich muss nach Meißen. Ich war lange fort, und es sind wichtige Maßnahmen und Entscheidungen zu treffen. Außerdem will ich meine Familie sehen.«

Von unterwegs aus hatte er angewiesen, dass alle seine Kinder aus dem Kloster und von den Höfen, an denen sie ausgebildet wurden, nach Meißen geschickt wurden, damit sie ihren Vater nach seiner Wallfahrt begrüßen und seine Berichte hören konnten. Das konnte ihrer geistlichen Bildung nur nutzen, zumal drei seiner Töchter bereits den Wunsch geäußert hatten, den Schleier zu wählen. Oda würde Äbtissin werden. Ob er auch Bertha und Agnes diesen Weg ermöglichte, hatte er noch nicht entschieden. Vielleicht ergab sich eine Möglichkeit, sie vorteilhaft zu vermählen.

Auf den Gedanken, dass seine eigene Ehe die Mädchen von einer Heirat abschreckte, würde Konrad von Wettin im Traum nicht kommen.

Seine Söhne galoppierten voraus, um die feierliche Ankunft der Pilgerfahrer in Rochlitz vorzubereiten.

Und Konrad ritt weiter mit dem befremdlichen Wissen, nun ein Witwer zu sein. Er hatte für Luitgard nie lebhafte Gefühle empfunden, doch jetzt fehlte sie ihm.

War es bloße Gewohnheit, sie still an seiner Seite zu wissen und ihr ruhigen Gewissens die weiblichen Pflichten zu überlassen? Waren es die vielen Kinder, die sie ihm geboren hatte? Nur wenige Fürstinnen im Reich erfüllten diese Pflicht so vortrefflich wie Luitgard. Er spürte, wie ihm eine einzelne Träne aus dem Augenwinkel rann. Das lag wohl am kalten Wind.

Und wenn nicht am Wind, dann an der Demütigung durch den Mansfelder.

Bald verabschiedete sich ein Teil der Pilgergemeinschaft von ihnen, um Richtung Nordwesten weiterzuziehen: Bischof

Udo von Naumburg und seine Begleiter, die als heimkehrende Wallfahrer in ihrer Diözese festlich empfangen werden würden.
Und der christliche Wendenherrscher über Brandenburg und Spandau, Albrechts Wahlverwandter Heinrich, ehemals Pribeslaw, schlug mit seinem Gefolge den Weg nach Norden ein, ins Havelland. Er und Otto von Rheineck, der mit einer gerade erst geborenen zweiten Tochter Albrechts des Bären verlobt war, hatten dem Meißner Markgrafen während der langen Reise ein paar bemerkenswerte Einblicke in die Lage auf Ballenstedt gewährt.

Als der Regen über Rochlitz verebbte, richtete Konrad seinen harten Blick auf die gewaltige Burg, die einst von Königen und Kaisern besucht worden und durch ihre Lage und starken Mauern praktisch uneinnehmbar war. Nach dem Waffenstillstand von Creuzburg hatte ihm der König diese Burg und die gesamte Herrschaft über Rochlitz übertragen, ebenso die einträgliche Stadt Bautzen an der Via Regia und der Frankenstraße. Sein kluges Taktieren hatte sich bezahlt gemacht.
Doch jetzt, als heimkehrender Wallfahrer, fühlte sich Konrad von einer in eine völlig andere Welt versetzt.
Er kam aus einer Welt voller leuchtender Farben, duftender Gewürze, gleißender Sonne an strahlend blauem Himmel, mit Palästen und Gotteshäusern, die in ihrer Pracht jegliche Vorstellung übertrafen.
Und nun ritt er frierend und in triefnassen Pilgerkleidern seinem Ziel entgegen.
Wie so oft auf seiner Heimreise empfand er alles hier als grau und trist: den Himmel, die Burg hoch oben auf dem Sporn, die schlammigen Wege. Hinter den Wolken ließ sich die fahle Sonne kaum erahnen. In der tief eingegrabenen Räderspur eines Ochsengespanns lagen sogar noch ein paar

Hagelkörner. Das Korn auf den Feldern drohte am Halm zu verfaulen, wenn sich das Wetter nicht endlich besserte.

»Da kommen sie, Durchlaucht!«, riss ihn die Stimme Werner von Brehnas aus seinen Gedanken. Der Marschall ritt vor ihm und drehte sich für den Zuruf im Sattel um, was bei ihm schon wieder eine Welle von Übelkeit hervorrief.

Drei Reiter auf edlen Pferden galoppierten den Weg vom Tor herab. Kurz vor der Reisegesellschaft brachten Otto, Dietrich und Dedo ihre Hengste zum Stehen.

»Erlauchter Vater, willkommen in Rochlitz! Ihr und Eure Begleiter seid durchnässt und sicher durchgefroren. Lasst uns gleich auf die Burg reiten. Alles ist für Eure Ankunft vorbereitet.«

Der Markgraf gab seinem Pferd die Sporen, seine Begleiter folgten ihm.

Vor dem Tor standen der Kastellan und drei Geistliche: Bischof Reinward von Meißen, der die Nachfolge des inzwischen verstorbenen Godebold angetreten hatte, der vorausgeeilte Probst des Petersstifts bei Halle und der Abt des Klosters Chemnitz, dessen Vogt Konrad war.

Mit einem Segensspruch begrüßten sie die zurückgekehrten Wallfahrer in größter Feierlichkeit, und der Abt des Klosters Chemnitz griff persönlich nach den Zügeln von Konrads Pferd, um es auf den Burghof zu führen.

»Wir sind überglücklich, dass Euer Durchlaucht wohlbehalten zurückgekehrt ist«, sagte er. »Unsere Gebete wurden erhört. Der Allmächtige hielt Seine schützende Hand über Euch.«

Er erhofft sich eine Reliquie, dachte Konrad zynisch.

Sein Bruder Dedo hatte vor zwölf Jahren ebenfalls eine Wallfahrt unternommen – als Buße dafür, dass er seine Gemahlin verstoßen hatte. Dedo kehrte nicht zurück, er erlag den Strapazen der Reise auf dem Heimweg. Doch hatte er im Heiligen Land eine Reliquie für das Petersstift

erworben, einen Splitter vom Kreuz, an dem der Erlöser gestorben war.
Die Bedeutung eines Klosters wurde nicht nur an seiner Größe und dem Landbesitz, sondern vor allem an seinen Reliquien gemessen, die Besucher und Spenden anzogen.
Auf dem Hof hatte sich die gesamte Burgbesatzung versammelt, um niederzuknien und die Wallfahrer willkommen zu heißen.
Konrad und die Seinen überließen ihre Pferde den herbeieilenden Stallburschen und wurden zu ihren Kammern geleitet. Ein heißes Bad stand für den Markgrafen bereit, und eine halbe Stunde später trafen sich alle im größten Raum des Palas zur traditionellen Begrüßungszeremonie für heimgekehrte Wallfahrer.
Vor sämtlichen Anwesenden legten sie die schlichten Pilgerkleider ab und wurden wieder in festliche weltliche Gewänder gehüllt. Auch wurde ihnen der Bart geschoren, den sie sich als Pilger hatten stehen lassen.
Erfrischt und froh über das feine Leinen, das gute Tuch und den üppigen Zierat, die seinen Rang demonstrierten, spürte Markgraf Konrad, wie er in seine Welt zurückkehrte, auf seinen Platz in Gottes Ordnung. Er hatte fast vergessen, wie es sich anfühlte, so schwere und prächtige Kleider zu tragen. Das kräftige Rot und Blau seines neuen Bliauts, die Edelsteine und leuchtend bunten Stickereien, der warme Schein der Kerzen im Saal brachten Farbe in die steinerne Burg. Und doch erschienen ihm die Stoffe grob, die Halle düster, rauchdurchzogen und klobig im Vergleich zu der Eleganz, Leichtigkeit und Pracht dessen, was er in Byzanz und im Heiligen Land gesehen hatte.
Ich muss meinen Palas, meine Burg unbedingt umbauen und verschönern, dachte er, während ihm der Abt der Chemnitzer Benediktiner persönlich den Bart abschabte. Das war eine schmerzhafte Prozedur, bei der sich Konrad

seine unterwegs erworbene Damaszenerklinge herbeisehnte.
Schon überlegte er, woher er das Silber für die Umbauten auf dem Burgberg nehmen konnte, für mehr Prachtentfaltung.
Die Reise war teuer gewesen, insbesondere die Überfahrt und die Geschenke für die Fürsten und Geistlichen, von denen er als geehrter Gast empfangen worden war. Außerdem hatte er dem Grabeskloster in Jerusalem eine beträchtliche Stiftung hinterlassen und war in dessen Bruderschaft aufgenommen worden.
Doch er hoffte, dass seine Söhne gut gewirtschaftet hatten. Die neuen Besitzungen, die ihm der König übertragen hatte, sollten reichen Ertrag abwerfen. Und nun würde er Siedler in seine Marken holen, die Land urbar machten, wie es zum Beispiel Adolf von Holstein und sein alter Freund und Feind Albrecht der Bär taten. Bevorzugt Flamen, die sich auf das Entwässern von Sümpfen verstanden.
Ungeduld stieg in ihm auf angesichts so vieler Fragen und Pläne, während sich die Zeremonie mit Ergebenheitsbekundungen, Segenssprüchen und Willkommensgrüßen in die Länge zog.
Am liebsten hätte er dem mit ein paar schroffen Worten ein Ende bereitet, um zu erfahren, was in seiner Abwesenheit geschehen war. Ob die Berichte zutrafen, die er unterwegs gehört hatte.
Doch zunächst musste er tun, was eines Fürsten würdig war, der aus Jerusalem zurückkehrte: Er überreichte kostbare Geschenke an die Geistlichen. Feinsten Weihrauch in einem kunstfertig ziselierten Gefäß an Probst Meinher von St. Peter, Wasser vom Jordan in mit Edelsteinen besetzten Phiolen für die anderen.
Natürlich hatte Konrad auf seiner Reise Ausschau nach Reliquien gehalten. Doch der Skeptiker in ihm bezweifelte

die Echtheit der angebotenen Stücke. Einen Splitter vom Heiligen Kreuz besaß sein Hauskloster schon dank Dedo, und die diversen angeblichen Fingerknöchelchen von Heiligen sahen aus wie gerade frisch vom Totenacker geholt.
Endlich war die Zeremonie vorbei. Der Kastellan lud zum Festmahl in die Halle.
»Esst, trinkt, sprecht ein Gebet für das Seelenheil meiner geliebten Gemahlin. Ich werde fasten und die Nacht betend in der Kapelle zubringen«, verkündete Konrad.
»Wünscht Ihr, dass wir Euch dabei Gesellschaft leisten?«, fragte Dietrich zurückhaltend und deutete auf seine Brüder.
»Ich möchte allein sein. Alles andere, was nötig ist und was sich während meiner Abwesenheit im Reich ereignet hat, besprechen wir auf dem Ritt nach Meißen.«
Es würde eine zweitägige Reise sein, mit Übernachtung auf halber Strecke im Burgwart Mochau. Unterwegs hatten sie genug Zeit für ein ausgiebiges Gespräch.

Am nächsten Morgen ritt Markgraf Konrad schweigend an der Spitze der Kolonne, gleich hinter seinem Bannerträger und noch vor seinen Söhnen.
Doch bald befand er, es sei höchste Zeit, die vertrauliche Unterhaltung mit seinen Söhnen zu führen. Ein Zwischenfall auf der Strecke bot Anlass und Gelegenheit dazu.
Der Weg zum Burgwart Mochau war schmal und hieß »Böhmischer Steig«. Straße konnte man es auch unmöglich nennen: Größtenteils ritten sie durch unerschlossenes Gebiet, uralte Wälder mit riesigen, flechtenbehangenen Bäumen, durch die kaum ein Sonnenstrahl auf den Boden drang und die an Riesen und Zwerge, verwunschene Wesen und Fabelgetier denken ließen. Von Raubwild und Wegelagerern ganz zu schweigen.
Das ist alles Land, das urbar gemacht werden sollte!, dachte hingegen der Markgraf.

Ein Ochsengespann kam ihnen entgegen, das die ganze Breite des Hohlweges einnahm und dessen Scheibenräder in tiefen, von modrigem Laub bedeckten Spurrillen versanken. Nun musste umständlich ausgespannt, die Ochsen in den Wald geführt und der Karren zurück und zur Seite geschoben werden, damit der Fürst und seine Begleiter vorbeikonnten. Es würde eine Weile dauern.

Das bot Konrad die Gelegenheit, seine Söhne zu sich zu rufen. Sie stiegen aus dem Sattel, folgten ihm auf eine winzige Lichtung, die durch Blitzschlag entstanden war, und setzten sich nach seiner Aufforderung ihm gegenüber auf zwei umgestürzte Baumstämme.

Radebot von Meißen, ein Ministerialer, der während der Wallfahrt Schenkendienste übernommen hatte, bot ihnen kühlen Wein an und zog sich dann wieder zurück, während sich der Marschall darum kümmerte, dass das Hindernis schleunigst aus dem Weg geschafft wurde.

»Bevor wir darüber sprechen, was sich während meiner Abwesenheit im Reich ereignet hat, muss ich einen Tadel aussprechen«, begann der Markgraf und sah, wie alle drei Söhne mehr oder weniger deutlich zusammenzuckten.

»Dedo, du bist so fett, dass es eines künftigen Ritters nicht würdig ist!«

Dem Jungen schoss die Röte ins Gesicht, und er starrte zu Boden, wo Ameisen über seine Schuhe krabbelten.

»Wie willst du deine Pflichten als Ritter und Herrscher erfüllen, wenn du kaum noch auf ein Pferd kommst? Willst du einmal als Dedo der Fette oder Dedo der Feiste in die Chroniken eingehen? Ich werde deinem Waffenmeister strikte Anweisungen erteilen, damit du unserem Haus nicht weiter Schande bereitest. Ab sofort gibt es für dich kein Naschwerk mehr aus der Küche. Und du wirst während deines gesamten Aufenthaltes in Meißen fasten. Glaube nicht, mir könnte da etwas entgehen!«

Plötzlich donnerte er: »Und sieh mich gefälligst an, wenn ich mit dir rede!«
Unglücklich schaute der Vierzehnjährige hoch, seine Ohren brannten.
Otto blickte mit Häme auf den Jüngeren, Dietrich mit einer Spur von Mitleid. Doch er gab dem Vater in Gedanken recht. Als künftiger Graf von Groitzsch musste sein Bruder in der Lage sein, Truppen ins Feld zu führen. Schnelligkeit und Beweglichkeit waren unerlässlich für das Überleben im Kampf, ebenso ein flinkes Pferd, das nicht unter der Last seines Reiters fast zusammenbrach. Ein Reiter, der in der Schlacht zum Stehen kam, war so gut wie tot.
»Nachdem das gesagt ist, berichtet mir, was sich während meiner Abwesenheit im Reich zugetragen hat!«, forderte der Markgraf seine Erben auf. Vieles hatte er unterwegs schon erfahren. Doch er wollte hören, was seine Söhne über die Ereignisse wussten.
Auf der kleinen Lichtung setzte nun wieder Vogelgesang ein. Von weitem hörten sie die Rufe, die das Beiseiteschieben des Ochsenkarrens begleiteten, und das Bellen der Hunde. Der markante Duft von Pilzen, Kiefernnadeln und Laub erfüllte die Luft.
Die drei Fürstensöhne tauschten kurz Blicke, aber natürlich begann Otto als Ältester zu reden.
»Königin Gertrud ist kurz nach Eurer Abreise verstorben. Ihr habt vermutlich davon gehört. Sie hat sich nicht mehr von der Geburt ihres zweiten Sohnes erholt und wurde im Kloster Hersfeld bestattet«, begann er.
Nur zwei Söhne in zehn Jahren, kritisierte Konrad in Gedanken die Bilanz des Königspaares. Die Mutter des Königs hatte zwanzig Kinder geboren!
Wieder spürte er Dankbarkeit für Luitgard in sich aufsteigen, die ihm zwölf Kinder geschenkt hatte, und lediglich sein Erstgeborener war in früher Kindheit verstorben. Die

zwei Ältesten waren bereits Ritter, die anderen Söhne Knappen, und bald konnte er mit ihnen durch Verlöbnisse nützliche Allianzen schmieden.

»Gott schütze Gertruds unsterbliche Seele und die eurer Mutter!« Konrad bekreuzigte sich. »Vom Tod der Königin erfuhr ich im Heiligen Land. Wisst ihr von Plänen des Königs, sich neu zu vermählen? Und mit wem?«

Das war die entscheidende Frage. Ein mächtiger Schwiegervater als Bündnispartner würde Konrads Position wesentlich stärken.

»Noch ist nichts davon bekannt«, gestand Otto.

Das wunderte den Markgrafen, denn in seiner Heiratspolitik hatte Konrad von Staufen bisher viel Geschick bewiesen. Exzellente Schachzüge waren die Vermählung der welfischen Gertrud mit seinem Babenberger Bruder, die seiner Schwägerin Bertha mit dem neuen Kaiser von Byzanz und die Ehe seiner Schwester Agnes mit dem polnischen Fürsten Wladislaw.

Sollte der König etwa noch um Gertrud trauern? Oder kann er sich bloß nicht entscheiden?, fragte sich Konrad, während er einen Schluck Wein trank und die Beine ausstreckte.

Ein Königreich braucht eine Königin. Und zwei Söhne noch im Knabenalter sind nicht genug für den sicheren Erhalt einer Dynastie.

»Der junge Landgraf von Thüringen findet langsam zu der nötigen Strenge, um das Erbe seines Vaters fortzusetzen«, fuhr Otto fort. »Es kursieren Legenden, dass ihn erst ein Schmied auffordern musste, mit Härte gegen Wegelagerer und anderes Gesindel vorzugehen, das Thüringen unsicher macht. Seitdem nennen sie ihn *den Eisernen.*« Das schien Otto sehr zu amüsieren.

»Du magst das ja lustig finden, aber ich bin nicht an Legenden interessiert, sondern an Tatsachen«, rügte sein Vater mit unbewegter Miene. Welch ungebührliche Vorstellung: Ein rußverschmierter Schmied erteilt dem jungen Landgrafen Ludwig eine Lektion in Herrscherpflichten!

»Was treibt mein alter Freund und Feind, der Bär?«

»Er baut sein verwüstetes Land wieder auf.«

»Da hat er viel zu tun.«

»Oh ja! Er war gezwungen, Silber zu leihen und jede Menge Korn zu kaufen, nachdem alle Felder verwüstet waren. Und er muss schließlich etliche Burgen wieder aufbauen«, zählte Otto nicht ohne Häme auf. »Der Bischof von Havelberg gründete ein Kloster namens Jerichow, und der Markgraf der Nordmark bekam das Vogteirecht darüber. Das mag ihm helfen.«

»Es ist also ruhig in der Nordmark?«

»Vorerst. Weiter oben im Norden schloss Adolf von Holstein ein Freundschaftsbündnis mit dem mächtigen Wendenfürsten Niklot. Der Holsteiner ist in seinem eigenen Land als Fremder schlecht gelitten, und für Niklot wird es langsam schwierig, die von ihm unterworfenen Wendenstämme ruhig zu halten.«

»Not schafft die sonderbarsten Bettgenossen«, meinte Konrad interessiert. »Uns stehen bewegte Zeiten mit den Slawen bevor. Begreift ihr, was das bedeutet?«, fragte er seine Söhne, die ihn ansahen und warteten, bis er selbst antwortete. Eine seiner berühmten Lektionen.

»Niklot verbündet sich mit dem Holsteiner. Der Brandenburger Pribeslaw oder Heinrich tat dies schon vor langer Zeit mit dem Bären. Und wie ich auf meiner Wallfahrt erfuhr, hat sich Pribeslaws junger Neffe Jacza, der jetzt auf Burg Köpenick regiert, mit der Tochter des einflussreichen polnischen Grafen Peter Wlast vermählt. Das heißt, die drei bedeutendsten Wendenführer suchen sich starke christliche Verbündete, um sich zwischen unserem Reich und den Polen halten zu können.«

Konrad ließ diese Schlussfolgerung etwas wirken, bevor er sich an seinen Zweitältesten wandte.
»Was treibt dein Turniergefährte, der junge Herzog von Schwaben?«
Dietrich lächelte verhalten.
»Er lieferte die geforderte Revanche gegen den Grafen von Wolfratshausen und blamierte diesen in noch größerem Ausmaß. Friedrich eroberte seine Burg und nahm ihn gefangen, bis der Graf das Lösegeld aufbrachte. Ihr erinnert Euch doch an diesen Zwischenfall in Bamberg?«
»Natürlich«, bestätigte Konrad gallig. »Aber er gefällt mir nicht, dein Freund, der Königsneffe, denn er vergisst seine familiären Pflichten. Schlägt sich auf die Seite des Gegners ...«
»... der ebenfalls zu seiner Familie gehört«, erinnerte Dietrich. »Der junge Friedrich steht inzwischen dem sechsten Welf viel näher als dem König, der das Herzogtum Bayern an seine Halbbrüder vergab und die Welfen überging. Bayern gebührt rechtmäßig den Welfen, die dort seit Generationen herrschten.«
»Du zweifelst gerade einen Entschluss des Königs an!«, rügte der Markgraf, um gleich darauf einzuräumen: »Aber das sollte man ab und an tun, wenigstens vertraulich.«
Ein Satz, der seine Söhne zum Staunen brachte, zumindest die beiden jüngeren.
»Sven Estridson, damals der dritte Turniersieger, ist seit kurzem König von Dänemark«, berichtete Dietrich, nachdem er das verdaut hatte. Ein Lächeln huschte über sein Gesicht, als er sich an die Siegesfeier erinnerte, bei der ein paar ausgesucht hübsche Mädchen in der Nacht das Lager mit ihnen geteilt hatten. »Wie befürchtet, erhob sein Vetter Knud ebenfalls Anspruch auf den Thron und herrscht nun über Jütland, während Sven nur in Seeland und Schonen anerkannt ist. Vorerst.«

»Aber er verfügt doch über eine Flotte, dieser Sven Estridson?«, erkundigte sich Konrad.
»Natürlich.«
Der Markgraf nahm die Antwort zufrieden auf. Das ließ sich wunderbar in seine Pläne einbeziehen. Dietrich sollte dringend seine Beziehungen zu dem jungen Dänen auffrischen.
»Und was treibt Heinrich, der junge Herzog von Sachsen? Wie alt ist er jetzt, doch kaum älter als sechzehn?«
»Er übernahm die Regentschaft, als seine Mutter starb, Richenzas Tochter Gertrud«, berichtete Otto. »Kommt ganz nach seinem Vater, dem *Stolzen*. Ein hochfahrendes Bürschlein, auf Ruhm sehr versessen. Er lässt sich jetzt *der Löwe* nennen.«
»*Heinrich der Löwe?* Ja, das klingt wirklich nicht übermäßig bescheiden für einen Sechzehnjährigen«, kommentierte Konrad vor Sarkasmus triefend.
»Und er fuhr auch gleich seine Krallen aus, um die Grafschaft Stade zu bekommen«, erzählte Otto entrüstet. »Der junge Heinrich besaß die unglaubliche Frechheit, den Erzbischof und den Domprobst von Bremen mit Waffengewalt gefangen zu setzen, um das zu erzwingen. Noch dazu auf einem Hoftag!«
»Und der König griff nicht ein?«, fragte sein Vater empört.
»Nein.«
Darauf schwieg der Markgraf und sinnierte, was für ein gefährlicher Rivale da heranwuchs.
Als offensichtlich war, dass sich sein Vater vorerst dazu nicht äußern wollte, sprach Dietrich weiter.
»Der König von Frankreich will auf Kreuzzug gehen. Es heißt, der heiligmäßige Bernhard von Clairvaux habe ihn zu Ostern mit einer flammenden Predigt im burgundischen Vézelay so gerührt, dass König Ludwig und sämtliche versammelten Edlen das Kreuz aus Bernhards Hand nahmen, um es sich an den Umhang zu heften. Wisst Ihr mehr über

den Fall von Edessa, den Anlass für diesen Kriegsruf, Vater? Wie gefährdet sind die anderen Kreuzfahrerstaaten und vor allem Jerusalem? Ihr wart dort, Ihr habt es gesehen.«

Weihnachten 1144 hatte der Herrscher von Mossul und Aleppo, Zenghi, die Grafschaft Edessa erobert, den schwächsten der vier Kreuzfahrerstaaten. Nun fürchteten die anderen um ihre Existenz. Der Papst hatte umgehend zu einem Kreuzzug aufgerufen, was in Frankreich großes Echo auslöste, doch in Köln, Speyer und anderen Städten am Mittelrhein zu entsetzlichen Greueltaten gegen die dort lebenden jüdischen Gemeinden führte. Hunderte Juden wurden niedergemetzelt oder bei lebendigem Leib verbrannt.

»Damit wären wir bei den Dingen, die uns noch lange bewegen werden«, konstatierte der Markgraf und verblüffte seine Söhne mit dem Satz: »Der König von Frankreich wird sich sehr wundern, wenn er ins Heilige Land reist.«

Gerade als die drei fast gleichzeitig nach dem Wieso fragen wollten, kam einer der Ministerialen und verkündete, der Weg sei wieder frei. Sie könnten die Reise fortsetzen, und bei gutem Tempo würden sie den Burgwart noch vor Einbruch der Dämmerung erreichen.

»Nichts jetzt davon!«, schärfte Konrad seinen Söhnen ein, während sie sich die Tannennadeln von den Umhängen schüttelten und über federndes Moos zu ihren Pferden gingen. Ein Eichelhäher stob kreischend davon, Hunde kamen lärmend herbeigerannt.

»Ich erzähle in Meißen, wenn Eure Brüder und Schwestern dabei sind, was wir im Heilgen Land gesehen und erlebt haben. Doch nicht alles ist für jedermanns Ohr geeignet. So lange übt euch in Geduld!«

Neugier und viele Fragen plagten seine Söhne. Aber der Weg durch das überwiegend von dichtem Wald bedeckte Land bot nicht Platz genug für drei oder gar vier Reiter nebeneinander.

Meißnische Pläne

Markgraf Konrad, seine Söhne und Töchter;
Meißen, Sommer 1146

Natürlich fiel das Willkommen für die heimgekehrten Wallfahrer in Meißen noch großartiger aus als in Rochlitz. Fast die ganze Marktsiedlung war auf den Beinen, um dem Bischof, dem Markgrafen und seinen Reisebegleitern zuzujubeln. Auch Hanka hatte den nun sechsjährigen Christian bei der Hand genommen, damit er das prächtige Spektakel erleben konnte, wie der Bischof, der Fürst, seine Söhne und all die edlen Herren durch die Stadt ritten.

Lukian würde zusammen mit den anderen Schreibern der Kanzlei auf dem Burghof warten.

Reiter mit Bannern und Wimpeln waren den Zurückgekehrten entgegengeschickt worden und geleiteten sie feierlich durch die stadtähnliche Siedlung den Burgberg hinauf.

Im Dom wurde eine Messe gelesen, bei der des Seelenheils der verstorbenen Markgräfin und der Pilger gedacht wurde, die auf hoher See ihr Leben ließen.

Es folgte ein üppiges Festmahl in der Halle.

Mit kühler Miene wie stets ließ Konrad auch das über sich ergehen, schickte Speisen von seiner Tafel als Zeichen seiner Wertschätzung an wichtige Gefolgsleute und traf nebenbei schon Entscheidungen für die nächsten Tage, um die ihn sein Truchsess und sein Kämmerer baten.

Er verteilte Geschenke, wie es von einem Fürsten erwartet wurde: feinste Seide und Brokate, verzierte Becher und Kannen, teure Gewürze, duftende Essenzen, Felle von fremdartigen Tieren, Klingen aus dem begehrten Damaszenerstahl.

Dann endlich konnte er sich mit seinen Kindern und seiner Schwester zurückziehen, um im Familienkreis von seinen Erlebnissen und Eindrücken zu erzählen.

So saßen sie nun in der Kammer: sechs Töchter und fünf Söhne, eine Nachkommenschaft, auf die er stolz war. Hinzu kam seine Schwester Mathilde von Seeburg, die mit Konrads Tochter Adela eigens von ihrem Witwensitz angereist war. Mathilde war eine rundliche Person mit dunkelblonden Zöpfen, die bei aller Strenge nicht solche Kälte ausstrahlte wie ihr Bruder, aber bekanntermaßen kein Blatt vor den Mund nahm.

Im Gemach des Markgrafen standen Platten mit verschiedenen Speisen und Krüge mit Wein und Wasser. Dutzende Wachskerzen brannten und erhellten den düsteren Raum.

Der Fürst saß auf seinem thronähnlichen Stuhl, links und rechts die beiden Söhne, die bereits Ritterehren erworben hatten, neben ihm auf Luitgards Platz Mathilde.

Den dicken Dedo hatte er als Knappen zu Schenkendiensten verpflichtet. Dedo mühte sich redlich, obwohl jede Faser seines Körpers schrie: Hunger! Er wagte jedoch nicht, unter den Augen seines strengen Vaters etwas zu essen, obwohl den ganzen Abend über kaum angerührte Speisen lockten.

Nie wieder Honigküchlein, in Honig eingelegte Früchte, die leckeren kleinen Köstlichkeiten, die er dem Küchenmeister abschwatzte! Wie sollte er das aushalten? Sein Vater würde unweigerlich erfahren, falls er gegen sein Verbot verstieß, und das durfte er gar nicht zu Ende denken …

Die Mädchen und jüngsten Söhne machten es sich auf den Fellen bequem, die dick und weich auf dem Boden ausgebreitet lagen.

»Welche Tiere und Pflanzen habt Ihr gesehen, die in der Heiligen Schrift stehen, Vater?«, fragte die lebhafte Adela aufgeregt und mit leuchtenden Augen. »Kamele, Löwen, Leviathane?«

»Zuerst solltest du dich für die heiligen Orte interessieren, die unser erlauchter Vater besucht hat!«, rügte ihre älteste

Schwester sie streng. »Nicht für irgendwelches Gekreuch und Gefleuch!«
Oda als angehende Äbtissin fühlte sich verpflichtet, den anderen ständig ihre mustergültige Festigkeit im Glauben vorzuführen.
»Ich frage doch nach Tieren und Pflanzen, die in der *Bibel* stehen!«, protestierte Adela, die inzwischen zwölf Jahre zählte und bei ihrer strengen Tante erzogen wurde.
Bevor zwischen beiden Mädchen ein Streit ausbrechen konnte, brachte ihr Vater sie mit einem Blick zum Schweigen.
»Leviathane sahen wir nur auf Bildern und Mosaiken, aber Kamele sehr oft. Absonderliche Wesen, geradezu grotesk! Doch in der Wüste sind sie unentbehrlich, weil sie lange ohne Wasser auskommen und große Lasten tragen können. Ohne Kamele, das erfuhr ich, kämen all die Kostbarkeiten aus fernen Landen nicht zu uns. Wir sahen auch verschiedenes Gewürm, giftige Skorpione und Schlangen. Und Palmen, an denen Nüsse wachsen, so groß wie dein Kopf.«
Adela riss die Augen auf, während die anderen Mädchen kicherten.
»Ich weiß, dass ihr Gänse euch jetzt Palmen vorstellt, von denen ein Dutzend Mal das Gesicht eurer Schwester auf euch herabblickt«, warf ihre Tante mahnend ein. »Bleibt gefälligst ernst und lasst euern erlauchten Vater sprechen!«
Konrad dankte Mathilde mit einem Blick. Er war sonst nie allein mit allen seinen Kindern gewesen, stets hatten jede Menge Dienerschaft und seine Gemahlin den Nachwuchs in Schach gehalten.
»Wir sahen die schönsten Blumen und kosteten die süßesten Früchte: Datteln, Granatäpfel und vieles mehr«, fuhr er fort und blickte zu Oda.
»Viele heilige Stätten habe ich besucht. Ich war auf dem Hügel Golgotha, wo unser Erlöser starb. Ich war an seinem Grab und habe dort gebetet. Ich ging durch die Gasse, durch

die man ihn mit der Dornenkrone auf dem Kopf und dem Kreuz auf dem Rücken zur Richtstätte führte und verhöhnte. Und ich besuchte den Garten Gethsemane, wo er seine letzte Nacht verbrachte, im Wissen um seinen bevorstehenden Tod.«

Konrad verstummte für einen Augenblick, weil ihn die Gefühle einholten, die ihn dort erschüttert hatten. Ihn, den Mann, von dem man sagte, dass er gar keine Gefühle habe!

»Der Hügel, das Grab, die Straße … Das waren Orte, an denen jeden wahren Christen tiefste Frömmigkeit überkommt«, gestand er, und im Raum war es jetzt so still, dass man ein Blatt hätte fallen hören können.

»Doch das Bild vom Garten Gethsemane werde ich bis zum letzten Atemzug in mir tragen. Ich wandelte unter Ölbäumen, die mehr als tausend Jahre alt sind. Die Zeugen waren, als Jesus mit seinen Jüngern sprach …«

Er brach ab, denn mehr von seinem Innern wollte er nicht preisgeben, nicht einmal oder schon gar nicht vor seinen Kindern.

Er hätte auch nicht sagen können, warum ihn gerade dieses Erlebnis so aufwühlte. Ihm war dort zumute gewesen, als würde jeden Moment einer der Jünger zwischen den Ölbäumen hervortreten – oder Gottes Sohn selbst.

Also erzählte er von der Pracht der Städte und der Kargheit der Wüste, von der Schönheit der Kirchen und der Paläste jener Fürsten, von denen er auf seiner Reise empfangen worden war.

»Welches ist der bessere Weg: der Landweg oder zur See?«, wollte Dietrich wissen. Immer wieder berührte er das neue Damaszenermesser an seinem Gürtel, um sich an dem kostbaren Stück zu erfreuen.

»Beide sind beschwerlich und voller Gefahren. Seht euch den Marschall an, der immer noch grün im Gesicht ist vom heftigen Seegang auf unserer Rückreise.«

Die Mädchen kicherten schon wieder und wurden von ihrer Tante für ihre Schadenfreude mit einem missbilligenden Blick bedacht.

»Die Überfahrt dauert normalerweise nur drei bis vier Wochen, doch sie ist gefährlich. Wir sahen ein Schiff sinken, uns selbst gingen zwei Mann bei rauher See über Bord. Es ist überaus beengt, das Essen erbärmlich. Sogar das, was ein Fürst serviert bekommt. Die einfachen Reisenden schlafen zu zweit in einer Hängematte unter Deck. Einer hat die Füße des anderen im Gesicht, während die Ratten über sie hinweg laufen. Das Wasser wird von Tag zu Tag brackiger, der Zwieback wimmelt von Maden, und auf engstem Raum mit Menschen zu leben, die sich wochenlang nicht waschen können, während auch noch ein paar Ziegen als Proviant an Bord sind … Ja, Mädchen, ihr rümpft die Nasen zu Recht. Und mit welcher Unverschämtheit die Pisaner, Genuesen und Venezianer die Wallfahrer ausnehmen, darin kann ich wahrlich keine Frömmigkeit entdecken.«

»Wie überstehen die Pferde eine so lange Seereise?«, fragte Heinrich, sein viertältester Sohn, seit kurzem auch Knappe und ein guter Reiter.

»Für sie ist es noch schwerer«, berichtete der Markgraf. »Sie hängen im Unterdeck in Ledergurten, damit sie sich nicht verletzen, wenn das Schiff schwankt, was es ständig tut. Wenn man ihnen nicht täglich die Fesseln massiert, krepieren sie jämmerlich oder sind nach der Ankunft nicht mehr zu gebrauchen.«

»Also ist doch der Landweg besser?«, erkundigte sich die elfjährige Gertrud, die nachdenklich an ihrem Zopfende kaute, während sie ihrem Vater lauschte.

»Der beschert den Reisenden andere Sorgen«, erklärte Konrad. »Auf dem Landweg braucht man viele Monate, muss über den unruhigen Balkan, das anatolische Hochland, durch sengend heiße Wüsten. Wir ritten durch Italien und

Sizilien, schifften uns in Bari ein und segelten nach Konstantinopel, um dem Kaiser von Byzanz einen Besuch abzustatten. Dann setzten wir über den Hellespont und reisten nach Iconium, zu den Fürsten von Antiochia und Tripolis und weiter über Tripolis, Tyros, Akkon nach Jerusalem.«

»Saht Ihr die Hagia Sophia?«, fragte Bertha, die zweite der drei Töchter, die im Kloster Gerbstedt erzogen wurden, auf einmal ganz aufgeregt. »Ist sie wirklich so herrlich, wie die Legenden besagen?«

»Ja«, antwortete Markgraf Konrad schlicht. Die Erhabenheit und unfassbare Schönheit dieses Bauwerkes zu beschreiben war ihm unmöglich.

»Ich hätte einen Spielmann mitnehmen sollen, der all das in Lieder fasst«, meinte er. »Die schwebende Kuppel, die Wirkung des Lichts im Raum, die leuchtenden Mosaike ...«

Oda zog ein Gesicht, das eindeutig besagte: Nichts in Ostrom, in Byzanz, käme der wahren Christenkirche gleich, auch wenn der König nun den neuen byzantinischen Kaiser Manuel Komnenos zum Schwager hatte. Aber sie verkniff sich diese Worte in Gegenwart ihres strengen Vaters, der schließlich im Gegensatz zu ihr die Hagia Sophia mit eigenen Augen gesehen hatte.

»Dann seid Ihr durch die Fürsten von Tripolis und Antiochia sicher bestens über alles unterrichtet, was seit dem Fall Edessas geschehen ist. Bitte erzählt uns davon!«, lenkte Otto das Gespräch auf die dramatischen Ereignisse im Heiligen Land.

Konrad trank einen Schluck verdünnten Wein und bedeutete Dedo, allen nachzuschenken.

»Das ist ein trauriges Kapitel, und es beweist: Nichts ist schlimmer als ein Kindkönig – abgesehen von einem Kindkönig mit einer machtgierigen Mutter«, sagte der heimgekehrte Markgraf verächtlich. »Deshalb schütze Gott König Konrad von Staufen, denn sein Erstgeborener zählt noch keine zehn Jahre.«

Jedermann schlug ein Kreuz oder sprach ein Gebet.

»Verzeiht mir diesen Einwand, Vater, doch gilt hier nicht der Brauch der Königs*wahl?*«, meldete sich Dietrich zu Wort.

»Das stimmt. Aber es sollte mich wundern, wenn Konrad nicht bald versuchen würde, seinen Ältesten zum Mitregenten zu erheben«, meinte sein Vater. »Warten wir es ab. Und warten wir ab, was er es sich kosten lassen will, dass wir seinen Sohn zum Mitregenten wählen. Doch zurück zu Edessa. Dies müsst ihr wissen.«

Nun wurden seine Stimme und seine Züge noch härter und bitterer als gewohnt.

»Der Fall von Edessa war ein selbstverschuldeter Untergang. Denn Graf Joscelin von Edessa war feige, fett« – ein strafender Blick zu Dedo, der wieder knallrote Ohren bekam – »und trunksüchtig«, begann Konrad voller Verachtung und holte weit aus.

»Wie die Älteren unter euch wissen sollten, starb vor drei Jahren der Kaiser von Byzanz, der bei den Sarazenen gefürchtete Johannes Komnenos. Fulko von Anjou, der König von Jerusalem, starb im Jahr darauf. Sein Sohn Balduin war damals kaum vierzehn, und Fulkos Witwe Melisende übernahm die Regentschaft. Ein schreckliches Weib, das Fulko schon in der Ehe nur Ärger bereitete …«

»Man sollte doch meinen, dass ein gestandener Mann von mehr als vierzig Jahren einer nicht einmal halb so alten Jungfrau Benehmen beibringen kann«, wandte Mathilde pikiert ein.

»Vielleicht mochte sie diesen Fulko nicht, weil er so viel älter war als sie?«, meinte Adela.

»Sie ist eine Königstochter und nur dazu geboren und erzogen, um mit demjenigen vermählt zu werden, der das Erbe ihres Hauses am besten fortsetzt«, sagte ihr Vater streng und vorwurfsvoll.

»Ich will einen jungen, gutaussehenden Prinzen«, schmollte Adela.
»Kriegst du aber nicht!«, keifte Oda und schnitt eine Grimasse.
»Hört sofort auf mit dem Gezänk!«, ging ihr Vater dazwischen. »Adela, wenn du solch wundersame Gedanken hegst, muss ich meine Schwester bitten, bei deiner Erziehung mehr Strenge walten zu lassen. Du wirst den Mann heiraten, den ich dir aussuche, und da er ein bedeutender Fürst sein wird, ist es vollkommen unerheblich, ob er alt oder jung ist.«
Adela erschrak.
Doch ihr Lieblingsbruder Dietrich sandte ihr ein Lächeln, das versprach: So schlimm wird es schon nicht kommen.
»Nun hört wieder zu und lernt! Es heißt, Melisende soll sogar Assassinen auf ihren Gemahl angesetzt haben, um allein regieren zu können. Das ist ein Bund gefürchteter Meuchelmörder, die Auftragsmorde an Herrschern übernehmen«, erklärte Konrad, noch bevor jemand fragen konnte. »Der König tot, Melisende unberechenbar, Joscelin unfähig, die Christen allesamt uneins ... Derweil schaffte es auf der gegnerischen Seite der kampferprobte Zenghi, die bis dahin zerstrittenen Sarazenen zu einen. Sie rückten bis Edessa vor, nahmen es ohne größere Schwierigkeiten ein, und von den anderen Kreuzfahrerstaaten kam keinerlei Hilfe. Oder sie kam zu spät.«
Konrad überlegte, ob er wohl zu viel gesagt hatte. Zu viel für diesen Kreis.
»Einzig Raimund von Tripolis handelte entschlossen, holte den Johanniterorden in seine Grafschaft und übergab ihm die mächtige Festung Krak«, ergänzte er deshalb. »Doch genug davon für heute, es wird Nacht. Wir haben noch reichlich Zeit, über all das zu reden. Geht zu Bett und sprecht vorher ein Gebet für eure gute Mutter.«
Seine Kinder knieten vor ihm nieder, wünschten ihrem

heimgekehrten Vater eine gute Nacht und dankten ihm für seine belehrenden Worte.

Er bat seine Schwester, sich um die Mädchen zu kümmern und vor allem mit Adela noch ein paar rigide Worte zu sprechen.

Mathilde nickte. »Ich weiß auch nicht, woher das Mädchen solche wirren Ideen hat. Von mir ganz sicher nicht!«

Otto, Dietrich und Dedo erhielten Order zu bleiben, der Marschall Werner von Brehna wurde hinzugerufen.

»Genug der Reiseanekdoten. Dies wird ein Kriegsrat«, eröffnete Konrad, nachdem der Brehnaer die Tür hinter sich geschlossen hatte.

Dedo bekam große Augen.

»Du bist zum ersten Mal dabei«, betonte sein Vater. »Damit erweise ich dir großes Vertrauen. Ich erwarte, dass kein Wort, das ab jetzt hier gesprochen wird, diese Kammer verlässt.«

Dedo nickte eifrig. Die Kränkung und der Hunger waren fast vergessen.

Schlagartig hatte sich die Atmosphäre im Raum verändert. Dies war jetzt keine gemütliche Familienrunde mehr. Nun berieten hier vier kampferfahrene Männer – zwei älter, zwei noch jung – und ein Bursche, der seine Erhebung in den Ritterstand erstrebte und dem Anschein nach auch er*hungern* musste.

Mehrere Kerzen waren durch den Zug von der vorübergehend geöffneten Tür erloschen. Dedo überlegte, ob er aufspringen und sie neu entzünden sollte. Doch niemand forderte ihn dazu auf. Die Dunkelheit im Raum schien die Ernsthaftigkeit dessen noch zu betonen, was nun zur Sprache kam.

»Das ist die Lage: Der französische König hat Ostern das Kreuz genommen, und der Papst wird unseren König auffordern, sich dem anzuschließen, ebenso die deutschen Fürsten von Rang und Namen.«

»Sollte der König nicht erst einmal nach Rom reiten, um sich zum Kaiser krönen zu lassen?«, kritisierte Otto, auf den die mürrische Art seines Vaters bereits abzufärben schien. »Sonst geht er als erster König des Reiches in die Chroniken ein, der das nicht geschafft hat.«
»Das sollte er. Doch der Papst beauftragte Bernhard von Clairvaux mit den Kreuzzugspredigten, der berühmt ist für die Unwiderstehlichkeit seiner Rede. Und Bernhards guter Freund ist Albero von Trier, der dem König seit Jahren ins Ohr flüstert, was er tun soll. Also rechnet euch aus, was geschehen wird«, antwortete Konrad.
Er trank einen Schluck, strich sich über die gerunzelte Stirn, dann legte er beide Arme auf die Stützen seines Stuhls und lehnte sich zurück.
»Es ist ein Wunder, dass die Wallfahrer vor fast fünfzig Jahren Jerusalem einnahmen«, sagte er mit eisiger Stimme. »Es *kann* nur ein Wunder gewesen sein, und dieses Wunder wird sich nicht wiederholen. Vielleicht wegen der Ströme von Blut, die dort sinnlos vergossen wurden, darüber mag Gott richten. Und auch über die Ströme von Blut, die jetzt schon wieder bei diesen abscheulichen Judenpogromen fließen. Doch ich war im Heiligen Land, habe vieles gesehen. Und mein Verstand, meine gesamten Erfahrungen als Heerführer sagen mir: Edessa bleibt verloren, und kaum einer dieser Kreuzfahrer wird Jerusalem lebend erreichen.«
Er ließ seine Worte wirken und holte dann zu einer ungewohnt langen Rede aus.
Während er sprach, herrschte Totenstille im Raum. Doch der Gesichtsausdruck seines Marschalls, der den Markgrafen auf der Pilgerfahrt begleitet hatte, besagte, dass Werner von Brehna die Dinge genauso sah wie sein Fürst.
»Ein großes Heer kann nur über Land ziehen, denn den Preis für die Überfahrt so vieler Männer und Pferde vermag nicht einmal ein Fürst zu bezahlen. Es muss über den Bal-

kan und das Seldschukenreich und wird da schon ein Drittel seiner Stärke durch Angriffe aus dem Hinterhalt verlieren. Bereits dort wird es außerdem schwierig werden, das Heer zu verpflegen, zumal sich Unmengen armer Pilger anschließen werden, die man nicht wegschicken kann. Wir ritten als Pilger durchs anatolische Hochland und durch die Wüsten und taten das in leichter Kleidung, mit ortskundigen Führern und reichlich Wasser versorgt. Schon das war eine Strapaze. Bei solcher Hitze Tausende in Gambeson und Kettenhemd, mit Helm und Schild auf den Weg zu schicken heißt, sie in den Tod zu schicken. Erst werden ihre Pferde sterben, dann sie selbst.

Doch das Schlimmste ist: Die Lage im Heiligen Land hat sich dramatisch verändert. Zenghi sammelt die Sarazenen zu einem riesigen Heer, und er fordert seine Männer auf, das Blutbad zu rächen, das die ersten Kreuzfahrer in Jerusalem anrichteten, und für jeden erschlagenen Sarazenen Vergeltung zu üben. Und die Christen sind heillos zerstritten. Wir können diesen Kreuzzug nicht gewinnen.«

Nach einem tiefem Atemzug sagte er mit gefurchter Stirn: »Ein Krieg hat begonnen, der niemals enden wird, wenn wir jetzt nicht besonnen handeln.«

Nun setzte sich Markgraf Konrad auf und verschränkte die Finger auf dem Tisch.

»Ich komme gerade erst aus dem Heiligen Land zurück. Und ich bin nicht bereit, gleich wieder dorthin zu reisen, mein Land noch einmal auf ungewisse Zeit zu verlassen. Ich bin nicht bereit, all mein Silber für eine Unternehmung ohne Aussicht auf Erfolg auszugeben. Ich bin nicht bereit, all meine Männer sinnlos der Hitze, dem Durst, den Schlangen und den nach Rache schreienden Sarazenen zu opfern.«

Mit leisem Knistern erlosch noch eine Kerze. Niemand rührte sich, um eine neue zu entzünden.

Lange herrschte beklemmendes Schweigen.
»Was sollen wir tun? Wir können uns dem Aufruf des Papstes nicht verweigern«, fragte Dietrich schließlich.
»Ich weiß einen Ausweg.«
Der Markgraf beugte sich vor und senkte die Stimme ein wenig.
»Es geht das Gerücht, dass der Papst den Kampf gegen die Mauren in Spanien und im neuen Königreich Portugal auch als Kreuzzug anerkennen will. Da liegt es doch nahe, Seine Heiligkeit daran zu erinnern, dass *wir* direkt vor unseren Toren noch eine Menge Götzenanbeter zum wahren Glauben zu bekehren haben.«
»Die Slawen!«, rief Otto, was Dietrich als ausgemachte Anbiederei empfand. »Ihr wollt einen Kreuzzug gen Osten vorschlagen statt nach Jerusalem …«
»Ja, einen Wendenkreuzzug. Wir reiten ein paar Wochen durch östliches Gebiet, befrieden unsere Grenzen und können noch gutes Land dazu erobern.«
»Dafür müssten wir auch Heinrich den Löwen und Albrecht den Bären gewinnen, vielleicht sogar die Dänen«, wandte Dietrich ein. »Als Wendenkreuzzug wird sich die Idee nur durchsetzen, wenn wir auf breiter Front vorrücken, von Kiel und Lübeck über Havelberg bis in die Lausitz.«
»So ist es«, bestätigte sein Vater, insgeheim erfreut über das kluge strategische Denken seines Sohnes.
»Und wie kriegen wir die Todfeinde Bär und Löwe an einen Tisch, noch dazu unter strengster Geheimhaltung?«, meinte Dietrich skeptisch.
»Das ist die Frage, die ich an euch richte«, antwortete der Markgraf von Meißen und der Lausitz.

Das Ende der Kindheit

Christian; Meißen, August 1146

An seinem siebenten Geburtstag bekam Christian von seiner Mutter ein sehr zeitiges und besonders üppiges Frühmahl, mit einem Klacks Butter und sogar einem Löffel Honig auf dem Hirsebrei.

Während er aß, ließ sie kein Auge von ihrem Sohn.

Christian war das Ebenbild seines Vaters: mit dunklen Augen und dunklem Haar, aufgeweckt, lernbegierig und abenteuerlustig. Nun, da er sieben Jahre zählte, war seine Kindheit nach altem Brauch vorbei. Lukian würde ihn gleich nach dem Essen zu seinem künftigen Lehrmeister bringen, einem Messerschmied.

Sie hatten glückliche Jahre zu dritt verlebt. Nur noch selten musste Lukian den Markgrafen auf Reisen begleiten, und das stets bloß für ein paar Tage und innerhalb der Mark Meißen, um irgendwelche Rechtsfälle auf Pergament festzuhalten.

Das Einzige, was ihr Glück trübte, war der Umstand, dass Hanka kein weiteres Kind gebären konnte. Sie war noch mehrere Male schwanger geworden, doch immer wieder verlor sie die Leibesfrucht, noch ehe sie sich über ihren Zustand sicher sein konnte. Josefa meinte, das komme bei manchen Frauen vor, und riet, die Hoffnung nicht aufzugeben.

Lukian hatte seinem Sohn Lesen und Schreiben beigebracht, was den Jungen sehr faszinierte. Manchmal machten sie sich einen Spaß daraus, gemeinsam Eisengalltinte zu kochen. Dann erfüllte herber Geruch das ganze Haus. Aber Lukian wollte nicht, dass sein Sohn Schreiber wurde.

»Er soll nicht an den Hof, das ist keine gute Umgebung«, hatte er ohne weitere Erklärungen gesagt. »Ein Schmied ist ein geachteter Mann.«

Sie konnten den besten Messerschmied Meißens dafür gewinnen, Christian als Lehrjungen aufzunehmen.
»Musst du wirklich mitkommen?«, fragte ihr Sohn nun missmutig, als sie ihm gute Kleider reichte, dazu ein Bündel mit Arbeitskleidung und einem Stück grober Seife.
Noch waren Christians Hände mit Tinte bekleckst, doch schon bald würden sie von Ruß, Asche und Holzkohle geschwärzt sein.
Sie wusste, dass ihm ihre Gegenwart vor dem Meister und dem zweiten Lehrjungen peinlich war, und lächelte, während sie ihrem Sohn am liebsten durchs Haar gefahren wäre. Aber dagegen würde er sich wie jeder Junge in seinem Alter sträuben.
»Ich gehe ja nicht mit, weil du den Weg sonst nicht finden würdest, sondern um Meister Goswin ein Geschenk zu bringen«, argumentierte sie.
Dessen jüngste Schwester würde bald heiraten, und Hanka hatte einen Almosenbeutel für sie genäht und bestickt, den Goswin der Braut schenken wollte.
»Das überstehst du schon!«, tröstete Lukian seinen Sohn. Er hockte sich vor ihn hin, damit sie auf Augenhöhe waren. »Du wirst einen guten Beruf erlernen und deiner Mutter eine Stütze sein, wenn ich bald für längere Zeit fortmuss. Ich verlasse mich auf dich.«
Der Markgraf ritt gerade auf Befehl des Königs gegen die Polen, aber dieser Feldzug würde gewiss durch Verhandlungen beendet werden. Doch für September hatte Seine Majestät die sächsischen Edlen zu sich berufen. Und dabei sollte Lukian seinen Fürsten begleiten.
Es war das erste Mal seit Jahren, dass ihn Markgraf Konrad wieder auf eine Reise zum Hof mitnahm. Diesmal wollte er einen erfahrenen Beobachter an seiner Seite haben. Lukian überkam ein mulmiges Gefühl bei dem Gedanken daran, aber das schob er erst einmal ganz weit von sich.

Heute war ein großer Tag für seinen Sohn, der es kaum erwarten konnte, sein erstes Messer zu schmieden.
So nahm es der Junge schließlich auch ohne ein weiteres Wort hin, dass ihn Vater *und* Mutter begleiteten. Zu dritt gingen sie die gewundenen Gassen hinauf und wieder ein Stück hinab zur Schmiede, die wegen der Feuergefahr etwas abseits stand.
Meister Goswin erwartete sie schon. Er war ein muskulöser Mann um die dreißig mit verschwitztem Haar und großer Lederschürze, Gesicht und Hände von der Arbeit geschwärzt. Aber er besaß viel Humor, vor allem beim Umgang mit Kundschaft. Gutgelaunte Kundschaft kaufte entschlossener und zahlte williger.
»Gott zum Gruße, Meister Goswin! Ich bringe meinen Sohn und das Lehrgeld für das erste halbe Jahr.«
Lukian neigte höflich den Kopf und übergab den Beutel mit Pfennigschalen.
»Du willst also das Schmieden lernen?«, fragte Goswin seinen Adepten skeptisch. »Bei allen Heiligen, guckt euch die Ärmchen von dem Knäblein an! Und die Finger sind mit Tinte bekleckst!«, spottete er.
»Ich hab sie geschrubbt, Meister«, versicherte Christian verlegen und gab dann ehrlich zu: »Nicht sehr. Ich werde sie mir bei Euch doch gleich schwarz machen.« Dabei grinste er und zappelte vor Aufregung, denn er wollte sich unbedingt beweisen.
Doch zunächst drückte ihm der Meister auf den Oberarm, um seine Muskeln zu prüfen.
»Was will man erwarten, wenn Vater und Mutter nur feine Arbeiten mit den Händen ausführen«, lästerte er. »Mal sehen, ob ich aus dir einen richtigen Mann und vor allem einen guten Messerschmied machen kann.«
»Ganz gewiss, Meister!«, prahlte Christian. »Das Schreiben habe ich auch rasch gelernt.«

»Und du glaubst, das hier ginge genauso schnell, du Naseweis?«, knurrte der Messerschmied. »Wie du dich herausgeputzt hast! Zieh einen alten Kittel an, nimm diese Schürze, dann hol einen Sack Holzkohle von draußen und schütte etwas davon auf das Schmiedefeuer, bis ich sage, es ist genug!«
Sofort erledigte Christian eins nach dem anderen.
»Nun stell dich an den Blasebalg! Du hast wohl gedacht, du könntest heute schon ein Messer oder einen Essdorn schmieden? Erst einmal musst du lernen, wie man die richtige Temperatur für das Schmiedefeuer hält. Was heißt, dass du das nächste halbe Jahr dort stehen und den Blasebalg bedienen wirst. Davon kriegst du hoffentlich auch ein paar Muskeln, du Magerling.«
»Ja, Meister!«, krähte Christian begeistert.
»Ich danke für die Ehre, Meister Goswin«, erklärte Lukian. »Der Junge ist wirklich sehr anstellig. Er ist klug für sein Alter und wissbegierig.«
»Dann wollen wir sehen, ob der kleine Naseweis hier durchhält. Genug geschwatzt! Ich muss zurück an die Arbeit.«
Hanka trat vor. »Bitte nehmt das versprochene Hochzeitsgeschenk, Meister Goswin.«
Sie öffnete vorsichtig das Leinentuch, in das sie ihre Stickerei eingeschlagen hatte, damit sie nicht schmutzig wurde. Goswin riss vor Staunen die Augen auf und strahlte.
»Meisterlich, schöne Frau! Oh, wie wird mein Schwesterchen damit herumstolzieren und mir künftig keine Ruhe lassen, bis sie mehr davon hat.«
Hanka lachte.
»Wie viele Almosenbeutel kann eine Frau schon brauchen? Den hier soll sie beim sonntäglichen Kirchgang tragen. Nehmt ihn zum Dank dafür, dass unser Sohn bei Euch lernen darf.«
Sie verabschiedeten sich, ein wenig mit wehem Herzen, und

bemerkten mit einem Lächeln, wie sehr sich Christian bemühte, sie nicht anzusehen, sondern den Blasebalg betätigte und auf die Glut starrte. Bloß nicht als Muttersöhnchen gelten! Er war jetzt ein Mann.
Lukian musste hinauf auf den Burgberg in die Schreiberkammer, Hanka zurück in ihr Viertel. Sie hatte Josefa versprochen, ihr dabei zu helfen, Samenkörner im Mörser zu zerstoßen und Wurzeln zu hacken.
Doch bevor sie ging, schmiegte sie sich noch einmal an ihren Mann.
»Nun ist er aus dem Haus«, seufzte sie leise.
»Er kommt doch jede Nacht zum Schlafen heim«, tröstete Lukian sie.
»Und du musst auch bald fort, auf unbestimmte Zeit«, klagte Hanka. »Ich fange jetzt schon an, dich zu vermissen. Den lieben langen Tag frage ich mich während der Arbeit, ob du wohl am Abend heimkommst.«
Er lachte. »Deinetwegen und wegen unseres Jungen zähle ich bei meiner öden Schreiberei die Stunden, bis ich wieder bei euch bin. Und wegen der Reise mach dir keine Sorgen!«
Von seinem mulmigen Gefühl würde er ihr nichts erzählen.

Zwei von drei

Konrad von Wettin und Albrecht der Bär;
an der Grenze zu Polen, August/September 1146

Der Markgraf von Meißen und der Lausitz verspürte denkbar wenig Neigung, gegen die Polen zu reiten. Er wollte Frieden an der Ostgrenze seiner Ländereien. Doch dieser Feldzug bot unverhofft Gelegenheit zu einer unauf-

fälligen Annäherung zwischen ihm und dem Bären, zu einem vertraulichen Gespräch.
Der König hatte sie beide aufgefordert, ihm mit einem Heerbann zu folgen. Sein polnischer Schwager Wladislaw war von den jüngeren Brüdern vom Thron und aus seinem Herzogtum vertrieben worden, nachdem er das ganze Land für sich beansprucht und einen Waffenstillstand gebrochen hatte. Nun ersuchte Wladislaw um Hilfe.
Markgraf Konrad hoffte inständig, dass bei Albrecht nicht wieder der alte Haudrauf durchkäme, der jede Gelegenheit zur Auseinandersetzung suchte. Ein Kriegszug kostete viel Silber, und das brauchte der Askanier für den Wiederaufbau seines Landes. Außerdem wartete Albrecht darauf, dass ihm die Brandenburg zufiel. Heinrich von Brandenburg war inzwischen so betagt, dass der Erbfall jederzeit eintreten konnte. Dann würde dem Bären das Land bis kurz vor Lebus gehören, was schon polnisch war. Doch Heinrich, einstmals Pribeslaw, hatte einen ehrgeizigen jungen Neffen, diesen Jacza. Der war seit kurzem mit einer polnischen Hochgeborenen verheiratet und würde vielleicht nicht widerspruchslos hinnehmen, dass die Brandenburg an den Bären ging statt an ihn. Gründe genug, dass möglicherweise auch der Ballenstedter dem Aufruf des Königs ohne Elan Folge leistete.
Das waren die Überlegungen Konrads, während er sein Heer langsam und lustlos bis an die polnische Grenze führte, wo er auf Truppen des Königs stieß, die hier festsaßen. Alle Wege waren versperrt und vom Feind so gut gesichert, dass ihr Feldzug erst einmal ins Stocken geriet. Worüber der Meißner froh war, auch wenn er sich das natürlich nicht anmerken ließ.

Nach einem schier end- und ergebnislosen Kriegsrat im Zelt des Königs an einem weiteren verregneten Spätsommertag lud Konrad den Bären auf einen Krug Wein in sein Zelt ein.

»Vorerst gibt es ohnehin nichts zu tun. Also lass uns der alten Zeiten gedenken, wo wir doch nun wieder auf *einer* Seite kämpfen«, meinte er betont beiläufig, sogar mit der Spur eines Lächelns.
Albrecht legte den Kopf schief und starrte ihn misstrauisch an. Bei jedem anderen hätte er geargwöhnt, er würde ihn verspotten. Doch Konrad von Wettin war kein Mann, der Scherze machte. Also konnte er schlecht ablehnen, ohne den Meißner zu brüskieren und neuen Streit zu provozieren. Und er hatte genauso wenig Lust auf diesen Krieg wie sein einstiger Freund. Warum sich also nicht betrinken? In den Kampf würden sie heute nicht ziehen, es goss wie aus Kannen, und er verspürte gewaltigen Durst.
Sie durchquerten das meißnische Lager bis zu dem größten Zelt mit dem schwarz-gelben Löwenbanner. Bei jedem ihrer Schritte spritzte Schlamm auf. Das Heerlager soff langsam ab, alles troff vor Nässe, das Eisen rostete, und die Vorräte begannen zu schimmeln, obwohl Korn nach der regenbedingten Missernte dieses Jahr knapp und teuer war. Selbst die Pferde auf der Koppel wirkten träge und lustlos.
»Tritt ein, mein alter Feind und Freund. Bevorzugst du immer noch Roten?«
Konrad spielte bewusst mit Albrechts Anrede vor Quedlinburg und hatte sie umgedreht. Auch ihre Rollen schienen vertauscht. Albrecht war nun der Mürrische, während sich der sonst so kühle Konrad jovial gab.
Der Bär schüttelte Regentropfen von seinem Umhang und ließ sich auf einen mit Schaffell bedeckten Stuhl fallen, der auf dem unebenen Boden unter seinem Gewicht bedenklich wankte. Konrad schickte alle anderen hinaus, wobei er seinem Marschall unauffällig das Zeichen gab, dafür zu sorgen, dass sie ungestört und unbelauscht blieben.
Er ging zu einem Tischchen, schenkte seinem Gast höchst-

persönlich Wein in einen zinnernen Becher und verdünnte ihn ungefragt auch gleich mit Wasser, wie es üblich war. Dafür pries er sich glücklich, als er sah, wie der Bär den Wein wortlos auf einen Zug hinunterstürzte, stöhnte und ihm den leeren Becher erneut entgegenstreckte.

Konrad füllte nach, wobei er diesmal noch mehr Wasser beimischte. Einen volltrunkenen Mitverschwörer, der sich an nichts erinnerte oder vor anderen ins Schwatzen geriet, konnte er nicht brauchen.

»Dies ist der ödeste Kriegszug, auf dem ich je war! Und nie hatte ich weniger Lust, mich mit jemandem zu schlagen«, ächzte Albrecht, dem immer noch Regentropfen aus den Haaren rannen.

»Wir können beide kein Interesse daran haben, Streit mit den Polen zu suchen«, gab Konrad ihm recht. »Dieser Wladislaw ist ein Tölpel: lässt sich zum Großherzog ernennen, ohne seine Brüder abzufinden, nimmt ein heidnisches Söldnerheer, um Posen zu belagern, scheitert erwartungsgemäß, wird vom Papst gebannt, fleht um einen Waffenstillstand – und bricht ihn dann. Was für ein Narr! Nun ist seine Hauptstadt Krakau zerstört, und er muss mit Weib und Kindern bei seinem königlichen Schwager unterkriechen.«

»Heiliger Georg, gib, dass die Wege noch lange versperrt bleiben!«, bekräftigte Albrecht und trank weiter, diesmal jedoch langsamer. »Ich habe Wichtigeres zu tun, als mich mit den Polen anzulegen. Mit denen stelle ich mich lieber gut, solange sie mich nicht angreifen. Und was kümmert mich der Gemahl einer Babenbergerin?«

»Siehst du, endlich sind wir uns wieder einmal vollkommen einig!«, sagte Konrad demonstrativ. »Wir sollten Seiner Majestät Verhandlungen nahelegen. Keiner von uns hat Zeit, hier müßig im Schlamm herumzusitzen, der König schon gar nicht. Denn derweil rüsten die Ungarn gegen ihn, in Bayern tobt die Fehde seines Bruders mit dem Regensbur-

ger Bischof, und Albero von Trier liegt immer noch mit dem Herzog von Niederlothringen in bewaffnetem Streit.«
Konrad schenkte sich und Albrecht nach und geizte dabei nicht mit Wasser.
»Ich muss mich um mein eigenes Land kümmern, um die Behebung der Kriegsschäden«, murrte Albrecht.
»Das solltest du. Eine Burg ist nicht an einem Tag wieder aufgebaut«, bekundete Konrad Verständnis.
»Wenn es nur das wäre!«
Der Bär stöhnte und riss sich die triefend nasse Bundhaube vom Kopf, um sich durch seine wilde Mähne zu streichen. »Du ahnst gar nicht, wie schwierig es ist, mir alles zurückzuholen, was sich meine Feinde unter den Nagel gerissen haben, während ich zwei Jahre außer Landes war. Es gibt endlos Streit um jedes Dorf, um jeden Weg, um jeden Wald und jeden Teich. Ganze Herden von Lämmern gaben ihr Leben für all das Pergament, das deshalb beschrieben werden muss. Du kannst dir nicht vorstellen, was allein nötig war, damit mein bester Mann, der Hillerslebener, dieses Dorf Bose zurückbekam, mit dem ich ihn belehnt hatte!«
Konrad spürte, dass Albrecht sich nun in detaillierten Beschreibungen ergehen wollte. Doch wenn er das zuließ, war der Mann betrunken, ehe sie zum eigentlichen Thema kamen.
»Dafür hältst du jetzt mehr Land als zuvor, denk nur an Weimar-Orlamünde und die Vogteirechte an Klöstern! Bald wirst du auch noch die Brandenburg bekommen. Das sollte doch das bisschen Pergament und Tinte wert sein«, redete er seinem einstigen Jugendfreund zu. »Und nicht zu vergessen: Der König sicherte dir zu, dass dein Erstgeborener die Nordmark erbt. So großzügig hat er sich mir gegenüber noch nicht gezeigt.«
»Ha!« Der Bär schrie zornig auf. »Als *zuvor?* Du meinst, bevor ich vor dem gesamten Hof den Herzogstitel ablegen musste, den dann ein rotznäsiger Knabe bekam? Ja, reite

nur darauf herum, erfreue dich an meiner Demütigung! Du hast es vorausgesagt und recht behalten. Bist du nun zufrieden?«

Verbittert warf Albrecht die Bundhaube zu Boden und stampfte darauf – so wie seine Gegner sinnbildlich auf ihm herumgetrampelt waren. Auch Konrad. Er hatte Quedlinburg nicht vergessen. Und auch nicht Frankfurt.

»Albrecht, um unserer alten Freundschaft willen!«, versuchte der Meißner zu beschwichtigen. »Die meisten deiner Erzfeinde sind tot: Heinrich der Stolze, Erzbischof Konrad von Magdeburg, Siegfried von Boyneburg, Rudolf von Stade … Und du sitzt hier, trinkst Wein, baust deine Burgen wieder auf, hast Land dazugewonnen, bist mächtiger denn je! Das ist es, was zählt.«

»Aber die Schmach! Wie gut, dass Mutter das nicht miterleben musste …«

Der Bär griff sich mit beiden Händen ins Haar und sackte in sich zusammen, die Ellbogen auf die Knie gestützt und den Kopf in die Hände.

»Sie war eine beeindruckende Frau«, räumte Konrad ein.

»Deine Mutter ebenso«, versicherte Albrecht. »Als dein Vater starb, warst du noch sehr jung, doch deine Mutter erzog dich dazu, dass du den Mumm hattest, dir den Platz zu erobern, der dir zusteht.«

Beider Gedanken wanderten zurück in ihre Jugendjahre, als sie jung und heißblütig gewesen waren und sich rücksichtslos ihr Land erkämpft hatten.

»Auf Eilika von Ballenstedt!«

»Auf Ida von Northeim!«

Sie hoben ihre Becher und tranken.

»Ungewöhnliche Frauen …«

»Ja, das waren sie.«

Eine Weile sagte keiner von beiden ein Wort. Jeder versank in seinen Erinnerungen.

Konrad dachte wirklich in Dankbarkeit an seine Mutter Ida, eine Schwester der Kaiserinwitwe. Ohne ihren Ehrgeiz und ihre Strenge wäre er wohl ein einfacher Graf geblieben. Eilika hatte er in seinen Jugendjahren kennengelernt, als Albrecht und er gemeinsam loszogen, die Mark Meißen und die Lausitz zu erobern. Wahrlich eine respekteinflößende Frau, trotz ihrer Zierlichkeit. Und unübersehbar früher eine überwältigende Schönheit. Die beste Partie im Reich.

Auch wenn viele den ungestümen, sonst furchtlosen Bären als Muttersöhnchen belächelten, wenn es um Eilika ging … Der Meißner konnte ihn verstehen.

Die Geräusche des Heerlagers drangen durchs Zelt: Fluchen, Lachen, Schreien, das Schnauben von Pferden und das Klirren von Waffen, Hundegebell, das schabende Geräusch eines Wetzsteins auf Metall.

Bis Konrad von Wettin mit gesenkter Stimme sagte: »Dein Brandenburger Wahlverwandter hat dir doch gewiss ausführlich von unserer gemeinsamen Wallfahrt nach Jerusalem erzählt.«

Jäh riss Albrecht die schweren Lider hoch.

»Ja.«

»Und ich meine: nicht nur von den heiligen Stätten, die wir aufgesucht haben, von den süßen Früchten und den flinken Pferden, den prächtigen Palästen. Sondern von der hoffnungslosen politischen Lage und was es bedeuten würde, ein großes Heer in voller Rüstung auf dem Landweg durch die Wüste zu schicken?«

»Hm.«

Albrecht setzte sich auf und schnaubte verächtlich. »Heinrich hat nicht deinen militärischen Sachverstand. Ein alter Mann, der sich lieber nach allen Seiten absichert, während auf der Burg seine Frau Petrissa das Regime führt. Ich wäre gespannt, deine Schlussfolgerungen zu hören.«

»*Schlussfolgerungen* will ich von dir. Von mir bekommst du einen Bericht.«

Und Konrad berichtete so hart und gnadenlos, wie er es vor seinen Söhnen getan hatte – allerdings noch ohne seine Weigerung auszusprechen.

Er ließ Albrecht ein wenig Zeit, das Gesagte zu überdenken.

»Ich schwöre, jedes Wort ist wahr. Ich übertreibe nicht. Zu welchen Schlüssen kommst du nun angesichts der Aussicht, dass der König ganz sicher das Kreuz nehmen wird und dann die Aufforderung an uns ergeht, es ihm gleichzutun?«

»Wie kann ich mich auf solchen Irrsinn einlassen, wenn mein halbes Land noch in Schutt und Asche liegt, meine Truhen leer sind, der junge Löwe an meinen Grenzen lauert und die Wenden nur darauf warten, dass ich fortreite, um mein Land zu rauben und dort wieder ihre Götzentempel zu errichten?«, polterte Albrecht.

»Du sagst da ein entscheidendes Wort.«

Konrad zog bedeutungsschwer die Augenbrauen hoch, während er den Markgrafen der Nordmark anstarrte.

Der starrte zurück.

Gelassen erörterte der Meißner seinen Plan, wobei er vorerst aussparte, dass nicht nur sie beide diese Unternehmung vorantreiben mussten.

Albrechts Augen leuchteten auf.

»Ein Wendenkreuzzug! Der bringt uns Land! Du bist gerissen wie eh und je, alter Freund. Wir müssen dafür natürlich die Pfaffen gewinnen, bis hin zum Papst. Aber Anselm von Havelberg wird uns ein sicherer Verbündeter sein. Er will endlich in sein Bistum.«

»Und Anselm hat nicht nur das Ohr des Königs, sondern auch das Ohr Alberos von Trier. Der wiederum das Ohr des heiligmäßigen Bernhard von Clairvaux hat!«

Zufrieden ließ Albrecht seine Hand auf den Tisch krachen.

»Du hast alles bis ins Letzte durchdacht. Das gefällt mir. Mein alter Freund, ich bin dabei!«

Wieder tranken beide.

»Ich finde, wir sollten das wettinisch-askanische Bündnis mit einem Verlöbnis besiegeln«, schlug Konrad vor, der den Bären nun schon fast da hatte, wo er ihn haben wollte.

»Das sollten wir«, stimmte Albrecht dröhnend zu. »Dank des Allmächtigen und meiner lieben Sophia habe ich viele starke Söhne, du hast viele hübsche Töchter. An welche dachtest du?«

»Ich erachte unser Bündnis für so wichtig, dass ich gern meinen ältesten Sohn, den Erben der Mark Meißen, mit einer deiner Töchter verloben möchte. Ich weiß, sie sind noch klein, die Hochzeit muss noch warten. Aber ein Verlöbnis ist bindend. So signalisieren wir jedem: Haus Wettin und Haus Askanien sind Verbündete und bald auch blutsverwandt.«

»Da soll ich also meine süße kleine Hedwig hergeben …« Betrübt zog Albrecht die Stirn in Falten. »Mein Augenstern, mein Sonnenstrahl. Aber es bleiben noch ein paar Jahre. Und es ehrt mich, wenn du mir deinen Erstgeborenen zum Schwiegersohn machst.«

Sie erhoben sich feierlich und tranken sich zu.

»Auf unser Bündnis!«

»Auf unser Bündnis und unseren Wendenkreuzzug!«

Konrad trat kurz vor das Zelt und orderte das Abendessen für sich und seinen Gast. Das hatte der Küchenmeister bereits zubereitet, und so trugen er, der Schenk und diverse Helfer in aller Eile auf, um sich sogleich wieder zurückzuziehen. Sie hatten strenge Instruktionen erhalten.

Genüsslich schnupperte der Bär am Braten. »Das muss gefeiert werden. Gute Nachrichten machen mir Appetit. Und von schlechten lasse ich ihn mir nicht verderben«, prahlte er.

Konrad legte ihm persönlich eine dicke Scheibe Wildbret auf.

»Man sieht es, du hast an Umfang zugelegt. Passt dir dein Kettenhemd überhaupt noch?«
»Ich musste ein paar Reihen Ringe zusätzlich einflechten lassen. Wen schert's? Ich war eben schon immer ein richtiger Recke. Im Gegensatz zu dir schmalem Hecht.«
Sie aßen, plauderten, zogen über diesen und jenen her.
Als sich Albrecht endlich zufrieden zurücklehnte, rülpste und sich lächelnd über den Bauch strich, sah Konrad die Zeit für seine letzte, schwierige Eröffnung gekommen.
»Meine liebe Sophia wird auch glücklich sein, wenn ich nicht so lange fortmuss. Vielleicht zeugen wir noch ein drittes Mädchen, da du schließlich meine süße Hedwig für deinen Ältesten willst«, meinte der Ballenstedter gerade.
»Die Verlobung sollte bald stattfinden. Bei der Gelegenheit werde ich auch Dietrich eine Braut zuführen. Unsere Angelegenheiten müssen geregelt sein, bevor wir erneut zu Felde ziehen.«
Noch ehe der Bär fragen konnte, wen Dietrich heiraten sollte – falls es ihn überhaupt interessierte –, senkte Konrad erneut die Stimme und beugte sich über den Tisch zu seinem Gast.
»Wenn wir diesen Wendenkreuzzug wirklich zu einer Bewegung machen wollen, der sich die Kirche nicht verweigern kann, für die sie sich begeistert, müssen die Herren *aller* östlichen Länder mitmachen.«
»Aller?« Albrecht stutzte.
»Du meinst …? Niemals!«
Wütend warf er sein Mundtuch beiseite. »Niemals mache ich gemeinsame Sache mit dem Löwen! Deshalb also hast du mich hierher gelockt, hast mich vollgesäuselt, mich trunken gemacht, mir mein liebstes Töchterchen abgeschwatzt … Du bist ja noch hinterlistiger als Albero von Trier!«
Er stemmte sich hoch und wollte gehen.

Doch Konrad stand ebenfalls auf, schneller und geschmeidiger, und legte dem Bären die Rechte fest auf die Schulter. »Entscheide mit dem Verstand, nicht mit dem Bauch!«, riet er und sah ihm eindringlich in die Augen. »Der junge Heinrich kann das größte Heer aufstellen. Und es ist für dich besser, zu wissen, dass er mit diesem Heer gen Pommern zieht statt gegen Ballenstedt.«

»Und wie willst du ihn überzeugen, mit mir gemeinsame Sache zu machen – falls du *mich* überzeugen kannst, mit *ihm* gemeinsame Sache zu machen?«

»Landgewinn«, sagte Konrad nüchtern. »Für ihn wird am meisten abfallen, der ganze Norden bis an die polnische Grenze. Er ist ehrgeizig, jung, wird sich beweisen wollen. Er kann sein Kontingent anführen, und wir machen ihn nominell zum Heerführer, da er den höchsten Titel trägt. Doch jeder zieht getrennt los. Du wirst ihn nicht einmal zu sehen bekommen.«

»Das hast du alles schon bis in die letzte Einzelheit geplant, nicht wahr?«, klagte der Bär, der sich überrumpelt sah.

»Ja«, gab Konrad unumwunden zu. »Und ist es nicht ein guter Plan?«

Leben im Wartestand

Gunda und Adela; Osterhausen, 15. Oktober 1146

Der Polenfeldzug des Königs endete ohne Kampf mit dem Austausch von Geiseln, wozu Konrad von Wettin und Albrecht der Bär den König gedrängt hatten. Wladislaw durfte nicht nach Polen zurückkehren. Der Schwager des Staufers musste in Altenburg sein Exilquartier einrichten. Eine weitere Niederlage Konrads. Doch er stand unter Zeit-

druck, denn immer noch brannte es in seinem Reich an allen Ecken und Enden.
König Geisa von Ungarn hatte mit einer gewaltigen Streitmacht Konrads Babenberger Bruder Heinrich angegriffen, den Herzog von Bayern. Der sechste Welf kämpfte weiter mit Heeresmacht um schwäbische Besitzungen. Des Königs Neffe, der junge Friedrich, führte eine bewaffnete Fehde gegen den Herzog von Zähringen und war schon bis Lüttich vorgedrungen. Und Albero von Trier lag immer noch im Streit mit Heinrich von Namur, weshalb auch im Moselgebiet Krieg herrschte.
Als sei dies alles nicht schon Fluch genug für das Land, hatte der verregnete Sommer eine Missernte gebracht. Selbst in vom Krieg verschonten Gebieten drohte eine Hungersnot. Manch einer gab insgeheim auch dafür dem König die Schuld.
Dennoch erwartete der Papst vom künftigen Kaiser, das Kreuz zu nehmen. Bald würde Bernhard von Clairvaux bei Hofe vorsprechen und darauf drängen. Der Mann, dessen rhetorischer Begabung sich niemand entziehen konnte.
Selbst der mühsam errungene Frieden in Sachsen war immer noch brüchig. Deshalb hatte der König die sächsischen Edlen nach Osterhausen beordert. Hier, in der Nähe von Wasserburg und der Marktsiedlung Eisleben, residierte er im Vorwerk des entstehenden Zisterzienserklosters Sittichenbach in der Grafschaft Mansfeld, während die Sachsen ihre Zeltlager um das Kloster herum errichteten.
Hätte Konrad von Staufen geahnt, welchen Zorn der Markgraf von Meißen noch immer gegen den Mansfelder hegte, würde er vielleicht einen anderen Ort gewählt und sie allesamt nach Goslar bestellt haben.
Doch der Wettiner konnte seinen Zorn durchaus für eine gewisse Zeit unterdrücken, denn dieses Treffen nutzte seinen geheimen Plänen. Hier würden er und sein alter Freund

Albrecht ihren Plan unauffällig an Heinrich den Löwen herantragen.

Adela von Vohburg ermöglichte die Vorladung der Sachsen vor den König nach vier Jahren endlich ein Wiedersehen mit ihrer Freundin Gunda, denn auch Graf Bernhard war von Plötzkau angereist. Gnädig gewährte er seiner Gemahlin die Bitte, sie zu den Damen des Hofes zu geleiten, damit sie der Erbin des Egerlandes ihr Mitgefühl zum Tod ihres Vaters aussprechen konnte. Markgraf Diepold war im April mehr als siebzigjährig gestorben.
Schon nach den ersten Beileidsworten fielen sich die Freundinnen weinend um den Hals. Das trug ihnen missbilligende Blicke des Grafen ein.
Sofort besann sich Adela und wischte sich die Augen. »Entschuldigt meinen Kummer, Graf Bernhard! Ich bitte Euch um Verzeihung für diesen Gefühlsausbruch. Und vergebt mir, dass ich Euch nicht zuerst begrüßt habe. Hattet Ihr eine gute Reise?«
»Danke der Nachfrage«, murrte Bernhard. »Wir überstanden beide Tage ohne Überfälle und Deichselbruch.«
Sein Sarkasmus war nicht zu überhören, denn der Herbst zeigte sich gerade von der schönsten Seite, und Plötzkau lag tatsächlich nur zwei Tagesreisen von hier entfernt. Ein Katzensprung angesichts der Entfernungen, die sie sonst zu Hoftagen zurückzulegen hatten.
Der Graf verabschiedete sich, weil ihn angeblich dringende Angelegenheiten erwarteten.
Adela schlug Gunda vor, gemeinsam ein Gebet für das Seelenheil ihres Vaters zu sprechen und dann durch den Kräutergarten zu schlendern. Der Spaziergang fände vor aller Augen statt und wäre somit unverdächtig, aber niemand konnte sie belauschen.
An diesem Ort herrschte mehr lärmende Geschäftigkeit, als

man in einem Kloster erwarten sollte. Doch es war erst vor fünf Jahren gegründet worden, und überall wirkten Zisterzienserbrüder und Konversen voller Fleiß, um Holz zu sägen, Steine zu behauen oder die Pferde der königlichen Reisegesellschaft zu versorgen. Ein Ochsengespann mit zwei kunstvoll behauenen Kapitellen auf dem strohbedeckten Karren zuckelte an ihnen vorbei, als sie zum Garten gingen, in der Nähe drehte sich ein Mühlrad, und etwas weiter entfernt herrschte Lärm, der entsteht, wenn eine Gruppe neu angekommener Gäste unter gebrüllten Befehlen ihr Lager errichtet.

»Ich wünschte, ich hätte in seinen letzten Stunden bei meinem Vater sein können«, sagte Adela, als sie die Bank aus Weidengeflecht erreichten. Erneut stiegen ihr vor Kummer Tränen in die Augen. »Er war mir ein liebevoller Vater. Und er wollte mir einen guten Mann auswählen. In seinen letzten Monaten kam er deshalb mehrfach an den Hof, aber ohne etwas zu erreichen. Nun bin ich fast zwanzig und zu alt, um noch eine gute Partie zu sein.«

»Du vergisst das Egerland!«, mahnte Gunda wieder einmal. »Und so jung vermählt zu werden wie ich ist nichts, was sich ein Mädchen wünschen sollte.«

»Du bist immer noch nicht guter Hoffnung?«, erkundigte sich Adela.

»Trotz all meiner Gebete nicht. Das ist der große Kummer und Schatten, der über unserer Ehe liegt«, gestand Gunda leise. »Graf Bernhard will einen Erben, mehr als alles und immer dringlicher. Er gibt mir die Schuld. Dabei wünsche ich mir doch selbst so innig ein Kind.«

Nun war sie es, die schluchzte. »In Plötzkau bekomme ich es ja auch ständig und von allen Seiten unter die Nase gerieben, dass ich meine erste Pflicht nicht erfülle. So mancher flüstert dem Grafen schon zu, er solle mich verstoßen. Dabei hatte er mit seinen früheren Gemahlinnen auch keine Kinder.«

»Trugst du schon mal seines unterm Herzen und hast es verloren?«, fragte Adela voller Mitgefühl.
»Noch nie. Vielleicht liegt es ja an ihm? Aber wehe, ich würde das auch nur andeuten!«
Gunda seufzte und wechselte das Thema. »Weißt du inzwischen wenigstens, wie das Hildebrandslied endet?«
»Nein. Diesen wunderbaren Spielmann sah ich vor Jahren zum letzten Mal, in Quedlinburg, als Herzog Heinrich der Stolze plötzlich starb. Vielleicht ist er auch tot? Keiner der Sänger, die seitdem bei Hofe waren, kannte es wirklich von Anfang bis Ende. Es wollte auch niemand je hören. Die Edeldamen wünschen sich immer nur die gleichen Liebeslieder und Rätsel, und die Ritter langweilen sich, wenn musiziert wird. Aber dafür kann ich nun ganz vorbildlich sticken, sieh nur!«
Adela zupfte an der Ärmelkante ihres blauen Kleides herum, die sehr kunstfertig mit Blumen aus dem Garten Eden verziert war.
»Wie kommt das?«, wunderte sich Gunda. »Darin warst du doch nie gut. Die Grumbacherin ließ dich doch ständig alles wieder auftrennen, der alte Drachen!«
Nun mussten beide lachen.
»Viel Übung. Viel Zeit und Langeweile. Ich habe ja sonst nichts zu tun außer zu warten«, meinte Adela. »Abgesehen davon, dass wir das halbe Jahr auf Reisen sind, von einem Hoftag zum anderen.«
Sie scharrte mit den Füßen im Laub herum.
Ein Windstoß fuhr durch die Bäume und ließ rotgoldene Blätter zu Boden schweben.
»Ich warte eigentlich auch nur«, sagte Gunda bedrückt. »Obwohl ich von früh bis spät zu tun habe: die Vorräte überwachen, die Arbeiten in der neuen Burg, wo vieles noch nicht fertig ist. Ich gehe fast jeden Tag ins Dorf und kümmere mich um die Armen. Die meisten Menschen haben ihr Dach über

dem Kopf und alle Habe verloren, als uns der Krieg heimsuchte. Die letzten Ernten fielen schlecht aus, und dieses Jahr ist fast alles auf dem Halm verdorben. Mein Gemahl sieht es nicht gern, wenn ich den Armen Essen oder Arznei bringe. Er meint, ich solle lieber meine Pflicht ihm gegenüber erfüllen. Also bete ich und warte auf ein Wunder.«

»Und ich warte, dass mich eines Tages mein Vormund zu sich ruft, um mir zu sagen, dass er mich vermählt. Das ist jetzt Gebhard von Sulzbach, des Königs Schwager und ein Vetter meines Vaters. Doch die beiden waren einander spinnefeind, und ich mag ihn auch nicht leiden. Vielleicht ruft mich stattdessen der König zu sich, um mir mitzuteilen, dass er das Egerland einzieht und mir eine Aussteuer fürs Kloster zahlt«, offenbarte Adela ihre größte Sorge.

»Kann er das denn tun? Du hast jüngere Brüder, dein Vater hinterlässt zwei lebende männliche Erben«, fragte Gunda verblüfft.

»Ich weiß es nicht.« Hilflos zuckte Adela mit den Schultern. »Seit dem Tod der Königin hat sich sehr viel verändert. Es kommen kaum noch Jungfrauen an den Hof, so dass ich jetzt die Älteste bin. Ich kümmere mich um die anderen Mädchen, vor allem um die Kleinen, die so viel Heimweh haben wie ich damals, als du mir aus meiner Not geholfen hast.«

»Weißt du noch? Isotta hatte ihr Nachtgeschirr in deinem Bett ausgegossen! Das war so niederträchtig von ihr.«

Sie verloren sich plaudernd in Erinnerungen an die gemeinsam verbrachten Jahre unter Aufsicht der Königin.

Plötzlich senkte Gunda den Kopf und flüsterte: »Ich träume von einem anderen Mann. Sogar wenn Graf Bernhard mir beiliegt, was er nur noch selten tut.«

»Ist es …?«

»Ich nenne keinen Namen!«, fiel ihr Gunda ins Wort, während ihr die Hitze in die Wangen schoss. »Er ist unerreichbar. Ich bin vermählt und darf die Ehe nicht brechen, sonst ist mir das Höllenfeuer gewiss. Aber einmal schenkte er mir einen Kuss … Und was ich dabei fühlte … Seitdem ertrage ich nur noch mit Widerwillen, wenn Graf Bernhard sich mir auch nur auf eine Elle nähert. Das darf niemand merken. Doch ich glaube, er spürt es.«

»Er müsste ein Holzklotz sein, wenn er es nicht spürt«, meinte Adela und schnaubte. »So gut kannst du dich nicht verstellen. Pass auf dich auf, das ist gefährlich!«

Jetzt wirkte sie sehr besorgt.

Gunda biss sich auf die Lippe und sagte dann: »Mein Gemahl spricht davon, das Kreuz zu nehmen. Vielleicht würde der Allmächtige unsere Ehe dafür mit einem Kind segnen.«

»Oder er fällt.«

»Oder kehrt als Krüppel heim. Und ich bin schuld daran, weil ich ihn mit meiner Kinderlosigkeit dazu getrieben habe.«

Sie schwiegen und starrten beide auf die Käfer, die zu ihren Füßen krabbelten.

»Ist er hier, dein … Traum?«

»Nein. Sein Vater kam ohne ihn, er wollte wohl Streit vermeiden. Ich sollte ihn vergessen und mich mit meiner Ehe abfinden.«

Traurig meinte Adela: »Unsere Leben sind so leer. Wenigstens kann ich kleine Mädchen trösten und du den Bedürftigen helfen. Aber soll das schon alles sein? Du bist im Ehestand, ich im Jungfernstand, doch eigentlich sind wir beide im Wartestand. Du wartest auf eine Schwangerschaft oder deinen unerreichbaren Prinzen, ich warte … und weiß nicht einmal, worauf! Ins Kloster oder in ein Damenstift will ich nicht. Aber einen guten Mann werde ich nicht bekommen. Ich bin zu alt, und das Egerland ist vor allem Wildnis, unerschlossenes Land.«

»Kaiserin Richenza durfte sich in die Politik einmischen, auch die mächtige Eilika von Billung. Doch nicht einmal

Gertrud als Königin hat es gewagt. Wir sind viel zu gering, um das zu tun. Man würde uns als ungehorsame, zänkische Weiber verurteilen.«

»Also sticken und beten wir weiter.«

Resigniert stand Adela von Vohburg auf und strich sich das Kleid glatt. »Lass uns lieber zurückgehen. Sonst verurteilt man uns noch wegen Schwatzhaftigkeit und Müßiggang.«

Da kam ihnen auch schon ein Bote entgegen und richtete mit strenger Miene aus, dass Graf Bernhard umgehend seine Gemahlin zu sehen wünsche.

Zweckgemeinschaft

Heinrich der Löwe, Konrad von Wettin, Albrecht der Bär; Sächsischer Fürstenkonvent in Osterhausen, 15. Oktober 1146

»Ein Kreuzzug gegen die Wenden?«, fragte Heinrich der Löwe verblüfft, nachdem Konrad von Wettin dem jungen Herzog unter vier Augen seine Idee eröffnet hatte. Der Meißner erkannte sofort, dass ihm die sehr gefiel.

»Wieso nicht? Die Spanier und Portugiesen dürfen auch auf ihrer Halbinsel bleiben und dort die Mauren bekämpfen«, setzte der Herzog von Sachsen den Gedanken fort.

Dann wiederholte er unwissentlich fast wörtlich, was Konrad von Wettin im Heerlager vor Polen dem Bären aufgezählt hatte: »Wir reiten ostwärts, taufen ein paar Heiden, brennen ihre Götzentempel nieder und können gewaltige Gebiete erobern. Für ein frommes Werk.«

Dabei verzog er die Lippen zu einem Lächeln. »In ein paar Wochen sind wir zurück, ohne große Verluste, aber um etliches reicher – an Land, an Seelen, an Dörfern, die uns Tribut zahlen, und Ruhm. Ausgezeichnet, Markgraf Konrad! Meine Großmutter, Gott hab sie selig, hielt Euch immer für einen kühl rechnenden Mann.«

Der junge Herzog – oder junge Löwe, wie er sich inzwischen nennen ließ – ähnelte seinem Vater auf verblüffende Art: die dichten schwarzen Haare, die schon seinem Großvater den Beinamen »der Schwarze« eingetragen hatten, der stolze Auftritt, die Selbstherrlichkeit, aber auch der militärische Verstand. Heinrich erkannte sofort, dass er hier mit vergleichsweise geringem Einsatz sein Herrschaftsgebiet erheblich vergrößern und dabei noch jegliche slawische Revolte im Keim ersticken konnte.

Deshalb erschütterte ihn auch Konrads vorsichtiges Argument nicht im Geringsten, dass für ein Gelingen des Wendenkreuzzuges die Mitwirkung Albrechts des Bären wünschenswert, ja unverzichtbar sei. Dessen Erwähnung verleitete den jungen Löwen nur zu einem abfälligen Lächeln. Sein erlauchter Vater und er hatten den Askanier so gründlich besiegt, dass er jetzt großzügig ihm gegenüber sein konnte.

»Ihr habt recht, Markgraf Konrad«, stimmte er deshalb ohne Zögern zu. »Wenn drei Fürsten vereint diesen Plan zu Gehör bringen, kann uns das Bernhard von Clairvaux kaum abschlagen. Und der heiligmäßige Bernhard wird auch den Papst davon überzeugen.«

Erfreut rieb sich der junge Herzog die Hände, seine Augen leuchteten. Schon sah er sich als großen Heerführer in den Kampf ziehen. Hier gab es für ihn viel weniger zu verlieren als beim Kampf im Heiligen Land und mehr zu gewinnen. Von Wagrien bis Mecklenburg und ganz Pommern! Alles, was während des Lutizenaufstandes vor mehr als hundertfünfzig Jahren verlorengegangen war.

Großzügig ließ er Konrad Wein einschenken, obwohl der nur Markgraf war und damit unter dem Rang eines Herzogs stand.

»Wir müssen zu dritt einen Vertrag schließen und feierlich besiegeln. Und wir müssen uns im Vorfeld einigen, wer mit seinem Heerbann wohin marschiert und welche Gebiete bekommt.«

»Natürlich, Euer Durchlaucht«, versicherte der Markgraf von Meißen und der Lausitz. Eine vorausschauende Maßnahme, denn das Misstrauen zwischen dem Bären und dem Löwen würde sich nicht anders zügeln lassen als durch die genaue Festlegung der künftigen Grenzlinien schon vor dem Sammeln der Truppen. Schließlich stieß beider Land jetzt schon aneinander, und in Kriegen pflegten die Dinge immer ihren eigenen Lauf zu nehmen.

»Dann erwarte ich Euch heute Abend zusammen mit dem Markgrafen der Nordmark in meinem Quartier. Bringt vertrauenswürdige Urkundszeugen und einen Schreiber mit. Wichtig ist, dass niemand von der Sache Wind bekommt, ehe wir damit vor den König und Bernhard von Clairvaux treten. Wir werden ihnen keine Gelegenheit geben, erst lange abzuwägen, sondern wir überzeugen sie auf einen Schlag von der Kühnheit unserer Idee! Dabei zählen wir auch gleich noch die Bistümer auf, die dank unseres Wendenkreuzzuges wiederhergestellt werden können: Havelberg, Brandenburg, Oldenburg, Mecklenburg. Und wir verschweigen natürlich tunlichst, dass die meisten Wenden inzwischen längst getauft sind.«

Konrad stimmte zu und erhob sich – glücklich, ja beinahe misstrauisch angesichts der raschen Einigung. Hatte er irgendetwas übersehen? Wollte ihn dieses arrogante Bürschlein irgendwie übervorteilen? Oder war der junge Löwe einfach geblendet von der Aussicht auf sehr viel Land und das Oberkommando über einen bedeutenden Feldzug?

Nun musste er nur noch den Bären dazu bringen, lammfromm in diesen Kriegsrat zu kommen.

Zunächst gingen die geheimen Verhandlungen rasch voran. Die drei Fürsten waren sich einig, was ihren Wendenkreuzzug betraf. Vielleicht konnten sie sogar noch Sven von Dänemark mit seiner Flotte dafür gewinnen, sobald das Vorhaben offiziell gebilligt und genehmigt war.
Langwieriger gestaltete sich hingegen die Aufteilung der zu erobernden Gebiete. Grenzen mussten gezogen werden, vorbei an Dörfern, Burgen und Flussläufen, durch Wälder, Ebenen und Gebirgszüge. Jede Brücke, jede Siedlung, jede Wegkreuzung zählte.
Das ging nun schon seit Stunden hin und her. Die Kerzen würden bald heruntergebrannt sein.
Lukian stand mit weichen Knien so weit hinten im Raum wie möglich und hoffte, von niemandem erkannt zu werden. Markgraf Konrad hatte trotz aller Risiken auf seiner Anwesenheit bestanden. Es war ein großer Unterschied, ob man Urkunden ausstellte, in denen dieser oder jener Getreue ganz öffentlich ein Dorf zugesprochen bekam, oder an einer hochgeheimen Beratung teilnahm, bei der es mögliche Finten der anderen Parteien zu durchschauen galt. Dafür war ein erfahrener Spion der beste Mann.
Gleich ist es vorbei, dachte Lukian und begann, Hoffnung zu schöpfen. Niemand hatte ihn bisher angesprochen oder erkannt.
»Keiner kann entziffern, was das hier heißen soll«, beklagte sich gerade der junge Herzog von Sachsen. »Da ist ein Klecks auf das Pergament gefallen und wieder weggeschabt worden. Du da, du in der Ecke, komm her und lies uns vor, wie dieses Dorf heißt!«
Lukian verbarg sein Erschrecken sorgfältig, verneigte sich fast bis zum Boden, wobei ihm die Gugel tiefer ins Gesicht rutschte, und trat an den Tisch, auf dem eine große Karte ausgerollt war.
»Es ist mir eine Ehre, Euer herzogliche Durchlaucht. Darf

ich eine Kerze nehmen, um in der Dunkelheit mehr zu erkennen?«

Dies wurde gewährt. Er griff nach dem Leuchter, mit dem eine Ecke des farbig bemalten Pergaments beschwert war, und hielt das Licht über die kaum zu entziffernde Stelle. Die Flamme kam seiner Gugel so nah, dass er sie doch wieder etwas zurückstreifen musste.

»Turglowe«, entzifferte er mit Mühe und sah auf. »Torgelow an der Uecker, ein bedeutender Handelsplatz der Ukranen.«

Der junge Herzog wollte nicken, doch plötzlich stutzte er.

»Ich kenne diesen Mann!«, rief er und wies mit dem Finger auf Lukian. »Er sang das Totenlied beim Begräbnis meines Vaters. Wieso steht ein als Schreiber verkleideter Spielmann in dieser erlauchten und vor allem vertraulichen Runde?«

Lukian sank sofort auf die Knie. Leugnen hatte keinen Sinn.

»Allergnädigster Herzog! Eure Großmutter, Ihre Majestät die Kaiserin, hatte mir den Auftrag erteilt, das Hohelied auf Euern erlauchten Vater zu verfassen. Es gefiel ihr so gut, dass sie mich großzügig entlohnte. Davon konnte ich mir in Meißen ein Haus kaufen und ein ehrliches Leben als Schreiber beginnen.«

Heilige Jungfrau Maria, steht mir bei!, betete er still. Der Herzog sollte mich viel zu unwichtig finden, um sich mit mir zu befassen.

Doch sein Gebet wurde nicht erhört.

»Durchlaucht, wenn Ihr gestattet, kann ich Euch Dinge berichten, die ein anderes Licht auf diesen Kerl da werfen«, meldete sich der Magister Bruno von Haigerloch zu Wort. »Viele Jahre lang suchte er Eure Großmutter immer wieder auf und überbrachte ihr vertrauliche Nachrichten. Mal kam er als Spielmann, mal als Schreiber. Der Kerl ist ein Spion! Und wenn Ihr ihn peinlich befragt, wird er vielleicht auch den feigen Giftmord an Eurem seligen Vater erhellen können.«

Ich bin verloren, dachte Lukian verzweifelt und begann, seine Unschuld zu beteuern, doch ihm wurde das Wort abgeschnitten.

»Markgraf Konrad, ich bin entsetzt. Ihr bringt einen Spion in unsere hochgeheimen Verhandlungen?«, entrüstete sich der junge Löwe. »Damit ist der Handel für mich geplatzt.« Wütend verschränkte er die Arme vor der Brust und befahl: »Nehmt den Verräter fest, den Fürstenmörder!«

Zwei Wachen zerrten Lukian an den Armen hoch und hielten ihn mit eisernem Griff.

»Durchlaucht, Eure Anschuldigung beruht ganz sicher auf einer Verwechslung. Ich kenne diesen Mann seit Jahren nur als zuverlässigen Schreiber«, log Konrad, ohne mit der Wimper zu zucken.

»Doch zu Lebzeiten Eures Vaters war er oft an unserem Hof. Und er war auch beim jähen Tod des Herzogs in Quedlinburg zugegen!«, beharrte der Magister Bruno. Seine Stimme überschlug sich vor Aufregung. »Befragt ihn danach, und er wird Euch den Mörder nennen! Wenn er es nicht sogar selbst getan hat!«

Hier bot sich für den zwielichtigen Bruno die Chance, den Rachedurst des jungen Löwen zu befriedigen, denn der wollte jemanden für den Tod seines Vater sterben sehen, er wollte es unbedingt, schon seit vielen Jahren. Der Küchenmeister und alle seine Helfer waren schon streng verhört und bestraft worden. Und ehe Heinrich weiter am Braunschweiger Hof suchte und dabei womöglich dieses oder jenes üble Gerücht über den Magister hörte, präsentierte der ihm lieber einen meißnischen Verdächtigen. Wer weiß, vielleicht hatte der Bursche tatsächlich etwas mit dem Mord zu tun? Und wenn nicht – unter der Folter gestand jeder, was man von ihm hören wollte. Mancher früher, mancher später.

»Gnade!«, flehte Lukian auf Knien. »Wie hätte ich einen

Herzog töten können? Ich war ein Spielmann, genoss die Gunst Eurer kaiserlichen Großmutter …«
»Schweig!«, befahl der Löwe schroff. »Markgraf, auch Euch ist sicher an der Aufklärung dieser Affäre gelegen«, forderte er den Fürsten von Meißen und der Lausitz heraus.
»Natürlich, Durchlaucht! Daran soll unser gemeinsames Vorhaben, der Wendenkreuzzug, nicht scheitern«, beeilte sich Konrad zu versichern. »Doch ich bin sicher, hier liegt ein Missverständnis vor.«
»Das glaube ich kaum«, meinte Heinrich kalt.
Er wandte sich an Bruno von Haigerloch. »Magister, Ihr findet mit allen Mitteln heraus, was dieser Kerl mit dem Tod meines Vaters zu tun hat. Weiß er etwas darüber, sollen er und alle Mitverschwörer den grausamsten Tod finden! Das ist mein ausdrücklicher Wunsch und Befehl.«
Er beobachtete ungerührt, wie Lukian in Fesseln gelegt und hinausgezerrt wurde.
Dann wandte er sich wieder der Karte zu. »Torgelow, das ist auch noch Wendenland. Meine Beute oder Eure, Markgraf Albrecht?«

Die letzte Nacht

Lukian; Osterhausen, Ende Oktober 1146

Lukian zitterte wie Espenlaub, seine Zähne klapperten. Er zitterte vor Kälte, denn man hatte ihm alle Kleider bis auf die Bruche weggenommen, und er zitterte vor Angst. Morgen früh würde er sterben. Doch nur, falls das Schicksal ihm barmherzig war. Wenn nicht, starb er Stunden oder Tage später und litt so lange, wie er die unsägliche Qual aushielt.

Das Kerkerloch war stockfinster, es roch nach Exkrementen, fauligem Stroh, feuchtem Mauerwerk, und die Ratten wurden immer dreister. Dabei hatte er nicht einmal Brot oder etwas zu trinken bekommen. Bis morgen würde er auch nichts mehr brauchen.

Lukian schauderte und versank in tiefster Verzweiflung.

Nein, in Angst. In alles beherrschender Angst. So sehr, dass er am liebsten schreien und weinen und mit den Fäusten auf die Mauern einschlagen wollte. Um sich dann wieder zusammenzukauern und Gebete zu flüstern.

Unter der Folter hatte er geschwiegen und immer wieder seine Unschuld am Tod des Herzogs beteuert. Doch das interessierte niemanden.

Es hatte ihn seine letzte Widerstandskraft gekostet, hier weder den Namen Alberos noch den des Abtes von St. Wiperti zu nennen. Das würde nicht sie, die alles abstreiten konnten, sondern nur ihn noch mehr verstricken.

Der Prozess war eine Farce gewesen, ein Halsgerichtsprozess von Ministerialen, der nach dem Gesetz so nie hätte stattfinden dürfen – ohne Schöffen, ohne eine Möglichkeit für den Angeklagten, sich zu äußern.

Von vornherein stand fest, dass sie ihn hinrichten würden. Zu viele Leute waren erpicht darauf, dass jemand mit seinem Leben für den Tod Heinrichs des Stolzen büßte. Für den nie erwiesenen Giftmord. Ein Schuldiger musste her, und endlich hatten sie einen gefunden.

Schon von dem Moment an, als der junge Löwe rief: »Ich erkenne diesen Mann!«, wusste Lukian, dass nicht nur der Sohn des mysteriös Verstorbenen, sondern die ganze Meute seinen Tod fordern würde.

Als dann noch Bruno von Haigerloch vortrat, war sein Schicksal besiegelt. Der Magister hütete so viele schaurige Geheimnisse, dass er ein besonderes Interesse am Tod dieses Zeugen hegte.

Doch es war nicht der Tod, den Lukian am meisten fürchtete, auch wenn es ihn schmerzte, Christian nicht aufwachsen zu sehen, nie wieder Hanka umarmen zu können.
Sie hatten ihn zu der schlimmsten Todesart überhaupt verurteilt: Er sollte bei lebendigem Leib aufs Rad geflochten werden.
Büttel würden seinen Körper Stück für Stück zertrümmern, damit er lange litt und noch mögliche Mittäter verriet.
Er wusste, wie Rädern vor sich ging, hatte es mehrfach gesehen. Hinrichtungen waren öffentlich, dienten gleichermaßen als Schauspiel und Belehrung fürs Volk. Und die seine würde zu einem riesigen Spektakel werden, bei dem sich die Leute schon vor Sonnenaufgang um die besten Plätze schlugen, um jeden seiner Knochen brechen zu hören und jeden seiner Schmerzensschreie zu bejubeln.
Allmächtiger Gott, warum lässt Du das zu? Sind meine Sünden so unverzeihlich?
Ich habe Angst, ich habe so schreckliche Angst, dachte er immer wieder, während er die Arme um den nackten Oberkörper schlang und zitternd über jeden seiner Knochen strich, der noch heil war, über jedes Stück Haut, das nicht von Peitschenhieben zerfetzt oder von glühenden Eisen verbrannt war.
Noch nie hatte er den menschlichen Körper so sehr als Wunderwerk empfunden wie jetzt, da er fast nackt wie bei seiner Geburt hier kauerte und noch jedes Gelenk bewegen konnte.
Es gab keine Rettung. Niemand konnte ihm helfen.
Sie würden ihn vom Kerker zum Richtplatz schleifen. Dort würden ihm die Folterknechte die Marterbretter unter Arme und Beine legen, je sieben spitze Keile, die auf vier Seile aufgefädelt waren.
Und dann würde jemand mit einem schweren Hammer seine Gliedmaßen zertrümmern, Keil für Keil. Vor einer

johlenden Menge, die nach mehr schreien und nach Geständnissen gieren würde.
Doch er konnte nicht einmal etwas verraten, er konnte niemanden verraten.
Ja, er war ein Spion gewesen, er hatte jahrelang getäuscht, gelauscht, sich für einen anderen ausgegeben. Er hatte sich in das Spiel der Mächtigen eingemischt. Dafür holte ihn jetzt die Strafe ein.
In dieser finsteren, kalten Nacht konnte er an nichts anderes mehr denken als daran, wie ihm morgen der erste Hammerschlag das Schultergelenk zertrümmerte, der zweite und dritte die Oberarmknochen, der vierte den Ellbogen … hinunter bis zur Hand, ehe der Büttel sich den anderen Arm und die Beine vornahm.
Die Vorstellung ergriff völlig von ihm Besitz, und seine geflüsterten Gebete wurden immer hektischer, er wiegte sich immer schneller vor und zurück. Besser, er lebte jetzt seine Angst aus, bevor sie ihn holten … Damit er morgen noch ein paar Schritte aufrecht gehen und erneut seine Unschuld an dem Mord beteuern konnte.
Einmal hatte er erlebt, wie ein zum Rädern Verurteilter immer noch atmete und vor Schmerzen brüllte, als sie ihm die zertrümmerten Gliedmaßen durch die Speichen eines großen Rades zogen. Weder Tod noch Ohnmacht brachten ihm endlich Erlösung. Noch den ganzen Tag lang konnten ihn die Schaulustigen von dem aufgerichteten Rad herab stöhnen hören. Doch seine Stimme wurde immer leiser. Bis sie endlich ganz verstummte und die Krähen auf ihm herumzuhacken begannen.
Ein anderer war schon tot, bevor sie ihn aufs Rad flechten konnten. Dafür war der Büttel ausgebuht und mit Unrat beworfen worden. Die Leute wollten den Verurteilten möglichst lange leiden sehen, ihn schreien und bereuen hören.

Und erst recht ihn, wo er doch angeblich ihren »guten Herzog Heinrich« vergiftet haben sollte.

Herr, vergib mir! Gnädige Jungfrau, steht mir bei!, flehte er von Grauen überwältigt. Heiliger Leonhard, Schutzpatron der Gefangenen, hilf mir!, betete er zitternd vor Kälte.

Vielleicht erfror er ja, ehe sie ihn zum Richtplatz schleiften. Gebt mir die Kraft, dass ich im Schmerz nicht Hankas Namen oder den meiner Auftraggeber herausbrülle. Ich *muss* morgen schweigen, sonst stirbt auch sie. Wie soll ich das nur schaffen?

Markgraf Konrad wollte für seine Familie sorgen, er hatte es geschworen. Hanka und Christian würden keinen Hunger leiden. Nur weinen um ihn, das würden sie. Aber wenn Gott gnädig war, ersparte ihnen der Überbringer der schlechten Nachricht die Einzelheiten seines Sterbens.

Doch sein Leiden würde auch nach dem Tod noch kein Ende finden, denn sein Leichnam sollte verbrannt werden. Seine Seele würde auf ewig im Höllenfeuer schmoren.

Dessen unsägliche Qualen schreckten ihn im Moment weniger als das, was ihn morgen erwartete. Konnte etwas noch schlimmer sein?

Von Angst und Eiseskälte geschüttelt, die Arme um den nackten Körper geschlungen, kauerte er auf dem Boden und sagte wieder und wieder die Gebete auf, die für zum Tode Verurteilte gedacht waren. Er *musste* schweigen trotz aller Pein, sonst erlosch das Schutzversprechen für Hanka und seinen Sohn.

Vorzeichen des Krieges

Jacza von Köpenick und Niklot; Mecklenburg, November 1146

Diesmal musste sich Jacza nicht erst kurz vor der Mecklenburg im Schilf umziehen, diesmal trug er seine pelzbesetzte Mütze wegen des kühlen Wetters und nicht, um größer zu wirken, und diesmal sprengte ihm und seinen Begleitern sogar eine Gruppe Reiter entgegen, um sie fröhlich in Empfang zu nehmen.

Siebeneinhalb Jahre lag es zurück, dass er als Knabe von seinem Oheim auf der Brandenburg ausgerissen war, um hierherzureiten und Fürst Niklot zu überreden, sich an die Spitze eines Slawenaufstandes zu stellen.

Jetzt kam er als junger Fürst von Copnic oder Köpenick, wie die meisten es nannten, einer Insel mit slawischer Burg an der Stelle, wo die Dahme in die Spree mündete. Mit ihm ritten ein Dutzend Männer als Begleiter und an seiner Seite die wunderschöne Agatha, die Tochter des Grafen von Breslau, Peter Wlast. Im vorigen Jahr hatten sie geheiratet, und sie liebten einander vom ersten Moment ihrer Begegnung.

Stolz und zärtlich warf er ihr nun noch einen Blick zu, ehe er seinem Pferd die Sporen gab und dem Anführer der Männer entgegenpreschte, die aus der Burg geritten kamen, um sie in allen Ehren willkommen zu heißen. Der Vorderste schwenkte wild seine Mütze und johlte vor Freude. Das konnte nur Wertislaw sein, der erstgeborene Sohn von Fürst Niklot. Während Jaczas Zeit auf der Mecklenburg waren sie beste Freunde geworden.

Sie zügelten ihre Pferde, als sie sich gegenüberstanden, tauschten Freudenrufe aus und warteten ungeduldig, bis die anderen zu ihnen aufgeschlossen hatten.

»Darf ich dir meine wunderbare Gemahlin vorstellen: Agatha, die Tochter des Grafen von Breslau.«
Wertislaw geizte nicht mit bewundernden Blicken und Worten.
»Willkommen, schöne Agatha! Wie beneide ich diesen unverdient Glücklichen! Lernt mich erst ein wenig kennen, und dann zieht Ihr mich vielleicht diesem Kerl da vor!«
Alle drei lachten, und dass Agatha Spaß verstand, machte sie in den Augen der Männer nur noch begehrenswerter.
Sie war tatsächlich eine Schönheit: schlank, mit üppigem Haar, das ihr, zum Zopf geflochten, fast bis zu den Kniekehlen fiel, und fein geschnittenen, aber lebhaften Gesichtszügen.
Dabei war sie noch so jung, fast ein Kind, dass fraglich schien, ob die Ehe überhaupt schon vollzogen werden konnte. Doch unverkennbar bewunderte sie Jacza hingebungsvoll.
Gemeinsam ritten sie zur Burg, wo sich in den letzten Jahren allerhand verändert hatte. Zufrieden nahm Jacza wahr, dass die Burg noch stärker befestigt war als damals. Davor stand nun eine kleine Kapelle.
Agatha bat ihren Gemahl, kurz anzuhalten, damit sie Gott für ihre glückliche Ankunft danken konnte. Jacza und Wertislaw begleiteten sie.
Niklots Sohn war klar, dass sein Freund zumindest dem Anschein nach den Christenglauben angenommen haben musste, wenn er eine polnische Adlige geheiratet hatte. Sie alle mussten sich nach außen hin den Gepflogenheiten der christlichen Übermacht anpassen, sollten ihr Volk und ihr Glaube überleben. Die kleine Kapelle vor der Burg diente zuallererst dazu, jedem durchreisenden Priester und vor allem den Glaubenskriegern zu signalisieren, dass hier keine Heiden zu bekehren waren. Denn die »Bekehrung« verlief unbarmherzig nach dem Prinzip: Taufe oder Tod.

Diesmal musste Jacza auch nicht sein Pferd selbst auf die Koppel führen. Sklaven nahmen ihnen die Reittiere ab, und Wertislaw führte die Gäste zum Langhaus seines Vaters, des Fürsten Niklot.

Jacza sah sich genau um in dem Dorf, in dem er ein Jahr lang gelebt hatte. Es waren noch mehr riedgedeckte Häuser entstanden, mit schönen Schnitzereien verziert und so plaziert, dass sie dem ortsunkundigen Gast das Heiligtum der slawischen Götter verbargen. Der Schmied arbeitete diesmal an einem Schwert und trug einen Kriegshammer als Amulett um den Hals. Neben der Koppel übten ein Dutzend Burschen das Bogenschießen und trafen gut. Vor vielen Häusern saßen Frauen und Kinder und befiederten Pfeilschäfte. In einem Haus ging den Stimmen nach gerade eine Geburt vor sich.

Leben und Tod so dicht beieinander ... Die Vorbereitungen auf einen Krieg oder eine Belagerung waren unverkennbar.

Es freute den jungen Mann jedoch zu sehen, dass die Frauen immer noch den traditionellen Kopfputz mit Stirnbändern und Schläfenringen trugen.

Niklot begrüßte sie bereits an der Tür seines Langhauses und ließ den Gästen Brot und Salz reichen. Dem Fürsten hatten die Jahre scheinbar wenig anhaben können. Er wirkte immer noch kräftig und imposant, mit breiten Schultern und der typisch slawischen Barttracht. Doch auf seiner Stirn hatten sich tiefe Sorgenfalten eingegraben.

Drinnen bekamen sie Met zu trinken und eine Schüssel mit köstlicher Fischsuppe für jeden. Ein Festmahl für seine Gäste werde am Abend stattfinden, verriet Niklot und geizte nicht mit Komplimenten für die wunderschöne Gemahlin seines jungen Freundes Jacza.

Gespielt geduldig tauschten die Männer am lodernden Feuer ein paar Sätze zur Reise aus, zum Wetter und zum Befinden von Jaczas Verwandten, Heinrich und Petrissa, sogar über die Fischbestände von Spree und Dahme.

Da beschloss Agatha, sie nicht länger leiden zu lassen.
»Ich weiß, *knes* Niklot, dass wir nicht wegen solcher Plaudereien gekommen sind«, sagte sie lächelnd und nahm damit den Abodritenführer für sich ein. »Mein liebster Gemahl berichtete mir von den schönen Zierborten und Schnitzereien, die die Frauen hier anfertigen. Gebt mir freundlicherweise eine Begleiterin an die Seite, damit ich mir einiges ansehen und vielleicht auch lernen kann, und inzwischen könnt Ihr ungestört all jene Dinge besprechen, die der drohende Krieg erforderlich macht.«
Jacza und auch Niklot fiel ein Stein von Herzen. Die Zeit drängte. Sehr.
Agatha wurde von den Töchtern Niklots mit Freuden hinausbegleitet, die anderen folgten auf ein Zeichen der beiden Fürsten, so dass nun nur noch Niklot, Wertislaw und Jacza ums Feuer in der Mitte des Langhauses saßen.

»Kennt Ihr die Pläne vom Wendenkreuzzug?«, begann der junge Herr über Köpenick sofort. »Sämtliche Christenherrscher in den Gebieten, die an slawisches Land grenzen, rüsten zu einem großen Krieg. Sie wollen unser Land erobern und unseren Glauben vernichten.«
»Ich weiß.«
Niklot griff nach der daumengroßen Figur des Kriegsgottes Daschbog im Beutel an seinem Gürtel. »Und ich habe es seit langem kommen sehen. Dein Oheim hatte sich schon vor vielen Jahren gut abgesichert und ein Bündnis mit dem Bären geschlossen, ihm sogar freiwillig Land geschenkt: die Zauche. Er ließ sich taufen, eine Kirche auf seiner Burg errichten und Mönche davor ansiedeln. Und dadurch, dass er dem Bären die Brandenburg im Falle seines Todes versprochen hat, kann er sicher sein, dass sie nicht von diesem Kreuzfahrerheer angegriffen wird.«
»Mein mächtiger polnischer Schwiegervater und ich ver-

handeln auch mit dem Bären, damit Köpenick von diesen Kreuzfahrern unbehelligt bleibt. Doch mein Oheim tut noch mehr«, sagte Jacza bitter. »Er zieht mit ihnen in diesen Krieg! Gegen seine eigenen Leute, gegen sein eigenes Volk.«
Der junge Fürst von Köpenick trank einen Schluck aus dem schön gemusterten Becher und starrte in die prasselnden Flammen.

»Vor sieben Jahren träumte ich noch von einem Slawenaufstand. Diese Zeiten sind lange vorbei. Wir müssen uns anpassen, sogar lügen, um zu überleben. Selbst ich habe den neuen Glauben angenommen, auch wenn er mir nichts bedeutet. Bei den Göttern, ich liebe meine Frau von ganzem Herzen! Doch entstanden ist die Idee zu dieser Heirat, weil ich Verbündete bei den Polen suchte, bei den *Christen,* um mein Volk zu retten. Ich ließ sogar, wie ihr hier nun ebenfalls, eine kleine Kapelle vor der Insel bauen, als Zeichen nach außen: Hier leben keine Heiden. Auf Köpenick selbst kann jeder anbeten und opfern, wie es ihm sein Gewissen vorschreibt. Das sollte die freie Entscheidung eines jeden Mannes und einer jeden Frau sein. Doch dies ist der einzige Weg, wie wir und unser Glauben überleben können.«

»Wirst du mit deinem Oheim in den Krieg ziehen?«, fragte Niklot gespannt.

»Nein. Aber solange er fort ist, werde ich Petrissa und die Brandenburg gut im Auge behalten. Das war sogar sein Wunsch. Nur stellt er sich vermutlich etwas anderes darunter vor.«

Sie lachten beide, nur Wertislaw blickte verdutzt.

»Du hast meinen Rat befolgt?«, fragte Niklot und strich sich über den blonden Bart.

»Ja, ich habe genug zuverlässige Leute dort. Aber wie ich sehe, bereitet Ihr euch auf einen Angriff vor. Habt Ihr nicht ein Bündnis mit Adolf von Holstein geschlossen, so wie mein Oheim mit dem Bären und ich mit den Polen?«

»Das hatte ich«, bestätigte der Abodritenführer und runzelte die Stirn. »Der Holsteiner ist noch jung, aber tapfer, ein Mann von Ehre ... und großem Ehrgeiz. Wir schlossen einen Freundschaftsvertrag, und ich schwor, dass ich ihn warnen würde, falls ein slawischer Angriff geplant sei. Doch seit dieser Prediger Bernhard umherzieht und zu einem Kreuzzug aufhetzt ...«
Niklot beugte sich vor und sah dem jungen Köpenicker eindringlich ins Gesicht. »Eine Zeitenwende steht bevor! Ich würde meinen Leuten ja sagen: Wenn die Christen kommen, dann lasst euch von ihnen in ein Fass tauchen oder in den Fluss werfen, macht ihr Kreuzzeichen und sagt *Amen,* bis sie weiterziehen – und dann lasst euch vom Priester reinigen und glaubt fortan, was euch euer Gewissen befiehlt. Doch diesmal wollen sie uns nicht nur bekehren. Sie wollen unseren Glauben ausrotten und unser Land für sich erobern.«
Nun umklammerte er unbewusst den kleinen Kriegsgott in seiner Faust.
»Ich bat den Holsteiner um ein Gespräch, nachdem ich von diesem geheimen Plan eines Kreuzzuges gegen die Slawen erfuhr. Doch er lehnte ab, er hat nicht einmal meinen Boten empfangen und angehört. Du weißt, was das bedeutet?«
»Er darf nicht mit Euch verhandeln, denn der Löwe ist sein Fürst und wird den nördlichen Heerbann anführen«, begriff Jacza sofort. »Deshalb die verstärkten Palisaden, der doppelte Wall?«
»Die werden uns nicht lange nützen«, meinte Niklot bitter. »Havelberg wird zuerst fallen. Durch den Bären. Und Rügen durch den Löwen, da kommen sicher auch die Dänen ins Spiel. Die Polen rücken von Osten an, um sich Lebus zu sichern, und wir werden dazwischen zermalmt.«
Niklot strich sich durch das blonde Haar und hielt die kleine Statue hoch.
»Ich sehe nur einen Weg: dem Feind zuvorzukommen.

Truppen zu sammeln und einen Überraschungsangriff zu reiten.«
»Dann seien alle Götter mit Euch, Niklot. Und Daschbog ganz besonders.«

Schwarze Tage

Hanka und Christian; Meißen, November 1146

Hanka hatte sich an diesem kühlen Spätherbsttag zum Sticken ans Fenster gesetzt, um mehr Licht zu haben. Gerade verzierte sie den Almosenbeutel einer Hofdame mit Ölbaumzweigen und Granatäpfeln. Sie bekam jetzt viele Aufträge dieser Art. Seit der Wallfahrt des Markgrafen ins Heilige Land waren Muster mit biblischen Pflanzen und Tieren bei Hofe sehr gefragt, und sie hatte sich auf den Wandgemälden im Dom genau angeschaut, wie die fremden Blätter und Früchte aussahen.
Vom Ende der Gasse hörte sie Christians Stimme und musste lächeln.
»A wie Anno, das Jahr des Herrn. Du ziehst einen schrägen Strich nach oben, mit zwei Füßchen dran, und einen nach unten, genau so. Darüber einen Balken und einen kleinen zwischendrin. Siehst du …«
Also ritzte der Siebenjährige wieder einmal Buchstaben mit einem Stöckchen in den Boden und versuchte, ein paar seiner Freunde aus der Nachbarschaft für die Schrift zu begeistern.
Normalerweise würde Christian jetzt in der Schmiede die Blasebälge bedienen und dafür sorgen, dass das Schmiedefeuer die richtige Temperatur behielt. Er hatte bei Meister Goswin schon einiges über Messer und Klingen gelernt, und das gefiel ihm außerordentlich. Heute aber war der Meister

auf der Hochzeit seiner Schwester und hatte seinem jüngsten Lehrling freigegeben.
Lautes Johlen vom Ende der Gasse kündigte an, dass Walter, Sohn eines Stallgehilfen und Raufbold von zehn Jahren, mit seinen Kumpanen anrückte.
Leise seufzte Hanka. Das würde wohl wieder in einer Prügelei enden.
»Wozu soll denn *das* nütze sein? Ihr Kümmerlinge verweichlicht bloß noch mehr, wenn ihr euch mit so etwas befasst«, höhnte Walter und zertrat die Linien auf der Erde. »Das ist nur etwas für Pfaffen, für Männer ohne Schwanz.«
Christian wollte sich auf ihn stürzen, doch da hatte sich der Größte von Walters Begleitern schon den fünfjährigen Helmar geschnappt und in den Würgegriff genommen, der nun hilflos zappelte und rot anlief.
»Da seht ihr es«, meinte Walter. »Völlig verweichlicht ...«
»Ihr Feiglinge!«, brüllte Christian und stürzte sich auf denjenigen, der Helmar hielt – ungeachtet dessen, dass dieser Bursche anderthalb Köpfe größer war als er. Er versetzte ihm einen Hieb aufs Ohr, und während sich der andere benommen schüttelte, hakte ihm Christian seinen Fuß hinter die Ferse und brachte ihn zu Fall. Japsend kam Helmar frei.
»Haut ab!«, schrie Christian wütend. »Sucht euch gefälligst Gegner, die wenigstens so groß sind wie ihr!«
Seine dunkles Haar fiel ihm wild in die Stirn, seine Körperhaltung sagte, dass er zum Kampf bereit war.
Lachend zog Walter mit seinen Freunden ab. »Es macht auch nicht viel Spaß mit euch Zwergen ...«
Hanka sah, dass Christian Helmar aufhalf, dessen Nase blutete. Sie raffte ihr wollenes Tuch um die Schultern und ging hinaus, um sich zu überzeugen, dass sie nicht gebrochen war. Aber hier war wohl Josefas Eingreifen nicht nötig.
»Leg den Kopf in den Nacken«, riet sie dem Kleinen, der schniefte und sich das Blut mit dem Ärmel abwischte. Dann

warf sie einen besorgten Blick auf ihren Sohn und wollte zurück ins Haus.
Doch da sah sie einen Diener von der Burg auf sich zukommen. Sie erkannte ihn am Kropf und den Triefaugen. Er gehörte zum Haushalt des Truchsessen, und dem bedeutungsschweren Blick nach, mit dem er sie anstarrte, wollte er zu ihr.
Brachte er einen neuen Auftrag? Oder war jemand mit ihrer Arbeit nicht zufrieden? Er wirkte sehr ernst, nicht einfach nur überheblich. Das verhieß nichts Gutes.
Sie ging auf ihn zu und begrüßte ihn höflich, bot ihm sogar einen Becher Bier an. Den lehnte er ab.
»Der Truchsess erwartet dich auf dem Burgberg«, sagte er in einem Tonfall, der weder Aufschub duldete noch hoffen ließ, dass er ihr den Grund dafür mitteilte.
»Sofort, Herr.«
Sie prüfte, ob die Bundhaube richtig saß, und strich das waidblaue Kleid glatt. Es war mit schmalen rot-weißen Borten besetzt, die ihre jüngeren Stiefschwestern gewebt hatten. Ein Dank dafür, dass sie und Lukian die Familie unterstützten.
Hanka verschloss das Haus und rief ihren Sohn zu sich.
»Ich werde auf dem Burgberg erwartet. Du gehst derweil in die Schmiede. Auch wenn der Meister nicht da ist, gibt es sicher etwas aufzuräumen oder Holz zu hacken. Mach dich dort nützlich, und der Meister wird sich freuen.«
»Ja, Mutter«, antwortete Christian, rief seinen Freunden etwas zu und lief los.
Hanka hingegen folgte dem Mann mit dem Kropf. Schweigend stiegen sie die steilen Gassen und vielen Stufen zum Burgberg hinauf. Dort wurde nun auch im vorderen Bereich gebaut, damit der vom König eingesetzte Burggraf einen angemessenen Palas bekam.
Wie immer wurde sie zur Kammer des Truchsessen geführt,

aber diesmal musste sie nicht erst draußen stehen bleiben, bis sie eintreten durfte.
Sie wurde schon erwartet, und auch Edwins Miene verhieß nichts Gutes.
Ihr Herz fing an zu klopfen, und die Knie wurden ihr weich. Hier ging es nicht um irgendeine Stickerei.
»Mein Ehemann … Ist ihm etwas zugestoßen?«, brachte sie gerade noch heraus.
»Setz dich«, erlaubte Erwin, was zuvor noch nie geschehen war. Frauen ihres Standes wurde solche Gunst nicht gewährt. »Er ist tot, Kind. Es tut mir leid. Er war ein guter Mann, dem ich für immer einen großen Gefallen schulde.«
Es gab keine Art, ihr das schonend beizubringen, auch wenn er sich das sehr gewünscht hätte. Und das Schlimmste kam erst noch.
Hanka taumelte rückwärts auf ihren Platz, fasste sich an den Hals und stammelte: »Wie? Das ist … ein Irrtum!«
»Leider ist es wahr. Gott möge sich seiner Seele erbarmen.«
»Ein Unfall? Eine Krankheit? Wo ist sein Leichnam, damit ich ihn in geweihter Erde begraben kann?«, schluchzte sie.
Solange sie ihren Liebsten nicht tot gesehen hatte, würde sie Edwin nicht glauben.
»Ich möchte dir weiteren Schmerz gern ersparen, Kind. Doch ich kann es nicht, wenn du mich das fragst.«
Edwin holte tief Atem, bevor er sich dazu durchrang, es auszusprechen.
»Er wurde wegen Verschwörung zum Mord an Herzog Heinrich dem Stolzen angeklagt und hingerichtet.«
»Nein!«, schrie Hanka. »Das ist unmöglich!«
Edwin empfand tiefes Mitleid mit ihr. Und noch mehr Bedauern empfand er bei dem Gedanken an das Schicksal des Spielmanns, Schreibers und Spions. Er würde ewig in Lukians Schuld stehen, denn von fast jeder Reise brachte er ihm heimlich Nachrichten von seiner Tochter mit. Inzwi-

schen hatte er sogar schon drei Enkel, die prächtig gediehen und ihre Mutter glücklich machten.

»Die Anklage war konstruiert. Doch es gab keine Möglichkeit, ihn davon zu entlasten«, sagte er bedrückt. »Es sollte unbedingt jemand büßen für den Tod des Herzogs.«

»Aber wieso er?«, schluchzte Hanka. »Wie hätte er einen Herzog ermorden sollen?«

»Das tat er nicht. Er hätte es nie gekonnt.«

Als Edwin schwieg, fragte sie: »Wie?«

Er wusste, sie meinte die Einzelheiten der Hinrichtung. Und die wollte er ihr lieber ersparen.

»Willst du das wirklich hören?«, fragte er sanft und warnend.

Hanka nickte entschlossen. Sie wusste, was auf Hochverrat stand. Er konnte sie nicht überraschen. Doch sie musste Gewissheit haben, sonst würde sie nie wieder schlafen können.

»Er wurde aufs Rad geflochten«, sagte Edwin leise und schob ihr einen Becher Wein hin.

Hanka erstarb jeder Laut in der Kehle.

Das war die grausamste aller Hinrichtungsarten.

Sie wusste: Der Verurteilte wurde auf den Boden gelegt, und die Büttel schoben ihm Keile unter Arme und Beine. Dann schlugen sie mit dem Hammer darauf ein, bis jeder Knochen zertrümmert war, und zogen die Gliedmaßen des Verurteilten durch die Speichen eines großen Rades.

Hanka war, als würde sie Lukians Todesschmerz spüren. Sie stürzte den Wein hinunter und wusste nicht, wie sie mit diesen Bildern vor Augen weiterleben sollte.

»Der Markgraf hat einen der Büttel bestochen, damit er deinem Mann unauffällig und schnell das Genick brach, bevor sie mit der Tortur begannen«, sagte Edwin leise. »Das ist alles, was Seine Durchlaucht tun konnte. Lukian musste also nicht so unsäglich leiden, wie du jetzt denken magst. Doch das ändert nichts an seinem Tod. Es tut mir sehr leid.«

»Und seine sterbliche Hülle?«, fragte Hanka tonlos.
Hingerichtete Verbrecher durften nicht in geweihter Erde bestattet werden, was ihnen eine Auferstehung am Tag des Jüngsten Gerichts unmöglich machte. Sie waren zu ewigen Höllenqualen verdammt. Aber vielleicht konnte der Markgraf die Herausgabe oder den heimlichen Diebstahl des Leichnams bewirken – sofern der Tote nicht als Krähenfutter auf dem Richtplatz blieb, bis nur noch Knochen von ihm übrig waren.
Der Truchsess räusperte sich.
»Zum Urteilsspruch gehörte, dass der Leichnam verbrannt wird.«
Hanke schrie auf vor Schmerz, der Becher entglitt ihr und zerschellte, sie schlug die Hände vors Gesicht.
Nun würde Lukians Seele auf ewig im Fegefeuer brennen.
Schluchzend brach sie zusammen.
Edwin füllte einen neuen Becher und ging zu ihr, wartete geduldig, bis sie ihm wieder zuhören würde.
Er hätte sich gewünscht, diesen Tag nie erleben zu müssen.
»Ich zünde jeden Tag Kerzen für sein Seelenheil an und lasse Messen lesen«, versuchte er, sie zu trösten. »Höre, Kind, höre mir gut zu! Es ist sehr wichtig, was ich dir nun zu sagen habe.«
Was kann jetzt noch wichtig sein?, dachte Hanka verzweifelt, während die Tränen flossen und der Schmerz sie zerriss. Lukian, ihr Mann, die Liebe ihres Lebens, der Vater ihres Sohnes, war tot und auf ewig verdammt!
»Der Markgraf schwor schon vor vielen Jahren, weil ihm dein Mann gute Dienste erwiesen hat, und zwar mehr, als du dir vorstellen kannst und wissen darfst: Sollte ihm etwas zustoßen, wird er für dich und deinen Sohn sorgen. Ihr habt nur diesen einen Jungen?«
Schluchzend nickte Hanka. Sie hatte die Hoffnung auf weitere Kinder trotz ihrer Fehlgeburten nie aufgegeben. Doch das war nun vorbei. Es gab keine Hoffnung mehr. Ihr Liebs-

ter war tot. Auf unsägliche Weise gestorben und auf ewig verdammt.
»Du bekommst von uns Korn und Silber für die Trauerzeit, und dann werde ich dafür sorgen, dass du bis ans Lebensende ein Auskommen hast. Darauf gebe ich dir mein Wort. Dein Sohn kommt an den Hof und wird als Page und Knappe ausgebildet. Wenn er sich bewährt, darf er sich später die Erhebung in den Ritterstand verdienen. Etwas Besseres können wir nicht tun, um Lukian für seine Dienste zu danken.«
Verwirrt blinzelte Hanka mit tränenverquollenen Lidern. Wollten sie ihr nun auch noch den Sohn nehmen?
Bevor sie widersprechen konnte, sagte der Truchsess nachdrücklich: »Es ist so entschieden, zum Vorteil deines Jungen! Seine Herkunft werden wir geheim halten. Falls du ihm heute selbst erzählen willst, dass sein Vater gestorben ist, lasse ich ihn erst morgen holen. Ist es dir lieber so?«
Wie betäubt starrte Hanka ihn an. Nichts drang mehr zu ihr durch.
»Bist du in der Lage, allein hinunter in dein Haus zu gehen?«, fragte Edwin besorgt.
Sie nickte, erhob sich ganz langsam und wankte hinaus.
Bedrückt schaute Edwin ihr nach. Dass Lukian ein so schreckliches Schicksal ereilt hatte, würde ihn noch lange bekümmern. Der armen jungen Frau konnte er das Leid nicht lindern, Silber konnte sie jetzt nicht trösten. Aber er wollte dafür sorgen, dass wenigstens ihr Sohn für das Opfer seines Vaters entschädigt wurde.

Schritt für Schritt und mit tränenverschwommenem Blick taumelte Hanka hinab in ihr Viertel. Unterwegs musste sie innehalten und herauswürgen, was sie im Magen hatte, bis nur noch Galle kam.
»Seht mal, das Weib ist bezecht am helllichten Tag!«, rief jemand entrüstet hinter ihr, doch es war ihr gleich.

Lukian ist tot, Lukian ist tot, hämmerte es in ihrem Kopf. Und das Bild von ihm oben auf dem Rad mit zerschmetterten Gliedern wollte nicht aus ihrem Kopf weichen. Sie sollte jetzt in die Kirche gehen und für seine arme Seele beten. Doch das konnte sie nicht. Noch nicht. Wieso hatte Gott das zugelassen?

Josefa. Ich muss zu Josefa! Das war der einzige Entschluss, den sie fassen konnte.

Sie riss die Tür auf, und als sie die alte Muhme sah, sank sie ihr mit einem verzweifelten Schrei in die Arme und weinte, bis sie keine Tränen mehr hatte.

Josefa flößte ihr einen Trank ein, der sie in einen Dämmerzustand versetzte.

Als Hanka eingeschlafen war, ging Josefa zur Schmiede, um Christian zu holen. Sein Meister war inzwischen von der Trauung seiner Schwester zurück und wollte sich für das Festmahl umziehen. Als er die Muhme sah, ahnte er sofort, dass etwas Schlimmes geschehen war.

Josefa berichtete dem Schmied mit wenigen Worten, dass der Vater seines Lehrjungen gestorben war. Erschrocken sank Meister Goswin auf einen Schemel.

Dann rief er Christian zu sich und legte ihm eine Hand auf die Schulter. »Du musst jetzt sehr tapfer sein. Und deiner Mutter eine Stütze.«

Mit vorsichtigen Worten brachte die alte Muhme dem Jungen bei, dass sein Vater nicht mehr heimkommen würde. Er starrte sie nur ungläubig an.

Hanka erwachte kurz aus ihrem Mohnsaftschlaf, als Josefa und Christian kamen. Verzweifelt zog sie ihren Sohn an sich und strich ihm übers Haar. Josefa führte sie behutsam hinüber in Lukians Haus, und dann schliefen Mutter und Sohn zusammen ein, einander fest umklammernd, sich gegenseitig Trost und Halt spendend.

»Es ist eine große Gnade. Du wirst eine gute Zukunft haben«, erklärte Hanka ihrem Sohn am nächsten Morgen mit der letzten Kraft, die sie aufbringen konnte.
»Erlaubt man mir dort, dich zu besuchen?«, fragte Christian, während er wie angewiesen seine besten Sachen anzog.
»Das weiß ich nicht«, gestand sie. »Aber ich werde jeden Tag für dich beten und immer an dich denken.«
Ich darf jetzt nicht weinen!, beschwor sie sich. Das war alles, was sie in diesem Moment denken konnte. Sie nahm das kleine silberne Kreuz ab, das sie an einem Lederband um den Hals trug, und drückte es ihm in die Hand. Lukian hatte es ihr geschenkt. Nun war sie froh, dass sie seine Spielmannskleider nicht zerschnitten und Kinderkittel daraus genäht hatte. Sie lagen immer noch zuunterst in der Truhe, zusammen mit der Flöte, die er selbst geschnitzt hatte.
Es klopfte, und Josefa kam, um nach beiden zu sehen und Christian einen Segensspruch mit auf den Weg zu geben.
Kurz darauf erschien Goswin, der Messerschmied.
»Ich werde euch ein Stück begleiten«, sagte er zu aller Verblüffung.
Von seinem Gürtel löste er ein Essmesser mit kleinen Metallverzierungen am hölzernen Griff. Fischaugenmuster nannte man sie. Die Scheide war aus hellem Leder und an der schmalen Seite in Metall gefasst.
»Das hier ist für dich. Halte es in Ehren und vergiss nicht, was du bei mir gelernt hast.« Mit diesen Worten überreichte er das Messer seinem einstigen Lehrjungen.
Zögernd nahm Christian es an, betrachtete es, erkannte seinen Wert und staunte.
»Ich danke Euch für das Geschenk und für alles, was ich bei Euch lernen durfte, Meister«, sagte er mit dünner Stimme.
Dann war es Zeit zum Aufbruch. Der Truchsess hatte gesagt, der Junge müsse nichts mitbringen, er werde alles bekommen, was er bei Hofe brauche.

Schmerzerfüllt nahm Hanka ihren Sohn bei der Hand und ging mit ihm in Begleitung des Schmieds.

Am ersten Tor zur Burg wurden sie bereits von einem Beauftragten des Truchsessen erwartet.

»Gott schütze dich!«, sagte Hanka und widerstand kaum dem Drang, den Jungen hier vor aller Augen an sich zu reißen und ihm die Stirn zu küssen.

»Gott schütze dich, Mutter. Und Euch, Meister Goswin«, sagte Christian heiser.

Dann musste er dem Mann in die Burg folgen, und ihm war eingeschärft worden, sich nicht umzudrehen.

»Du wirst ihn sicher jedes Mal zu sehen bekommen, wenn du hier deine Stickereien ablieferst«, versuchte der Schmied, Hanka zu trösten, die vor Kummer erstarrt ihrem Sohn nachsah. »Ihm steht eine große Zukunft bevor.«

Hanka erwiderte nichts. Ihr Inneres war wie abgestorben.

Meister Goswin begleitete sie zurück zu ihrem Haus. Als sie sich bedankte, griff er zu ihrer Überraschung nach ihrer Hand.

»Ich weiß, du kannst jetzt vor Trauer noch nicht an deine eigene Zukunft denken. Doch du sollst wissen, ich warte in meiner Schmiede, bis du bereit bist, mein Werben zu erhören. Du bist eine gute Frau, und ich werde für dich sorgen.«

Hanka erwiderte nichts.

Sie drehte sich einfach um, ging in ihr Haus und legte sich aufs Bett, zusammengekrümmt, mit angezogenen Beinen und von maßlosem Schmerz erfüllt.

Josefa kam, brachte ihr zu essen und zu trinken und schenkte ihr tröstende Worte. Doch Hanka aß nicht, trank nicht, und nichts konnte sie trösten.

Christian wurde zum Truchsess geführt und von Edwin persönlich in sein neues Leben eingewiesen. Er erhielt neue Sachen aus gutem Leinen und sogar neue Schuhe.

Dann befahl ihm der Truchsess, ihm zu folgen. Sie gingen in eine Kammer, in der ein Dutzend Jungen damit beschäftigt war, zinnerne Becher zu putzen. Manche in seinem Alter, einige älter.

»Das ist Christian. Er wird ab heute zusammen mit euch als Page dienen«, verkündete er mit strenger Stimme.

»Christian von …? Woher stammt er, Herr? Ich habe ihn noch nie gesehen«, erkundigte sich einer der Älteren mit kaum verhohlener Skepsis.

»Sein Vater hat sich große Verdienste bei seiner Durchlaucht erworben. Er starb vor wenigen Wochen in Ausübung seiner Pflichten. Merk dir das und erweise ihm Respekt, Randolf. Mehr musst du nicht wissen.«

Der Truchsess zeigte Christian seinen Schlafplatz und wies ihn an, sich beim Schenken zu melden. Der werde ihm die ersten Aufträge erteilen.

Dann ging er hinaus.

Als er die Tür hinter sich schloss, war dem Jungen zumute, als würde damit ein Stück seines Lebens weggeschlossen.

Die anderen betrachteten ihn: neugierig, gleichgültig oder abfällig.

»Wenn sie deines Vaters Namen nicht nennen, bist du ein Bastard«, sagte der Junge höhnisch, den der Truchsess Randolf genannt hatte. Er war anderthalb Köpfe größer als Christian und hatte weißblondes Haar. »Und wenn du ein Bastard bist, ist deine Mutter eine Hure!«

Das war zu viel für Christian. Zu sehr schmerzten ihn die Nachricht vom Tod seines Vaters und der Abschied von seiner Mutter.

Mit einem Wutschrei stürzte er sich auf den Größeren, ohne an die Folgen zu denken. In der Zeit als Schmiedelehrling hatte er kräftige Oberarme bekommen, und er war schnell. So konnte er zwei Schläge austeilen, ehe ihm der andere einen Fausthieb aufs Kinn verpasste, der ihn taumeln ließ.

Doch da hatten sich schon einige andere Jungen auf ihn gestürzt und zerrten ihn von Randolf weg.
Rasend vor Zorn wirbelte er herum, bereit, die nächsten Prügel auszuteilen.
Dabei dachte er: Wenn sie mich gleich rauswerfen wegen der Schlägerei, ist es auch gut. Dann kann ich wieder zu Mutter und ihr beistehen. Und vielleicht nimmt der Meister mich zurück.
»Hör auf, wir wollen dich nur vor einer Dummheit bewahren! Einen Feind hast du dir schon gemacht. Das reicht für den ersten Tag, finde ich.«
Der Junge in Christians Alter mit dem braunen Lockenkopf lächelte und wies auf zwei andere, die dem Aussehen nach Zwillinge waren.
»Ich bin Raimund von Muldental. Und das sind meine Freunde Richard und Gero.«

Demut, Unmut, Hochmut

Bernhard von Clairvaux, Konrad von Staufen,
Albero von Trier; Frankfurt, November 1146

Die Kunde, dass der schon zu Lebzeiten wie ein Heiliger verehrte Bernhard von Clairvaux in die Stadt kommen würde, um hier vor dem König im Auftrag Papst Eugens III. für den Kreuzzug ins Heilige Land zu werben, versetzte Frankfurt in helle Aufregung.
Zu Hunderten versammelten sich die Menschen vor der Pfalz, um einen Blick auf ihn zu erhaschen.
Dieser Mann, ein Zisterzienserabt und so etwas wie der Vater dieses Ordens, Gründer unzähliger Abteien und Ratgeber bedeutender Herrscher, hatte es fünfmal ablehnt,

Bischof zu werden! Wer sonst würde so etwas tun? Man sagte ihm sogar nach, schon mehrere Wunder gewirkt zu haben. Seine Augen leuchteten angeblich wie Flammen, wenn er predigte.
Auch Adela von Vohburg hielt, umringt von neugierigen Hofdamen, von einem der Fenster der Pfalz aus gespannt Ausschau nach dem berühmten Gottesmann und Vertrauten des Papstes. Neben sie drängte sich die Grumbacherin, während die jüngeren unverheirateten Mädchen in die Kemenate verbannt worden waren.
»Sie kommen, sie kommen!«, rief jemand, und die Damen reckten sich, um Bernhard zu sehen.
Auf Zehenspitzen stehend entdeckte Adela ihn endlich: weißhaarig und dünn, mit tiefliegenden Augen und in der einfachen weißen Mönchsrobe seines Ordens mit schwarzem Überwurf.
»Er ist so mager, er fastet zu viel«, flüsterte neben ihr besorgt die füllige Gemahlin eines Ritters.
»Wie könnte er nicht fasten als Abt?«, rügte die Grumbacherin sie hochnäsig.
Etwas milder raunte sie: »Es heißt, er habe ein Magenleiden«, und zupfte sich ihren Schleier zurecht, die ausladenden Ärmel ihres Kleides und die Fibel am Halsausschnitt.
Die Zisterzienser, die Armut und tätige Arbeit neben Demut, Keuschheit und Beten zu Grundregeln ihres Ordens erhoben hatten, legten großen Wert auf Schlichtheit. Deshalb fragte sich Adela, ob nicht heute auch für die Menschen um sie herum bescheidenere Kleidung angemessener wäre. Aber da der König den Abt in seinen Krönungsgewändern und sogar mit Krone empfangen würde, wie es hieß, war sie in ihrem reich verzierten Bliaut wohl richtig zurechtgemacht.
Auch Albero von Trier schien keinerlei Zweifel zu hegen, was seine Kleidung betraf, während er an der Seite des berühmten Bernhard schritt. Die Robe des eitlen Erzbi-

schofs war über und über mit Edelsteinen, Perlen und Goldstickereien besetzt. Ein größerer Kontrast als zwischen dem herausgeputzten Erzbischof von Trier und dem »grauen Abt« von Clairvaux ließ sich kaum vorstellen.

Konrad von Staufen empfing den Gesandten des Papstes mit allen Ehren vor versammeltem Hof in der Königshalle. Doch ihr entscheidendes Gespräch fand unter vier Augen statt. Konrad war entschlossen, sich von der legendären Beredsamkeit seines Gastes nicht beeindrucken zu lassen. Auch wenn ihm klar war, dass er um die Kreuznahme kaum umhinkäme, sollte Bernhard dies im Auftrag Seiner Heiligkeit von ihm fordern.

Wie erwartet lehnte der Zisterzienser den angebotenen Wein und sogar dünnes Bier ab. Wohlweislich hatte der König dafür sorgen lassen, dass auch frisches Quellwasser bereitstand.

»Ehrwürdiger Abt, ich teilte Euch bereits schriftlich mit, dass es mir die derzeitige Lage im Reich nicht ermöglicht, dem Aufruf des Papstes zu folgen und persönlich das Kreuz zu nehmen«, eröffnete er, als sie unter sich waren. »Mein größter Gegner, Welf der Sechste, wartet nur darauf, das Land in meiner Abwesenheit an sich zu reißen. Auch die mühsam beigelegten Streitigkeiten zwischen dem Herzog von Sachsen und dem Markgrafen der Nordmark würden von neuem ausbrechen. Ich hätte die Alpen kaum hinter mir, da stünde das Reich in Flammen.«

»Wie könnte ich mir anmaßen, Euch zu bedrängen, Majestät?«, erwiderte Bernhard von Clairvaux sanft lächelnd. Nicht umsonst hieß es, seine Stimme sei wie Honig, selbst wenn er belehre. Und die Belehrung begann umgehend.

»Doch seid Ihr als König *von Gottes Gnaden* nicht der Vogt der Kirche? Ihr oberster weltlicher Schutzherr? Die Kirche ist seit dem Fall von Edessa in größter Bedrängnis.«

»Ich *habe* die Kirche unter den Schutz der Krone gestellt«, erinnerte Konrad ebenso sanft, wie Bernhard begonnen hatte. Entschieden aber fuhr er fort: »Nur scheint mir, jetzt muss ich die Menschen meines Reiches vor den Geistlichen schützen. Die Idee eines erneuten Kreuzzuges war kaum ausgesprochen, da begannen Pogrome gegen die Juden, floss Blut in Köln, Würzburg, Speyer … In Mainz sogar vor den Augen des Erzbischofs! Ich hatte den Juden Burgen als Zuflucht geboten, sie unter ausdrücklichen Schutz des Königs gestellt. Doch eine blutrünstige Meute schlachtete sie zu Hunderten ab oder verbrannte sie gar bei lebendigem Leib – angeführt und angestachelt von einem Mann Eures Ordens!«
Hart wie Eisen war seine Stimme nun, als er diese Anklage vorbrachte.
»Es ist wahr«, bestätigte Bernhard und senkte den Kopf. »Dieser Mönch Radulf – ich mag ihn kaum Bruder nennen – richtete mit seinen Hetzpredigten Furchtbares an. Meine Appelle bewirkten nichts. Also reiste ich selbst nach Mainz und zwang Radulf wieder hinter die Mauern meiner Abtei. Dort wird er Buße tun.«
In Bernhards tiefliegenden, dunklen Augen flackerte etwas auf, das versprach, diese Buße würde sehr hart ausfallen.
»Das macht die Opfer der Judenverfolgung nicht wieder lebendig, all die Männer, Frauen und Kinder«, beharrte der König. »Die Dinge wiederholen sich auf erschreckende und ganz gewiss nicht gottgefällige Weise. Solche Pogrome gab es auch schon vor fünfzig Jahren, als sich die ersten Kreuzfahrer sammelten.«
Bernhard hob den Kopf.
»Dergleichen wird sich nicht wiederholen«, beteuerte er.
»Erlaubt mir, daran zu zweifeln«, widersprach Konrad von Staufen unnachgiebig. »Ich erinnere Euch, dass die Kreuzfahrer bei der Einnahme Jerusalems im Blutrausch jeden erschlugen, der nicht abendländisch gekleidet war – ob nun

Sarazene, Jude oder orientalischer Christ. Als Kriegsherr muss ich Euch sagen: Kaum ein Heerführer kann an einem bestimmten Punkt noch die vollkommene Disziplin seiner Truppen erzwingen. Wenn eine Stadt eingenommen ist, wird geplündert, geschändet, geschehen Greuel, von denen Ihr Euch keine Vorstellung macht.«

»Umso wichtiger ist es, dass ein geachteter Heerführer die Truppen unter sein Kommando nimmt«, konterte Bernhard. »Wir brauchen die Autorität des Königs, Euer Majestät! Jemanden, der laut Einhalt gebietet, mit der donnernden Stimme eines kampferprobten Befehlshabers ... Ludwig von Frankreich hat das verstanden und erfüllt seine Pflicht als Christ und König.«

»Und mir werft Ihr vor, es nicht zu verstehen?«, entgegnete Konrad grimmig und verbittert. »Was ich auch tue, ehrwürdiger Abt – man wird mich verurteilen. Nehme ich das Kreuz, bricht hier Krieg aus, und man wird mir vorwerfen, das Reich ins Unglück gestürzt zu haben. Tue ich es nicht, wird man mir mangelnde Frömmigkeit vorwerfen und dereinst sagen: Weil ich nicht bereit war, für Jerusalem zu kämpfen, liegt ein Fluch auf meiner Regentschaft.«

»Ich verstehe Euer Dilemma«, räumte Bernhard von Clairvaux ein. Er trank einen Schluck von dem Quellwasser und zeigte ein schmales Lächeln.

»Was den Streit zwischen dem alten und dem neuen Herzog von Sachsen betrifft, so habe ich gute Nachrichten für Euch, Majestät. Wie mir der Bischof von Havelberg und der Erzbischof von Trier berichten, sind Heinrich der Löwe, Albrecht der Bär und Konrad von Wettin bereit, gemeinsam gegen die heidnischen Slawen zu ziehen. Seine Heiligkeit der Papst ist geneigt, diesem Krieg gegen die Wenden den Status eines Kreuzzuges zuzubilligen, denn auch im Osten sind noch viele Seelen zu taufen.«

Konrad von Staufen wusste durch eine Nachricht Alberos

von dem Plan der drei. Bei aller Ernsthaftigkeit dieses Gesprächs mit Bernhard und der Zwickmühle, in der er selbst steckte, amüsierte es ihn beträchtlich, sich auszumalen, wie drei geschworene Feinde zusammengefunden hatten, um sich vor dem Waffengang ins Heilige Land zu drücken. Sobald dieses Gespräch beendet war, musste er sich von Albero Einzelheiten darüber berichten lassen.

Der König hatte eine genaue Vorstellung, von wem die Idee stammte. Einen solch eiskalt berechneten Plan traute er nur dem Meißner zu, der zudem gerade erst von einer Wallfahrt ins Heilige Land zurückgekommen war.

»Das sind gute Neuigkeiten«, versicherte er. »Doch es bleibt der sechste Welf.«

»Ich verstehe«, sagte Bernhard knapp und neigte den Kopf ein wenig, während er Konrad tief in die Augen sah.

»Und wenn ich den sechsten Welf gewinnen könnte, ebenfalls das Kreuz zu nehmen ...?«

»Er ist nicht hier in Frankfurt auf diesem Hoftag, er weilt etliche Tagesreisen entfernt in Konstanz.«

»Dann werde ich mich sogleich zu ihm begeben und ihn überzeugen«, versprach Bernhard. »Damit Ihr seht, wie sehr mir am Herzen liegt, dass Ihr das Kreuz nehmt, ohne Euch um Euer Reich sorgen zu müssen. Und damit Ihr seht, wie wichtig es mir ist, dass diesmal kein Heer von Bettlern und Waffenlosen aufbricht wie vor fünfzig Jahren, sondern gut gerüstete Männer: Ritter, Fürsten, Könige.«

Das war Bernhards großes Ziel. So würden sich die katastrophalen Begleitumstände des ersten Kreuzzuges nicht wiederholen. Er brauchte den Stauferkönig an der Spitze, um jeden Preis, und war bereit, alles dafür zu tun.

»Reist zu ihm, versucht Euer Glück!«, forderte Konrad ihn auf, ohne seine Skepsis zu verbergen.

Er konnte es kaum erwarten, mit Albero von Trier zu sprechen. Der würde Rat wissen.

Doch Albero war nicht zu finden. Er schien sich in Luft aufgelöst zu haben, war nirgendwo aufzuspüren.
Der sonst so eitle und selbstsichere Erzbischof saß einsam und verzweifelt mit tränenüberströmtem Gesicht in einer kleinen, von innen verriegelten Schreibstube versteckt.
Während Abt Bernhard mit dem König sprach, hatte der Trierer einen seiner Spione zu sich gerufen, um etwas über den sächsischen Fürstenkonvent von Osterhausen zu erfahren. Eine beiläufige Bemerkung ließ ihn aufhorchen: dass sich ein paar Ministeriale angemaßt hatten, Recht zu sprechen und dabei ein Spielmann der Ermordung Heinrichs des Stolzen angeklagt worden war …
Bei diesen Worten blieb Alberos Herz vor Schreck beinahe stehen. Ein paar kurze Nachfragen bestätigten seine Befürchtung, und je mehr er erfuhr, desto größer wurde sein Entsetzen.
Mit zitternden Händen reichte er dem mit allen Wassern gewaschenen Spion einen Beutel voll Silber und befahl: »Tu, was du kannst, spüre diesen Toten auf, bestich, wen du bestechen musst … Aber hol mir die Gebeine des Hingerichteten, damit ich sie in geweihter Erde bestatten kann! Reite sofort los! Ehe sie die Knochen verbrennen und die Asche in alle Winde verstreuen.«
Der Mann verneigte sich und ging, und jetzt erst war die Zeit für Albero gekommen, seine Trauer in Wehklagen zu verwandeln und seinen Tränen freien Lauf zu lassen.
Sein Sohn, sein geliebter, einziger leiblicher Sohn war tot, und er hatte es nicht verhindern können, ja nicht einmal gewusst!
Er hätte ihn nie in all seine Ränke hineinziehen dürfen. Nachdem der junge Ausreißer wieder eingefangen war, hätte er ihn einfach zurück ins Kloster bringen und vierzehn Tage lang bei Brot und Wasser Buße tun lassen sollen. Dann würde der Junge noch leben.

Albero von Trier barg den Kopf in den Händen und versuchte, sich die Gesichtszüge seines illegitimen Sohnes und seiner unvergessenen Geliebten in Erinnerung zu rufen.
Nun waren beide tot. Sie in Folge der Niederkunft, der Junge, weil er ihn auf einen gefährlichen Weg geführt hatte. So war er schuld am Tod beider. Und wenn sein Gewährsmann nicht rechtzeitig kam, würde Lukian am Tag des Jüngsten Gerichts nicht auferstehen können. Dann musste seine Seele ewig im Fegefeuer brennen.
Das ist meine Strafe, dachte Albero von Trier verzweifelt. Für meine Sünde, meinen Hochmut, meine Eitelkeit.

Gedanken am Rhein

Konrad von Staufen und Ulrich von Lauterstein;
auf dem Weg von Frankfurt nach Alzey,
Anfang Dezember 1146

Den Hoftag in Frankfurt mit dem Kurzbesuch Bernhards beendete Konrad von Staufen in aller Eile und brach sofort und ohne Tross zur Reichsburg Alzey auf, die sich zwei schnelle Tagesreisen südwestlich befand. Schlechte Nachrichten waren der Grund dafür: Sein Bruder sollte dort von schwerer Krankheit niedergestreckt worden sein.
Der König fiel seit Monaten von einer Sorge in die andere. Überall im Reich loderten Kriegsherde und herrschte Hungersnot, der Papst erwartete von ihm die Kreuznahme auf dem Weihnachtshoftag in Speyer, und nun war auch noch sein Bruder erkrankt. Sein wichtigster Verbündeter und nach dem Lautersteiner engster Vertrauter, auch wenn er und Friedrich in den letzten Jahren manchen Streit hatten. Dabei brauchte er gerade jetzt Rat und Rückendeckung von

Friedrich! Konrad betete zu Gott und allen Heiligen, dass die Nachricht von der Krankheit des Herzogs von Schwaben übertrieben und sein Bruder inzwischen genesen war.
Dass sie den Rhein überqueren mussten und der Fluss Hochwasser führte, kostete sie einen dritten Reisetag und den König die letzte Beherrschung.
Im strömenden Regen ging er an der Fährstelle auf und ab. Der Fährmann weigerte sich, jemanden überzusetzen, erst recht eine hohe Persönlichkeit wie den König.
»Zumindest der Regen muss aufhören, Majestät!«, erklärte der Fährmann mit Namen Lahmer Paul unter unzähligen Verbeugungen. Er war ein humpelnder älterer Mann mit breitem Kreuz, genauso triefend nass wie alle um ihn herum. Regentropfen spritzten auf seinem kahlen runden Kopf und flossen in Rinnsalen seinen Bart hinab, wo vermutlich gerade die letzte Laus jämmerlich ersoff.
»Der Rhein führt reißende Strömung und hat tückische Untiefen und Strudel, guter Herr König«, beharrte er, während er seine Kappe in den Händen knetete. »Selbst bei gutem Wetter ist es ein riskante Sache. Jetzt herrscht Winterströmung, Hochwasser, und durch den Regen sieht man die Hand kaum vor Augen. Ich darf einen König nicht in solche Gefahr bringen. Dafür würde ich in der Hölle schmoren. Ganz zu schweigen davon, dass mein Weib und meine Kinder mittellos zurückblieben. Vor morgen können wir auf keinen Fall übersetzen.«
Er verbeugte sich viele weitere Male und schlug vor, den König und einen Teil des Gefolges im Wirtshaus an der Fährstelle unterzubringen.
Konrad schickte seine Männer bis auf die Leibgarde dorthin und wollte sich mit Ulrich ins Fährhaus zurückziehen, das ihm der Kahlkopf ebenfalls als Quartier angeboten hatte. Er selbst würde bei Verwandten unterkommen. An der Fährstelle standen ein halbes Dutzend Häuser, alle darauf einge-

richtet, Reisende zu bewirten und auch zu beherbergen, falls Wetter und Strömung keine sofortige Rheinüberquerung erlaubten.

Auf dem Weg warf sich Konrad ein junger Mann zu Füßen, dessen Gesichtszüge familiäre Ähnlichkeit mit denen des Lahmen Paul aufwiesen.

»Ich würde es wagen, edler Herr König!«, versprach er. »Ich könnte zuerst einmal ein Pferd und einen Mann übersetzen. Gelangen wir heil hinüber, befördere ich alle anderen, wenn mein Onkel es nicht wagt.«

Doch da war der Kahlkopf schon zurück und versetzte dem Jungen eine derbe Kopfnuss.

»Willst du deine Pfennige auf dem tiefen Grund des Rheins zählen?«

Der Fährmann wandte sich an den König.

»Glaubt diesem Narren nicht, guter Herr König! Ihr würdet Mann und Pferd verlieren, den Nachen noch dazu, und mein törichter Neffe hinterließe Weib und zwei kleine Töchter. Der Rhein ist tückisch und gefährlich, die Überfahrt schon bei gutem Wetter nicht leicht. Man muss mit den Strömungen vertraut sein.«

Knurrend bedeutete er seinem Neffen, ihm ja aus den Augen zu verschwinden.

»Vor morgen kommen wir nicht hinüber. Und das auch erst, nachdem sich die Frühnebel aufgelöst haben. Es tut mir sehr leid, guter Herr König. Ich würde Euch gern zu Diensten sein. Doch Euer Leben ist zu kostbar, um es zu riskieren.«

»Vor der Macht Gottes und des Königs Rhein endet die Macht des weltlichen Königs«, lenkte Konrad ein, ehe sich der Fährmann in weiteren Verbeugungen und Entschuldigungen verlor. »Ich kenne den Fluss und weiß um die Gefahren bei Winterströmung, deshalb mein Dank für deine Ehrlichkeit. Sie soll gut belohnt werden.«

Im Gesicht des Kahlen ging trotz des heftig pladdernden Regens die Sonne auf.
»Gott schütze und segne Euch! Sagt mir nur, wenn Ihr etwas braucht, mein guter Herr König! Mein Weib braut gutes Bier und rupft rasch noch ein paar Hühner, und im Wirtshaus steckt bereits eine Ziege auf dem Spieß.«
»Überlasst die Ziege, die Hühner und das Bier meinen Männern«, wehrte der König ab.
Im Fährhaus würde sein Truchsess bereits alles für ihn und Ulrich vorbereitet haben: ein Feuer, trockene Kleidung, weiche Felle als Lagerstatt, heißen Würzwein.
Sein Küchenmeister stand schon unter einem eilig errichteten Leinenbaldachin und schnitt Fleisch auf, das er geröstet hatte, während der Regen auf das dicke Stoffdach trommelte und sich an den Rändern Lachen sammelten, die regelmäßig ausgegossen werden mussten.
Der König suchte dringend eine Gelegenheit zum vertrauten Gespräch mit Ulrich. Wenn sie hier schon feststeckten, war das die beste Gelegenheit dazu.
Doch abgesehen von allem, was ihm selbst auf der Seele lag, hatte er bemerkt, wie sich die Züge des Lautersteiners noch mehr verdüsterten, als der Fährmann die zwei kleinen Töchter seines Neffen erwähnte.
»Gibt es wirklich keine Frau an meinem Hof, die Euer Herz und Euer Bett wärmen und Euch Kinder schenken könnte?«, fragte er so beiläufig wie möglich, denn Ulrich mied dieses Thema beharrlich.
Auch jetzt schüttelte der Lautersteiner nur den Kopf, während sie durch den Schlamm stapften.
»Wenn Ihr es befehlt, Majestät, vermähle ich mich wieder, ganz gleich, wen Ihr auswählt … Doch ich verspüre nicht den Wunsch danach.«
Er musste fast brüllen, um das Tosen und Rauschen des Flusses zu übertönen.

Die Wahrheit war: Ulrich trauerte immer noch, vor allem um seine beiden Töchter. Und die einzige Frau am Hof, die sein Interesse wecken könnte, war für ihn unerreichbar.
Als jemand, der sich den Ritterstand ohne edle Ahnen und nur durch seinen Mut erkämpft hatte, der lediglich ein einziges Dorf besaß, das er nicht einmal mehr aufsuchte, sondern seinem Verwalter alle nötigen Entscheidungen überließ, durfte er nicht auf die Erbin des Egerlandes hoffen. Adela von Vohburg faszinierte ihn: klug, mit Phantasie begabt und voller Fürsorge für die jüngeren Mädchen bei Hofe. Doch sie würde einen hohen Adligen heiraten, nicht einen Ritter ohne nennenswerten Besitz. Dafür würde ihr Vormund schon sorgen, der Schwager des Königs. Für Ulrich war Adela unerreichbar.
Doch davon ahnte der König nichts, und es hatte auch keinen Sinn, es anzusprechen.
Ich sollte ihm wirklich eine liebliche junge Frau auswählen, vielleicht sogar eine junge Witwe, die schon kleine Kinder hat, überlegte Konrad. Sonst heilt die Wunde in seinem Herzen nie.
Sie hatten das Fährhaus erreicht. Diener halfen ihnen drinnen aus den nassen Kleidern und Stiefeln und hüllten sie in trockenes Tuch und Leder.
Der Küchenmeister hatte inzwischen aufgetafelt. Ulrich übernahm das Schenkenamt und goss dem König und sich heißen Hypocras ein, mit Honig und kostbaren Gewürzen verfeinerten Wein.
Sie aßen stumm und in Gedanken versunken, sie tranken, um sich innerlich zu wärmen.
Auf Anweisung des Königs waren sie nun vollkommen allein. Die Leibwachen hatten sich im Regen um das Fährhaus herum postiert. Deshalb sprach Konrad schließlich leise aus, was er unbedingt loswerden musste.
»Gebt es zu, mein Freund, auch Ihr müsst erneut an die

Weissagung dieser Hexe denken. Ich bekam eine Krone, aber nicht Lothars. Und nun soll ich ein Heer nach Jerusalem führen, zum Mittelpunkt der Welt.«

Ulrich wusste sofort, wovon sein König sprach.

Seit dem Kreuzzugsaufruf des Papstes stand ihm wieder jene unheimliche Episode in dem Tiroler Bergdorf vor Augen, als die alte Hexe Knochen mit Runen geworfen und drei Vorhersagen gemurmelt hatte, von denen sich die erste erfüllte und die zweite trotz aller Widerstände Konrads in greifbare Nähe rückte.

Im Winter vor neun Jahren hatte sich der Zwischenfall zugetragen, im tiefsten Schnee, als es nur noch eine Frage von Stunden war, dass Kaiser Lothar von Süpplingenburg seine Augen für immer schloss, und Alberos Intrige schon bis ins Letzte ausgetüftelt war.

»Sie war eine Hexe, halb blind, die sich ihr Brot erbettelte, indem sie todgeweihten Männern ein langes Leben und großen Reichtum vorhersagte«, erinnerte Ulrich mahnend. »Lug und Trug! Dass sich einer ihrer Sätze auf gewisse Weise bewahrheitet hat, ist Zufall. Vergesst dieses Weib, dessen Knochen längst in der Erde modern. Ihr könnt nicht auf Wallfahrt gehen, solange im Reich kein Frieden herrscht.«

Konrad schien ihn nicht gehört zu haben.

»Es war fast auf den Tag genau vor drei mal drei Jahren«, sinnierte er. »Doch wer soll der junge Falke sein, den man dereinst Rotbart nennen wird? Mein gefährlichster junger Feind ist der sechste Welf, und der hat pechschwarzes Haar wie alle in seiner Linie.«

Ulrich von Lauterstein hatte durchaus eine Ahnung, wer dieser Falke war, auch wenn er noch keinen Bart trug. Doch er hütete sich, es auszusprechen. Er wollte weder Zwietracht säen noch dem verschwörerischen Gewisper einer verrückten Alten Bedeutung zugestehen.

»Ich flehe Euch an, Majestät, vergesst diesen Zwischenfall!

Wie ich Euch schon damals bat. Es war nur närrisches Geschwätz. Ihr werdet nicht auf Wallfahrt gehen, und kein Rotbart bedroht Euch.«
Konrads Miene drückte Unzufriedenheit aus.
Er glaubt mir nicht, dachte Ulrich besorgt.
»Lieber würde ich sogar heiraten, als Euch weiter in solche Gedanken verstrickt zu sehen.«
Nun musste Konrad flüchtig lächeln.
»Daran werde ich Euch gelegentlich erinnern.«
Dann erlosch sein Lächeln wieder.
»Ich wünschte, *ich* hätte damals ein Auge verloren, und mein Bruder wäre König geworden. Soll er sich doch mit alldem herumschlagen! Die Königswürde hat mir noch keinen einzigen Tag Freude gebracht.«
»Vielleicht solltet Ihr zunächst eine neue Gemahlin für *Euch* suchen statt für mich?«, wagte sich Ulrich auf heikles Terrain vor.
Doch Konrad schwieg sich aus, ließ sich nachschenken und versank in Schweigen, bis sie sich schlafen legten.

Am nächsten Morgen regnete es nicht mehr. Der Fluss war immer noch kräftig über die Ufer getreten, strudelte und toste. Nebelschwaden wallten über Erde und Wasser, was die Szenerie noch unheimlicher machte.
»Am Vormittag wird sich der Nebel aufgelöst haben, dann sehen wir weiter, Majestät«, schätzte der Lahme Paul und strich sich über den kahlen Schädel.
Die Männer nutzten die Zeit für Gebete und ein ausgiebiges Frühmahl.
Um sie herum rannten oder gafften zwei Dutzend Kinder, junge Burschen und Mädchen, alle offenbar Verwandte des Fährmanns. Ein paar kräftige Männer bereiteten die Fähre für die Aufnahme von Pferden vor.
Konrad aß kaum einen Bissen. Ihm dröhnte der Kopf vom

Würzwein, und ehe er bei der Überfahrt noch den Mageninhalt herauswürgte, was einem König wenig Würde ließ, blieb er lieber nüchtern.

Er war schon vor dem Gebet ans Ufer des mächtigen Flusses getreten, um auf die sich vorbeiwälzenden Wassermassen zu starren.

Den Rhein hatte er schon oft überquert, mehrfach sogar an dieser Stelle, doch noch nie bei so reißender Strömung. Zerfetzte Baumstämme strudelten rasend schnell an ihm vorbei, der aufgedunsene Körper einer Kuh, die sicher schon seit Tagen im Wasser trieb, Holzbalken … vielleicht von einem zertrümmerten Boot.

»Majestät, soll ich den Wachen raten, die Rüstung abzulegen, wenn wir übersetzen?«, erkundigte sich der Marschall, der den Vortrupp anführte.

»Das hat keinen Sinn. Wer hier hineinstürzt, ist ohnehin verloren, ob mit oder ohne Kettenhemd. Der Fluss ist unzählige Klafter tief, und gegen diese Strömung kann kein Schwimmer bestehen«, widersprach der König.

Schwimmen zu lernen gehörte zur Ausbildung eines Ritters, doch das würde ihnen heute nichts nützen. Sie konnten nur beten. Und das taten die Männer ausgiebig.

Am Vormittag hatte die Sonne die Nebelschwaden aufgelöst, und der Lahme Paul zerrte einen breiten Steg auf den Zugang der Fähre, damit die Männer die ersten Pferde hinaufführen konnten. Die protestierten laut wiehernd gegen den schwankenden Untergrund.

Die Überfahrt würde turbulent werden. Sie konnten nur hoffen, dass alle heil das andere Ufer erreichten.

Der Lahme Paul legte zum ersten Mal ab, mit etwa zwanzig Mann und zehn Pferden an Bord, und sofort sahen die am Ufer Gebliebenen, wie weit die Strömung die Fähre mit sich riss.

Einmal krachte eine mannsgroße Wurzel mit rasender Geschwindigkeit gegen das Boot, und der Aufprall schleuderte einen Mann über Bord, für den es keine Rettung gab.
»Immerhin hat die Hexe nichts davon gesagt, dass ich im Rhein ertrinke«, murrte Konrad leise, an Ulrich gewandt. »Denn den Grund des Flusses kann sie nicht mit *Mittelpunkt der Welt* meinen.«
Ulrich hätte am liebsten gestöhnt.
Als sich andeutete, dass womöglich nicht alle noch an diesem Tag hinüberkämen, bot der Neffe des Lahmen Paul an, mit seinem Nachen einen Teil der Ausrüstung ans andere Ufer zu befördern.
Doch aus Gier hatte er das Schiff zu schwer beladen. Die Mitte des Flusses war schon fast erreicht, als ein entwurzelter Baum den Nachen rammte und in einem einzigen Augenblick mit Mann und Ladung versenkte. Die Frauen und Kinder, die am Ufer standen und alles mit ansahen, stießen lautes Wehgeschrei aus.
»Macht sein Weib ausfindig und entlohnt sie großzügig!«, wies Konrad an.
Wie soll ich sie dafür *entlohnen*, dass sie den Ernährer verloren hat?, fragte sich Ulrich. Hätten wir nur gewartet!
»Ich hoffe, mein Bruder ist wenigstens noch am Leben, wenn wir eintreffen, nachdem wir all das auf uns genommen haben«, knurrte der König, als Ulrich von den jammernden Frauen zurückkehrte.

Streit im Hause Staufen

Konrad und Friedrich von Schwaben,
Agnes von Saarbrücken und der junge Friedrich;
Reichsburg Alzey, Dezember 1146

»Gott sei gepriesen, Ihr seid heil über den Rhein gekommen! Und meinem Gemahl geht es etwas besser!« Agnes von Saarbrücken, die zweite Gemahlin des Herzogs von Schwaben, eilte ihrem Schwager zur Begrüßung quer über den Hof entgegen. Sie war eine schlanke Frau von etwa dreißig Jahren, bleich, mit tiefumschatteten Augen. Ihr brauner Zopf hatte sich halb aufgelöst, und aus dem zerknitterten Kleid war sie offenbar seit gestern nicht mehr herausgekommen.

»Es geht ihm besser?«, fragte Konrad voller Hoffnung und hielt den Atem an. Er hatte große Angst gehabt, sein Bruder könnte sterben und ihn mit der ganzen Bürde allein lassen.

Agnes erteilte rasch Befehle, damit die Gäste und ihre Pferde versorgt wurden.

»Wünscht Ihr zuerst ein Bad und eine Mahlzeit?«, bot sie Konrad höflich an, nachdem er aus dem Willkommenspokal getrunken hatte.

»Nein, führt mich gleich zu ihm, wenn es sein Zustand erlaubt. Und berichtet endlich!«, drängte er, während sie über den Hof eilten.

»Er hat Atemnot, Krämpfe in der Brust und die Wassersucht in den Beinen. Sie sind erschreckend angeschwollen«, sagte Agnes verzweifelt und mit Tränen in den Augen. »Zunächst wollte er die Anfälle vor uns verheimlichen, doch mir kann er nichts vormachen.«

Sie nahm den Saum ihres Schleiers und tupfte sich damit die Augen – nicht zum ersten Mal, wie das feuchtzerknitterte zarte Leinen verriet.

»Sein Herz ist geschwächt. Die Anfälle kommen immer häufiger und dauern immer länger. Dann hat er das Gefühl, ein eiserner Ring presse seine Brust zusammen, und ein stechender Schmerz breitet sich bis in den Arm aus ... Der Medicus verordnete ihm strikte Ruhe. Euer Bruder darf das Krankenlager nicht verlassen. Doch Ihr wisst selbst am besten, wie unleidlich ihn das macht und wie schwer es ist, ihn davon abzuhalten, aufzustehen und sich in den Sattel zu schwingen.«

»O ja«, bestätigte Konrad. »Hält er sich daran?«

»Nur, solange ich nicht von seiner Seite weiche«, berichtete sie, was den Zustand ihres Kleides erklärte. »Er erholt sich allmählich ... Doch er braucht viel Ruhe. Bitte bedenkt das, wenn Ihr zu ihm geht!«

Agnes sah ihm mit flehendem Blick ins Gesicht.

»Das werde ich«, versprach Konrad. »Ihr müsst wahrlich die Geduld eines Engels haben, liebe Schwester. Ist jetzt ein Medicus oder Magister bei ihm?«

»Ja. Und sein Erstgeborener«, berichtete seine Schwägerin, während sie die steinernen Treppen hinaufhasteten.

Haltet Ihr das für weise?, hätte er am liebsten gefragt. Wenn der junge Friedrich und sein Vater zusammentrafen, gab es meistens Streit. Doch er wollte die ohnehin schon verängstigte Frau weder beunruhigen noch ihr Vorwürfe machen. Er hegte keinerlei Zweifel, dass sie ihr Bestes gab, ihren Gemahl zu pflegen und vor unbesonnenen Kraftproben zu bewahren.

Friedrich hatte Agnes von Saarbrücken ein reichliches Jahr nach dem Tod seiner ersten Frau, der Welfin Judith, geheiratet. Agnes war ihm sehr zugetan, hatte in den gefährlichen Zeiten des Doppelkönigtums zu ihm und Konrad gehalten und ihrem Gemahl zwei Kinder geschenkt. Falls sie es schaffte, seinen Bruder auf dem Krankenlager zu halten, dann musste ihr wahrhaft die Heilige Jungfrau die Kraft dazu verleihen.

Das für den Herzog hergerichtete Zimmer war abgedunkelt und roch intensiv nach Lavendel. Alle Fenster waren mit hölzernen Läden abgedeckt. Friedrich saß in seinem Bett unter dicken Pelzen, den Oberkörper halb aufrecht mit Kissen gestützt.

Konrad erschrak, als er sah, wie gealtert und abgemagert sein Bruder seit ihrer letzten Begegnung war. Ihrer beider Haar war immer weißblond gewesen, doch jetzt wirkte das des Herzogs durch und durch weiß, obwohl er erst Mitte fünfzig war. Die lederne Augenklappe über der leeren Höhle verlieh ihm noch mehr das Aussehen eines Greises.

»Willkommen, Bruder«, sagte Friedrich röchelnd, während alle anderen in der Kammer vor dem König auf die Knie sanken, sein rebellischer Neffe eingeschlossen.

»Wie du siehst, hält mich eine ganze Meute im Bett fest«, sagte der Herzog. Das Sprechen und Atmen bereitete ihm sichtlich und hörbar große Mühe. Immer wieder musste er Pausen einlegen und Kraft für den nächsten Satz sammeln. »Meine liebliche Agnes forderte mir den Eid ab, den Anweisungen des Magisters strikt Folge zu leisten. Hätte sie mir nicht diesen Schwur auferlegt, würde ich mit dir ausreiten und den schönen Herbsttag genießen.«

»Der ist nicht so schön, wie du ihn dir vorstellst«, erwiderte Konrad lächelnd. »Du verpasst nichts, wenn du in dieser Kammer bleibst. Es friert schon, die Bäume sind kahl, und das Rheinhochwasser hat uns über Gebühr aufgehalten.«

»Sie müssen dir mächtig Angst gemacht haben, wenn du trotzdem gekommen bist«, spottete Friedrich mühsam und ohne die frühere Kraft in der Stimme. »Sei unbesorgt, ich sterbe nicht. Jedenfalls noch nicht in den nächsten Tagen … Sofern der Allmächtige keine anderen Pläne mit mir hat. Ich erhole mich dank der Weisheit des Medicus und der Pflege meiner guten Frau. Sie wacht über mich wie Zerberus der Höllenhund.«

Er warf Agnes einen dankbaren Blick zu, sie lächelte gequält.
»In zwei, drei Tagen bin ich wieder auf den Beinen«, versicherte der Herzog und setzte sich noch ein wenig aufrechter. Sein Sohn half ihm dabei und richtete sein Kissen, Agnes tupfte ihm mit einem Tuch die Schweißperlen von der Stirn.
»Nun lasst mich doch in Ruhe, das schaffe ich allein!«, murrte er und scheuchte mit einer Handbewegung beide von sich.
»Fühlst du dich kräftig genug, dass wir einige Dinge besprechen können?«, fragte Konrad vorsichtig.
»Natürlich. Raus mit euch allen, ich will mit dem König reden!«, sagte er schroff. »Friedrich, du bleibst!«
»Ja, Vater«, versicherte der junge Mann, der inzwischen Mitte zwanzig war, dreißig Jahre jünger als sein Vater.
»Ich bestehe darauf, ebenfalls zu bleiben!«, protestierte Agnes. »Worüber Ihr sprecht, will ich gar nicht wissen. Ich halte mir sogar die Ohren zu, wenn Ihr das wünscht. Aber jemand muss aufpassen, dass Ihr Euch nicht aufregt und einen Rückfall erleidet, mein Gemahl.«
Ohne eine Antwort abzuwarten, setzte sie sich auf einen Schemel in der entferntesten Ecke der Kammer, lehnte sich gegen die Wand und verschränkte die Arme vor der Brust.
Die Dienerschaft und der Medicus entfernten sich nach einer Verbeugung vor dem König und einer weiteren vor ihrem Herzog. Konrad und sein Neffe zogen sich jeder einen Stuhl an das Krankenlager heran.
»Ich werde mit dir nicht über meinen Zustand und meine Aussichten reden«, stellte der Herzog schwer atmend klar.
Wenn auch Konrad sein König war, so war er hier in dieser Kammer in erster Linie sein jüngerer Bruder und Weggefährte und widersprach also nicht.
»Doch über den Weihnachtshoftag in Speyer müssen wir reden. Womöglich kann ich nicht kommen. Mein Erstgebo-

rener aber schon … Ich habe ihm die Verwaltung des Herzogtums übertragen.«

Allein diese Entscheidung zeigte Konrad, dass sein Bruder nicht mehr damit rechnete, zu genesen. Jetzt war ihm selbst zumute, als würde sich ein eiserner Ring um seine Brust legen. Müde strich er sich das helle Haar aus der Stirn und fragte sich, ob es sich wohl auch schon weiß färbte.

»Der Papst schickt seinen überzeugendsten Mann, Bernhard mit der Honigstimme, damit er dich dazu bringt, das Kreuz zu nehmen …«

»Ich kann nicht auf Wallfahrt gehen, solange kein Frieden im Reich herrscht«, erklärte Konrad stur.

Sein Bruder lachte bitter auf, was zu einem qualvollen Röcheln wurde. »Wann … und unter welchem König … hätte je Frieden im Reich geherrscht? Aber noch kein König hat sein Land verlassen, um in Waffen nach Jerusalem zu ziehen.«

»Ludwig von Frankreich wird es tun«, warf der junge Friedrich ein.

»Der *überaus* fromme Ludwig«, meinte Konrad sarkastisch. »Doch sein Land ist klein, das kann seine Gemahlin Eleonore in seiner Abwesenheit regieren und wird dabei vermutlich sogar mehr Erfolg haben als ihr zaudernder, schwächlicher Gemahl.«

»Es wird gemunkelt, sie will ihn begleiten«, spottete der junge Friedrich. »Dann wird es keine Wallfahrt in Waffen, sondern eine in Kleidern, und sie und ihre Damen können die Sarazenen mit ihrem Geschmeide und ihren Sticknadeln bewerfen.«

Der Herzog sandte seinem Sohn ein Stirnrunzeln für seine verächtlichen Worte.

Dann mahnte er seinen Bruder: »Du kannst nicht fort, während der sechste Welf bleibt. Du außer Landes, ich krank, mein Erbe mit schwankenden Loyalitäten … Sonst könnte es geschehen, dass du wiederkommst und Schwaben und Franken unter welfischer Herrschaft vorfindest«, erklärte Friedrich mit vorwurfsvollem Blick auf seinen Sohn.

»Welf hat nicht vor, auf Pilgerfahrt zu gehen. Doch er ist nicht so ehrlos, sich am Besitz eines Wallfahrers zu vergreifen, der unter päpstlichem Schutz steht«, verteidigte der junge Friedrich seinen Onkel.

»Da habe ich Neuigkeiten für euch«, eröffnete Konrad den beiden. »Der heilige Bernhard ist von Frankfurt aus nach Konstanz gereist, um den sechsten Welf zu überzeugen, das Kreuz zu nehmen.«

»Sollte er Erfolg haben, gibt es für dich keinen Grund mehr, es nicht auch zu tun«, resümierte der ältere Friedrich besorgt.

»So ist es. Und dabei habe ich es noch nicht einmal geschafft, nach Rom zu ziehen und mich zum Kaiser krönen zu lassen.«

»Der Papst will Euch im Heiligen Land, deshalb schickte er Bernhard von Clairvaux. Ihr werdet wohl das eine nicht ohne das andere bekommen«, erklärte der junge Friedrich kühl.

Diese vorlaute Belehrung war Konrad zuwider, das sah man seiner Miene an. Sein Neffe interpretierte den Gesichtsausdruck falsch.

»Vielleicht meint Ihr, dass Euch Eure Pflichten hier festhalten, Oheim. Darüber müsst Ihr Rechenschaft vor Gott ablegen.« Dann platzte er heraus: »Doch *ich* werde das Kreuz nehmen!«

Entgeistert starrten ihn sein Vater und sein Oheim an.

»Das kannst du nicht tun!«, sagten beide zur gleichen Zeit und so laut, dass Agnes in ihrer Ecke aufschreckte, der vor Erschöpfung die Augen zugefallen waren.

»Wieso nicht? Ist das nicht die höchste Pflicht eines Ritters, für Gott und Jerusalem zu kämpfen?«

»Dein kranker Vater hat dir gerade sein Herzogtum anvertraut. Es zu hüten und zu verteidigen ist deine Aufgabe, Junge!«, rief Konrad.
Wütend stand der junge Friedrich auf und fuhr sich durch sein rotblondes Haar.
»Ihr seid mein König, Oheim. Doch ich bin nicht Euer *Junge!*«
»Setz dich und schweig!«, fuhr ihn sein Vater wütend an. »Hast du nicht schon genug närrische Spiele getrieben, um dir Ruhm zu erwerben? Muss es ausgerechnet jetzt auch noch eine bewaffnete Wallfahrt ins Heilige Land sein? Jetzt, wo meine Tage gezählt sind und meine Beine geschwollen wie Eichenstämme?«
Er warf die Decken beiseite, und Konrad erschrak zutiefst, welch beängstigenden Umfang die Schenkel seines Bruders durch die Wassersucht angenommen hatten.
»Du bist mein Erstgeborener, damit ist dir eine Verantwortung auferlegt«, fuhr der Herzog fort, nachdem er die Decken wieder über seine Beine gezogen hatte. »Ich brauche dich hier, und vor allem brauche ich dich lebend. Dein Bruder ist noch zu jung.«
*Halb*bruder, korrigierte der junge Friedrich in Gedanken. Ein Kind, noch nicht einmal im Knappenalter. Geboren von einer Frau, die *nicht* meine Mutter ist.
»Ihr wisst beide, dass mich niemand im Zweikampf oder Buhurt besiegt. Ich reite dorthin, erschlage Sarazenen, erobere Edessa zurück und sichere damit auch Euer Seelenheil. Vielleicht ist Eure Regentschaft ja so glücklos, weil Ihr nicht bereit seid, das Kreuz zu nehmen, Oheim?«, fragte er provokant.
»Du vergisst, *Junge,* dass ich bereits im Heiligen Land war und die Verhältnisse dort kenne«, erwiderte Konrad scharf. »Ich weiß, wie leicht dort jemandem etwas zustoßen kann. Dazu bedarf es keiner Sarazenenklinge.«

»Und deshalb zögert Ihr? Also gehe ich an Eurer Stelle.«
»Ich zögere nicht *deshalb*«, rügte Konrad ihn scharf. »Das weißt du ganz genau! Wenn der Abt von Clairvaux dafür sorgt, dass dein Oheim Welf das Kreuz nimmt – und *nur* unter dieser Bedingung –, werde auch ich es tun. Ich darf diesen Kreuzzug nicht dem König der Franzosen überlassen. Als künftiger Kaiser muss ich die Führung des abendländischen Heeres übernehmen. Sonst endet es wie beim vorigen: Fast durchweg französische Edelleute, und oft waren es noch nicht einmal Edle, rissen sich die Baronien in Outremer unter den Nagel. Du musst also nicht gehen, Neffe. Kümmere dich um deinen Vater und sein Herzogtum!«
Selbst diese lange Ansprache blieb bei dem jungen Friedrich ohne Wirkung.
»Ihr könnt mich nicht hindern. Ich bin volljährig. Und viele junge Ritter mit Ehre werden mir folgen.«
»Sieh ihn dir an: übermütig und eitel! Du wirst ihn nicht halten können«, meinte Konrad bitter zu seinem Bruder. »Was, wenn er in Speyer einfach nach vorn schreitet und sich von Bernhard die roten Streifen an die Brust heften lässt?«
»Ich kann nicht glauben …«
Entkräftet sank Friedrich in sein Kissen zurück.
Agnes sprang auf und wollte ihm die Stirn abtupfen, doch er hielt sie mit einer matten Geste auf.
»Ihr solltet jetzt gehen«, sagte sie vorwurfsvoll zu ihrem Schwager und ihrem Stiefsohn.
»Nein, wir sind noch nicht fertig«, entgegnete Konrad sehr bestimmt und tauschte einen Blick mit seinem Bruder.
»Neffe, wenn du das Kreuz nimmst, musst du zuvor heiraten. Das ist unsere Bedingung.«
»Und an wen denkt Ihr dabei, Oheim?«, erkundigte sich Friedrich gespielt kühl. Doch seine Überraschung konnte er nicht verbergen.

»Ich habe das mit deinem Vater und Graf Gebhard von Sulzbach bereits vor einiger Zeit besprochen. Du wirst Adela von Vohburg heiraten, die Erbin des Egerlandes. Ihr Vater segnete im Frühjahr das Zeitliche, nun hat Gebhard als sein Vetter den Nordgau übernommen, da Diepolds Söhne noch nicht mündig sind.«

»Das Egerland? Das ist Wildnis, es hat noch nicht einmal eine festgelegte Grenze nach Böhmen!«, rief Friedrich beleidigt. »Ich dachte, mir sei eine byzantinische Prinzessin vergönnt.«

»Wenn sich eine byzantinische Hochzeit absprechen ließe, wäre die Braut für mich oder für die Prinzen bestimmt«, wies ihn Konrad zurecht, der zwei noch unmündige Söhne hatte.

»Du urteilst vorschnell«, rügte der Herzog von Schwaben seinen Sohn schwer atmend. »Gerade weil das Egerland noch nicht einmal eine richtige Grenze zu Böhmen hat, ist es so interessant. Da gibt es viel Land zu erschließen, zu besiedeln. Das würde unsere Besitzungen gut abrunden.«

»*Unsere* Besitzungen? Wohl eher Eure in Franken, Oheim!«, hielt der maßlos enttäuschte Friedrich dem König vor. »Und ist diese Vohburg nicht viel zu alt?«

»Sie ist so alt wie deine Mutter Judith, als dein erlauchter Vater sie zur Frau nahm. Jung genug, um eine Schönheit zu sein, und alt genug, um dir gesunde Kinder auszutragen. Eines musst du um jeden Preis zeugen, bevor du auf diese Wallfahrt gehst«, beharrte Konrad, während sein Bruder schwieg. »Auch wenn ich diese Idee nach wie vor für Irrsinn halte.«

»Seht Euch doch an!«, redete sich der junge Friedrich in Rage. »Beide über fünfzig, und so wie das Alter meinen Vater niedergestreckt hat, kann es Euch auch jeden Tag ergehen, Oheim. Abt Bernhard wird Euch zweifelsohne überreden, das Kreuz zu nehmen. Aber wenn die Reise so anstrengend ist, wie Ihr sagt, seid Ihr denn sicher, dass Ihr überhaupt im Heiligen Land ankommt? Alte Männer, nachgeborene Söhne, Bettelvolk – damit wollt Ihr Zenghi besiegen? Ihr werdet froh sein, wenn Ihr einen jungen Recken an Eurer Seite habt, der auch das Kommando übernehmen kann, wenn Ihr dazu nicht mehr in der Lage seid!«

Betroffene Stille herrschte im Krankenzimmer.

Agnes war aufgesprungen, aber sie wagte kein Wort zu sagen. Sie war nicht seine Mutter, das hatte der Stiefsohn ihr oft genug vorgehalten, verächtlich oder in kühler Gleichgültigkeit. Sie reichte ihrem Gemahl einen Becher stark verdünnten Wein.

»Ihr solltet jetzt gehen. Der Medicus muss ihn zur Ader lassen. Mein Gemahl soll jede Aufregung meiden – und nun seht, was Ihr angerichtet habt!«, sagte sie schließlich vorwurfsvoll.

Der König und sein Neffe standen auf und verließen die Kammer.

Agnes flüsterte einem Diener Anweisungen zu, der vor der Tür wartete. Er verbeugte sich, hastete davon und kam Augenblicke später mit dem Medicus wieder. Weitere Diener trugen Schüsseln und Leinenstreifen herein.

Der Medicus warf nur einen Blick auf seinen Patienten und rollte sogleich sein Bündel auf, um eine scharfe Klinge für den Aderlass auszuwählen.

»Ihr solltet Besuch für ein paar Tage von ihm fernhalten«, riet er der Herzogin, ehe er das Messer ansetzte. »*Jeglichen* Besuch. Und ganz besonders familiären.«

Agnes nickte, noch bleicher als zuvor, und griff wieder nach dem Saum des Schleiers, um sich die Augen zu wischen.

Zwei Verlöbnisse

Otto, Dietrich und ihre Bräute;
Meißen, Weihnachten 1146

Keiner der Anwesenden konnte sich erinnern, die Halle des Markgrafen auf dem Meißner Burgberg jemals so voll und so prächtig geschmückt gesehen zu haben. Selbst im Hof waren trotz der kalten Jahreszeit Zelte und Feuerkörbe für die Mannschaften aufgestellt, und in der Burg wie in der Siedlung war jedes verfügbare Quartier belegt. Man konnte vor lauter Menschen kaum einen Schritt tun, und die edlen Herren und Damen trugen ihre kostbarsten Gewänder. Fackeln an den Wänden und unzählige Kerzen erfüllten die Halle mit warmem Licht.

Zwei Verlöbnisse von größter Bedeutung für die Zukunft des Hauses Wettin galt es zu feiern: die der ältesten Söhne des Fürsten mit Bräuten aus bedeutenden Geschlechtern. Markgraf Konrad wollte die Verhältnisse geordnet wissen, ehe er sich auf den Wendenkreuzzug begab. Dass diese Unternehmung vom Papst anerkannt werden würde, dafür hatten die Zweckverbündeten bereits eine inoffizielle Zusage erhalten, ebenso detaillierte Instruktionen, wie sie ihr Anliegen im Frühjahr beim Hoftag im Frankfurt vortragen sollten. Es hätte nicht besser laufen können.

Deshalb durften die Ehebündnisse nicht warten. Gleich nach den guten Nachrichten, die Anselm von Havelberg hatte überbringen lassen, eröffnete Markgraf Konrad seinen beiden ältesten Söhnen, dass er sie noch vor Ablauf des Jahres verloben würde. Dafür waren Gesandtschaften ausgetauscht und alle Einzelheiten ausgehandelt worden, hatten die Gäste die beschwerliche Reise durch verschneite Weiten in Kauf genommen.

Widerspruch von Otto und Dietrich blieb aus, obwohl keiner von ihnen seine künftige Gemahlin kannte. Es gab nicht einmal Proteste, weil der Ältere eine Braut im Kindesalter bekommen würde und mit dem Vollzug der Ehe noch Jahre warten musste, der jüngere Dietrich hingegen eine Jungfrau im besten Alter zum Heiraten. Sie würden jeder einmal ein Fürstentum regieren und hatten die Pflicht, Ehebündnisse einzugehen, die ihren Ländern Frieden an den Grenzen sicherten.

An der Hohen Tafel saß nun Markgraf Konrad neben Albrecht und Sophia von Ballenstedt links und den polnischen Herzögen Boleslaw und Miezko von Piast rechts, den Brüdern von Dietrichs Zukünftiger. Daneben waren die Brautpaare plaziert, außerdem noch Konrads rundliche Schwester Mathilde und ihr zweitgeborener Sohn Wichmann, Domprobst von Halberstadt, dem trotz seiner Jugend eine große geistliche Laufbahn vorhergesagt wurde, sowie der Beichtvater der polnischen Gäste.

Von Hungersnot war hier nichts zu spüren. Die Tafeln bogen sich fast unter den Speisen, Mägde brachten immer wieder frisch gefüllte Krüge mit Wein und Bier. Handwaschungs- und Vorkostzeremonie hatten bereits stattgefunden, und auch das Tischgebet war von Wichmann gesprochen worden. Die meisten Speisen waren mittlerweile nur noch lauwarm.

Nun warteten alle, dass der Markgraf das Festmahl eröffnete. Oder würde er erst die Verlöbnisse verkünden?

Konrad erhob sich, und jedermann tat es ihm nach.

»Der heutige Tag ist nicht nur bedeutungsvoll für das Haus Wettin, sondern ebenso für unsere Verbündeten, das Haus Askanien und das Haus Piast. Um diesem Bündnis eine dauerhafte Zukunft zu sichern und jedermann zu zeigen, dass wir für alle Zeit Seite an Seite stehen, besiegeln wir heute die Verlöbnisse meiner beiden ältesten Söhne, die schon bewährte Ritter sind, mit den lieblichsten Jungfrauen

Anhalts und Polens: Hedwig und Dobroniega. Darauf ein dreifach Vivat!«
Er hob seinen Becher und trank seinen künftigen Verwandten zu, dem Bären, Sophia und den beiden mächtigen polnischen Herzögen.
Jedermann erwiderte lautstark sein »Vivat!« und trank, mancher mit wehmütigem Blick auf die erkaltenden Speisen.
»Otto und Hedwig, tretet vor.«
Sein Ältester und dessen erst achtjährige Braut folgten der Aufforderung, ebenso Albrecht und Sophia als Brauteltern und Domprobst Wichmann.
Neben dem stämmigen, nun schon fast dreißigjährigen Otto nahm sich Hedwig noch kleiner aus, als sie war. Ein süßes Kind mit lockigem blondem Haar und lieblichem Lächeln. Ihre Mutter hatte sie sorgfältig instruiert. Ehe sie diesem mürrischen Markgrafensohn eine wirkliche Gemahlin sein konnte, würde noch viel Zeit vergehen, jedenfalls nach den Maßstäben einer Achtjährigen. Aber sie hatte bereits von klein auf gelernt, ihren grimmigen Vater um den kleinen Finger zu wickeln, da würde ihr das bei Otto gewiss ebenfalls gelingen.
»Dieses Verlöbnis kann erst in einigen Jahren in eine Ehe münden«, fuhr Konrad fort. »Doch soll es jetzt schon davon zeugen, dass jeglicher Streit zwischen unseren Häusern begraben ist und wir in treuer Freundschaft füreinander eintreten.«
Würde Luitgard noch leben, hätte Konrad die kleine Hedwig sofort an seinen Hof geholt, damit sie sich an ihren künftigen Gemahl gewöhnte. Doch Albrecht wollte seine Lieblingstochter ohnehin nicht so rasch hergeben.
»Wenn sie in zwei oder drei Jahren zu euch kommt, bleibt für sie Zeit genug bis zur Hochzeit, sich einzuleben!«, hatte er geknurrt.
»Lächle gefälligst und jage dem Kind keine Angst ein mit

deiner grimmigen Miene«, ermahnte Konrads Schwester Mathilde ihren ältesten Neffen leise.
Otto gehorchte und bemühte sich um Freundlichkeit gegenüber seiner Zukünftigen, die jetzt noch ein aufgewecktes kleines Mädchen war, aber eindeutig einmal eine Schönheit werden würde und bereits heute mit ihrem kindlichen Liebreiz jeden für sich einnahm. Nett zu ihr zu sein fiel ihm zu seiner eigenen Überraschung nicht einmal schwer.
Seinem Bruder Dietrich hatte Otto noch am Vortag leichtsinnigerweise gesagt, dieses Kind an ihrem Hofe so zu formen, dass es nach der Vermählung aufs Wort gehorchte, würde einfach.
Dietrich hatte dazu nur still gelächelt. Hedwigs Vater, Albrecht der Bär, mochte ja ein furchteinflößender Mann sein. Doch jedermann im Reich wusste, dass er vor seiner Mutter Eilika gekuscht hatte. Und es wusste ebenfalls fast jedermann, dass die sanfte Sophia, Hedwigs Mutter, ihren wilden Bären durchaus zu zähmen schaffte. Da könnten interessante Zeiten in Ottos Ehe anbrechen.
Für ihn, Dietrich, waren die »interessanten Zeiten« jedoch bereits mit der Ankündigung seines Vaters angebrochen.
Es hatte schon immer nahegelegen, dass er eine polnische Fürstentochter heiratete. Doch wie würde diese Dobroniega sein? Eine Schönheit, wie man es den Polinnen nachsagte? Klug und ihm zugetan?
Er hoffte es inständig, denn sein Herz hing immer noch an Kunigunde von Plötzkau, die er sich dringend aus dem Kopf schlagen musste. Er wollte mit seiner künftigen Gemahlin eine Ehe in Eintracht führen, im besten Fall sogar in Liebe, und nicht nur in kalter Pflichterfüllung, wie es ihm seine Eltern vorgelebt hatten.
Mit einer ausladenden Geste sorgte sein Vater für Ruhe im Saal, soweit dies angesichts der feierwütigen Menge möglich war, und riss Dietrich aus seinen Gedanken.

»Die Mitgift ist ausgehandelt, das Wittum festgelegt, die Brautleute Otto von Wettin und Hedwig von Ballenstedt stehen einträchtig nebeneinander. Sind also alle Beteiligten gewillt, vor Gott und den hier Anwesenden diese Verpflichtung einzugehen?«, fragte Konrad.
Brauteltern und Brautpaar stimmten zu, also bat der Markgraf seinen Neffen Wichmann höflich, der Verbindung seinen Segen zu geben.
Der Geistliche legte die Hände Ottos und Hedwigs ineinander und segnete sie.
Sie wird einmal eine wunderschöne junge Frau, um die mich jedermann beneidet, dachte Otto erneut und beugte sich hinab, um der hübschen Hedwig einen symbolischen Kuss auf die Wange zu hauchen. Dann schob er ihr einen goldenen Ring mit einem Rubin auf den Finger. Das Mädchen strahlte ihn an und freute sich über ihr neues Schmuckstück, das so gut zu dem wunderschönen Kleid passte, welches sie eigens für diesen Tag bekommen hatte: leuchtend rot mit aufgestickten Vögelchen und Blüten an Ärmeln, Saum und Halsausschnitt.
An der ganzen Hohen Tafel und auch in den vorderen Reihen der Gäste funkelte es vor Gold, Silber und Edelsteinen, und Hedwig genoss diese Pracht staunend. Irgendwann würde sie hier leben, später sogar als Markgräfin, hatte die Mutter ihr erklärt. Doch vorerst durfte sie bei ihren Eltern bleiben, und in ein paar Tagen konnte sie gemeinsam mit ihnen wieder nach Hause reisen, nach Ballenstedt.
Jubel- und Segensrufe beglückwünschten die Jungverlobten. Otto verlor sich erst gar nicht in Grübeleien, wie lange es dauern würde, bis er seine kindliche Braut ehelichen konnte. Kalt würde sein Bett bis dahin nicht bleiben. Schon heute erwartete ihn eine hübsche blonde Gespielin in der Kammer, wenn erst seine kleine Verlobte in ihr eigenes Bett gebracht worden war.

Um erneut Ruhe im Saal zu schaffen, breitete der Markgraf beide Arme aus, und sofort verstummten die wieder aufgeflackerten Gespräche.

»Freut Euch alle mit uns über dieses Bündnis zweier bedeutender Häuser. Lang und glücklich soll das Paar leben, zum Segen unserer Länder und der Menschen unter unserer Herrschaft!«, rief er.

Dann wandte er sich dem zweiten Brautpaar zu.

»Doch uns ist noch mehr Freude für den heutigen Tag vergönnt. Denn ich möchte auch meinen zweitältesten Sohn verloben: Dietrich. Seine Hochzeit wird bald stattfinden, noch vor dem Sommer. Mit diesem Verlöbnis und dieser Ehe verbinden wir das ruhmreiche Haus Wettin und das mächtige Haus Piast. Ich bin stolz und hocherfreut, dass die Herzöge Boleslaw und Miezko ihr Einverständnis gaben, ihre wunderschöne Schwester Dobroniega mit meinem Sohn Dietrich zu vermählen, dem künftigen Markgrafen der Lausitz. So wird ewig Frieden an unserer Grenze herrschen.«

Erneut brach Jubel aus, und bei dem folgendem Zeremoniell achtete Konrad darauf, dass die polnischen Gepflogenheiten genauestens eingehalten wurden.

Was kümmerten ihn schwäbische Hochzeitsbräuche? Hier war kein Schwabe. Boleslaw der Vierte, genannt Kraushaar, und Miezko der Dritte – beide mit imposanten Schnauzbärten – waren die mächtigsten Männer Polens, seit sie ihren anmaßenden Bruder Wladislaw aus dem Land gejagt hatten. Konrad durfte sich glücklich schätzen, dass sie dieser Verbindung zugestimmt hatten. Noch mehr durfte sich Dietrich glücklich schätzen, denn Dobroniega war eine ausgesprochene Schönheit und auch schon im richtigen Alter fürs Ehebett. Von »Schiefmund«, dem Beinamen ihres verstorbenen Vaters, war ihr nichts anzusehen.

Tatsächlich war Dietrich von Dobroniegas Schönheit fasziniert. Er hatte die polnischen Gäste bei ihrer Ankunft bereits vom Fenster des Palas aus beobachtet, um seine unbekannte Braut zu sehen. Schlank und hochgewachsen war sie, soweit sich das unter den kostbaren Pelzen erkennen ließ, in die sie gehüllt war, glitt elegant von ihrem Pferd und kostete mit großer Anmut von Salz und Brot, die ihr, ihren älteren Brüdern und sämtlichen Begleitern beim Betreten der Burg angeboten worden waren.

Ja, Konrad achtete sehr darauf, dass bei *dieser* Verlobung polnische Sitten eingehalten wurden.

Für die hohen Gäste war ein Bad vorbereitet, sie konnten sich erfrischen, ausruhen und in die Festgewänder kleiden.

Erst beim Einzug der Gäste in die Halle ging Dietrich seinen künftigen Schwägern entgegen, begrüßte sie ehrfürchtig und durfte seine Braut zum ersten Mal von nahem sehen.

Er hatte sich nicht getäuscht. Dobroniega war eindeutig eine Schönheit: rank und schlank, mit einem dicken weizenblonden Zopf, der ihr seitlich bis auf die Hüfte fiel, mit ebenmäßigen Zügen, ausdrucksvollen Augen, sinnlichen Lippen.

Sie verzog keine Miene bei seinem Kommen und gab ihm keine Gelegenheit, einen Blick von ihr aufzufangen. Doch das musste nichts bedeuten. Sicher war sie eingeschüchtert. Und keusch.

Nun traten Boleslaw als Brautführer und das Brautpaar vor, ebenso der Markgraf von Meißen und der Lausitz.

Sein Truchsess ließ ein Tischchen vor der Tafel aufbauen, das mit einem weißen Tuch bedeckt war und auf dem ein Kreuz und eine Schüssel mit Weihwasser standen.

Konrad legte einen goldenen Ring dazu, nachdem er ihn hochgehalten und der gesamten Festversammlung gezeigt hatte.

»Vor Gott und diesen Zeugen: Seid Ihr aus freiem Willen gekommen, um dieses Verlöbnis zu schließen? Wohl wissend, dass daraus der heilige Bund der Ehe hervorgehen

soll?«, fragte der Geistliche, der mit den polnischen Gästen gekommen war, auf Latein.
Braut und Bräutigam bejahten.
»Geben die Familien dieser Verbindung ihren Segen?«
Die Piasten und auch Konrad bejahten ebenfalls.
»So segne ich diesen Ring«, erklärte der Geistliche und tauchte ihn in das Weihwasser.
Dann nickte er Dietrich zu, der den Ring nahm und ihn Dobroniega an den Finger steckte.
»Hiermit verspreche ich Euch meinen Schutz und meine Liebe, für jetzt und immerdar«, sagte der Bräutigam feierlich auf Deutsch und Polnisch.
Er beherrschte diese Sprache durch seine häufigen Aufenthalte und Verhandlungen im Grenzgebiet recht flüssig. Doch eigens für seine Zukünftige hatte er seinen Wortschatz erweitert und die Aussprache verbessert.
Dobroniega nickte knapp und sagte kein Wort. Die Zeugen der Zeremonie hielten es ihr als Schüchternheit oder Rührung zugute. Immerhin war Dietrich ein gutaussehender junger Mann, kaum älter als sie, gewandt mit Schwert und Lanze und gefeierter Turniersieger.
Dietrich küsste Dobroniegas Wange, wobei seine Lippen sie kaum berührten, dann brachten die Gäste auch auf dieses Paar Hochrufe aus.
Endlich setzten sich alle mit Erlaubnis des Markgrafen, und Otto erklärte die Tafel für eröffnet.
Wer bedauert hatte, dass die Speisen auf den Tafeln schon kalt geworden waren, der durfte sich jetzt freuen. Das große Tor zur Halle wurde aufgestoßen, und der Küchenmeister lief voran, während etliche Bedienstete Raffinessen hereintrugen: große Stücke Backwerk mit den Wappen der Häuser Askanien, Wettin und Piast, gefüllt mit Pastete und bunt verziert mit Fruchtsäften in leuchtenden Farben.
Begeisterte Ahs und Ohs erschollen. Noch lauter wurden

die Rufe, als vier starke Männer einen gerösteten Ochsen am Spieß hereintrugen und in der Mitte des Saales aufstellten, danach einen Hirsch, dessen riesiges Geweih ein Knappe vorantrug, und einen gebratenen Schwan, der wieder in sein Federkleid gehüllt worden war, doch mit nun vergoldeten Federn. Er wurde zur Hohen Tafel gebracht.
Nachdem jedermann die Speisen lautstark bewundert hatte, eilten Knappen herbei, um ihren Rittern Portionen abzuschneiden und vorzulegen und dabei die besten Stücke zu erhaschen.
Zuvor durfte jeder der Fürsten das Zeichen geben, damit ein Mann seiner Wahl sein gebackenes Hauswappen anschnitt. Dedo musste dies für seinen Vater tun und sollte es als Ehre betrachten. Er saß am ersten Tisch vor der Tafel, zusammen mit den Söhnen Albrechts des Bären, von denen der Älteste bereits ein Ritter war, und seiner Schwester Adela, die mit ihrer Tante Mathilda angereist war. Seine jüngsten Schwestern waren zu Bett geschickt worden, die größeren diesmal in Gerbstedt geblieben.
Es wurden Trinksprüche ausgebracht und angestoßen, die Brautpaare teilten sich einen Becher und eine Scheibe Brot als Unterlage für das Fleisch. Das von Bratensaft durchtränkte Brot würde morgen an die Bettler und Armen verteilt werden.
»Was möchtet Ihr: Hirsch, Rebhuhn? Oder wollt Ihr vielleicht von dem goldenen Schwan kosten?«, fragte Dietrich seine Braut und bemühte sich, sie mit Herzlichkeit für sich einzunehmen.
»Nichts davon, danke«, antwortete sie abweisend.
»Es werden auch noch etliche Süßspeisen gebracht. Welche liebt Ihr besonders?«
»Danke, ich esse nichts.«
Ihre eisige Miene gab ihm das Gefühl, in einen Bottich kalten Wassers getaucht zu werden.

»Ihr müsst doch hungrig sein. Wenn Euch der Sinn nicht nach Herzhaftem steht, dann vielleicht nach Süßem?«, beharrte er und winkte seinen Knappen heran, der mittlerweile nicht nur beinahe erwachsen, sondern auch deutlich selbstsicherer geworden war.
»Bring meiner Verlobten die köstlichsten Süßspeisen!«, wies er an, und in Windeseile besorgte Hilbert eine Schale mit in Honig eingelegten Früchten, obwohl die erst zu den späteren Gängen serviert werden sollten.
Unter den drohenden Blicken ihrer Brüder nahm Dobroniega ein Stück.
»Diese Verbindung wurde von meinem Vater und Euren Brüdern verabredet, ich hatte darauf ebenso wenig Einfluss wie Ihr«, sagte Dietrich leise. »Ihr seid wunderschön, und sicher habt Ihr ein gutes Herz. Ich schwöre, ich werde alles tun, um Euch ein liebevoller Gemahl zu sein.«
Seine Braut verzog den Mund zu einem skeptischen Lächeln und sah ihn kühl an.
Dietrich hätte sich am liebsten die Haare gerauft. Das ließ sich nicht gut an. Aber vielleicht brauchte sie einfach Zeit. Er würde sie ihr gewähren. Sie mussten sich erst kennenlernen.
Nun gab der polnische Herzog Boleslaw ein Zeichen, und die Spielleute, die er mitgebracht hatte, begannen laut zu singen und zu musizieren.
Das erinnerte den Markgrafen für einen Augenblick mit gewissem Unwohlsein an den Spielmann, dessen Tod er nicht hatte verhindern können, nur erleichtern. Bedauerlich. Aber ein unabdingbares Opfer. Sein Wendenkreuzzug hätte scheitern können an dieser Affäre! Immerhin hatte er den Sohn des Barden an den Hof geholt und damit Wort gehalten. Der Bursche sollte hier irgendwo bei den Pagen herumlaufen.
Plötzlich war von draußen heftiges Gebrüll zu hören, dazu das Krachen umgeworfener Tische und das Bersten irdener Schüsseln.

»Was ist dort los?«, forderte Herzog Boleslaw zu wissen.
Mit einer schroffen Geste schickte der Markgraf seinen Truchsess hinaus, um das zu erkunden.
»Eine Rauferei unter den Mannschaften, der unglückselige Einfluss von reichlich Bier und Wein«, berichtete Edwin, als er einige Augenblicke später zurückkam.
»Schickt genug Leute hin, um für einen ungestörten Fortgang des Festes zu sorgen!«, befahl Konrad. »Und die Unruhestifter führt zur Elbe und taucht sie kurz in den Fluss. Das sollte sie abkühlen.«
Diese Anordnung brachte Boleslaw und seinen Bruder zum Lachen. »Was wäre ein richtiges Fest ohne Rauferei?«, brüllte der jüngere Miezko fröhlich.
Gelächter und Schadenfreude hatten die Männer an der Hohen Tafel abgelenkt, so dass Dobroniega den Moment für sich ausnutzte.
»Ich will Euch nicht, und ich werde Euch nie lieben!«, fauchte sie leise ihren Verlobten an.
»Ich weiß nicht, womit ich Eure Verachtung verdient habe«, erwiderte Dietrich beherrscht. »Doch Ihr habt diesem Verlöbnis zugestimmt. Also gebe ich die Hoffnung nicht auf, dass Ihr mich anders beurteilt, wenn Ihr mich erst besser kennt.«
Seiner scharfsinnigen Tante Mathilde war der Zwischenfall nicht entgangen. Mit schon fast übertrieben herzlichem Lächeln wandte sie sich Dobroniega zu.
»Meine Liebe, es ist nur normal, wenn die Braut am Tag ihrer Verlobung nervös und eingeschüchtert ist. Mir ging es nicht anders. Doch Ihr könnt mir glauben, liebes Kind, dass Ihr mit Dietrich einen wahren Edelmann und Ritter bekommt. Lasst mich also nicht daran zweifeln, dass Ihr Euer Ja vorhin vor Gott und allen Gästen ehrlich gemeint habt!«
Betroffen – oder beleidigt? – senkte die junge Polin den Kopf und nahm sich eine weitere kandierte Frucht.

Mathilde lächelte zufrieden in sich hinein.
Auf Vorschlag der polnischen Herzöge hatte Konrad als Gastgeber inzwischen erlaubt, dass einige polnische Edle mit den Wachen loszogen, um zuzusehen, wie die Störenfriede ins eisige Wasser geworfen wurden und dann frierend und tropfnass wieder die Stufen und Gassen bis zur Burg erklimmen mussten.
Lachend und lautstark erzählend, kamen sie eine ganze Weile später wieder zurück. Bald war es so geräuschvoll in der Halle, dass man nur noch brüllend gegen den Lärm der Gäste und der Spielleute ankommen konnte. Längst waren auch die vielen Süßspeisen serviert, Gang um Gang.
Schließlich hob der Markgraf die Tafel auf, und die Verwandten und künftigen Ehemänner der Bräute geleiteten diese gemeinsam zu deren Schlafgemächern.
Otto hatte es danach eilig, in seine Kammer zu gehen, wo ein hübsches Mädchen auf ihn wartete.
Dietrich blieb, bis sich die Menge verlaufen hatte, trat an ein Fenster und starrte auf den Hof, bis sich jemand an seine Seite stahl.
Es war seine Schwester Adela, die eigentlich längst im Bett liegen sollte. Sie war zu einer Schönheit mit dunklen Locken herangewachsen, und wenn sie wollte, konnte sie sich auch dank der strengen Führung ihrer Tante Mathilde vorbildlich betragen. Doch jetzt wollte sie offenbar nicht, denn sie hatte sich aus der Kammer gestohlen, um mit ihm zu sprechen.
Zu keiner seiner Schwestern hatte er ein so inniges Verhältnis wie zu Adela. Die drei in Gerbstedt frömmelten zu sehr für seinen Geschmack, und Sophia und Gertrud waren noch Kleinkinder. Adela hingegen mit ihrer Lebhaftigkeit wollte kaum in diese Familie passen.
»Sie ist wunderhübsch, deine Braut«, sagte sie leise und traurig.
»Ja«, erwiderte Dietrich mit verschlossener Miene.

»Aber nicht sehr nett. Was wirst du tun?«

»Geduld mit ihr haben.«

»Du tust mir leid«, sagte Adela und seufzte. Dann sah sie ihn an. »Vater hat dir eine Eisprinzessin ausgewählt. Sie bräuchte nur die kleine Zehe in die Elbe zu stecken, und der Fluss würde zufrieren.«

»Es ist Winter, Schwesterchen, die Zeit von Schnee und Eis. Bis zum Frühjahr vergehen noch Monate. Vielleicht schmilzt ihr Herz bis dahin.«

Er wusste selbst nicht, ob er daran glauben sollte. Aber er hoffte.

Plötzlich fiel ihm Adela um den Hals. »Das wünsche ich dir von ganzem Herzen! Und du musst mir einen guten Mann wünschen!«

So aufgewühlt hatte Dietrich seine Schwester selten gesehen. Der glücklose Beginn seiner Verbindung hatte ihre tiefsten Ängste aufgewirbelt.

Schützend legte er die Arme um ihre Schultern. »Das werde ich«, versprach er.

»Vater wird sich da von dir nicht hineinreden lassen und mich irgendeinem hartherzigen Kahlkopf geben, wenn es ihm nur in die Pläne passt. Ich will nicht so eine kalte Ehe führen wie unsere Eltern«, schniefte sie.

»Hineinreden lassen wird er sich nicht. Aber vielleicht kann ich ihn ganz beiläufig auf einen Gedanken bringen. Ich habe da einen Plan …«

Adela löste sich ein Stück von ihrem Lieblingsbruder, um ihm ins Gesicht zu sehen. »Wirklich?«

»Wirklich.« Und zum ersten Mal an diesem Tag lächelte Dietrich aus vollem Herzen.

Verlöbnis in Speyer

Adela von Vohburg und der junge Friedrich von Schwaben; Speyer, Neujahr 1147

Adelas Herz bebte so sehr, dass sie fast fürchtete, vor Aufregung ohnmächtig zu werden. Gleich würde sie mit Friedrich verlobt, ihrem Traumprinzen und strahlenden Ritter!

Sie konnte immer noch nicht recht glauben, dass dies wirklich geschehen würde. Jahrelang hatte sie es sich erträumt, doch in der festen Überzeugung gelebt, es sei unmöglich und würde nie geschehen.

Nervös sah sie an sich herab.

Schon ihr Verlobungskleid war ein Traum: in leuchtendem Rot, mit Gold- und Silberfäden sowie Süßwasserperlen bestickt, die Ärmel mit Seide ausgeschlagen, Pfauenfedern auf den Saum gestickt … Auf ihrem kastanienbraunen Haar trug sie ein goldenes Schapel mit Saphiren und Granaten, das wie ein Blütenkranz gearbeitet war und furchtbar drückte. Doch den Schmerz versuchte sie zu ignorieren. Sie wollte ihrem künftigen Gemahl doch gefallen!

Friedrich und sie hatten bisher immer noch kein Wort miteinander gesprochen, er war noch nicht einmal in ihre Nähe gekommen. Sie wusste nicht, ob er sie überhaupt schon eines Blickes gewürdigt hatte, und sei es aus der Ferne.

Doch noch waren sie ja nicht verlobt, und außerdem hatte er auch Bedeutendes zu tun gehabt in den letzten Tagen: all die Vorbereitungen für seine Kreuznahme, die Kriegsbesprechungen für den Kreuzzug, die Stunden, die er bei seinem kranken Vater zubrachte …

Der Zustand des Herzogs hatte sich gebessert, so dass er zum großen Weihnachtshoftag nach Speyer kommen konnte.

Niemand erwartete allerdings, dass er je wieder völlig genesen würde.
Doch beriet er nach wie vor den König. Die angehenden Pilgerfahrer begannen jetzt schon, eine Gemeinschaft zu bilden und sich auf ihre Wallfahrt in Waffen vorzubereiten. Gesandtschaften mussten in die Länder geschickt werden, die sie durchqueren würden, in den eigenen Herrschaftsgebieten zuverlässige Sachwalter eingesetzt, Verbindungen besiegelt werden.
Und dann war da noch der große Moment, als ihr Zukünftiger im Dom zu Speyer vortrat, die zwei roten Streifen nahm und verkündete, er werde dem Aufruf der Kirche folgen und nach Jerusalem ziehen.

Eine Woche lag das nun zurück.
Und zwei Wochen war es her, dass sie, Adela, zu ihrem Vormund gerufen wurde. Kurz nachdem der König aus Alzey zurückgekehrt war, wo damals sein Bruder schwer krank darniederlag.
Zu Adelas Verwunderung erwartete sie nicht nur ihr Vormund Gebhard von Sulzbach, der Bruder der im Vorjahr verstorbenen Königin Gertrud. Der Sulzbacher war ein Vetter ihres Vaters Diepold gewesen, und da ihre Brüder noch nicht mündig waren, hatte Gebhard die Vormundschaft für sie übernommen.
Sie mochte ihn nicht leiden, denn er war eitel und aufgeblasen, und er hatte mit ihrem Vater oft in Streit um bestimmte Gebiete gelegen. Adela fürchtete, dass er sich nun einiges davon aneignen würde, und bangte um ihr Erbe. Ohne das Egerland und den um ihr Wohl besorgten Vater waren ihre Zukunftsaussichten schlechter denn je.
Als sie die Kammer betrat und sah, dass auch der König dort wartete, obwohl er gerade erst von seinem schwerkranken Bruder zurückgekehrt war, ahnte sie nichts Gutes.

Sie kniete nieder, neigte den Kopf und machte sich auf Schlimmes gefasst.
»Adela, meine geliebte Nichte, es ist der Wunsch des Königs und auch mein ausdrücklicher Wille, dich zu vermählen, und zwar schon bald«, eröffnete ihr Gebhard.
Am liebsten wäre sie sofort hinausgerannt.
»Die Verlobung soll am Neujahrstag stattfinden«, ergänzte der König.
So schnell? Nun geriet Adela noch mehr in Panik. Weshalb diese Eile? War es ein so alter Mann, dass er schon mit einem Bein im Grabe stand? Oder ein frisch verwitweter, der nicht nur eine Frau, sondern auch eine Mutter für seine vielen Kinder brauchte? Der Meißner Markgraf war unlängst Witwer geworden. Würde man sie diesem eiskalten Mann geben, der fast dreimal so viele Jahre zählte wie sie?
»Ja, Majestät«, hauchte sie und wandte sich an den Sulzbacher.
»Und mit wem wünscht Ihr mich zu vermählen, Vormund?«
»Mit dem Sohn des Herzogs von Schwaben.«
Die Antwort kam so unerwartet, dass sie völlig verwirrt war.
»Mit welchem?«
Der erkrankte Herzog hatte einen Sohn mit Agnes, seiner zweiten Gemahlin, doch der war deutlich jünger als sie. Sollte sie einen kleinen Knaben ehelichen und sich damit zum Gespött machen?
Jetzt lachten die Männer. Offensichtlich hatte sie sich schon zum Gespött gemacht.
»Mit seinem Erstgeborenen, Adela, mit wem sonst? Friedrich! Habe ich dir nicht einen großartigen Gemahl ausgewählt?«, prahlte Gebhard.
Das ist ein böser Scherz, dachte sie, weil sie schon einige Gemeinheiten ihres Vormunds erlebt hatte. Sie machen sich über mich lustig … und rücken dann mit der Wahrheit her-

aus, dass ich einen fetten alten Witwer nehmen muss, und zwar so schnell, damit er nicht noch vor der Hochzeit an Altersschwäche stirbt.

»Etwas mehr Freude hätte ich schon erwartet angesichts der Tatsache, dass du meinen Neffen heiraten sollst«, rügte der König sie lächelnd. »Könnte sich eine Jungfrau in deinem Alter einen besseren und edleren Gemahl wünschen?«

»*Wirklich???* Nein, Majestät ... Ja, Majestät ...«, stammelte sie und schaffte es endlich, sich zusammenzureißen.

Sie ging in einen tiefen Knicks und sagte mit heftig pochendem Herzen: »Ich bin so überaus glücklich ... Ich kann es kaum glauben!«

»Glaube mir, es ist wahr, und ich möchte eure Verlobung für den ersten Tag des neuen Jahres ansetzen«, versicherte der König zu ihrer maßlosen Verzückung.

Nun musste sie sich beherrschen, um nicht in Freudentänze und Jubel auszubrechen. Das tat eine junge Edeldame natürlich nicht.

»So bin ich Euch zu allergrößtem Dank verpflichtet. Ich kann mich vor Freude kaum fassen.«

Tränen des Glücks stiegen ihr in die Augen.

»Abgemacht«, verkündete Gebhard von Sulzbach. »Wir geben der Grumbacherin Anweisung, dass dir bis dahin ein prachtvolles Kleid gefertigt wird und alles, was dazu gehört.«

Seitdem schwebte sie wie auf Wolken. Die Woche verflog mit Tagträumen und Anproben. Immer wieder überlegte sie, was sie ihrem Zukünftigen bei ihrer ersten Begegnung wohl sagen würde, um ihn für sich einzunehmen. Hoffentlich begann sie nicht wieder zu stottern!

Dann kam die große Weihnachtsmesse im Dom zu Speyer. Bei welcher in all der Pracht der Kathedrale und der festlich gekleideten Besucher Bernhard von Clairvaux in seiner

schlichten Mönchskutte das Wort verlangte, denn kein Festtag dürfe ohne Predigt bleiben.
Was für ein Ereignis!
Mit Inbrunst sprach er von Schrecken, die die Welt erschüttern würden, von Unwettern, Missernten und unheilvollen Zeichen am Himmel, vom Ende aller Tage und der Bedrohung Jerusalems. Seine Augen sprühten, als er vom Ruf des Papstes an die Fürsten und Ritter des Reiches sprach, das Kreuz zu nehmen und in Waffen ins Heilige Land zu ziehen. Er forderte den König sogar namentlich auf, erinnerte an die Wohltaten, die er von Gott empfangen habe.
Doch der König schwieg.
Zur großen Verwunderung des Volkes.
Zwar hatte Konrad viele Gründe, im Lande zu bleiben und *hier* für Frieden zu sorgen. Doch da sprach Bernhard, der heiligmäßige Prediger mit der Honigstimme, der Gesandte des Papstes …
Und der König blieb hart und ungerührt?
Nur wenige Eingeweihte wussten, dass Konrad von Staufen seine Kreuznahme davon abhängig gemacht hatte, dass Bernhard auch den sechsten Welf dazu überreden konnte. Und der in Konstanz weilende Welf hatte sich noch nicht erklärt. Also schwieg Konrad und rührte sich nicht von seinem Platz.
Dafür schritten andere nach vorn, und mit vor Ergriffenheit bebender Stimme erklärten sie ihre Teilnahme am Kreuzzug. Unter ihnen auch Bernhard von Plötzkau, der sich durch die Wallfahrt in Waffen nicht nur ewiges Seelenheil, sondern auch einen Erben erhoffte. Gunda biss sich verzweifelt auf die Lippen, als er ihren Arm losließ und sich nach vorn drängte. Er würde ein Jahr oder noch länger fort sein und ihr all die Sorgen von Plötzkau allein überlassen: die Not der Hungernden und den schleppenden Fortgang der Bauarbeiten, den Geldmangel und die Häme der Edelfrauen, die ganz

ungehemmt darüber tratschten, dass die Unfruchtbarkeit der Gräfin ihren Herrn zu diesem Schritt zwang. Und falls Bernhard nicht zurückkehrte, würde der Makel ewig an ihr haften und jeden möglichen Bewerber abschrecken.
»Ich nehme das Kreuz!«, rief plötzlich der junge Friedrich von Staufen durch die Kathedrale und schritt unter dem Raunen der Kirchgänger zu dem Abt von Clairvaux, alle Blicke auf sich gerichtet wissend.
Adela hatte nur Augen für ihn, und in diesem Moment wirbelten die Gefühle in ihr nur so durcheinander: Stolz, Bewunderung, Ergriffenheit ... Und doch brach es ihr fast das Herz. Er würde sie allein zurücklassen. Und niemand außer Gott wusste, ob er wiederkam.

Was Adela auch nicht wissen konnte: Nach diesem aufsehenerregenden Weihnachtsgottesdienst trafen der König und der heiligmäßige Bernhard noch mehrfach unter vier Augen zusammen und feilschten hart, denn sie warteten auf Nachricht vom sechsten Welfen.
Endlich, nach zwei Tagen, kam der Bote mit dem Schreiben.
»Nun haltet Euer Wort, Majestät!«, mahnte Bernhard.
»Das werde ich. Liefern wir der Welt das Schauspiel, das sie erwartet.«
Dieses Schauspiel hatten sie sich bereits vor dem Weihnachtsgottesdienst ausgedacht.
In einer flammenden Rede, bei der es jedem Zuhörer im Dom kalt über den Rücken lief, sprach Bernhard von den Sünden der Menschen, die den Fall Edessas und sogar die letzte Missernte verursacht hatten, vom Opfer Christi, von der Liebe zu Gott, der Bereitschaft, selbst ein Opfer zu bringen und auf diese Wallfahrt zu gehen. Der Allmächtige werde Seine schützende Hand über die Pilger halten. Und erneut forderte er den König auf, seine Dankbarkeit für die Segnungen zu zeigen, die Gott ihm erwiesen hatte.

Frauen schluchzten und wischten sich die Tränen von den Wangen, Männer starrten mit aufgerissenen Augen und versuchten jedes Wort zu erhaschen.
Dann kam der Teil der Inszenierung, von dem niemand etwas ahnte außer den Betroffenen sowie dem Herzog von Schwaben und Ulrich von Lauterstein.
»Ich bin bereit, Christus zu dienen!«, rief der König, trat vor, anscheinend zutiefst ergriffen, und nahm das Kreuz und die Fahne aus den Händen Bernhards entgegen.
Das Volk brach in tosenden Applaus aus.
Ihr König würde sie retten.

Und nun war der Augenblick gekommen, an dem sie, Adela von Vohburg, Erbin des Egerlandes, eine Jungfrau von neunzehn Jahren, klug und hübsch anzusehen, auf ewig mit dem jungen Friedrich von Staufen verbunden werden sollte, dem Inbegriff eines vollkommenen Ritters.
Er trug ein prächtiges blaues Festgewand, welches das Blau seiner Augen und seine rotgoldenen Locken aufs Beste betonte.
Ruhig und selbstsicher stand er da, während Adelas Vormund ihm Schwert, Speer, Helm und Umhang als Symbole für ihren Schutz überreichte, einen goldenen Ring und Münzen für das Gold, den Handschuh für ihre Hand.
»Ich vertraue Euch diese Jungfrau an. Seid ihr ein guter und gerechter Herr!«, sprach er die traditionellen Worte.
»Das werde ich und nehme zum Zeichen dessen diese Gaben entgegen«, erklärte Friedrich.
Adela stiegen vor Glück Tränen in die Augen.
Sie kniete nieder und ließ sich den Ring von ihrem Verlobten anstecken, dann sah sie hoch und lächelte ihn an.
Er reichte ihr die Hand, um ihr aufzuhelfen, und lächelte höflich zurück, weil er die Augen des gesamten Hofstaats auf sich gerichtet wusste.

Trotzdem konnte er sich einen finsteren Blick auf den König und seinen Vater nicht verkneifen, während er dachte: Bei Gott, sie ist so fade ... zu alt ... mit einer langweiligen Haarfarbe. So wie meine Stiefmutter, die Frau, die sich mein Vater ins Bett meiner Mutter geholt hat, kaum dass es erkaltet war! Echte Staufer haben helles oder rotgoldenes Haar wie ich. Und Welfen schwarzes wie meine Mutter ...
»Ich bin sehr glücklich, Durchlaucht, und ich werde alles tun, um Eure Erwartungen zu erfüllen und Euch ein liebendes Eheweib zu sein«, sagte Adela mit bebender Stimme, während sie an seinem Arm durch den Festsaal der königlichen Burg schritt.
Als er nichts antwortete, fügte sie noch an, weil er vielleicht genau das hören wollte: »Es erfüllt mich mit Stolz, dass Ihr das Kreuz genommen habt. Doch der Gedanke an unseren Abschied stimmt mich jetzt schon traurig.«
Endlich antwortete ihr Verlobter, und seine Worte trafen sie wie ein Dolch: »Dann seid Ihr ein törichtes Weib! Die Frau eines Ritters ist stolz, wenn ihr Gemahl für Gott und die heilige Sache in den Krieg zieht.«
»N-natürlich, D-durchlaucht«, stammelte sie.
Sie hatte alles falsch gemacht.
Er hasste sie. Nein, er verachtete sie.
Aber das war nur ein Missverständnis, sie würden es klären.
Adela straffte den Rücken und blinzelte die Tränen fort.
Alles würde gut werden.

Nachwort und Dank

Dies ist der Auftakt für eine von Anfang an mehrbändig angelegte Reihe. Wenn Sie, liebe Leser, das Schicksal dieser zumeist historisch belegten Figuren weiter verfolgen und mit mir durch ein spannendes Jahrhundert deutscher Historie wandern wollen, würde mich das sehr freuen.

Das Fesselnde an Geschichte ist nicht nur, dass sie uns einen Eindruck vom Leben unserer Vorfahren verschafft, von unseren Wurzeln und auch davon, wie viel besser es uns heute geht. Für mich ist es jedes Mal eine Entdeckungsreise, bei der ich auf Ereignisse stoße, die so unglaublich sind, dass Sie mir vorwerfen würden, maßlos zu übertreiben, hätte ich sie erfunden.

Allein das ausgeklügelte vielzügige Manöver, mit dem Albero von Trier und seine Mitverschwörer Heinrich den Stolzen um den Thron brachten und stattdessen heimlich, still und leise einen Staufer als Herrscher etablierten, verschlägt einem doch die Sprache! Ich habe nachgerechnet, wie lange ein schneller Reiter brauchte, um die Nachricht von Konrads Krönung nach Braunschweig zu bringen – Heinrich der Stolze war wirklich komplett ausmanövriert.

Der wenig bekannte Wendenkreuzzug hatte mich schon als Thema gereizt, bevor ich mich thematisch auf die Schlachtfelder der Völkerschlacht bei Leipzig begab. Die Vorstellung, wie sich drei Todfeinde zusammen an einen Tisch setzen, um ein Zweckbündnis auszuhecken, weil es ihnen gewaltige Vorteile verspricht, beflügelte meine Phantasie.

Doch als ich mich nach Völkerschlacht und Waterloo diesem Thema zuwandte, begriff ich schnell, dass ich noch weiter in der Zeit zurückgehen musste, um die Gründe für diese

erbitterte Feindschaft aufzuzeigen. Dabei stieß ich auf diese unerhörte Intrige nach dem Tod Kaiser Lothars von Süpplingenburg.
Das war so ausgebufft, so raffiniert, das musste ich einfach erzählen.
Doch es geht mir nicht nur um einzelne Episoden oder um eine bunte Kulisse für eine fiktive Story. Ich möchte deutsche Geschichte erzählen, schildern, wie sich einstige Freunde bekriegen und die größten Feinde Zweckbündnisse eingehen, wie Herrscher auf- und absteigen, junge Hoffnungsträger altern, ihre Nachfolger alles verspielen oder zu Ruhm gelangen. Das ist spannend, faszinierend – und basiert auf überlieferter Geschichte, soweit wir sie rekonstruieren können. Als Romanautor muss und darf ich die Lücken mit Phantasie ausgestalten.

Im Gegensatz zu meinen früheren Mittelalterromanen erzähle ich diesmal aus der Perspektive verschiedener Fürstenhäuser, und es stehen fast nur historisch belegte Figuren im Personenverzeichnis.
Die einzigen wichtigen fiktiven Figuren – Lukian, Hanka und ihr Sohn Christian – sind ein Brückenschlag zu den »Hebammen«-Romanen, mit dem ich dem Begründer der künftigen Stadt Freiberg und allen Lesern ein Denkmal setzen möchte, die diese Reihe lieben und ihr seit mehr als zehn Jahren die Treue halten.
Bei historischen Persönlichkeiten des 12. Jahrhunderts beginnen die Schwierigkeiten schon damit, dass wir von kaum jemandem das Geburtsjahr wissen. Es gibt nur Schätzungen, und die weichen mitunter beträchtlich voneinander ab, insbesondere bei Heinrich dem Löwen. Im Gegensatz zu Historikern, die Quellen aus- und immer wieder neu bewerten und Thesen vorlegen, wo sie sich auf Grund fehlender Nachweise nicht festlegen dürfen, muss ich als Romanautor eine

Entscheidung treffen. So gab ich dem Löwen ein Alter, mit dem er beim Wendenkreuzzug bereits alt genug war, um sein Heer anzuführen, weil er es tatsächlich tat. Vielleicht war er etwas jünger, vielleicht etwas älter als im Roman.

Auch vieles andere wissen wir nicht und werden es wohl nie erfahren. Zum Beispiel, wie dieser oder jener aussah, welche Gepflogenheiten und wahren Beweggründe er für sein Handeln hatte. Der Ort Mimirberg, wo die Welfen bei Albrechts Überraschungsangriff empfindlich geschlagen wurden, ist heute nicht mehr zu lokalisieren. Auch weiß man nicht, ob die im Roman beschriebenen Beschlüsse beim Fürstentreffen in Sittichenbach oder Goslar fielen, wann und wie Albrecht der Bär den Titel eines Herzogs von Sachsen niederlegte und vieles andere mehr.

Die Staufer nannten sich damals noch nicht Staufer, die Wettiner noch nicht Wettiner, doch ich verwende diese Namen, weil sie heute üblich sind. Wichtig für das Verständnis ist auch, dass das damalige Sachsen nicht mit dem heutigen übereinstimmt: Es umfasste in etwa das Dreieck Nordsee–Harz–Westfalen.

Vieles versinkt im Dunkel vergangener Jahrhunderte.

Zudem lehrten mich die Historiker, auch Quellen immer wieder in Frage zu stellen. Mittelalterliche Chroniken sind oft mit netten, aber höchst unwahrscheinlichen Anekdoten ausgeschmückt. Vor allem wurde jede im Auftrag eines Herrscherhauses geschrieben – mit der unausgesprochenen, aber klaren Maßgabe, dieses Haus im besten Licht darzustellen. Oft sorgen schlichtweg ein falsch niedergeschriebenes Datum, eine falsch interpretierte Zahl für Fehler, die lange Verwirrung stiften, bis eine Urkunde noch einmal sorgfältig untersucht und neu interpretiert wird.

Dann wieder verraten uns Quellen ganz unerwartete Details. So liebte Albero von Trier nach Berichten von Zeitgenossen wirklich prachtvolle Gewänder und geistvolle Konversation, zeigte sich dabei als Mann von Esprit und Humor. Sogar sein auffälliger Saphirring ist erhalten. Nur den illegitimen Sohn habe ich ihm untergeschoben. Heinrich der Schwarze wurde nach seiner Haarfarbe so genannt, die er an Sohn und Enkel weitergab. Die Staufer Friedrich und Konrad hingegen sollen blond bis hellblond gewesen sein, der spätere Barbarossa bekanntermaßen rotblond.

Durch wissenschaftliche Untersuchungen der Skelette in den Sarkophagen von Königslutter wissen wir, dass Lothar von Süpplingenburg groß und trotz seiner mehr als sechzig Lebensjahre bei erstaunlich guter Gesundheit war – und das in einer Zeit, da der größte Teil des Adels auf Grund seiner Ernährung und Lebensweise an Gicht litt. Die unglaubliche Verfahrensweise mit seinem Leichnam wurde später auch bei anderen praktiziert und »deutsche Balsamierung« genannt. Kaiserin Richenza hingegen war so beleibt, dass sie kaum in ihren schon sehr großen Sarkophag passte, und musste unter heftigen Gelenkschmerzen gelitten haben. Trotzdem hat sie Erstaunliches geleistet, dazu unten mehr.

Woran Friedrich von Schwaben Ende 1146 so schwer erkrankte, dass er ein halbes Jahr später starb, verraten uns die Quellen nicht. Ich schrieb ihm eine Angina Pectoris zu. Vielleicht war es so, es hätte aber auch Tuberkulose oder etwas anderes sein können.

Bei den Recherchen zu meinen historischen Romanen stoße ich auch immer wieder auf ungelöste Kriminalfälle. Der spannendste ist hier der jähe Tod des kerngesunden Heinrichs des Stolzen in Quedlinburg. Natürlich war damals sofort und auch später immer wieder die Rede von Giftmord. Eine wissenschaftliche Untersuchung der Grablege vor etwa dreißig Jahren förderte sechsundzwanzig Schlehen in seinem Leib zutage. Daraus wurde geschlossen, er habe zu viele von diesen Früchten gegessen, noch dazu ungekocht, um eine Verstopfung zu bekämpfen, und daraufhin einen Darmverschluss

erlitten, der zu seinem Tode führte. Die Giftmordtheorie war damit vom Tisch. Zumindest zeitweise.
Denn spätere Untersuchungen mit moderneren Methoden und ein interdisziplinäres Symposium 2007 in Braunschweig brachten neben vielen anderen bislang unbekannten Erkenntnissen ans Licht, dass Heinrich diese Schlehen gar nicht gegessen hatte. Sie steckten in einem schwarzen Beutel, der dem Toten beigelegt wurde und im Laufe der Jahrhunderte und der Verwesung des Fleisches in den Leib eingesunken war.
Das ändert natürlich alles. Können Sie mir verübeln, wenn ich mich sofort wieder auf die Giftmordthese stürze, ohne sie beweisen zu können? Im Mittelalter kam der Tod oft plötzlich und schnell, man starb an Krankheiten, die heute leicht zu heilen wären. Doch der entmachtete Welfe war jung, kräftig, bei bester Gesundheit – und quasi unaufhaltsam auf dem Weg, den König zu stürzen.
Und was haben die sechsundzwanzig Schlehen als Grabbeigabe zu bedeuten? Abgesehen von ihrer medizinischen Verwendung galten sie als Zeichen für Stolz und Hochmut. Für mich sieht es so aus, als wollte damit nachträglich noch jemand späte Rache nehmen.
Wie und wer es wirklich war, werden wir wohl nie herausfinden.
Ich halte mich so eng an die historischen Fakten, wie ich es vermag und wie es in einem Roman möglich ist. Doch Geschichte ist immer auch Interpretation, und im Zweifelsfall gilt für mich die wahrscheinlichste Variante.
Ob ich die Charaktere der handelnden Persönlichkeiten getroffen habe? Ich habe mich bemüht, sie anhand der Quellen und ihres Handelns kennen und verstehen zu lernen, ihnen Leben einzuhauchen und ihnen dabei möglichst gerecht zu werden.
Eine meiner Interpretationen, über die ich auch anregende

Gespräche mit Historikern führte und dort verblüffte Bestätigung erfuhr, betrifft das Eingreifen Albrechts des Bären in Quedlinburg im Februar 1138. In alten Quellen heißt es, er habe dort Brände gelegt und der Kaiserin den Zutritt zur Stadt verweigert. Nun war Albrecht zwar ein echter Haudrauf, doch solch ein Handeln scheint mir selbst bei ihm schwer vorstellbar. Ein Stadtbrand war nichts, was man im eigenen Land riskierte, und selbst ein Markgraf konnte sich im deutschen Hochmittelalter kaum hinstellen und einer Kaiserin sagen: Du kommst hier nicht rein!

Auf einen wahrscheinlicheren Ablauf brachte mich eine beiläufige Bemerkung, er habe Zurüstungen für das Fürstentreffen angegriffen. Könnten damit nicht die Proviantkolonnen gemeint sein, die für ein Zusammentreffen Hunderter oder Tausender im Winter geordert werden mussten?

So versuche ich, mich anzunähern, mich in die Zeit zu versenken.

Es ist auch nicht bekannt, von wem die Idee des Wendenkreuzzugs stammt. Doch hier ist mein klarer persönlicher Favorit Konrad von Wettin. Er war gerade aus dem Heiligen Land zurückgekehrt und hatte nicht nur selbst erlebt, wie anstrengend die Reise war und wie unpassend das Wüstenklima für einen deutschen Ritter in voller Rüstung, sondern auch erfahren, welch heilloser Streit damals zwischen den Christen in Outremer herrschte.

Die schockierenden Details einer Seereise im Mittelalter entstammen übrigens dem Bericht über die Pilgerfahrt eines seiner Nachfahren.

So habe ich mich bemüht, vieles einfließen zu lassen, was ein wenig Atmosphäre jener Zeit vermittelt – von der gerade im Bau befindlichen Steinernen Brücke in Regensburg bis hin zu Sagen und Legenden wie das Hildebrandslied, die Frauen von Weinsberg, der Eiserne Ludwig von Thüringen und die Sage vom Nickert auf dem Grund der Saale. Bischof Benno von

Meißen wurde später als einziger Sachse heiliggesprochen; ihm ist 2017 eine Ausstellung auf der großartigen Meißner Albrechtsburg gewidmet. Was aus den anderen historisch belegten Romanfiguren wurde, werde ich in den Folgebänden erzählen. Vieles ist versteckt schon angedeutet, und historisch Bewanderte werden die Anspielungen erkennen.

In einigen wenigen Fällen bin ich von den Fakten abgewichen. Über die will ich nun Rechenschaft ablegen.
Das Turnier von Bamberg ist frei erfunden. Vielleicht gab es sogar eines. Ich schrieb diese Szene, um die für 1145 belegte Auseinandersetzung zwischen dem späteren Friedrich Barbarossa und dem Grafen von Wolfratshausen schon hier einzubauen. Ebenso das Zusammentreffen von Barbarossa und Dietrich, der später als Dietrich von Landsberg in die Geschichte einging. Sie standen sich während Friedrichs Regentschaft über lange Jahre nah, und der Wettiner war – im Gegensatz zu seinem Bruder Otto – oft bei Hofe und übernahm wichtige Missionen für den Kaiser.
Frei erfunden sind auch die beiden Begegnungen zwischen den charismatischen Slawenführern Jacza und Niklot. Diese Szenen schrieb ich, um die Leser mit der faszinierenden Welt der Slawen auf heute deutschem Gebiet bekannt zu machen, die damals zumeist Wenden genannt wurden. Sie wird in den folgenden Bänden noch eine größere Rolle spielen. Zumindest die geschichtsbewussten Berliner werden sich hoffentlich freuen, wenn Jacza von Köpenick genannt wird, eine sehr populäre und sagenumwobene Figur, die eng mit der Geschichte der Mark Brandenburg verwoben ist.
Wer einmal einen Eindruck von einem typisch slawischen Dorf vor tausend Jahren auf heute deutschem Gebiet gewinnen möchte, dem sei ein Besuch des Museumsdorfs »Ukranenland« bei Torgelow empfohlen. Ganz in der Nähe befindet sich das dazugehörige »castrum turglowe«, was gute

Vergleichsmöglichkeiten zwischen Bauweise und Einrichtung der slawischen und deutschen Häuser bietet.
Oft musste ich aus minimalen, nicht selten nur einen Satz umfassenden Angaben Szenen entwickeln.
Wir wissen, wann die Bernburg und Plötzkau brannten, aber nicht, wie. Doch so hatte ich Gelegenheit, zwei sehr interessante Frauen agieren zu lassen: die wirklich sehr taffe Eilika von Ballenstedt und Kunigunde von Plötzkau, von der kaum mehr bekannt ist, als dass sie aus Bayern stammt und später etwas Ungewöhnliches tat, wovon im nächsten Band die Rede sein wird.
An dieser Stelle gestatten Sie mir bitte noch ein paar persönliche Gedanken, weil sie mir sehr am Herzen liegen und ich bei Lesungen auch oft darauf angesprochen werde.
Sechzehn Jahre intensiver Auseinandersetzung mit dem Mittelalter haben mich vieles gelehrt und verstehen lassen. Doch nach wie vor bin ich fassungslos, welcher Rechtlosigkeit und Gewalt Frauen früher ausgesetzt waren. Wie viel unsägliches Leid entstand daraus, dass Ehen schon mit Zwölfjährigen und rein aus dynastischen und ökonomischen Überlegungen geschlossen wurden, dass Sympathie oder gar Liebe dabei überhaupt keine Rolle spielten, die Mädchen oft einem viel älteren, ihnen unbekannten Mann zugeschoben wurden, dem sie vollkommen ausgeliefert waren? Selbst adlige Frauen, die ein relativ privilegiertes Leben führten, sollten möglichst jedes Jahr ein Kind gebären, von denen dann oft noch viele im frühesten Alter starben. Und auch sie waren nicht gegen Schläge gefeit.
Die Not der Frauen, auch der jungen adligen Mädchen, habe ich am Schicksal einiger Figuren in diesem Roman darzustellen versucht.
Dass Frauen hier und heute über sich und ihr Leben selbst bestimmen können, Partner und Beruf frei wählen und Gewalt gegen Frauen geächtet ist, klingt für uns selbstver-

ständlich. Aber es ist ein hohes Gut, das hart erkämpft wurde und bewahrt werden muss.
Erfreulicherweise gab es im 12. Jahrhundert mehrere kluge Kaiserinnen, Fürstinnen und Gräfinnen, die sich auf ganz erstaunliche Art behaupteten und durchsetzten: manche mit weiblichen Reizen, andere mit List und Tücke oder sogar mit Heeresmacht. Es war für mich ein großes Erlebnis, bei den Recherchen diese bemerkenswerten Frauen zu entdecken und sie mit den starken Männern interagieren zu lassen, die nun mal typisch fürs Mittelalter sind.

Viele Menschen haben Anteil daran, dass Sie jetzt dieses Buch in den Händen halten können.
Und mein Dank an sie kommt wirklich aus vollem Herzen.
Das Schwierige an einer Danksagung ist: Man schafft es nie, alle zu nennen. Deshalb seien hier stellvertretend und in einer Reihenfolge, die keinerlei Wertung darstellt, genannt:

- mein Agent Roman Hocke von der AVA international, der im Verlag eine Lanze für dieses Buch gebrochen hat, mich mit Rat und Tat unterstützte, mich ermutigte und mir den Rücken frei hielt, wenn es nötig war, damit ich Ruhe zum Schreiben hatte, der neugieriger, fachkundiger, kritischer und begeisterter »Erstleser« jedes neuen Kapitels war;
- die gesamte Mannschaft der Verlagsgruppe Droemer Knaur, die auf vielfältige Art und Weise dieses Projekt auf den Weg gebracht hat. Dank an die Geschäftsleitung, die sich von meinen Plänen sofort begeistern ließ, weil sie darin ein Potenzial erkannte, insbesondere an Dr. Hans-Peter Übleis und Steffen Haselbach,
  an Christine Steffen-Reimann, die mit Sachkunde, Verständnis und der Neugier einer kritischen und begeisterten Leserin das Werden dieses Romans begleitete,

an das Marketing für seine Ideen und die wunderbare Ausgestaltung von Karten und Stammtafel
und jeden sonst im Hause von der Pressestelle bis zum Veranstaltungsmanagement, der Anteil an diesem Buch hat;

- die Agentur ZERO für das großartige Cover;
- Silvia Kuttny-Walser für ihr sorgfältiges Lektorat.

Ich betrachte es als Ehre und Anerkennung meiner bisherigen Arbeit, dass mich Historiker bei meinen Recherchen unterstützen und bereit sind, mit mir Fragen zu diskutieren, mir Hinweise zu Interpretationen und Fachliteratur geben. Ganz besonderer Dank geht deshalb an Dr. Michael Lindner, Akademie der Wissenschaften Berlin / Brandenburg, für die Antwort auf viele Fragen und die kritische Durchsicht des Manuskripts, ebenso an Stefan Auert-Watzik (Tuttendorf), der auch die genealogischen Tafeln erstellte, und Dr. André Thieme (Dresden).

Gleiches gilt für Professor Andreas Kowanda von der Hochschule für Technik und Wissenschaft Dresden, der mir angeboten hatte, eine Karte zu der im Roman behandelten Zeit zu erarbeiten, und gemeinsam mit Thomas Zimmermann vom Leibniz-Institut für Länderkunde Leipzig etwas erschaffen hat, das bislang noch nicht vorlag.

Stammleser wissen, dass ich einen Teil meiner Inspiration – neben der Fachliteratur und den Gesprächen mit Historikern – auch dem Reenactment verdanke. Hier geht herzlicher Dank an meine Freunde von der Interessengemeinschaft »Mark Meißen 1200«, mit denen ich viele Details zu Waffen, Bekleidung, Tafelzeremoniell und anderem erörtern, praktizieren und miterleben durfte.
Dr. Tino Gottschall (Barcelona) danke ich außerdem für die

kritische Lektüre des Manuskripts und Maik Elliger vom Thüringer Ritterbund für die Hinweise zu Sizzo von Schwarzburg-Käfernburg.

Des Weiteren geht herzlicher Dank an:

- Dr. Christiane Meine für Rat in medizinischen Fragen, z.B. an welcher schweren Krankheit Friedrich II. von Schwaben gelitten haben könnte;
- Michael Tatz (FFW Freiberg) für sachkundige Antwort auf die Frage, was ein Regenguss bei einem Großbrand bewirkt;
- Uwe Michels für sein spontanes Einverständnis, dass die Buchpremiere auf der großartigen Albrechtsburg Meißen stattfinden darf.

Ich danke den Buchhändlern, die in den vergangenen Jahren meine Romane weiterempfohlen haben, und hoffe, dass sie es auch mit diesem tun.

Und zum Schluss, aber nicht als Letztes, möchte ich all den Lesern danken, die mich mit ihrem Interesse, ihrer Begeisterung und ihrer Neugier auf dieses Buch ermutigt und inspiriert haben! Zwei Jahre habe ich daran gearbeitet und mein Bestes gegeben, um diese Erwartungen zu erfüllen. Ich hoffe, mich nun angemessen für die moralische Unterstützung zu revanchieren.
Wie viel Arbeit in einem Buch steckt, soll der Leser nicht merken. Aber wenn Sie spüren, mit wie viel Freude ich all das geschrieben habe, wenn ich Sie dafür und für die Fortsetzungen interessieren konnte, wäre ich sehr glücklich.

Sabine Ebert,
Leipzig, im Dezember 2016

Die Welfen und die Staufer
Stammtafel (1120–1252)

[Auert-Watzik 2013 nach Ehlers 1995, Schneidmüller 2000, Engels [9]2010 u. Görich [3]2011]

2.1
Heinrich der Stolze
(um 1105–1138/39)
∞ 1127
Gertrud v. Süpplingenburg
(1115–1143)
Hz. v. Bayern 1126–1138
Hz. v. Sachsen 1137/38

2.2
Konrad
(um 1105–1126)
Zisterziensermönch ab 1147

2.3
Judith
(nach 1100–1130/31)
∞ 1119/1121 (?)
Friedrich II. v. Schwaben
(1090–1147)
Hz. v. Schwaben
1105–1147

3.1
Heinrich der Löwe
(um 1129/30)–1195)
∞ 1147/1168
1. Clementia v. Zähringen
(gest. ca. 1167)
2. Mathilde v. England
(um 1156–1189)
Hz. v. Sachsen 1142–1180
Hz. v. Bayern 1156–1180

3.2–3.7
sechs weitere Kinder

3.1
Friedrich I. Barbarossa
(1122–1190)
∞
(2.) Beatrix v. Burgund
(um 1140–1184)
Hz. v. Schwaben 1147–1152
Röm.-Deutscher König
1152–1190
Kaiser 1155–1190

4.1–4.3
drei Kinder aus 1. Ehe

4.4
Heinrich
(gest. als Kind)

4.5
Richenza
(1172–1208/09)

4.6
Lothar
(erwähnt 1174/75)

4.7
Heinrich
(um 1173/74–1227)
∞ 1194/1211
1. Agnes v. Staufen
(um 1176–1204)
2. Agnes v. Landsberg
(1192/93–1266)
Pfgf. bei Rhein
1195–1212/13

4.8
Wilhelm
(1184–1213)
∞ 1202
Helena v. Dänemark
(gest. 1233)

5.1
Otto »das Kind«
(1204–1252)
∞ 1228
Mechthild v. Brandenburg
(gest. 1261)
Hz. v. Braunschweig-Lünebur[g]
1235–1252

1.0

Heinrich IX., »der Schwarze«
(um 1075–1126)
∞ 1095/1100
Wulfhild Billung v. Sachsen (gest. 1126)

Hz. v. Bayern 1120–1126

2.4

Sophie
(gest. vor 1147)
∞
1. Berthold III. v. Zähringen
(um 1085/95–1122)
2. Leopold I. v. Steyr
(gest. 1129)

2.5

Mathilde
(gest. 1183)
∞ (?)/1129
1. Diepold IV. v. Vohburg
(gest. 1128)
2. Gebhard III. v. Sulzbach
(um 1114–1188)

2.6

Welf VI.
(1115/16–1191)
∞
Uta v. Calw
(um 1115/20–1197)

2.7

Wulfhild
(gest. nach 1160)
∞
Rudolf v. Bregenz
(gest. 1160)

.2

Bertha (Judith)
(um 1123–1194/95)
∞ vor 1139
Matthäus I. v. Lothringen
(um 1110–1176)

Hz. v. Lothringen
1139–1176

.9

Otto IV.
(1175/76–1218)
∞ 1212
Beatrix v. Schwaben
(1198–1212)

Röm.-Deutscher König
1198/1209–1218
Kaiser 1209–1218

4.1

Heinrich VI.
(1165–1197)
∞ 1186
Konstanze v. Sizilien
(1154–1198)

Röm.-Deutscher König
1169–1197
Kaiser 1191–1197
König v. Sizilien
1194 - 1197

5.1

Friedrich II.
(1194–1250)

König v. Sizilien
1198–1250
Röm.-Deutscher König 1212–1250
Kaiser 1220–1250

4.2

Philipp v. Schwaben
(1177–1208)
∞ 1197
Irene v. Byzanz
(1181–1208)

Röm.-Deutscher König
1198–1208

4.3–4.11

weitere neun Kinder

Die Wettiner
Die Nachkommen Konrads I., des Großen
Stammtafel (1156–1221)

[Auert-Watzik 2013 nach Posse 1897 u. Schlenker 2007]

2.1
Heinrich
(jung verstorben)

2.2
Otto der Reiche
(1125–1190)
∞
Hedwig v. Ballenstedt
(gest. 1203)

Mgf. v. Meißen 1156–1190

2.3
Oda (gest. um 1190)

Äbtn. v. Gerbstedt
(erwähnt 1137)

3.1
Albrecht der Stolze
(1158–1195)

Mgf. v. Meißen
1190–1195

3.2
Dietrich der Bedrängte
(1162–1221)
∞
Jutta v. Thüringen
(gest. 1235)

Mgf. v. Meißen 1198–1221

2.7
Adelheid (Adela)
∞
1. Sven III. Grathe
Kg. v. Dänemark
(gest. 1157)
2. Adalbert III.
v. Ballenstedt
(gest. 1171)

2.8
Heinrich I.
(vor 1141–1181)
∞ um 1182
Sophia
v. Sommerschenburg
(gest. 1217)

Gf. v. Wettin 1156–1181

Nachkommen
Haus Wettin
(erloschen 1217)

2.9
Dedo III. (IV.)
(um 1121–1190)
∞
Mechthild v. Heinsberg
(gest. 1189/90)

Gf. v. Groitzsch u. Rochlitz
1156–1190
Mgf. d. sächs. Ostmark
Gf. v. Eilenburg 1185–1190

Nachkommen
Haus Rochlitz-Groitzsch
(erloschen 1210)

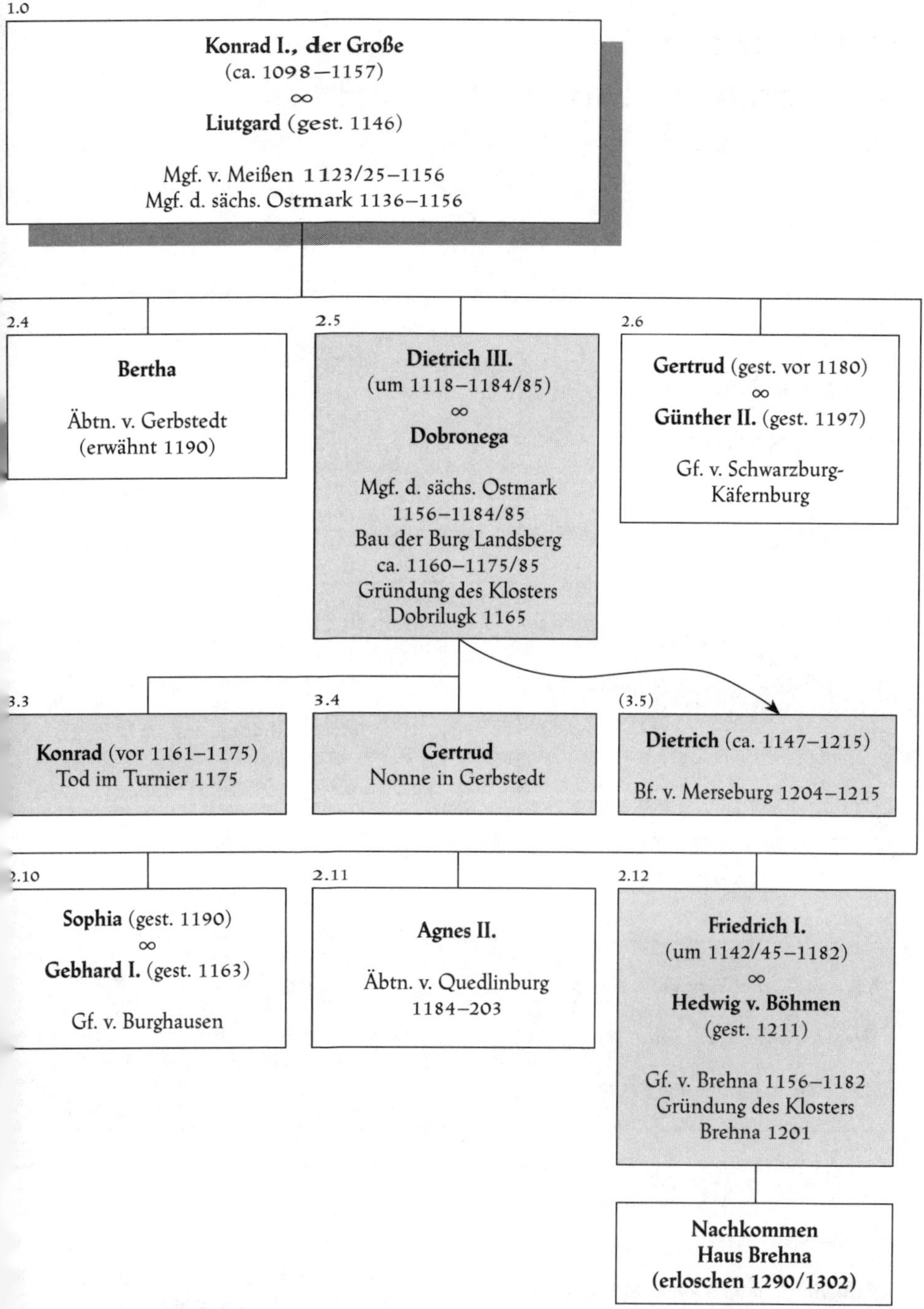
1.0
Konrad I., der Große
(ca. 1098–1157)
∞
Liutgard (gest. 1146)
Mgf. v. Meißen 1123/25–1156
Mgf. d. sächs. Ostmark 1136–1156
2.4
Bertha
Äbtn. v. Gerbstedt
(erwähnt 1190)
2.5
Dietrich III.
(um 1118–1184/85)
∞
Dobronega
Mgf. d. sächs. Ostmark
1156–1184/85
Bau der Burg Landsberg
ca. 1160–1175/85
Gründung des Klosters
Dobrilugk 1165
2.6
Gertrud (gest. vor 1180)
∞
Günther II. (gest. 1197)
Gf. v. Schwarzburg-
Käfernburg
3.3
Konrad (vor 1161–1175)
Tod im Turnier 1175
3.4
Gertrud
Nonne in Gerbstedt
(3.5)
Dietrich (ca. 1147–1215)
Bf. v. Merseburg 1204–1215
2.10
Sophia (gest. 1190)
∞
Gebhard I. (gest. 1163)
Gf. v. Burghausen
2.11
Agnes II.
Äbtn. v. Quedlinburg
1184–203
2.12
Friedrich I.
(um 1142/45–1182)
∞
Hedwig v. Böhmen
(gest. 1211)
Gf. v. Brehna 1156–1182
Gründung des Klosters
Brehna 1201
Nachkommen
Haus Brehna
(erloschen 1290/1302)

Die Wettiner
Stammtafel (1156–1291)

[Auert-Watzik 2013]

2.1

Otto der Reiche (1125–1190)
∞
Hedwig v. Ballenstedt (gest. 1203)

Mgf. v. Meißen 1156–1190

2.2

Dietrich III. (um 1118–1184/85)
∞
Dobronega

Mgf. d. sächs. Ostmark 1156–1184/85
Bau der Burg Landsberg ca. 1160–1175/85
Gründung des Klosters Dobrilugk 1165

3.1

Albrecht der Stolze (1158–1195)

Mgf. v. Meißen 1190–1195

3.2

Dietrich der Bedrängte (1162–1221)
∞
Jutta v. Thüringen (gest. 1235)

Mgf. v. Meißen 1198–1221

4.1

Heinrich III., der Erlauchte (um 1215–1288)
∞
Constanze (1212–1243)

Mgf. v. Meißen u. d. sächs. Ostmark 1221–1288
Lgf. v. Thüringen 1247–1265
Pfgf. v. Sachsen 1247–1288
Gründung des Klosters Neuzelle 1268

5.1

Albrecht II., der Entartete (1240–1314)
∞
Margaretha v. Staufen (um 1237–1270)

Mgf. v. Meißen 1288–1292

6.1

Friedrich I., der Freidige (1257–1323)

Mgf. v. Meißen 1292–1323
Lgf. v. Thüringen 1292–1323

6.2

Dietrich IV. (um 1260–ca. 1307)
d. i. **Diezmann**

Mgf. v. d. Ostmark/Lausitz 1291–1303
Herr des Osterlandes 1291–?

1.0

Konrad I., der Große
(ca. 1098–1157)
∞
Liutgard (gest. 1146)

Mgf. v. Meißen 1123/25–1156
Mgf. d. sächs. Ostmark 1136–1156

2.3

Dedo III. (IV.) (um 1121–1190)
∞
Mechthild (gest. 1189/90)

Gf. v. Groitzsch u. Rochlitz 1156–1190
Mgf. d. sächs. Ostmark u.
Gf. v. Eilenburg 1185–1190

2.4–2.11

8 weitere Kinder

3.3

Konrad II. (um 1159–1210)
∞
Elisabeth v. Polen (um 1152–1209)

Mgf. d. sächs. Ostmark, Gf. v. Eilenburg
1190–1210; Gf. v. Groitzsch u.
Sommerschenburg 1207–1210

3.4–3.8

5 weitere Kinder

5.2

Dietrich »der Weise« (1242–1285)
∞ 1258
Helena v. Brandenburg (1241/42–1304)

Mgf. v. Landsberg 1263/65–1285

5.3

Friedrich Clem (1273–1316)
Herr v. Dresden, Tharandt,
Radeberg u. Großenhain
1287–1289/1316

5.4–5.6

vmtl. 3–4 weitere Kinder

6.3

Friedrich Tuta (1269–1291)
∞ 1287
Katharina v. Bayern (1267–1303/1310)

Mgf. v. Landsberg 1285–1291
Mgf. v. d. Ostmark u. Meißen 1285/88–1291

6.4–6.5

2 weitere Kinder

Die Askanier
Stammtafel (1123–1267)

[Auert-Watzik 2013 nach Heinrich 1985
u. Partenheimer 2001/²2007]

2.1
Otto I.
(um 1130–1184)
∞ 1148/vor 1176
1. Judith v. Polen
(um 1132–1172/74)
2. Ada v. Holland

Mgf. v. Brandenburg
1170–1184

2.2
Hermann
(gest. 1176)

Gf. v. Weimar-Orlamünde
1170–1176

2.3
Dietrich
(gest. 1183)

Gf. v. Werben

2.4
Adalbert
(gest. um 1171)
∞
Adela v. Meißen
(gest. 1181)

Gf. v. Ballenstedt

3.1
Otto II.
(nach 1147–1205)

Mgf. v. Brandenburg
1184–1205

3.2
Heinrich
(gest. 1192)

Gf. v. Gardelegen
(urk. 1186)

1258 Teilung in Ältere bzw. Johanneische Linie (Stendal) und Jüngere bzw. Ottonische Linie (Salzwedel)

1258 Stiftung des Klosters Chorin als Grablege der Johanneischen Linie, da das Kloster Lehnin als Grablege bei der Ottonischen Linie verblieb

4.1
Johann I.
(um 1203–1266)
∞ 1230/1255
1. Sophia v. Dänemark
(1217–1247)
2. Jutta v. Sachsen
(gest. 1266)

Mgf. v. Brandenburg
1220–1266

1.0

Albrecht der Bär (um 1100–1170)
∞ 1125
Sophia v. Winzenburg (1105–1160)

Gf. v. Ballenstedt 1123; Mgf. v. d. Lausitz 1123/25–1131
Mgf. der Nordmark 1134; Hz. v. Sachsen 1138–1142
Gf. v. Weimar-Orlamünde nach 1140
Mgf. v. Brandenburg 1150–1170

2.5

Siegfried
(um 1132–1184)

Bf. v. Brandenburg
1178–1180
Ebf. v. Bremen

2.6

Heinrich

Domherr
in Magdeburg

2.7

Bernhard
(1140–1212)

Hz. v. Sachsen
1180–1212
Gf. v. Aschersleben
u. Anhalt
1171–1212

2.8

mehrere
Töchter

3.3

Albrecht II.
(vor 1177–1220)
∞ 1205
Mechthild v. Landsberg
(um 1190–1255)

Mgf. v. Brandenburg
1205–1220

Zwischen
1220/21 und 1225/29
Vormundschaftsregierung
unter Mechthild v. Landsberg

4.2

Otto III.
(um 1205–1267)
∞ 1243
Beatrix v. Böhmen
(gest. 1286)

Mgf. v. Brandenburg
1220–1267

4.3

Mechthild
(gest. 1261)
∞ 1228
Otto »das Kind«
(1204–1252)

Hz. v. Braunschweig-Lüneburg
1235–1252

4.4

Elisabeth
(1207–1231)
∞ 1228
Heinrich Raspe (IV.)
(1204–1247)

Lgf. v. Thüringen
1227–1239/1241–1247
Röm.-Deutscher Gegenkönig
[geg. Friedrich II.] 1246/47

Die Ludowinger
Stammtafel (1131–1247)

[Auert-Watzik 2013 nach Schwarz 1993 u. Warsitzka 2004]

1.0
Ludwig I. (gest. 1140)
∞
Hedwig v. Gudensberg
(1098–1148)
Lgf. v. Thüringen 1131–1140

2.1
Ludwig II., der Eiserne
(1128–1172)
∞ 1150
Jutta v. Schwaben
(um 1133–1191)
Lgf. v. Thüringen 1140–1172

2.2
Heinrich Raspe II.
(gest. um 1155)

2.3
Ludwig
(gest. 1189)

2.4–2.8
vier Töchter

3.1
Ludwig III., der Milde
(1151/52–1190)
Lgf. v. Thüringen 1172–1190

3.2
Heinrich Raspe III.
(um 1155–1180)
Gf. v. Gudensberg/Hessen

3.3
Friedrich
(um 1155–1229)
Gf. v. Ziegenhain/Thüringen

4.1 aus 1. Ehe
Jutta (um 1182–1235)
∞ 1195/97
Dietrich der Bedrängte
(1162–1221)
Mgf. v. Meißen 1198–1221

4.2 aus 1. Ehe
Hedwig (gest. 1247)
∞ um 1211
Albrecht
(nach 1182–vor 1245)
Graf v. Holstein u. Weimar-Orlamünde 1215–1245

4.3 aus 1. Ehe
Irmgard (1196–1244)
∞ 1211
Heinrich I. (um 1170–1252)
Fürst v. Anhalt 1212–1252

5.1
Hermann II. (1222–1241)
∞ 1239
Helene v. Braunschweig-Lüneburg
(um 1231–1273)
Lgf. v. Thüringen
(1227)–1239–1241

5.2
Sophia (1224–1275)
∞
Heinrich II. (1207–1248)
Hz. v. Brabant u. Niederlothringen
1235–1248

5.3
Gertrud (1227–1297)
Äbtn. v. Altenberg
1248–1297

3.4

Hermann I.
(um 1155–1217)
∞ 1182/1196
1. Sophia v. Sommerschenburg
(gest. 1189/90)
2. Sophia v. Bayern
(1170–1238)

Lgf. v. Thüringen 1190–1217
Pfgf. v. Sachsen 1181–1217

3.5

Jutta (?)

.4 aus 1. Ehe

Hermann
(gest. 1216)

4.5 aus 2. Ehe

Ludwig IV., der Heilige
(1200–1227)
∞ 1221
Elisabeth v. Ungarn
(um 1207–1231)
[Heiligsprechung 1235]

Lgf. v. Thüringen u.
Pfgf. v. Sachsen 1217–1227

4.6 aus 2. Ehe

Heinrich Raspe (IV.)
(1204–1247)

Lgf. v. Thüringen
1227–1239/1241–1247
[Vormundschaft Hermann II.]

Röm.-Deutscher Gegenkönig
[geg. Friedrich II.] 1246/47

4.7 aus 2. Ehe

Konrad
(1206/07–1240)

Hochmeister
des Deutschen Ordens
1239/40

4.8 aus 2. Ehe

Agnes
(1205–vor 1247)

Glossar

Aquamanile: Gefäß für die Handwaschung, oft in Gestalt eines Tieres oder Reiters, von großer ritueller Bedeutung

Bliaut: Übergewand, vom 11. bis 13. Jahrhundert von adligen Männern und Frauen getragen

Buhurt (gelegentlich auch *Buhurd* geschrieben): Massenkampf bei einem Turnier, bei dem zwei »gegnerische« Parteien gegeneinander antreten

Bundhaube: schlichte Kopfbedeckung, die von Männern wie Frauen getragen wurde, auch um das Haar vor Staub und Läusen zu schützen

Burgwart: alte Befestigungen im Abstand von Tagesreisen, zumeist noch aus der Zeit, als die Mark Meißen nur dünn besiedelt war. Ihre Bedeutung erlosch im 12. Jahrhundert nach und nach. Der hier genannte Burgwart Mochau war einer der wichtigsten für die Besiedlung der Mark Meißen.

Bruche: eine Art Unterhose, an der die Beinlinge befestigt wurden

Gambeson: gepolstertes Kleidungsstück, das unter dem Kettenhemd getragen wurde

Fibel (auch *Fürspan*): Schmuckstück, Gewandschließe

Fränkisches Heer: in Zusammenhang mit den Kreuzzügen Bezeichnung für die christlichen Kämpfer aus Europa

Gugel: kapuzenähnliches Kleidungsstück

Hälfling: halber Pfennig

Heimlichkeit: Abtritt auf mittelalterlicher Burg

Hufe: mittelalterliches Flächenmaß, beschrieb etwa so viel Land, wie eine Familie für den Lebensunterhalt brauchte; die Größe war von Region zu Region verschieden und umfasste in der Mark Meißen etwas mehr als zwanzig Hektar

Illumination (hier): farbige Ausmalung von Handschriften, insbesondere der Initialen

knes: slawische Bezeichnung für Fürst

Konversen: seit dem 11. Jahrhundert Laienmönche oder Tagelöhner, die ohne kirchliche Weihen in Klöstern für praktische Arbeiten eingesetzt wurden

Kukulle: Übergewand mit Kapuze, Teil des Habits einiger Mönchsorden

Mark Silber: im Mittelalter keine Wert-, sondern eine Gewichtsangabe; in Meißen wog eine Mark Silber etwa 233 Gramm

Ministerialer: unfreier Dienstmann eines edelfreien Herrn, als Ritter oder für Verwaltungsaufgaben eingesetzt, teilweise auch in bedeutenden Positionen

Outremer: Bezeichnung für die vier Kreuzfahrerstaaten (das Königreich Jerusalem, das Fürstentum Antiochia, die Grafschaft Edessa und die Grafschaft Tripolis); stammt aus dem Französischen: »outre mer« bedeutet jenseits des Meeres oder Übersee

Palas: Wohn- und Saalbau einer Burg oder Pfalz

Pfalz: mittelalterliche Bezeichnung für die Burgen, in denen der reisende kaiserliche oder königliche Hofstaat zusammentrat, aber auch Regierungsstätte beispielsweise eines Grafen oder Herzogs

Pfennigschale: Behältnis zur Aufbewahrung von Münzen. Zu der im Roman geschilderten Zeit waren sogenannte Hohlpfennige in Umlauf; verschiedene Motive wurden mit einem Stempel in kleine Silberscheiben geprägt. Diese Münzen waren so dünn, dass sie bei loser Aufbewahrung schnell zerbröselt wären. Später erhielten die Hohlpfennige den Namen

»Brakteaten«; die Behältnisse aus Kupfer oder Messing heißen seitdem Brakteatenschalen.

Reisige: bewaffnete Reitknechte

Schapel: Reif, mit dem der Schleier befestigt wurde

Schwertleite: feierliche Aufnahme in den Ritterstand, für lange Zeit die deutsche Form des Ritterschlags

Sergent: berittener Kämpfer, der nicht dem Ritterstand angehört

Skapulier: Überwurf über der Kutte, Teil der Habite vieler Ordensgemeinschaften

Tjost: Zweikampf im Turnierkampf, zu Pferd oder zu Fuß mit Lanze und Schwert

Truchsess: oberster Hofbeamter

Wenden: damals übliche Bezeichnung für die Slawen im deutschsprachigen Raum

Zeittafel

4. Dezember 1137: Kaiser Lothar von Süpplingenburg stirbt in dem Dorf Breitenwang (Tirol) auf dem Rückweg nach einem gescheiterten Italienfeldzug. Zu seinem Nachfolger hatte er seinen Schwiegersohn Heinrich den Stolzen ernannt und ihm die Reichsinsignien übergeben. Wegen des zu erwartenden Verwesungsprozesses bei der von ihm gewünschten Überführung seiner Gebeine nach Königslutter zur dortigen Bestattung wird sein Leichnam in siedendem Wasser gekocht, bis sich das Fleisch von den Knochen löst. Diese zur damaligen Zeit hierzulande erstmals praktizierte Verfahrensweise wird später »deutsche Balsamierung« genannt.

Ende Januar / Anfang Februar 1138: Eine für Lichtmess (2.2.) von Kaiserin Richenza angesetzte Zusammenkunft der sächsischen Fürsten wird von Albrecht dem Bären gewaltsam verhindert, die Kaiserin übernachtet vor der Stadt und muss umkehren. Die Königswahl wird auf Pfingsten vertagt.

7. März 1138: In Anwesenheit nur weniger Fürsten und auf Betreiben des Papstes wird in Koblenz Konrad von Staufen zum König gewählt.

14. März 1138: In Aachen wird Konrad gesalbt und gekrönt. Immer noch wissen längst nicht alle Fürsten im Reich, dass es einen neuen König gibt.

Ostern 1138: Beim Hoftag in Köln huldigen zahlreiche Fürsten dem neuen König. Die Übrigen werden aufgefordert, dies bis Pfingsten zu tun, wenn sie ihre Ländereien und Titel nicht verlieren wollen.

Pfingsten 1183: In Bamberg leistet die Mehrheit der noch verbliebenen Fürsten Konrad den Treueeid. Richenza verhandelt für ihren nicht erschienenen Schwiegersohn, der nach wie vor die Reichsinsignien besitzt.

Juni 1138: Auf dem Hoftag in Regensburg lässt Heinrich der Stolze die Reichsinsignien an König Konrad übergeben. Zu welchen Bedingungen dies geschieht, ist nicht bekannt.

Juli 1138: Den Hoftag in Augsburg verlässt König Konrad überhastet unter dem Vorwand, die am anderen Ufer des Lech lagernden Truppen Heinrichs des Stolzen seien eine Bedrohung.

Juli oder August 1138: Auf dem Hoftag in Würzburg wird Heinrich der Stolze in Acht und Bann geschlagen, das Herzogtum Sachsen wird ihm aberkannt und später an Albrecht den Bären übertragen. (Der Zeitpunkt hierfür ist nicht mehr sicher festzustellen.)

Herbst 1138: Mit der Schlacht bei Mimirberg (heute nicht mehr zu lokalisieren) eröffnet Albrecht der Bär überraschend den Kampf und bereitet den Gefolgsleuten des Welfen eine verheerende Niederlage.

Herbst 1138: Anhänger des Welfen, vermutlich unter Führung des Erzbischofs von Magdeburg, brennen die Bernburg nieder.

5. Januar 1139: Auf dem Hoftag in Goslar ruft der König zur Reichsheerfahrt gegen Heinrich den Stolzen auf und vergibt das Herzogtum Bayern an seinen Halbbruder Leopold aus der Babenberger Linie, den Markgrafen von Österreich.

Frühjahr 1139: Burg Plötzkau wird von Anhängern des Welfen, vermutlich wieder Truppen des Erzbischofs von Magdeburg, niedergebrannt.

Ab 15. August 1139: Bei Creuzburg an der Werra liegen sich die Heere des Königs und Heinrichs des Stolzen wochenlang gegenüber, ohne dass der König die Schlacht wagt. Verhandlungen insbesondere der Geistlichen auf seiner Seite führen im September zu einem Waffenstillstand.

1. November 1139: Als Albrecht der Bär in Bremen Gericht halten will, wird er aus der Stadt gejagt und entkommt nur knapp.

In den folgenden Monaten werden fast alle Burgen Albrechts von seinen Gegnern eingenommen und/oder zerstört, sogar Ballenstedt und Anhalt. Er muss Zuflucht beim Erzbischof von Mainz suchen und kann seine Stammlande auf längere Zeit nicht mehr betreten.

10. Juni 1141: Kaiserin Richenza von Northeim stirbt.

18. Oktober 1141: Herzog Leopold stirbt, sein Bruder Heinrich wird sein Nachfolger als Herzog von Sachsen.

1140: Albrecht der Bär urkundet zum ersten (und vorerst einzigen) Mal als »Markgraf von Brandenburg«.

September 1141: Albrecht der Bär urkundet zum letzten Mal als Herzog von Sachsen.

16. Januar 1142: Eilika von Ballenstedt stirbt.

10. Mai 1142: Auf dem Reichstag in Frankfurt wird Heinrich der Löwe mit dem Herzogtum Sachsen belehnt.

Weihnachten 1145: Der Seldschukenführer Zenghi erobert Edessa, einen der vier Kreuzfahrerstaaten. Die Nachricht verbreitet sich schnell und veranlasst Papst Eugen III., zu einem erneuten Kreuzzug aufzurufen. Der Papst beauftragt den Zisterzienserabt Bernhard von Clairvaux, seinen Aufruf in Predigten zu verbreiten.

Ostern 1146: Im französischen Wallfahrtsort Vézelay bringt Bernhard von Clairvaux mit seiner Predigt den französischen König Ludwig VII. dazu, das Kreuz zu nehmen.

Seit Anfang 1146: In etlichen deutschen Städten, vor allem am Rhein, hetzen Kreuzfahrer und der Zisterziensermönch Radulf zu Pogromen gegen die jüdische Bevölkerung auf. Hunderte Juden werden abgeschlachtet oder lebendigen Leibes verbrannt.

In weiten Teilen des Landes gibt es Missernten und Hungersnöte. Das heizt die Weltuntergangsstimmung weiter an.

Herbst 1146: Bernhard von Clairvaux fordert Konrad von Staufen beim Hoftag in Frankfurt auf, ebenfalls das Kreuz zu nehmen. Als der sich weigert, da er seine Herrschaft durch Welf VI. gefährdet sieht, bietet Bernhard an, auch den Welfen für die Kreuznahme zu gewinnen.

Herbst 1146: Der Herzog von Schwaben erkrankt schwer.

Weihnachten 1146: Bernhard von Clairvaux predigt im Dom zu Speyer und fordert den König auf, sich am Kreuzzug zu beteiligen. Zunächst verweigert sich Konrad. Zwei Tage später – inzwischen ist die Bestätigung eingetroffen, dass auch Welf VI. an dem Kriegszug teilnehmen wird – verkündet Konrad im Dom seine Kreuznahme.

Der Aufbruch der deutschen Kreuzfahrer wird für *Mai 1147* festgelegt. Sehr zum Unwillen seiner Familie verkündet auch der junge Friedrich von Schwaben (der spätere Barbarossa) seine Teilnahme am Kreuzzug. Vor dem Aufbruch – zu nicht genau bekannten Zeiten – werden noch sein Verlöbnis und seine Ehe mit Adela von Vohburg geschlossen, ebenso die Verlöbnisse der Meißner Markgrafensöhne Otto und Dietrich mit Hedwig von Ballenstedt und der polnischen Herzogstochter Dobroniega.

Der Herzog von Sachsen, der Markgraf von Meißen und der Markgraf der Nordmark haben gemeinsam den Plan für einen »Wendenkreuzzug« entwickelt und sollen diesen im *Frühjahr 1147* auf dem Hoftag in Frankfurt vorstellen.

Der große Roman der Bestsellerautorin
über die Völkerschlacht bei Leipzig 1813

SABINE EBERT

1813 – Kriegsfeuer

ROMAN

Eine Mutter, die verzweifelt auf die Rückkehr ihrer Söhne hofft.
Ein General, der seinen Kopf riskiert.
Eine Gräfin, die aus Liebe Napoleons Spionin wird.
Zwei Studenten, die für die Freiheit kämpfen wollen.
Eine junge Frau auf der Flucht vor Plünderern.
Ein Kontinent am Scheideweg.
Ein Epos wider den Krieg.

Geschichte, die unter die Haut geht!

SABINE EBERT

1815 – Blutfrieden

ROMAN

Deutschland nach der Völkerschlacht bei Leipzig: Napoleon ist geschlagen, aber noch lange nicht besiegt. Niemand ahnt, dass es mehr als anderthalb Jahre bis zu seiner endgültigen Niederlage 1815 bei Waterloo dauern wird. Statt des erhofften Friedens kommt immer größeres Elend über viele deutsche Städte. Die fliehende Grande Armée zieht eine Spur aus Blut, Hunger, Verwüstung und Krankheit durch das Land. Auch die junge Henriette, die nach Leipzig ging, um Verwundeten zu helfen, muss die Stadt verlassen und Hals über Kopf heiraten, um zu überleben. Als in Wien nach zynischem Schacher endlich Frieden geschlossen wird, ist Europa neu geordnet – aber unter blutigen Opfern.

»Sabine Ebert wird zum deutschen Ken Follett.«
Die Welt

Die erfolgreiche Hebammen-Reihe
von Sabine Ebert bei Knaur:

Das Geheimnis der Hebamme
Roman

Die Spur der Hebamme
Roman

Die Entscheidung der Hebamme
Roman

Der Fluch der Hebamme
Roman

Der Traum der Hebamme
Roman

»Sabine Ebert gehört zu den wenigen Autorinnen in Deutschland, die so spannende und detailreiche historische Romane schreiben. Sabine Eberts ›Hebammen‹-Romane sind lebendige Geschichtsstunden!«
Denglers-buchkritik.de

»Mit den Hebammen-Bänden hat sie [Sabine Ebert] ein sorgfältig recherchiertes Stück deutscher Geschichte Ende des zwölften Jahrhunderts beleuchtet und dabei den Mut der kleinen Leute und deren Hoffnung auf ein besseres Leben beschrieben.«
dpa

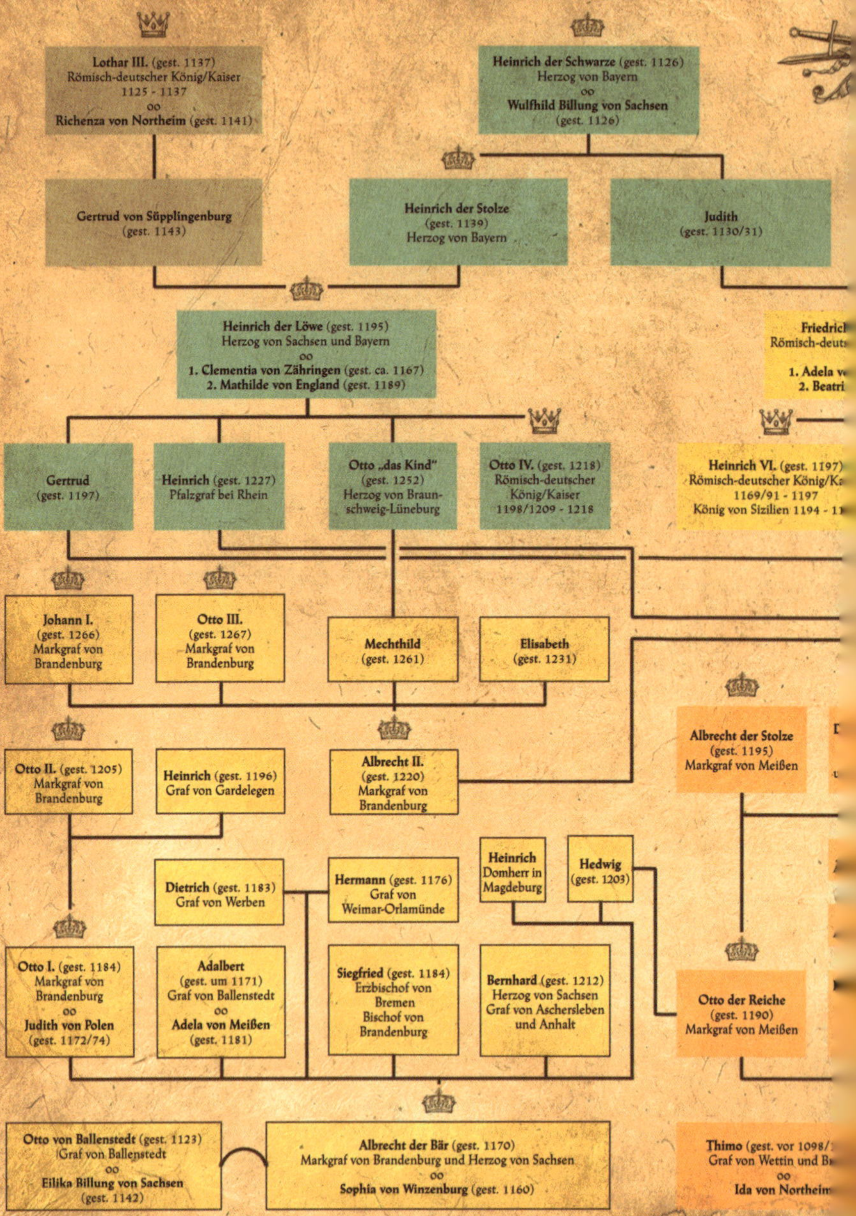
Lothar III. (gest. 1137)
Römisch-deutscher König/Kaiser
1125 - 1137
oo
Richenza von Northeim (gest. 1141)
Heinrich der Schwarze (gest. 1126)
Herzog von Bayern
oo
Wulfhild Billung von Sachsen
(gest. 1126)
Gertrud von Süpplingenburg
(gest. 1143)
Heinrich der Stolze
(gest. 1139)
Herzog von Bayern
Judith
(gest. 1130/31)
Heinrich der Löwe (gest. 1195)
Herzog von Sachsen und Bayern
oo
1. Clementia von Zähringen (gest. ca. 1167)
2. Mathilde von England (gest. 1189)
Gertrud
(gest. 1197)
Heinrich (gest. 1227)
Pfalzgraf bei Rhein
Otto „das Kind"
(gest. 1252)
Herzog von Braunschweig-Lüneburg
Otto IV. (gest. 1218)
Römisch-deutscher
König/Kaiser
1198/1209 - 1218
Johann I.
(gest. 1266)
Markgraf von
Brandenburg
Otto III.
(gest. 1267)
Markgraf von
Brandenburg
Mechthild
(gest. 1261)
Elisabeth
(gest. 1231)
Otto II. (gest. 1205)
Markgraf von
Brandenburg
Heinrich (gest. 1196)
Graf von Gardelegen
Albrecht II.
(gest. 1220)
Markgraf von
Brandenburg
Albrecht der Stolze
(gest. 1195)
Markgraf von Meißen
Dietrich (gest. 1183)
Graf von Werben
Hermann (gest. 1176)
Graf von
Weimar-Orlamünde
Heinrich
Domherr in
Magdeburg
Hedwig
(gest. 1203)
Otto I. (gest. 1184)
Markgraf von
Brandenburg
oo
Judith von Polen
(gest. 1172/74)
Adalbert
(gest. um 1171)
Graf von Ballenstedt
oo
Adela von Meißen
(gest. 1181)
Siegfried (gest. 1184)
Erzbischof von
Bremen
Bischof von
Brandenburg
Bernhard (gest. 1212)
Herzog von Sachsen
Graf von Aschersleben
und Anhalt
Otto der Reiche
(gest. 1190)
Markgraf von Meißen
Otto von Ballenstedt (gest. 1123)
Graf von Ballenstedt
oo
Eilika Billung von Sachsen
(gest. 1142)
Albrecht der Bär (gest. 1170)
Markgraf von Brandenburg und Herzog von Sachsen
oo
Sophia von Winzenburg (gest. 1160)